Thomas Plischke

Die Halblinge des Ewigen Hains

PIPER

Zu diesem Buch

Eine Halblingsbeamtin wurde grausam ermordet. Anini, ein Kommissar der Bundessicherheit, reist nach Stahlstadt, um den Täter zu stellen. Karu und Rinul, zwei junge Zwerge, haben sich dem Kampf gegen die bestehende Ordnung gewidmet, um den Krieg gegen die Menschen ein für allemal zu beenden. Und in Meerschaum, der bedeutendsten Hafenstadt des Südens, müssen sich die Geschwister Sira und Siris endlich ihrer Vergangenheit stellen. Werden die Zerrissenen Reiche den Krieg unbeschadet überstehen?

Thomas Plischke, 1975 in Ludwigshafen am Rhein geboren, absolvierte in Mannheim eine Ausbildung zum Verlagskaufmann. Danach studierte er Amerikanistik, Anglistik und Medienkultur in Hamburg. Dort arbeitet er als Übersetzer, Lektor und Autor. Neben seinem Bestseller »Die Zombies« erschienen bereits die ersten beiden Bände um die »Zerrissenen Reiche«. »Die Halblinge des ewigen Hains« sind der lang erwartete dritte Band des erfolgreichen Zyklus um das Schicksal der Zwerge von Amboss. Weiteres zum Autor: www.im-plischke.de

Thomas Plischke

DIE HALBLINGE DES EWIGEN HAINS

DIE ZERRISSENEN REICHE 3

Piper München Zürich

Von Thomas Plischke liegen bei Piper vor:
Die Zwerge von Amboss. Die Zerrissenen Reiche 1
Die Ordenskrieger von Goldberg. Die Zerrissenen Reiche 2
Die Halblinge des Ewigen Hains. Die Zerrissenen Reiche 3
Kalte Krieger
Die Zombies

Originalausgabe
Oktober 2010

»Die Halblinge des Ewigen Hains« wurde entwickelt von
Ole Johan Christiansen & Thomas Plischke
Umschlagkonzeption: semper smile, München
Umschlaggestaltung: Guter Punkt, München | www.guter-punkt.de
Umschlagabbildung: © Bao Pham, USA
Autorenfoto: Isa Scharfenberg
Satz: Satz für Satz. Barbara Reischmann, Leutkirch
Druck und Bindung: CPI – Clausen & Bosse, Leck
Printed in Germany ISBN 978-3-492-26718-2

»Du hast etwas Wichtiges vergessen: Deine Wahrheit könnte meine Lüge sein«, sagte er und rammte seinem Bruder den Speer durch die Brust.

Aus *Die Wurzeln der Vergeltung*

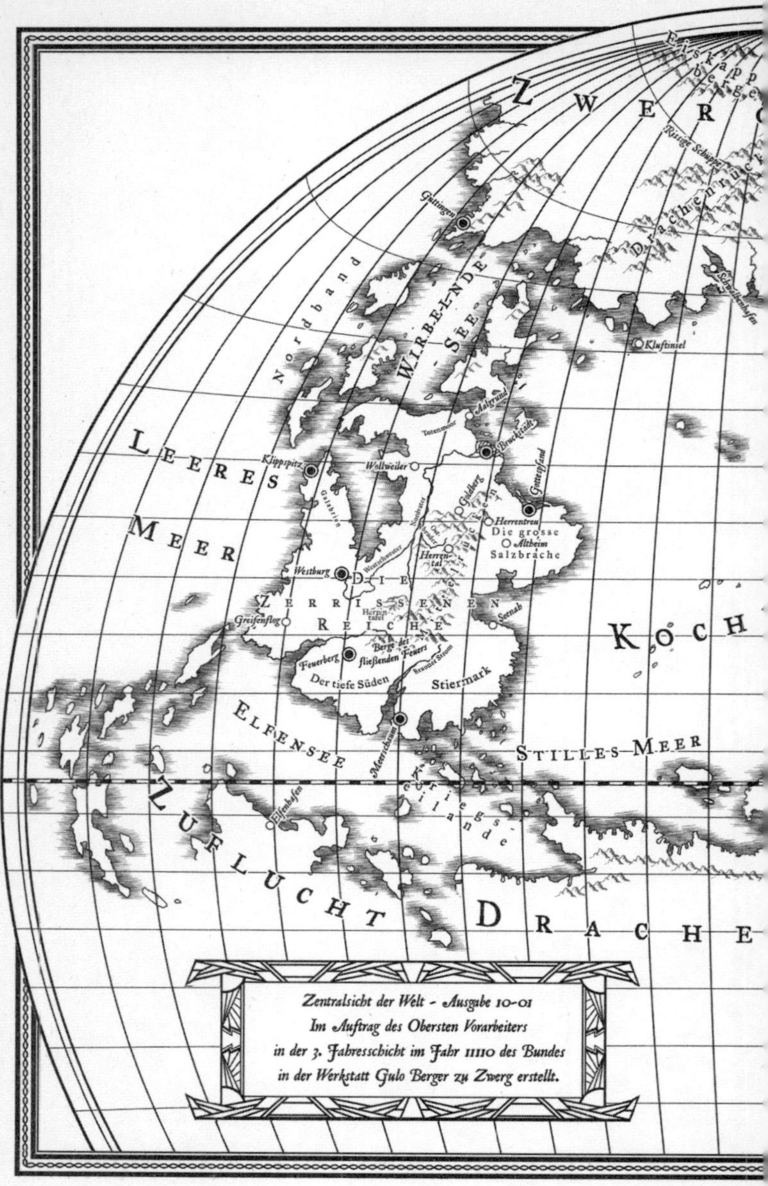
Rissige Schuppe
Guttingen
Nordband
WIRBELNDE SEE
Schwalbenhafen
Kluftinsel
Aalgrund
Totenmoor
Brueckstadt
LEERES MEER
Klippspitz
Wollweiler
Gottespfand
Goldberg
Herrentreu
Die grosse Salzbrache
Altheim
Herrental
Westburg
DIE ZERRISSENEN REICHE
Herrentafel
Greifenflug
Seenah
Berge des fließenden Feuers
Feuerberg
Brauner Strom
Der tiefe Süden
Stiermark
ELFENSEE
Meerschaum
STILLES MEER
Kriegseilande
Elfenhafen
ZUFLUCHT
Zentralsicht der Welt - Ausgabe 10-01
Im Auftrag des Obersten Vorarbeiters
in der 3. Jahresschicht im Jahr 1110 des Bundes
in der Werkstatt Gulo Berger zu Zwerg erstellt.

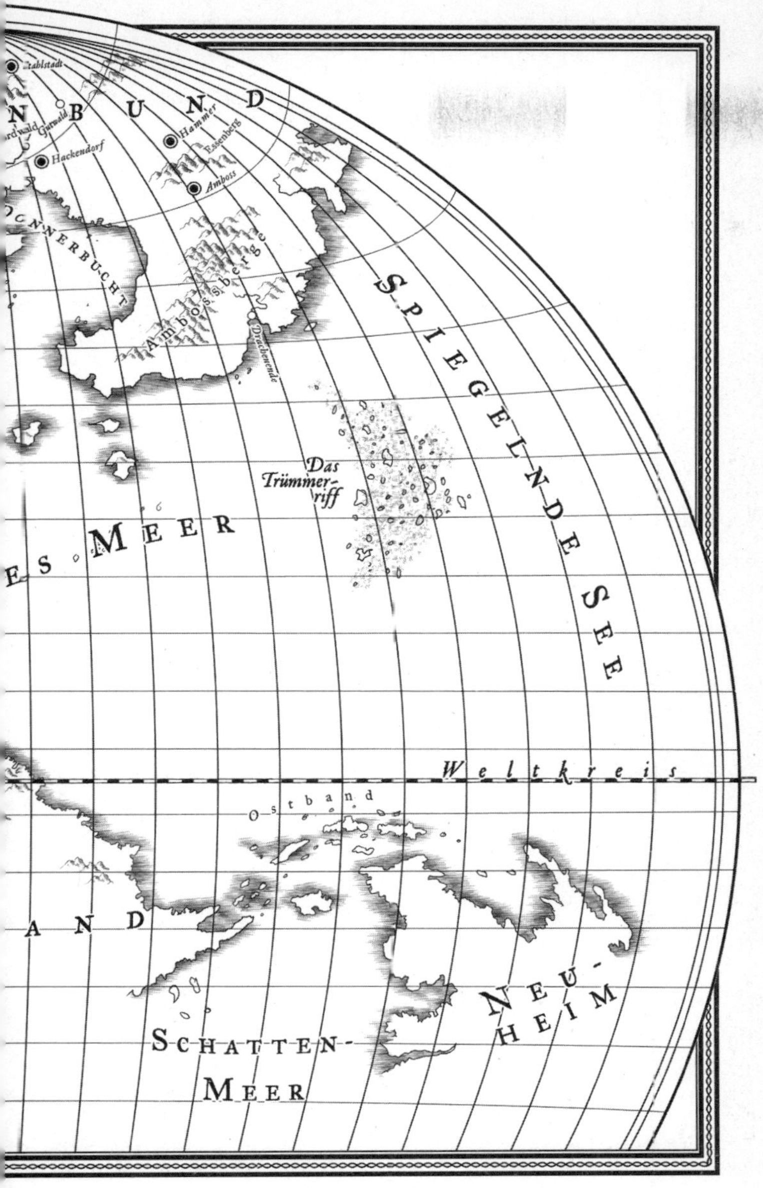

tahlstadt
N B U N D
rdwald
Gutwald
Hackendorf
Hammer
Essenberg
Amboss
ONNERBUCHT
Ambossberge
Drachenende
Spiegelnde See
Das Trümmerriff
ES MEER
Weltkreis
Ostband
AND
Neu-Heim
Schatten-Meer

Was bisher geschah

Im Zuge seiner Ermittlungen in einer mysteriösen Mordserie stößt der vom Leben verbitterte Sucher Garep Schmied auf Hinweise auf eine Verschwörung, deren Einfluss bis in die obersten Führungsebenen des Zwergenbundes reicht. Für die verübten Gräueltaten sollen unschuldige Flüchtlinge als Sündenböcke dienen, um in der Bevölkerung die nötige Stimmung für einen Krieg gegen die Zerrissenen Reiche der Menschen zu schaffen.

Die schöne, aber undurchschaubare Sira von Wolfenfurt, eine wichtige Zeugin in Gareps jüngstem Fall, wird von den allseits gefürchteten Kommissaren der Bundessicherheit überraschend in eine Nervenheilanstalt eingewiesen, in der ein skrupelloser Wissenschaftler grausame Experimente durchführt. Es gelingt ihr jedoch, Himek Steinbrecher – die rechte Hand des Anstaltsleiters – davon zu überzeugen, ihr zur Flucht zu verhelfen. Himek begleitet Sira zu einem Zwerg, der in seiner Schuld steht und von dem der junge, naive Leiböffner glaubt, er besäße die richtigen Beziehungen, um Sira außer Landes zu schaffen: sein Vater Garep, der seinen Sohn als Säugling in die Obhut von Zieheltern gegeben hatte.

Garep wiederum ist in der Zwischenzeit nur knapp einem Anschlag der Bundessicherheit entgangen, den er allein dank der Hilfe eines unerwarteten Verbündeten überlebt hat: Siras Zwillingsbruder Siris von Wolfenfurt, der als Bestienjäger durch die Welt zieht und dem Verschwinden seiner Schwester nachspüren wollte. Gemeinsam treffen die vier eine Entscheidung: Garep und Sira fliehen gemeinsam aus dem Bund, während Himek und Siris in die Nervenheilanstalt zurückkehren wollen, um eine weitere Patientin zu befreien – das Halblingsmädchen Ulaha, das über eine Vielzahl unheimlicher Kräfte verfügt. Die Rettungsmission ist scheinbar ein Fehlschlag: Ulaha wird getötet. Doch ihr Bewusstsein fährt in den Körper Himeks ein, der daraufhin an seinem Verstand zu zweifeln beginnt. Willenlos folgt er Siris' wahnwitzigem Plan: Sie schließen sich der zwergischen Armee an, die aufgrund des unmittelbar bevorstehenden Krieges gegen die Menschen einen großen Bedarf an fähigen Leiböffnern und einheimischen Spähern hat.

Auch Garep und Sira haben mit Widrigkeiten zu kämpfen: Das Kommissariat ruft eine bundesweite Hatz gegen sie aus – angeführt von Gareps ehemaligem Assistenten Bugeg Gerber und dessen strebsamer und idealistischer Geliebten Karu Schneider. Der frisch beförderte Bugeg ist von seiner neuen Macht berauscht und lässt sich auf ein gefährliches Spiel mit den Verschwörern ein: Im Gegenzug für Informationen über den Aufenthaltsort der Gesuchten erklärt er sich bereit, Stillschweigen darüber zu bewahren, dass die Bundessicherheit zu Propagandazwecken selbst einen fingierten Anschlag auf den Obersten Vorarbeiter – das zwergische Staatsoberhaupt – plant, für den Garep und Sira verantwortlich gemacht werden sollen. Im Hafen der Bundeshauptstadt kommt es zu einer schicksalhaften Konfrontation: Karu muss hilflos mit ansehen, wie Sira Bugeg das Leben nimmt und die Menschenfrau und ihr Begleiter anschließend ein Schiff in Richtung Zerrissene Reiche besteigen. Die Bundessicherheit führt ihren geplanten Anschlag dennoch durch, und der Zwergenbund erklärt den Menschen den Krieg.

Als Teil der zwergischen Invasionsarmee nehmen Siris und Himek, der langsam zu akzeptieren beginnt, dass er seinen Körper nun mit Ulaha teilt, erst an der Schleifung einer Söldnerstadt und danach an der Belagerung der Ordensfeste Goldberg teil. Obwohl Siris alles daransetzt, die Ordensmutter zur Aufgabe zu überreden, werden die Verteidiger schließlich bei einem aussichtslosen Ausfallversuch niedergemetzelt. Siris sprengt daraufhin ein Munitionslager, um den weiteren Vormarsch der Zwerge zu bremsen und desertiert gemeinsam mit Himek und Fianessa von Goldberg, der einzigen Überlebenden des Massakers.

Das Schiff von Sira und Garep gerät derweil auf einem Ausweichkurs vor der Zwergenflotte in einen Sturm, der sie auf einer einsamen Insel stranden lässt. Dort begegnen sie Gozzoldini, einem menschlichen Forscher aus Siras Heimatstadt, der die geheimnisvollen, verlassenen Gebäude auf dem Eiland untersucht. Garep gewinnt eine erstaunliche Erkenntnis: Bei den Herren – den verschwundenen Göttern der Menschen – handelt es sich offenbar um die gleichen Geschöpfe, die von den Zwergen als Drachen bezeichnet werden und seit Jahrhunderten als ausgerottet gelten. Nach einer blutigen Begegnung mit einem Alten Diener – einer mechanisierten Kreatur, die die Anlagen seiner toten Schöpfer bewacht und Anstoß daran nimmt, dass Relikte aus ihnen geborgen werden – wartet Gozzoldini mit einer weiteren Überraschung auf: Er hat ein fliegendes Schiff gebaut, das es ihm und seinen neuen Freunden ermöglicht, die Insel zu verlassen und in Siras Heimat zurückzukehren.

Im Zwergenbund hat sich Karu – angestachelt durch Andeutungen ihres Onkels – auf den Weg in ein Archiv gemacht, in dem die ältesten Schriftstücke der Zwerge aufbewahrt werden. Sie macht die Bekanntschaft von Rinul Plattenstemmer, einem charmanten Schüler der Geschichtskunde. Er weiht sie in das große Geheimnis der Verschwörung ein: Entscheidende Teile der zwergischen Historie wurden umgeschrieben, um das Volk der Halblinge fest in der Gesellschaft zu verankern und ihnen weitreichende Machtbefugnisse zu sichern. Doch Rinul bewahrt noch ein anderes Geheimnis, von dem Karu durch eine Vorgesetzte erfährt: Rinul ist der Sohn des Anführers einer der gefährlichsten Verbrecherbanden des gesamten Bundes. Karu soll Rinul verhaften, aber sie entscheidet sich, ihm zu vertrauen – völlig zu Recht, wie sich herausstellt, als die Bundessicherheit versucht, sie beide zu ermorden, und das Archiv mit den Beweisen für die Existenz der Verschwörung in Flammen aufgeht.

Prolog

Der mächtigste Zwerg des ganzen Bundes hockte auf einer schmalen Stufe, den Kopf in beide Hände gestützt, und führte einen aussichtslosen Kampf gegen seine Trauer. Sein Blick war starr auf die Stelle am Fuß der Treppe gerichtet, an der das Licht seines Lebens verloschen war.

»Oberster Vorarbeiter?« Der leise Anflug von Ungeduld, mit dem Awoho 29-2 ihn ansprach, verriet Gorid Seher, dass der Beamte schon einige Male versucht hatte, auf sich aufmerksam zu machen.

»Was gibt es?«, fragte Gorid, ohne aufzusehen.

»Die anderen warten.«

»Die anderen?«

»Die Vertreter der Streitkräfte, die du zur Unterredung geladen hast.«

Gorid konnte sich nicht daran erinnern, irgendwelche Generäle und Admiräle zu sich bestellt zu haben. Er nahm diese Lücke in seinem Gedächtnis teilnahmslos zur Kenntnis. Bereits vor Demis Tod hatte er längst nicht alle Schriftstücke eingehend studiert, die ihm Awoho zur raschen Unterzeichnung vorlegte, und seit ihrem Sturz hatte er die Runen, die seinen Namen ausmachten, nur noch mechanisch zu Papier gebracht. Vielleicht war er deshalb ein schlechter Oberster Vorarbeiter, doch diese Frage rührte ihn nicht mehr. Es gab wichtigere Fragen, die ihn umtrieben. »Hat sie gelitten?«

»Es ist, wie ich schon mehrfach sagte.« Die Sohlen von Awohos Schuhen schabten leise über den Steinboden, als der Halbling sich zaghaft dem Vorarbeiter näherte. »Der Leichenbeschauer geht fest davon aus, dass sie keinerlei Schmerzen zu erdulden hatte. Ein glatter Bruch der Halswirbel mit einer nahezu vollständigen Durchtrennung des Rückenmarks.«

Gorid bemühte sich, sich nicht an Awohos Nüchternheit zu stören. Awoho kam nur seiner Pflicht nach, und es stand ihm zudem nicht zu, über die Zurschaustellung von Gefühlen eine Nähe zwischen sich und Gorid zu schaffen, die der besonderen Art ihrer Beziehung zuwiderlief. Awoho war ein Werkzeug, eine Maschine, die Gorid über neue Entwicklungen und anstehende Entscheidungen in Kenntnis zu setzen hatte. Nicht mehr und nicht weniger. Awoho seine mangelnde Anteilnahme vorzuwerfen, wäre so gewesen, wie sich bei einem Hammer über dessen Härte zu beklagen.

»Sie hat diese Treppe so oft genommen«, sagte Gorid. Zu Anfang nur, um ihrer Arbeit nachzugehen. Um die Kammern, die ihm in seiner Residenz zugewiesen waren, in tadellosem Zustand zu halten. Um ihm morgens Waschwasser bereitzustellen oder um ihm zur Spätschicht noch eine Kanne Tee oder eine Flasche Stachelbirnenbrand zu bringen. Damals war sie noch schüchtern und zurückhaltend gewesen, ein dienstbarer, stummer Geist, der schön anzusehen war. Dichtes, kupferrotes Haar. Kräftige Beine. Schultern, die exakt die richtige Breite hatten. Gorid wusste nicht mehr genau, wann Demi sich zum ersten Mal ein Herz genommen und ihn angesprochen hatte. Es musste nach dem Anschlag auf ihn gewesen sein, der ihm so viele schlaflose Nächte bereitet hatte. Was sie jedoch zu ihm gesagt hatte, hatte er nie vergessen. »Du siehst traurig aus.« Es war nichts, was man als Zwerg in seiner Position gerne hörte, doch womöglich hatte es ihn aus ebendiesem Grund so fasziniert. Warum sonst hätte er diese unerwartet freche Äußerung zum Anlass nehmen sollen, sich ihr gegenüber zu erklären?

»Es handelt sich um eine sehr steile Treppe«, stellte Awoho fest. »Ein winziger Augenblick der Unachtsamkeit genügt, um zu stürzen. Insbesondere im Dunkeln, wenn man nicht über die Gabe des Zweiten Blicks verfügt. Selbst auf einem vertrauten Pfad kann man straucheln.«

Gorid seufzte. Wie recht Awoho doch hatte, was Gorid umso mehr schmerzte. Denn schließlich war er es gewesen, der sie überhaupt erst auf diesen vertrauten Pfad geschickt hatte. Er hatte sie aus der behaglichen Wärme des zerwühlten Betts vertrieben, nachdem sie gemeinsam die Liebesarbeit verrichtet hatten. Weil es sich nicht gehörte, dass eine Kammerdienerin über Nacht blieb. Weil er zu feige war, seine Gefühle über die Rolle des Lenkers der Staatsgeschicke zu stellen, die ihm sein Volk zugedacht hatte. Weil der Vorarbeiter sich nur um das Wohl des Bundes zu sorgen hatte. Deshalb war Demi auf dieser Treppe gestorben.

»Sie war mein Pfeiler«, sagte Gorid leise. »Und meine einzige Verbindung zu dem, was die einfachen Zwerge über mein Schaffen denken.«

»Der Reiz im Umgang mit gewöhnlichen Bürgern liegt in der Art und Weise, wie sie vermeintlich simple Lösungen für vielschichtige Probleme entwerfen.« Awoho erlaubte sich ein verhaltenes Räuspern. »Man vergisst darüber sehr leicht, dass es ihnen an Einsicht in die tieferen Zusammenhänge mangelt.«

Gorid legte die Hände in den Schoß. Er bog den rechten Daumen nach innen zur Handfläche und strich mit der Kuppe über den Ehernen Ring des Obersten Vorarbeiters. Was war ihm damals nicht alles versprochen worden, als er sich auf das Drängen einiger alter Freunde dazu bereit erklärt hatte, diesen Ring überzustreifen. Tatkräftige Unterstützung. Beispiellose Macht. Ein neuer Morgen für den Bund, der in einer ewigen Dämmerung gefangen schien. All das zählte nicht mehr, all das Gewonnene trat hinter seinen Verlust zurück …

Er hatte es sich nicht nehmen lassen, ihren Leib zu waschen, obwohl ihre Haut kalt und teigig geworden war. Fremde Hände hatten sie schließlich in ihre Gruft gelegt. Eine Gruft, die er nicht besuchen durfte, wollte er nicht den Gerüchten Nahrung liefern, die ohnehin schon umgingen. Der Oberste Vorarbeiter hatte nur den Bund zu lieben. So geboten es die Tradition und die Vernunft.

Er schloss die Augen und verbannte die Erinnerung an ihr Gesicht in eine finstere Ecke seines Verstands. Das Gesicht einer Zwergin, die kaum dem Kieselalter entwachsen und dennoch in Leidenschaft für einen Graubart entbrannt war. Einen Graubart, dem die Zähne ausfielen und dessen Standhaftigkeit mit den Jahren gelitten hatte, so wie die Zeit am Ende alles bezwang. Sogar das Leben und die Liebe. Er tastete nach einer Fuge im groben Mauerwerk und zog sich daran hoch. Seine Knie knirschten, und er unterdrückte ein Stöhnen. Nachdem er sich mühsam die Stufen zu Awoho hinaufgekämpft hatte, musterte er den Halbling müde. Die nackten Wangen, die winzige Nase, die großen, hellwachen Augen. Wenn es an der Spitze des Bundes jemanden gab, der tatsächlich niemals schlief, dann war es bestimmt nicht der Oberste Vorarbeiter, wie es immer hieß, sondern eher dieses zarte, so zerbrechlich wirkende Geschöpf.

Gorid warf einen letzten, flüchtigen Blick zum Fuß der Treppe, ehe er fragte: »Worauf muss ich mich einstellen?«

Awoho nickte zufrieden, trat näher an eine Schießscharte heran, durch die die Sonne des noch jungen Tages tapfer ihre Strahlen schickte, und konsultierte sein Klemmbrett. »Die Vertreter von Admiralität und Generalität wollen sich zur neuen Strategie für den laufenden Feldzug äußern.«

Schwerfällig setzte sich Gorid in Bewegung und öffnete die Tür zu dem Gang, der an seinen Privatgemächern vorbeiführte. »Neue Strategie?«

»Wir haben darüber gesprochen. Du erinnerst dich? Die nachhaltige Sicherung der bereits besetzten Gebiete statt weiterer Expansion?«

»Ach, das meinst du«, brummte Gorid und hoffte, Awoho würde nicht auffallen, dass er nach wie vor nicht wusste, wovon der Halbling sprach.

Sie nahmen eine Abkürzung zum Sitzungssaal über eine der Außengalerien der wuchtigen Residenz. In der Donnerbucht funkelte das Meer wie blaues Glas, und nach allem, was Gorid aus der luftigen Höhe erkennen konnte, nahm das Leben in der Hauptstadt seinen gewohnten Gang. Entlang der Straße der Einheit wurden Banner für eine Parade aufgehängt, und im Hafen wurden Dutzende von Schiffen beladen, die dringend benötigten Nachschub in die Zerrissenen Reiche befördern sollten.

»Wie lange wird dieser verdellte Krieg noch dauern?« Diese Frage hatte ihm Demi immer wieder gestellt.

»Das hängt ganz davon ab, wie sich der Feind verhält«, erläuterte Awoho. »Zeigen die Menschen ausreichend Vernunft, wie sie es in einigen Städten an der Ostküste getan haben – unter anderem in Gottespfand, wo die ehemaligen Machthaber voll mit uns zusammenarbeiten –, werden unsere Vorhaben eine Beschleunigung erfahren. Vereinzelte Widerstandsnester im Hinterland bereiten uns größere Sorgen, wobei sich die Partisanen darauf verlegt haben, unsere Nachschublinien zu stören. Das ist deshalb besonders ärgerlich, weil die Verteilung der nachrückenden Truppen und Kriegsgüter ohnehin bereits alles andere als zufriedenstellend verläuft.«

»Du hattest mir einen raschen Sieg in Aussicht gestellt.« Gorid blieb stehen, um zu verschnaufen, denn die Sommerhitze und die Erinnerung an Demis stetes Drängen auf einen schnellen Frieden schnürten ihm die Luft ab. »Hast du denn heute nur schlechte Nachrichten für mich?«

Ein Lächeln huschte über Awohos Lippen. »Im Gegenteil, Oberster Vorarbeiter. Gestern Abend erreichte mich eine Neuigkeit, die unseren weiteren Kurs maßgeblich beeinflussen könnte.«

»Inwiefern?«

»Unsere Truppen haben unweit von Gottespfand einen Menschen aufgegriffen, der – so erstaunlich es auch klingen mag – eine Leistung vollbracht hat, an der unsere Versuchsrechner bislang gescheitert sind. Dieser Mensch hat einen Flugapparat gebaut, der diesen Namen auch verdient.«

Gorid blinzelte ungläubig. »Ein Mensch hat eine Luftschraube entwickelt, die tatsächlich fliegt?«

»Keine Luftschraube, nein. Sein Apparat macht sich ein anderes Prinzip zunutze. Doch ich will dich nicht mit Einzelheiten langweilen. Der entscheidende Punkt ist, dass unsere Arbeiter der Stirn nach einer ersten Prüfung vor Ort zu dem Ergebnis gelangt sind, dass dieser Apparat bei uns im Bund in sehr kurzer Zeit in die Massenfertigung gehen könnte. Wir haben angeordnet, seinen Erfinder, der sich entschlossen hat, sich unseren Wünschen zu beugen, möglichst bald nach Zwerg zu übersenden, damit die Produktion beginnen kann. Du wirst eine fliegende Armee bekommen, Oberster Vorarbeiter.«

Während Awoho stolz die Schultern straffte, stützte sich Gorid auf das Geländer der Brüstung und gab ein Geräusch von sich, das halb Lachen, halb Schluchzen war.

»Oberster Vorarbeiter?«

Die Verunsicherung in Awohos Stimme reichte aus, damit Gorid sich für eine der widerstreitenden Regungen seines Herzens entscheiden konnte. Er rang die Tränen nieder, legte den Kopf in den Nacken und lachte.

»Oberster Vorarbeiter?«, wiederholte Awoho.

Gorid drehte sich zu seinem Werkzeug um, dem er eine Antwort schuldig war. »Verzeih mir«, sagte er glucksend. »Ich lache nicht über dich.«

»Worüber dann?«

Interessiert hob Gorid eine Augenbraue. So neugierig und unverfroren kannte er Awoho gar nicht. »Über mich, du Steinesel. Über mich. Weißt du, was Demi gesagt hat, was erst passieren müsste, damit der Bund diesen Krieg schnell gewinnt?«

»Nein.«

Natürlich nicht. Gorid bezweifelte, dass Awoho und Demi Zeit ihres Lebens auch nur ein einziges Wort miteinander gewechselt hatten. Werkzeuge des Vorarbeiters führten schließlich keine Unterhaltungen. Aber er wollte den Halbling nicht dumm sterben lassen. »Sie hat gesagt, damit der Bund diesen Krieg schnell gewinnt, müssten Zwerge wohl fliegen lernen.«

1

Kommissar Anini 29-3 waren sämtliche Manifestationen der Angst wohlbekannt. Am meisten faszinierte ihn seit jeher ihr Geruch: eine Ausdünstung mit sauren und scharfen Noten, die ihn mal an Essig, mal an frisch gemahlenen Pfeffer erinnerte. Bei dem Geruch des jungen Zwergs, der vor ihm auf dem Verhörstuhl festgeschnallt war, überwog die Schärfe. Gut. Anini hatte mit den Jahren gelernt, dass dies ein Anzeichen für ein schnelleres Geständnis war. Warum es sich so verhielt – nun, darüber sollten sich Leiböffner die Köpfe zerbrechen. Für ihn zählte allein die Aussicht, nicht den gesamten Rest seiner letzten Dienstschicht mit diesem kleinen Fisch vergeuden zu müssen.

»Bimod …«, setzte er an, um sich sofort selbst mit einem langen Zug an seiner Zigarette zu unterbrechen. Er rauchte immer bei Verhören. Nicht, weil es ihm unmöglich gewesen wäre, auf diesen Genuss zu verzichten, sondern weil es beim Beschuldigten eine Kluft zwischen den Erwartungen und den tatsächlichen Erfahrungen aufriss. Anini machte ihn so zum Zeugen einer alltäglichen Handlung in einer keineswegs alltäglichen Situation, und das wiederum nährte die Angst, die den Geist aufwühlte. »Bimod, dir sollte bewusst sein, dass die Anschuldigungen gegen dich sehr, sehr ernster Natur sind.«

Im feisten Hals des Zwergs hüpfte der Kehlkopf einmal auf und ab. »Ich … ich will …«

Anini hob warnend den Finger. »Du sprichst nur, wenn du gefragt wirst. Das ist die wichtigste Regel für dich, und ich hoffe, du begreifst sie. Denn allem Vernehmen nach fällt es dir schwer, dich an Regeln zu halten.« Er nahm das Flugblatt, das vor ihm auf dem Tisch lag, gab vor, die Zeilen zu überfliegen, und schüttelte den Kopf. Dann betrachtete er den Zwerg über die Kante des Papiers hinweg und suchte nach einem Detail, das sich zur Ausbeute anbot. Ah, da war es.

Die Härchen auf den Schultern des Beschuldigten waren gesträubt. »Ist dir kalt, Bimod?«

Der Zwerg kniff die Lippen zusammen und nickte.

Manche Kommissare hatten es lieber, wenn die Beschuldigten vor einem Verhör gezwungen wurden, sich vollkommen zu entkleiden, ehe sie auf dem Stuhl Platz nahmen. Anini hingegen ließ ihnen zumindest die Unterwäsche – genügend Stoff, den man im Notfall dramatisch zerschneiden oder zerreißen konnte, aber auch nicht zu viel, damit die Beschuldigten keinen Illusionen aufsaßen, wie ausgeliefert sie ihm waren.

»Am Pol wird es noch um einiges kälter sein.« Anini blies den warmen Rauch seiner Zigarette durch die Nase. »Und dass du für dein Vergehen in den Minen landen wirst, weißt du bestimmt selbst am besten.«

Bimod riss die Augen auf. Schön. Der Hinweis hatte seine Wirkung nicht verfehlt.

Anini wandte seine Aufmerksamkeit erneut dem Flugblatt zu. »*Gegen einen Krieg, der den Bund ausblutet!*«, zitierte er. »*Für freie Wahlen! Keine Einmischungen durch das Beamtentum! Verweist das Brudervolk in seine Grenzen!*« Behutsam legte er das Pamphlet zurück auf den Tisch und platzierte es dabei so, dass der Zwerg die Runen lesen konnte. »Ist das dein Ernst, Bimod?«

Als wollte er dem Anblick der Hetzschrift ausweichen, presste Bimod den Hinterkopf gegen die Lehne des Verhörstuhls und stierte zur Decke, ins gleißende Licht der Gaslampe. Eine Träne rann ihm über die stoppelige Wange.

»Nun?« Anini schürzte die Lippen. »Hast du nichts zu sagen? Ist das dein Ernst? Oder ist das nur ein Streich, wie er an Bundeslehrstätten üblich ist? Zettel mit Lügen unters Volk zu bringen? Geschichtskundler wolltest du doch werden, richtig?«

Bimods Kinn zuckte, was Anini großzügig als ein weiteres Nicken deutete.

»Dann verwirrt es mich umso mehr, wie du einen solchen Schutt verteilen konntest.« Anini winkte gelangweilt ab. »Aber es gehört nicht zu meinen Pflichten, die Beweggründe von Verbrechern und

Zersetzern der Moral auszuloten. Was jedoch zu meinen Aufgaben gehört, ist auszuschließen, dass du nicht Teil einer größeren Vereinigung bist, die den Bund in seiner Festigkeit schwächen möchte. Also: Stammt diese Schlacke da nur aus deiner Esse?«

Bimod ließ den Kopf nach vorne sinken und flüsterte: »Ja.«

Anini drehte dem Zwerg den Rücken zu und drückte die Zigarette aus. »Ich habe es im Guten mit dir versucht.« Er streifte seinen Ledermantel ab und hängte ihn über den Stuhl auf seiner Seite des Tischs. Er brauchte Bimod nicht ins Gesicht zu sehen, um zu wissen, welche Reaktion dort zu beobachten war. Anini kannte alle Gesichter der Angst, von den Masken trotziger Gefasstheit über den staunenden Unglauben bis hin zur Fratze der nackten Panik. Bimods Ausdruck ging wohl eher in Richtung des Letzteren …

Mit schlendernden Schritten näherte sich Anini dem Instrumentenschrank. Sein Inhalt war für jeden Kommissar, dem ein eigenes Verhörzimmer zur Verfügung stand, frei wählbar, denn in diesem Zusammenhang hatte nun einmal jeder seine eigenen Vorlieben. Nicht wie bei den Suchern, wo man sich damit begnügte, Nadeln unter Fingernägel zu treiben. Flachdenker.

Nachdem er den Schrank geöffnet hatte, fuhr Anini versonnen mit dem Finger über die Gegenstände, die in den schwarz lackierten Fächern aufgereiht lagen. Wenn er ehrlich zu sich war, war das der entscheidende Moment eines jeden Verhörs. Er traf seine Wahl und kehrte an den Tisch zurück, um dem Zwerg die Instrumente eines nach dem anderen zu präsentieren. Die zweizinkige Gabel, die eigentlich dazu diente, leckeres Schneckenfleisch aus dem Gehäuse zu lösen. Das Sturmfeuerzeug mit der Rosengravur auf dem Klappdeckel. Die kleine Schere mit den gezackten Schneiden.

Während aus Bimod unzusammenhängendes Gestammel hervorbrach und er sich zum ersten Mal gegen die Lederbänder aufbäumte, die seine Gliedmaßen, seinen Rumpf und seinen Kopf am Verhörstuhl fixierten, verschränkte Anini locker die Arme vor der Brust.

»Alles, was dir widerfährt, ist eine Frage der Achtung«, erklärte er ernst über Bimods Gewimmer hinweg. »Der Bund achtet seine Bürger, und er erwartet lediglich, dass ihm seine Bürger die gleiche Achtung zollen, die er ihnen zugesteht. Du hast das leider nicht getan, und deshalb fühlt sich der Bund nicht länger verpflichtet, dir und deinem Leib mit Achtung zu begegnen. Wie tief du gesunken bist, zeigt sich auch daran, dass du mich – einen Hüter der Ordnung, die allen Wohlstand erlaubt – selbst jetzt noch belügst. Du behauptest, du hättest keine Komplizen. Dabei weiß jeder Kiesel, dass sich eine Hetzschrift nicht von allein druckt. Und umgekehrt würde nur ein Kiesel glauben, dass ein einziger Zwerg Tausende Exemplare dieser Hetzschrift an Bundeslehrstätten in der gesamten Stadt in Umlauf gebracht hat.« Anini griff nach dem Feuerzeug und der Gabel. »Nun, wo du weißt, dass ich mich nicht so einfach belügen lasse, baue ich darauf, dass du rasch zur Vernunft kommst und deine Achtung für den Bund zurückgewinnst. Vergiss nicht: Die Obleute bemessen die Strafe für ein Vergehen auch danach, wie lange man braucht, um seine Schuld einzugestehen.«

Eine Viertelschicht später wusste das Kommissariat für Sicherheit dank Aninis aufopferungsvoller Arbeit um den Ort, wo die Hetzschrift gedruckt worden war, und um die erstaunlich hohe Zahl an Schülern der Bundeslehrstätten in Zwerg, deren Achtung vor dem Bund nur noch ein Haufen Schutt war.

»Du bist spät dran. Ich dachte, du kommst heute eine Schicht früher nach Hause.« Usana besaß das angeborene Talent vieler Halblingsfrauen, eine einfache Feststellung wie einen Vorwurf klingen zu lassen.

»Ich hatte einen Bericht zu schreiben«, erwiderte Anini, verzichtete auf den üblichen Begrüßungskuss auf die Wange und wusch sich die Hände am Spülstein, sorgsam darauf bedacht, den darin gestapelten Turm aus schmutzigem Geschirr nicht zum Einsturz zu bringen. »Es war richtig, dass ihr mit dem Essen nicht auf mich gewartet habt.«

Gelegentlich heiterte in solchen Augenblicken ein Lob Usanas düstere Stimmung auf. Diesmal nicht. Demonstrativ zupfte sie sich die Purpurblüte, mit der sie sich für seine Heimkehr geschmückt hatte, aus dem Haar und warf sie zu den Rübenschalen auf der Anrichte. Sie ging in die Knie, um die Klappe am Herd zu öffnen, wo eine gebratene Schillerechse vor sich hinschmurgelte, anstatt sich vornüberzubeugen und Anini ihren runden Hintern entgegenzurecken. Sie war eine Meisterin der mehr oder minder hintergründigen Signale, und er hatte sie mit seiner Verspätung gegen sich aufgebracht. Wie so häufig in jüngster Zeit.

Es wäre ganz leicht für Anini gewesen, die Verstimmung zu einem Streit auswachsen zu lassen. Mit einem »Warum stellst du überhaupt so die Stacheln auf?« oder einem »Du hast nicht den geringsten Grund, dich über meine Arbeit zu beschweren«. Dann hätte Usana die Hände in die Hüften gestemmt oder womöglich gar mit einem Topf nach ihm geworfen und gebrüllt, dass sie und die Kinder viel zu wenig von ihm hatten. Darauf hätte er so etwas wie »Aber alles andere, was ihr habt – dieses Haus, eure Kleider, euer Essen – all das habt ihr doch bloß, weil ich meine Pflichten ernst nehme« geantwortet, und danach hätte ihn Usana mit Tränen der Wut in den Augen bezichtigt, den verfaulten Bund mehr zu lieben als sie und die Kleinen.

Um einer solchen Eskalation aus dem Weg zu gehen, nahm Anini den Teller in Empfang, den seine Frau ihm reichte, und verzog sich mit einem gemurmelten »Ich esse im Wintergarten bei den Kindern« in sichere Entfernung. Selbstverständlich liebte er Usana. Wieso auch nicht? Sie hatte ihm zwei wunderbare Setzlinge geschenkt, von denen einer auf seinen Stummelbeinchen auf ihn zugerannt kam, kaum dass er an seinem Lieblingsplatz in der aufwendigen Konstruktion aus Glas und Stahlstreben – dem Korbstuhl neben der Sägeblattpalme – angelangt war.

Während er mit den Fingern Stück für fetttriefendes Stück die knusprige Haut der Schillerechse abzog, bestand Ewowa darauf, ihm zu zeigen, welchen Tanz sie heute in der Schule gelernt hatte. Zum Klang eines Schellenkranzes, auf den sie mit viel Eifer, aber wenig Takttreue einschlug, wirbelte sein Töchterchen wieder und wieder glucksend und kreischend um die eigene Achse, bis ihr die rotblonden Zöpfe waagerecht vom Kopf abstanden.

Die Vorführung fand ein vorzeitiges Ende, als Zottelbock unvermittelt aus seinem Korb hochschoss, um sich mit Schwung, ausgefahrenen Krallen und einem aufgebrachten Fauchen auf Ewowas Knöchel zu stürzen. Das hatte sie nun davon, dass sie sich dem Vorschlag ihres Vaters, den Kater zu kastrieren, hartnäckig widersetzt hatte.

Zwar gelang es Anini, Zottelbock mit einem heftigen Stampfen und einem barschen Schrei dazu zu bewegen, von seiner Beute abzulassen, doch leider erst, nachdem sich Ewowa ein paar heftige Kratzer eingefangen hatte. Anini schickte seinen plärrenden Setzling zu Usana in die Küche. Im Wundenverbinden waren Mütter vielleicht nicht unbedingt mitfühlender, wenngleich in jedem Fall geschulter als Väter.

Beim Bücken nach dem Schellenkranz fiel Anini auf, dass Ilele die Tragödie um seine Schwester keines Blicks gewürdigt hatte. Er saß im Schneidersitz in der Ecke, einen dicken, roten Stift in der Hand, und betrachtete mit ausdrucksloser Miene das Bild, das er gemalt hatte.

Anini ging neben ihm in die Hocke. »Was ist das?«

»Bäume«, sagte Ilele.

»Rote Bäume?«, wunderte sich Anini.

Ilele zuckte mit den schmalen Schultern. »Sie bluten. Der ganze Wald blutet.«

Anini schluckte trocken. »Wie kommst du denn auf so was Grausames, du Eichhorn?«

»Hör auf, mich Eichhorn zu nennen.« Ilele kaute auf seinem Stift und funkelte seinen Vater mürrisch an. »Dafür bin ich zu alt.«

»Ich bitte vielmals um Verzeihung, ehrwürdiger Weiser, der mehr Winter gesehen hat, als Nadeln an einer Tanne sind. Aber nun sag schon! Wieso blutende Bäume?«

Ilele senkte den Kopf, als schämte er sich für etwas, und raunte: »Ich habe es geträumt.«

Eine Hand ballte Anini zur Faust, mit der anderen strich er seinem Sohn über das weiche, weißblonde Haar. »Träumst du so etwas öfter?« Es war schwer für ihn, die Besorgnis aus seiner Stimme zu halten. »Von einem Wald, meine ich.«

Ilele ließ den Stift fallen und stand auf. »Ich muss pinkeln.« Dann raste er davon.

Neugierig inspizierte Anini das morbide Kunstwerk seines Sohnes. Die dicht gedrängten Stämme, die in einen leeren Himmel wuchsen. Die Äste, von denen Aberdutzende Tropfen fielen, die sich zwischen den Wurzeln in breiten Pfützen sammelten wie flüssiges Laub. Anini wünschte, er hätte sich an die Bilder erinnern können, die er in Ileles Alter gemalt hatte. Hatte er damals auch von Blut geträumt, als die Gabe in ihm erwacht war? Er würde seine Mutter bei nächster Gelegenheit danach fragen müssen. Bei Ileles Fleischwerdungsfest. Bis dahin galt es auch, eine Entscheidung zu treffen, wie er damit umzugehen gedachte, falls sich sein Verdacht bestätigte. Er hatte nur ein einziges Mal versucht, mit Usana über solche Dinge zu reden, damals, als sie ihm eröffnet hatte, dass ein erster Setzling in ihr keimte. Sie war fest davon überzeugt, dass er sie auf einen morschen Ast locken wollte, und es war eine schmerzhafte Erkenntnis für Anini gewesen, dass seine Eltern eine Braut für ihn gewählt hatten, die in den alten Legenden nur Gleichnisse und Parabeln ohne weiteren Bezug zur Wirklichkeit sah. In dieser Hinsicht hätte Usana eine vorbildliche Zwergin abgegeben. Deshalb hatte er es auch nie bereut, aus seiner Gabe ein Geheimnis zu machen. Selbstredend half es auch, dass es nur eines von vielen Dingen war, die er ihr verschwieg. Usana hielt es wie viele Angetraute von Kommissaren: Sie zeigte einen gewissen Stolz, einen Wahrer der Ordnung zum Mann zu haben, doch sie legte keinerlei Wert darauf, irgendwelche Einzelheiten darüber zu erfahren, was nötig war, um sich diesen Titel zu verdienen.

»Wir sollten Zottelbock doch noch kastrieren lassen.« Usana lehnte in der Tür zum Wintergarten. »Es würde ihn bestimmt ruhiger machen.«

»Da kann ich nur hoffen, dass ich dir ruhig genug bin.« Anini schenkte ihr ein zögerndes Lächeln, um seinen blöden Scherz noch deutlicher als Friedensangebot zu markieren.

Usana war heute allem Anschein nach bereits mit einem unruhigen Waffenstillstand zufrieden. Sie kam zu ihm in die Ecke und legte den Kopf schief, als sie das Bild mit den Bäumen bemerkte. »Ist das von Ilele?«

»Malt er so etwas öfter?«

»Das würdest du selbst wissen, wenn du dich mehr um ihn kümmern würdest.«

»Usana, bitte …«

»Ich weiß«, sagte sie rasch, und ihre Stimme klang ein wenig milder. »Du hast viel zu tun. Man sieht es dir an. Du wirst grau.«

Anini fuhr sich reflexartig mit der Hand durch das Haar an seiner Schläfe. »So schlimm?«

»Ilele schläft schlecht, und er träumt wirres Zeug.« Usana zeigte unmissverständlich, wem der Großteil ihrer Sorgen galt. Seine grauen Strähnen alarmierten sie bei Weitem nicht so sehr wie die Albträume, die ihren Sohn plagten, und bei aller Zurückweisung, die dahinterstecken mochte, musste Anini eingestehen, dass sie ihre Prioritäten richtig setzte. »Er ist jetzt in einem Alter, in dem er langsam zu verstehen beginnt, welcher Arbeit du nachgehst. Er hat Angst um dich. Oder eher Angst davor, dass du eines Tages nicht nach Hause kommst und überhaupt nicht mehr für ihn da sein könntest.«

»Ich passe auf mich auf.«

»Schön. Aber es gehört auch zu deinen Pflichten, auf Ilele aufzupassen. Er redet mit mir über kaum noch etwas anderes als sein Fleischwerdungsfest. Er freut sich sehr auf seine Geschenke. Und am meisten natürlich auf das von dir. Hast du dir schon etwas überlegt?«

Anini stöhnte gequält auf. »So leicht ist das nicht. Gerade beim Fest der zwei Hände.« Ilele wurde zehn, und früher, als die Halblinge noch in ihrer durch den Hammerschlag vernichteten Heimat gelebt hatten, war das zehnte Fleischwerdungsfest der Tag gewesen, an dem ein Vater seinen Sohn zum ersten Mal auf die Jagd mitnahm. Ein Jäger brauchte zwei kräftige Hände – einen für den Speer und einen für den Dolch. Die einfachste Lösung hätte darin bestanden, Ilele zwei Schauwaffen zu überreichen, wie es die meisten Väter mit ihren Söhnen taten, seit die Halblinge im Bund der Zwerge Aufnahme gefunden hatten. Doch Anini konnte sich nicht gegen die Ahnung wehren, dass in diesem Fall sein gewohnter Pragmatismus, mit dem er der Welt üblicherweise gegenübertrat, wenig zielführend war. Nein, es musste etwas Besonderes sein, mit dem er Ilele bedachte. Aber was? »Mir wird noch etwas einfallen.«

Als Anini aufstand, um sich wieder seiner Schillerechse zuzuwenden, entging ihm das leichte Funkeln in Usanas Augen nicht. Das Fleisch war kalt geworden. Schade. Heiß schmeckte es so viel besser.

Usana machte Anstalten, zurück in die Küche zu gehen, doch nach drei Schritten blieb sie stehen und drehte sich zu ihm um. »Kann ich wenigstens davon ausgehen, dass du zu seinem Fleischwerdungsfest überhaupt da sein wirst?«

»So fest, wie eine Zusage von jemandem in meinem Beruf ausfallen kann, ja«, sagte Anini zwischen zwei Happen Echsenfleisch.

Das war nicht das, was seine Frau hören wollte. Sie schüttelte den Kopf, schnaufte enttäuscht und ließ ihn allein.

Obwohl er durchaus bemerkte, wie forsch Usana mit dem Geschirr klapperte und dabei laut vor sich hinfluchte, grämte Anini sich nicht über das, was er nicht ändern konnte. Stattdessen zupfte er weiter das Fleisch von den Knochen der Schillerechse und machte sich Gedanken über die weitere Tagesplanung. Um gemeinsam mit der Familie etwas zu unternehmen, war es bereits ein bisschen zu spät – zum einen wären allein die Aufbruchsvorbereitungen zu umfangreich ausgefallen, zum anderen zweifelte er daran, dass Usana derzeit die nötige Laune aufwies, um sich mit ihm auf der Straße sehen zu lassen. Was war seine Alternative? Er beschloss, nachher unter Umständen noch den Heimatbaum zu begutachten, auch wenn er damit Gefahr lief, Usana weiter zu reizen. Immerhin war es Teil ihrer Aufgaben, die Topfeiche von welken Blättern und vertrockneten Ästen zu befreien, sie zu gießen und zu düngen und Sorge dafür zu tragen, dass der winzige Baum niemals einging. Dieses Risiko würde er allerdings gern in Kauf nehmen, da die Beschäftigung mit dem Heimatbaum ihm stets dabei half, nach seinem anstrengenden Tagwerk innerlich zur Ruhe zu kommen. Mit der Topfeiche war es letzten Endes wie mit dem Bund: Gelegentlich mussten Beschneidungen vorgenommen werden, um ein optimales Wachstum zu gewährleisten.

Nach dieser Beschau würde er sich früh ins Schlafzimmer zurückziehen, es sich auf dem Bett bequem machen und herausfinden, wie das Buch sich entwickelte, das er gerade erst vor ein paar Tagen begonnen hatte. *Die Wurzeln der Vergeltung* war bislang eine Erzählung ganz nach seinem Geschmack. Sie spielte in grauer Vorzeit im Grünenden Land und drehte sich um eine Generationen überspannende Fehde zwischen zwei Sippen, die Anspruch auf dasselbe Jagdrevier erhoben. Es gab heimtückische Intrigen, kaltblütige Morde, unerfüllte Liebe und die packendste Schilderung eines Geiseltauschs, die Anini jemals untergekommen war, weil sie aufzeigte, welche entscheidende Rolle dieses ungewöhnliche Instrument zur Absicherung der Eide zwischen zwei Sippen einmal für die Kultur seines Volkes gespielt hatte. Er hatte sich beim Lesen mehrfach ertappt, wie er vollkommen in die Rolle der Figur geschlüpft war, die man als Setzling aus ihrem vertrauten Umfeld entführt hatte, um –

Das Läuten der Türglocke riss ihn aus seinen Gedanken. Er wartete einen Moment, ob Schritte aus der Küche zu hören waren, die sich dem Eingangsbereich näherten, aber offenkundig ignorierte Usana das Läuten einfach. Wenn das schon Teil einer Strafe sein sollte, die sie ihm für seine häuslichen Verfehlungen angedeihen lassen wollte, stand ihm kein besonders geruhsamer Abend bevor. »Ich gehe!«, rief er und eilte zur Tür.

Da seine Finger mit kaltem Fett vom Echsenfleisch überzogen waren, drückte er die Klinke mit dem Ellenbogen herunter und schob die Tür mit dem Fuß auf, sobald seine Zehenspitzen in den Spalt passten.

Anini starrte ein Eilbote entgegen, der, seinem Keimlingabzeichen nach zu urteilen, aus der Residenz des Obersten Vorarbeiters kam. »Kommissar Anini 29-3?«

Anini gab nur ein Brummen von sich. Er hasste es, wenn man Zeit mit unnötigen Fragen vergeudete. Hatte der Bote etwa noch nie ein Diensthemd des Kommissariats gesehen, oder weshalb stellte er sich derart einfältig an?

Der Bote hielt Anini ein schlichtes, braunes Päckchen von der Größe einer Zigarettenschachtel hin. »Für dich.«

»Leg es da ab.« Anini zeigte dem Boten, dem unter dem Schirm seiner Schwingenkappe der Schweiß in dicken Tropfen auf der Stirn stand, seine fettglänzenden Finger.

Es war gut, dass dieses Windei für seine flinken Beine und nicht für sein rasches Denken entlohnt wurde, denn er brauchte quälend lange, bis er begriff, was Anini ihm signalisieren wollte. Dann tat er wie geheißen, setzte das Päckchen vorsichtig auf der nächsten Fensterbank ab und verabschiedete sich mit einem »Heimat in der Fremde.«

»Fremde in der Heimat«, murmelte Anini ihm hinterher.

Usana, die die kleine Szene durch das Küchenfenster beobachtet haben musste, schlüpfte geschickt an ihrem Gatten vorbei und schnappte sich das Päckchen. »Soll ich es aufmachen?«

»Meinethalben.«

Sie zog ihre Kochschürze aus und warf sie Anini zu. »Hier! Für deine dreckigen Pfoten!«

Während Anini sich die Hände abwischte, riss Usana das braune Papier auf, in das die eigentliche Sendung eingeschlagen war, und brachte eine Schachtel aus fester, weißer Pappe zum Vorschein. Sie hob den Deckel, schaute hinein und rümpfte die Nase.

»Was ist es?«

»Eine Nuss.«

Anini hielt den Atem an. Ausgerechnet heute. Ausgerechnet jetzt, wo Usana ihm vorgeworfen hatte, er würde die Setzlinge vernachlässigen. »Zeig mal her.«

Anini sah genau das, was er befürchtet hatte. Eine dunkelbraune, fast schwarze Nuss, auf deren Schale die Rillen fein genug waren, um die Oberfläche im ersten Moment für glatt zu halten. Wäre Usana mehr an der Geschichte ihres Volkes interessiert gewesen, hätte sie auch den Namen gekannt, den eine Nuss wie diese unter den traditionsbewussteren Halblingen trug: eine bittere Träne der verschwundenen Wälder. Für Anini war sie das Zeichen, dass er seine Lektüre der *Wurzeln der Vergeltung* auf unbestimmte Zeit verschieben musste.

»Was ist das?«, fragte Usana.

»Etwas Kostbares und Seltenes.«

»Sie sieht ein wenig aus wie die, die –«

»Ich muss weg«, fiel er ihr ins Wort, hastete zur Garderobe und nahm seine leichte Windjacke vom Haken.

Usana stellte ihn beim Hinauseilen, einen Ausdruck unwilligen Erahnens auf ihrem blassen Gesicht. »Wo willst du jetzt noch hin?«

Er schlug sich mit der flachen Hand an die Brust, dort wo sich unter dem Stoff von Jacke und Hemd schemenhaft der Umriss seines Ehrendolches abzeichnete, den er an einer feingliedrigen Silberkette um den Hals trug. »Ungebrochene Pflicht«, sagte er knapp, weil es nicht mehr zu sagen gab.

Er war bereits am Tor im niedrigen Zaun, als er sie noch einmal rufen hörte. »Was soll ich damit machen? Wegwerfen?«

Anini wandte sich halb zu ihr um. »Nein, auf keinen Fall. Ich sagte doch, es ist kostbar und selten.« Einen Augenblick hatte er den Eindruck, als würde er über etwas völlig anderes reden als diese verfaulte Nuss. »Heb sie auf. Wir schenken sie Ilele.«

Er zwang sich zu lächeln und ihr zuzuwinken, bevor er die Liebe für sie und die wunderbaren Geschöpfe, die aus dieser Liebe gewachsen waren, an einen Platz in seinem Innern verbannte. Einen warmen Platz, an dem sie vor der Kälte, die er in sich weckte, wenn er seinen eidgebundenen Pflichten nachkam, halbwegs sicher waren.

Der Völkerpark konnte nicht über einen mangelnden Zustrom an Besuchern klagen. Der Sommer, der sich dem Vormarsch des Herbstes nach besten Kräften widersetzte, sorgte für einen wolkenlosen Himmel, an dem die Sonne tapfer und unentwegt strahlte. Insofern war es nicht verwunderlich, dass die Bewohner Zwergs das Angebot nutzten, sich an den Tieren und Pflanzen aus dem gesamten Bund zu erfreuen, die hier in Beeten und Gehegen zu bestaunen waren.

Anini steuerte jedoch auf eine völlig unspektakuläre Sehenswürdigkeit zu. Es gab im Völkerpark viele große Bäume, und nun, da ihre dottergelben Blüten im Verwelken begriffen waren, wirkte die Nusseibe trotz ihres dicken Stamms und ihrer weit ausladenden

Äste eher unscheinbar. Für Zwerge besaß sie ohnehin keine besondere Bedeutung, und heute machte es ganz den Eindruck, als wäre sich nur ein einziger, einsamer Halbling der Herkunft dieses Baums bewusst.

Er saß auf einer Bank – die Beine vornehm übereinandergeschlagen, eine Umhängetasche aus braunem Leder auf dem Schoß – und blickte versonnen zur Baumkrone hinauf, als fragte er sich, wie etwas, das von so weit herkam, in der Fremde derart prächtig gedeihen konnte.

Beim Näherkommen stellte Anini mit einer gewissen Genugtuung fest, dass nicht nur ihm das Grau in die Haare kroch. Auch das Haupt jenes Halblings, der dem Obersten Vorarbeiter beistand, war vor dem Zahn der Zeit nicht gefeit.

»Du hast mich zu dir bestellt«, sagte Anini. »Hier bin ich. Was gibt es?«

Awoho warf einen Blick auf ein Zwergenpärchen, das gemeinsam einen Kieselwagen an ihnen vorbeischob und dabei unablässig auf das glucksende Ergebnis ihrer Liebesarbeit einredete.

»Nicht hier.« War das ein Tadel, den Anini da hörte, oder doch eher Besorgnis?

Awoho hängte sich umständlich seine Tasche um, klopfte sich im Aufstehen den Hosenboden ab, obwohl man von der Bank hätte essen können, und übernahm die Führung. Anini musste schmunzeln. So war Awoho schon immer gewesen. Schon seit jener Vermählungsfeier, bei der eine von Aninis Basen in Awohos Sippe eingeheiratet hatte. Wie alt waren sie damals gewesen? Hatten sie ihr Fest der zwei Hände bereits gefeiert? Nein, das konnte nicht sein. Anini war dabei gewesen, als Awohos Vater seinen Sohn symbolisch in die Reihen der Krieger seiner Sippe aufgenommen hatte. Womit noch? Richtig. Mit einem stumpfen Dolch und einem Speer mit einem runden Knauf statt einer Spitze. Anschließend hatten sie Jagen gespielt, und wenig überraschend hatte Awoho die eingebildete Jagd auf einen reißenden Tüpfeltod angeführt. Seinen Hang, anderen seinen Willen aufzuzwingen, hatte er nie verloren. Er war lediglich geschickter in der Wahl seiner Mittel geworden. So geschickt, dass sogar der Zwerg, den die allermeisten Bürger für den Lenker der Bundesgeschicke hielten, nach Awohos Pfeife tanzte.

»Wie war die Arbeit?«

Anini machte sich nichts vor. Da war kein ehrliches Interesse an seiner Arbeit – das existierte in der Regel nur, wenn er im direkten Auftrag seines angeheirateten Verwandten handelte. Doch er ärgerte sich nicht über die Unaufrichtigkeit, denn es tat immer gut, mit jemandem über sein Handwerk zu reden. »Anstrengend. Ich hatte einen Schüler der Bundeslehrstätte für Gesellschaftskunde auf dem Stuhl, der beim Verteilen von Hetzschriften gegen den Krieg und gegen die Beamten erwischt wurde.«

Sie kamen an das Ufer des künstlich angelegten Sees, der den Park in zwei Hälften teilte. Awoho wandte sich nach links, zum Holzpavillon, der als Anlegestelle für die überdachten Bötchen diente, mit denen man über das trübe Wasser des Sees schippern konnte.

»Ich nehme an, du hast den Kerl ordentlich ausgequetscht. Wir können auf Unruhestifter in der Hauptstadt ganz ausgezeichnet verzichten. Schlimm genug, dass wir es in den Provinzen nicht schaffen, alle Nestbeschmutzer auszumerzen.«

»Folter lässt nur selten uneingeschränkte Wahrheiten erblühen«, gestand Anini ein. »Doch er hat eine ganze Menge Namen genannt, die wir jetzt überprüfen.«

Awoho quittierte dies mit beharrlichem Schweigen, das andauerte, bis sie in einem der weißen Boote Platz genommen hatten. Es gab insgesamt drei Reihen Sitzbänke in dem schwankenden Gefährt, doch Awoho gab dem Zwerg, der den Parkgästen beim Einsteigen half, mit einer rasch zugesteckten Münze zu verstehen, dass keine weiteren Mitfahrer erwünscht waren.

Ein Ruck ging durch das Boot, als die unter Wasser verlaufende Kette, an der es in gemächlichem Tempo über den See gezogen wurde, ihre Bewegung wieder aufnahm. Die Konstruktion, die die Illusion von allein und aus eigenem Antrieb dahingeleitenden Booten erzeugte, war ein Meisterstück zwergischer Versuchsrechner, für die Anini einen großen Respekt hätte verspüren sollen. Dennoch wirkte sie – ähnlich wie der gesamte See – auf ihn vielmehr wie der verzweifelte Versuch, die unergründlichen Mächte der Natur nachzuahmen und in ein Korsett des Vorhersagbaren und Beherrschbaren zu zwängen. War das bereits ein die Volksmoral zersetzender Gedanke, ein Aufbegehren gegen das Festhalten an der Unfehlbarkeit der Vernunft? Awoho war nicht der richtige Gesprächspartner, um derlei Zweifel an der geltenden Weltsicht im Bund vorzubringen.

Awoho wartete, bis das Ufer fünfzig oder sechzig Platten hinter ihnen lag, ehe er endlich damit herausrückte, weshalb er Anini die Nuss geschickt hatte. »Es hat einen Mord gegeben.«

»Und dafür holst du mich hierher? Wegen eines Mordes?« Anini starrte in den gelben Baldachin hinauf, der ihnen Schatten spendete. »Ist das nicht eine Angelegenheit für Sucher?«

Awoho öffnete seine Tasche, holte eine graue Aktenkladde daraus hervor, schlug sie auf und reichte sie an Anini weiter. »Schau dir den Namen des Opfers an und du wirst einsehen, dass es töricht wäre, die Sucher darauf aufmerksam zu machen. Wir wollen doch nicht, dass sich das Debakel mit Garep Schmied wiederholt. Versteh mich nicht falsch. Es war eine nützliche Idee, einen Tatort so zu präparieren, dass wir uns einen Sucher als Drahtzieher für unseren inszenierten Anschlag auf den Vorarbeiter heranzüchten. Niemand konnte damit rechnen, dass Schmied tatsächlich Verbündete unter den Menschen hatte, die ihm eine Flucht aus dem Bund ermöglichten. Doch genug von gegessenen Früchten. Jetzt lies schon.«

Im dafür vorgesehenen Feld auf dem vorläufigen Ermittlungsbericht, der ganz oben auf dem Papierstapel lag, war sauber ein Name mit Schreibmaschine getippt. Ein saures Brennen breitete sich in Aninis Magen aus, das nicht so sehr auf das fettige Echsenfleisch zurückzuführen war. »Man hat sie umgebracht? Aber wieso? Zählte sie überhaupt zu den Eingeweihten?«

»Sie hatte ihre Nase überall«, sagte Awoho kühl. »Womöglich war es nur eine Frage der Zeit, bis sie an der falschen Blume schnupperte. Jedenfalls ist offenbar irgendjemand der Überzeugung gewesen, sie wäre eine von uns. Anders kann ich mir nicht erklären, dass man sie so zugerichtet hat.«

Anini blätterte bis zu den Lichtbildern vom Fundort des Leichnams, die mit einer Klammer an die letzte Seite des Ermittlungsberichts angehängt waren. Pfeifend sog er Luft durch die Zähne. Er hatte schon Schlimmeres gesehen, aber nicht vieles. Er fragte sich, welcher Geruch in der Luft gelegen hatte, als das Opfer gewahr geworden war, dass es kein Entrinnen geben würde. »Das war kein schneller Tod.«

»Richtig. Das war Abrechnung und Warnung zugleich.« Awoho seufzte verhalten. »Und das müssen wir uns zu Herzen nehmen, auch wenn die Täter ihr eigentliches Ziel verfehlt haben. In gewisser Weise sind wir das dem armen, neugierigen Ding schuldig, meinst du nicht?« Er griff ein weiteres Mal in seine Tasche und begann ein Brötchen zu zerreißen, um damit die riesigen Karpfen zu füttern, die um das Boot herumschwammen und mit klaffenden Schlünden beharrlich um Nahrung bettelten.

»Und was erwartest du von mir?«, fragte Anini und klappte die Kladde zu.

»Dass du herausfindest, wer sie auf dem Gewissen hat.«

»Damit die Tat nicht ungesühnt bleibt?«

»Das natürlich auch. Aber wir müssen in Erfahrung bringen, wie viel sie wirklich wusste und wie viel sie davon an ihre Mörder verraten hat.« Awoho warf das letzte Stück Brötchen über Bord und lächelte erfreut, als gleich drei der großen Fische auf die Beute zuhuschten. »Du fährst am besten noch heute Abend.«

Anini nickte. Das würde Usana gar nicht gefallen. Um sich auf andere Gedanken als den bereits schiefhängenden Haussegen zu bringen – die Akte würde er im Zug noch ausführlich studieren können –, wechselte Anini das Thema. »Wie geht es dem Vorarbeiter? Hat er Verdacht geschöpft?«

Awoho schüttelte den Kopf. »Deine Arbeit in der Residenz verdient nur Lob. Ich musste nicht einmal das Gutachten des Leichenbeschauers fälschen. Und was Seher angeht …« Er machte eine lange Pause. »Ich sorge mich ernsthaft um seine geistige Verfassung. Unter Umständen habe ich mich verschätzt, wie wichtig diese vorlaute Pute für ihn war. Ich hatte gedacht, es ginge dem alten Bock nur darum, seinen Beutel in eine junge Spalte zu leeren. Aber da lag ich daneben. Ich befürchte fast, er war in sie verliebt.«

»Denkst du, wir haben zu voreilig gehandelt?«

»Ich habe nur getan, was getan werden musste«, meinte Awoho in einem Tonfall, als wären es seine Hände gewesen, die dieser Kammerdienerin das Genick gebrochen hatten. »Sie hätte sich darauf beschränken sollen, gute Liebesarbeit zu verrichten, und sich nicht in Dinge einmischen, von denen sie nichts versteht. In dieser Hinsicht ist sie dem Opfer aus Stahlstadt nicht unähnlich gewesen.« Er nickte zu der Akte hin.

Anini verbarg das Zucken seiner Mundwinkel wohl nicht schnell genug, denn sein Auftraggeber legte die hohe Stirn in Falten und fragte: »Was ist? Teilst du meine Ansichten nicht?«

»Doch.« Anini ließ seinen Blick zum Ufer schweifen. »Aber Ilele feiert in ein paar Tagen sein Fest der zwei Hände. Usana reißt mir den Kopf ab, wenn ich das verpasse.«

»Ach, die Freuden der Ehe.« Awohos Lächeln fiel noch breiter aus als beim Beobachten der Karpfen. »Dann sputest du dich besser. Du weißt doch, wem der Wald gehört?«

»Der flinksten Katze«, murmelte Anini.

»Eben.« Awoho nickte. »Und wo wir gerade von Katzen sprechen. Habt ihr euren garstigen Kater endlich kastrieren lassen?«

»Wir denken darüber nach«, sagte Anini und wappnete sich innerlich schon gegen den Kampf, den er bei seiner Rückkehr nach Hause auszufechten haben würde. Gelegentlich bedauerte er es, dass der Eid, den er dem Bund geleistet hatte, kein Gebot der Ehelosigkeit umfasste.

2

»Du hast länger gebraucht, als ich dachte, Sira.«

Die Worte, mit denen ihr Bruder sie begrüßte, ehe er sie fest in die Arme schloss und ihr bedeutete, am runden Tisch in einem der Alkoven des Gasthauses Platz zu nehmen, lösten in Arisascha von Wolfenfurt ein tiefes Gefühl der Heimkehr aus. Tiefer noch als der Anblick der reichen Kaufmannspaläste auf den fünf Hügeln Meerschaums. Tiefer als das verwitterte Wogenwappen im Osttor, durch das sie in die Stadt gekommen war. Tiefer als der Duft von frisch gebackenem Kümmelbrot und Pfefferfleisch zwischen den Buden und Ständen der vielen kleinen Märkte. Es war der Klang von Siris' Stimme, der ihr verriet, dass sie zu Hause war. Leicht gelangweilt, von unterschwelligem Spott durchzogen – so wie er früher, als sie noch im Haus ihrer Eltern gewohnt hatten, immer geredet hatte. Nicht nur mit ihr, sondern sogar, wenn er auf Geheiß ihres Vaters zu den Herren beten musste, hatte er sich häufig angehört, als würde er allem, was um ihn herum vorging, mit hochmütiger Distanz begegnen.

Er sah gut aus. Die Haut braun gebrannter als bei ihrer letzten, kurzen Begegnung im Zwergenbund, das eigentlich dunkle Haar von der Sonne zu einem schmutzigen Braun gebleicht, die kräftigen Arme noch sehniger. Wen die Herren unter ihrem Gesinde am meisten liebten, dem schenkten sie einen schönen Körper, hieß es in den Heiligen Schriften. Folglich mussten sie Siris wohl lieben, auch wenn er diese Zuneigung nicht im Mindesten erwiderte.

Doch offenbar scherte es die Herren kaum, wie es um die Liebe eines Menschen zu ihnen bestellt war, sobald sie sich dazu entschlossen, ihn auf den Wegen voranschreiten zu lassen, die sie für ihn bestimmt hatten. Arisascha hätte blind sein müssen, um das Wirken der Herren in ihrem und Siris' Schicksal zu übersehen. Waren sie nicht beide in ihre Heimat zurückgekehrt, obwohl sie einst von dort geflüchtet waren? Und hatten sie nun bei ihrer Ankunft nicht beide jeweils zwei Begleiter, ein Menschenkind und einen Zwerg? Wie viel Zeichen mehr hätte sie noch verlangen können, um zu begreifen, dass die Entscheidungen, die sie traf, letztlich eben doch nicht ihre eigenen waren?

Sie beobachtete, wie die beiden Zwerge einander begrüßten. Garep reichte Himek beide Hände, und der junge Zwerg sah seinen Vater an, als wären sie sich noch nie zuvor begegnet. Da war nichts mehr von der ablehnenden Verbitterung, die Arisascha damals – vor scheinbar so unendlich langer Zeit – in einer düsteren Spelunke in Amboss auf Himeks Zügen aufgefallen war. Nur eine unschuldige Neugierde, als wollte er nun endlich die wahren Gründe erfahren, weswegen Garep ihn kurz nach seiner Geburt zu Zieheltern gegeben hatte, um die Berge anschließend für immer zu verlassen und in Amboss ein neues Glück zu suchen. Da sie beide ihre Bärte geschoren hatten, erkannte Arisascha in diesem Augenblick auch, wie ähnlich sich Vater und Sohn waren. Himek war Garep wie aus dem Gesicht geschnitten: die gleiche gedrungene Stirn; die gleichen buschigen Brauen, die in einem sanften Schwung ausliefen; die gleichen breiten Wangenknochen; die gleiche prominente Nase, bei der ein Loch – das linke – ein Stückchen größer war als das andere; das gleiche stoppelige Grübchen im Kinn. Nur die Augen unterschieden sich deutlich – Gareps strahlten in einem stählernen Blau, während Himeks in einem Grünbraun funkelten, das an moosige Rinde erinnerte. Ob sie begriffen, dass sie füreinander wie Spiegel waren, durch den der Vater in seine Vergangenheit und der Sohn in seine Zukunft blicken konnte?

So sehr sich die Zwerge ähnelten, die ihr und ihrem Bruder von den Herren an die Seite gegeben worden waren, so verschieden waren die Menschenkinder, die sie ihrer treuen Magd und ihrem störrischen Knecht übereignet hatten. Ojirisan von Irgendwo, um den Arisascha sich seit der harten Landung des fliegenden Schiffs kümmerte, das sie über das Kochende Meer bis an die Ostküste der Zerrissenen Reiche getragen hatte, bot ein Bild des Jammers: Der schwarze Anzug, bei dem Hemd und Hose aus einer einzigen Bahn

Stoff geschneidert und auf den viele kleine und große Taschen aufgenäht waren, schlackerte ihm um die schmalen Schultern. Sein rechter Arm, dünn wie ein Zweiglein Reisig, hing schlaff und nutzlos herab. Auf seinem Kopf wuchs ein Schopf zerzausten, pechschwarzen Haars, halb verborgen unter einem Hut mit eingebeulter Krempe, aus dem der abgebrochene Schaft einer Feder spross, die Oji bei einem seiner vielen Stürze verloren hatte. Der Junge stierte aus tief liegenden, glasigen Augen auf die Essensreste in den Schüsseln und leckte sich die Lippen.

Auch wenn die Miene des Mädchens, das neben Siris saß, niedergeschlagen wirkte, und obwohl seine weite Kleidung – weißes Hemd, weiße Hose, weiße Schärpe – durch die Strapazen einer langen Reise gelitten hatte, besaß sein Gesicht eine kräftige, gesunde Farbe, und es war sicherlich hübsch genug, um viele Blicke von Jünglingen auf Brautschau auf sich zu ziehen – oder um auf einem Sklavenmarkt im Tiefen Süden einen hervorragenden Preis zu erzielen. Die Sandfresser schätzten Spielzeuge mit hellem Haar ungemein. Doch vor das Schicksal, im Weiberhaus eines Südländers zu enden, hatten die Herren Siris gestellt.

Die Herren richteten stets alles aufs Beste ein, selbst wenn ihr Gesinde nicht immer sofort erkannte, dass sie es nur gut mit ihm meinten. Arisascha streckte die Beine aus und verlor sich kurz in dem Gedanken, was sie ihrem jüngeren Ich geraten hätte, das genau hier – in diesem Gasthaus – auf eine Probe seiner Tugendhaftigkeit gestellt worden war. »Hüte dich vor dem Soldaten mit den schönen Augen!« oder »Geh ruhig mit ihm auf den Tanzboden und lass deinen Rock wirbeln!«? »Wenn du dich mit ihm einlässt, wird dein Bruder deinem Vater die Seele aus dem Leib schlagen!« oder »Du wirst viel Freude und viel Leid durch ihn erfahren, aber am Ende wird dein Glaube dadurch nur noch fester werden!«? Letztlich war es unerheblich, welche Empfehlungen sie ausgesprochen hätte. Die Herren hätten sie auf anderen Wegen – vielleicht verschlungeneren, vielleicht geradlinigeren – doch nur zu diesem Moment im Hier und Jetzt geleitet.

»Meine Augen zeigen mir, dass du die Tochter meines Vaters mit

Gewinn aus dem Bund geschmuggelt hast«, wandte sich Siris in holprigem Zwergisch an Garep.

»Es gab da jemanden, der mir kaum eine andere Wahl gelassen hat«, antwortete Garep in der Sprache, die die Herren die Menschen gelehrt hatten. »Und ja, wir haben es geschafft. Über Umwege zwar, aber darüber will ich mich nicht beschweren.«

Amüsiert bemerkte Arisascha, wie sich die Brauen ihres Bruders hoben. Siris konnte nicht wissen, dass sich der Zwerg dank eines Rituals mit Herrenblut, bei dem ihm von einem Schiffsgeborenen ein heiliges Zeichen in den Nacken gestochen worden war, nahezu perfekt in der Menschensprache auszudrücken verstand. Es war eines der unzähligen Wunder, deren Zeuge Arisascha auf ihrer Reise geworden war, und sie hätte Siris darüber aufklären können, doch wie sie ihn einschätzte, hätte er ihr ohnehin nicht geglaubt. Also überließ sie ihn seinem Staunen und meinte stattdessen mit einem Blick zu dem Mädchen in Weiß: »Ich dachte, die Patientin, die du und Himek aus dieser Anstalt in Stahlstadt befreien wolltet, wäre ein Halblingsmädchen.«

»Es hat nicht geklappt«, brummte Siris missmutig. »Sie ist tot.«

Himek legte daraufhin den Kopf schief und eine Hand auf Siris' Schulter. »Nichts ist tot, das nicht sterben will.«

In ihrer Zeit im Zwergenbund hatte Arisascha viele Redensarten der Stummel aufgeschnappt, aber dieses Sprüchlein war ihr neu und es klang ganz und gar nicht so, als wäre es aus dem Prinzip einer bedingungslosen Vernunft abgeleitet. Die Kurzbeine waren eben immer für eine Überraschung gut. Sie zeigte auf das Mädchen. »Und wer ist sie dann?«

Siris knuffte seine jugendliche, traurig dreinblickende Begleiterin mit dem Ellenbogen in die Seite. »Na los. Jetzt darfst du.«

Das Mädchen straffte die Schultern. Der Ausdruck, den sein Gesicht nun annahm, war Arisascha vertraut – so hatte sie früher im Spiegel ausgesehen, wenn sie die Verse übte, die ihr Vater ihr zum Auswendiglernen aufgegeben hatte. »Mein Name ist Fianessa von Goldberg, und ich wandle auf dem Pfad der Ehrenvollen Schande. Alle Herrengläubigen sollen von mir erfahren, dass die Bewahrer ihren Dienst verrichtet haben, wie er ihnen von den Herren aufgetragen wurde. Goldberg ist gefallen, aber die Bewahrer haben all ihr Blut vergossen, auf dass der Feind seinen Sieg teuer erkaufte. Meine Geschwister speisen in der Welt hinter der Welt an der Tafel der Herren, und erst, wenn Goldberg wieder in der Hand derer ist, die rechten Glaubens sind, ist es mir vergönnt, ihnen nachzufolgen.« Fianessa schenkte Siris einen finsteren Blick. »Ich habe eine Axt aus dem Schatz, den wir Bewahrer hüteten, die meine Worte als Wahrheit ausweisen könnte … wenn dieser Frevler mich nicht dazu gezwungen hätte, sie unter meinem Bett zu verstecken wie etwas, für das ich mich schämen müsste.«

Natürlich. Arisascha fasste sich ans Kinn. Sie war zu lange fort gewesen, hatte zu viel vergessen. Dieses Mädchen trug das Gewand einer Novizin der Bewahrer, jenes Ordens, der die wohl berühmteste von den Herren erbaute Festung verteidigte, die dem Gesinde geblieben war. Eine Festung, an der die vorrückende Armee der Zwerge auf unerwartet harten Widerstand gestoßen war, weil … »Du warst das?«, fragte sie Siris.

»Ich war was?«

»Bei den Leuten, die aus dem Norden flüchten, gehen Gerüchte um«, erklärte Arisascha. »Vom Fall Goldbergs und einer jungen Bewahrerin auf einem schwarzen Pferd, die die Gläubigen um sich scharen will, und –«

»Da siehst du, was du mit deinem verkackten Ausflug angerichtet hast«, zischte Siris Fianessa an. »Die Leute reden über dich. Du hast Glück, dass wir dich so schnell wieder eingefangen haben, du Stinkralle.«

»Da war noch mehr«, fuhr Arisascha fort. »Es heißt, ein wundertätiger Mann, der mit den Zwergen kam, hätte einen Teil ihrer lästerlichen Maschinen in einem gleißenden Feuerball vergehen lassen.«

»Ja, das war ich«, gestand Siris. Sein alter Ledermantel knarzte, als er sich halb über den Tisch beugte und mit gesenkter Stimme weitersprach. »Und bevor du dir irgendwelche Hoffnungen machst, ich könnte zu den Herren gefunden haben, muss ich dich enttäuschen. Das Wunder, das man mir andichtet, hört auf den Namen Sprengpulver.« Er lehnte sich wieder zurück, und sein Kinn zuckte kurz in Ojis Richtung. »Genug von mir und meinen Heldentaten. Wer ist der kleine Krüppel?«

Er verdrehte die Augen, als die Schankmaid zu ihnen an den Tisch trat und sich mit einem etwas zu fröhlichen »Die Herren zum Gruß!« erkundigte, was sie ihnen bringen durfte. Garep schaute Arisascha Hilfe suchend an, und so wies sie die beständig grinsende Frau mit dem Überbiss an, beim Koch eine Platte mit Dornenkrabben, Süßalgen und Weichnüssen in Auftrag zu geben – Köstlichkeiten, die Arisascha zum letzten Mal gegessen hatte, als die Bedienung noch ein Kind gewesen war. Es hatte seine Vorzüge, wieder zu Hause zu sein.

»Soll ich eure Sachen abräumen?«, fragte die Schankmaid Siris zögerlich.

»Sie werden anscheinend noch gebraucht«, erwiderte er. Als sich die Überbissige mit leeren Händen zurückzog, betrachtete Siris kopfschüttelnd Oji. Der Junge hatte sich im Verlauf des Gesprächs unbemerkt aller Schüsseln in seiner Reichweite bemächtigt und stopfte sich die Reste mit bloßen Fingern gierig in den Mund.

»Wie lange wartet ihr schon?«, wollte Arisascha wissen.

»Eine Weile.« Siris' Lippen kräuselten sich vor Ekel.

»Drei mal sechs Tage«, erläuterte Fianessa, wobei eine nicht zu überhörende Ungeduld aus ihr sprach.

Siris' Hand schoss unter dem Tisch hervor, um die Novizin ins Ohr zu kneifen. »Wenn die Kuchen reden, schweigen die Krümel«, rügte er das Mädchen. »Ich bin dran.« Er ließ das Ohr los. »Gut, noch mal. Wer ist der kleine Krüppel?«

»Ojirisan von Irgendwo«, sagte Arisascha. »Der Schüler eines Weisen Denkers. Gozzoldini. Der, der die große Wasserschraube am Predigerhügel gebaut hat.«

Siris sah sie verständnislos an.

»Ich muss anders anfangen.« Arisascha seufzte. In knappen Worten berichtete sie, wie Garep und sie mithilfe von ein paar Freibündlern in der Zwergenhauptstadt an Bord eines Menschenschiffs gelangt waren, das sie nach Gottespfand bringen sollte. Wie das Schiff auf der Flucht vor der zwergischen Flotte in einen Sturm geraten und sie auf einer sonderbaren Insel gestrandet waren, die sich als eines der in den Heiligen Schriften erwähnten Paradiese der Herren entpuppte. Von dem Alten Diener, der die dortigen Paläste der Herren schützte und sowohl die Gestrandeten als auch die Teilnehmer einer von Gozzoldini von Meerschaum geführten Expedition als Bedrohung eingeordnet hatte. Wie sie dem mordenden Ungeheuer aus Metall schließlich mit Gozzoldinis fliegendem Schiff entkommen waren. Von den endlos scheinenden Tagen, wo über ihnen nichts als der Himmel und unter ihnen nichts als das Meer zu sehen gewesen war. Von ihrer Erleichterung, als sie irgendwann am Horizont die Küstenlinie der Zerrissenen Reiche erspäht hatten. »Wir dachten schon, es würde alles gut ausgehen. Aber bei der Landung … wir sind in Bäumen hängen geblieben. Keinen Steinwurf von einem Feldlager der zwergischen Armee entfernt. Gozzoldini wollte ihnen sein Schiff nicht kampflos überlassen.« Arisascha stockte. Sie hatte den Weisen Denker sehr gemocht, trotz seiner fahrigen Art und seiner Angewohnheit, in jedem Gespräch kreuz und quer von einem Gedanken zum nächsten zu hüpfen, als wäre seine Zunge zu langsam für seinen Geist. »Er hat uns weggeschickt und uns gesagt, wir sollen uns um Oji kümmern und ihn nach Hause bringen. Oji wollte nicht gehen, und gleich in der ersten Nacht ist er uns davongelaufen. Wir haben zwei Tage nach ihm gesucht. Dann haben wir ihn gefunden. An einem Abhang, den er hinuntergestürzt ist.« Für einen Augenblick waren in ihrem Herzen Zweifel an der Güte der Herren geweckt worden, als sie Oji entdeckt hatten. Er hatte auf dem Rücken gelegen und aus leeren Augen in die Wolken hinaufgestarrt. Sein Rucksack war ihm von den Schultern gerutscht, und die Schätze der Herren, die er auf Anweisung seines Lehrmeisters im Paradies gesammelt hatte, lagen rings um ihn verstreut. Die glänzenden Behältnisse, in denen Gozzoldini einen schier unerschöpflichen Vorrat an Herrenblut vermutete und bei denen Arisascha an die Knäufe von Schwertern ohne Klingen hatte denken müssen. Einer von ihnen war in die Apparatur aus dünnen Streben eingespannt, wobei ein Ende eine hauchdünne Nadel aufwies. Zwei Dinge hatte Arisascha bemerkt, als sie sich dem Jungen genähert hatten: dass sich sein Brustkorb kaum merklich senkte und hob und dass die Nadel den Sturz nicht überstanden hatte. Sie war abgeknickt und steckte in der aufgewühlten Erde am Fuß des Abhangs. Die Herren gaben, und die Herren nahmen, wie es ihnen gefiel. »Seitdem hat er kein Wort mehr gesprochen.«

»Er sieht einfältig aus«, sagte Siris abschätzig.

»Hast du nicht zugehört?« Auch das war eine Leistung, wie sie nur Siris zustande brachte: Bei der Offenbarung, dass seine Schwester auf einem fliegenden Schiff über das Meer gekommen war, nicht einmal mit der Wimper zu zucken, und sich lieber vor der Vorstellung zu grausen, mit einem schwachsinnigen Krüppel an einem Tisch zu sitzen. »Er war vorher nicht so. Er war bei Gozzoldini in der Lehre. Wie viele Weise Denker wählen sich denn einfältige Schüler?«

»Ich bin kein Weiser Denker«, sagte Siris, als wäre das eine zufriedenstellende Antwort auf ihre Frage. »Und dann? Nach dem Sturz des Krüppels, meine ich. Dann seid ihr einfach mir nichts, dir nichts in den Süden gereist, ohne dass dich alle zwei Schritte jemand aufgehalten hat, weil du mit einem Krüppel und einem Zwerg durch die Lande ziehst?«

»Die meisten Leute haben in ihrem Leben noch keinen Zwerg gesehen.« Sie strich Garep über den Arm, weil sie ahnte, dass ihn ihre nächsten Worte verletzen würden. »Sie dachten eher, ich bin mit zwei Verwachsenen gestraft. Und den ganz Neugierigen habe ich erzählt, wir wären die Reste einer zerschlagenen Gauklertruppe, die zwischen die Fronten geraten ist.«

»Verstehe.« Siris nickte grinsend. »Ein nimmersattes Schlingmaul mit einem Arm, ein kleinwüchsiger Possenreißer mit mehr Haaren als eine Ziege und …« Er lachte dreckig. »Und was warst du?«

»Eine geschmeidige Tänzerin«, sagte Arisascha ausweichend. »Und wie war es bei dir? Hat von dir keiner wissen wollen, wer deine Begleitung ist?«

»Nein.« Siris bückte sich unter den Tisch, und sie spürte ein hartes Stupsen an ihrem Schienbein. Sie sah nach, womit er sie da bedrängte, und stellte fest, dass es der Lauf des Zwergengewehrs war, das sie ihm hatte zukommen lassen, nachdem sie sich bei den Stummeln eingelebt hatte. Siris tauchte wieder unter dem Tisch auf. »Kann sein, dass hier kaum jemand einen Zwerg von einem Verwachsenen unterscheiden kann, aber dass das nicht zum Unkrautjäten da ist, ist den meisten klar. Es schützt ausgezeichnet vor lästigen Fragen. Nein, ich hatte keinen nennenswerten Ärger.« Er tätschelte Fianessas Wange, die die grobe Behandlung schweigend erduldete. »Bis auf unser Goldköpfchen hier, das alle naselang versucht, ihrer heiligen Pflicht nachzukommen, wenn man ihr nicht rechtzeitig einen Knebel verpasst.« Sein Grinsen verschwand. »So sehr ich Reiseabenteuer auch liebe und so sehr ich den ganzen Abend mit dir darüber plaudern könnte, hinter welche Büsche wir geschissen haben, schlage ich vor, dass wir uns zunächst auf etwas einigen.«

»Ich höre.«

»Darauf, wie es jetzt weitergehen soll.«

Arisascha kratzte sich hinter dem Ohr und wartete darauf, ob Garep sich an die Absprache hielt, die sie mit ihm getroffen hatte. Manchmal war ihr kurzbeiniger Geliebter forscher, als es nützlich war. Ihre Sorge war unbegründet: Garep musterte weiter seinen Sohn, als würde sich Himek in Gold verwandeln, wenn er ihn nur lange genug im Blick behielt. Gut. »Ich setze meine Suche fort«, sagte sie rasch, und noch bevor Siris Gelegenheit hatte, sie mit Spott zu überhäufen, fügte sie mit herausforderndem Tonfall hinzu: »Du hast doch bestimmt keine Angst, dich mir anzuschließen?«

Ihr Spiel ging auf. Siris verbiss sich einen giftigen Kommentar und runzelte die Stirn. »Angst? Wovor? Wegen deiner Suche?«

Sie nickte.

»Der Suche nach dieser sagenumwobenen Waffe, die den Reichen Frieden bringen wird?« Vollkommen ohne Hohn kam er nicht aus, doch damit hatte sie gerechnet.

»Der Auslöscher.« Das war einer der Namen, den die Herren dem Gegenstand ihrer Suche gegeben hatten, und sie zählte gleich einige weitere auf. »Der Zerschmetterer der lästerlichen Heere. Der große Läuterer. Das Feuer der Rechtschaffenheit.« Sie suchte Siris' Blick. »Wenn wir den Auslöscher finden, können wir die Reiche einen.

Oder sie wenigstens davor bewahren, unter das Joch der Zwerge zu geraten.«

»Du hoffst also, die Zwerge mit einer Waffe aufzuhalten, die am Ende nur eine Erfindung aus den Schriften ist?« Die Falten auf Siris' Stirn wurden noch tiefer. »Das ist schon dein ganzer Plan?«

»Nein.« Sie schüttelte den Kopf. »Hast du die Garde vor den Toren exerzieren sehen?«

»Ja.«

»Ist dir dabei etwas aufgefallen?«

Siris dachte einen Augenblick nach. »Manche von ihnen nehmen in zwei Reihen Aufstellung«, murmelte er schließlich. »Die vordere kniet, die dahinter steht. Dann wechseln sie, wenn der Fähnrich sein Fähnchen schwenkt ...« Er fuhr sich über die Stoppeln an seinem Kinn. »Als ob sie Gewehre hätten.«

»Sie haben Gewehre«, flüsterte Arisascha, und ihr entging nicht, wie sich Fianessas Augen weiteten. »Mein Aufenthalt im Bund war nicht vergebens.« Sie tastete nach Gareps Hand und drückte sie. Er sollte wissen, dass er für sie einen noch größeren Wert besaß als die Waffen seines Volkes, die sie über ihre Verbindungen zu den Fernhändlern in ihre Heimat geschmuggelt hatte. »Die Kommandanten der Garde können es nur nicht offen zeigen, weil die Treuen Prediger nicht müde werden zu betonen, alle mechanischen Hervorbringungen der Zwerge seien nicht herrengefällig.«

»Du siehst das offensichtlich anders«, merkte Siris an.

»Ich glaube, aber ich bin nicht dumm«, sagte Arisascha. »Wie sollen wir den Zwergen die Stirn bieten, wenn sie kommen? Mit Lanzen? Mit Schwertern? Mit Gebeten?« Sie schüttelte den Kopf. »Ich habe gehört, wie die Zwerge in Bruckstadt alles kurz und klein geschossen haben. Das kann und darf in meiner Heimat nicht geschehen.« Sie wehrte sich gegen die in ihr aufsteigenden Visionen der Zerstörung, in denen die Paläste auf den Hügeln brannten, die Stadttore geborsten waren und die Prunkbauten auf der Insel der Barmherzigen Gesandten in Schutt und Asche lagen. »Das lasse ich nicht zu.«

»Ich war in Bruckstadt«, sagte Siris leise. »Gewehre allein hätten dort niemandem geholfen. Es wird uns gehen wie den Leuten dort. Die Zwerge fahren mit ihren Schiffen in den Hafen und lassen die Kanonen sprechen.«

»Deshalb brauchen wir den Auslöscher«, drängte Arisascha. »Ich weiß, dass es ihn gibt. Siris, ich habe ein Paradies der Herren gesehen, obwohl ich selbst dachte, solche Orte wären nur Worte in den Schriften. Wunschgedanken. Ich war dort. Wir haben eine Waffe von dort mitgenommen, die mächtiger ist als jedes Zwergengewehr. Und wenn es solche Waffen gibt, dann gibt es auch den Auslöscher.«

Siris schürzte die Lippen. »Und wo ist diese Wunderwaffe aus dem Paradies?«

Arisascha ließ den Kopf hängen. »An Bord des fliegenden Schiffs. Gozzoldini wollte sie behalten, um sich gegen die Zwerge zu verteidigen.«

»Hm«, brummte Siris.

»Du glaubst mir nicht? Garep hat sie auch gesehen.« Sie drehte sich zu ihrem Geliebten. »Ist es nicht so?«

»Was?« Garep blinzelte verwirrt. Was fand er nur plötzlich so Besonderes an dem Sohn, den er als Säugling bereitwillig seinem Schicksal überlassen hatte?

»Du hast die Waffe aus dem Paradies auch gesehen, oder?«

»Ja.« Garep nickte eifrig. »Ein famoses Ding.«

»Sie sagen die Wahrheit«, meldete sich Himek zu Wort.

»Ist das so?«, hakte Siris bei ihm nach.

»Ja.«

»Schön«, sagte Siris zufrieden und wandte sich an Arisascha. »Wo willst du anfangen zu suchen?«

Arisascha stutzte. Was ging hier vor sich? Sie redete sich bei ihrem Bruder die Zunge in Fransen, um ihn vom Sinn ihres Vorhabens zu überzeugen, und dieser Stummel blökte eine Handvoll Worte und schon tat Siris, als wäre alles beschlossene Sache?

»Sag mir nicht, dass du zurück in den Bund willst.« Siris kniff misstrauisch die Augen zusammen. »Dort sieht man mich nicht so schnell wieder. Ich habe gehört, es gehen Gerüchte über einen wundertätigen Mann um, auf den die Kurzbeine zurzeit nicht sonderlich gut zu sprechen sind.«

Arisascha beschloss, die Gelegenheit beim Schopf zu packen, obwohl sie keine Ahnung hatte, woher Siris' jäher Tatendrang rührte. »Keine Sorge. Ich habe die letzten Jahre am völlig falschen Ort gesucht. In der Ferne. Aber jetzt habe ich einen entscheidenden Hinweis erhalten, dass ich keine Meere mehr überqueren muss, wenn ich den Auslöscher finden will.«

»Von wem?«

»Von Gozzoldini«, sagte Arisascha. »Wir hatten auf dem Flug viel Zeit zu reden.«

»Der Gozzoldini, der das fliegende Schiff gebaut hat?«

Sie warf einen raschen Blick zu Oji, um zu sehen, ob die andauernde Erwähnung des Namens seines Meisters ihn vielleicht aus seinem unheimlichen Schweigen riss. Weit gefehlt. Der Junge lutschte an einem Hühnerknochen, den er sich quer in den Mund gesteckt hatte, und stapelte die leeren Schüsseln übereinander. »Ja, der Gozzoldini.«

»Und wohin schickt uns dieser komische Schiffsbauer jetzt?«

Arisascha atmete tief durch. »Nach Westburg.«

Zwei, drei Herzschläge lang zeigte Siris keinerlei Regung. »Hervorragend«, sagte er dann, und dieses Mal war der Spott in seiner Stimme unverhohlen. »Eine Reise nach Westburg. Was trägst du dazu bei, Schwesterlein?« Er begann, seine Beiträge an den Fingern abzuzählen. »Ich habe mich, einen Zwerg, eine Bewahrerin ohne Orden, ein Gewehr, ein Pferd und …« Er betrachtete seine Finger. »Und sonst nichts.«

Sira deutete zu den Deckenbalken, auf denen in bunt bemalten Schnitzereien die Geschichte der Stadt Meerschaum verewigt war. Es handelte sich um jene Spielart der Gründungslegende, in der die Herren eine Handvoll Familien aus dem Norden dazu ausersehen hatten, ihren Glauben und ihre Lebensweise in den Tiefen Süden zu jenen Stämmen zu tragen, die die Herren noch nicht als Mitglieder ihres Gesindes erachteten. »Schau dir die Gründer Meerschaums an. Sie hatten auch kaum etwas, als ihnen der Weg zur Mündung des Braunen Stroms gewiesen wurde.«

»Außer der Gunst der Herren«, spöttelte Siris. »Und später die der Elfen, die als Barmherzige Gesandte den Handel förderten.« Er hob die Hände. »Leider können wir uns weder auf die Herren noch auf die Spitzohren verlassen, dass sie uns unsere Reisekosten auslegen. Wir brauchen Geld, Sira. Woher kriegen wir das? Von der Sekte von Mördern, der du dich angeschlossen hast?«

Die Erzwinger des Gerechten Weges standen in einem schlechten Ruf. Ja, sie mordeten, aber sie taten es nur, wenn sie keine andere Möglichkeit sahen, den Willen der Herren zu wirken. Der Blutlinie des Betrogenen Mundschenks musste zurück zur Herrschaft über alle Reiche verholfen werden, falls die Menschen die Herren jemals dazu bewegen wollten, aus der Welt hinter der Welt zurückzukehren. Doch das war kein Argument, das bei einem Herrenlosen wie Siris ziehen würde. Zum Glück war es bei ihm aber wie mit den meisten anderen armen Seelen, die seine Weltanschauung teilten: Letzten Endes scherte es sie nicht, woher die Mittel stammten, die es ihnen erlaubten, ihr Wohlergehen zu sichern. »Vielleicht können die Erzwinger uns unterstützen. Das erfahre ich allerdings nur, wenn ich mich mit ihren Anhängern hier in der Stadt in Verbindung setze. Das kostet Zeit, und ich kann mich ihnen nur nähern, wenn die Lage ruhig ist.«

»Daran soll es nicht scheitern«, sagte Siris. »Nach allem, was ich gehört habe, geht es in Meerschaum gerade so ruhig zu, wie es in Meerschaum nur ruhig zugehen kann. Sicher, die Garde hält eine Übung nach der anderen ab, bei der die eine oder andere Einheit fehlt, weil die Soldzahlungen sich verzögern. Und die Prediger schwatzen etwas von beunruhigenden Geräuschen in der Nacht, von denen ihnen die Bauern erzählen. Von Knallen und Peitschen und rollendem Donner und Lichtungen im Wald, wo das Gras zertrampelt ist und der beißende Gestank von Schwefel in der Luft liegt.« Siris fand sein Grinsen wieder. »Gewehre sind etwas Zauberhaftes. Man kann die Prediger auch dann damit in Wallung bringen, wenn man sie nicht vor ihren Augen benutzt, sondern sich mit ihnen im Wald versteckt, um auf Bäume zu schießen.«

»Was ist mit den Elfen?«, fragte Arisascha.

»Es steht kein Besuch der Barmherzigen Gesandten an.« Siris deutete eine Verbeugung an. »Sie haben die Stadt erst unlängst beehrt und an ihrer Gnade teilhaben lassen. Will meinen: Die Kontore sind gut gefüllt, und das Spektakulärste, mit dem in absehbarer Zeit zu rechnen ist, sind ein paar Lagerbrände, wenn sich die Handelshäuser in die Wolle kriegen.« Er hob einen Zeigefinger. »Vorausgesetzt natürlich, wir wachen morgen früh nicht wegen der ersten Kanonenschüsse der Stummelschiffe auf.«

»Dann ist umso mehr Eile geboten.« Arisascha wartete, bis Siris wieder ein ernsteres Gesicht machte, ehe sie fragte: »Was ist jetzt? Kann ich auf dich zählen, falls ich das Geld für die Reise beschaffe?«

Siris öffnete den Mund, doch Himek kam ihm zuvor. »Ich gehe dorthin, wo du hingehst«, verkündete der Zwerg beiläufig.

»Gut.« Siris zupfte aufmunternd an Fianessas Hemdsärmel. »Wie steht es mit dir, Bewahrerin? Hast du Lust, Leute, die in Zelten wohnen, mit dem Tod deines Ordens vollzuheulen, der ausgelöscht wurde, weil deine Mutter kranken Stolz mit ehrlichem Dienst an den Herren verwechselt hat?«

Fianessa verschränkte die Arme vor der Brust.

»Da gilt wohl das Gleiche wie in den Sitzungen der Zusammenkunft«, sagte Siris lächelnd. »Schweigen bedeutet Zustimmung.« Er rieb sich kurz die Hände und fuhr anschließend mit den Fingerspitzen die wulstige Narbe auf seinem rechten Arm entlang. »Aber ganz ehrlich, Sira. Woher kommt das Geld, wenn die Erzwinger sich dir verweigern? Willst du dann Garep und den Krüppel tatsächlich irgendwo auftreten lassen, oder tanzt du lieber selbst auf dem Markt, bis du das Nötige beisammen hast?«

»Der Krüppel«, erwiderte Arisascha und erlaubte es sich, viel Schärfe in ihre Stimme zu legen, »ist Gozzoldinis Erbe. Er ist ein reicher junger Mann, sobald er sein Erbe antritt.«

»Er sieht mir eher danach aus, als ob er bald abtritt.« Siris winkte ab. »Und vergiss nicht, dass ein Erbe sein Recht vor der Zusammenkunft einfordern und seinen Anspruch bestätigen lassen muss. Ich kann mir nicht vorstellen, dass der Kleine bald eine Lobesrede auf seinen Gönner hält, mit der er die Herzen und die Hände bei einer Abstimmung für sich gewinnt.«

»Warum sollte er auch schön sprechen?«, mischte sich Himek überrascht ein. »Er ist eine Raupe. Raupen sprechen nicht schön. Sie werden erst schön, wenn sie als Schmetterlinge fliegen.«

»Das verstehe ich nicht«, nahm Garep Arisascha die Worte aus dem Mund. »Verstehe nur ich das nicht?« Seine Hand schnellte zu seinem Nacken, wo ihm das Mal der Herren eingestochen worden war. »Lässt es nach?«

»Versuch dir nicht auf alles, was dein Sohn sagt, einen Reim zu machen«, beruhigte ihn Siris gönnerhaft. »Für einen Zwerg plappert er an manchen Tagen eine Menge Unsinn. Man gewöhnt sich nach und nach daran.«

»Wir sollten dringend herausfinden, wie die Machtverhältnisse in der Zusammenkunft derzeit aussehen.« Arisascha unternahm den Versuch, das Gespräch in ertragreichere Bahnen zu lenken. »Welche Klugen Händler welchen Weisen Denkern die Forschungen finanzieren. Welches Haus die Treuen Prediger in den Schreinen als besonders herrenfürchtig loben und damit dessen Umsätze ankurbeln. Welche –«

Arisaschas Aufzählung der dicksten Stränge im Beziehungsgeflecht der Körperschaft, die die Geschicke Meerschaums lenkte, wurde durch die Ankunft der Schankmaid unterbrochen. Kaum stand die Platte auf dem Tisch, hatte sich Oji auch schon ohne Rücksicht auf kleinere Stichwunden eine Dornkrabbe geschnappt und schlug eine der roten Scheren an der Tischkante auf.

»Ich bringe gleich die Teller. Und die Zangen«, kündigte die Überbissige naserümpfend an.

Da sie von früheren, ähnlichen Begebenheiten wusste, dass es verlorene Mühe war, dem Jungen die Krabbe entwinden zu wollen, ließ Arisascha Oji gewähren und pickte sich mit spitzen Fingern eine dampfendheiße Weichnuss von der Platte. Bei den Herren, die Rückkehr nach Meerschaum hatte sich schon jetzt gelohnt.

»Auch wenn ich mir vorkomme wie ein Specht, weil ich ständig auf der gleichen Sache herumklopfen muss, kann ich einfach nicht anders«, sagte Siris ernst. »Wir brauchen Geld. Und zwar umgehend. Meins ist nämlich dahin. Der Wirt hier nimmt es von den Lebenden, und wenn wir nicht alle auf der Straße schlafen wollen, bis du die Erzwinger am Wickel hast oder der Kleine ein Schmetterling wird, müssen wir uns etwas einfallen lassen.« Er seufzte. »Ich könnte mein Pferd verkaufen.«

»Treuhuf?«, fragte Fianessa bestürzt.

Siris zeigte mit dem Daumen auf die Novizin. »Oder schlimmstenfalls diesen Quell unermesslicher Freude.«

Die Schankmaid lieferte die versprochenen Zangen und Teller. Während sich Arisascha etwas von den verführerisch duftenden Süßalgen auftat, ging sie im Kopf die Möglichkeiten durch, wo sie in der Stadt auch ohne volle Geldbörsen Zuflucht finden konnten. Sie gelangte zu der niederschmetternden Erkenntnis, dass nur ein Ort blieb, den sie eigentlich hatte meiden wollen. »Was ist mit Onkel Zoseos?«, fragte sie.

»Darüber habe ich auch schon nachgedacht«, räumte Siris ein. »Er hat uns einmal aufgenommen, als wir in Not waren, und er würde es wieder tun. Aber dann ...«

»Was dann?«, drängte Arisascha.

»Ich habe auch Erkundigungen über sie eingeholt«, sagte Siris zerknirscht. »Sie lebt noch. Sie wohnt bei ihm.«

Ein Bissen Süßalge schien in Arisaschas Kehle wieder nach oben zu steigen. »Oh ...«, sagte sie erstickt. Sie hustete heftig, was Garep endlich aus seiner sechsmal verfluchten Starre holte, mit der er Himek musterte.

Er klopfte ihr für seine zwergischen Verhältnisse sanft, für ihre jedoch zu kräftig auf den Rücken. »Wer ist sie?«

»Unsere Mutter«, verkündete Siris tonlos.

»Was ist daran schlimm?«, wunderte sich Fianessa. »Liebt euch eure Mutter nicht? Meine hat mich geliebt. Meine ist für mich gestorben.«

»Die beiden haben ihren Vater auf dem Gewissen«, erklärte Himek, als spräche er über das Wetter oder die Fischpreise. »Siris hat ihn mit einem Stein geschlagen, weil er Sira erstechen wollte. Sie hatte ein Kind im Bauch, das es nicht hätte geben dürfen.«

Eine kleine Weile herrschte bis auf Ojis Schmatzen eine betretene Stille am Tisch.

Arisascha war es, die das Schweigen nicht länger ertrug. »Du hast es ihm erzählt?«, warf sie Siris vor. Vielleicht war das ungerecht, weil sie ja auch Garep den grausamen Vorfall gebeichtet hatte, aber Garep war ihr Geliebter, und sie wäre eher auf ewig in ein Büßerinnenhaus gegangen, als anzunehmen, dass ihr Bruder, der keinen Acker ungepflügt ließ, mit einem Mal ausgerechnet Gefallen an einem Zwergenhintern gefunden hatte.

»Nein.« Siris tippte sich an die Stirn. »Man muss nur vorsichtig sein, was man in der Nähe dieses Stummels denkt.«

Arisascha spürte Garep neben sich zusammenzucken.

»Aber du hast recht«, fuhr Siris fort. »Onkel Zoseos oder die Gosse. Wir haben keine andere Wahl. Wir werden ihr in die Augen sehen müssen.«

Wie so oft in ihrem Leben fand Arisascha Trost im Glauben. Zwar fürchtete sie sich vor dem Moment, ihrer Mutter gegenüberzutreten, aber wie stand in den Heiligen Schriften geschrieben? Die Liebe der Herren zu ihren Mägden und Knechten ist wie die Liebe der Väter und Mütter zu ihren Söhnen und Töchtern. Sie ist unerschöpflich und voll der Gnade.

3

Das hitzige Gespräch, in das Karu Schneider verwickelt war, erinnerte sie an eine Partie Knotenziehen.

Sie, eine Tochter aus gutem Hause – nein, aus einem der besten Häuser des ganzen Bundes – mit ernsthaften Ambitionen, eine vorzügliche Ordnungshüterin zu werden, war durch eine Verkettung unglücklicher Ereignisse zu einer gesuchten Gesetzesbrecherin verkommen. Einer Gesetzesbrecherin, die mit einer Runde streitsüchtiger Besserwisser beisammensaß, um einen Weg zu finden, eine uralte Ordnung zu erschüttern, wenn nicht gar zu zerschlagen. Eine Ordnung, von der es immer hieß, sie schaffe Wohlstand und Sicherheit für alle Bürger.

»Ich denke, wir können zumindest feststellen, dass wir uns in der Einschätzung der Lage einig sind«, sagte Rinul Plattenstemmer entschlossen, während er unter dem Tisch ihre Hand hielt, und seine Stimme übertönte das Rattern von Maschinen und das Zischen von Ventilen, das von jenseits der schlichten, grau gestrichenen Holztür in den Raum drang. »Ein Wandel muss her, und zwar schnell, bevor die Machenschaften der Verschwörer, die den Bund im Griff haben, noch mehr Unschuldige das Leben kosten.«

Der Erste aus der Runde, der auf diese Äußerung reagierte, war Kenal Hauer. Karu mochte ihn nicht. Dank seiner dürren Ärmchen wirkte er ausgezehrt, ja geradezu menschengleich hager, und sie war sicher, dass Hauer nur deshalb einen so dichten, schwarzen Vollbart trug, um darunter die eingefallenen Wangen eines Zwergs zu verbergen, dessen Groll auf die herrschenden Umstände dazu führte, dass sein Verstand sich gegen das eigene Fleisch wandte. Er trug zwar das blaue Hemd aus grobem Leinen, die braune Hose aus kratziger Strauchwolle und die schweren Stiefel eines einfachen Arbeiters der Hand, doch Karu zweifelte daran, dass er jemals in seinem Leben eine Hacke oder einen Hammer geschwungen hatte. Ihrer Erfahrung nach waren die Bürger, die ihr Auskommen über die Kraft ihres Leibes fanden, stämmiger und kompakter. Hauer unterrichtete an der örtlichen Lehrstätte für Gesellschaftskunde, wofür er keine breiten Schultern brauchte. Man sah ihm an, dass er an der Lehrstätte nicht sehr beliebt sein konnte, zumindest nicht bei seinen Schützlingen. Zu oft setzte er selbst hier bei solchen Treffen die Miene eines Mentors auf, der einem begriffsstutzigen, aber frechen Schüler tadelnd gegenübertrat. »Du gräbst einen bereits gegrabenen Gang. Glaubst du, du hättest es mit Klapperköpfen zu tun? Wir säßen nicht zusammen, wenn wir nicht um den Ernst der Lage wüssten. Worum es mir geht, ist, wie wir diesen Wandel herbeiführen. Meiner Meinung nach kann er nur auf einer Rückkehr zu mehr Gerechtigkeit unter den Bürgern fußen«, verkündete Mentor Hauer. »Einem höheren Maß an Gerechtigkeit stehen jedoch einige Auswüchse unserer Ordnung im Weg, die man zu lange ungestraft wuchern ließ, bis sie nun schließlich drohen, alles Vernünftige zu ersticken.«

»Ich höre«, sagte Rinul auffordernd.

»Das will ich hoffen.« Hauer hüstelte gekünstelt. »Die ursprüngliche Gerechtigkeit, die der Art unseres Zusammenlebens zugrunde lag, war die einfache Formel ›Jede Arbeit verdient den gleichen Lohn.‹ Als der Rat der Räte sich entschloss, Boni einzuführen, um bestimmte Formen der Arbeit höher zu entlohnen als andere, war –«

»Verschon uns mit diesem Schutt, Kenal!«, entfuhr es der glatt rasierten Zwergin am Kopfende des Tischs. Sie schüttelte den kugelrunden Kopf, und die langen Federn am Kragen ihres Hosenanzugs wippten, als hingen sie noch am Hintern des Vogels, der für diese jüngste Verirrung der Mode gerupft worden war. »Ich weiß, worauf du abzielst. Die niederträchtigen Manufakturbetreiber saugen sich auf Kosten des gemeinen Arbeiters voll wie die Zecken. Ich liege doch richtig, oder?«

Karu konnte den Zorn der Zwergin gut verstehen. Hauer, der nicht müde wurde, Gerechtigkeit zu predigen, missachtete die grundlegenden Gesetze der Höflichkeit. Immerhin war es Fabrikleiterin Schreiber, die ihnen diesen Raum für ihre geheimen Treffen zur Verfügung stellte.

»Du behauptest ernsthaft, Manufakturbetreiber wie du profitierten nicht von den Regelungen der Bonivergabe?« Hauer beharrte auf seinem Standpunkt. »Den Regelungen, die uns in einen Krieg geführt haben, der eure Auftragsbücher füllt?«

»Ich betreibe eine Druckerei«, entgegnete Schreiber kühl. »Willst du mir erzählen, die Menschen in den Reichen würden mit Büchern und Zeitschriften erschossen?«

»Spott ist der Schild derer, die im Unrecht sind.« Mentor Hauer stand auf, und für einen Moment keimte in Karu die Hoffnung, er könnte gehen wollen. Stattdessen eilte er zu einer der Kisten im Lagerraum, deren Deckel für die anstehende Verschickung noch nicht versiegelt war. Er klappte ihn auf, nahm ein dünnes Büchlein heraus und las den Titel laut vor: »*Manual zur Bedienung des Geschütztyps A4 ›Blitzwerfer‹*. Nun, Fabrikleiterin Schreiber, dieses Buch wird voraussichtlich niemanden töten, aber es lehrt einen, wie man eine Maschine bedient, die zu keinem anderen Zweck gebaut wurde. Mehr noch: Es stellt einen Beitrag zur Kriegsführung dar, und seine Herstellung berechtigt dich zur Teilhabe an der Bonussonderausschüttung für militärisch relevante Betriebe.«

»Meine Arbeiter müssen essen«, sagte Schreiber. »Und wenn du mir vorwirfst, eine Kriegsgewinnlerin zu sein, so wirst du diesen Vorwurf an nahezu jede Manufaktur richten müssen, die du im Bund findest. Die feinmechanischen Fabriken, in denen Kompasse hergestellt werden. Die Großbäckereien, die das Hartbrot für den Proviant der Soldaten produzieren. Die Feldarbeitszusammenschlüsse, die das Korn dafür anbauen. Die Unternehmen, die die Bewässerungssysteme und Sonnenlichtlenkspiegel für die Felder entwickeln.«

Mentor Hauer grinste triumphierend. »Und genau das ist doch mein Argument. Es freut mich, dass du zu einer solch tiefen Einsicht gelangst.«

»Du bist verrückt.« Schreiber winkte ab und betrachtete versonnen ihre vom übermäßigen Zigarettenkonsum gelb gefärbten Fingerspitzen. »Ein Maschinenstürmer, der die Zeit zurückdrehen will.«

»Wir preschen zu ungestüm voran«, warf der letzte Zwerg am

Tisch ein. Obwohl sein sorgfältig gestutzter Schnurrbart bereits ebenso weiß war wie sein zu einem strengen Scheitel gekämmtes Haar, wusste Karu, dass Lugan Koch um einiges jünger war, als es den Anschein hatte. Er zählte zu den bedauernswerten Leuten, denen eine Ansteckung mit den Schafspocken sämtliche Farbe aus jedem einzelnen Haar am Leib getrieben hatte. Verglichen mit den tiefen Narben, die die Seuche auf seinen Wangen hinterlassen hatte, empfand Koch das greisenhafte Aussehen gewiss als den weitaus geringeren Makel. »Eines ist unbenommen: Jeder Fortschritt, der die Regeln der Vernunft über die der Moral stellt, ist gefährlich. Bei der Entscheidung darüber, ob man einen solchen Weg trotzdem einschlägt, muss der Wille jedes einzelnen Zwergs gehört werden. So war es Brauch und Sitte, und die Abkehr von dieser Tradition ist es, die uns in den Krieg geführt hat.«

»Richtig.« Um seine Zustimmung noch deutlicher zum Ausdruck zu bringen, klatschte Rinul in der althergebrachten Bekräftigungsgeste mit der rechten Faust auf seine linke Handfläche. »Deshalb müssen wir unbedingt dafür sorgen, dass dieser verdellte Krieg so schnell wie möglich endet.«

»Spricht da jemand, der den Frieden sucht, oder jemand, der seinem Vater zu noch größerem Einfluss verhelfen möchte?«, wollte Koch wissen.

Karu drückte Rinuls Hand fester. Wenn er sich jetzt von Koch reizen ließ, drohte die Unterredung so zu enden wie die Treffen zuvor: in einem sinnlosen Austausch wechselseitiger Misstrauensbekundungen. In ihrem alten Leben – dem, in dem sie glaubte, auf der Seite der Ordnung zu stehen – hätte Karu Kochs Skepsis womöglich uneingeschränkt geteilt. Balok Plattenstemmer, Rinuls Vater, genoss einen zweifelhaften Ruf. Offiziell führte er eine Kette von Wäschereien mit Niederlassungen überall im Bund, doch es war ein offenes Geheimnis, dass er seinen Reichtum auf eine Weise erworben hatte, die jedem anständigen Bürger suspekt erscheinen musste: Schließlich stand er einem der am weitesten verzweigten freien Arbeiterbünde vor. Die Freiheit, die diese Organisationen für sich beanspruchten, erschöpfte sich in der Regel darin, Schmuggel und Handel mit allerlei verbotenen Gütern zu betreiben und Schutzgeld von Ladenbesitzern in den ärmeren Vierteln der großen Städte zu erpressen. Zwar gaben sie gerne vor, die Belange der einfachen Arbeiter gegen die Obrigkeit zu verteidigen, doch bei der Wahrnehmung dieser Pflichten beschränkten sie sich für gewöhnlich darauf, über Mittelszwerge Streiks ausrufen zu lassen, sobald eine Entscheidung eines Stadtrats ihre ureigensten Pfründe berührte. Erst unmittelbar vor Beginn ihres neuen Daseins hatte Karu erfahren, dass die meisten Stadträte die Existenz der Freibünde duldeten, da ein entschlossenes Vorgehen gegen sie für mehr Unruhe sorgen würde, als es Nutzen nach sich zog. Zudem waren es nicht nur die Ärmsten der Armen, die die berauschende Wirkung von Rotnüssen oder Blauflechten schätzten. Die Freibünde bedienten in letzter Konsequenz einen Markt, den es immer geben würde. Hätte man sie ausgelöscht, sofern dies überhaupt im Bereich des Möglichen lag, wären andere, unter Umständen noch skrupellosere Kaufleute angetreten, die Lücke zu füllen. Was Balok Plattenstemmer anbelangte, war er unter seinesgleichen etwas ganz Besonderes: der Kopf eines Freibunds, der plante, aus den Schatten seiner schmutzigen Machenschaften ins Licht echten Ansehens zu treten.

»Was ist dein Vater gewesen?«, fragte Rinul.

Während Mentor Hauer genug Interesse an dieser Entwicklung fand, um das Manual Manual sein zu lassen und an den Tisch zurückzukehren, schürzte Koch seine rissigen Lippen. »Wieso willst du das wissen?«

»Verrat es mir bitte.«

»Er hatte eine kleine Suppenküche.«

»Und du? Du bist Rufer, nicht wahr?«

»Ja, das bin ich.«

»Knüpft ihr zärtliche Bande?«, warf Fabrikleiterin Schreiber amüsiert ein.

Rinul achtete nicht auf sie. »Hat deinem Vater diese Wahl gefallen?«

»Nein. Er hätte es lieber gesehen, wenn ich in seine Fußstapfen getreten wäre.«

»Siehst du?« Rinul nickte nachdenklich, und das Licht der Gaslampe an der Decke tanzte auf der speckigen Haut seines kahl geschorenen Schädels. »Ich bin nicht mein Vater, so wie du nicht deiner bist.«

Karu wusste, dass dies insofern der Wahrheit entsprach, als Rinul sich aus den Geschäften seines Vaters heraushielt. Nichtsdestotrotz hatte der alte Plattenstemmer sein Studium der Geschichtskunde finanziert, das nach seiner Begegnung mit ihr im Archiv zu Hammer ein eher unrühmliches Ende gefunden hatte. Und Karu wusste auch, dass Balok die Fakten über den wahren Verlauf der zwergischen Geschichte, die Rinul zusammengetragen hatte, sicherlich zu seinem eigenen Vorteil einsetzen würde.

»Ich leugne nicht, dass mein Vater danach strebt, seine Macht zu mehren. Er ist ein hungriger Wolf in einer schlafenden Herde«, räumte Rinul ein. »Aber sein Einfluss kann uns ausgesprochen nützlich sein, sobald wir entschieden haben, wie wir die Massen auf unsere Seite bringen, damit dieser Krieg endlich aufhört.«

Fabrikleiterin Schreiber griff Rinuls Worte dankbar auf. »Wir sind beileibe nicht ohne mögliche Verbündete.« Sie langte nach ihrem Feuerzeug, das vor ihr auf dem Tisch lag, und spielte an dem Rädchen herum. »Wir dürfen nicht vergessen, dass in diesem Krieg nicht nur Zwerge sterben. Bei allem Respekt vor der Arbeit der Rufer, Lugan, scheinen mir die Überfälle auf zwergische Schiffe im Nordband, die immerzu als Kriegsgrund genannt werden, zu einer sehr passenden Zeit gekommen zu sein. Viel zu passend, nach all dem, was Rinul uns über die früheren Winkelzüge der Geschichtsfälscher erzählt hat. Die Menschen sind genauso Opfer wie wir. Bislang traut man sich nur, die Ärmeren in Lager zu stecken – um sie vor dem angeblichen Volkszorn zu schützen –, aber kein Mensch, der noch auf freiem Fuß ist, ist einfältig genug, um sich nicht zu fragen, wann man ihn und die Seinen holen kommt. Genau diese Menschen müssen wir für unsere Sache gewinnen. Die Fernhändler unter ihnen haben mit Sicherheit noch Mittel und Wege, um mit ihren Partnern in den Zerrissenen Reichen in Verbindung zu treten, ganz egal, wie streng die Kontrollen an den Grenzen auch geworden sind. Sie können uns verraten, wie der Krieg wirklich läuft. Denn dass der Bund Sieg um Sieg mit nur minimalen Verlusten erringt, kann ich beim besten Willen nicht glauben. Unsere Armee ist im Feld unerfahren und tritt gegen Gegner an, die seit Jahrhunderten nichts als Krieg kennen. Wie sollen wir da einfach über sie hinwegrollen?«

Mentor Hauer hob einen dürren Finger. »Obacht, meine Treueste. Vergiss nicht, dass die Menschen lediglich über primitivste Apparaturen verfügen. Das Arsenal an Maschinen, das unser Heer aufbietet, ist ihnen bei Weitem überlegen. Auf dem Feld der Ehre besitzen die neuen Apparate, die die Versuchsrechner ersinnen, durchaus einen Nutzen, wie ich leider eingestehen muss.«

»Bin ich unter die Strategen geraten?«, fragte Rufer Koch ungehalten. »Falls ja, würde ich gerne eure Abgangsschreiben von der Militärschule sehen. Lasst die Langbeine aus dem Spiel, sage ich euch. Wir wissen noch nicht einmal, wie wir die Bürger des Bundes retten sollen, und ihr scheppert mir die Ohren mit dem Schicksal irgendwelcher Wilden voll. Zudem habe ich mich nicht hierher begeben, um über eine Verbrüderung mit dem Feind zu beratschlagen. Die Anklageschrift gegen uns, falls wir scheitern, ist auch ohne diesen Punkt schon lang genug, damit wir alle in den Minen am Pol jämmerlich zugrunde gehen.«

Karu senkte den Blick, denn schon war die Hoffnung auf Einigkeit wieder verflogen.

»Das ist ein Wagnis, auf das wir uns einlassen müssen«, stellte Mentor Hauer erstaunlich ruhig fest. »Ich bin bestimmt kein Zauderer, doch in der Menschenfrage rate ich zur Besonnenheit. Was gewinnen wir, wenn wir uns mit den Langbeinen hier im Bund zusammentun? Schlimmstenfalls verstricken sie uns in ihre eigenen Fehden, und damit wäre niemandem geholfen.« Er legte eine kurze Pause ein und fuhr sich mit den Fingern durch den Bart. »Nicht alles an der herrschenden Ordnung ist schlecht. Es hat seinen Grund, dass die Menschen keine Bürger sind und deshalb auch kein Recht haben, an einer Wahl teilzunehmen. Eine Wahl ist jedoch meiner Meinung nach der beste Weg, um den Wandel, den wir anstreben, fest im Volkswillen zu verankern. Jeder Stollen braucht seine Streben. Selbst wenn wir im ersten Anlauf nicht genügend Rückhalt unter den Bürgern fänden, hätten wir unseren Vorstellungen dennoch Gehör verschafft. Und da unser Anliegen von Vernunft getragen ist, wird es sich am Ende durchsetzen. Vielleicht erst bei der dritten oder vierten Wahl, in der wir um Stimmen kämpfen, doch unser Rufen wird nicht verhallen, bis der Wandel schließlich vollbracht ist.«

Zu Karus Überraschung war es dieses Mal ihr Geliebter, der einer sich anbahnenden Einigung Steine in den Weg legte. »Das ist schönes Reden, das in eine Abhandlung über die vollendete Form der Volksherrschaft oder irgendein anderes Märchenbuch gehört. Wach auf, Hauer! Die Wahlen sind wegen des Krieges ausgesetzt, und wenn es nach den Fälschern geht, wird es auch nach einer Eroberung der Menschenreiche keine neuen Wahlen geben. Nie mehr. Nie wieder. Sie werden sich einen neuen Feind ausdenken, der den Bund bedroht. Wer weiß? Vielleicht sogar einen, der aus der Mitte der Bürger selbst stammt. Freidenker, so wie wir. Oder die Elfen, die mit den Menschen Handel treiben.«

»Du überspannst den Bogen«, entgegnete Hauer.

»Tue ich das?« Rinul lachte verächtlich auf. »Warte ab, bis sie dich als Volksverhetzer jagen, weil du der Wahrheit dienen willst. Warte ab, bis sie Brände legen und Morde begehen, die sie dir in die Schuhe schieben, um dich mundtot zu machen. Warte ab, bis sie in dein Büro an der Lehrstätte kommen und dich verhaften wollen. Dann siehst du womöglich ein, dass ich recht habe.« Rinul ließ Karus Hand los und beugte sich weit nach vorne über den Tisch. »Unsere Widersacher kennen keine Skrupel, keine Moral und keine Gesetze. Ich sage nicht, dass sie uns damit etwas voraushaben, doch in einem Belang sind sie klüger als wir: Sie führen keine endlosen Gespräche, die im Nirgendwo enden. Sie scheuen nicht davor zurück, dort zuzuschlagen, wo es ihrer Sache am meisten dient. Sie scheren sich nicht um eigene Schwächen, sondern allein um die derer, die ihnen im Weg sind. Sie handeln, wie gehandelt werden muss.«

»Worauf willst du hinaus?«, fragte Hauer düster.

Rinul erhob sich und stützte beide Fäuste auf die Tischplatte. »Ihre eigentliche Macht gründet nicht darauf, dass sie ihre Handlanger auf allen Ebenen der Verwaltung, des Militärs und der Räte haben. Die Freibünde verfügen über ein ähnlich weites Netz an Freunden, Gönnern und Streitern, aber jeder Bürger mit mehr als einem Haufen Schutt im Kopf weiß um ihre Existenz, auch wenn er nicht gern darüber spricht. Nein, die Macht der Fälscher fußt darauf, dass es ihnen gelungen ist, völlig unsichtbar zu bleiben und dennoch eines ihrer Werkzeuge an die Spitze des Bundes zu bringen. Wenn wir ihnen dieses Werkzeug nehmen, müssen sie ihre Tarnung aufgeben oder alles verlieren, worauf sie so lange im Geheimen hingearbeitet haben. Man tötet den Drachen nicht, indem man ihm das Gelege zertritt oder ihm die Schwinge abschneidet. Man hackt ihm den Kopf ab.«

Fabrikleiterin Schreiber nahm das nervöse Spielen an ihrem Feuerzeug wieder auf. »Wenn ich dich richtig verstanden habe, forderst du, dass der Oberste Vorarbeiter weg muss. Ich begreife allerdings nicht, wie das ohne Wahlen vonstattengehen soll.«

Mentor Hauer nahm mit einem dankbaren Lächeln die Gelegenheit wahr, erneut seinen herablassenden Tonfall anzuschlagen. »Unser Freund macht seiner Herkunft alle Ehre. Ihm schwebt ein gewaltsamer Umsturz vor, wie mir scheint.«

Karu befürchtete bereits, dass es nun gar kein Vorankommen mehr geben würde, als Fabrikleiterin Schreiber mit einem Mal den Blick auf sie richtete und fragte: »Bist du nicht Sucherin gewesen?«

»Ja.« Karu sprach ungern vor diesen Leuten. Die Art, wie sie sich an ihren Meinungen festklammerten, als wären sie von unschätzbarem Wert, erinnerte sie zu sehr an Bugeg. Den Zwerg, dem vor Rinul ihr Herz gehört und der es in fünfmal fünftausend Scherben zerbrochen hatte. Bugeg war sich auch immer sicher gewesen, mit der Stimme der reinen Vernunft zu sprechen, selbst dann noch, als er schon längst den Verstand verloren hatte. »Ich war eine Sucherin.« Schreiber ging es nichts an, dass Karu diesen Titel nur einige wenige Tage getragen hatte, ehe er ihr mit den tödlichen Schüssen auf einen Beamten der Bundessicherheit ein für alle Mal verloren gegangen war. »Was tut das zur Sache?«

»Als Sucherin hast du einen besonderen Einblick in die Stimmung unter den Bürgern«, erklärte Fabrikleiterin Schreiber. »Mich würde interessieren, wie du die Erfolgsaussichten eines Aufrufs zu einem echten, gewaltsamen Aufbegehren beurteilst.«

»Das hinge ganz davon ab, wie lange wir einen solchen Aufruf ungestört vorbereiten können«, sagte Karu vorsichtig.

»Ein ganz ausgezeichneter Einwand«, drehte ihr Rufer Koch die Worte im Mund um. Er zückte seine Taschenuhr und ließ den Deckel aufschnappen. »Es sollte gleich so weit sein.«

Ein energisches Klopfen an der Tür ließ Karu herumfahren.

»Herein!«, rief Koch.

Als sie sah, wer da eintrat, zuckte Karus Hand zu dem Holster um ihren Knöchel.

Der Halbling konnte nicht viel älter sein als sie selbst. Er trug eine blaugraue Uniform, und auf seiner schmalen Brust prangte das Wappen des Fernschreibedienstes, ein Mast mit silbernen Drähten, die aus seiner Spitze in alle Himmelsrichtungen wiesen.

Karus Finger lagen noch auf dem Griff ihrer Waffe, als der Beamte sich mit heller Stimme an Koch wandte. »Bin ich pünktlich?«

»Pünktlich wie die Bahn!«, grüßte ihn der Rufer. »Dreißig Generationen ungebrochene Pflicht!«

»Wer ist das?«, knurrte Rinul.

»Heißt man so einen Freund willkommen?«, tadelte ihn Koch.

»Nicht, wenn man ihn kennt«, gab Rinul zurück.

Der Rufer wartete mit einer Vorstellung, bis der Halbling an den Tisch herangetreten war. Er hatte die größten, schwärzesten Augen, die Karu je gesehen hatte. »Das ist Ojono 30-7. Ich stehe bereits seit einiger Zeit mit ihm in Kontakt, da er mir als fähiger Beamter aufgefallen ist. Er weiß, wann die Öffentlichkeit ein Recht darauf hat, gewisse Dinge zu erfahren, von denen die Verwaltung vergessen hat, eine offizielle Verlautbarung herauszugeben.«

»Mit der Öffentlichkeit meinst du euch Rufer, vermute ich«, grummelte Mentor Hauer. »Und fähig bezeichnet offenbar einen Hang zur Bestechlichkeit.«

»Soll ich gehen?«, wollte Ojono von Koch wissen.

»Schenk dem Pechbart keine Beachtung«, mischte sich Fabrikleiterin Schreiber ein. »Dein Erscheinen sagt mir, dass du etwas Wichtiges zu unserer Unterhaltung beizutragen hast.« Sie machte ihren Platz am Tisch für ihn frei. »Setz dich.«

Karu richtete sich auf. Es sah alles danach aus, als müsste ihre Pistole heute doch schweigen. Nun musste sie es nur noch schaffen, ihr pochendes Herz zu beruhigen.

»Zunächst möchte ich euch versichern, dass ich gewisse Sympathien für eure Sache hege.« Ojono hatte den verbindlichen Tonfall eines gut geschulten Beamten, der die Freude am täglichen Umgang mit Bürgern noch nicht verloren hatte. »Zugleich bringe ich schlechte Nachrichten. Das Stahlstädter Büro der Bundessicherheit erhielt heute Morgen Bescheid über die bevorstehende Ankunft eines Kommissars aus der Hauptstadt. Das ist an und für sich nichts Ungewöhnliches, doch ich erinnerte mich daran, den Namen dieses Kommissars schon einmal gesehen zu haben. Ich habe behutsam Erkundigungen eingeholt, und mein Verdacht wurde bestätigt. Er hat einen tadellosen Ruf, was die Verfolgung volkszersetzender Umtriebe angeht. Zuletzt ermittelte er in einem Verfahren im Zusammenhang mit dem Druck und der Verbreitung moralschädlicher Hetzschriften.« Der Blick seiner schwarzen Augen ruhte für einen Moment auf Fabrikleiterin Schreibers Gesicht, das im Begriff war, eine ähnlich blasse Farbe anzunehmen wie Rufer Kochs Haar. »Dies wiederum lässt nur drei Schlüsse zu. Es mag sein, dass das Erscheinen des Kommissars zufälliger Natur ist. Oder ihr habt aus Unachtsamkeit das Interesse der Bundessicherheit auf euch gezogen.«

»Ich hätte niemals etwas für euch drucken sollen«, zischte Schreiber in Richtung des Mentors.

»Und der dritte Schluss?«, fragte Karu rasch, bevor Hauer etwas erwidern konnte.

»Der dritte Schluss ist der bei Weitem unangenehmste.« Ojonos Stimme verlor nichts von ihrer Verbindlichkeit. »Es ist nicht auszuschließen, dass ihr einen Verräter unter euch habt.«

4

Stahlstadt war und blieb übelste Provinz. In Zwerg gehörten seit Einführung der Kältemaschine Eiskeller wie der, in dem Anini sich gerade die Zehen abfror, der Vergangenheit an. Zum Glück trug er seine treuen Handschuhe aus aufgerautem Mullleder, die ihm Usana vor einigen Jahren geschenkt hatte.

Mit weiteren nützlichen Präsenten dieser Art war in absehbarer Zukunft nicht zu rechnen. Seine Eröffnung, sich auf eine Dienstreise machen zu müssen, von der er beim besten Willen nicht sagen konnte, wie lange sie dauern würde, hatte sie in die fürchterlichste Form der Wut versetzt, die zu ihrem reichhaltigen Arsenal an Verstimmtheiten zählte. Eine kalte, stumme Wut, die sie erscheinen ließ wie einen Felsen, dem durch einen bösen Zauber Leben eingehaucht worden war. Beinahe wünschte Anini sich, dies wäre der Gemütszustand gewesen, in dem er sie zurückgelassen hatte. Doch als der Bote erschienen war, dem er eine wichtige Anweisung an seine Dienststelle ausgehändigt hatte, war Usana urplötzlich völlig außer sich geraten. Sie hatte ihm sogar gedroht, dass er sich nicht darauf verlassen sollte, sie und die Setzlinge bei seiner Heimkehr noch in ihrem gemeinsamen Haus vorzufinden. Nun, es war nicht das erste Mal gewesen, dass sie von einem Auszug redete, und bislang war es bei schmerzhaften, aber letztlich folgenlosen Worten geblieben. Er tröstete sich damit, dass es auch diesmal so sein würde, und damit, dass es ihn wertvolle Zeit gekostet hätte, wenn sein dringender Nachforschungsauftrag erst von Stahlstadt aus in die Wege geleitet worden wäre. Es würde auch so schon lange genug dauern, bis all die Aktenberge durchwühlt waren.

Er beneidete den örtlichen Leichenbeschauer fast ein wenig darum, dass er es nur mit Leuten zu tun hatte, aus deren Mund nie wieder Verwünschungen, Vorhaltungen oder Beleidigungen kommen würden.

»Können wir anfangen?«, fragte Weber, der große Ähnlichkeit mit einem Maulwurf hatte: Raspelkurz und schwarz war sein Haar, seine Hände breit, und hinter der dicken Brille waren seine Augen winzige, dunkle Punkte. Er zupfte ungeduldig an dem Laken, unter dem die Leiche verborgen lag.

»Können wir anfangen?«, gab Anini die Frage an seine Begleiterin weiter. Die Gehilfin, die ihm das hiesige Kommissariatsbüro an die Seite gestellt hatte, war bisher das einzig Erfreuliche, das ihm in Stahlstadt begegnet war. Ekelas Locken, die ihr bis knapp unter die Ohrläppchen fielen, schimmerten seidig in einem interessanten Ton, der sich nicht ganz zwischen Rot und Blond entscheiden konnte. Unter ihrer entzückend kleinen Nase wölbte sich der sanfte Schwung voller Lippen, und sie hatte den Gürtel ihres olivgrünen Mantels auf eine Weise geschnürt, die die Rundungen ihres Hinterns betonte. Kurzum: Sie war ein Leckerbissen. Wie gut, dass Usana aus Prinzip nie danach fragte, mit wem er bei seinen Einsätzen zusammenarbeitete. Es wäre ihm schwergefallen, Usana gegenüber auch nur den Namen dieses jungen Kitzleins zu erwähnen, ohne dabei versehentlich zu verraten, dass er bei ihrem Anblick den Bock in sich mit den Hufen scharren fühlte. Nicht, dass er dieser Neigung unbedingt nachgegeben hätte. Es sei denn, Ekela sandte allzu eindeutige Signale aus.

Derzeit waren ihre Signale allerdings völlig anderer Natur. Sie hatte den Blick zur Decke des runden Eiskellers gerichtet, wo ein System von Rillen zwischen den Steinblöcken die von den schmelzenden Eisblöcken aufsteigende Feuchtigkeit auffing und als träge dahinkullernde Tropfen zurück zum Boden des Kellers leitete. Ihre Schirmmütze hatte Ekela abgesetzt, um die Finger in das starre Leder zu krallen. Wie reizend. Sie war nervös. War es ihre erste Leiche? »Wir können anfangen«, sagte sie.

Weber schlug das Tuch mit einem Ruck zurück.

Anini bemerkte, wie sich seine Augenbrauen hoben. Die Lichtbilder aus der Akte, die nur in Abstufungen von Schwarz und Weiß gehalten waren, wurden der grauenhaften Wirklichkeit kaum gerecht. So hatten sie den deutlichen Stich ins Bläuliche nicht wiedergegeben, den die Haut der Toten aufwies. Und auch nicht die ungewöhnliche

Mischung aus Rot, Braun und Gelb, wo ihre Knochen aus dem Fleisch hervorlugten. Allein die Farbe ihres Haars – ein tristes Grau – hatten die Bilder exakt getroffen.

Ekela trat einen Schritt von dem Tisch zurück, auf dem die Leiche aufgebahrt war, und hielt sich einen Moment die Mütze vor die Nase. Merkwürdig. Dabei war der Gestank der Toten weit davon entfernt, unerträglich zu sein. Er hatte etwas von Moder und aufgewühltem Schlamm. Ein bisschen wie die ertrunkene Ratte, die er vor einiger Zeit aus der Regentonne im Vorgarten gefischt hatte. Unangenehm, sicher. Aber durchaus zu ignorieren, wenn man sich zusammenriss.

»Sie wurde aus dem Hafenbecken geholt«, nahm Weber seine Erläuterungen auf. »Allerdings kann sie nicht länger als zwei oder drei Tage im Wasser gewesen sein. Abgesehen davon, dass diese Einschätzung zum Zeitpunkt ihres Verschwindens passt, zeigt ihre Haut weder eine fortgeschrittene Verrunzelung, noch lässt sie sich vom Fleisch abstreifen wie ein Handschuh. Ich hatte einmal einen Stauer hier auf dem Tisch, der –«

Anini räusperte sich.

»Ich verstehe.« Weber blinzelte ihn an. »Es ist keine Zeit für Geschichten. Schade. Ihr müsst mir verzeihen. Meine Kundschaft ist nicht sehr mitteilsam.«

»Was durchaus von Vorteil sein kann«, erwiderte Anini.

Weber bedachte ihn kurz mit einem verwirrten Blick und fuhr schließlich fort. »Allgemein sind alle Anzeichen feststellbar, die mit ihrem Fundort einhergehen. Leichte Abschürfungen an der Stirn und an den Schultern. Sie hat sich an einem der Stützpfeiler eines Piers verfangen. Auffälliger sind selbstredend die Verstümmelungen, die auf gar keinen Fall eine Folge ihres Verbleibs im Wasser darstellen.« Er deutete auf die Unterarme der Toten. »Die Schnitte, mit denen die Hände entfernt wurden, rühren von einem Hieb mit einem Schneidwerkzeug. Eine Axt, vielleicht auch ein Schwert oder ein großes Hackmesser.« Er fasste der Toten mit zwei Fingern ans Kinn, um ihr durch einen festen Druck auf den Unterkiefer den Mund zu öffnen. »Ähnliches gilt für die Zunge.« Er zögerte einen Augenblick. »Wollt ihr nicht herankommen und sie euch ansehen?«

»Ich weiß, wie ein Zungenstummel aussieht«, erklärte Anini sachlich. »Wie ist es mit dir, Ekela?«

Die Gehilfin straffte die Schultern und stellte sich ans Kopfende des Tischs. Schön, sie war folgsam. Und sie brachte es beinahe fertig, nicht angewidert auszusehen, als sie in den Mund der Toten schaute.

»Auch hier kam ein scharfes Schneidwerkzeug zum Einsatz.« Weber zuckte mit den Schultern. »Ich gehe davon aus, dass die Zunge nach dem Tod entnommen wurde, da ansonsten mit einer heftigen Gegenwehr zu rechnen gewesen wäre. Man hätte ihr wohl erst den Kiefer brechen müssen, um an die Zunge zu gelangen.«

»Hätte man nicht«, warf Anini ein, verzichtete aber darauf, dem Leichenbeschauer nähere Einblicke in die Erfahrungen zu geben, die er bei seinen Verhören gesammelt hatte. »Was ist mit den Augen?«, fragte er stattdessen.

»Da ist die Lage etwas ungewiss.« Weber tippte erst auf den rechten, dann den linken Wangenknochen der Toten. »Zwar gibt es an den Lidern kleinere Verletzungen, die aussehen wie Schnitte, doch die könnten auch von Krebsen stammen.«

»Krebse fressen Augen?« Ekela klang etwas fassungslos. Schlecht. Das würde sie sich noch abgewöhnen müssen, wenn sie eine gute Kommissarin werden wollte.

»Aber ja doch.« Weber nickte aufgeregt. »Bei dem Stauer, der mir damals –«

»Das ist nicht von Belang.« Anini legte eine kühle Schärfe in seine Worte. »Ich werde mich schon bald beim Täter erkundigen, ob wir die Krebse entlasten können.«

»Selbstverständlich«, raunte Weber unterwürfig.

Anini war von den ausschweifenden Erläuterungen dieses sonderbaren Gesellen gelangweilt. Er tanzte sinnlos durch die Sträucher, anstatt einen Baum zu erklimmen. Es war Zeit, ihm Einhalt zu gebieten und ihm zu zeigen, dass Anini selbst kein Anfänger war, was das Beschauen von Mordopfern anging. »Durch diese Wunde in der Brust wurde sich Zugang zum Herzen verschafft, um es zu entfernen, richtig?«

»Richtig.«

»Das ist nur mit scharfen Klingen zu bewerkstelligen. Die Ränder der Wunde sind jedoch nicht gleichmäßig, und auch das Innere sieht mir sehr zerfranst aus.« Er wies auf eine der Stellen, wo das Gewebe den Anschein erweckte, als sei es mit einer Reibe bearbeitet worden. »Das Werk der Krebse? «

»Nein.« Anini erkannte das heftige Schlucken des Zwergs sofort als das, was es war: eine unfreiwillige Antwort seines Leibes auf das Unbehagen seines Geistes, weil der Maulwurf einem Kommissar widersprechen musste. »Keine Krebse. Aale. Als sie aus dem Wasser gezogen wurde, hingen ihr Dutzende davon an der Wunde. Sie sind ausgesprochen gierige Geschöpfe, die –«

»Deine Arbeit war ohne Tadel, Leichenbeschauer Weber«, schnarrte Anini, wobei er schnell nach dem Tuch griff und die Leiche wieder bedeckte. Weber tat genau das, womit Anini gerechnet hatte. Er schrak zusammen und verstummte. Hervorragend. »Eines noch: Gab es in letzter Zeit Morde einer vergleichbaren Art?«

»So wie dieser?« Weber schüttelte energisch den Kopf. »Nicht seitdem ich in diesem Sucherhaus arbeite.«

Anini rückte seine Mütze zurecht und wandte sich zu der massiven Stahltür, die aus dem Eiskeller hinausführte. Schade. Nun musste er anscheinend darauf bauen, dass sein Nachforschungsauftrag verwertbarere Ergebnisse lieferte.

Auf der Treppe nach oben schloss Ekela zu ihm auf. »Das war nicht sehr hilfreich.« Was sollte das? Wollte sie sich für Weber entschuldigen? »Alles, was du hier erfahren hast, hättest du auch in der Akte lesen können.«

»Habe ich auch«, erwiderte Anini.

»Warum sind wir dann hier gewesen?«

Er blieb auf einem Treppenabsatz stehen und sah ihr in die Augen. »Ich schaue mir die Leichen immer an, wenn ich in einem Mordfall ermittle, selbst wenn umfangreiche Akten vorliegen.«

»Wieso?« Sie senkte die Stimme. »Traust du den Suchern nicht?«

»Meistens machen sie recht verlässliche Arbeit. Sagen wir, ich traue mir lediglich mehr als ihnen. Ich will das Opfer sehen. Nein, ich *muss* es sehen.« Sie hatte tatsächlich sehr faszinierende Augen. Ein helles

Braun mit gelben Einschlüssen. Ob sie sich stark weiteten, wenn sie es mit der Angst zu tun bekam oder wenn sie von Lust gepackt wurde? »Das Opfer verrät mir etwas über den Täter. Es ist wie eine Nachricht, die er hinterlässt. Es wäre töricht, sie nicht zu lesen.«

»Und was hat er geschrieben?«

»Eine Warnung. An uns, denke ich.«

O ja, jetzt weiteten sich ihre Augen ein ganzes Stück. »Eine Warnung?«

Anini hatte sie lange genug gequält. Er ging weiter die Stufen hinauf, während er ihr erklärte, was er meinte. »Er hat sie ins Hafenbecken am Fluss geworfen, aber er hat sie nicht mit Gewichten beschwert, die sie am Grund hätten halten können. Er wollte, dass sie gefunden wird, und zwar rechtzeitig genug, damit wir genau erkennen können, wie er sie zugerichtet hat. Und er hat jemanden ausgewählt, der mit Sicherheit vermisst werden würde, damit wir sie trotz der Verstümmelungen möglichst rasch identifizieren.« Er zog die Tür zum Innenhof des Sucherhauses auf, trat auf das Kopfsteinpflaster in den Sonnenschein hinaus und zündete sich eine Zigarette an. »Er warnt uns davor, dass er seine Tat jederzeit wiederholen könnte. Und davor, dass er sich für unantastbar hält.«

»Kommen wir an einer Post vorbei?«

Ekela machte ein Gesicht, als wäre sie nicht ganz sicher, ob sie sich über dem Klappern der Hufe und dem Quietschen der Federung womöglich verhört hatte.

»Ich möchte eine Karte aufgeben«, erlöste Anini sie aus ihrer Ungewissheit.

»Ich frage die Fahrerin.« Sie schob die Klappe hinter sich auf und streckte den Kopf halb durch die Öffnung zum Kutschbock.

Während Ekela die Erkundigung einholte, schlug Anini seinen Mantelkragen hoch und seufzte. In Stahlstadt war sogar das Wetter schlechter als daheim. Empfindlich kühler, als wäre in den nächsten Tagen sogar mit Schnee zu rechnen.

»Es ist ein kleiner Umweg«, meldete Ekela.

»Den nehmen wir in Kauf.« Anini zückte die Karte mit dem für die Stadt charakteristischen Motiv auf der Vorderseite – die hohen, rauchenden Schlote einer Esse – und reichte sie an seine Gehilfin weiter. »Sag ihr, sie soll nur kurz halten und sie für mich aufgeben. Das Geld gebe ich ihr später.«

Ekela hatte wirklich noch viel zu lernen. Beispielsweise wie man Neugierde verbarg. Ihr Gesicht war eine einzige unausgesprochene Frage, die er geflissentlich ignorierte. Die Karte ging sie nichts an, denn erstens stand sie nicht mit den laufenden Ermittlungen in Verbindung und zweitens brauchte Ekela nichts über die Abmachung zu wissen, die er in glücklicheren Zeiten mit Usana getroffen hatte. Jeden Tag eine Karte, wenn er auf Dienstreise war. Ohne Text. Nur damit Usana wusste, dass er noch am Leben war. Mehr hatte sie damals nicht von ihm verlangt. Anini wünschte sich sehnlich, sie wäre heute noch so einfach zufriedenzustellen.

Er schaute aus dem Fenster. Sie fuhren durch eines der besseren Viertel Stahlstadts, das am Hang eines Berges lag, dessen Namen er nicht kannte. Das war nicht weiter wichtig. Die Zwerge waren nicht sonderlich erfinderisch, was die Namensgebung von Landmarken anging. Höchstwahrscheinlich hieß dieser Berg Stahlberg, wenn man in seinem Innern Eisenerz abbaute. Falls man Kohle aus ihm förderte, war es wohl der Kohlenberg. Oder der Schwarze Gipfel, wenn die poetische Ader seines Brudervolks durchgeschlagen war.

Es war nicht zu übersehen, dass der Krieg für Stahlstadt ein Segen war. Gut, manche der jungen Zwerge, die im Land der Menschen ihr Leben ließen, um den Langbeinen Vernunft beizubringen, kamen gewiss auch von hier. Doch dafür erhielt man dank des gestiegenen Bedarfs an dem Material, das diesem Nest seinen Namen gegeben hatte, neue Gaslaternen, Schienen für eine Straßenbahn und andere Wahrzeichen der Zivilisation, mit denen man in der Hauptstadt keinen Vogel mehr dazu gebracht hätte, von seinem Nest aufzuflattern.

Offenkundig tat der Rat auch alles dafür, den Bürgern vor Augen zu führen, wie wichtig der Krieg war und welche beeindruckenden Erfolge der Feldzug bereits gebracht hatte. An jeder Kreuzung waren Plakatwände aufgestellt, auf denen riesige Lichtbilder die Marschrichtung vorgaben: »Weiter so!« Auf den Bildern wehte das blauschwarze Banner des Bundes auf fernen Tempeldächern, über armseligen Siedlungen, die unter den Menschen als Metropolen galten, und an den Masten von uralten Kähnen aus Holz, die die tapfere Marine geentert hatte. Auch wenn diese Aufnahmen die tatsächlichen Umstände grob beschönigten, konnte Anini daran nichts Anstößiges finden. Er war alt genug, um zu wissen, dass Wahrheit und Lüge immer vom Blickwinkel des Betrachters abhingen.

»Warum hat man dich zu uns nach Stahlstadt geschickt?«

Die Frage überraschte Anini. »Das weißt du doch.«

»Ist die Tote so wichtig gewesen?« Ekela lehnte sich ihm entgegen, die Ellenbogen auf die Knie gestützt. Wenn sie nicht vorsichtig war, würde sie beim nächsten Schlagloch mit dem Gesicht voran in seinen Schoß fallen. »Ich meine, so wichtig, dass man die Ermittlungen an uns vom Kommissariat überträgt, noch bevor man es den Suchern erlaubt, eigene Nachforschungen anzustellen?«

»Wir haben bei solchen Fällen, in die ein verdientes Mitglied der Gesellschaft verwickelt ist, in der Vergangenheit schlechte Erfahrungen mit den Suchern gemacht.« Das war noch milde ausgedrückt. Das letzte Mal, als er und Awoho zugelassen hatten, dass sich ein Sucher in ihre Belange einmischte, war dies zu einem Griff in die dornigste Hecke geworden. Und das, obwohl sie bei ihrem Plan genau davon ausgegangen waren, dass besagter Sucher die Spur, auf die sie ihn ansetzten, trotz aller Widerstände und Ungereimtheiten hartnäckig verfolgen würde. Sie hatten jemanden gebraucht, den man den aufgebrachten Bürgern des Bundes als Drahtzieher eines Komplotts von Menschen und Zwergen mit dem Ziel der Ermordung des Obersten Vorarbeiters präsentieren konnte. Wer wäre da besser geeignet gewesen, als ein ausgewiesener Menschenfreund, der nach außen den vorbildlichen Sucher gab, doch in Wahrheit sein Wissen über die Machenschaften der Freibünde nutzte, um seiner Blauflechtensucht zu frönen? Ach, es hätte alles so gut gepasst … Ihm war immer noch nicht ganz klar, warum die Rechnung nicht aufgegangen war. All das konnte er Ekela unter gar keinen Umständen offenbaren. Andererseits war es für einen reibungslosen Ablauf der Ermittlungen nützlich, ihr den Eindruck zu vermitteln, dass er ihr vertraute.

Also sagte er: »Und die Tote, wegen der ich hier bin, hat an der letzten Bundeshatz mitgewirkt.«

»Die, die ergebnislos abgeschlossen wurde?«

Anini stutzte. »Du bist ausgezeichnet informiert.«

»Das muss ich sein, wenn ich es zu etwas bringen will.« Ekela lächelte verschmitzt. »Denkt man bei euch in Zwerg tatsächlich, man könnte es dem Rest des Kommissariats verheimlichen, dass die Beute nicht gestellt wurde? Ich bitte dich, Anini. Es wird ein Jäger ernannt, dem bei Bedarf sämtliche Sucher des Bundes unterstehen, und am Ende ist der Jäger tot und keine Beute weit und breit in Sicht. Du kannst dir vorstellen, dass hier bei uns Landknollen die Freude groß war, dass sich die aufgeblasenen Frösche aus Zwerg mit dieser Nummer richtig auf die Nase gelegt haben. So hat es mein Büroleiter angeblich gesagt.«

»Aufgeblasene Frösche?«

»Ich teile diese Einschätzung nicht uneingeschränkt.« Sie lehnte sich wieder in das weiche Polster ihrer Sitzbank zurück und schlug die Beine übereinander. »Mein Büroleiter ist von Natur aus etwas zu garstig zu sich und vor allem zu anderen.«

Die Kutsche rumpelte durch ein Schlagloch, und Ekela stützte sich mit beiden Armen an den Seitenwänden der Kabine ab.

»Einen Moment zu spät«, murmelte Anini verdrossen.

»Was?«

»Nichts.«

Sie nahm die Arme herunter. »Wo ist die Beute der verpatzten Hatz denn abgeblieben? Sie kann nicht spurlos verschwunden sein, oder?«

»Ist sie nicht, nein. Vermutlich ist sie per Schiff in die Länder der Menschen geflüchtet.«

»So, so.« Sie dachte einen Augenblick nach, wobei sie sich an der Nasenspitze herumrieb. Niedlich. »Das ist doch gar nicht so schlecht«, platzte es mit einem Mal aus ihr heraus. »Ich meine, so ist sie auch aus dem Weg und kann hier nicht mehr für Aufruhr sorgen, nicht wahr? Damit hat die Hatz ihr Ziel im Grunde erfüllt.«

»Wenn man so will«, räumte Anini ein. Das Kitzlein war nicht nur schön, sondern auch gerissen. Um herauszufinden, wie gespitzt ihre Lauscher waren, fragte er: »Weißt du, wer die Beute war?«

Sie warf einen Blick über die Schulter zu der Klappe hinter sich und antwortete ihm in sehr leisem Ton. »Es wird gemunkelt, es soll ein Sucher gewesen sein, der bei euch in Ungnade gefallen ist. Stimmt das?«

Sieh an, sieh an. Auf der einen Seite freute sich Anini darüber, dass er sich nicht getäuscht hatte, was ihre Wachsamkeit für Gerüchte betraf. Andererseits würde er sich bei seiner Rückkehr nach Zwerg darum kümmern müssen, eine undichte Stelle in den eigenen Reihen aufzuspüren. Warum nur hatte sein Volk, das nach der Flucht aus seiner untergegangenen Heimat so viel von seinem alten Erbe aufgegeben hatte, unbedingt an der Sitte festhalten müssen, Wissen als eine ganz besondere Form der Währung zu benutzen, mit der sich Gefallen einfordern und begleichen ließen? Wenn es diese Neigung nicht gegeben hätte, wäre er nicht einmal hier, denn dann hätte auch die Tote nichts in Erfahrung bringen können, was sie ihr Leben gekostet hatte. »Das Mordopfer ist unter anderem deshalb so wichtig, weil es die Beute der Hatz persönlich kannte.«

Ekela war im Verbergen von Überraschung noch genauso unerfahren wie im Verbergen von Neugier. »Nein!«

»Doch.«

»Aber dann muss der Mord an ihr mehr als eine Warnung gewesen sein«, meinte sie nach einer Weile.

»Ganz recht«, gestand Anini ein. Unterschätzte er Ekela, weil sie so jung war und er immer mehr den Drang verspürte, von ihrer Jugend zu kosten? »Was war er deiner Meinung nach noch?«

»Ein Racheakt«, sagte sie zögernd.

»Offensichtlich.«

»Von wem?«

Er hätte seine Vermutungen mit ihr teilen können, aber er zog es vor, das Kitzlein lieber noch etwas weiter durch den dunklen Wald staksen zu lassen. »Du wirst es herausfinden. Für den Moment hat dieser aufgeblasene Frosch genug gequakt.«

Bei der Ankunft vor dem Haus der Familie, aus dem das Mordopfer verschwunden war, war Anini bereit, seine Meinung über Stahlstadt in Teilen zu revidieren. Selbst in der Provinz gab es beeindruckende Bauten. Dieser hier war unzweifelhaft vor Urzeiten von Zwergen errichtet worden: Das zweistöckige Haupthaus mit der zinnenumsäumten Dachterrasse und dem mit Eisenbeschlägen versehenen Portal besaß nach wie vor die wuchtige Gesamtanmutung einer Festung. Doch die Halblinge, die darin wohnten, hatten sie ihrem Geschmack und ihren Vorlieben angepasst. So waren die Fenster von schießschartenartigen Schlitzen zu großzügigen runden Öffnungen umgestaltet worden, um mehr Sonnenlicht ins Innere zu lassen, und vor der hohen Mauer aus grauem Basalt, die das Anwesen umschloss, hatte man schmale Beete mit Büschen und Sträuchern angelegt.

»Imposant, nicht?«, fragte Ekela, nachdem sie der Fahrerin der Kutsche aufgetragen hatte, unbedingt zu warten – ganz gleich, wie lange der Besuch bei den Personen, die das Opfer als Letzte lebend gesehen hatten, dauern würde.

»Imposant«, stimmte ihr Anini zu.

Um zum Portal zu gelangen, mussten sie einer Stelle auf dem Bürgersteig ausweichen, wo die Platten erst vor Kurzem neu verlegt worden waren, und recht schlampig noch dazu. In einer kleinen Senke hatte sich knöcheltief Regenwasser gesammelt.

»Verfaulte Tunnelkriecher!«, fluchte Ekela. »Wenn wir so eine schuttige Arbeit abliefern würden …«

»Tun wir nicht«, versicherte ihr Anini. »Aber was schimpfst du so auf die Tunnelkriecher? Hier hat doch der Plattenleger versagt.«

»Das schon. Aber sie reißen gerade überall die Gehwege auf, weil die Tunnelkriecher die Schotte in der Kanalisation erneuern.«

»Verstehe. Dafür ist noch Stahl übrig?« Anini hätte gedacht, dass derzeit die Werften an den Küsten alles verschlangen, was die Essen der Stadt ausspien, um die Flotte, die Abertausende von Zwergen in die Zerrissenen Reiche trug, möglichst rasch weiterwachsen zu lassen.

»Hier ist immer Stahl übrig«, erwiderte Ekela achselzuckend.

Sie kamen am Portal an, und Anini betätigte den Türklopfer.

Einen Augenblick später schwang die schwere Tür auf, geöffnet von einer Halblingsfrau in einem eng anliegenden Hauskleid. Rote Seide, knöchellang. Genusssucht und Sittsamkeit unverhohlen miteinander vereint.

»Inako 29-6?«

Die Frau nickte, wobei sie anscheinend nicht wusste, wohin sie den Blick richten sollte. Er hüpfte von Aninis Gesicht zu seinen Stiefelspitzen zu seinen Schulterlitzen und zurück zu seinem Gesicht. Anini verübelte der Dame des Hauses ihre Befangenheit nicht. Sie erhielt sicherlich nicht jeden Tag Besuch von der Bundessicherheit.

Er stellte sich und seine Begleiterin vor und setzte einen Fuß über die Türschwelle, um die Regeln für seinen Aufenthalt hier festzulegen.

»Ihr kommt wegen Eluki?«, erkundigte sich Inako völlig überflüssigerweise.

»So ist es.« Anini schob sich ganz an ihr vorbei, nah genug, dass sie das Leder seines Mantels riechen musste. Manche seiner Kollegen nutzten bisweilen die unheimliche Aura der Macht, die sie umgab, um bizarre Spiele der Unterwerfung bei Zeugen und Verdächtigen einzuleiten. Anini hatte das nie getan, und Inako gab ihm keinen Anlass, daran etwas zu ändern. Sie war nicht sein Fall. Zu schlaffe Brüste, zu viele Falten um die Augen und um den Mund, zu stumpfes Haar.

Doch sie hatte unbenommen ein Talent dafür, ihr Haus geschmackvoll einzurichten. An den Wänden des Gangs, den er unaufgefordert entlangschritt, hingen im Wechsel mit Gaslampen mit angenehm schlichter Blütenornamentik sündhaft teure Wandteppiche mit Motiven aus dem Grünenden Land – in erster Linie Jagdszenen oder Tanzfeste. Er bog bei der ersten Tür nach links ab, fand sich in einer blitzsauberen Küche wieder und nahm Aufstellung neben einem absichtlich auf gebraucht getrimmtem Tisch aus Bluteichenholz.

Als Inako mit Ekela im Gefolge erschien, wies er auf einen Stuhl und sagte: »Setz dich! Erzähl mir alles über das Fest, bei dem Eluki 29-12 verschwunden ist.«

Sie blieb unschlüssig stehen, wahrscheinlich, weil sie nicht gewohnt war, dass man ihr so klare Anweisungen erteilte. »Darf ich euch einen Tee anbieten?«

»Setz dich!«, wiederholte Anini.

Sie gehorchte ihm.

Zufrieden nahm Anini zur Kenntnis, wie Ekela ohne besondere Aufforderung den Platz einnahm, der für eine solche Befragung am angebrachtesten war: hinter Inako, die Hände locker auf der Stuhllehne. So war es richtig. Einen Kommissar vor sich und einen weiteren Vertreter der Bundessicherheit im Rücken – niemand entkam dem längsten und stärksten Arm des Gesetzes.

Inako kniff die Lippen zusammen und strich mechanisch ihr Kleid wieder und wieder glatt, obwohl die Seide das nicht im Mindesten von ihr verlangt hätte. »Ich weiß nicht, wo ich anfangen soll.«

»Was war der Grund für die Feier?«

»Der fünfzigste Jahrestag der Vermählung meiner Gatteneltern. Es war ein großes Fest, lange geplant …«

»Wieso war Eluki dazu eingeladen? Sie gehört nicht zu deiner Familie.«

»Mein Gattenvater und ihr Vater waren gute Freunde gewesen, bevor Elukis Familie nach Amboss umsiedelte. Das ist schon eine Ewigkeit her.« Sie schaute an Anini vorbei auf ein Regal mit Kochutensilien an der Wand, als wäre es ihr peinlich, über Eluki zu reden. Womöglich war es das auch, weil ihre Familie um so vieles älter und damit angesehener war als die der Toten. »Es war der ausdrückliche Wunsch meines Gattenvaters, sie zu sehen. Wie hätte ich dem nicht entsprechen können? Er wird bald in die Erde gehen.«

»Hatte Eluki Feinde innerhalb deiner Familie?«

»Nicht mehr Feinde, als man sich durch übertriebene Rechthaberei und ein liederliches Betragen so macht.«

»Sie war also keineswegs beliebt unter euch, und ihr Erscheinen hat euch nicht dazu verleitet, die Schritte für einen Freudentanz einzustudieren.«

Inako duckte sich unter der Härte in den Worten, die Ekela hinter ihr unvermittelt ausstieß. Ausgezeichnet. Anini hatte seine Gehilfin nicht einmal durch einen verdeckten Hinweis – abgesprochen hatten sie ein Kratzen an der Schläfe – darauf aufmerksam machen müssen, sich auf eine Weise in das Gespräch einzuschalten, die das Unbehagen der Befragten sinnvoll steigerte.

»Eluki war nicht gerade ein gern gesehener Gast«, gestand Inako.

»Und gab es dafür einen konkreten Grund?«, bohrte Ekela weiter.

Inako schaute zu Anini auf, als erhoffte sie sich von ihm die Erlaubnis, die Aussage zu verweigern. »Sie … sie …«, begann sie stockend, nachdem sie erkannt hatte, dass diese Hoffnung vergebens war. »Eluki … bei ihrem letzten Besuch hier vor vier Jahren hat sie … es kam zu einem höchst unangenehmen Zwischenfall mit ihr.«

»Etwas genauer bitte!«, sagte Ekela laut.

Inako krallte die Finger in ihr Kleid. »Sie und mein Bruder … näherten sich einander. Seine Gattin hat etwas davon bemerkt, und …«

Anini neigte den Kopf leicht zur Seite. Mehr bedurfte es nicht, damit Inako in einen flehenderen Tonfall verfiel. »Es ist nicht so, wie ihr denkt. Uwane hat nichts mit dem zu tun, was Eluki geschehen ist.«

»So?« Anini dehnte die Silbe, ohne sich dabei festzulegen, ob er damit Spott oder Unglauben ausdrücken wollte.

»Uwane hat sich tadellos verhalten«, beteuerte Inako. »Wie es sich für ein Mitglied unserer Familie gehört. Ihre Strafe für die Buhlerin bestand darin, ihr nicht die geringste Aufmerksamkeit zu schenken. Eluki war für sie einfach gestorben.«

»Eine interessante Wortwahl«, raunte Anini. »Sei's drum. Wann genau ist Eluki verschwunden?«

»Uns ist erst gegen Ende der Feier aufgefallen, dass sie fehlt.« Inako wirkte sichtlich erleichtert darüber, nicht weiter auf den Ehebruch eingehen zu müssen. »Sie war nach draußen gegangen, um frische Luft zu schnappen, wie sie meiner Gattenmutter sagte, und als wir das Lied zur Verabschiedung der Gäste anstimmen wollten, habe ich bemerkt, dass sie nicht wieder hereingekommen war. Wir dachten zuerst, sie würde sich einen schlechten Scherz erlauben. Mein Gatte ging sie suchen, doch sie war fort. Wir haben uns nichts weiter dabei gedacht.«

»Außer vielleicht, dass sie endlich verstanden hatte, dass sie in deinem Haus nicht erwünscht war?«, warf Ekela ein.

Anini schloss sogleich die nächste Frage an. »Und wieso habt ihr sie trotzdem am nächsten Abend als vermisst gemeldet?«

»Weil ein Angestellter des Hotels, in dem sie sich ein Zimmer genommen hatte, sich bei uns erkundigte, ob sie noch bei uns im Haus wäre. Sie hatte nur eine Übernachtung gebucht und war nicht aufgetaucht, um ihr Zimmer zu räumen.« Inako bemühte sich um eine schuldbewusste Miene, die aufzusetzen ihr der Anstand gebot, obwohl sie leicht als Maske zu erkennen war. »Da ahnten wir, dass etwas im Argen lag, und haben uns an die Sucher gewandt.«

»Ein vorbildliches Verhalten.« Diesmal machte Anini aus seinem Spott keinen Hehl. Wahrscheinlich hätte er an Inakos Stelle nicht anders gehandelt, aber es wäre falsch gewesen, Verständnis zu zeigen. Die Befragte durfte nicht auf den Gedanken kommen, in ihm einen mitfühlenden Verbündeten zu sehen. Das wäre schlecht für den besonderen Ruf des gesamten Kommissariats gewesen – den Ruf, allein der Bewahrung der Ordnung im Bund verpflichtet zu sein und dabei weder Freund noch Feind zu schonen. »Dann sehen wir uns jetzt besser einmal draußen um«, kündigte er an, wandte sich um und verließ die Küche. Ekela folgte ihm auf dem Fuße.

Es kam, wie er es erwartet hatte. Inako beeilte sich, um zu ihnen aufzuschließen und sie durch das Anwesen zu geleiten. Durch eine breite, gläserne Schiebetür in einem Zimmer, in dem man ohne viel Aufhebens eine Partie Torwächter hätte spielen können – man hätte nur die zahlreichen Sitzmöbel an die Wände schieben müssen –, traten sie auf eine nur unwesentlich kleinere Veranda.

Vor ihnen erstreckte sich ein Areal von der Größe eines kleinen Parks. Faszinierend. Die Grundstückspreise in Stahlstadt waren wohl ein Witz verglichen mit denen in Zwerg, und Anini machte sich eine geistige Notiz, Stahlstadt als möglichen Altersruhesitz in Betracht zu ziehen – Provinz hin, Provinz her.

Nahezu alle Bäume, Büsche und Blumen, die hier wuchsen, stammten ursprünglich aus dem Grünenden Land und waren Nachkommen jener Samen und Ableger, die seine Vorfahren bei der Flucht aus ihrer Heimat auf Geheiß ihres Anführers Inene mit sich genommen hatten. Der Sehende Blinde hatte ihnen neues Land verheißen, in dem das Grün auferstehen würde, und der Mund der toten Geister hatte nicht gelogen. Die Mehrheit der Gewächse in diesem Park hätte jedoch so nah am Pol nie gedeihen können, wenn sie nicht durch ein aufwendiges System aus Rohren, die sich, von hölzernen Masten auf Kopfhöhe getragen, durch die Anlage wanden, zugleich gewässert und gewärmt worden wären. Ein feiner, warmer Nebel sprühte beständig aus winzigen Löchern und überzog Blätter, Blüten und Wurzeln mit einem feuchten Glanz.

Anini hätte sich ebenso beeindruckt gezeigt wie Ekela, die mit offenem Mund hinter ihrer Gastgeberin herging, wenn er sich nicht bewusst gewesen wäre, dass dieser Anblick letztlich nur das fahle Abbild eines anderen Ortes war, der weit jenseits dessen lag, was so viele aus seinem Volk und sämtliche Zwerge für die einzige Wirklichkeit hielten, die etwas zählte. Er streifte regelmäßig durch diesen Ort, und je älter er wurde und je öfter er ihn aufsuchte, desto mehr keimte in ihm der Verdacht, dass die Vorgänge dort mehr Bedeutung trugen als jene in der harten, starren Welt, die jeder zu sehen vermochte.

»Was ist das dort drüben?«, fragte er Inako.

Eine hohe Hecke, deren Blätter spitz und von der Farbe geronnenen Blutes waren, bildete eine Wand, die nur an einer Stelle durchbrochen war. Hinter dem Durchlass vermeinte Anini einen schmalen Kiesweg auszumachen, der sich vor einer weiteren Heckenwand nach links und rechts verzweigte.

»Der Irrgarten. Wollt ihr ihn sehen?« Inakos Stimme zitterte, und sie warf einen flüchtigen Blick zurück zum Haus.

»Selbstverständlich.«

Er ließ sie vorangehen, und sie tauchten zwischen die Heckenwände ein. Die Gefahr, sich zu verlaufen, war gering, denn der Aufbau des Irrgartens hielt sich streng an die Regeln der Formenlehre. Verschlungene Pfade wären eine Herausforderung gewesen, doch Anini erkannte nach den ersten Schritten die den Wegen zugrunde liegende Symmetrie, und er hätte auch ohne Inakos Hilfe rasch zu dem rechteckigen Bereich in der Mitte gefunden, wo der Kies hellen

Sandsteinplatten wich. Um einen plätschernden Springbrunnen waren ein halbes Dutzend Statuen aus verwittertem Holz aufgestellt. Die Gestalten aus den Legenden seines Volkes hatten früher einmal bestimmt täuschend lebendig gewirkt, doch inzwischen verunstalteten Risse die finsteren Züge von Agugu Schwesternschänder, und Eki – einer der Setzlinge, die im Flüsternden Tal über den Kochenden See hinweggeschritten waren – fehlte ein Arm. Käferlarven hatten Hunderte Löcher in den Bauch von Ilele Feuerbringer gefressen, während Wind und Wetter Ujudu übler zugesetzt hatten als die Hiebe mit der Reißklaue ihres Geliebten, der für ein unaussprechliches Vergehen in eine Kreatur des Zwielichts verwandelt worden war.

Aus bronzenen Kohlebecken an den Eckpunkten der Fläche stieg der Gestank kalter Asche auf, der einem selbst bei den Bänken näher am Zentrum, von denen aus man sich in den Anblick der Helden und Missetäter versenken konnte, noch in die Nase kroch. Anini beschloss, ihn mit dem Duft von Zigarettenrauch zu bekämpfen.

»Ihr habt ein wunderbares Haus mit einem noch wunderbareren Garten«, verkündete er nach den ersten beiden Zügen und setzte sich auf eine der Bänke. »Welche Arbeit muss man verrichten, um sich all das leisten zu können?«

»Mein Gatte leitet als Fester Stamm das Aufsichtsamt für die Bedarfsermittlung der Essen«, sagte Inako nicht ohne einen Hauch von Stolz. Schön, dass sie sich so leicht auf vermeintlich sicheren Grund locken ließ.

»Und dein Bruder?«

»Er ist im gleichen Amt tätig.«

»Sie kennen sich also schon lange?«

»Es war mein Bruder, der mir meinen Gatten vorgestellt hat.« Ob sie etwas ahnte? Sie hatte eben die Schultern gestrafft und ihr rechtes Bein ein Stück vorgeschoben, um einen sichereren Stand zu haben. Anini war gespannt, wie viel Druck ausreichen würde, um sie zu erschüttern. »Ich verstehe. Das bedeutet also, dass das hohe Ansehen deines Gatten in Gefahr wäre, falls jemand davon erfährt, dass dein Bruder den Treueschwur an – wie war ihr Name? Uwane, richtig? –

mit Füßen getreten hat. Der morsche Ast, der den ganzen Baum verfaulen lässt. So heißt es doch immer, oder?«

Inako spitzte entrüstet die Lippen. »Mein Gatte und mein Bruder sind nicht durch Blut gebunden.«

»Aber du und dein Bruder seid es«, sagte Ekela aus dem Hintergrund. »Und wenn der eine Schwüre bricht, so tut es auch die andere.«

Anini unterdrückte ein Lächeln. Ekela machte ihre Sache wirklich ganz ausgezeichnet. Sein Herz schlug schneller, als er sah, wie Inako mit einem Mal das Blut aus den Wangen wich, was sie noch älter und herber erscheinen ließ. »Also musste dieser – wie hast du es genannt? Vorfall, das war es – dieser Vorfall vor einigen Jahren zwingend verheimlicht werden, und mehr noch: Er durfte sich ja nicht wiederholen.« Er klemmte sich die Zigarette zwischen die Lippen, um sich dann schwungvoll zu erheben, auf die Zehenspitzen zu stellen und langsam um die eigene Achse zu drehen. »Vom Haus aus kann man nicht erkennen, was hier drinnen vor sich geht. Oder liege ich falsch?«

»Nein«, sagte Inako tonlos.

»Dachte ich es mir doch.« Er machte einen Schritt auf sie zu. »Seien wir ehrlich zueinander. Dein Bruder hat sich beim Fest hier mit Eluki getroffen, um ein zweites Mal ihren süßesten Tau zu schmecken.«

Es stellte sich heraus, dass Inako doch noch eine Überraschung für ihn bereithielt. Sie verschränkte die Arme vor der Brust. Was sollte das? War es Trotz? Oder befürchtete sie, er könnte seine Natter ziehen, um ihr einen Bolzen durchs Herz zu jagen? Das wäre töricht gewesen, denn falls er eine standrechtliche Erschießung in Betracht gezogen hätte, wäre es Ekela gewesen, für die die Rolle der Scharfrichterin vorgesehen war. Sie war weitaus günstiger positioniert, und sie konnte die Erfahrung gebrauchen.

»Ja, mein Bruder hat hier an dieser Stelle seinen Schwur ein zweites Mal gebrochen. Aber die Hände meiner Familie sind rein«, schleuderte ihm Inako trotzig entgegen. »An Eluki hätten wir sie uns nicht schmutzig gemacht. Sie hat bekommen, was sie verdient hat. Doch weder ich noch meine Brudergattin können uns dessen rühmen.«

»Nimm dich nicht so wichtig.« Anini winkte ab. »Ich weiß, wie alte Katzen sind. Sie fauchen, aber ihre Krallen sind stumpf und sie haben keine Zähne mehr im Maul. Denkst du, wir hätten es nicht längst gewusst, falls du die Schuld an Elukis Tod tragen würdest? Denkst du, du hättest einen Kommissar belügen können?«

Inako gab keine Antwort.

»Dir wäre es lieber gewesen, Elukis Leiche wäre nie aufgetaucht«, fuhr Anini fort. »Ein Mord nach einer Entführung bei einem Fest, das du ausgerichtet hast, ist schlecht für die Familienehre. Wenn du oder ein von dir gedungener Mörder Eluki umgebracht hätte, wäre ich nicht hier, weil wir ihre Leiche nie gefunden hätten. Ist es nicht so?«

Sie nickte nur stumm.

»Gut. Es freut mich, dass du so aufrichtig zu uns bist.«

Dann überraschte Inako ihn ein zweites Mal. »Warum?« Es war nur ein Flüstern, nicht mehr.

»Warum was?«, blaffte Ekela.

»Warum habt ihr mich überhaupt mit euren Fragen gequält?«

Anini zog an seiner Zigarette. »Ein Kommissar liebt die Wahrheit. Und die Wahrheit ist, dass du niederträchtig und selbstsüchtig bist. Eine gute Schwester hätte ihren Bruder am Abend der Feier nicht aus den Augen gelassen, wenn ihr etwas an seiner Ehre gelegen hätte.« Er schnippte die Zigarette beiseite. »Weiß seine Gattin, wie sehr du sie hasst?«

Jetzt schwieg Inako wieder.

»Was hat sie dir getan, dass du ihr so viel Leid gönnst?«, fragte Anini.

Inakos Arme sanken herab. »Sie hat ihm keine Setzlinge geschenkt. Sein Zweig verdorrt.«

»Und wegen eines verdorrten Zweigs, wegen eines Lebens, das es nie gegeben hat, ist ein anderes ausgelöscht worden.« Anini schüttelte den Kopf. »Genug davon. Wir haben noch Arbeit.«

Er schickte Inako neben eines der Kohlebecken und begann, gemeinsam mit Ekela den Ort von Elukis Verschwinden abzuschreiten. Beim Umrunden des Springbrunnens fand er die erste Spur: Eine der Statuen war halb umgekippt, und die reglosen Augen einer Gestalt aus der ruhmreichen Vergangenheit seines Volkes, deren Namen er nicht kannte, blickten hinauf zum wolkenverhangenen Himmel. Eluki hatte sich gewehrt, als man sie geholt hatte.

»Wie viele Eingänge hat euer Anwesen?«, rief er Inako zu.

»Nur den, durch den ihr auch gekommen seid.«

Spannend. Nur ein Eingang. Und die Mauer war ohne Leiter nicht zu überwinden. Doch selbst wenn ein Eindringling es geschafft hätte, erst von außen unbeobachtet eine Leiter zum Einsatz zu bringen, sie von der Krone der Mauer aus auf die andere Seite zu holen, um anschließend daran wieder herunterzuklettern, hätte er diesen ganzen Vorgang beim Verlassen des Gartens wiederholen müssen – noch dazu mit seinem Opfer im Gepäck. Höchst unwahrscheinlich.

»Anini!«

Er ging zu der Stelle an einer der Heckenwände, an der Ekela kniete und nach ihm gerufen hatte.

»Hier.«

Sie meinte einige ausgerissene Blätter auf den Platten vor der Hecke, die Anini an vom Wind verwehte Blutstropfen erinnerten. O ja, es hatte einen Kampf gegeben. Alles andere hätte ihn auch angesichts seines Wissens über das Opfer zutiefst gewundert. Er machte einige geknickte Zweige in der Hecke aus. Ob Eluki verzweifelt versucht hatte, sich daran festzuhalten, als ihr Mörder sie davonzerrte? Die Fährte aus abgeknickten Zweigen setzte sich in einer losen Reihe – mal eine Handbreit höher, mal eine niedriger an der Hecke – einige Platten lang fort, bis sie jäh endete. Als ob der Mörder sich mit Eluki in die Lüfte erhoben hätte. Ein kalter Schauder lief Anini über den Rücken, als ihm die Kommissare aus den Sondereinheiten einfielen, die dank der Bemühungen einiger zwergischer Forscher Fähigkeiten entwickelt hatten, die denen der Helden und Schurken aus den alten Legenden in nichts nachstanden. Er selbst hatte mehrere dieser Leute vor nicht allzu langer Zeit auf Garep Schmied, die verschwundene Beute der letzten Bundeshatz, angesetzt. War es denkbar, dass auch unter denjenigen, die Awohos Streben nach einer neuen Ordnung entgegenarbeiteten, Halblinge mit solchen Fähigkeiten waren? Er wehrte sich gegen diese beunruhigende Eingebung, weil er hoffte – nein, weil er wollte –, dass es eine andere Erklärung gab.

Und Anini fand sie, als er die Platte direkt unter der Stelle, an der die Fährte abbrach, einer genaueren Inspektion unterzog. Sie war wesentlich größer als die benachbarten Platten, und ihre Kante stand an einer Seite ein wenig über. Dort war der Sandstein heller, als hätte jemand die dunklere Schicht darüber abgekratzt. Er stampfte mit der Ferse auf die auffällige Platte, merkte sich den dumpfen Klang und verglich ihn mit dem, den ein Stampfen auf einer der anderen Platten verursachte.

Ekela näherte sich ihm mit einem neugierigen Ausdruck auf ihrem hübschen Gesicht.

»Hast du etwas gefunden?«

»Unter dieser Platte gibt es einen Hohlraum.« Er wandte sich zu Inako um, zeigte auf die Platte und fragte: »Was ist da drunter?«

Einen Augenblick hatte er die Lösung für das Rätsel gefunden, wie Eluki aus dem Garten verschwunden war, und sehr zu seiner Erleichterung hatten fliegende Halblinge damit nichts zu tun.

5

Siris drehte sich um und genoss die Aussicht. Das Haus seines Onkels lag dort, wo die besten Häuser Meerschaums lagen: auf der breiten, flachen Spitze des Hügels unmittelbar über dem Hafen, von wo aus man einen ausgezeichneten Blick auf die Mündung des Braunen Stroms und die Insel der Barmherzigen Gesandten hatte. Der Palast der Demütigen Bitten, den die Elfen dort bei ihrem ersten Besuch in Meerschaum vor unzähligen Generationen errichtet hatten, glitzerte im Sonnenlicht wie gesponnenes Glas. Der Eindruck von Zerbrechlichkeit täuschte: Kein Werkzeug, das nicht von den Spitzohren selbst geschaffen war, vermochte es, in den Wänden des Palasts auch nur den winzigsten Kratzer zu hinterlassen. Der Legende nach waren sie binnen einer einzigen Nacht aus einem handgroßen Keim aus Kristall gewachsen, den die Fremden in den schlammigen Untergrund der Insel gepflanzt hatten.

Siris wusste nicht, wie viel Zeit der Bau des Anwesens verschlungen hatte, in dem sein Onkel lebte. Er war noch klein gewesen, als es errichtet worden war, und er hatte nur noch sehr verschwommene Erinnerungen an das Einweihungsfest. Es war eine der wenigen Szenen in seinem Gedächtnis, in denen sein Vater herzlich lachte.

Siris musterte seine Begleiter. Seine Schwester, die in ihrem zerschlissenen Kleid hager und erschöpft wirkte, ganz gleich, wie sehr sie sich auch um eine aufrechte Haltung mühte. Ihren zwergischen Bettgefährten, dessen Rasur nicht lange vorgehalten hatte und dessen rechte Schuhsohle sich vorne an den Zehen vom Leder löste, als hätte er ein hungriges, zahnloses Maul am Fuß. Himek, der in seiner fleckigen Uniformjacke schwitzte wie ein Schwein. Der Quälgeist aus Goldberg mit der ausgefransten Schärpe. Am schlimmsten war der Krüppel mit dem verkümmerten Arm, der dumpf vor sich hin stierte und wahrscheinlich darüber nachdachte, wie wohl die Pferdeäpfel schmeckten, die Treuhuf gerade aus dem Hintern gefallen waren. Sie sahen allesamt aus wie abgerissene Herumtreiber, die am Tor läuten wollten, um sich einen Laib Brot zu erbetteln.

»Bist du dir sicher, dass es eine gute Idee ist, gleich mit der ganzen Lumpenbande anzutanzen?«, fragte er Sira.

»Zoseos ist Familie«, antwortete sie. »Es gibt nichts, wofür wir uns vor ihm schämen müssten.«

»Dann wollen wir mal hoffen, dass er uns auch wiedererkennt und nicht die Hunde auf uns hetzt.«

Bevor er den Strick der Torglocke packte, griff er auf die einzige der unzähligen Lektionen seines Vaters zurück, in der er einen Nutzen fand: Er atmete zweimal tief durch die Nase ein und durch den Mund wieder aus. Die Übung diente dazu, seinen Geist zu reinigen und seine Gefühle zu ergründen, und Siris stellte fest, dass er neben der Anspannung und der peinlichen Berührtheit aufgrund der Umstände seines Besuchs auch einen schwachen Funken Vorfreude verspürte. Er hatte Onkel Zoseos immer gemocht.

Das Ziehen am Strick brachte nicht eine einzelne Glocke, sondern ein halbes Dutzend in einer melodischen Abfolge zum Läuten. Die Melodie war an ein Lied zur Lobpreisung der Herren angelehnt, dessen Titel Siris aber entfallen war, weil er es seit gut fünfzehn Sommern nicht mehr gesungen hatte.

Das Schnitzrelief im Tor verdeutlichte die Hierarchie, die die Meerschäumer in ihrem Denken für die Welt festgelegt hatten. Ganz oben wachten die schwer gepanzerten Herren und breiteten ihre vier Arme über ihre Schöpfung aus. Darunter schwebten die feingliedrigen Elfen in wehender Kleidung vom Himmel, und unten, dicht am Dreck der Straße, waren die Menschen aufgereiht, die sehnsüchtig zu ihren Oberen aufschauten.

Das Tor schwang einen Spalt auf, und Siris sah sich einem fischgesichtigen Bediensteten in schlichtem Wams und enger Hose gegenüber. Der junge Kerl mochte vielleicht halb so alt sein wie er, was bedeutete, dass er für den Lakaien ein Fremder war, und ein heruntergekommener Fremder noch dazu. »Wir geben nichts«, erklärte der Diener sichtlich angewidert. »Versucht es besser in einem Schrein.«

Siris fackelte nicht lange. Er trat gegen das Tor, sodass die Kante dem hochnäsigen Nörgler ins Gesicht schlug. Nachdem sein Opfer quiekend zu Boden gegangen war, trat Siris über den Mann hinweg. »Nur herein.« Er winkte die anderen heran und rief danach laut: »Onkel Zoseos! Ich bin wieder da!«

Wie in jedem der guten Häuser auf dem Hügel öffnete sich das Tor zu einem Innenhof, dessen prunkvolle Ausstattung der beste Beweis dafür war, dass man als Unterhändler mit den Barmherzigen Gesandten leicht ein Vermögen verdiente. In einem rechteckigen, in den Boden eingelassenen Becken, das ausreichend Platz für einen großen Lastenkahn geboten hätte, schwammen Schlangenfische in allen erdenklichen Längen und Farben. Auf wagenradgroßen Seerosenblättern um den marmornen Springbrunnen in der Mitte des Beckens schnatterten entrüstete Kupferentendamen auf ihren Nestern. Der Pfau, der aus einer der Ecken des Hofs herbeistolziert kam, deutete die Aufregung falsch und schlug ein Rad, um allen Anwesenden zu imponieren. Ein Paar Streifenböckchen hüpften auf ihren dünnen Beinchen in den Schutz einer Laube, die eigens mit Heu auslegt war, damit die empfindlichen Gazellen nachts nicht froren.

Garep schlurfte mit offenem Mund zur nächsten Bank – der rötlichen Maserung nach zu urteilen teuerstes Rosenholz aus der Stiermark –, setzte sich und warf erst einen langen Blick auf das zum Innenhof offene Empfangszimmer jenseits des Beckens und dann einen kurzen, vorwurfsvollen zu Sira. »Ich dachte, du stammst aus einer gewöhnlichen Familie mit einem gewöhnlichen Haus«, beschwerte er sich weinerlich.

Sira spielte die Unschuldige. »Für mich ist das ein gewöhnliches Haus. Es gibt wesentlich größere und schönere.«

Jemand tippte Siris auf die Schulter. Er drehte sich um.

»Was machen wir mit Treuhuf?«, wollte Fianessa wissen.

Der Rappe war durch das Tor gelaufen und schnupperte interessiert an dem auf dem Boden hockenden Diener, der sich die blutende Nase hielt.

Siris sah sich um. Wo waren noch einmal die Stallungen gewesen?

Ach ja, dort vorne, gleich neben dem Durchgang zu dem abgetrennten Bereich des Hauses, wo die Dienerschaft untergebracht war.

Siris wedelte dem Lakaien, dem er das Gesicht ruiniert hatte, mit Treuhufs Zügeln vor den Augen herum. »Hier. Versorg ihn gut. Er frisst am liebsten das, was du im Kopf hast.« Er zwinkerte Fianessa zu. »Zufrieden?«

»Man könnte meinen, du wärst bei den Barbaren in der Brache geboren«, antwortete das Mädchen, aber es lächelte dabei. Ein seltenes Ereignis.

Himek, der einen seiner klaren Tage hatte, stemmte die Arme in die Hüften und schürzte die Lippen. »Groß ist das Haus ja. Aber es ist so niedrig. Und es vergeudet Platz. Wäre es nicht vernünftiger gewesen, lieber drei oder vier Stockwerke zu haben, anstatt sich so auszubreiten?«

»Wir Menschen bauen eben Häuser und keine kleinen Berge wie ihr Stummel, die ihr es nie verdaut habt, aus euren Höhlen gekrochen zu sein«, gab Siris zurück. Ihm lagen noch ein paar weitere freundliche Bemerkungen zu den Eigenarten der zwergischen Kultur auf der Zunge, doch er schluckte sie herunter, als sein Onkel im Empfangszimmer auftauchte.

Siris erkannte, dass es tatsächlich einen Ort gab, an dem die Menschen vom Fluch des Alterns befreit waren – und es war nicht die Welt jenseits der Welt, in die die Herren ihr treues Gesinde holten. Dieser Ort existierte im Kopf eines Menschen, aber er entfaltete seinen Zauber nur für diejenigen, die er lange Zeit nicht zu Gesicht bekam. In Siris' Kopf war sein Onkel ein schlanker Mann mit dichtem, dunklem Haar, bei dem aus jeder Bewegung ein unbändiger, jugendlicher Tatendrang sprach. Dieser Zoseos war fort, hinweggespült im Strom der Zeit. An seine Stelle trat nun eine Person, die unter ihrem Seidenhemd den charakteristischen Bauch eines Händlers vor sich her trug, der es nicht mehr nötig hatte, im Lager selbst mit anzupacken. Sein Haar, dessen Ansatz von den Jahren immer weiter nach oben getrieben worden war, hatte die Farbe kalter Asche. Als er die drei Stufen vom Empfangszimmer zum Hof hinunterging, knickte Zoseos in der Hüfte leicht ein, um sein linkes Bein zu entlasten.

Doch einige Dinge hatte die Zeit ihm nicht rauben können. Sein gewinnendes Lächeln, seine heitere Stimme und die Art, wie er in allem – selbst in der ärmlichen Erscheinung seiner unerwarteten Gäste – noch etwas Anerkennenswertes fand, als er sie überschwänglich begrüßte, ohne sich seine Überraschung anmerken zu lassen.

»Du hast starke Arme bekommen, Junge«, lobte er Siris, ehe er das liebreizende Funkeln in Siras Augen pries und Garep gegenüber ankündigte, wie sehr er sich schon darauf freute, von einem Zwerg zu erfahren, ob das Dampfland so viele Wunder bereithielt, wie man sagte.

Er prüfte mit dem Daumennagel die Schärfe der Herrenaxt, die Fianessa aus dem Bündel auf ihrem Rücken auswickelte, und zeigte sich sowohl von ihrer Verkündigung vom Ende der Festung Goldberg als auch von der faszinierenden Handwerkskunst des Artefakts angemessen beeindruckt.

Nachdem Himek erwähnte, dass er Arzt war, zeigte sich Zoseos erfreut und fragte den Zwerg, ob er bei Gelegenheit bereit wäre, sein Knie einer näheren Untersuchung zu unterziehen.

Sogar am kleinen Krüppel verzweifelte Zoseos nicht. Er betrachtete den Jungen lange und eingehend, obwohl Oji keinerlei Anstalten machte, dass er sich dessen bewusst war – kein verschämtes Wegdrehen des Kopfes, weil ihm die Aufmerksamkeit des älteren Mannes unangenehm gewesen wäre, und auch kein munteres, freches Recken des Kinns oder sonst irgendein Beleg, dass er es genoss, so viel Beachtung zu erfahren. Nichts. Einfach nichts. Zoseos tätschelte Ojis Wange. »Er hat ein kluges Gesicht«, sagte er und nickte Siris zu. »Ein bisschen erinnert er mich an Moschansis. Deine Großmutter sagte immer, er hätte in diesem Alter auch nicht viel gesprochen.«

Die Erwähnung seines Vaters versetzte Siris einen feinen Stich, den er nutzte, um zur Sache zu kommen. »Ich weiß, wie dreist es von uns ist, nach so langer Zeit wieder vor deiner Tür zu stehen. Ich will ehrlich zu dir sein, weil du immer ehrlich zu uns gewesen bist. Wenn wir eine andere Wahl hätten, wären wir nicht hier. Haben wir aber nicht. Und ich könnte es gut verstehen, wenn du uns raus auf die

Straße jagst. Wir haben dir nichts als Ärger gebracht, und ich will nirgendwo bleiben, wo ich nicht willkommen bin.«

Zoseos breitete die Arme aus. »Was faselst du da, Junge? Selbstverständlich seid ihr mir willkommen. Ihr gehört doch zur Familie.«

Sira strahlte übers ganze Gesicht, und Siris hörte die zwei Zwerge erleichtert aufatmen.

»Gilt das für alle, die unter deinem Dach wohnen?«, fragte er seinen Onkel.

»Du weißt also, dass sie hier ist.« Zoseos kniff die Lippen zusammen. »Wie lange seid ihr schon in der Stadt?«

»Seit ein paar Tagen.«

»Ich erst seit gestern«, sagte Sira rasch.

Siris fluchte stumm. Diese Schlange! Jetzt stand er da wie ein Einbrecher, der das Haus, in das er hineinwollte, erst eine Weile ausgespäht hatte, um zu sehen, wie gut die Chancen standen. »Es war nicht meine Idee, dich zu belästigen, Onkel Zoseos«, verteidigte er sich.

Zoseos winkte ab. »Von belästigen kann keine Rede sein. Ich freue mich, dass ihr hier seid. Es ist lange her.«

»Auch lange genug für meine Mutter?«, erkundigte sich Siris.

»Ich habe mir abgewöhnt, für sie sprechen zu wollen.« Einen Augenblick sah Zoseos noch wesentlich älter aus, als wären weit mehr als fünfzehn Sommer seit ihrer letzten Begegnung verstrichen. »Du wirst sie schon selbst fragen müssen.«

»Wo ist sie?«, fragte Sira leise.

Zoseos zeigte über seine Schulter zum Dach des Hauses. »Im Flugkäfig. Bei den Tauben.« Er klatschte laut in die Hände und pfiff durch die Zähne.

Aus dem Haus eilte ein weiterer Lakai heran, dessen Alter und hervorquellende Augen den Verdacht nahelegten, dass es sich bei ihm um einen Bruder des Dieners handelte, der sich am Tor mit Siris angelegt hatte. Zoseos wies den Burschen an, Siris' Mutter über das Erscheinen der Gruppe in Kenntnis zu setzen und in der Küche Bescheid zu geben, dass das Obst in den Schalen im Empfangszimmer nicht mehr frisch genug war.

Der Lakai wetzte los. Zoseos bat sie, es sich doch auf den ledernen, perlenbestickten Sitzkissen bequem zu machen. Siris kam seiner Aufforderung nach, ebenso wie die beiden Zwerge und seine Schwester. Oji tappte zu einem Strauch mit gelben Beeren, um die Zweige zu plündern. Siris hatte keine Ahnung, ob die Früchte genießbar waren, aber es scherte ihn auch nicht sonderlich. Erstens war er kein Kindermädchen, und zweitens wäre dem Jungen womöglich am besten damit gedient, wenn ihm sein offensichtlicher Schwachsinn eine tödliche Vergiftung einbrachte. Drittens hatte er mit Fianessa sein eigenes Mündel, das ihn oft genug an den Rand eines Zornausbruchs führte. Immerhin benahm sie sich im Augenblick einigermaßen ordentlich. Sie setzte sich auf den Beckenrand und stippte den Finger ins Wasser, um die Schlangenfische anzulocken.

Nach einer kleinen Weile, in der Siris seiner Schwester das Reden überließ und einen Apfel verdrückte, um zu überprüfen, ob das mulmige Gefühl in seinem Magen vielleicht doch nur Hunger war, gesellte sich ein weiterer Bewohner des Hauses zu ihnen. Im Gegensatz zu Zoseos hatte sich Gajuwessus kaum verändert, was daran liegen mochte, dass er zu jener Zeit, als Siris Meerschaum verlassen hatte, bereits dem Greisenalter nahe gewesen war. Seine Haut wies den braunen Glanz auf, wie man ihn üblicherweise an den Sandfressern beobachten konnte, doch Gajuwessus' Zügen fehlte das Kantige, Scharfe, das die Menschen aus dem Tiefen Süden auszeichnete. Auch seine hellen Augen waren zu groß und lagen ein Stück zu weit auseinander, als dass er in einer Stadt wie Feuerberg unter den Kuttenträgern nicht doch aufgefallen wäre.

Sira sprang bei seinem Erscheinen auf, um sich ihm an den Hals zu werfen. Der Alte umarmte sie lange und küsste sie auf beide Wangen. Nachdem sie voneinander abgelassen hatten, ordnete er die Kette um seinen Hals. Die wachsversiegelten Tonröllchen, in denen sich ausgewählte Zitate aus den Heiligen Schriften befanden und die mit ihm auf seine letzte Reise in die Welt jenseits der Welt gehen würden, klimperten leise.

Siris hatte nie begriffen, wozu Händler wie sein Vater oder sein Onkel Leute wie Gajuwessus anstellten. Die Ruhigen Redner behaupteten stets, keine Prediger zu sein. Angeblich waren sie nur Mietgelehrte, die einen Gläubigen durch ihren Rat dabei unterstützten, die Weisungen der Herren auszulegen, und nebenbei gern als Hauslehrer aushalfen. Aber Siris hatte noch nie ein Argument gehört, das es schaffte, Ruhige Redner und Prediger sinnvoll und sauber zu unterscheiden. Beide Gruppen beschäftigten sich mit dem unübersichtlichen Wust aus Geboten und Verboten, das die Herren dem Gesinde nach ihrem Auszug überlassen hatten, und beide mischten sich für Siris' Geschmack viel zu häufig in Angelegenheiten ein, die sie nichts angingen und die jeder mit einem Mindestmaß an klarem Verstand genauso gut selbst hätte entscheiden können. Ob ein Knecht der Magd beiwohnen durfte, wenn ihr Acker gerade rote Tränen weinte. Welchen Anteil seines Einkommens ein herrengefälliger Mensch für wohltätige Zwecke einsetzte. Ob es den Herren ein Gräuel war, an heißen Tagen fleckbeinige Meeresspinnen zu essen. Ab wann es vor den Augen der Herren gerechtfertigt war, einen Schuldner zu enteignen, um einen Gegenwert für das zuvor Verliehene zu erhalten. Auf beide hätte Siris gut verzichten können, und er war der Auffassung, dass es den Reichen besser ergangen wäre, wenn man sämtliche Schriftenwälzer einen Kopf kürzer gemacht hätte.

Sira sah das natürlich völlig anders, wie er nur zu gut wusste. Im Großen wie im Kleinen. Nicht nur, dass sie den albernen Firlefanz über die Herren insgesamt für bare Münze nahm. Nach dem Vorfall, bei dem ihr Vater hatte lernen müssen, dass seine Macht über seine Kinder begrenzt war, hatte Sira an Gajuwessus' Lippen gehangen, als sprudelte aus seinem Mund reinste Klarheit und nicht – wie Siris meinte – widersprüchliches Geschwätz, das man ganz nach Belieben auf genau die Weise auslegen konnte, die das eigene Gewissen am meisten beruhigte.

Siris dachte an die lang vergangenen Tage zurück, in denen sie schon einmal Zuflucht bei Zoseos gefunden hatten. Er selbst hatte sich damals rasch wieder aus dem Staub gemacht. Das Haus war nichts anderes als ein Gefängnis für ihn gewesen, in das er sich selbst eingesperrt hatte, und ihm war bald die Erkenntnis gekommen, dass er es nicht ertragen würde, Tag für Tag zu sehen, wie Sira versuchte, sich von Gajuwessus die Gewissheit abzuholen, dass sie richtig gehandelt hatten. Als ob das je infrage gestanden hätte.

Ihr Vater hatte sie umbringen wollen. Er hatte angefangen, was sie dann in Notwehr zu Ende brachten.

Und ihre Mutter hatte das offenbar genauso gesehen. Es war kein richtiges Geheimnis, wo Sira und Siris sich verkrochen hatten, und dennoch hatte sie nie die Garde geschickt, um sie vor ein Tribunal zerren zu lassen.

Sie hatten sich nur verteidigt.

Irgendwann war Siris einfach gegangen und hatte am Hafen ein Schiff bestiegen, das nach Galabrien segelte. An Bord war auch ein Trupp Bestienjäger gewesen, und einer von ihnen hatte Siris angeheuert, weil er einen kräftigen jungen Kerl brauchte, der ihm sein umfangreiches Waffenarsenal durch die Wildnis schleppte. Einige Sommer lang hatte sich Siris so sehr in seinem neuen Dasein verloren – ein Dasein voller Gefahr und Entbehrungen, aber auch voller Triumphe und Erfahrungen, die er nicht missen mochte –, dass ihm Meerschaum immer mehr erschien wie ein ferner, unbedeutender Ort. Wie das namenlose Dorf, aus dem die Bauernjungen in den Geschichten auszogen, um zu großen Helden heranzureifen. Es spielte keine Rolle, woher man kam; es spielte nur eine Rolle, wer man war und was man machte.

Er erinnerte sich noch genau daran, wie überrascht er gewesen war, als in einem der Gasthäuser in Gottespfand ein Brief von Sira auf ihn wartete. Sie hatte angekündigt, nach Gottespfand zu kommen, um von dort aus ins Dampfland zu reisen, wo sie ihr Glück versuchen wollte. Meerschaum hatte ihn eingeholt.

Er hatte Sira nach einem kurzen Wiedersehen, bei dem sie beide darauf geachtet hatten, nicht über den vergangenen Vorfall zu sprechen, in den Zwergenbund verabschiedet. Zu seinem eigenen Erstaunen hatte er sich danach an die Abmachung gehalten, die er mit Sira getroffen hatte: Jedes Frühjahr hatte sie ihren Gefährten Jarun – einen sechsmal verfluchten, verweichlichten Pflugwetzer – nach Gottespfand geschickt, um Siris zu berichten, wie es ihr erging. Und Siris hatte sich tatsächlich mit Jarun getroffen, Jahr für Jahr, und bei einem dieser Treffen hatte Jarun dann das Zwergengewehr im Gepäck, das es Siris erlaubte, einige der gefährlichsten Bestien der Reiche mühelos zur Strecke zu bringen. Dafür war er Sira nach wie vor dankbar, doch die weiteren Treffen mit Jarun erfüllten für ihn neben der Versorgung mit Munition auch einen anderen Zweck. Er vermutete inzwischen, dass er hören wollte und hören musste, ob seine Schwester es unter den Stummeln zu etwas brachte, weil dann aus dem schrecklichen Ereignis in ihrer gemeinsamen Vergangenheit wenigstens etwas Gutes erwachsen war.

Doch wie er sie nun mit dem Ruhigen Redner tuscheln sah, wie sie dem Greis die dürren Hände streichelte, wie sie ihn anstrahlte und in einem flüchtigen Gebet mit ihm die Herren pries, konnte er sich des unguten Gefühls nicht erwehren, dass er für Sira womöglich nur ein Werkzeug in einem lange angelegten Plan war. Warum hatte sie ihm vor ihrem Aufbruch zu den Zwergen erzählt, sie wolle sich dort eine neue Existenz als Fernhändlerin aufbauen, wenn sie doch in Wahrheit damals schon auf der Suche nach dem Auslöscher gewesen war? Trieb sie am Ende wirklich nichts anderes an als der Herrenglaube, den Siris so verabscheute? Hatte sie ihn wie einen Ochsen vor ihren Karren gespannt? Und zog er ihn nun für sie weiter dümmlich voran, weil er – wie sie es damals in Gottespfand vereinbart hatten – an genau den Ort in Meerschaum zurückgekehrt war, an dem sie ihre Tugend verloren hatte? Weil er sich dazu bereit erklärt hatte, mit ihr nach Westburg zu reisen? Er hoffte, dass er sich irrte und die Liebe zu ihr der eigentliche Grund war, weshalb er jetzt in Onkel Zoseos' Empfangszimmer herumsaß und ihr dabei zuschaute, wie sie dem Ruhigen Redner von ihren Erlebnissen in der Fremde berichtete.

Der fischgesichtige Lakai mit der heilen Nase kam zurück und flüsterte etwas in Zoseos' Ohr.

»Was ist nun?«, brummte Siris.

»Kommt sie?«, fragte Sira und zupfte am zerfetzen Saum ihres Kleides, um ein bisschen mehr von ihren Schenkeln zu verhüllen.

Zoseos entließ den Diener mit einem Wink, kaute auf seiner Unterlippe und sagte schließlich zu Siris: »Nein, sie kommt nicht. Sie will dich zuerst allein sehen.«

Die schmale Holzstiege hinauf zum Flachdach schien Siris steiler als jeder Berghang, den er auf seinen Jagden hatte erklimmen müssen. Es war sonderbar. Er hatte Geschöpfen die Stirn geboten und getötet, bei denen allein die Erwähnung des Namens ausreichte, damit junge Mütter ihre Säuglinge enger an ihre Brust pressten, Bauern sich in ihren Katen verrammelten und hartgesottene Kommandanten bleich um die Nasenspitze wurden. Hätte er den Namen des Ungeheuers genannt, dem er sich nun zu stellen hatte, hätten die Leute außerhalb Meerschaums höchstens verständnislos mit den Schultern gezuckt, während die Meerschäumer eher damit begonnen hätten, Lieder auf Kallassendra von Wolfenfurts tadellosen Anstand und Herrenfürchtigkeit zu singen. Warum also schwitzten seine Hände, und warum grummelte es in seinem Gedärm, als er die Gestalt sah, die im Flugkäfig über ein Taubennest gebeugt ein Gelege musterte?

Sie hörte seine Schritte auf den Fliesen und wandte sich mit einem Rascheln ihrer bodenlangen schwarzen Robe zu ihm um. Das engmaschige Gitter des Käfigs warf schwarze Schattenlinien auf ihre faltigen Wangen, als wollte sogar die Sonne Siris zeigen, wie alt seine Mutter geworden war. Sie kaschierte einige der verstrichenen Jahre durch die traditionelle Art, wie sich eine Frau ihres Standes schminkte – Lippen und Augenlider im leuchtenden Blau der Wogen, ein halbes Dutzend weißer Sprengsel über den Brauen für die Gischt, die auf den Wellenkronen tanzte. »Irisanjo«, sagte sie kaum lauter als das Gurren der Vögel, wie wenn er sich nur einen halben Tag im Hafen und nicht ein halbes Leben in der Welt herumgetrieben hätte.

»Mutter«, antwortete er ihr. Beim Klang der unvertrauten Stimme flatterten ein paar der Tauben auf. Nachdem die Tiere verstanden, dass der Himmel, den sie sahen, für sie nicht zu erreichen war, krallten sie ihre Klauen kurz in das Gitter, um sich anschließend mit panischen Flügelschlägen auf eine der Stangen auf der anderen Seite des Käfigs zu flüchten.

Da er seine Mutter um mehr als zwei Köpfe überragte, musste er eine Weile die Rückseite ihrer von Silberfäden durchwirkten Witwenhaube betrachten, als sie den Kopf senkte. Was tat sie da? Wollte sie ihn für seine ausgetretenen Stiefel rügen? Suchte sie nach dem beißendsten Spott für seine Hosen, deren Stoff über den Knien so durchgewetzt war, dass man darunter die nackte Haut sehen konnte?

»Die Herren haben dich für dein Vergehen büßen lassen, wie ich sehe«, erklärte Kallassendra mit tiefer Zufriedenheit in der Stimme. »Sie haben dir ihren Zorn eigens ins Fleisch geschrieben.«

Siris strich über die Narbe auf seiner Hand und folgte dem Verlauf des harten Gewebes bis hoch zur Schulter. Was sollte er darauf erwidern? Dass ihm keiner der vierarmigen Herren leibhaftig erschienen war, als er sich diese Wunde eingefangen hatte, sondern nur ein fauchender Steppenpanther mit scharfen Krallen? Bildfetzen aus den Albträumen, die ihn in seinen schlechten Nächten plagten, traten ihm vor Augen. Seine Mutter, wesentlich jünger. Der blutige Stein in ihrer Hand. Derselbe, mit dem er auf seinen Vater eingeschlagen hatte. Die ernsten Segensformeln, die sie murmelte, während sie ihm im Traum mit dem Stein das Gemächt zermalmte.

»Ich wollte damals nur Sira beschützen«, verteidigte er sich. »Mehr nicht.«

»Wie es sich für einen guten Bruder gehört«, meinte Kallassendra und drehte sich wieder zu dem Taubennest um. Eines der winzigen Eier bewegte sich leicht auf seinem Bett aus Stroh und Zweigen.

»Wie es sich für einen guten Bruder gehört«, wiederholte Siris. Was erwartete sie von ihm? Dass er sich vor ihr auf die Knie warf und sie um Vergebung anflehte? Darauf konnte sie lange warten.

»Und wie steht es mit den Dingen, die sich für einen guten Sohn gegenüber dem Vater gehören?« Sie richtete das Ei auf, um dem Küken das Schlüpfen zu erleichtern. »Habe ich in den Schriften die Passage überlesen, wo die Rede davon ist, dass der gute Sohn dem Vater die Stirn mit einem Schädel zerschmettern soll, um ihm seine Liebe zu zeigen?«

»Er hätte sie umgebracht«, entgegnete Siris kühl. Das war die Wahrheit. Er hatte es in den Augen seines Vaters gesehen, in denen ein Feuer gebrannt hatte, das nur mit Blut zu löschen gewesen wäre.

»Wundert dich das?« Kallassendra krempelte die Ärmel ihrer Robe hoch. »Sie hatte einen Bastard im Bauch. Sie hat die Ehre der Familie weggeworfen, damit irgendein betrunkener Gardist seinen Pflug in ihrem Acker wetzen kann.« Sie seufzte. »Ich wollte ihr helfen. Ein heißes Bad und der richtige Sud, und die verfaulte Frucht wäre abgegangen. Aber die Herren wollten es nicht so. Die Herren wollten, dass mein geliebter Mann erfährt, was seine Tochter sich hat zuschulden kommen lassen. Und den Herren hat es gefallen, mich zu prüfen.« Eine Taube hüpfte von einer nahen Stange auf den Rand des Nests und verrenkte sich den Hals, um zu der Riesin aufzublicken, deren Schatten auf das Gelege fiel. »Ich habe ihn jeden Tag gewaschen, jeden Tag gefüttert, jeden Tag mit ihm gesprochen. Er war fort und doch nicht fort. Ich hatte nur noch ihn, weil mein feiger Sohn mir davongelaufen ist.«

»Und?« Siris runzelte die Stirn. »Willst du mir weismachen, ich hätte bleiben sollen? Dass alles wieder so geworden wäre wie vorher?«

»Ich hatte anfangs die Hoffnung, du würdest mehr Respekt für unser Haus und die Anforderungen an den Tag legen, die unser Stand an uns richtet«, sagte Kallassendra. In der Schale des Taubeneis erschien ein feiner Riss. »Es gab Geschäfte zu führen, weißt du.«

»Die hat doch Zoseos übernommen.«

»Such keine Ausreden.« Sie schüttelte den Kopf. »Dein Vater hat dich die Gesetze gelehrt. Oder hast du das alles vergessen? Denk an die Schriften: Nur der Sohn des Knechts soll vom Knecht erben. Alles, was dein Vater besitzt, gehört dir und niemandem sonst. Zoseos kann die Geschäfte nur führen, bis der rechtmäßige Erbe sie übernimmt. Gibt es keinen rechtmäßigen Erben – oder taucht er niemals auf –, fällt sämtlicher Besitz eines Hauses an die Zusammenkunft. Wir können froh sein, dass es den Herren recht war, nur die Seele deines Vaters zu sich zu holen und uns seinen Leib zu lassen. Hättest du ihn gleich ganz erschlagen und wärst geflohen …« Sie zuckte mit den Achseln. »Dann würde ich vielleicht auf der Straße betteln und meinen alten Acker jedem ungewaschenen Fischer für eine Handvoll Muscheln anbieten.« Durch den Riss in der Eierschale schob sich für einen Wimpernschlag die blutige Spitze eines Schnäbelchens. »Doch ich will nicht jammern. Aufgrund der besonderen Umstände hat die

Zusammenkunft akzeptiert, dass Zoseos die Geschäfte leitet, solange du nicht in der Stadt bist. Und als die Hülle deines Vaters den letzten Atemzug getan hat, hatten sie sich daran gewöhnt, dass Zoseos in deinem Namen mit den Barmherzigen Gesandten spricht. Er macht seine Sache sehr gut. Er hält sich an den Leitspruch deines Vaters: Lieber einen Arm lang auf der Insel verhandelt, als einen Finger lang im Lager schwitzen. Die Barmherzigen Gesandten mögen ihn.« Das Taubenküken schlug ein weiteres Loch in die Wand seines Gefängnisses. »Es ist trotzdem gut, dass du wieder da bist. Es ist an der Zeit, dass du endlich das Haus leitest. Die anderen Häuser werden langsam unruhig. Sie würden alle ihre Erstgeborenen geben, um unseren Platz einzunehmen.«

»Selbstverständlich.« Die Gier der anderen Kaufleute war leicht zu erklären. Wie sie es seit unzähligen Generationen tat, führte Siris' Familie sämtliche Verhandlungen, wenn die Spitzohren sich blicken ließen, um ihre milden Gaben unter die Meerschäumer zu bringen. Stoffe wie den, aus dem die Robe seiner Mutter geschneidert war und an dem selbst der heftigste Regenguss einfach abperlte, als wäre das weiche Gewebe harter, glatter Stein. Unvorstellbar leichte Klingen, an denen weder Blut noch Dreck haften blieben. Gefäße, die Flüssigkeiten selbst bei der größten Sommerhitze kühl hielten. Und noch vieles andere mehr, wofür die Meerschäumer bereitwillig ihre Lager leerten, um die Schiffsbäuche der Barmherzigen Gesandten mit edlen Hölzern, Seide, Gewürzen, Erz, Salz und nahezu allem zu füllen, was die Elfen verlangten. An jedem dieser Geschäfte war das Haus der Unterhändler beteiligt und wurde für seine Mühen mit einem Anteil der wechselseitig übereigneten Waren entlohnt. Nicht umsonst sagte man, dass die Zungen der von Wolfenfurts wundertätig waren, weil sie Worte in Gold verwandeln konnten. Siris gab sich keinen Illusionen hin: Seine Mutter blieb bei seinem Anblick ruhig, weil sie ihm einen immensen, greifbaren Wert zusprach. Er war im Grunde nichts anderes als ein Unterpfand für den Fortbestand des Reichtums seiner Familie. Nicht mehr und nicht weniger.

»Ich soll die Geschäfte führen?« Er konnte sich ein Grinsen nicht verkneifen. »Glaubst du, die Zusammenkunft wird es hinnehmen, dass ein dahergelaufener Bestienjäger den Elfen Honig in die Ohren träufelt?«

Kallassendra entfernte ein Stück abgesprungene Schale vom Ei und betrachtete den Splitter rot glänzenden Kalks einen Moment, bevor sie ihn in eine Futterschale schnippte. »Von welchem Bestienjäger redest du da?«

Hatte sie über ihrer Trauer womöglich doch den Verstand verloren? »Von mir.«

»Ach, du meinst deinen kleinen Zeitvertreib, dem du in der Fremde nachgegangen bist.« Sie begrüßte das schleimige, nackte Köpfchen des Kükens mit einem verträumten Lächeln. »Daran stört sich die Zusammenkunft doch nicht. Man wird dich dafür bewundern. Es war tapfer von dir – ein Beweis deiner Manneskraft und deiner Bereitschaft, Wagnisse zum Wohle anderer einzugehen. Und wie gesagt, das Bestienjagen stellt ja nur einen kleinen Teil deiner Ausbildung in der Fremde dar.«

»So?« Seine Mutter war tatsächlich nicht bei Sinnen.

»Aber natürlich«, fuhr sie fort. »Ich habe doch deine Briefe, in denen du mir von deinen Fortschritten berichtest.«

Siris stutzte. Er hatte ihr keinen einzigen geschrieben. Wozu auch? Und worüber? Über seine Jagden? Über seine Albträume? Er hatte ihr nichts zu sagen gehabt, was er nicht auch dem Wind hätte anvertrauen können. »Du erzählst Unsinn, Mutter.«

Sie befreite das Taubenküken endgültig aus der Schale, nahm das hässliche Ding auf die Hand und streichelte ihm über den zitternden Leib. »Ich habe eine ganze Kiste, die randvoll ist mit deinen Briefen, Irisanjo. Manche habe ich den richtigen Gästen gezeigt. In ihnen steht alles darüber zu lesen, was die Leute wissen mussten. Dass du in der schrecklichen Nacht die Mörder, die in unser Haus kamen, in die Flucht schlugst, und danach Abstand brauchtest. Du konntest nicht in einer Stadt bleiben, in der du Gefahr liefst, selbst zum Ziel des nächsten Anschlags zu werden, ausgeführt von einem der anderen Häuser, die danach streben, ihre eigenen Unterhändler zu stellen. Deshalb bist du fortgegangen. Um mich und dein Haus zu schützen, wohl wissend, dass dein lieber Onkel unsere Interessen bis zu deiner Rückkehr bestens vertreten würde.«

Siris hob die Augenbrauen. Er hatte sie unterschätzt. Seine Mutter hatte einen Weg gefunden, trotz seines Vergehens an seinem Vater die Ehre der Familie über all die Jahre hinweg zu bewahren. Mehr noch: Sie hatte es geschafft, ihn vor den Mitgliedern der Zusammenkunft als edlen Helden dastehen zu lassen, dem die Intrigen der Kaufleute untereinander zuwider waren, weil sein Vater ihnen angeblich zum Opfer gefallen war, und der deshalb Meerschaum vorübergehend den Rücken gekehrt hatte, um fernab der Heimat … ja, um dort was zu tun? »Wo bin ich denn laut meiner Briefe gewesen?«

»In Gottespfand«, klärte ihn seine Mutter auf. »In der Ausbildung bei einem der besten Händler dort.« Sie legte das Taubenküken vorsichtig zurück ins Nest. »Das ist alles nicht billig gewesen. Dort einen erfolgreichen Kaufmann zu finden, der sich auf mein Spiel einlässt und nette Geschichten erfindet, warum du gerade nicht in der Stadt bist, sobald sich jemand von hier nach dir erkundigt.« Sie wusch sich die von blutigem Schleim besudelte Hand in einem Napf mit Wasser für die Vögel. »Und jetzt höre ich, dass du auf die Jagd gegangen bist. Sehr gut. Zugegeben, du bist unerfahren im Umgang mit den Barmherzigen Gesandten, aber das tut nichts zur Sache. Das kann dir Zoseos alles beibringen.«

»Warum sollte ich tun, was du erwartest?«, fragte Siris. Er hatte nicht den geringsten Zweifel, dass sie ihn als Ochsen betrachtete, den sie vor ihren Karren spannen wollte. Es war eine eigentümliche Form der Vergebung, die sie ihm da bot.

Kallassendra schüttelte das Wasser von ihrer Hand. »Schau dich doch an! Du gehst in Lumpen. Du brauchst Geld. Und du weißt nicht, wo du sonst hin solltest. Meine Anwesenheit hier ist sicher kein Geheimnis für dich gewesen, oder?«

Er nickte.

»Siehst du wohl.« Sie trat wieder ganz nahe an das Gitter. »Kann sein, dass du unter anderen Umständen niemals nach Meerschaum zurückgekommen wärst. Aber ich kenne dich, Irisanjo. Du meinst, dein Herz wäre aus Stein, aber es ist weich wie Lehm. Du hast nie vergessen, was du mir angetan hast. Und du bedauerst es. Ich gebe dir die Gelegenheit, dein Gewissen zu entlasten. Du musst auch nicht ewig bleiben. Nur so lange, bis die anderen Häuser einsehen, dass die von Wolfenfurts nach wie vor stark genug sind, ihren Stand zu verteidigen. Danach kannst du wieder gehen. Es reicht, wenn du alle paar Sommer vorbeischaust, und es würde mich glücklich machen, wenn du mir bald einen Enkel schenkst, den ich für dich großziehen kann. Mehr verlange ich nicht.«

Es war kein schlechter Handel. Seine Mutter hatte recht. Unter anderen Umständen wäre er vielleicht sofort wieder aus der Stadt verschwunden, aber die Zwerge waren auf dem Vormarsch, und er hatte keine Lust, zwischen die Fronten im Norden zu geraten. Eine Reise nach Westburg, wie sie Sira vorschwebte, hätte ihn zwar von den Schlachtfeldern fortgeführt, doch dafür brauchten sie Pferde und Proviant, den sie sich derzeit nicht leisten konnten. Was schadete es, wenn er seiner Mutter den Gefallen tat, ihr Spiel mitzuspielen und der gesamten Zusammenkunft eins auszuwischen? Nichts. Nur eine Sache bereitete ihm noch Sorgen. »Was ist mit Sira?«

Kallassendras Mundwinkel zuckten, als hätte sie auf eine saure Traube gebissen. »Was soll mit ihr sein? Sie ist eine Hure.«

»Bei den Stummeln war sie eine Predigerin«, gab Siris zu bedenken.

»Sie ist eine Hure«, zischte Kallassendra.

»Du kannst mir verzeihen«, sagte Siris. »Warum nicht auch ihr?«

»Da ist es wieder, dein Herz aus Lehm.« Kallassendra schüttelte den Kopf. »Sie ist die Wurzel allen Unheils, das über uns hereingebrochen ist. Hätte sie die Beine zusammengehalten, wäre dein Vater noch bei uns. Dann wäre ...« Sie stockte und schaute kurz zu Boden. Als sie den Kopf wieder hob, lächelte sie. »Ich freue mich wirklich, dass du zurück bist, Irisanjo. Ich weiß, dass du nur bleibst, wenn sie auch bleiben kann. Also soll es so sein.« Sie wedelte mit der Hand, als wollte sie eine Fliege verscheuchen. »Und nun geh los und zieh dir etwas Ordentliches an. Du siehst furchtbar aus.« Sie drehte sich um und murmelte beruhigend auf das Taubenküken ein, das den Schnabel aufgerissen hatte und jämmerlich piepste.

Bei seiner Rückkehr ins Empfangszimmer fand Siris dort nur noch seinen Onkel und Himek vor. Zoseos hatte das Hosenbein hochgekrempelt, und der Zwerg tastete prüfend das geschwollene Knie ab.

Im Innenhof erspähte Siris Fianessa. Das Mädchen saß auf dem Beckenrand und studierte das Etikett auf einer großen Flasche mit einer dunklen Flüssigkeit darin.

»Was hat sie da?«, fragte Siris Zoseos.

»Oh, da bist du wieder«, sagte sein Onkel. »Wie ist es gelaufen?«

»Wir dürfen bleiben«, antwortete Siris knapp. »Was hat die Kleine da?«

»Schwarzfroschtinktur.« Zoseos legte den Kopf schief. »Sie meinte, sie will ihre Schärpe färben. Im Gedenken an ihre Mutter. Ist das ein Problem?«

»Nein.« Siris ließ sich auf eines der Sitzkissen plumpsen. »Das arme Mädchen weiß nur nicht, wie froh es sein kann, dass seine Mutter tot ist.«

6

Auf ihrem Weg durch den Öffentlichen Tier- und Pflanzengarten erreichten Karu und Rinul gerade den Flechtenfelsen, als er sie fragte: »Sollten wir nicht öfter solche Ausflüge unternehmen?«

»Vielleicht.« Sie blieb vor dem Gitter um den Felsen mit Blauflechten stehen und lächelte – teils wegen Rinuls Frage, teils wegen der absurden Gründlichkeit der Gartenplaner. Es kam ihr albern vor, eine Flechtensorte auszustellen, deren Anbau für gewöhnliche Bürger unter Strafe stand, weil zu viele Zwerge ihrer Verlockung nicht widerstehen konnten. »Wusstest du, dass jede Flechte die Verschmelzung von zwei Arten von Geschöpfen ist, die zum beiderseitigen Vorteil eine Verbindung miteinander eingehen?«

Rinul trat neben sie und legte den Arm um ihre Hüften. »Hast du das auf einem der Schilder gelesen?«

»Ich habe nur immer gut in der Schule aufgepasst.« Wenn der Korb nicht gewesen wäre, unter dessen Griff sie ihren Arm geschlungen hatte, hätte sie Rinul mit dem Ellenbogen einen Knuff in die Seite versetzt. »Im Ernst. Eine Flechte sieht aus wie ein einziges Gewächs, obwohl es in Wahrheit zwei sind. Ein Pilz und eine Alge. Man braucht aber eine Vergrößerungslinse, um es zu erkennen.«

»Ich weiß.«

»Du weißt wohl alles, Glatzenbär.« Sie hatte sich noch nicht ganz daran gewöhnt, dass er sich das Haar schor, seit sie ihr neues Leben begonnen hatten. Sie vermisste den roten, verstrubbelten Schopf, mit dem sie ihn kennengelernt hatte, und sie fragte sich, ob er sie wiederum mit ihren nackten Wangen noch so anziehend fand wie vorher mit dem dichten, blonden Flaum. Sie sah aus wie eine Halblingsfrau, und Rinul mochte das Brudervolk nicht sonderlich.

»Ich dachte immer, es ist mein Wissen, das mich so unwiderstehlich macht.« Er kniff sie durch die feste Strauchwolle ihres Mantels sacht und spielerisch in den Bauchspeck. »Oder bist du mir nur wegen meines stattlichen Körpers verfallen?«

»Es ist ein bisschen von beidem«, antwortete sie ehrlich.

»Wie beruhigend«, brummte er. »Ich hoffe, das gleicht die Unannehmlichkeiten unserer Lage aus. Oder hast du insgeheim davon geträumt, dich vor der Bundessicherheit im Haus eines Freibündlers zu verkriechen?«

Seine Worte waren als Scherz gedacht, aber in Karu rüttelten sie einen Schmerz wach, den sie mit viel Mühe in einem erträglichen Dämmerzustand hielt. Sie vermisste ihre Familie, allen voran Onkel Hobuk. Ob er inzwischen für ihre Taten zur Rechenschaft gezogen worden war? Warum hatte er ihr auch von seiner Vermutung erzählt, die Verschwörung, der auch Rinul auf die Schliche gekommen war, könnte die Geschichte des Bundes umgeschrieben haben? Hätte er geschwiegen, wäre sie nie nach Hammer gefahren, und sie wäre nicht gezwungen gewesen, jemanden zu töten, um Rinuls Leben zu schützen. Dann wäre sie Rinul allerdings auch nie begegnet, und das war eine bedrückende Vorstellung. »Ich habe dir noch nicht die ganze Wahrheit erzählt«, sagte sie, um ihren Schmerz zu überspielen.

»Was?«

»Die Flechten. Eine der beteiligten Parteien zieht einen größeren Gewinn aus der Verschmelzung. Die Alge könnte auch ohne den Pilz überleben. Er senkt nur die Wahrscheinlichkeit, dass sie austrocknet. Dafür ernährt er sich von den Stoffen, die sie herstellt.«

»Fast wie im Bund«, sagte Rinul. »Die Halblinge impfen uns ein, wir wären ohne sie verloren, weil sie den Verwaltungsapparat geschaffen haben, der angeblich das Fundament unserer Gesellschaft ist. Dabei ist es andersherum: Ohne uns wären sie ausgelöscht worden, und wir hatten auch schon eine Gesellschaft, bevor sie sich bei uns einnisteten.«

In Karus Eingeweiden rumorte es. Es war schön gewesen, den eigentlichen Grund für ihren Ausflug in den Tier- und Pflanzengarten für einige kurze Augenblicke zu verdrängen, aber es war eben nichts für die Ewigkeit. »Was, wenn er nicht kommt? Was, wenn das alles nur ein Versuch von Koch gewesen ist, Unfrieden unter uns zu stiften, um seine eigenen Positionen durchzusetzen?«

»Lass uns nicht zu lange vor den Blauflechten herumstehen, ja?« Er schob sie mit sanftem Druck fort von dem Gitter und den Flechtenfelsen, um einen Weg in die Bereiche der Anlage einzuschlagen, in denen man einheimische und exotische Tiere beobachten konnte. »Mach dir nicht zu viele Sorgen. Wir sind doch genau deswegen hier, um herauszufinden, wie ehrlich Koch uns gegenüber ist. Immerhin hat dieser Ojono seinen wahren Namen genannt.« Rinul wollte Karus Bedenken zerstreuen. »Und er wird kommen.«

Er hat gut reden, dachte Karu. Er war schließlich nicht derjenige, der unbedingt die Nerven bewahren musste. Wenn ihre Finger gleich zu sehr zitterten, standen sie unter Umständen bald in einem ganz, ganz finsteren Schacht.

Ein scharfer, beißender Geruch kündete davon, dass sie sich den Raubtiergehegen näherten. An der hüfthohen Mauer vor der Mähnenlöwengrube stand ein Halbling in einem strahlend gelben Hemd mit dem Rücken zu ihnen.

»Ist er das?«

»Ich denke schon.« Rinul warf einen Blick auf seine Taschenuhr. »Er ist pünktlich. Bist du bereit?«

»Ja.« Karu öffnete den Deckel des Korbs einen Spalt und steckte ihre Hand hinein.

Sie warteten ab, bis ein Graubart mit zwei plappernden Kieseln an der Hand an der Grube vorübergegangen war, und schlenderten dann an ihr Ziel heran. Unangenehme Bilder von Blut, das auf einen Teppich spritzte, tanzten wie zuckende Blitze durch ihren Geist. War heute der Tag, an dem sie erneut töten musste? Sie hatte sich bei der Vorbereitung auf diese Zusammenkunft nicht gegen Rinuls Vorschlag gewehrt. Alles, was er ihr unterbreitet hatte, war vernünftig gewesen.

Als sie nur noch wenige Schritte von dem Halbling im gelben Hemd entfernt war, tat Karu das, was sie ausgiebig geübt hatte. Für jeden Umstehenden hätte es so ausgesehen, als holte sie nur ein Küchentuch aus dem Korb hervor, in das eine kleine Mahlzeit – eine

Birne oder ein Stück Brot – eingewickelt war. Das, was man eben bei einem Ausflug aß.

Sie presste dem Halbling die unter dem Tuch verborgene Mündung des Revolvers zwischen die Schulterblätter. Er zuckte zusammen, nahm kurz die Hände vom Rand der Mauer, auf die er sich abgestützt hatte, um hinunter zum Mähnenlöwen zu spähen, und ließ sie sofort wieder sinken. »Ist das eine Pistole?«

Karu atmete innerlich auf. Zum einen zitterte sie weniger als befürchtet, zum anderen erkannte sie die Stimme und den Tonfall des Halblings wieder. Wenigstens bedrohte sie nicht gerade einen völlig Unbeteiligten. »Ja, das ist eine Pistole.«

»Ist das wirklich nötig?«, fragte Ojono.

»Das kommt ganz auf dich an«, antwortete ihm Rinul. »Wenn du uns bitte folgen würdest …«

Sie lotsten Ojono, der keinerlei Anstalten machte, etwas Unüberlegtes zu tun, am Rand der Grube entlang bis hinter ein Bretterhäuschen, in dem die Löwenpfleger ihre Werkzeuge unterstellten. Es war nicht das beste Versteck, das man sich wünschen konnte, aber dort blieben sie vor allzu neugierigen Blicken geschützt. Karu zog die Pistole eine Handbreit zurück, und Ojono drehte sich langsam zu ihr um.

»Ihr glaubt, ich arbeite für die Bundessicherheit«, stellte er fest, und zum ersten Mal hörte Karu etwas anderes als freundliche Verbindlichkeit aus seinem Mund: Er schien ehrlich verwundert.

»Kann sein«, sagte Rinul.

»Aber dann wärt ihr jetzt tot. Ich wäre bestimmt nicht allein gekommen, wie ihr es in eurer Nachricht verlangt habt.« Er schaute mit seinen unheimlichen dunklen Augen auf die notdürftig getarnte Pistole. »Ich verstehe. Ihr wolltet in diesem Fall nicht allein sterben.«

»Gut mitgedacht«, lobte ihn Rinul mit einem spöttischen Lächeln, ehe sich seine Miene verdüsterte. »Wir haben einige Fragen an dich.«

»Das ist verständlich«, räumte Ojono ein. »Unser letztes Aufeinandertreffen war etwas unerwartet für euch.«

Ein Grollen stieg aus der Grube auf. Anscheinend hatten sie den Unmut ihres Bewohners auf sich gezogen, denn nun war unmittelbar unter ihnen auch das Tapsen weicher Pfoten auf blankem Fels zu hören.

»Du bist ganz schön keck«, erwiderte Karu. »Noch dazu, wenn man bedenkt, was ich hier in der Hand habe.«

»Das Tuch?«, reizte sie Ojono. »Ich habe keine Angst. Ihr wollt niemanden erschießen. Ihr wollt reden. Zum Erschießen hättet ihr mich nicht in den Park bestellt. Zu viele Zeugen.«

»Wer bist du?«, knurrte Rinul, und der Mähnenlöwe, der sich offenkundig herausgefordert fühlte, knurrte zurück.

»Das wisst ihr doch, sonst hättet ihr mich nicht gefunden«, sagte Ojono. »Ein einfacher Beamter beim Fernschreibedienst.«

»Du preist das gut an, aber ich kann es nicht kaufen.« Rinul schüttelte energisch den Kopf. »Du hast doch einen Eid geschworen, zum Wohl des Bundes zu handeln und seine Gesetze zu achten. Dann erfährst du über Koch von unserer Gruppe, die sich gezwungen sieht, die Gesetze zu unterlaufen. Aber anstatt uns zu melden, wie es dein Eid verlangt, lässt du uns eine Warnung zukommen.«

»Du hättest es vorgezogen, wenn ich euch gemeldet hätte?« Diesmal war es Ojono, der den Kopf schüttelte. »So redet kein vernünftiger Zwerg. Vielleicht war es ein Fehler, euch helfen zu wollen.«

»Das ist genau der Punkt«, sagte Karu. »Warum sollte ausgerechnet jemand wie du auf die Idee kommen, unsere Sache zu unterstützen?«

»Hätte ich geahnt, dass man mich mit einem … Tuch … bedroht, hätte ich auf meine Unterstützung verzichtet.« Da war ein neuer Unterton in Ojonos Stimme. War das etwa Zorn? »Ich bin davon ausgegangen, dass ihr um das Wohl des Bundes besorgt seid. So hat Koch es mir gegenüber dargestellt. Und eure Sorgen sind nicht unberechtigt. Aber ich war ein Klapperkopf. Euch geht es nicht um den Bund. Euch geht es nur um euch. Um die Zwerge.«

»Wie meinst du das?«, fragte Karu. Es schien ihr immer abwegiger, den Halbling weiter mit der Waffe zu bedrohen. Nein, das war kein kalter Zorn in seiner Stimme gewesen, sondern eher wütende Enttäuschung.

»Ihr glaubt, dass nur Zwerge darunter zu leiden hätten, dass die Dinge sind, wie sie sind.« Er wandte sich zu der Grube mit dem Mähnenlöwen um. »Dabei sind wir Halblinge genauso Gefangene wie ihr. Wir sind den Launen unserer Wärter genauso hilflos ausgeliefert. Wir verschwinden genauso spurlos, wenn wir zu unangenehm auffallen.«

»Es ist jemand verschwunden, den du kennst.« Karu vertraute auf die Instinkte, von denen sie einmal geglaubt hatte, sie würden sie zu einer guten Sucherin machen. »Jemand, an dem dir etwas gelegen hat.«

»Sie ist früher meine Spielgefährtin gewesen«, sagte Ojono leise. »Dann hatte sie einen Unfall – einen schlimmen Sturz –, und sie war nicht mehr dieselbe. Ich hatte Angst vor ihr, und ich bin nicht mehr zu ihr gegangen, obwohl … Ich war zu feige dafür. Ich wollte sie so nicht sehen. Vielleicht … vielleicht hätte sie nicht getan, was sie Jahre später getan hat, wenn sie nicht so allein gewesen wäre.«

»Was hat sie getan?«

»Sie sagen, sie wäre verrückt geworden und hätte ihre Mutter erstochen. Als ich davon hörte, wollte ich sie in der Anstalt besuchen, in die man sie eingewiesen hat. Ich wollte von ihr hören, was da geschehen ist. Wie es so weit kommen konnte.« Er holte tief Luft und ballte die kleinen Fäuste. »Aber sie war nicht dort. Sie war einfach weg. Ich habe mir die Akten über den Patienteneingang zeigen lassen. Ihr Name war nicht zu finden. Dann bin ich zurück zu ihrem Vater, um nachzufragen, ob sie verlegt worden sei. Er weigerte sich, mit mir über sie zu sprechen. Er wollte sie nie wiedersehen. Aber er sagte mir, sie wäre in die Anstalt eingeliefert worden, in der ich nach ihr gesucht hatte.«

»Das trägt die Handschrift der Bundessicherheit«, murmelte Rinul. »Hat sich deine Freundin politisch betätigt?«

Ojono lachte auf – ein bitterer, schmerzhafter Laut. »Politisch betätigt? Bis zu dem Tag, an dem sie angeblich ihre Mutter umgebracht hat, hat Ulaha nichts anderes getan, als entweder irgendwelchen Unsinn über einen Wald voller sprechender Tiere zu erzählen, oder sie hat stumm ins Leere gestarrt.« Er drehte sich zu Rinul um. »Weißt du, was das Schlimmste für mich ist? Dass ich nicht weiß, warum man sie hat verschwinden lassen. Bei dir oder mir oder ihr da würde ich es verstehen. Aber Ulaha? Sie war krank, mehr nicht.«

»Es tut mir leid, was mit deiner Freundin passiert ist«, sagte Karu. »Brauchen wir die wirklich noch?«, fragte sie Rinul und hob die Waffe in ihrer Hand ein Stückchen an.

»Pack sie weg.« Er strich sich fahrig über den Bart und sah ihr zu, wie sie mit einem erleichterten Aufatmen den Revolver wieder im Korb verstaute. »Sieht so aus, als wäre es eine schuttige Idee gewesen. Gehen wir ein Stück?«, bot er Ojono an.

Der Halbling ging schweigend voran, erst am Rand der Grube entlang, dann auf eine weiß gestrichene Laube zu, von der aus man einen guten Blick auf eine große Wiese mit Schreitvögeln hatte. Der Mähnenlöwe verabschiedete sie mit einem triumphierenden Brüllen.

»Du hast gesagt, es gäbe einen Verräter unter uns«, sagte Rinul.

»Falsch«, erwiderte Ojono. »Ich habe gesagt, es besteht die Möglichkeit, dass dem so ist.«

»Wer könnte es sein?«, fragte Karu.

»So wie ich euch beide mit meiner Vermutung in Angst und Schrecken versetzt habe, seid ihr es wohl nicht.«

»Es sei denn, das alles ist ein Ablenkungsmanöver von uns«, gab Karu zu bedenken.

»Danke«, maulte Rinul, als hätte sie verraten, welche Formen der Liebesarbeit ihm besondere Freude bereiteten. »Das ist sehr hilfreich.«

»Koch ziehe ich ebenfalls nicht ernsthaft in Betracht«, fuhr Ojono unbeirrt fort.

Sie waren inzwischen an der Laube angelangt. Ojono zog ein Taschentuch aus seiner Hose und begann, die Sitzfläche der Bank, die hier den Besucher zum Rasten einlud, von unsichtbarem Schmutz zu säubern. »Bleiben noch diese Fabrikleiterin und der Mentor«, sagte er, ohne sein Wischen und Fegen einzustellen. Schließlich setzte er sich und sah zu Karu auf. »Es sei denn«, ahmte er sie nach, »Koch spielt ein höchst merkwürdiges Spiel. Er ist ein Rufer, und falls es stimmt, was man so sagt – wer Rufer wird, will keinen guten Ruf –, dann ist es denkbar, dass er nur vortäuscht, auf unserer Seite zu stehen.«

»Weil er als Rufer aus der Provinz mit einer Geschichte über Umstürzler auf einen Schlag im ganzen Bund berühmt werden würde«, setzte Rinul den Gedanken fort. »Besonders wenn er so tapfer gewesen ist, sich in diese Gruppe einzuschleusen.«

»Andererseits ...« Ojono verzog das Gesicht. »Andererseits traue ich Koch nicht das zu, was erforderlich war, um die Aufmerksamkeit der Kommissariatsleitung in Zwerg zu wecken.«

»Und was war dafür erforderlich?«, fragte Karu. Das Rumoren in ihren Eingeweiden, mit dem sie zuvor schon gekämpft hatte, meldete sich zurück.

»Ich bin nach dem Treffen so frei gewesen, mich noch weiter umzuhören.« Ojono schürzte die Lippen. »Der Kommissar aus Zwerg sucht einen Mörder.«

»Ich habe nichts von einem Mord gelesen«, hielt Karu dagegen. Sie war überzeugt davon, dass ihr ein solcher Vorfall nicht entgangen wäre. Sie hatte in dem Haus, in dem sie und Rinul untergebracht waren, kaum Ablenkungen, mit denen sie sich die Zeit vertreiben konnte. Also las sie jedes Ruferblatt, das sie in die Finger bekam – jeden einzelnen Beitrag auf jeder einzelnen Seite. Sogar die Anzeigen und die Verlautbarungen der Ämter. Sie tat es nicht nur aus Langeweile, sondern auch und vor allem, weil die Ruferblätter wie ein Fenster in eine Welt waren, von der sie ausgeschlossen war und von der sie sich dennoch nicht ganz loszusagen vermochte.

»Nicht jeder Mord steht in den Ruferblättern.« Rinul erinnerte sie daran, dass die Welt, in die sie sich manchmal zurücksehnte, auf Lügen errichtet war.

»Dieser Mord wurde als Unfall ausgegeben«, sagte Ojono. »Als ein bedauerlicher Sturz ins Hafenbecken nach einer durchzechten Nacht bei einer großen Feier. Dass die Leiche schrecklich verstümmelt war, nun, sie ist vom Schaufelrad eines Dampfschiffs erwischt worden. So etwas kommt vor. Alles könnte sich genau so zugetragen haben.«

»Und was ist tatsächlich geschehen?«, fragte Karu.

»Meine Verbindungen reichen nicht weit genug, um die genauen Umstände zu erfahren.« Er zuckte mit den Achseln. »Es ist auch möglich, dass das Kommissariat selbst noch nicht so recht weiß, wie es um die Hintergründe dieses Mordes bestellt ist. Aber ihr Anfangsverdacht – wie immer der auch aussehen mag – genügt ihnen, um kräftig auf den Busch zu klopfen. Ich nehme an, es hängt alles mit dem Opfer zusammen. Eine Beamtin aus Amboss.«

Es drehte Karu schier den Magen um, als der Name ihrer Heimatstadt fiel.

»Sie stand dort im Dienst der Sucherschaft.«

Eine lähmende Schwäche breitete sich in Karu aus. Sie spürte den Griff des Korbs über ihren schlaff herabsinkenden Arm rutschen – Stück für Stück –, doch ihr fehlte die Kraft, etwas dagegen zu unternehmen.

»Eluki 29-12 war ihr Name.«

Der Korb fiel zu Boden und kippte um. Der Revolver rutschte unter dem Tuch und aus dem aufgesprungenen Deckel heraus.

»Habe ich etwas Falsches gesagt?«, fragte Ojono erschrocken.

Nach Ojonos Eröffnung war Karus erster Impuls gewesen, sofort zum Bahnhof zu fahren und sich in einen Zug zu setzen. Sie wollte nur noch fort, ganz gleich wohin. Erst nach und nach zwang sie ihre Angst wieder unter die Knute ihrer Vernunft. Rinul hatte großen Anteil daran, dass ihr das überhaupt gelang. Er hielt ihre Hand, küsste sie alle paar Schritte auf Mund und Stirn und versicherte ihr, dass die Lage bei Weitem nicht so schlimm war, wie es ihr erschien. Zwar räumte er ein, dass der Mord an Eluki wahrscheinlich kein Zufall war, doch er rief Karu auch ins Gedächtnis, dass die Bundessicherheit gewiss keinen Kommissar aus Zwerg geschickt hätte, wenn sie auf ihrer Suche nach dem Mörder nicht im Dunkeln tappen würde. Falls jemand sie und ihn hätte holen wollen, weil dieser Jemand um ihre Pläne wusste, wäre das schon längst geschehen. Wenn sie jetzt einen kühlen Kopf bewahrten und sich eine Weile ruhig verhielten, würde dieser Sturm an ihnen vorüberziehen. Rinul verwies auch darauf, dass die Bundessicherheit es nach dem letzten Zusammenstoß, bei dem Karu einen Kommissar getötet hatte, nicht gewagt hatte, sich offen mit dem alten Plattenstemmer anzulegen. Ja, die Grünmäntel hatten ihm nur hinter den Kulissen auf die Finger geklopft und ihn in Verruf gebracht, sodass er nun durch eine Hetzkampagne der Ruferblätter in manchen Kreisen als heimlicher Menschenfreund galt. Doch dabei war es geblieben. Es hatte keine Durchsuchungen und keine Verhaftungswellen gegeben. Warum? Weil die Verschwörer unter den Halblingen eine echte Konfrontation mit den Freibünden, bei denen beide Seiten ihr volles Arsenal ins Feld führten, unbedingt vermeiden wollten. Die Aufstände unter den einfachen Arbeitern, die die Bündler hätten in Gang setzen können, wären Gift für den Feldzug in den Menschenreichen gewesen. Die Verschwörer brauchten Ruhe an der Heimatfront.

Und hatte Rinuls Vater nach der Katastrophe in Hammer nicht gut für sie gesorgt und sie nach mehreren Zwischenstationen, wo sie sich jeweils nur einige Tage aufgehalten hatten, hier in Stahlstadt bei einem seiner alten Freunde unterschlüpfen lassen?

Womöglich war es der Anblick des Hauses, in dem sie und Rinul Zuflucht gefunden hatten, der Karu dabei half, endgültig ihre Fassung zurückzugewinnen. Bibet Darmwäscher, der Kopf des größten Stahlstädter Freibunds, war sich bewusst, dass man sich jeden Zugewinn an Macht mit einem Zuwachs an Feinden erkaufte. Warum sonst hätten an der Fassade seines Hauses selbst die Fenster im obersten Stockwerk noch vergittert sein sollen? Warum sonst war die Mauer um seinen Besitz von dicht an dicht stehenden Eisenspitzen gekrönt? Und warum sonst hätten gleich vier treue Untergebene – breitschultrige, finster dreinschauende Zwerge, deren Jacken sich vor der Brust sonderbar wölbten – den Eingang bewachen sollen?

Als die schwere Steintür sich schabend und kratzend hinter ihr und Rinul schloss, begriff Karu diesen Ort zum ersten Mal nicht als Gruft der Träume ihres alten Lebens, sondern als Bastion wider die Gefahren, die ihr neues Dasein prägten. Im Innern der Empfangshalle knisterten Fackeln an den Wänden, deren flackerndes Licht die Schatten in den Ecken und zwischen den Streben des hohen Tonnengewölbes nicht ganz austreiben konnten. Wappenverzierte Schilde, gekreuzte Äxte mit schartigen Klingen und Büsten von Zwergen mit langen Bärten erweckten den Eindruck, als wäre die Zeit vor vielen Jahrhunderten stehen geblieben. In mancherlei Hinsicht war sie das auch, denn Bibet Darmwäscher berief sich in seinem Wirken auf Traditionen, die aus jenen Tagen stammten, als die Zwerge noch in rivalisierenden Sippen gelebt und man die Ehre eines Kämpfers daran gemessen hatte, wie viele Herzen seiner Widersacher er gegessen hatte.

»Ihr seid zurück«, kam es vom ersten Absatz der opulenten Treppe hinauf zu den Obergeschossen. »Hattet ihr einen angenehmen Ausflug? Oder hat sich Rinul wieder danebenbenommen, wie es sich für einen Plattenstemmer gehört? Hab keine Angst, Karu, mir kannst du es sagen, wenn er dich am Bart gezogen hat. Ein Funkelquarz wie du muss ordentlich poliert werden, und die Plattenstemmers haben ungeschickte Finger.«

»Aber flinke, harte Fäuste«, erwiderte Rinul mit einem Grinsen.

Karu mochte den Zwerg, der nun gemächlich die Stufen herunterkam. Am Anfang hatte sie nicht so recht gewusst, was sie mit Gagek Stark anfangen sollte, Bibets Schwiegersohn. Er hatte eigentlich ein paar Jährchen zu viel auf dem Buckel, um sie bei jeder sich bietenden Gelegenheit mit Komplimenten zu überhäufen. Außerdem war er nicht das, was Karu als hübsch bezeichnet hätte: Seine Ohren standen ein wenig zu weit von seinem Schädel ab, und sein Unterkiefer ragte zwei Fingerbreit über seinen Oberkiefer hinaus. Ein Blumenkastenkinn hatte ihre Mutter diesen Gesichtsschnitt gern genannt. »Füll Erde und Samen hinein und schau beim Wachsen zu – der Regen sammelt sich darin von ganz allein.« Über all das hätte Karu hinwegsehen können, aber nicht über die Narben, die sich von den Fingerspitzen bis zur Schulter seines rechten Arms zogen – seines Axtarms, wie man unter den Leuten sagte, unter denen Gagek aufgewachsen war. Die Narben waren auch deshalb so gut zu erkennen, weil Gagek eine andere Sitte der Rollenden Steine nicht aufgegeben hatte: Wenn er sich im Haus aufhielt, trug er am Oberkörper nichts außer einer Weste, deren wollige Außenseite mit seinem dichten Brusthaar eine einzige, geschlossene Fläche zu bilden schien, und auch sein linker Arm war von einem regelrechten Pelz aus langen, seidig schimmernden Haaren bedeckt. Das machte den nackten, narbenübersäten Axtarm nur noch auffälliger. Es konnte auch kein Zweifel daran bestehen, dass Gagek sich diese Narben nicht in einem Kampf oder bei einem Unglück zugezogen hatte, denn dazu waren sie viel zu regelmäßig und bildeten bei näherem Hinsehen ein kompliziertes Schuppenmuster. Karu hatte noch nicht den Mut gefunden, sich genau zu erkundigen, welchem Zweck das Ritual dienen mochte, dem Gagek sich irgendwann unterworfen haben musste. Die Rollenden Steine, die in ihren Sippenwagen durch die Gegend zogen, wie sie es seit jeher gehalten hatten – sofern sie nicht wie Gagek durch die Irrungen und Wirrungen der Liebe auf Dauer unter die sesshaften Bürger gerieten –, waren ein sonderbarer Zwergenschlag. Sie wollte nicht riskieren, Gagek eine Frage zu stellen, die er einer Außenstehenden womöglich nicht beantworten durfte oder die ihn sogar gegen sie aufbrachte, weil sie damit gegen eines der Stummen Gebote seiner Sippe verstieß.

»Gut, dass ihr da seid«, sagte Gagek, nachdem er sie beide mit einem Geschwisterkuss auf die Wangen empfangen hatte. »Bibet will dich sehen, Rinul.«

»Sofort?«

»Ich weiß nicht, was ihm heute ins Loch gekrabbelt ist«, meinte Gagek. »Aber es hörte sich so an, als duldete es keinen Aufschub.«

»Wo ist er?«

»Bei den Hasen.«

Rinul stellte den Korb, den er den ganzen Weg zurück für Karu getragen hatte, unter einer besonders grimmigen Büste ab. Anschließend hakte er sich wieder bei ihr unter und sagte: »Dann mal hinein ins Vergnügen!«

Gagek schloss sich ihnen an, als sie sich auf in den Garten machten. Um dorthin zu gelangen, stiegen sie zunächst eine schmale Treppe hinab in einen dunklen Gang und schließlich nach rund einem Dutzend Platten wieder einige Stufen hinauf. Zu Beginn ihres Aufenthalts hatte sich Karu noch über dieses Auf und Ab gewundert, bis Rinul sie über den Sinn der Treppen und des Tunnels aufgeklärt hatte. Bei einem Überfall auf das Haus durch den Garten sahen sich die Angreifer gezwungen, einzeln vorzurücken – und waren somit für die Verteidiger, die noch dazu einen Höhenvorteil hatten, leichter zu erledigen. Rinul hatte sogar schon von Anlagen gehört, bei denen es möglich war, den Verbindungstunnel zum Einsturz zu bringen oder zu fluten. Die Tatkraft, die ihr Volk in Mechanismen investierte, um Zwerge vom Leben zum Tode zu befördern und mit der ihr Vater als Versuchsrechner in einer Waffenfabrik sein Geld verdiente, war für Karu von klein auf gleichermaßen faszinierend wie ernüchternd gewesen.

Diesiger Nebel, der in der einsetzenden Dämmerung von den Bergen heruntergekrochen kam, umfing sie. Die Bäume des Gartens verwuschen zu unheilvollen, drohenden Schemen, und mit kühlen, feuchten Fingern griff die Dämmerung auch nach ihr. Im Schuppen mit den Ställen erwarteten sie eine angenehme Wärme und der Geruch von Stroh, das mit Hasenpisse getränkt war. Auf einer Schubkarre in der Ecke stank ein gewaltiger Haufen Mist vor sich hin.

Bibet Darmwäscher stand vor der Wand, unter der sich bis unter die Decke die Hasenkästen stapelten, und versuchte, einen der Nager dazu zu bewegen, etwas von dem Rübenkraut zu kosten, das er ihm durch das Drahtgeflecht unter die Schnauze hielt.

»Er weiß, was du mit ihm vorhast«, sagte Gagek.

»Dann ist er schlauer als du«, brummte Bibet, und sein riesiger Wanst hüpfte in einem unterdrückten Lachen. Der Freibündler stopfte das Kraut durch eine der Lücken im Gitter ganz in den Verschlag hinein, wischte sich die Hände am Hintern ab und seufzte schwer. »Verdelltes Viehzeug!«

»Du wolltest mich sprechen.« Rinul ließ Karus Arm los und trat einen Schritt näher.

Bibet bückte sich nach einem Eimer, nahm eine neue Handvoll Rübenkraut und stellte sein Glück bei einem der anderen Hasen auf die Probe. »Ich möchte mich gerne mit dir über deine Thesen unterhalten.«

»Hast du Zeit gefunden, sie zu lesen?«

Der zweite Hase – ein niedliches Bündel aus flauschigem Fell mit einem schwarzen und einem weißen Ohr – hoppelte zaghaft näher an das Drahtgitter. »Das habe ich schon vor einigen Wochen erledigt.«

»Im Ernst?«

»Nein, im Kaminzimmer«, gluckste Bibet. »Ich wollte, dass dein Geschreibsel sich ein bisschen in meiner Birne setzt, verstehst du?« Er warf einen Blick über die Schulter zu Gagek, und der Hase wagte, am dargereichten Kraut zu mümmeln. »Und ich fand es sinnvoll, noch einige andere Meinungen einzuholen.«

»Und?«, fragte Rinul. Karu konnte sehen, wie sich die Muskelstränge in seinem geschorenen Nacken anspannten.

»Deine Ansichten und Erkenntnisse haben Hand und Fuß.« Bibet wandte sich erneut dem Hasen zu. »Und das ist schlecht.«

»Wieso?«, wollte Rinul wissen.

»Es macht sie gefährlich.« Bibet holte eine Ladung Kraut aus dem Eimer. »Es wäre besser, wenn du nur Schutt zusammengesponnen hättest. Aber du bist leider ein Kiesel aus dem Sack deines Vaters. Und jetzt, wo ich all diese schlauen Dinge weiß, die du zusammengetragen hast, muss ich auch nach meinem Wissen handeln. Das ist das, was einem das Wissen manchmal verleidet. Man kann sich nicht aussuchen, es einfach nicht mehr zu wissen. Auch wenn Gagek das anders sieht.«

Gagek hob beschwichtigend die Arme. »Ich sage nur, dass es einem nichts bringt, nach jedem Wissen zu handeln, das man hat. Ein Beispiel: Stell dir vor, du gehst ohne Waffe in die Berge und findest ein frisch gerissenes Schaf, von dem die Spuren eines Bären zu einer Höhle führen. Erkundest du dann die Höhle? Nur weil man weiß, wo der Bär vermutlich steckt, kann man ihn nicht erlegen, wenn einem die Mittel dazu fehlen.«

Bibet murmelte etwas, das Karu nicht genau verstand, aber sie glaubte, die Worte »Steine« und »feige« gehört zu haben. Der Hase, der sein früheres Zaudern vergessen hatte, machte sich eifrig über das zusätzliche Futter her, mit dem ihn Bibet versorgte.

Rinul verschränkte die Arme locker vor der Brust. »Ich kann mir und Karu eine andere Bleibe suchen, falls dir meine Thesen zu gefährlich sind.«

Karu stockte der Atem. Das war der Anlass für diese Unterredung? Bibet wollte sie vor die Tür setzen? Ausgerechnet jetzt, wo dieser Kommissar in der Stadt aufgetaucht war? Hatte der alte Freibündler aus seinen eigenen Quellen etwas über diesen unangenehmen Neuankömmling erfahren?

»Ihr wärt bei eurer Suche selbstverständlich nicht auf euch allein gestellt«, erklärte Gagek, und Karu wurde den Eindruck nicht los, dass er nur darauf gewartet hatte, seine Vorschläge zu unterbreiten. »Wir würden zusehen, dass wir euch an einem anderen Ort – in Hackendorf oder Schwalbenhafen – unterbringen. Wir können euch schlecht zwingen, Knall auf Fall eure Sachen zu packen, und euch davonjagen wie ein paar Hausierer.«

»Ihr wollt verschlossene Tore einrennen, alle beide.« Bibet öffnete den Riegel am Hasenverschlag. »Hör nicht auf Gageks Geschepper, Rinul. Ab und zu denke ich, er ist seiner Mutter als Kiesel einmal zu oft vom Wagen gefallen. Frag mich nicht, was meine Tochter an ihm findet. Es muss der Zapfen sein, nehme ich an.« Seine riesige Pranke glitt zärtlich über das Fell des Hasen. »In dem Augenblick, in dem ihr mein Haus verlasst, wirft dein Vater mit jedem Stück Scheiße nach mir, das er kriegen kann, und seine Senkgrube kennt keinen Boden. Schlimmer noch: Bei einer Fehde mit ihm würde ich mich selbst von einigen äußerst gewinnträchtigen Gütern abschneiden. Es hat lange genug gedauert, aber mittlerweile habe ich begriffen, weshalb er deine Forschungen immer unterstützt hat.«

»So?« Rinul hob die Augenbrauen. »Klär mich auf!«

»Bock mich blutig!« Bibet lachte, diesmal aus vollem Hals. Der Hase wollte vor ihm zurückschrecken, doch der Graubart drückte ihn fest auf den Boden des Verschlags. Das Tier scharrte verzweifelt mit allen vier Läufen, aber es war viel zu schwach, um sich aus dem Griff zu winden. »Da gibst du mir doch glatt den unschuldigen Hosenscheißer. Na gut. Wenn du darauf bestehst, dass ich die Hosen runterlasse. Aber beschwer dich hinterher nicht, wenn dir nicht gefällt, was du siehst.« Er packte den Hasen im Genick und zog ihn aus dem Verschlag. »Dein Vater macht seit Beginn dieses verdellten Krieges ein Vermögen mit dem Schmuggel von Seide, Wein und Rauschmitteln aus den Reichen. Vor drei, vier Jahren habe ich noch gedacht, er hätte ein Pfeifchen mit schlechten Flechten geraucht, als er damit anfing, einen Teil seiner Getreuen ins Heer zu schicken. Dabei war ich der, der vor lauter Spielen mit den eigenen Nüssen die dicksten Säcke nicht mehr gesehen hat. Natürlich war es genau das Richtige, einigen seiner besten Leute Uniformen überzustülpen. Nur so kann der Schmuggel jetzt, im Krieg, weiterlaufen. Und ich vermute mal ganz unbefangen, er hat von dir erfahren, dass dieser Krieg kommt.«

»Ich bin kein Weissager, der aus verspritztem Samen die Zukunft liest«, meinte Rinul und reckte das Kinn in Gageks Richtung. »Dafür sind seine Leute zuständig.«

»Wir haben doch alle die Augen vor der Wahrheit verschlossen«, sagte Karu rasch, bevor Gagek auf diese Schmähung antworten konnte und am Ende die Fäuste flogen. Sie wollte hier nicht fort – nein, schon gar nicht jetzt –, und noch schien es, als würden sie weiter als Bibets Gäste geduldet werden. Eingeschlagene Zähne waren gewiss kein gutes Mittel, um ihren Dank für diese Gastfreundschaft zum Ausdruck zu bringen. »Wir haben alle geglaubt, die Menschenfrage würde anders gelöst werden.«

»Mag sein«, räumte Bibet ein. »Und für ebendiesen falschen Glauben zahlen wir jetzt alle einen Preis.« Mit einer Flinkheit, die seinen massigen Leib Lügen strafte, packte er mit beiden Händen den Hals des Hasen. »Damit, euch unter meinem Dach aufzunehmen, komme ich noch sehr gut weg.« Das panische Fiepen des Tiers wurde durch ein lautes Knacken beendet. Bibet legte den Hasen auf einem kleinen Tisch ab und nahm ein kurzes Messer von einem Haken an der Wand. »Aber ihr müsst vorsichtiger werden.« Er setzte prüfend die Klinge an einem der Hinterläufe des Tiers an und schaute kurz zu Gagek hinüber, ehe er begann, das Fell abzuziehen. »Ihr habt einen meiner Leute genutzt, um Erkundigungen über einen Beamten einzuholen. Wieso?«

»Würde es dir reichen, wenn ich dir verspreche, dass es deine Geschäfte nicht im Mindesten berührt hat?«, fragte Rinul zurück.

»Alles berührt meine Geschäfte.« Bibet machte einige rasche Schnitte an den Pfoten und zwischen den Läufen, um das Fell des Hasen schließlich mit geübten Bewegungen vom Fleisch zu lösen. »Gib keine Versprechen, die du nicht halten kannst.«

»Der Halbling ist bei einem unserer Treffen mit anderen Bürgern erschienen, die wollen, dass der Krieg endet.« Karu achtete nicht auf Rinuls warnenden Blick. Die Lügen mussten endlich aufhören. »Ein Rufer hat ihn mitgebracht, ohne ihn vorher anzukündigen. Dieser Halbling hat angedeutet, dass wir einen Verräter unter uns haben könnten. Wir wollten nur in Erfahrung bringen, ob er uns seinen richtigen Namen genannt hat und ob er bereit wäre, uns auch ohne die anderen zu sehen. Deshalb haben wir einen deiner Leute gebeten, sich für uns umzuhören und eine Nachricht zu übermitteln. Das ist alles.«

»So, so, das ist alles.« Bibet schlitzte dem abgezogenen Hasen den Bauch auf und entfernte die Eingeweide. »Grundehrlich, wie eine echte Sucherin.«

»Was?«

»Lass es gut sein, Karu.« Rinul wollte ihr die Hand auf die Schulter legen, doch sie schlug seinen Arm beiseite.

»Nein«, knurrte sie. »Ich will wissen, was er mir damit sagen wollte.«

»Brems sie nicht, wenn sie der Wahrheit auf der Spur ist, Plattenstemmer«, sagte Gagek grinsend.

»Genug«, zischte Bibet ihn an. »Sie will es wissen, sie soll es wissen.« Durch das klaffende Loch im Leib des Hasen bohrte er drei Finger in den Brustkorb. »Was ich damit sagen wollte, ist ganz einfach: Deinem Beschäler kann ich trauen, weil sein Vater und ich uns schon kannten, als wir noch an den Tropfsteinbeißer glaubten. Dir nicht. Du bist keine von uns. Schlimmer noch, du warst bei den Suchern.«

»Das ist es?« Karus Zorn wich tiefer Verblüffung. Hatte Bibet vergessen, dass sie einen Grünmantel umgebracht hatte und für sie kein Weg zurück in die Gesellschaft anständiger, gesetzestreuer Bürger, geschweige denn der Sucher führte? »Das ist es? Du kannst mir nur trauen, wenn ich eine von euch bin?«

»Karu!«, sagte Rinul flehend.

»Die Freien lieben nur die Freien«, sagte Bibet nickend, ehe er sich das frische Herz des Hasen in den Mund steckte. Helles Blut rann ihm über den Bart. »Kannst du das?«, fragte er. »Frei sein und die Freien lieben?«

7

Himek beobachtete Ulaha, wie sie eine Strähne ihres feuerroten Haars um einen der Zweige des Buschs flocht, neben dem sie saßen. Das Gewächs mit den spitz zulaufenden Blättern und den runden, gelben Beeren hatte große Ähnlichkeit mit einem der Büsche, die im Innenhof jenes Hauses gepflanzt waren, in dem sein echter Körper aus Fleisch und Blut schlief. Der Körper, den Himek sich mit dem Geist seiner ehemaligen Patientin teilte, seit ihr eigener Leib vergiftet worden war und die Halblingsfrau Zuflucht in seinem gesucht hatte.

»Warum tust du das?«, fragte Himek.

»Damit ich leichter zurückfinde«, antwortete Ulaha. »Der Hain ist groß.«

Er wunderte sich nicht mehr darüber, dass sie nach wie vor von einem Hain sprach, obwohl der Ort, an den sie ihn manchmal mitnahm, immer mehr wie eine Heide ausgesehen hatte, je weiter sie nach dem Fall von Goldberg in den Süden der Menschenreiche vorgestoßen waren. Hier gab es keine Baumriesen mehr, sondern nur vom ständig wehenden Wind flach gedrückte Sträucher und hohes Gras. Aber wenn sie das einen Hain nennen wollte, dann nannte sie das eben einen Hain.

Himek hatte mittlerweile akzeptiert, dass es Dinge gab, über die es sich nicht den Kopf zu zerbrechen lohnte, weil sie viel zu groß und unvorstellbar für seinen kleinen Schädel waren. Zum Beispiel die Antwort auf die Frage, warum sie beide immer nackt sein mussten, wenn sie sich hier begegneten, und warum ihre Verkörperungen in dieser Welt überhaupt denen in der anderen glichen, wo hier doch ansonsten völlig eigene, andere Gesetze der Wirklichkeit galten.

»Wo gehst du hin?«

»Zu jemandem, der meine Hilfe braucht.« Sie zupfte an ihrer gespannten Strähne wie an der Saite einer Harfe. »Er hat gerufen, aber außer mir hat ihn niemand gehört.«

»Wirst du ihm so helfen, wie ich den Halblingen in den Gehmaschinen helfen musste?« Er dachte daran, wie schwer es gewesen war, die Schmauchspuren von seiner Hand zu waschen. Die winzigen schwarzen Punkte in seiner Haut, dort wo sich die Wurzeln von Daumen und Zeigefinger berührten.

»Nein«, sagte sie.

»Warum hilfst du ihm?«

»Weil er ein bisschen ist wie ich.« Sie streichelte ihm das Knie. »Ich darf nicht zulassen, dass es ihm geht wie mir.«

»Bist du unglücklich mit mir?«, fragte er leise.

Sie zeigte ihre kleinen, spitzen Zähne in einem traurigen Lächeln und tippte ihm sacht gegen die Stirn. »Nein. Aber ich gehöre nicht hier hinein.«

»Gehst du deshalb so oft fort? Suchst du nach jemandem, bei dem du besser aufgehoben bist?«

Sie schwieg eine Weile und griff dann nach seiner Hand. »Der, dem ich helfen will, ist noch ein Kind. Sein Vater könnte ihm helfen, aber er tut es nicht.«

»Warum?«

»Er belügt sich schon so lange selbst, dass er die Lüge für die Wahrheit hält.« Sie machte eine Pause und sah ihm dabei tief in die Augen. »Warum sprichst du nicht mit deinem Vater?«

»Garep Schmied ist nicht mein Vater«, sagte Himek ruhig. »Er hat mich zurückgelassen, weil er mir die Schuld am Tod meiner Mutter gegeben hat. Damals hat er aufgehört, mein Vater zu sein, und er kann nie wieder mein Vater werden.«

»Hörst du nicht die Stimme in seinem Kopf, wenn er dich ansieht?«

»Ich will sie nicht hören.« Himek zog seine Hand zurück. Dass er hören konnte, was die Leute um ihn herum dachten, war nach wie vor der unheimlichste Aspekt der Verbindung, die Ulaha mit ihm eingegangen war. Es war letztlich ihre Gabe und nicht seine. Eine Gabe, die zumindest dazu beigetragen hatte, dass sie in einer Nervenheilanstalt gelandet war. Wenn sie fort war und allein auf ihre Streifzüge durch den Hain ging, hatte er meist seine Ruhe vor fremden Gedanken, und nur die heftigsten Empfindungen und Regungen anderer drangen in sein Denken durch. Das war ihm am liebsten, und er hatte auf ihrer Reise durch die Menschenländer Stück für Stück einen Schutzwall in seinem Innern gebaut. Nicht zuletzt hatte er ihm dabei hervorragende Dienste geleistet, sich gegen die Wellen von Fianessas Trauer über die Auslöschung ihrer Glaubensgemeinschaft abzuschotten, die wieder und wieder über ihn hereinzubrechen drohten. Es wäre töricht gewesen, diese Sicherheit aufzugeben, nur um herauszufinden, wie sich Garep Schmieds späte Schuldgefühle in seinen Gedanken manifestierten. »Um ihm vergeben zu können, müsste er mir etwas bedeuten. Das tut er nicht.«

Ein Windstoß fuhr über die Heide und brachte die Blätter des Buschs zum Rascheln, als flüsterten sie in einer alten, vergessenen Sprache zornige Flüche.

»Es ist Zeit«, sagte Ulaha, stand auf und breitete die Arme aus. Ihre nackten Füße lösten sich vom Boden, und sie stieg langsam dem bleigrauen Himmel entgegen.

Gebannt schaute Himek zu, wie sich die um den Zweig geflochtene Haarsträhne straffte, doch anstatt Ulaha an Ort und Stelle zu halten, wurde sie länger und länger, selbst dann noch, als das Halblingsmädchen zu einem hellen, verwaschenen Fleck in den düsteren Wolken geworden war, die sich am Horizont zu einem Sturm zusammenballten.

Himek schloss die Augen und ließ sich zurück in seinen Körper sinken. Zuerst dachte er, er wäre noch im Hain, da er sich weiter nackt fühlte. Dann fiel ihm ein, dass es in Siris' Heimatstadt unerträglich heiß und schwül war und dass er sich nach seinem langen, kalten Bad gar nicht erst wieder angezogen hatte. Er war so, wie er war, ins Bett gekrochen, hatte die Decke heruntergeworfen und war nach endlosem Schwitzen und Hin- und Herwälzen schließlich eingeschlafen.

Die Menschen brachten es nicht einmal fertig, ordentliche Häuser zu bauen. Sämtliche Zimmer des Anwesens von Siris' Onkel – immerhin eines der netteren Langbeine, die er in den Reichen bisher getroffen hatte – stellten im Grunde eigene kleine Häuschen mit flachen Dächern dar, die unmittelbar aneinandergrenzten und um einen geradezu vor Prunksucht schreienden Hof gruppiert waren. Was sollte das? Hatten die Menschen derart viel Platz zu verschenken?

Und die Matratze, die er feucht von seinem Schweiß unter sich spürte, war viel, viel zu weich. Stöhnend setzte Himek sich auf, um zu sehen, ob noch Wasser im Krug auf dem Nachttisch war. Er hatte Pech. Grummelnd bückte er sich nach der Decke und wickelte sie sich um die Hüften wie einen Rock. Der Zapfen stand ihm auf Halbmast, weil seine Blase auf ihn drückte. Himek nahm den Krug, stapfte in seinem unwürdigen Aufzug zur Tür und trat halb gebückt auf den Hof hinaus.

Ein lautes Schmatzen machte ihn seinen Durst und seinen Harndrang vergessen. Waren das die kleinen, gestreiften Rehe, die Zoseos hielt? Nein. Der Zweite Blick zeigte sie ihm als strahlende, unförmige Klumpen in der mit Stroh ausgelegten Laube auf der anderen Seite des Hofs. Die Viecher schliefen, und sie waren zu weit weg. Das Schmatzen kam aus seiner Nähe, aus dem offenen Fenster des Zimmerhäuschens neben seinem. Dort war der stumme Junge mit dem schwachen Arm untergebracht, weshalb er es wagte, durch das Fenster zu lugen. Vielleicht versuchte der Menschenkiesel ja um Hilfe zu rufen und alles, was er zustande brachte, um auf sich aufmerksam zu machen, war ein Auf- und Zuklappen seines Munds, was wiederum dieses Schmatzen auslöste.

Himek erstarrte. Der Junge sah ganz und gar nicht hilflos aus. Mehr wie ein Ungeheuer aus den Legenden aus der Zeit der Zwietracht, wie er in einer Ecke seines Zimmers kauerte und Bissen für Bissen einen der schlangengleichen Fische verschlang, die das Becken im Hof bevölkerten.

»Menschen!«, murmelte Himek erschrocken und beschloss, den Kiesel sein nächtliches Mahl fortsetzen zu lassen, ganz gleich, wie grausig es ihm auch erscheinen mochte. Es stand ihm nicht zu, ein Urteil über die Essensgewohnheiten der Langbeine zu fällen.

Worüber sich Himek sehr wohl ein Urteil erlaubte, war die Sitzung der Zusammenkunft, der er am folgenden Morgen beiwohnte. Mehrfach musste er sich zusammenreißen, um nicht angesichts so viel offen zur Schau gestellter Unvernunft laut aufzuschreien. Beim Bart des Befreiers, seine Erfahrungen im Krieg hatten ihn gelehrt, dass womöglich ein entscheidender Fehler in der Weltanschauung seines Volkes lag, sämtliches Handeln allein auf den Prinzipien einer bedingungslosen Rationalität gründen zu wollen. Doch das, was die Dutzenden von Langbeinen da veranstalteten, die die vorgeblich klügsten Köpfe ganz Meerschaums auf ihren schmalen Schultern spazieren führten, war für ihn verstörend und unsinnig zugleich.

Immerhin konnte er den merkwürdigen Aufbau des Saals einigermaßen nachvollziehen, in dem über die Geschicke der Stadt entschieden wurde. Die übereinandergestapelten Quader – der jeweils obere ein ganzes Stück kleiner als der darunterliegende, sodass Stufen entstanden, auf denen hochlehnige Stühle standen – bildeten offenbar die Hügel ab, auf denen die Väter und Mütter der Stadt die Gründungssteine für Meerschaum gelegt hatten. Als ihre heutigen Nachfahren nach der Öffnung der Flügeltüren in den Saal strömten, hatten sie sich einen Platz auf den Stufenquadern gesucht, der ihrem Wohnort entsprach. Allerdings gab es für die drei Greise, die die Sitzung leiteten, eine mit geschnitzten Wellen verzierte Kanzel an einer der Wände, die nur über Leitern zu erreichen war. Aufgrund des fortgeschrittenen Alters und der damit einhergehenden Gebrechlichkeit der Sitzungsleiter hatte ihr Aufstieg eine halbe Ewigkeit gedauert, und einmal war ein Raunen durchs Publikum gegangen, als einer der drei sich nach sechs oder sieben erklommenen Sprossen an die Brust gegriffen hatte und die Leiter kurz ins Wanken geraten war. Zwei herbeispringende Saaldiener in weißen Jacken hatten die Leiter gepackt, um sie vor dem Umkippen zu bewahren, und nach einer ausgedehnten Verschnaufpause hatte der Alte die Kraxelei wieder aufgenommen.

Abgesehen von dem verwunderlichen Umstand, dass die Kanzel nur mit solchen Mühen zu erreichen war, stellten ihre bloße Existenz und ihr Zweck Himek nicht vor ein unlösbares Rätsel. Die Kanzel war nichts anderes als ein Ausdruck der herrschenden Machtverhältnisse. So wie die Stufenquader und die Anordnung der Stühle auf den Ebenen diente die Kanzel dem Sichtbarmachen von Oben und Unten und dem Beziehungsgeflecht, das sich aus der jeweiligen Position ergab, die ein Mensch gerade einnahm. Je höher er saß, desto wichtiger war er und desto mehr Einfluss konnte er auf diejenigen auf tieferen Rängen ausüben.

Ein besonderes Element des Sitzungssaals blieb Himek indes völlig schleierhaft. Es befand sich in der Mitte des Raums und ragte bis zur Decke hinauf. War das Ding, das aussah wie eine riesenhafte Knospe, etwa eine Skulptur, die allein eine ästhetische Funktion erfüllte? Falls dem so war, hatten die Menschen noch weniger Geschmack, als Himek ihnen auch so schon zugestand. Die Knospe – sowohl der Stängel, aus dem sie spross, als auch ihre übereinanderlappenden Blätter – war aus einem Material gefertigt, das eine Maserung wie Holz aufwies, aber zugleich den Glanz von frisch gewichstem Leder hatte. Wenn sich die Gelegenheit bot, würde er Zoseos oder Siris fragen, ob etwas dagegen sprach, die Knospe zu berühren, weil er gespannt darauf war, ob sie sich hart oder weich anfühlte.

Ab und an fragte sich Himek, ob es den anderen Fremden, die in einem eigenen, durch ein Geländer abgetrennten Bereich unmittelbar unter der Kanzel saßen, so ging wie ihm. Es waren Menschen, eine Delegation aus Feuerberg im Tiefen Süden, wie Siris ihm erklärt hatte, die zur Erneuerung eines Handelsvertrags nach Meerschaum entsandt worden war. Ihre Haut war dunkler als die von Seezwergen, und sie waren selbst unter zwergischen Gesichtspunkten mehr oder minder hübsch anzusehen, da viele von ihnen recht stattliche Nasen hatten. Manchmal warf einer aus ihrer Gruppe einen Blick über die Schulter in Richtung des nachempfundenen Hügels, an dessen Flanke Himek Platz genommen hatte. Zu Anfang war Himek noch dem Irrtum aufgesessen, es wäre seine und Gareps Anwesenheit, die das Interesse der Südländer weckte. Schließlich jedoch hatte er bemerkt, dass die Blicke nicht ihnen, sondern Fianessa galten. Das Mädchen hatte sich beharrlich geweigert, seine schmutzige Ordenstracht abzulegen, und vielleicht störten sich die Feuerberger an ihrer zerlumpten Kleidung, in der sie aus den anderen Anwesenden herausstach wie ein Spatz in einem Schwarm Regenbogenvögel. Oder ihnen gab die wie aus einem Stück fremdartigen Metalls gegossene Axt zu denken, deren Stiel Fianessa umklammert hielt.

Nach einer Weile hatte sich Himek wieder auf den Ablauf der Sitzung konzentriert. Er war insgeheim ein bisschen stolz darauf, die drei Fraktionen, aus denen sich dieses Gremium der Meerschäumer zusammensetzte, auseinanderhalten zu können. Andererseits war diese Leistung auch ziemlich simpel. Die Treuen Prediger waren die Menschen in den verhältnismäßig schlichten Gewandungen – zumeist einfarbig schwarze oder weiße Kutten –, an denen sich stets irgendwo ein Herrenkreuz befand, sei es als Stickerei, als Amulett oder als Brandmal auf der Stirn. Noch dazu blickten sie am ernstesten drein, wie Schulmeister bei einer Abschlussprüfung.

Der nüchternen Eleganz der Prediger stellten die Klugen Händler Protz und Popanz entgegen: absurd breite, gefaltete Krägen; perlenbestickte Käppchen; Plattenhandschuhe aus purem Silber; goldglitzerndes Puder auf den Wangen; Schuhe mit mehr Schnallen, als ein Hund Flöhe hatte; kurze, samtene Umhänge um die Schultern. Sie wirkten, als hätten sie sich in Vorbereitung auf dieses Ereignis mit Leim bestrichen, um sich anschließend ausgiebig in einem Drachenhort zu wälzen.

Auch die Weisen Denker waren anhand ihrer Kleidung leicht zu erkennen. Sie zogen robuste Stoffe vor, hauptsächlich Leinen, Filz und Leder in dunklen Farben, wahrscheinlich weil darauf die Spuren ihrer Experimente zur Wissensmehrung einfacher zu verbergen waren. Zudem waren an ihren einteiligen Hemden und Hosen überall Taschen aufgenäht, von der Brust bis hinunter zu den Waden, und aus vielen von ihnen spitzelten die Griffe von Werkzeugen hervor.

Die drei Fraktionen lieferten sich nun schon seit einer ganzen Schicht eine Keilerei, die sie mit Worten anstelle von Fäusten austrugen, befördert durch einen Sprecher am Fuß der Kanzel, der von einer Schriftrolle den jeweiligen Tagesordnungspunkt anzusagen hatte, um danach eine Sanduhr neben sich umzudrehen. Es war die Art, wie sich die Prediger, Händler und Weisen wechselseitig Knüppel zwischen die Beine warfen, die Himek schier zur Verzweiflung brachte. Das Gezänk verlief dabei nach einem ermüdend vorhersehbaren Muster: Eine Fraktion unterbreitete ein Anliegen, wurde von der zweiten darin unterstützt und sah ihr Ansinnen dennoch abgeschmettert, weil die dritte sich querstellte und offenkundig alle Beschlüsse von allen Fraktionen getragen werden mussten, um wirksam zu werden. Himek hatte in seiner Zeit in der Nervenheilanstalt gelungenere Entscheidungsfindungsprozesse bei seinen Patienten beobachten dürfen.

So stellte einmal ein Weiser Denker anhand eines überraschend klaren Schaubilds eine von ihm ersonnene Maschine vor, die selbsthaftende Etiketten druckte, mit denen sich Ordnung in jedes noch so vollgestopfte Lagerhaus bringen ließ. Die Klugen Händler rieben sich schon die Hände vor Begeisterung und versuchten einander auszustechen, was die Finanzierung des Baus dieses bahnbrechenden Apparats betraf. Sie hatten die Rechnung allerdings ohne die Treuen Prediger gemacht, die ankündigten, zunächst untereinander zu beratschlagen, ob die Maschine herrengefällig sei oder nicht – ein Vorgang, für den sie einen Bearbeitungszeitraum von mehreren Monaten ansetzten.

Ein anderes Mal forderten die Prediger wegen der naheliegenden Möglichkeit, dass die Zwerge sich nicht mit den bislang eroberten Gebieten auf dem Kontinent zufriedengeben würden, Umbaumaßnahmen an den Stadtmauern. Die Denker hielten die Idee, die Verteidigungsanlagen so zu erneuern, dass die bestehenden Mauern mit vorgezogenen Keilbastionen versehen wurden, um Belagerer von zwei Seiten unter Beschuss nehmen zu können, gleichermaßen für umsetzbar und angebracht. Nun waren es die Händler, die plötzlich etwas von leeren Geldsäckeln und Kassen daherredeten und betonten, sie müssten sich zunächst untereinander einigen, welches Haus welchen Beitrag zu leisten vermochte, um die Stadt noch sicherer zu machen.

Als Himek sich danach zu sehnen begann, dass Ulaha endlich aus dem Hain wiederkehrte, da er ihr dann die Kontrolle über ihren gemeinsamen Leib überlassen und sich ganz in die Weiten seines eigenen Denkens hätte zurückziehen können, verlas der Sprecher die Namen von Siris und Zoseos.

Die beiden erhoben sich von ihren Stühlen ganz oben auf einem der Quaderhügel. Himek achtete nicht weiter auf die Rede, die Zoseos zu halten begann. Er war noch viel zu fasziniert von der Verwandlung, die an Siris zu beobachten war. Sein großer Freund hatte den Ledermantel gegen eine Kombination aus einem puffärmeligen Hemd mit verkünstelter Schnürung über der Brust und einer Samthose getauscht. An jedem seiner Finger glänzten goldene Ringe, und sein langes Haar war mittels einer angewärmten Zange in sanfte Wellen gelegt worden. Fast hatte Himek den Eindruck, als wäre die raue Schale des Bestienjägers, die Siris bisher getragen hatte, nur eine Verkleidung gewesen, und der Geck, der da über ihm stand, war der wahre Irisanjo von Wolfenfurt. Die einzige Erklärung, die Himek für den raschen Wandel einfiel, war die, dass Siris seine Heimat im Herzen nie verlassen hatte. Bei ihm selbst war es doch auch nicht anders. Er dachte oft an das Dorf in den Bergen und an die Gesichter seiner Zieheltern, auch wenn er sich inzwischen damit abgefunden hatte, dass er sie vielleicht nie wiedersehen würde.

Die Weisen Denker verzichteten auf eine Stellungnahme bezüglich der Rückkehr des verlorenen Sohns aus dem Haus der Wolfenfurts, wohingegen viele der Klugen Händler ihre Enttäuschung nicht verbergen konnten. Wenn Himek Siris richtig verstanden hatte, war sein Auftauchen gleichbedeutend mit dem Ende der Hoffnungen anderer Kaufleute, den von Wolfenfurts ihre Besitztümer abzuluchsen. Umgekehrt sahen die beiden Prediger, die nach Zoseos das Wort erhielten, das gleiche Ereignis als Wink ihrer eingebildeten Götter, dass sich für Meerschaum wie immer letztlich alles zum Guten wenden würde – Zwergeninvasion hin, Zwergeninvasion her. Die größte Aufregung wegen Siris herrschte jedoch unter den Menschenfrauen. Die Älteren klappten ihre Fächer auf und tuschelten ihren Töchtern und Nichten Dinge zu, die den jüngeren Damen die Wangen rot zauberten. Himek musste kein Mensch sein, um zu begreifen, was es damit auf sich hatte, denn in mancherlei Hinsicht standen sich Langbeine und Zwerge nahe: Siris hatte noch keine Gefährtin erwählt, und er war für Menschenfrauen nicht nur körperlich anziehend – ein Sachverhalt, den Himek auf ihrer langen Reise hierher in jedem Gasthaus hatte bestätigt sehen können –, sondern er war der Sprössling einer angesehenen und wohlhabenden Sippe. Kurzum: Er war eine ausgezeichnete Partie.

Als Siris sich für den freundlichen Empfang bedankte und verkündete »Ich bin nicht allein gekommen«, klappten die meisten Fächer zu. Sie öffneten sich wieder, nachdem er Fianessa zu sich nach oben bat. Sie war wohl zu jung, um als seine Gefährtin infrage zu kommen.

Siris stellte Fianessa vor und bat sie darum, ihre Botschaft vorzutragen. Das war ungewöhnlich. Sonst hatte er sehr darauf geachtet, dass das Mädchen sich bedeckt hielt, was ihre heilige Mission anging. Zwar nicht immer mit Erfolg, aber mit großer Beharrlichkeit. Nun ja, Siris würde schon wissen, was er da tat.

Fianessa hob stolz die Axt über den Kopf und sagte ihr Sprüchlein vom letzten Dienst an den Herren auf, den ihr Orden pflichtbewusst verrichtet hatte. Himek hatte die traurige Botschaft zu oft gehört, als dass sie noch eine tiefere Regung in ihm auslöste. Was waren die Krieger von Goldberg auch so einfältig gewesen, allen Ernstes zu glauben, sie könnten mit ihren primitiven Waffen etwas gegen die größte und am besten gerüstete Armee ausrichten, die der Oberste Vorarbeiter jemals auf einen Feldzug gesandt hatte? Gebete schützten nicht vor Kugeln, und Aberglaube war eine schlechte Rüstung.

Die Prediger von Meerschaum zeigten sich allerdings gerührt von der erschütternden Nachricht und überhäuften Fianessa mit Fragen.

Waren die Bewahrer bis zum Ende tapfer geblieben?

Ja, waren sie. Tapfer und dumm, fügte Himek in Gedanken hinzu.

Waren die Waffen der Zwerge wirklich so mächtig, wie es hieß?

Ja, waren sie. Und das, obwohl sie alles andere als herrengefällig waren.

Entsprachen die Gerüchte unter den Flüchtlingen aus dem Norden der Wahrheit, wonach ein ehemaliger Konziliar aus Goldberg eine Armee um sich scharte und ein Bündnis mit einem Propheten eingegangen war, der von sich behauptete, die Weisheit der Herren spräche in ihm und durch ihn?

Ja, das war möglich. Und würde dennoch nur in einer weiteren Niederlage für die Menschen enden.

Glücklicherweise stand anschließend eine Pause auf der Tagesordnung, in der Saaldiener Erfrischungen und Imbisse reichten. Himek schlug ein zaghaft vorgetragenes Gesprächsangebot seines Vaters aus – warum ging es Garep nicht in den dicken Schädel, dass der Sohn, den er dereinst noch als Kiesel verstoßen hatte, keinerlei Interesse daran hegte, sich mit ihm abzugeben? – und schlürfte lieber zwei Austern. Siris und Zoseos waren nach ihrem Abstieg von den gestapelten Quadern binnen weniger Augenblicke von einem Rudel alter Menschenfrauen umringt, die mit ihren Fächern wedelten und ihre heiratsfähige Verwandtschaft anpriesen wie Sauerbier.

Himek gesellte sich zu Fianessa, die wieder auf ihrem alten Platz saß und sich hilflos im Saal umblickte.

»Höchstes Lob!«, sagte er zu ihr. »Das hast du gut gemacht.«

Sie zuckte mit den Schultern. »Findest du?«

»Unbedingt.« Er tippte ihr an die Hüfte. »Ich dachte, du wolltest deine Schärpe färben.«

»Ich hatte noch keine Zeit.«

»Verstehe.« Sie tat ihm so furchtbar leid, aber er wusste nicht, wie er ihr helfen sollte. An der Lehranstalt für Heilkunde, die er besucht hatte, hatte es nie einen Kurs darüber gegeben, wie man einen jungen Menschen behandelte, der nicht einsah, dass sein Festhalten an einer sinnlosen Aufgabe ihm mehr Leid als Nutzen brachte.

»Willst du mir wieder eine Geschichte erzählen?«, fragte sie plötzlich.

Er runzelte die Stirn. »Geschichte?«

»Ja. Manchmal erzählst du mir Geschichten.«

Das musste an jenen Tagen geschehen, an denen er sich ganz in sich zurückzog und Ulaha den Vortritt ließ. »Heute nicht.«

»Darf ich dir eine Geschichte erzählen?«, mischte sich jemand von hinten in ihr Gespräch ein.

Sie drehten sich beide um. Vor ihnen stand einer der Südländer aus der Handelsdelegation. Sein Kopf war mit einem gelben Tuch umwickelt, das ungemein lang sein musste, wenn man bedachte, wie weit die Schichten über seine Ohren hinausragten. Es war einer von den Menschen aus Feuerberg mit einer Nase von passabler Größe, und auch sein schwarzer Knebelbart war so gut gepflegt, dass er beinahe zwergischen Standards genügte.

»Ich bin Bullenröhrer«, sagte er, um danach auf den Menschen an seiner Seite zu zeigen, der wesentlich dürrer war und eine groteske Kette um den Hals trug, von der gewachste Haarsträhnen hingen. »Und das ist Schneller Dolch.«

Himek hüstelte. Jetzt brauchte er keine weiteren Belege dafür, dass die Menschen es niemals schaffen würden, sich ordentliche Namen zu verpassen. Bullenröhrer? Schneller Dolch? Wie sollte man daraus schlau werden?

»Ich bin Fianessa von Goldberg.«

»Ich weiß.« Bullenröhrer nickte. »Eigentlich bin ich in der Erwartung hierher gekommen, andere Schätze zu finden als dich.«

Aha, darum ging es hier. Himek nutzte das Wissen, das er sich über die Gepflogenheiten der Südländer angeeignet hatte. »Sie ist nicht zu verkaufen.«

»Natürlich nicht. Wir sind doch hier nicht auf dem Markt«, entrüstete sich Bullenröhrer. »Und es wäre außerdem vermessen von mir, etwas kaufen zu wollen, das allein den Herren gehört.« Er kniff die Augen zusammen und musterte Himek einen Moment. Dann lehnte er den Kopf zu seinem Begleiter hinüber und raunte: »Ist das einer?«

Schneller Dolch raunte zurück: »Ich denke schon.«

»Er sieht harmlos aus«, wunderte sich Bullenröhrer. »Sogar ich würde mit ihm fertig werden.«

»Zweifelsohne«, stimmte ihm Schneller Dolch zu. »Aber sie sind gewöhnlich wie Schreckschaben. Sie treten nur in Massen auf.«

»Was wollt ihr von mir?« Fianessa rettete Himek vor weiteren Peinlichkeiten.

»Dir dabei helfen, das Werk zu vollenden, das die Herren dir aufgetragen haben.« Bullenröhrer neigte tief das Haupt. »Du bist die, deren Ankunft die Große Eingeweideleserin uns versprochen hat.«

»Eingeweideleserin?« Fianessa verzog das Gesicht.

»Ihr aus dem Norden seid anderer Meinung«, sagte Bullenröhrer, »aber wir aus dem Süden achten die Stelle in den Schriften, in der uns eine Wahrheit offenbart wird: Und die Herren richteten es ein, dass in allem, was da von ihren Gnaden lebt in der Welt, ihr Wille in das Fleisch und in das Blut ihrer Geschöpfe eingeschrieben sei. Die Herren haben von dir geschrieben, Fianessa von Goldberg. Von einer weißen Jungfrau mit einem Beil, wie es die Herren führten, die davon kündet, dass selbst die festesten Mauern unter dem Ansturm der Ungläubigen erbeben.«

»Das ist doch Unfug!« Himek klatschte eine Bekräftigungsgeste. Er hatte den Eselsrotz der Denker, Händler und Prediger schweigsam erduldet, den sie schichtenlang von sich gegeben hatten, doch was zu weit ging, ging zu weit. »Hör sofort damit auf, ihr Schutt ins Ohr zu schütten! Eure Prophetin sollte mal lieber ein Buch lesen, wenn ich euch eine kleine Empfehlung aussprechen darf.«

Die Hand von Schneller Dolch lag binnen eines Wimpernschlags am Knauf des Säbels, der ihm am Gürtel baumelte.

»Nicht hier«, zischte Bullenröhrer rasch. Er schenkte Fianessa ein freundliches Lächeln. »Vielleicht finden wir später die Zeit für eine Unterhaltung. Am besten ohne einen kleinen Hund, der dazwischenkläfft.« Nach einer weiteren Verneigung drehte er sich um und ging zurück in das Areal, in dem die Südländer platziert waren.

Schneller Dolch folgte ihm, doch nicht, ohne Himek finster anzustarren und mit der rechten Hand einmal über die Strähnen an seiner Kette zu fahren.

»Was hat das zu bedeuten?«, wollte Himek wissen und ahmte die Geste an seiner eigenen Brust nach.

»Frag Siris«, maulte Fianessa.

Er kannte diesen Tonfall. Sie war eingeschnappt. Aber wieso? »Du hast doch nicht etwa ernst genommen, was dieser Kerl gesagt hat!«

»Du verstehst das nicht. Ihr habt keine Herren«, sagte Fianessa verächtlich. »Ihr habt gar keine Götter.«

»Was für ein Verlust!«, schnaubte Himek.

Fianessa strich mit der Hand über die Klinge ihrer Axt. »Habt ihr nie welche gehabt?«

»Nein.«

»Sicher?«

»Ganz sicher.«

Darüber dachte Fianessa einen Moment nach, ehe sie sagte: »Vielleicht habt ihr sie auch nur vergessen. Oder schlimmer: Sie haben euch vergessen.«

Ihm blieb keine Zeit für eine Erwiderung, da der Sprecher der Sitzung die Versammelten dazu aufforderte, wieder ihre Plätze einzunehmen. Himek fügte sich in sein Schicksal und wappnete sich für weitere endlose Diskussionen, die sich ohnehin nur im Kreis drehen würden. Wie eine tollwütige Stollenratte, die ihrem eigenen Schwanz nachjagte. Sein Interesse an den anstehenden Vorgängen steigerte sich allerdings, als der Sprecher darauf hinwies, dass nun die Sache Ojirisan von Irgendwo und dessen Anspruch auf das Erbe von Gozzoldini von Meerschaum verhandelt werden würde. Er beugte sich nach vorn, um zu sehen, wie der Menschenkiesel darauf reagierte, doch der Junge leckte nur selbstvergessen an einer leeren Austernschale.

Zoseos stand auf, räusperte sich und ließ seine schrille Stimme durch den Saal klingen. »Treue, kluge und weise Zusammenkunft. Ich ergreife das Wort für Ojirisan von Irgendwo, den anerkannten Schüler des findigen und allseits geschätzten Gozzoldini von Meerschaum. Gozzoldini ist bei seiner jüngsten Reise in die Hände der Zwerge gefallen, und es steht zu befürchten, dass die Herren diesen ihrer Knechte zu sich gerufen haben. Insofern erhebt Ojirisan als Gozzoldinis Schüler nun einen Anspruch auf die Verwaltung aller Besitztümer seines Meisters, wie es ihm von Rechts wegen gestattet ist, und er –«

»Das ist eine geschmacklose Posse, wie sie selbst in der übelsten Spelunke noch nicht aufgeführt wurde!« Alle Köpfe fuhren zur Kanzel hoch, und die Stille eines atemlosen Staunens breitete sich über den Saal. Der alte Weise Denker, der sich dort mit den zwei anderen

Greisen eine Bank teilte, war aufgesprungen. Sein dürrer, gekrümmter Finger schnitt durch die Luft wie eine Klaue. »Dieser Krüppel dort kann kein Erbe antreten.«

Himek fasste sich an die Schläfen. Die Gedanken, die durch seinen Kopf hallten, waren zu laut, als dass sein innerer Schutzwall ihnen hätte standhalten können. *Es gehört mir. Niemandem sonst. Mir.*

»Bring keine Schande über unsere Zunft! Unsere Kraft sitzt nicht in unseren Armen, sondern in unserem Kopf«, rief ein Weiser Denker von unten. »Zweifle an seinem Wissen, nicht an seiner Stärke, Azzaras!«

Zustimmendes Gemurmel erhob sich aus den Reihen seiner Kollegen.

Sechsmal verflucht seist du, Deschadjek. »Gut, ihr verlangt, dass ich sein Wissen prüfe. So sei es.« Azzaras reckte sein Kinn vor und strich sich das schüttere graue Haar auf dem faltigen Schädel glatt. »Verrate mir, Ojirisan von Irgendwo, wie die acht Formen flüssiger Substanzen heißen.«

Oji leckte weiter versonnen an seiner Austernschale.

»Nun?«, hakte Azzaras nach. »Denkst du noch? Oder ist die Frage zu schwer? Versuchen wir es mit einer anderen. Wie lautet der Name des Weisen, der den Einfluss der Wandlungen des Mondes auf den Lauf der Gezeiten bewiesen hat? Hm? Hm?« *Er weiß es nicht. Er weiß es nicht. Der kleine Pflugwetzer weiß es nicht.*

Mühsam und mit zusammengebissenen Zähnen verbannte Himek Azzaras' halb zornigen, halb triumphierenden Gedanken aus seinem Kopf. Manche Gedanken, die er einfing, konnte er regelrecht spüren, als besäßen sie eine fassbare Präsenz, und die von Azzaras fühlten sich an wie schleimige, dicke Würmer, die sich in sein Hirn gruben.

Dem Befreier sei Dank wurden sie von einem empörten Zwischenruf von Garep übertönt. »Habt ihr Langbeine keine Augen im Kopf? Der Junge ist krank! Wie soll er da eine Prüfung bestehen?«

»Oho!«, höhnte Azzaras. »Ist es schon so weit, dass ich mich von ungläubigen Zwergen zurechtweisen lassen muss? Sind das die einzigen Fürsprecher, die Ojirisan von Irgendwo aufbieten kann? Fremde ohne Achtung vor unseren Gesetzen? Fremde, die für den Rest ihrer Brut die Ohren bei unseren Sitzungen aufhalten?«

Die beiden anderen Greise begannen zu nicken, und das Nicken sprang von ihnen auf weite Teile der Zuhörerschaft unten im Saal über wie eine ansteckende Krankheit.

»Er hat mich als Fürsprecher«, hielt Zoseos dagegen. »Mich und den Mann, der ihn nach seiner entbehrungsreichen Reise in mein Haus gebracht hat.«

»Was?«, hörte Himek Siris überrascht flüstern. »Der Krüppel war nicht mein Gepäck, Onkel.«

»Natürlich sprecht ihr für ihn.« Azzaras hieb mit der Faust auf das Geländer der Kanzel. »Aus Gier. Habt ihr von Wolfenfurts noch nicht genug Reichtümer angehäuft? Habt ihr euch euren Stand nicht gesichert, nun, da Irisanjo endlich bereit ist, in die Fußstapfen seines Vaters zu treten? Wollt ihr nun auch noch eure Arme nach den Schätzen der Weisen Denker ausstrecken? Dann hättet ihr euch einen besseren Plan ausdenken müssen, als darauf zu bauen, dass ich einem schwachsinnigen Krüppel, den ihr bei euch aufgenommen habt, die großen Werke eines alten Freundes überlasse! Der Zwerg hat recht. Schaut euch den Jungen doch an.«

Nun ruckten alle Köpfe wieder zu Oji herum. Himek gab sich keinen Täuschungen hin, wie der Anblick auf die Leute wirken musste.

»Ja, er ist krank«, brüllte Azzaras. »Krank am Leib und an der Seele. Und er wird immer krank bleiben. Nichts überlasse ich ihm. Nichts. Und wie es das Gesetz vorsieht, erhebe ich als ältester Weiser Denker Anspruch auf Gozzoldini von Meerschaums gesamten weltlichen Besitz, denn hier vor euch seht ihr den lebenden Beweis, dass er keinen Erben hat, der diese Bezeichnung verdient.«

Während Azzaras aus Altersstarrsinn oder einer bizarren Gepflogenheit heraus, die von den Meerschäumern als Ausdruck besonderer Redegewandtheit erachtet wurde, sein Argument in abgewandelter Form wiederholte, hörte Himek einen sonderbaren Ton, der lauter und lauter wurde. Wie wenn jemand mit dem Finger über den Rand eines Glases fuhr, bis es zu singen begann. Als die Leute im Saal aufgeregt zu murmeln begannen und sogar schließlich Azzaras sein Gekeife einstellte, dämmerte ihm, dass nicht nur er diesen Klang vernahm. Ihm fiel zudem auf, dass Oji und der Greis mit einem Mal nicht mehr im Zentrum der Aufmerksamkeit standen. Die gesamte Zusammenkunft blickte gebannt auf die merkwürdige Knospenskulptur in der Mitte des Saals. Nachdem Himek dies bemerkt hatte, vermochte auch er den Blick nicht mehr davon zu lösen.

Die Skulptur bewegte sich. Ihre Blätter öffneten sich wie die einer gigantischen Blüte, die im Licht der Sonne nach und nach ihr Innerstes preisgab. Der Ton schwoll an, als sie ihr Geheimnis enthüllte: eine blau gleißende Kugel, die auf einem von fleischigen Ranken umwucherten Podest ruhte. Himek nahm einen süßen Duft wahr, als stünde er auf einer Sommerwiese.

Die Prediger im Saal fielen auf die Knie und stimmten einen Gesang an, dessen Melodie Dankbarkeit und Ehrfurcht, Freude und Not zugleich einzufangen schien, während die Händler scharenweise hinausstürmten und einander Dinge wie »Biete Seide! Sechsunddreißig die Elle!« und »Nimm Salz! Fünfundzwanzig den Sack!« zuriefen.

»Was ist los?«, rief Himek zu Siris hinauf.

Der zeigte nur auf die Kugel, die sich wie als Antwort auf Himeks Frage aufs Wundersamste verformte. Sie bildete die Konturen eines Gesichts mit hohen Wangenknochen, einer feinen Nase, schräg liegenden Augen, einem langen Kinn und spitzen Ohren aus, das von Moment zu Moment deutlicher zu erkennen war. Dann öffnete das Abbild den Mund und sang eine Reihe von Lauten, die Himek an den Schrei eines Falken und das Knurren eines Bergparders denken ließen.

»Was ist los?«, rief er noch einmal.

»Bist du blind, Stummel?«, rügte ihn Siris. »Die Elfen kommen.«

Wach auf!, dröhnte Ulahas Stimme in Himeks Kopf. *Sie sind hier! Wach auf!*

Himek bemerkte, wie sein schlaftrunkener Körper hochfuhr, als das Halblingsmädchen seinen Einfluss auf ihn verstärkte. Die Elfen! Die Elfen waren hier, und er hatte ihre Ankunft verschlafen!

Sie sind beim Raupenjungen! Sie bringen ihn um!

Himek sprang aus dem Bett und geriet ins Taumeln, weil er seine Schritte zu dem Hocker lenkte, auf dem er seine Hose abgelegt hatte, während Ulaha ihren geteilten Leib in Richtung der Tür zerrte. Er widersetzte sich ihr für einen Moment unter Aufbietung aller inneren Kräfte, die die Panik über das jähe Ende seines Schlummers in ihm freisetzte, und verharrte auf der Stelle. Die Elfen wollten Oji töten? Aber warum? Egal, er konnte ihnen nicht völlig wehrlos entgegentreten. Das leuchtete anscheinend auch Ulaha ein, und sie ließ zu, dass er nach dem Krug auf seinem Nachttisch griff. Besser als nichts, wenn auch nicht viel.

Schnell! Schnell!, drängte sie ihn.

Etwas Schweres krachte im benachbarten Zimmerhäuschen dumpf gegen die Wand, und ein gedämpfter Schrei brachte Himeks ohnehin schon wie wild pochendes Herz dazu, noch heftiger zu schlagen.

Noch auf dem Weg zur Tür tat er etwas, das ihm wesentlich sinnvoller erschien, als sich den unbekannten Angreifern nur mit einem Tonkrug gewappnet zu stellen: Er schrie um Hilfe, so laut er nur konnte.

Es waren einige der tierischen Bewohner des Innenhofs, die als Erste auf seine Rufe achteten. Die Enten schnatterten und schlugen mit den Flügeln, wohl weil sie um die Sicherheit ihrer Nester fürchteten.

Die Tür zu Ojis Unterkunft flog auf, wurde aus den Angeln gerissen, und zwei ineinander verkrallte Menschen stolperten auf den Hof hinaus und gingen keine fünf Schritte von Himek entfernt zu Boden. Der Mond schien hell genug, dass Himek auch ohne den Zweiten Blick einen der beiden Kämpfer erkennen konnte. Es war Siris – voll bekleidet, in seiner alten Reisemontur –, und auf ihm hockte ein Mensch, an dem alles schwarz war wie ein lebendig gewordener Schatten. Alles bis auf die gezackte Klinge eines Dolchs in seiner Faust, die nun auf Siris' Kehle zuzuckte. Siris bekam zwar den hinuntersausenden Arm des Schattens zu packen und fing den Stich ab, doch der unheimliche Attentäter verlagerte sein gesamtes Gewicht nach vorn. Es war nur eine Frage der Zeit, bis sich die Spitze des Dolchs, die keine Handbreit mehr über Siris' Hals schwebte, in das nackte Fleisch bohren würde.

Tu doch was!, kreischte Ulaha in Himek.

Himek stieß einen Schrei aus, um die Angst in sich zu vertreiben, und rannte los. Er hob den Krug mit beiden Händen hoch über den Kopf und schmetterte ihn gegen den Schädel des Unbekannten. Das Gefäß zerbarst in unzählige Scherben, die gemeinsam mit der letzten Neige Wasser als sonderbar klirrender Regen auf die steinernen Bodenplatten prasselten.

Der Schatten sackte in sich zusammen, und Siris nutzte seine Chance, das Blatt zu wenden. Er verdrehte den Arm des angeschlagenen Attentäters und rammte ihm den eigenen Dolch in die Brust.

Gut, wisperte Ulaha.

Himek rutschte der Henkel des Krugs aus den zitternden Fingern, während Siris sich unter dem zuckenden Mann hervorwälzte, den er gerade getötet hatte.

»Da ist noch einer!« Die helle Stimme einer Menschenfrau hallte über den Hof.

Himek drehte sich um und folgte mit seinem Blick Siras ausgestrecktem Arm, die in eine Decke gehüllt aus der Tür ihres Zimmerhäuschens getreten war. Vor der Reihe von Unterkünften auf der gegenüberliegenden Seite des Hofs huschte ein geduckter Schatten auf die Mauer des Anwesens zu.

Siris spie einen wüsten Fluch aus, hetzte los und setzte sehr zum Schrecken der immer lauter protestierenden Enten über den Rand des Zierbeckens hinweg, um den kürzesten Weg zu jener Stelle an der Mauer zu wählen, auf die auch der Flüchtende zuhielt. Gab es dort ein Seil, über das er und sein Komplize in den Hof gelangt waren? Wenn ja, würde er niemals rechtzeitig daran hochklettern können, bevor Siris ihn erreichte, der das Becken bereits hinter sich gelassen hatte.

Das musste der zweite Schatten auch nicht. Himek klappte der Mund auf und sogar Ulaha verstummte vollends, als der Kerl einfach gegen die Mauer sprang und seine Hände scheinbar mühelos Halt an der glatten Fläche fanden, ohne dass er dafür auch nur die Finger hätte krümmen müssen. Die Art, wie er sein Hindernis in Windeseile überwand und über der Mauerkrone verschwand, erinnerte Himek an eine Eidechse, die an einem heißen Tag in den Bergen eine Steilwand hinaufwuselte.

Siris versetzte der Mauer einen Tritt und beschimpfte sie als »Drecksding!«.

»Habe ich das richtig gesehen?«, brummte Garep, der inzwischen neben seiner langbeinigen Gefährtin aufgetaucht war. »Wie hat der Kohlenkauer das gemacht?«

»Hafthandschuhe, nehme ich an«, antwortete ihm Sira.

»Hafthandschuhe?«

»Von den Elfen«, sagte die Menschenfrau, als wäre damit alles erklärt, und kam auf Himek zu.

Himek bemerkte, dass er seine frühere Scham, sich vor anderen nackt zu zeigen, dank der Treffen mit Ulaha im Hain offenbar verloren hatte, denn er verspürte nicht den geringsten Anreiz, seine Blöße zu bedecken. Es wäre auch völlig albern gewesen, sich vor Sira zu zieren, denn wenn ein Mensch wusste, wie ein Zwerg zwischen den Beinen beschaffen war, dann war wohl sie es.

Er musterte den Toten. Der Eindruck, es bei ihm mit einem Schatten zu tun zu haben, rührte von dem Anzug, den er trug. Er war aus einem glatten Stoff gefertigt, der sämtliches Licht, das auf ihn fiel, förmlich zu verschlingen schien und sich wie eine zweite Haut um die Glieder des Mannes schmiegte. Himek bückte sich und drehte die Leiche auf den Rücken. Er erschreckte sich nicht so sehr wegen des Dolchgriffs in der Brust, sondern wegen des Gesichts des Toten – genauer gesagt, der schwarzen, starren Maske, die das Gesicht bedeckte. Zwei tote Augen hinter ungewöhnlich schrägen Schlitzen starrten ihn anklagend an. Bis auf einen schmalen, leicht gewölbten Grat, der von der Nase bis zum Kinn hinunterlief, war die Maske absolut konturlos und erfüllte ihren Zweck, den Träger unkenntlich zu machen, aufs Vortrefflichste. »Was sind das für Leute?«, fragte Himek und fühlte nun doch Scham, weil seine Stimme nicht so fest und unerschüttert klang, wie er es sich gewünscht hätte.

»Schauen wir doch einfach nach«, schlug Garep vor.

»Nicht!«, rief Siris, der bis auf wenige Schritte herangekommen war, doch es war zu spät.

Garep hatte schon nach dem unteren Rand der Maske gegriffen, um sie dem Toten mit einem beherzten Ruck abzuziehen. Das Geräusch, das dabei entstand, klang, als würde man ein Leintuch zerreißen, während man gleichzeitig einen eingesunkenen Stiefel aus zähem Schlamm herauszog. Ein intensiver Geruch, der ihm von zahlreichen Leibesöffnungen her vertraut war, stieg Himek in die Nase.

Garep würgte trocken und ließ die Maske fallen. Er hatte die komplette Gesichtshaut des Attentäters mit der Maske vom Schädel entfernt. Unter dem Klumpen aus Knorpel, der eben noch eine Nase gewesen war, schimmerten die blanken Zähne des Toten im Mondlicht, weil auch seine Lippen nun an der Innenseite der Maske hingen.

»Gut gemacht!«, knurrte Siris.

»Ich … ich …«, stammelte Garep.

»Sechsmal verfluchte Spitzohren!« Siris spuckte der Leiche zielsicher ins Gesicht.

»Ist das ein Elf?«, fragte Himek verwirrt.

»Sieht er etwa aus wie ein Elf?«, blaffte Siris.

»Ich habe noch nie einen gesehen.«

»Er ist ein Mensch. Eine Mietklinge«, sagte Sira verächtlich und raffte ihre Decke um sich, als wäre sie die Robe einer hohen Würdenträgerin. »Mit Kontakten zu einem Haus, das ihn mit Geschenken der Barmherzigen Gesandten ausstattet. Oder er ist sehr erfolgreich gewesen.« Sie hob die Maske auf, um die Vorderseite zu betrachten. »Ein Blankes Gesicht ist jedenfalls nicht billig.«

»Geh da weg!«, raunzte Siris Garep an und schob ihn beiseite. »Komm ja nicht auf die Idee, den Dolch anzufassen. Es sei denn, du brauchst deine Finger nicht mehr.«

Da Himek sich die besonderen Eigenschaften der elfischen Artefakte später noch genauso gut erklären lassen konnte und weil Ulaha ihn sanft dazu drängte, sich nach etwas anderem, Dringendem zu erkundigen, fragte er: »Was ist mit dem Jungen?«

»Dem Krüppel geht es gut.« Siris winkte ab. »Azzaras schüttelt sich den Pflug mit der Beißzange ab, wenn er denkt, er wäre der Einzige hier, der weiß, wie man sich Konkurrenz vom Hals schafft.«

»Azzaras hat sie geschickt?«

»Wer denn sonst?« Siris lächelte grimmig, und Himek lief ein kalter Schauer über den Rücken. »Ob es dir gefällt oder nicht, mein Freund: So wird in Meerschaum Politik gemacht.«

8

Alles war anders. Anini spürte es vom ersten Augenblick seines Besuchs an. Er kam regelmäßig an diesen Ort – manchmal, weil die Welt um ihn herum unerträglich wurde, manchmal, weil er dort zu Einsichten gelangte, die ihm seine Arbeit erleichterten. Diesmal fühlte er sich weder frei noch weise, als er inmitten der Bäume erwachte.

Der größte Unterschied, der ihm sofort auffiel, war der Geruch. Das reiche Aroma von wucherndem Leben – von Blüten, von Beeren, von fruchtbarer Erde – wurde von einem üblen, fauligen Gestank überlagert. Von Fleisch, das zu lange in der Sonne gelegen hatte. Von Gasen, die aus verwesenden Leibern aufstiegen. Von Erbrochenem. Von Angst – scharf und sauer zugleich. Langsam begann ihm zu dämmern, dass diese letzte Note von ihm ausging.

Auch die Geräusche passten nicht. Da war kein Vogelzwitschern, kein fröhliches Keckern von Wipfelspringern, kein Rascheln von Langbeinböcken im Unterholz. Stattdessen hallten irre Schreie zwischen den Stämmen, unterbrochen von leisem Schluchzen, kreischendem Gelächter und gewisperten Wortfetzen. Über all dem dröhnte ein Summen wie von einem Schwarm zorniger Hornissen.

Wo war er? Vorsichtig schaute er sich um. Er glaubte, auf einer Art Lichtung zu stehen. Auf den Borken der Stämme an ihrem Rand glitzerte es feucht – rotes, zähes Harz, das aus Ritzen in den Rinden quoll wie frisches Blut. Einen Steinwurf entfernt machte er eine schlammige Grube aus, wo der Waldboden wie von der Schnauze eines riesigen Ebers aufgewühlt war. Das schwarze Wasser – wenn es denn Wasser war –, das sich an der tiefsten Stelle gesammelt hatte, schillerte selbst im gedämpften Licht des Hains wie Perlmutt. Breite Furchen im Matsch zogen sich von der Grube zum nahen Unterholz. Welches gewaltige Monstrum war erst in diesen Morast geraten, um sich danach entkräftet – oder gar sterbend – zurück in den Wald zu schleppen?

Anini wollte auf die Grube zugehen und musste feststellen, dass es neben der lähmenden Furcht noch etwas anderes zu überwinden galt. Er hatte Mühe, seine Gliedmaßen unter seinen Willen zu zwingen, weil auch sie sich falsch anfühlten. Sie waren zu dünn und knickten in ungewöhnlichen Winkeln ein, als hätten sie einige Gelenke zu viel. Er hielt inne. Ging er etwa auf allen vieren? Sein eigenes Selbst nahm in der Regel die Gestalt eines sehnigen Kriegers an, wenn er den Hain aufsuchte – ein Krieger wie aus den alten Legenden. Mit langem, dichtem Haar, in das Knochen und Zweige geflochten waren, die Muskeln an Bauch und Brust mit gelbem und grünem Lehm bestrichen, an den Armen ein Netz aus Narben als Beweis der Tapferkeit, mit denen er zahllosen Feinden gegenübergetreten war, um sie im ehrlichen Kampf zu schlagen.

Heute war er jedoch kein Krieger. Er war kleiner. Viel kleiner. Er war nicht einmal ein Halbling. Halblinge hatten nur zwei Paare von Gliedmaßen, nicht drei. Anini blickte an sich herunter. Seine überschüssigen Arme – er hätte sie auch Beine nennen können – zuckten aufgeregt, und zwei dünne, gebogene Stäbe, die aus seiner Stirn wuchsen, wippten ihm vor den Augen. Anstatt ein überraschtes Grunzen von sich zu geben, wie er es in seinem gewohnten Körper getan hätte, klackte er mit seinen Beißwerkzeugen.

In diesem Moment packte Anini ein schrecklicher Verdacht: Die unheimliche Präsenz, die er spürte, hatte ihn nicht nur an einen unbekannten Ort im Hain befördert, sondern sie hatte ihm kraft ihrer unerklärlichen Macht die Gestalt eines Insekts verliehen. Er kam nicht dazu, sich zu fragen, welchen Zweck diese Wesenheit mit ihrem verstörenden Tun verfolgte. Ein dumpfer Schlag – lauter noch als die Schreie aus dem Wald – brachte alles zum Erbeben, gleich darauf folgte ein zweiter, ebenso heftiger. Feine Sprünge wie bei einer Glasscheibe, die zu zerbersten drohte, erschienen am Rand von Aninis Blickfeld und fraßen sich gierig weiter ins Zentrum vor. Der dritte Schlag ließ den Hain und alles, was in ihm war, in einem wirbelnden Sturm aus Splittern vergehen, der durch eine blinde Leere wütete.

Anini fuhr vom Bett hoch. Er war zurück. Zurück in seinem Zimmer, das sich noch einen Wimpernschlag taumelnd um ihn drehte, während sein Geist kurz, aber beharrlich darauf pochte, an den Wahrnehmungen aus dem Hain festzuhalten. Dann war er sicher, dass das Bett ein Bett, der Schrank ein Schrank und die Tür eine Tür war.

Es klopfte.

»Anini?«

Er wuchtete schwerfällig die Beine von der Matratze. »Komme«, krächzte er. Seine Kiefer schmerzten, als hätte er lange und ausgiebig auf etwas sehr, sehr Hartem gekaut, und er hatte einen widerlichen, metallischen Geschmack im Mund.

»Anini?«

»Ja doch!« Was fiel Ekela eigentlich ein, ihn so früh zu wecken? Wie spät war es überhaupt? Das musste doch wohl das Licht der Straßenlaternen sein, das unter den zugezogenen Vorhängen hindurchspitzelte. »Gleich!«

Er schlurfte zum Stuhl, auf dem er seine Uniform vor dem Zubettgehen deponiert hatte – sauber gefaltet, wie es sich gehörte –, und zog seine Hose an. Er schwankte dabei und musste sich mit einer Hand an der Stuhllehne abstützen. Herrlich … Noch dazu stank er unter den Achseln wie ein rolliges Frettchen. Auch unter gewöhnlichen Umständen hatte ein Aufenthalt im Hain eine erschöpfende Wirkung auf ihn, aber es war eine erfreuliche Variante der Erschöpfung, beinahe wie die, die ihn nach einer verrichteten Liebesarbeit in Empfang nahm. Wogegen er nun kämpfte, war eine gänzlich andere Spielart: die keuchende Ermattung eines Lamms, das nach einer dramatischen Hatz den Klauen des Bergparders entgangen war. Und ausgerechnet jetzt stand Ekela vor seiner Tür. Der Laut aus seiner Kehle war halb ein Stöhnen, halb ein Lachen. Hoffentlich hatte sie keine Absichten, die er in seinem derzeitigen Zustand nun wirklich nicht unterstützen konnte. Er streifte sich sein Hemd über – das Zuknöpfen sparte er sich – und wankte zur Tür.

Draußen erwarteten ihn gleißende Helligkeit und Ekela, deren

Miene nicht hätte besorgter ausfallen können, wenn sie ihn mit einer Pfeife Blauflechten in der einen und dem Zapfen eines fetten Zwergs in der anderen Hand in der Rauchstube eines Vergnügungshauses ertappt hätte.

»Was?«, knurrte Anini ungehalten. Es war tatsächlich verfault hell im Gang.

»Entschuldige die Störung«, sagte Ekela. »Ich habe mir nur Sorgen gemacht, weil du nicht pünktlich zu Schichtbeginn im Büro warst. Wir ermitteln in einem Mordfall, und ich dachte –«

»Wie spät ist es?«, blaffte er dazwischen.

Ihre Antwort traf ihn wie ein Schlag in die Magengrube. Das war völlig unmöglich. Wie lange war er im Hain gewesen? Er versuchte, den letzten Abend zu rekonstruieren: Er hatte sich von Ekela vor dem Amt für Straßen- und Bauwerkspflege verabschiedet, wo sie gemeinsam bis zum Ende der Spätschicht die Listen durchgegangen waren, in denen nachzulesen stand, welche Tunnelkriecher an welchen Tagen für welche Vorhaben eingesetzt waren. Dann hatte er sich an der Bar des hoteleigenen Restaurants noch einen Absacker – ein schräges Gebräu aus Taubminze – gegönnt, weil er bereits vor vielen Jahren, als seine Begabung zum ersten Mal bemerkbar geworden war, gelernt hatte, dass Alkohol ihm den Eintritt in den Hain ungemein erleichterte. Nach dem Zwischenspiel an der Bar war er auf sein Zimmer gegangen – er hatte den Fahrstuhl genommen, weil er keine Lust auf die vielen Stufen hatte –, und dort hatte er sich ausgezogen, aufs Bett gelegt und darauf konzentriert, in die andere Wirklichkeit vorzudringen.

Und jetzt war Ekela bei ihm, um ihm mitzuteilen, dass er den Dienstantritt versäumt hatte. Er entschied sich für eine Verteidigung, die irgendwo im weiten, oft bestellten Feld zwischen Wahrheit und Lüge angesiedelt war. »Ich habe schlecht geschlafen.«

»Soll ich unten auf dich warten?« Sie zeigte mit dem braunen Umschlag in ihrer Hand den Gang hinunter zum Fahrstuhl.

»Was ist das?«

»Das?« Ekela drehte den Umschlag so, dass Anini die Siegel des Fernschreibeamts und des Kommissariatsbüros von Stahlstadt erkennen konnte. »Das ist heute Morgen aus Zwerg für dich durchgegeben worden. Ich habe es gleich entschlüsseln lassen.«

»Sehr gut.« Wenigstens eine Sache, auf die Verlass war. Das konnten nur die Ergebnisse des Nachforschungsauftrags sein, den er noch vor seiner Abreise angeordnet hatte. Genau das Richtige, um sich auf andere Gedanken zu bringen. »Nimm es ruhig mit nach unten. Ich lese es auf der Fahrt in die Fischzucht.«

»Verstanden.«

Sie wandte sich zum Gehen und drückte schon den Knopf, um den Fahrstuhl zu holen, als er ihr ein zögerliches »Danke fürs Wecken!« hinterherrief.

»Dreißig Generationen ungebrochene Pflicht!« Sie zwinkerte ihm zu. »Außerdem wollte ich nur sehen, ob der feine Kommissar aus der Hauptstadt sich nicht am Ende ein Kitz aus der Provinz angelacht hat, um mit ihm durch die Federn zu toben.«

Zuchtmeister Nudil Dreher roch nach dem, was unter seiner Obhut in Dutzenden von Becken herangezogen wurde: nach Fisch. Um genau zu sein, roch er nach Schleierkarpfen, und auch die Art, wie er nach jedem Satz den Mund noch einen Augenblick offen stehen ließ, erinnerte Anini an die geschuppten Kreaturen. Er achtete nicht weiter darauf, was der Zuchtmeister vor sich hinplapperte, als sie über eine breite Wendeltreppe tiefer und tiefer unter den Berghang vordrangen. Es interessierte Anini nicht, dass Dreher glaubte, eine Lösung für das Rätsel gefunden zu haben, wie die Fische vor Urzeiten in die warmen, unterirdischen Seen gelangt waren. Was kümmerten ihn Risse in Höhlendecken und von Sturzfluten fortgespülter Laich? Er machte sich mehr Sorgen darüber, wie sein verschlafener Dienstantritt auf Ekela gewirkt hatte. Was hatte sie mit ihrer Bemerkung über Kitze aus der Provinz gemeint? War das ein verschleiertes Angebot gewesen? Als sie vorhin in der Kutsche ihr weiteres Vorgehen in den Zuchthöhlen abgesprochen hatten, hatte sie sich nichts anmerken lassen.

Jetzt jedoch hatte er einen Mörder zu fangen, und er war fest davon überzeugt, dass Zuchtmeister Dreher ihn zu ihm führen würde.

Je tiefer sie kamen, desto wärmer wurde es, und Anini spürte, wie sich unter dem Rand seiner Schirmmütze der Schweiß zu sammeln begann.

Dreher erzählte mit geschwellter Brust etwas von einer neuen automatisierten Fütterungsanlage, die ihm vor Kurzem bewilligt worden war, und einer weiteren Apparatur, mit der man mit einigen Zügen an ein paar Hebeln Futtermischungen verrühren und in passenden Portionen für jede Teichgröße zusammenstellen konnte. Davon wusste Anini bereits. Die Umbauarbeiten, die erforderlich waren, um Platz für die dampfbetriebenen Maschinen zu schaffen, waren schließlich der Grund für seine Anwesenheit. Der gleiche Trupp von Tunnelkriechern, der die Rohre für die Frischwasserzufuhr im Haus erneuert hatte, aus dem Eluki verschwunden war, war inzwischen dem Bauvorhaben hier in der Fischzucht zugeteilt worden.

Als Anini bereits befürchtete, die Treppe könnte erst im feurigen Kern der Erde ein Ende nehmen, kamen sie an ein Stahlschott. Dreher öffnete es routiniert und ließ Anini und Ekela den Vortritt. Von der Galerie aus Gitterrosten, die rings um die Zuchthalle entlang der Höhlenwand verlief, hatten sie einen ausgezeichneten Blick auf das Treiben unter ihnen, das von riesigen, hoch oben an der Decke zwischen den Tropfsteinen angebrachten Gaslaternen erleuchtet wurde.

Es mochte durchaus sein, dass der gesamte Boden der Höhle vor langer Zeit einmal von einem einzigen See bedeckt gewesen war. Davon war jedoch nicht mehr sonderlich viel zu sehen. In der fleißigen Strebsamkeit, für die sie sich rühmten, hatten die Zwerge die Wasserfläche durch das Einziehen Dutzender Querwände in quadratische Teiche unterteilt. Die gemauerten Wälle waren breit genug, dass man darauf auf Rollen montierte Pumpen durch die Gegend schieben konnte, wenn eines der Becken geleert werden musste. Das war zumeist dann der Fall, wenn die »Ernte« anstand und die Karpfen in einem der Becken eine ausreichende Größe erreicht hatten, um als Festtagsgericht für eine vielköpfige Familie durchzugehen. Heute indes waren einige benachbarte Becken in der Mitte der Höhle aus einem anderen Anlass trockengelegt: Hier sollte der Raum für die neuen Anlagen entstehen, von denen Dreher gesprochen hatte. Zehn oder fünfzehn Tunnelkriecher in ihren eng anliegenden Monturen aus dunkelbraunem Leder wuselten durch die erstaunlich flachen Becken. Anini schätzte, dass sie höchstens drei oder vier Platten tief sein konnten, was natürlich trotzdem bedeutete, dass man über Leitern in sie hinabsteigen musste.

Im Moment waren die Tunnelkriecher dabei, Wände und Böden der Becken von den schleimigen Ablagerungen zu säubern, die die Fische dort hinterlassen hatten. Hierzu hatten die Tunnelkriecher Pärchen gebildet: Jeweils einer von ihnen hatte sich eine armlange Druckpatrone auf den Rücken geschnallt und sprühte eine kleinere Fläche mit heißem Wasserdampf ein, während der andere Tunnelkriecher sich danach mit zwei großen Stangenschabern über die behandelte Stelle hermachte.

»Da wären wir«, verkündete Dreher unnötigerweise. Er war entweder zu einfältig oder zu stolz auf seine Zucht, um wegen der Präsenz der Bundessicherheit in seinem Betrieb Unbehagen an den Tag zu legen. »Braucht ihr mich noch?«

»Wir kommen allein zurecht«, sagte Anini. Er nickte Ekela aufmunternd zu. »An die Arbeit!«

Ihre Absprache sah vor, dass sie sich den Tunnelkriechern von zwei Seiten näherten, also wählte Anini eine Stiege an der rechten Seite der Höhle, um hinunter zu den Wällen zu kommen, während Ekela sich an die linke Seite hielt.

Die Schleierkarpfen, die dort mit ihren Schwanz- und Rückenflossen kleine Wellenkämme in das dunkle Wasser zogen, hatten die Größe von Grubenhunden. Einige – angelockt durch die Erschütterungen, die Aninis Schritte auf dem Wall auslösten – durchbrachen die Oberfläche mit ihren Köpfen, um ihn aus weißen, blinden Augen anzustarren und ihre bartelbesäumten Mäuler aufzureißen. Er fragte sich, was sie eigentlich fraßen und ob sie ihn bei einem Sturz ins Becken für einen schmackhaften Leckerbissen halten würden. Nein, das war unwahrscheinlich, denn dann wären die Beckenränder bestimmt mit Geländern gesichert

Irgendwie wäre Anini dies dennoch lieber gewesen. Er war lange genug im Geschäft, um zu bemerken, dass Dreher seine Leute irgendwie über das Erscheinen der Kommissare in Kenntnis gesetzt hatte. Was hatte er vorhin zu der jungen Zwergin gesagt, die im Vorzimmer seines Büros gesessen hatte? »Sieh zu, dass sich unsere Gäste bei uns wohlfühlen.« War das das Signal gewesen, hier unten Bescheid zu geben, dass die Bundessicherheit im Anmarsch war?

Jedenfalls hatte er deutlich den Eindruck, dass die Arbeiter auf den Wällen alles daransetzten, damit möglichst viel Zeit verstrich, bis er die leer gepumpten Becken erreichte. Mal schleppten sie zu zweit einen Futterkorb, der auch für einen einzelnen Zwerg mühelos zu transportieren gewesen wäre, um ihm den Weg zu versperren; mal schoben sie von einer nahen Kreuzung der Wälle aus eine Pumpe in seine Richtung, sodass er sich gezwungen sah, einen kurzen Umweg zu gehen; andere, die ihm entgegenkamen, warteten ab, auf welche Seite des Walls er ausweichen wollte, nur um dann scheinbar zufällig auch auf genau diese Seite zu wechseln. Es war eine stille Form des Protests, die ihm auch bei früheren Einsätzen bereits begegnet war, und er wusste, dass dieser Widerstand sich nur verhärten würde, wenn er sich seine Verärgerung darüber anmerken ließ.

Folglich entschied er sich, seine Aufmerksamkeit ganz auf sein Ziel zu richten, und wurde Zeuge einer sonderbaren Szene: Ein Tunnelkriecher mit Patrone auf dem Rücken kletterte aus einem der leeren Becken, dicht gefolgt von seinem Partner. Dieser hatte seine Stangenschaber offenbar am Boden des Beckens zurückgelassen, denn er redete, nachdem er oben angekommen war, wild gestikulierend auf den anderen ein. Der Gescholtene – glatzköpfig wie die meisten Vertreter seines Berufsstandes – winkte barsch ab und hastete davon.

Konnte es sein, dass es der Verdächtige Anini so leicht machte? Durchaus, denn es war nicht ungewöhnlich, dass ein Verbrecher beim Anblick eines herannahenden Kommissars die Nerven verlor.

Anini sah sich nach Ekela um. Er erspähte sie sechs oder sieben Wälle weiter links, wo sie in ein Streitgespräch mit zwei Pumpenschiebern verwickelt war. Die beiden zeigten abwechselnd auf eine der Achsen des Pumpenwagens, um ebenso abwechselnd in die uralte Haltung mit halb gehobenen Händen zu verfallen, mit der man jegliche Schuld für ein Missgeschick von sich wies.

Das war nicht weiter schlimm. Im Gegenteil. Es konnte sein Ansehen bei Ekela wieder steigern, wenn er den Verdächtigen allein stellte. Wo war der Kerl nun? Ah, dort drüben. Er hielt auf eine der Stiegen auf die Galerie am gegenüberliegenden Ende der Zuchthalle zu.

Ganz auf seine Eingebung vertrauend, schlug Anini einen neuen Kurs ein, der ihn statt zu den leer gepumpten Becken zur nächsten Stiege führte. Er hastete die Gitterroststufen hinauf – zwei auf einmal, beide Hände am Geländer – und sah, wie der Tunnelkriecher durch eines von mehreren Portalen im Gestein verschwand. Jetzt war Eile angesagt.

Anini erreichte das Portal, stürzte hindurch und fluchte: »Eselsrotz!« Der Raum hinter dem Durchgang war zwar nicht stockfinster, weil ein wenig Gaslicht durch das Halbrund des Eingangs fiel, aber es war dennoch viel zu dunkel, um auf Anhieb Einzelheiten zu erkennen. Die verfaulten Bergzwerge und ihr verfaulter Blick! Der Flüchtige hatte sicher keinerlei Probleme, sich in diesem Halbdunkel zurechtzufinden, während Aninis Augen Zeit brauchten, um sich an die Verhältnisse zu gewöhnen. Zeit, die er nicht hatte.

Er nahm sein Feuerzeug, zündete es an und ging vorsichtig weiter. Das tanzende Flämmchen bewahrte ihn davor, gegen den Rand eines großen, steinernen Bassins zu prallen, in dem sachte tintenschwarzes Wasser schwappte. Er tastete sich am Rand entlang tiefer in den Raum und entdeckte zwei Fässer ohne Deckel. Es hätte ihn nicht gewundert, in einem von ihnen den Tunnelkriecher zu finden. Verzweiflung und Angst waren in der Regel schlechte Ratgeber. Zu seiner Enttäuschung stieß er nur auf Fischfutter – eine Mischung aus graugelben Flocken und grünen Kügelchen, die nach getrocknetem Tang stanken.

Es plätscherte leise hinter ihm, und Anini drehte den Kopf ein Stück zur Seite. Der Schlag traf ihn an der Schläfe, und gleißende Sterne explodierten vor seinen Augen. Er glaubte, ein metallisches Klirren zu hören, und fühlte etwas Schweres gegen seine Knöchel rollen. Dann verlor er den Boden unter den Füßen, weil ihn zwei kräftige Hände an den Schultern packten und in die Höhe rissen. Er wurde herumgeschleudert, und schon tauchte er in ein warmes Nass ein, das ihm in Mund und Nase drang. Er presste instinktiv die Lippen zusammen, aber etwas Winziges, das auf seiner Zunge zu zappeln begann, ließ ihn würgen, und er saugte noch mehr Wasser in seinen Rachen. Sein Rücken wurde gegen harten Fels gedrückt und die letzte Luft aus den Lungen gequetscht.

Der Schmerz in seiner Schläfe war bei Weitem nicht so schlimm wie die grauenhafte Erkenntnis, die ihm seine Panik eingab: Er war auf eine einfache List hereingefallen, und er würde seine Dummheit mit dem Leben bezahlen.

Aufbäumend schlug er nach dem Tunnelkriecher, der im Becken auf ihn gelauert hatte, doch Anini war von dem Treffer mit der Druckpatrone zu benommen, als dass seine Hiebe Wirkung zeigten. Aus. Vorbei. Halt! Da war noch sein Dolch! Nein, das war eine vergebliche Hoffnung! Warum nur musste er die Waffe auch unter dem Hemd tragen? Er würde niemals rechtzeitig an die Klinge kommen …

Die Hände des Zwergs, die sich in seine Schultern gekrallt hatten, zuckten so heftig, dass es Anini sogar durch das Leder seines Mantels deutlich spürte. Der Leib des Tunnelkriechers sank ihm entgegen, merkwürdig leicht und sanft, als glitte er in ein wohliges Bad. Die raue, stoppelige Wange des Zwergs kam kurz auf Aninis eigener Wange zum Liegen, wie ein Ausdruck völlig unangebrachter Zuneigung. Einen Augenblick später wurde die Last von ihm genommen, und sein Überlebenswille erwachte. Er zog die Beine an, stemmte sie gegen den Fels und nutzte den natürlichen Auftrieb des Wassers, um sich in die Höhe zu stemmen, die Arme suchend nach dem Rand des Beckens ausgestreckt. Da! Nun brauchte er sich nur noch hochzuziehen.

Luft! Er bekam wieder Luft! Er hustete und spuckte. Seine ganze Brust brannte von innen, als hätte ihm jemand kochendes Öl in die Nase gekippt.

»Ganz ruhig«, hörte er eine Stimme laut auf sich einreden. »Er ist tot.«

Er wuchtete sich über den Beckenrand und plumpste vor ein Paar Stiefel, wie er sie selbst an den Füßen hatte. Ekela half ihm mit einer Hand auf die Beine, und während einer kurzen Pause in seinem mittlerweile trockenen Würgen sah er etwas im Wasser treiben, das er im ersten Moment für einen Sack Rüben hielt.

»Wie?«, keuchte er. »Wie hast du …?«

Er erkannte das trockene Klacken, das ihrer Antwort vorausging, weil er es schon Hunderte, wenn nicht gar Tausende Male gehört hatte. So klang nur die Sicherung einer Natter. »Mit einem Bolzen im Nacken ist schlecht Kommissare ersäufen.«

Dreck fühlte sich im Dreck wohl. Kein anständiger Bürger hätte sich jemals in die heruntergekommene Wirtschaft verirrt, vor der die Fahrerin die Kutsche angehalten hatte. Neben dem Eingang stand ein Klappschild im Nieselregen, und die Feuchtigkeit hatte zu viel von der Kreide verwischt, um noch zu entziffern, womit man sich im *Heißen Stein* den Magen verderben konnte. Zum Glück waren Anini und Ekela nicht zum Essen hier.

Die beiden Zwerge in den Lederjacken, die unter der ausgebleichten, ehedem wohl grünen Markise herumlungerten, nahmen eine bedrohliche Haltung an, mit der sie den Pöbel, der in diesem Loch verkehrte, vermutlich das Fürchten lehrten.

Als Anini aus der Kutsche stieg, setzte der eine – der jüngere von beiden, dessen Oberlippe ein hasenköttelgroßes Muttermal zierte – doch tatsächlich ein abfälliges Grinsen auf. »Schau an, hoher Besuch.«

Der ältere, der mit der dümmlichen Fresse eines Hammels geschlagen war, war offenkundig nicht ganz so degeneriert, wie er aussah, denn er begnügte sich mit einem doofen Stieren.

Das sprechende Muttermal wagte es dann auch, den Weg durch die Tür zu versperren und zu fragen: »Dürfte ich eure Ausweise sehen?« Der Zwerg grinste noch breiter. »Einen grünen Mantel kann ja schließlich jeder Arschpickel kaufen.«

Wäre er bei Laune gewesen, hätte sich Anini womöglich auf ein albernes Spielchen eingelassen. Er hatte allerdings so schlechte Laune wie seit Langem nicht mehr. Die Befragungen der restlichen Tunnelkriecher in den Zuchthöhlen hatte er Ekela überlassen, um in sein Hotel zurückzufahren und seine nasse Uniform gegen die trockene aus seinem Koffer zu tauschen. Dabei war ihm ein toter Karpfenschlüpfling aus der Hose gerutscht, und beim Anblick des schlüpfrigen Dings war ihm speiübel geworden. Zweimal hatte er gekotzt wie ein Reiher, und er hasste es, sich zu übergeben. Beinahe ebenso sehr, wie er es hasste, um ein Haar hier in der Provinz von einem verfaulten Tunnelkriecher ersäuft worden zu sein. Nein, er war wirklich nicht bei bester Laune.

Er zückte seine Natter und drückte dem sprechenden Muttermal, dem das Grinsen jäh verging, den schussbereiten Bolzen von unten gegen die Nasenspitze. »Die habe ich einem Trödler gestohlen«, zischte er höhnisch und zerrte den Klapperkopf beiseite.

Das Innere des *Heißen Steins* hielt alles, was das Äußere versprach: Dreck. Die Luft war hochschwanger vor altem Fett und kaltem Zigarettenrauch. Von dem, was auf der namensgebenden Felsplatte zubereitet worden war, hätte Anini selbst dann nichts gekostet, wenn der Leiter des örtlichen Amts für Bewirtungssauberkeit ihm höchstpersönlich die Unbedenklichkeit bestätigt hätte.

»Wir suchen Bibet Darmwäscher«, herrschte Anini den selbst für einen Zwerg aus der Unterschicht immens fetten Koch an.

»Da kommt man nichtsahnend vom Scheißen und schon hat man es wieder mit Kacke zu tun«, grollte der Graubart, der gerade durch eine Schwingtür im hinteren Teil der Gaststube trat und in aller Ruhe Platz auf einer Eckbank nahm. »Wofür bezahle ich euch überhaupt?«, rief er Muttermal und Hammelgesicht zu, die Anini und Ekela in den Schankraum nachgelaufen waren. »Jetzt braucht ihr hier auch nicht mehr rumzustehen. Packt euch!«

Eines musste Anini dem Freibündleroberhaupt – wer sonst würde sich einen solchen Ton erlauben? – lassen: Er hatte die beiden Affen gut abgerichtet. Ohne Murren, aber mit betretenen Mienen kehrten sie auf ihren Wachposten zurück.

»Eine seltene Ehre«, brummte Darmwäscher seinen ungebetenen Gästen entgegen. »Darf ich euch auf eine Kleinigkeit einladen?« Er reckte sein bärtiges Kinn in Richtung des Kochs. »Kidad hat einen hervorragenden Schleierkarpfen gekauft. Zerläuft auf der Zunge wie Butter.«

»Danke, für heute habe ich genug von Fischen«, erwiderte Anini. Dieser Bündler war schlau, und es war mit Sicherheit nicht seine erste Begegnung mit der Bundessicherheit. Er kannte anscheinend die Strategien, die man als Kommissar wählte, um einen Befragten zu verunsichern. Da er die Wand im Rücken hatte, war es Ekela unmöglich, hinter ihm Aufstellung zu nehmen. Sei's drum. Anini hatte schon aus stachligeren Büschen Beeren gepflückt. »Kennst du einen Rogag Stollengräber?«

»Ich kenne eine Menge Leute.« Darmwäscher nahm einen tiefen Schluck aus dem Humpen, der vor ihm auf dem Tisch stand, wischte sich den Schaum vom Bart und zuckte mit den breiten Schultern, hinter denen sich ein Rotkammbär hätte verstecken können. »Aber ich merke mir nicht alle Namen und Gesichter.« Er tippte sich an die Stirn. »In dieser Höhle ist nicht genug Platz für jeden Schutt.«

»Rogag ist ein Tunnelkriecher«, sagte Anini und hielt eine wichtige Neuigkeit über Rogags derzeitige Verfassung absichtlich zurück. »Man hat uns zugetragen, dass die Tunnelkriecher dieser Stadt alle nach deiner Pfeife tanzen.«

»Das mag durchaus sein.« Darmwäscher bleckte seine schartigen, von zu viel Hartbrot stumpf geriebenen Zähne. »Ich bin eben ein Zwerg mit vielen Freunden. Es gibt viele, die sich an mich wenden, wenn ihnen etwas auf dem Herzen liegt. Ich kann mich einfach nicht dagegen wehren. Es liegt wahrscheinlich an meiner offenen, liebenswürdigen Art und meiner bedingungslosen Hilfsbereitschaft.«

»Deine Hilfe ist Rogag Stollengräber nicht gut bekommen«, schnarrte Ekela. »Er ist tot.«

Am liebsten hätte Anini sie für diesen Vorstoß geohrfeigt, aber er riss sich zusammen. Immerhin hatte sie ihm vorhin das Leben gerettet, und eine körperliche Rüge – noch dazu vor einem Zeugen wie Bibet Darmwäscher – wäre ein merkwürdiger Dank gewesen.

»Wie bedauerlich, dass dieser Tunnelkriecher seinen letzten Furz getan hat.« In Darmwäschers Stimme war von Bedauern keine Spur, eher eine leise, unterschwellige Erleichterung. »Doch ihr seid nicht hier, um mir eine Trauerkarte zu überreichen. Was wollt ihr von mir?«

»Ich will ehrlich zu dir sein«, sagte Anini. Nach Ekelas unbeholfener Offensive war ein Taktikwechsel dringend erforderlich. »Es hat vor einigen Tagen einen Mord an einer hochrangigen Beamtin gegeben, die anlässlich einer Familienfeier in der Stadt war.«

»Verstehe. Deshalb seid ihr so in Wallung«, meinte Darmwäscher nickend. Er kippte den Humpen schräg und schaute hinein. »Aber ist der Fall für euch nicht schon geklärt? Jetzt, wo dieser Rogag nur noch Rübendünger ist? Er ist bestimmt nicht einfach so tot umgefallen, oder irre ich mich da?«

Mit drei schnellen Schritten war Ekela an Anini vorbei und stützte die Fäuste auf Darmwäschers Tisch. »Du irrst dich nicht. Aber wann der Fall geklärt ist, bleibt allein unsere Entscheidung. Die werden wir erst treffen, wenn wir zweifelsfrei ausschließen können, dass Rogag einen Auftraggeber hatte.«

»Ekela! Es reicht!«, rief Anini seine Gehilfin zur Ordnung. Er packte ihren Mantelkragen und zog sie von dem Freibündler zurück. Was sollte das bloß?

»Ich will ehrlich zu euch sein«, sagte Darmwäscher amüsiert. »Ja, ich kenne Rogag. Zu behaupten, er hätte sich immer an alle eure Gesetze gehalten, wäre so, als würde ich euch weismachen wollen, der Arsch einer Ziege duftete nach Rosen. Aber er arbeitete größtenteils auf eigene Rechnung.«

»Größtenteils?«, fragte Anini und gestattete Ekela, sich aus seinem Griff zu winden.

»Gut, ab und an habe ich ihm Kundschaft vermittelt«, räumte Darmwäscher ein. »Doch daraus könnt ihr mir keinen Strick drehen. Man beklagt sich doch auch nicht beim Schleifer, wenn man sich mit einem Messer in den Finger schneidet.«

»Kundschaft?«, höhnte Ekela. »So wie den Menschen mit dem Gewehr, den er vor einiger Zeit durch die Tunnel geführt hat?«

Anini holte zu der Ohrfeige aus, die er Ekela bereits um einiges früher hätte verpassen sollen, doch er hielt in der Bewegung inne, weil etwas völlig Unerwartetes geschah: Für einen flüchtigen Wimpernschlag fiel Darmwäschers Maske der belustigten Gelassenheit von ihm ab. Seine Nasenflügel zuckten, und er umklammerte den Humpen so fest, dass seine Knöchel sich in blassem Weiß durch die dicke, haarige Haut seiner Pranke abzeichneten. Dann setzte er den Humpen zu einem weiteren Zug an, um anschließend mit einem Lächeln, das seine Augen nicht erreichte, zu fragen: »Ich soll einem nichtsnutzigen Langbein geholfen haben? Wer erzählt denn so einen Schutt?«

»Die anderen Tunnelkriecher zeigten eine bedingungslose Hilfsbereitschaft«, sagte Ekela voll triumphierendem Spott. »Das mag an meiner offenen, liebenswürdigen Art liegen.«

Anini runzelte die Stirn. Verfolgte Ekela mit ihren Provokationen am Ende einen eigenen Plan, über den sie ihn nicht in Kenntnis gesetzt hatte? Er musste sich eingestehen, dass sie immerhin ein verwertbares Ergebnis erreicht hatte: Bibet Darmwäscher war beileibe nicht von einer derart großen Selbstsicherheit erfüllt, wie er sie ihnen vorzugaukeln versuchte. Trotzdem wäre es töricht gewesen, den Bären weiter mit der Dornenranke zu peitschen, wenn man ihm genauso gut einen Topf Honig unter die Schnauze halten konnte. »Nehmen wir an, ich wäre bereit zu glauben, dass du den Mord nicht in Auftrag gegeben hast. Dann läge ich dennoch sicherlich nicht falsch, wenn ich davon ausginge, dass du mir ein paar Namen von weniger unbescholtenen Bürgern nennen könntest. Es soll auch nicht zu deinem Schaden sein. Ich könnte den Suchern empfehlen, in Zukunft deinen Geschäften weniger Aufmerksamkeit zu schenken als denen deiner Mitbewerber. Du weißt doch, dass man besser an die süßesten Früchte an den höchsten Ästen kommt, wenn einer dem anderen auf die Schultern steigt.«

»Gib dir keine Mühe.« Gelangweilt winkte Darmwäscher ab. »Kein vernünftiger Zwerg in meinem Arbeitsfeld trifft noch Abmachungen wie die, die du vorschlägst. Nicht seit dem Verrat von Amboss.«

»Welcher Verrat?«

»Einem Freund von mir wurde dort von einem Sucher versichert, dass sein Haus fünfundsiebzig Tage Ruhe vor voreiligen Nachstellungen hätte«, erzählte Darmwäscher. »Und was soll ich sagen? Fünf Tage nach der Abmachung fallen die Sucher bei ihm ein. Als mein Freund ihnen mitteilte, dass er mit einem der ihren ins Geschäft gekommen war, lachten sie ihn aus und meinten, dieser Sucher wäre gar kein Sucher mehr. Das bedeutet für mich, dass ich keinen Handel mit dir eingehen kann, weil ich nicht weiß, wie lange du noch den Mantel eines Kommissars trägst.«

Anini hatte einen begründeten Verdacht, welcher ehemalige Sucher aus Amboss es gewesen war, der einem Freibündler falsche Versprechungen gemacht hatte. Wie viel Unheil hatte dieser verfaulte Garep Schmied noch angerichtet, von dem er bislang nichts wusste?

»Doch ich will mal nicht so sein«, fuhr der Graubart fort. »Ich sage dir Folgendes: Weder ich noch jemand, den ich zu meinen Freunden zähle, hat mit diesem Mord etwas zu tun. Und ich hätte davon erfahren, wenn jemand so etwas vorgehabt hätte. So sicher, wie ein Schwein blutet, wenn man es absticht. Darauf gebe ich dir mein Ehrenwort.«

Als wäre sie eine Darstellerin auf der Bühne eines Schauspielhauses, die zu ungeduldig auf ihren Einsatz wartete, redete Ekela schon los, bevor Darmwäscher seinen Satz beendet hatte. »Dein Ehrenwort?« Ihr Lachen klang beinahe, als würde sie einen Klumpen Rotz ausspucken. »Das soll uns genügen? Das soll dich davor schützen, dass wir dich zu einem ordentlichen Verhör mitnehmen?«

Darmwäscher nahm Anini die Aufgabe ab, Ekela für ihr Gebaren zu rügen, und er wählte dafür ein Mittel, das noch schmerzhafter war als rohe Gewalt: Häme. »Wie ich sehe, hast du noch keine Eicheln auf dem Mantel. Das merkt man. Du bist zu jung und hast noch viel zu lernen. Dein Kollege hingegen hat genügend Falten am Hintern, um zu verstehen, weshalb ich mir nicht in die Hosen scheiße.«

»Und weshalb nicht?«, schleuderte ihm Ekela trotzig entgegen.

»Weil es Wahnsinn wäre«, antwortete Darmwäscher ruhig. »Weil im Hafen und am Bahnhof sämtliche Stauer alles stehen und liegen lassen, sobald sie hören, dass ihr mich fortgeholt habt. Wer weiß? Mit etwas Pech erlischt in den Stahlfabriken sogar die Glut der Essen, weil sich so viele Arbeiter um mein Wohlergehen sorgen. Und wenn sich der Bund zurzeit eines nicht leisten kann, dann ist es, dass aus Stahlstadt kein Stahl mehr geliefert wird.«

Aus den Augenwinkeln beobachtete Anini, wie Ekelas Gesicht lang und länger wurde. »Du hast vollkommen recht«, wandte er sich an den Bündler. Er musste unbedingt retten, was noch zu retten war. »Sie ist nur eine Gehilfin, deren Wort keinerlei Gewicht besitzt. Stör dich nicht an ihrer Unerfahrenheit.«

»Eifer ist eine wichtige Tugend, die man belohnen sollte«, sagte Darmwäscher mit allem widerlichen Großmut, den er sich dank Ekelas Fehltritt leisten konnte. »Daher bin ich bereit, euch ein wenig unter die Arme zu greifen. Wir brauchen uns doch nichts vorzumachen, wem wir es zu verdanken haben, dass die alte Ordnung, auf die wir uns so lange verlassen konnten, ins Wanken geraten ist. Bevor die dürren Langbeine sich an unseren Tischen die Bäuche vollschlugen, zählte es noch etwas, wenn ein Kommissar und jemand wie ich zu einer Übereinkunft gelangten. Die Menschen haben alles durcheinandergebracht, mit ihrem Hang zur Zwietracht und den Fehden, die sie in unsere Heimat getragen haben.«

»Worauf willst du hinaus?«, fragte Anini.

»Es kann durchaus sein, dass Rogag diese Beamtin auf dem Gewissen hat.« Behutsam strich Darmwäscher sich durch den schlohweißen Bart. »Und er war es nicht allein, denn dazu war er zu dumm. Die Sorte Zwerg, die selbst den eigenen Sack nur dann findet, wenn man ihr kräftig zwischen die Beine haut. Dumm genug, um sich mit Menschen einzulassen. Es würde mich nicht überraschen, wenn ihr euren Mörder findet, indem ihr nach dem Langbein mit dem Gewehr sucht. Ich habe mir sagen lassen, dass er ganz besonders zur Gewalt neigt. Stellt besser diesem irren Götzenanbeter nach anstatt mir und meinen Freunden.«

Der Freibündler sprach etwas an, das Anini bereits umtrieb, seit er von Awoho nach Stahlstadt geschickt worden war. Es war nie geklärt worden, wer für den tödlichen Angriff auf einen zwergischen Forscher verantwortlich war, der daran arbeitete, den vergessenen Gaben der Halblinge neues Leben einzuhauchen – ein tödlicher Angriff, der zeitgleich mit der angeblichen Flucht Garep Schmieds in die Zerrissenen Reiche der Menschen stattgefunden hatte. Anini war lange genug im Geschäft, um nicht mehr an Zufälle zu glauben, denn mehr als einmal war es seine Aufgabe gewesen, die Resultate genau durchdachter Pläne für Außenstehende als Wirken des Schicksals darzustellen. Andererseits ... »Der Mord gibt mir leider keinen rechten Anlass, einen Menschen zu verdächtigen.«

»Wie das?« Misstrauisch schaute ihn Darmwäscher unter zusammengezogenen Brauen an. »Was ist an diesem Mord so besonders, dass du ihn ausgerechnet mir an die Jacke heften willst?«

»Der Zustand des Opfers«, sagte Anini wahrheitsgemäß. »Man hat ihm die Augen ausgestochen, die Hände abgeschlagen, die Zunge aus dem Mund und das Herz aus der Brust geschnitten. Das war ein wenig zu übereifrig, um von einem gewöhnlichen Mord auszugehen, wie er jeden Tag im Bund begangen wird.« Gern hätte sich Anini eine Zigarette angesteckt, um seine Erläuterungen noch beiläufiger erscheinen zu lassen, aber sein Feuerzeug lag irgendwo in dem Brutbecken, in dem er beinahe zu Tode gekommen wäre. »Ich habe entsprechende Nachforschungen anstellen lassen, noch bevor ich hierher in dieses Nest gekommen bin. Im Grunde brauche ich dir die Ergebnisse, die mich heute erst erreichten, gar nicht zu schildern, aber ich will es trotzdem tun.« Er warf einen Seitenblick auf Ekela. »Wie wir schon sagten, meine Gehilfin hat noch viel zu lernen. Beispielsweise wie die Freien Arbeiterbünde in ihrer Gründungszeit all diejenigen bestraften, die sie für Verräter am zwergischen Volk hielten. Soll ich weitermachen?«

»Der Zwerg, der dem Zwerg aus der Sippe schadet, um seinen eigenen Vorteil zu mehren, büßt die Augen ein, auf dass er blind werde für die Liebe unter den Seinen«, raunte Darmwäscher. »Er verliert die Hände, auf dass er kein schmutziges Werk mehr verrichte. Es kostet ihn die Zunge, auf dass seine Lügen für immer verstummen. Esst sein Herz, auf dass sein Geist verschlungen sei.«

»Du siehst gewiss ein, weshalb ich mich schwertue, nach einem Menschen zu fahnden«, sagte Anini.

Der Bündler schwieg lange und betrachtete nachdenklich einen Punkt, der irgendwo über Anini an der Decke lag. Er mahlte mit den

Kiefern, und nach und nach gab sein immer schwerer werdendes Atmen preis, was seine Miene verbarg: In ihm erwachte ein dumpfer Zorn. »Bei der Spalte meiner Mutter, ich habe dir mein Ehrenwort gegeben!«, brach es schließlich donnernd aus ihm hervor, und er fegte den Humpen vom Tisch. »Mein Ehrenwort!«

Der Koch wuselte trotz seiner Leibesfülle erstaunlich flink mit einem Kehrblech und einem Handbesen hinter dem Tresen hervor und begann, die Scherben aufzufegen.

»Seht ihr nicht, was hier gespielt wird?«, brüllte Darmwäscher aus vollem Hals. »Jeder, der ein Buch aufschlagen kann, kann nachlesen, wie wir Verräter bestrafen. Das ist noch lange kein Beweis für gar nichts. Ihr Grünmäntel seid so sehr daran gewöhnt, an den Strippen anderer zu ziehen, dass ihr nicht einmal mehr merkt, wenn jemand an euren zerrt. Was habe ich mit einer verdellten Beamtin zu schaffen, die auf Besuch in der Stadt ist? Wie könnte sie eine Verräterin an meiner Sippe sein? Sie ist von eurem Volk, nicht von meinem. Erkennt ihr etwa nicht, dass hier jemand versucht, mein Haus zu schmähen, damit ihr an meine Tür kommt?«

Anini wartete, bis die Adern an Darmwäschers Schläfen abgeschwollen waren und der Koch mit gut gefülltem Kehrblech wieder den Rückzug antrat, und wählte dann bewusst einen leisen Ton für seine nächsten Fragen. Die Möglichkeit, die ihm der Bündler aufzeigte, war eine beunruhigende, doch das schmälerte ihre Verankerung in der Wirklichkeit nicht. »Wer könnte daran Interesse haben, dass wir dich eines Mordes bezichtigen? Ein anderer Freibund?«

»Kein Bündler würde euch als Hammer nutzen, um einen anderen Bündler zu zerschmettern«, sagte Darmwäscher finster. »Wisst ihr auch, weshalb? Weil es Verrat wäre, und der Preis dafür ist euch doch nun bekannt.«

»Wer dann?«, wollte Ekela wissen.

»Oh, die Gehilfin hat ihre Zunge wieder«, knurrte der Graubart. »Genügt es dir nicht, einmal am Tag übers Knie gelegt zu werden wie ein aufmüpfiger Kiesel?«

»Kommt ganz darauf an von wem«, gab Ekela zurück.

»Ich habe euch gesagt, nach wem ihr suchen müsst.« Darmwäscher klatschte eine laute Bekräftigungsgeste. »Nach einem Menschen. Nur ein Langschädel könnte so verschlagen sein.«

»Etwa der, den du an Rogag vermittelt hast?«, erkundigte sich Anini.

»Ich habe nicht gelogen. Er war irr. Er hat mir Sprengpulver unter diesen Tisch gekippt und gedroht, es zu zünden, wenn ich ihm niemanden zeige, der ihn durch die Tunnel führt.« Er zeigte auf den Koch. »Kidad kann es bezeugen, wenn ihr wollt. Dieser Kerl war zu allem fähig.«

»Du bist in deinen Anschuldigungen sehr hartnäckig«, stellte Anini fest. »Nur weil er dich bedroht, macht das noch lange keinen Mörder aus ihm.«

»Kann sein, aber ich weiß, dass er jemanden umgebracht hat. Zwar nicht eure Beamtin, aber ein Mörder ist dieser Mensch allemal.«

»Und wen hat er umgebracht?«

Die Antwort des Freibündlers überzeugte Anini endgültig davon, dass nur solche an das Schicksal glauben konnten, die nicht über die nötige Macht verfügten, sich ihrer Feinde durch Zufälle zu entledigen.

9

»Ich habe nicht viel Zeit für dich.« Das war eine maßlose Untertreibung. Eigentlich hatte Karu gar keine Zeit für ein Gespräch mit der Besucherin, die unangekündigt im Hause Darmwäscher erschienen war, um sich nun locker und ungezwungen in einen Sessel zu fläzen, als schaute sie jeden Tag bei einem mächtigen Freibündler vorbei.

»Das ist höchst bedauerlich«, sagte Fabrikleiterin Schreiber. Sie ließ ihren runden Kopf zwischen den Schultern hin und her rollen. »Hast du noch etwas vor? So spät am Abend? Geschäfte?«

Karu sah davon ab, ihrer Verbündeten reinen Wein einzuschenken. Sie war zu aufgewühlt für langatmige Erklärungen. »Nein, keine Geschäfte. Eine Privatangelegenheit.«

»Ich verstehe.« Schreiber nickte wissend. »Eine Privatangelegenheit.« Sie zeigte auf den Beistelltisch der Polstersitzgruppe, auf dem drei Dutzend winziger, steinerner Quader zu einem wackelig wirkenden Türmchen aufgestapelt waren. »Ist es eine Runde Baumeister? Dann wünsche ich dir eine sichere Hand. Was ist der Einsatz? Was musst du tun, wenn du den Einsturz verursachst?« Sie grinste herablassend. »Halt! Sag nichts! Du bist mir keine Rechenschaft schuldig. Wir sind doch unter Freunden.« Suchend blickte sie sich um. »Wo steckt Rinul?«

Darauf hatte Karu keine Antwort. Rinul hatte alles versucht, um sie von ihrem Vorhaben abzubringen. Zuerst hatte er ihr unter Zuhilfenahme vernünftiger Argumente versichert, sie müsste sich Bibets Willen nicht beugen und sich dem Aufnahmeritual in dessen Freibund unterziehen. Selbst wenn Bibet das Wagnis eingegangen wäre, sie aus dem Haus zu werfen und damit den Zorn von Rinuls Vater auf sich zu ziehen, hatte der alte Plattenstemmer noch genügend andere Bekannte, bei denen Rinul und sie Unterschlupf finden konnten. Als Karu sich diesen Argumenten verweigert hatte, war

Rinul über ein zorniges Einfordern von Einsicht schließlich zu einem flehentlichen Bitten übergegangen. Das Ritual war nicht ungefährlich, und er konnte den Gedanken daran, dass ihr etwas zustoßen könnte, einfach nicht ertragen. Ganz am Ende ihres langen Streits hatte er sie nur noch traurig und schweigend angesehen, um dann plötzlich aufzuspringen und aus dem Zimmer zu stürmen. Karu hatte ihr schlechtes Gewissen ihrem Geliebten gegenüber dadurch im Zaum gehalten, dass sie der Aufforderung Bibets nachgekommen war und alles, was sie an eigenem Besitz in sein Haus gebracht hatte, in einer kleinen Kiste verstaute. Gagek hatte ihr die Kiste gebracht, ebenso wie das enge schwarze Hemd und die noch viel engere Hose, in der sie nun vor Schreiber stand und in der sie sich äußerst unwohl fühlte. Gagek war es auch gewesen, der sie über Schreibers unerwartetes Erscheinen in Kenntnis gesetzt hatte. Nach einem elendigen Tanz aus Zurückweisungen und Beharren war ihr Einlass in Darmwäschers Domizil gewährt worden. »Rinul ist nicht hier«, sagte Karu und sparte sich den Zusatz »Und ich weiß nicht einmal, ob er jemals wieder zurückkommt.« Stattdessen fügte sie an: »Du wirst mit mir allein vorliebnehmen müssen, Fabrikleiterin Schreiber.«

»Warum so förmlich?«, gluckste Schreiber. »In unserem Kampf für die gute Sache sind wir alle gleich.« Sie deutete eine Verbeugung an. »Ich bin Gesi.«

In ihrem alten Leben hätte Karu das getan, was die Traditionen der zwergischen Höflichkeit von ihr verlangten, und sie hätte Schreibers Hände ergriffen, um einen Pakt der vertrauten Achtung zu besiegeln. Doch sie war im Begriff, in dieser Nacht ein weiteres Mal ein völlig neues Leben zu beginnen, weshalb sie nur fragte: »Was führt dich zu mir, Gesi?«

Schreiber richtete sich in ihrem Sessel auf. Ein süßlicher Geruch wie von angefaultem Obst wehte zu Karu herüber. Sie kannte diesen Geruch, aber sie konnte nicht genau sagen, woher, und der Redeschwall, der aus Schreibers breitem Mund hervorbrach, hinderte sie daran, länger darüber nachzudenken. »Weshalb bin ich wohl hier? Aus reiner Nettigkeit? Nein, selbstverständlich nicht. Ich bin hier, weil ich mit dir über den Verräter sprechen will, den wir unter uns haben. Wo ist Rinul noch gleich? Ach, das tut nichts zur Sache. Ihr seid es nicht.« Sie beugte sich nach vorne und schnippte gegen einen der untersten Quader des Türmchens auf dem Tisch. Sie lachte begeistert, als das kleine Bauwerk in sich zusammenfiel. »Hoppla! Nein, so zerrüttet ist unser Volk noch nicht, dass die Bündler mit den Kommissaren gemeinsame Sache machen.« Sie lehnte sich wieder zurück und spielte versonnen an den Perlen herum, mit denen die Brusttasche ihrer Jacke bestickt war. »Ich hätte mich besser auf dieses Gespräch vorbereiten sollen, aber es war leider nicht geplant. Ich bin nur einer Eingebung gefolgt.« Sie klappte die Handtasche auf, die sie neben sich auf der Sessellehne abgestellt hatte. »Stört es dich, wenn ich rauche?«

Karu schüttelte verblüfft den Kopf. Was sollte dieser Auftritt?

»Gut, sehr gut«, fuhr Schreiber fort und zündete sich eine ihrer langen, dünnen Zigaretten an. »Du musst wissen, dass ich nur zufällig in der Gegend war und mir dann einfiel, dass ihr ja hier zu finden seid. Also sagte ich mir: ›Gesi, du solltest ihnen unbedingt erzählen, welches Licht dir gerade aufgegangen ist. Das kann unmöglich bis zum nächsten Treffen warten.‹« Sie nahm einen Aschenbecher vom Tisch und legte ihn sich umständlich in den Schoß. »Tut mir leid wegen des Turms. Aber so bin ich nun einmal. Schon immer. Es macht am meisten Spaß, ihn endlich einstürzen zu sehen, nicht wahr?«

»Das ist nicht die Gegend, wo man jemanden wie dich nach Sonnenuntergang erwarten würde. Das ist nicht das beste Viertel.«

»Und bestimmt nicht das, wo ich meine Freischichten am liebsten verbringe«, erwiderte Schreiber mit einem Anflug ehrlicher Entrüstung in der Stimme. »Aber was sein muss, muss sein. Ich habe einen Arbeiter besucht.«

»Welchen Arbeiter?«

»Einen, der einen Unfall in meinem Betrieb hatte.«

»Wie geht es ihm?«

Schreiber antwortete nicht. Sie starrte auf die Spitze ihrer Zigarette, wo sich die Glut langsam durch Tabak und Papier fraß, und ihre gesamte Miene wirkte dabei so gespannt, als würde ihr das soeben zum allerersten Mal auffallen.

»Wie geht es ihm?«, wiederholte Karu ungehalten.

»Hm?«, machte Schreiber, um dann hastig abzuaschen. »Ach ja, der Arbeiter. Richtig. Ihm ist eine Papierrolle auf den Fuß gefallen. Der ist hinüber. Der arme Kerl ist todunglücklich und sieht sich und seine Familie schon verhungern. Da muss er allerdings keine Angst haben. Ich habe ihm versprochen, dass ich eine andere Arbeit für ihn finde, für die man keine gesunden Füße braucht.« Sie suchte Karus Blick und flüsterte: »Weiß du, was ich noch getan habe?«

»Nein.«

Schreiber tätschelte kurz ihre Handtasche. »Ich habe meine Börse aufgemacht und ihm alles Geld gegeben, was ich noch bei mir hatte. Es war nicht viel, weil ich vorher … Schutt, was begrabe ich dich unter meinem Geröll? Es war nicht viel, aber es war wichtig. Verstehst du?«

Karu schüttelte den Kopf. Hatte am Ende Schreibers Verstand darunter gelitten, dass ihre kleine Gruppe womöglich von einem Verräter unterwandert worden war?

»Als ich das Gesicht dieses Zwergs gesehen habe«, wisperte Schreiber, »wie ich ihm all mein Geld in die Hand drückte, da wurde mir klar, was wir falsch machen. Das Versprechen, das ich ihm gegeben habe, das waren nur Worte. Schöne Worte zwar, aber nichts, was er sehen, anfassen und voll und ganz glauben konnte. Das Geld war genau dieses Zeichen, das seinen Zweifel besiegte. Und so ein Zeichen, das müssen wir auch finden. Etwas, das die Kraft hat, leere Worte in Gewissheit zu verwandeln. Hoffnung in Tatkraft. Leisen Unmut in lauten Zorn. Wenn wir dieses Zeichen erst einmal haben, können sie so viele Verräter in unsere Reihen schleusen, wie sie wollen. Es wird ihnen nichts mehr nutzen. Selbst wenn sie uns umbringen, lebt das Zeichen weiter.«

Karu fühlte sich auf unangenehme Art an ihre ersten Gespräche mit Rinul erinnert, als er sie davon zu überzeugen versucht hatte, dass der gesamte Bund unter den Einfluss einer Verschwörung geraten war. Schreiber hatte nicht ganz unrecht. Es war Karu damals schwergefallen, Rinul zu glauben – bis zu jenem Tag, an dem ein Kommissar auf ihn geschossen hatte, um ihn zum Schweigen zu bringen. »Und was sollte dieses Zeichen deiner Meinung nach sein?«

»Das ist das Rätsel, dessen Lösung uns zum Sieg verhelfen wird«, sagte Schreiber laut. »Ich dachte, wir könnten –«

»Karu!«, rief eine schneidende Stimme von der Tür.

Karu wirbelte herum.

»Es ist so weit.« Gageks breite Schultern füllten fast den gesamten Türrahmen aus. »Du musst los.«

»Wir sind noch nicht fertig«, protestierte Schreiber.

»Doch, seid ihr.« Gagek machte eine barsche, winkende Geste, um Schreiber aus dem Sessel zu scheuchen. »Hoch mit dem Hintern, Treueste.«

Schreiber seufzte, drückte ihre Zigarette aus und stellte den Aschenbecher zurück auf den Tisch, mitten zwischen die verstreuten Quader. »Ist das die Privatangelegenheit, von der du gesprochen hast?«

»Ja«, sagte Karu knapp.

Schreiber ging um den Tisch herum, und erst sah es aus, als würde sie zwar ein wenig schwankenden Schritts, aber immerhin schnurstracks auf die Tür zusteuern. Dann hielt sie mit einem Mal auf Karu zu und baute sich so dicht vor ihr auf, dass der widerlich süße Duft, den sie verströmte, Karus Magen zum Rebellieren brachte. »Ich hoffe sehr, dass deine Privatangelegenheiten unserer Sache nicht schaden«, raunte sie Karu ins Ohr. »Ich tue schließlich mein Bestes, damit meine es nicht tun.« Sie nahm den Kopf zurück und fragte nach einem hellen Kichern und einem langen Seitenblick auf Gagek und dessen wollige Brust: »Und was wünsche ich dir jetzt? Viel Glück, viel Erfolg oder eher doch viel Vergnügen?«

Die Wasser des Felsfraßes waren schwarz und eisig. Gut, dass das Hafenbecken nicht sonderlich breit war, denn so war es leichter für Karu, gegen die Versuchung anzukämpfen, die Finger vom Rand des kleinen Floßes zu lösen und sich einfach in die nasse Düsternis hinabsinken zu lassen. Dann wäre sie allem entkommen – der Kälte, der Angst vor dem eigenen Versagen und den prüfenden Blicken, die ihr ihre Begleiter immer wieder zuwarfen. Nur ihr Kopf und ihre Arme schauten aus dem Wasser, das Floß war ihr einziger Halt.

Kejub schien nachzuempfinden, was in ihr vorging. Der Kopf des Bündlers ruckte zu ihr herum, und wenn sie sich nicht täuschte – ihre Finger waren schon eine Weile taub –, legte er für einen kurzen Moment seine Hand auf ihre. »Schiss?«, klang seine für einen so voluminösen Zwerg viel zu helle Stimme. Sie übertönte gerade so das Schwappen der Wellen gegen die kleine Plattform aus Holz, auf der sie ihre gefährliche Fracht quer durch den Hafen beförderten.

»Ja«, presste Karu hervor. Sie war noch nie gern im Wasser gewesen, und das ständige Strampeln mit den Beinen hatte sie mehr außer Atem gebracht, als sie erwartet hätte.

»Das wird schon«, piepste Kejub aufmunternd. »Wir saufen nicht ab, ja?«

Er hatte gut reden. Fett schwamm ja bekanntlich oben, und davon hatte er jede Menge um die Knochen.

»Gleich sind wir da.« Auch Nima unternahm von ihrer Seite des Floßes aus einen Versuch, Karu zu beruhigen. Als Gagek ihr die beiden vorgestellt hatte, war sie zunächst nicht sicher, ob sie ihr vielleicht einen Streich spielen wollten, indem sie ihre Stimmen verstellten. Das tiefe Rumpeln, das aus Nimas Kehle kam, wenn sie redete, hätte viel besser zu Kejub gepasst, und sein hohes Näseln besser zu ihrer flachen Brust. »Seht ihr, da vorne ist es!«

Noch war ihr Ziel nicht viel mehr als ein gewaltiger Schemen im Nebel. Es hatte aus dieser Entfernung und bei diesen Sichtverhältnissen Ähnlichkeit mit einer riesenhaften Krabbe, die beim Klettern über ein unsichtbares Hindernis mitten in der Bewegung erstarrt war, sodass einige ihrer Arme und Beine merkwürdig abgewinkelt in der Luft hingen. Dennoch kam es Karu völlig unmöglich vor, diese Konstruktion je zu Fall zu bringen, aber genau das war ihre Aufgabe.

»Wir haben die Hafenaufsicht gewarnt«, hatte ihr Gagek erklärt. »Aber diese verwichsten Stollenratten wollten einfach nicht auf uns hören. ›Baut unseretwegen einen gewöhnlichen Kran‹, haben wir ihnen gesagt. ›Aber keine von diesen neumodischen Apparaten, für die man Dampf braucht und die gleich zehn Schwenkarme auf einmal haben.‹ Sie haben nicht einmal unsere einfache Rechnung verstanden. Wenn dieses Ding in jeder Schicht mit nur fünf Zwergen an den Hebeln so viel Stahl verladen kann wie hundert Stauer, bedeutet das, dass fünfundneunzig Stauer sich fragen werden, wozu man sie noch braucht und wann sie auf den Straßen um Kleingeld betteln müssen. ›Das gibt ein Unglück‹, haben wir ihnen erklärt. Und wir machen keine Vorhersagen, die nicht eintreten.«

Obwohl es Karu noch immer ein wenig übel aufstieß, wie sich Gagek als selbstloser Rächer der einfachen Arbeiter aufgespielt hatte – sie hätte ihr rechtes Auge darauf verwettet, dass der Freibund mit dem Anschlag auf den Kran auch seine eigenen Interessen schützte –, war sie erleichtert darüber gewesen, dass ihr Aufnahmeritual sich erstaunlich unzeremoniell gestaltete. Sie hatte zumindest damit gerechnet, in einer finsteren Grotte einen feierlichen Schwur leisten zu müssen, während man ihr ein Treuemal auf das Schulterblatt brannte. Oder in einer Schlangengrube im Zweikampf gegen einen Vorstreiter anzutreten, der gegen das Gift der Ottern immun war, weil er seit frühester Kindheit jede Nacht bei ihnen schlief. Oder sogar vom Herzblut eines Feindes zu trinken. Irgendetwas, das man aus den Schauergeschichten kannte, die man sich unter den Suchern erzählte oder die in den billigen Romanen nachzulesen waren, wie sie einem am Bahnhof von Bauchladenhändlern aufgeschwatzt wurden. Zugegeben, was Gagek auf Geheiß Darmwäschers von ihr verlangte, war durchaus nicht ungefährlich, aber es hatte nichts wirklich Geheimnisvolles oder Grauenhaftes an sich.

Die scharfe Rüge, die er ihr wegen Schreibers Besuch erteilt hatte, hatte Karu tiefer getroffen als die Ankündigung, was sie zu tun hatte, um Aufnahme in den Freibund zu finden. »Beim nächsten Mal, wenn sie ohne Voranmeldung bei uns aufkreuzt, verschwindet sie im Schlachthof«, hatte Gagek geknurrt, »und falls ich an dem Tag besonders schlechte Laune habe, hängst du neben ihr am Haken. Diese Sumpfralle riecht nach Ärger.«

Womöglich war es die Kälte, die Karus Geist auffrischte, obwohl ansonsten alles andere an ihr einzufrieren drohte. Ganz gleich, woher die Erkenntnis auch rührte, erinnerte sich Karu ausgerechnet nun – klitschnass, bibbernd, inmitten von leicht bitter schmeckendem Wasser – daran, woher sie den Geruch kannte, der ihr an Schreiber aufgefallen war. Garep Schmied hatte bei ihrer ersten Begegnung so gerochen, und das war einer der Gründe gewesen, weshalb sie von Anfang an wusste, dass er für sie unter keinen Umständen als Unterstützer bei der Liebesarbeit in Betracht kam. Sie hasste es, wenn ein Zwerg merkwürdig roch …

Ein dumpfer Schlag ging durch Karus Hände, als das Floß gegen die Kaimauer stieß. Langsam wurde es ernst.

»Ich gehe zuerst«, hörte sie Nima rumpeln. Danach wackelte das Floß bedenklich, als Nima sich mit der einen Hand darauf abstützte, um mit der anderen nach einem Halt zwischen den Fugen der Mauerblöcke zu suchen. Nachdem sie fündig geworden war, zog sie sich halb aus dem Wasser und flüsterte Kejub zu: »Mach das Seil an mir fest!«

Kejub griff nach dem Tau, das sie mit der Fracht auf dem Floß über den Felsfraß gebracht hatten. Er führte es durch eine Schlaufe in Nimas Gürtel und machte einen dicken Knoten in das Ende. Mit einem Klaps auf den Hintern signalisierte er ihr, dass sie ihre Kletterpartie fortsetzen konnte.

»Sie ist geschickt«, hauchte Karu beeindruckt, als die Bündlerin die Kaimauer erklomm. Es war fast so, wie einem Eichhörnchen beim Hinaufklettern auf einen Baum zuzusehen. Wie hatte Nima nur ihre Finger und Zehen im kalten Wasser beweglich genug gehalten, um die Ritzen zu ertasten? »Dass sie überhaupt noch Gefühl in den Händen hat.«

»Sie sitzt jeden Tag faul eine Schicht im Eiskeller des Schlachthofs herum«, meinte Kejub. »Für sie ist die Suppe hier natürlich pisswarm.«

»Für dich nicht?«

Kejubs Sturmhaube verzog sich im unteren Drittel seines Gesichts, und Karu vermutete, dass er eine abfällige Grimasse schnitt. »Ich habe Besseres zu tun, als mir den Zapfen abzufrieren, ja?« Er hob die Hand aus dem Wasser und klopfte sachte gegen die in Wachstuch eingeschlagene Fracht. »Ich bin dafür zuständig. Man kann nicht alles können.«

Nima verschwand über dem Rand der Kaimauer. Das Seil, das sie wie einen Schwanz hinter sich hergezogen hatte, zuckte und wackelte einige Augenblicke lang. Dann hing es still. Nimas Kopf tauchte wieder über der Kante auf. »Wartet ihr auf etwas Bestimmtes?«, grollte sie leise.

Als Nächstes wanderte das bauchige Fässchen in die Höhe, um das Kejub das Seil besonders fest straffte. Karu hatte dafür vollstes Verständnis, denn mit dem Fass wäre auch ihr gesamter Auftrag ins Wasser gefallen. Trotzdem war sie erleichtert, dass ihr Kejub anschließend den Vortritt ließ. Sie stellte sich beim Klettern zwar wesentlich tolpatschiger an als Nima, aber da die Bündlerin das Seil in den richtigen Momenten ein Stück weiter nach oben zog, bezwang Karu die Kaimauer letztlich, ohne dabei sämtliche Würde zu verlieren.

Die Nachtluft kam ihr nach ihrem ausgiebigen Bad im Felsfraß angenehm warm vor, und nun verstand sie auch, warum sie sich in die hautenge Kleidung hatte zwängen müssen. Loser, nasser Stoff hätte sie in ihrer Bewegungsfreiheit nur behindert. Da nahm sie gern in Kauf, dass sie sicher aussah wie eine glänzende Schwarzwurst.

Erst nachdem sie gemeinsam mit Nima auch Kejub in die Höhe gewuchtet hatte – unter Ächzen und Stöhnen, weil der feiste Gesell noch schwerer war, als es sein Äußeres vermuten ließ –, fand Karu die Zeit, sich auf dem Verladekai umzusehen. Sie hatten einen guten Ort ausgesucht, um aus dem Wasser zu steigen: das Ende eines schmalen Gangs zwischen den Gütern, die hier darauf warteten, im Bauch eines Dampfschiffs zu verschwinden. Holzkisten und Stahlträger waren haushoch übereinandergestapelt, und ab und an waren Planen aus Öltuch über witterungsanfällige Waren gespannt – kutschradgroße Ballen aus Strauchwolle, Stiegentürme mit Stachelbirnen und dergleichen mehr, was in Stahlstadt umgeschlagen wurde.

Während Nima zur nächsten Kreuzung im Gang huschte, begann Kejub das Fässchen auszuwickeln. »Ich war so frei, eine recht lange

Lunte zu verwenden, ja?«, erklärte er. »Immerhin bist du neu in diesem Geschäft.« Er wühlte in den Falten des Wachstuchs. »Ah, da.« Es ratschte schabend, und zwei, drei kleine Funken sprühten, bis der Feuerstein den Docht des Sturmfeuerzeugs zum Glimmen brachte. Kejub ließ den Deckel gleich wieder zuschnappen, und das rotgelbe Leuchten zwischen seinen Fingern erstarb. »Hier.«

Karu nahm das Feuerzeug und steckte es sich in den Hosenbund. Kejub stemmte sich umständlich aus der Hocke, bückte sich nach dem Fässchen und hielt es Karu entgegen. »Guten Wumms, ja!«, wünschte er ihr, um ihr auf die Schultern zu klopfen, nachdem sie den Sprengsatz entgegengenommen hatte. Dafür, dass er angeblich so viel Zerstörung anrichten konnte, war er überraschend leicht.

Karu schaute sich nach Nima um, doch die Bündlerin war nicht mehr zu sehen. »Kommt Nima nicht mit uns?«

»Uns?«, brummte Kejub belustigt. »Du gehst allein. Wir sorgen nur dafür, dass dir keiner der Wachleute in die Quere kommt. Was wäre das für eine Prüfung, bei der wir die ganze Arbeit übernehmen?« Er winkte, als wäre sie gerade in einen Zug gestiegen und er stünde auf dem Bahnsteig, um sie zu verabschieden. »Bis gleich, ja?«

Karu biss die Zähne zusammen und ging los. Bei ihrem Weg durch die Gänge zwischen den Gütern orientierte sie sich an den Armen des großen Krans, die sich mit jeder neuen Abzweigung deutlicher aus dem Nebel schälten. Sie versuchte, nicht daran zu denken, was sie gerade durch die Gegend trug. Wie sie sich verhalten sollte, falls sie hinter der nächsten Ecke gegen einen Wachzwerg prallte … Ob Rinul jemals wieder zurückkommen würde …

Als sie endlich am klobigen Fuß des Krans ankam, fror sie wieder jämmerlich, weil ihre Haut sich nicht länger etwas vorgaukeln ließ, was die wahren Temperaturen anging. Aus dem Dampfkessel des Krans, der noch einen kläglichen Rest Wärme seiner letzten Befeuerung abstrahlte, wuchsen die dürren Arme wie Triebe aus einer riesigen Rübenknolle. Es war für Karu noch immer unvorstellbar, dass sie dieses Monstrum aus Metall zu Fall bringen sollte. Nicht, dass sie an der Kraft des Sprengpulvers zweifelte. In stoffkundlicher Hinsicht waren ihr die Grundlagen der Phänomene, die sie gleich auslösen würde, sehr wohl vertraut. Ihr Zaudern hing mit etwas zusammen, das nicht in den Bereich dieser Wissenschaft fiel, sondern eher in den der Geistes- und Morallehre. Bislang hatte sie sich trotz allem, was sie erlebt hatte, ruhigen Gewissens als Opfer einer schattenhaften Verschwörung wahrnehmen können. Nichts, was ihr widerfahren war, war ihre Schuld, und nichts, was sie getan hatte – selbst dass sie in Notwehr einen Kommissar erschossen hatte –, verstieß gegen ihre eigenen Vorstellungen von Recht und Gerechtigkeit. Bei der Sprengung des Krans, die ja zugleich ihren Eintritt in einen Freibund darstellte, lagen die Dinge anders. Ja, vielleicht kostete der Kran viele Stauer ihre Arbeit, wie Gagek sagte. Doch musste man ihn deshalb gleich in die Luft jagen? Und ja, die Freibünde unterstützten die Belange der einfachen Arbeiter anscheinend in vielen Fällen. Aber taten sie das nicht nur, um damit ihre eigenen Ziele voranzutreiben – Ziele, bei denen der einfache Arbeiter eben nur Mittel zum Zweck war? Und was war mit den anderen Gewalttaten der Bündler, bei denen nicht nur gefühllose Maschinen zu Schaden kamen? Wollte sie wirklich zu diesen Leuten gehören, für die Blutvergießen aus niederen Beweggründen zum Tagesgeschäft zählte? Auch wenn sie damit womöglich einer Sache, für die es sich zu kämpfen lohnte – das Aufdecken der Verschwörung und eine wahre Erneuerung des Bundes –, einen entscheidenden Dienst erwies?

Sie wog das Fässchen in den Händen, das ihr mit einem Mal um einiges schwerer erschien. Dann stellte sie es unmittelbar vor der Klappe, durch die Kohle in den Kessel geschaufelt wurde, ab und schaute zu den Kranarmen hinauf. War es richtig, sich der Entwicklung entgegenzustemmen, die unweigerlich dazu führte, dass mehr und mehr Maschinen den Zwergen die schwersten Arbeiten abnahmen? Sie musste an ihren Vater denken. Er war Versuchsrechner und damit einer der vielen Leute im ganzen Bund, die immer neue Apparate wie diesen verdellten Kran erfanden. War all sein Streben fehlgeleitet? Ein Streben, das ihn eine Hand gekostet hatte, als einer seiner Versuche fehlgeschlagen war.

Sie schob die Finger in den Hosenbund und tastete nach dem Feuerzeug. Sie zog es hervor und ging vor dem Fässchen in die Knie.

Mit der Linken fasste sie nach der Lunte und drehte mit den Fingern ihrer Rechten am Rädchen, bis die ersten Funken sprühten. Sie hatte keine Wahl. Sie konnte nur versuchen, die Freibündler ihrerseits zu einem Mittel zum Zweck zu machen, zu einem Werkzeug, mit dem sich etwas Großes schaffen ließ, das allen Zwergen nutzte. Der Docht begann zu glimmen, und wenn ihre Hand nur noch ein Stückchen herabsank, würde die Lunte gezündet. Es führte kein Weg zurück. Oder?

»Halt!«, rief eine raue Stimme hinter ihr. »Keine falsche Bewegung!«

Der Wachzwerg, der fünf oder sechs Platten von ihr entfernt vor einem Stapel Stahlträger stand, hatte den Arm in ihre Richtung ausgestreckt. Karu machte sich keine Hoffnungen, dass es unter Umständen nur ein sehr kurzer Schlagstock war, mit dem er auf sie zeigte. Sie spürte, wie ihre Schultern erschlafften. Erwischt! Aus und vorbei!

Das plötzliche Zischen der Lunte versetzte Karu einen Schreck, der gewiss nicht weniger heftiger sein konnte als der des Wachzwergs. Sie plumpste auf ihren Hintern und starrte fassungslos auf den gleißenden Punkt, der sich näher und näher an den Deckel des Fässchens heranfraß. Weg! Sie musste hier weg!

Ein Aufschrei hallte über das Kai, dicht gefolgt vom Krachen eines Schusses. Karu presste sich instinktiv flach auf den Boden und wartete auf den nächsten Schuss, doch er blieb aus. Sie hob vorsichtig den Kopf. Die Lunte zischte munter weiter.

»Was liegst du da so faul rum?«, herrschte sie die Gestalt an, die halb über dem niedergestreckten Körper des Wachzwergs geduckt war. Nima!

Karu wollte nicht wissen, was Nima dem armen Kerl gerade aus dem Rücken zog. Sie rappelte sich einfach nur auf und rannte los, auf die Bündlerin und ihr Opfer zu. Wie lang war die Lunte noch?

Karu hetzte in die Gasse hinein, von der sie hoffte, dass es die richtige war.

»Rechts! Rechts!«, schrie Nima hinter ihr.

Rechts? Karu wäre ihrem Gefühl nach eher links abgebogen.

»Rechts, verdellter Schutt!«

Dann eben rechts.

»Noch mal rechts!«

Karu wusste nicht mehr, wo sie war, und ihr blieb nichts anderes übrig, als Nimas gebellten Befehlen blind zu folgen. Wenn nur ihre Beine von der Schwimmerei nicht so schwer gewesen wären …

»Links!«

Glitzerte dort vorne Wasser? Dieser schuttige Nebel!

»Kommt, kommt, kommt!« Dreißig Platten vor ihr stürzte sich ein fetter, quiekender Schatten von der Kaimauer, und ein Platschen übertönte das Rauschen des Blutes in ihren Ohren und das Pochen und Hämmern ihres Herzens.

»Spring!«, schrie Nima.

Und Karu sprang.

In dem Augenblick, als ihr Schwung noch stärker war als die Schwerkraft, fuhr ein greller Blitz durch den Nebel, der von einem lauten Donnerknall durch die Nacht gehetzt wurde.

Dann schlug der Felsfraß über Karu zusammen, und sie kannte nur noch Nässe und Kälte.

»Frierst du jetzt immer noch?« Grinsend wühlte sich Rinul unter der Decke hervor, kroch ein Stückchen nach oben und fuhr mit der Unterlippe flüchtig über Karus linke Brustwarze, ehe er den Rest der Strecke zu ihrem Mund überbrückte. Seine Zunge schmeckte noch nach ihrer Spalte, an der er sich gerade so überaus fleißig gezeigt hatte.

Während sie den letzten Rest Lust aus ihrem Schoß nach und nach abebben spürte – mit jener einzigartigen Mischung aus Zufriedenheit und Bedauern, wie sie nur die verrichtete Liebesarbeit auszulösen vermochte –, ließ er sich neben sie in die Kissen plumpsen.

Nein, sie fror nicht mehr. Sie glitt mit den Fingern durch sein Brusthaar bis zu einer Stelle, wo sie unter Haut und Rippen sein Herz schlagen fühlte. »Ich bin froh, dass du wieder da bist.«

»Ich konnte dich ja schlecht Gagek überlassen«, feixte Rinul. »Dieser Grubenhund lauert doch nur darauf, dass er bei dir mit seinem Stummelschwanz wedeln kann.«

Sie versenkte sich einen Moment in den betörenden Anblick, wie das weiche Licht der Kerzen Rinuls Zügen alles Harte und Kantige nahm. »Und du bist nicht mehr verärgert, weil ich nicht auf dich hören wollte?«

»Kann ich jetzt ja nicht mehr sein«, brummte er. »Vergiss nicht: Du bist nun eine von uns. Eine Bündlerin.« Er schob eine Hand unter ihren Nacken und zog sie dichter zu sich heran. »Meine kleine, freie Bündlerin.« Seine andere Hand knetete ihre Hinterbacken. »Meine kleine, freie, nackte Bündlerin, was mir noch viel besser gefällt.«

»Selbst wenn ich es wollte, könnte ich das nicht ändern«, sagte Karu. »Die Kiste mit meinen Sachen ist weg.«

»Ich weiß. Das gehört so. Wahrscheinlich ist die Kiste und alles, was darin war, nur noch Asche. Wer frei sein will, muss bereit sein, alles aufzugeben, außer der Freiheit.«

»Oh.« Karu fand es schade, dass ihr niemand vorher gesagt hatte, was mit der Kiste geschehen würde. Sie hätte sich gern von zwei oder drei der Dinge, die sie darin verstaut hatte, verabschiedet. Von dem roten Schultertuch mit den Troddeln, das ihr ihre Mutter gestrickt hatte. Von dem einzigen Lichtbild, auf dem sie vor sechs oder sieben Sommern mit ihrem Onkel und ihrem Vetter Lagog aufgenommen worden war. Von ihrem Mantel, der zu ihrer Uniform als Anwärterin der Sucherschaft zu Amboss gehört hatte …

»Schau doch nicht wie eine Kuh, der man das Kalb genommen hat. Wir gehen los und kaufen dir neue Sachen«, murmelte er heiser und leckte ihr mit einem wohligen Stöhnen vom Schulteransatz bis hinauf hinters Ohr. »Alles, was du willst. Wir Bündler sorgen füreinander. Aber erst morgen. Heute Nacht haben wir etwas zu feiern.«

Sie griff nach seinem Zapfen und rieb ihn vorsichtig, um zu sehen, ob sie ihn womöglich noch einmal zum Wachsen bringen würde. Nach all der Angst und der Aufregung, die sie durchgestanden hatte, hatte sie es sich verdient, Rinul mindestens so lange zu fordern, bis die Kerzen heruntergebrannt waren.

Gerade als ein verräterisches, hoffnungsfrohes Zucken durch Rinuls Zapfen ging, wurde die Tür aufgerissen und ein jäher, kühler Luftstoß löschte eine der Kerzen. Karu wälzte sich erschrocken herum.

»Hier ist nur Platz für zwei«, protestierte Rinul.

»Hier ist gar kein Platz mehr für euch«, korrigierte ihn der ungebetene Besucher keuchend. Karu erkannte Gageks bullige Gestalt im Halbdunkel, aber etwas war mit ihm nicht in Ordnung. Er war vornübergebeugt und hielt sich den Bauch. War das ein Fetzen seiner albernen Weste, der ihm da so merkwürdig vor der Brust baumelte?

Ein wildes, wortloses Brüllen aus dem Untergeschoss sorgte dafür, dass Karu sich kurzzeitig zurück in den Felsfraß geworfen fühlte, so kalt war das Schaudern, das ihren ganzen Körper zittern ließ. Konnte ein Zwerg einen derart Furcht einflößenden Laut von sich geben? Oder hatte sich eine reißende Bestie aus den nahen Berghängen in die Stadt und auf unerklärliche Weise in Darmwäschers Haus verirrt?

»Los, los! Ihr müsst weg!« Gagek schwankte ans Bett und zerrte ihnen die Decke weg. »Sofort! Bevor er euch findet! Er ist völlig wahnsinnig geworden!«

Rinul löste sich von Karu, hüpfte vom Bett und klaubte seine Hose vom Boden auf. »Ist das Bibet?«

Ein Poltern von etwas Schwerem, das auf Stein zersprang, mischte sich in das Toben.

»Steh auf!«, zischte Gagek Karu an. »Er glaubt, ihr hättet ihn an die Bundessicherheit verraten!«

»Was?«, brachte Karu hervor. Sie schwang die Beine von der Matratze. »Das ist doch Wahnsinn!«

»Sage ich ja. Aber das hilft uns nichts!« Er packte sie grob am Arm und zog sie in die Höhe. Gagek roch nach Schweiß und – Karu hielt den Atem an. Aus einem tiefen Riss über seinem linken Jochbein sprudelte Blut, das ihm über die Wange lief und aus dem Bart tropfte.

Sie waren bereits durch die Tür, als ihr gewahr wurde, dass sie nackt durch den Gang rannte, hin zur Treppe, die in die Empfangshalle führte.

»Ich bringe euch durch den Garten raus!«, erklärte Gagek. »Hier!« Er zog einen Revolver aus einem Holster unter seiner Weste und drückte ihn Karu in die Hand. »Falls er uns erwischt!«

Karus Gedanken rasten. Hatte Rinul ihr nicht eben noch versichert, dass die Bündler füreinander sorgten? Und nun hatte sie mit einem Mal eine Waffe in der Hand, mit der sie auf Bibet schießen sollte? Warum war dieser verdellte Gang so lang? Und gab es nicht im hinteren Teil des Hauses eine schmalere Treppe, über die man zu einem versteckten Seiteneingang gelangte? »Wie kommt er darauf, dass wir Verräter sind?«

Sie verharrten reglos, als von unten erneut Bibets Brüllen erklang.

»Er hatte Besuch von einem Kommissar, wenn ich ihn richtig verstanden habe. Irgendwas wegen einer toten Beamtin aus Amboss, das sie ihm unter den Helm stecken wollen.« Gagek zerrte wieder an ihrem Arm. »Kommt! Weiter!«

»Lauf, Karu, lauf!«, drängte sie auch Rinul.

»Wo sollen wir hin?«, fragte sie.

»Uns fällt schon etwas ein.« Sie hörte, wie sich Rinul um Zuversicht bemühte, doch sein Bemühen war vergebens. »Erst mal hier raus.«

Da war die Treppe. Sie hasteten die Stufen hinunter, sie voran, dann Gagek, dann Rinul. Warum stank es so nach Rauch? Und warum brannten die Fackeln in der Empfangshalle noch?

Karu hörte ein knackendes Prasseln von Flammen, die trockenes Holz verzehrten. Das konnte unmöglich von den Fackeln stammen. Tat es auch nicht. Ungefähr in der Mitte des letzten Treppenabsatzes stand die Kiste, in die sie die Zeugnisse ihres vergangenen Lebens gegeben hatte. Sie brannte. Über das grelle Leuchten des Feuers hinweg nahm Karu einen großen Schatten wahr. Einen Schatten, der brüllte und etwas über seinen Kopf hob, um es mit Schwung auf die Kiste niederfahren zu lassen, die in einem Regen aus glimmenden Splittern zerstob. Ein barscher Seitenhieb mit der breiten Seite der Doppelaxt, mit der Bibet wütete, schleuderte die letzten Reste der Kiste über das Geländer hinunter in die Halle.

Aus seiner wutverzerrten Fratze, die nur aus blutverschmiertem

Bart, gebleckten Zähnen und weit aufgerissenen Augen bestand, sprang Karu blanker Hass entgegen. Das, was von seinem Hemd noch übrig war, erweckte den Anschein, als hätte er es sich selbst in seiner Tobsucht vom Leib gerissen. »Du …«, knurrte er lang gezogen, erklomm eine Stufe und holte zu seinem nächsten Schlag aus. »Du willst mich umbringen! Trau keiner Sucherin!«

»Schieß!«, riefen Rinul und Gagek wie aus einer Kehle.

Karus Arm zuckte nach oben, und sie drückte ab. Klick. Der Hahn schlug ins Leere. Sie drückte noch einmal ab. Klick. Noch einmal. Klick. Klick. Klick. Karus Knie wurden weich wie Wachs, als sie begriff, dass die Waffe nicht geladen war. Vielleicht wäre sie sogar gestürzt, wenn nicht Rinul und Gagek ihre Schultern gepackt hätten. Doch sie rissen sie nicht zurück, um sie vor dem tödlichen Schlag zu schützen. Nein, sie schoben sie Bibet *entgegen*. Das Entsetzen, das sie packte, verfügte über die erschütternde Kraft, die Zeit von einem schnellen Fluss in einen zähen Morast zu verwandeln. Sie hörte das Pfeifen, mit dem die Klinge der Axt durch die Luft schnitt. Gleich, gleich würde sie ihr den Schädel spalten, und der Zwerg, den sie liebte, war einer der Gehilfen ihres Scharfrichters. War am Ende sie es, die den Verstand verloren hatte und im Griff eines unerbittlichen Wahns gefangen war?

Die Wucht des Hiebs wurde so dicht vor ihrem Kopf abgefangen, dass kein Haar mehr zwischen die Schneide und ihre Stirn gepasst hätte. Sie spürte die Kühle des geschliffenen Stahls.

Unvermittelt warf Bibet die Axt beiseite, die klirrend die Stufen hinunterschlidderte. Wo sein Gesicht eben noch das eines Dämons aus einem quälenden Albtraum gewesen war, zeigte es nun die unbeugsame Würde eines Zwergs, der nichts und niemanden fürchtete. »Du hättest mich getötet«, stellte er ruhig fest. »Du hättest den Führer der Sippe ermordet, wenn er von seiner Vernunft verlassen worden wäre.«

Rinul und Gagek gaben Karu immer noch nicht frei, aber aus dem festen Zupacken war ein sanftes Stützen geworden. Karu hörte ein erleichtertes Schluchzen, das sie erst nach einem Wimpernschlag als ihr eigenes erkannte.

»Du hättest den einen getötet, damit die anderen sicher sind.« Bibet stand nun auf der Stufe genau unter ihr und überragte sie dennoch um mehr als einen Kopf. Sie erhaschte den Stolz, der in seinen Augen funkelte, als er sie erst auf beide Wangen und danach lange auf den Mund küsste. Seine Lippen waren trocken und warm wie Fels in der Sonne. »Du kennst den Tod, den nur der Gerechte, der Tapfere und der Treue stirbt, und du weißt, dass es ein guter Tod ist. Von diesem Tag an bist du frei.«

10

Das Grauen kam plötzlich über Anini. Nicht als jähes Entsetzen, wie wenn man sich mit einem Mal einer Bedrohung ausgesetzt sah, von der man zuvor nicht das Geringste geahnt hatte. Es war eher wie die lähmende Erkenntnis, dass man sich zu weit auf einen zugefrorenen Weiher gewagt hatte und dass das leise Knacken des Eises mit jedem Schritt, ganz gleich in welche Richtung, nur noch eines werden konnte: lauter.

In einem Akt der Hilflosigkeit schloss Anini die Augen, um die Runen, die in sauberer Handschrift dicht gedrängt Zeile um Zeile, Seite um Seite des kleinen Buchs füllten, nicht mehr sehen zu müssen. Sie konnten nichts anderes als die falschen Schlüsse eines verblendeten Forschers sein. Nein, sie durften nichts anderes sein.

Es war beunruhigend genug gewesen, dass die Spur von Elukis Mörder ausgerechnet hierher, in die Nervenheilanstalt von Stahlstadt, geführt hatte. Jenen Ort, an den die Menschenfrau gebracht worden war, die er und seine Mitverschwörer als weitere Schuldige für den unlängst erfolgten, fingierten Anschlag auf den Obersten Vorarbeiter auserkoren hatten. Eine Schuldige, die man der empörten Öffentlichkeit als Beweis für die bundzersetzenden Umtriebe vorführen konnte, denen mit einem Krieg Einhalt geboten werden musste.

Arisascha von Wolfenfurt und Garep Schmied hatten etwas gemeinsam: Es wäre ein Leichtes gewesen, ihnen Gründe für ihre angebliche Tat anzudichten. Die Menschenfrau pflegte nicht nur beste Kontakte zum weitverzweigten Netz der Fernhändler aus ihrer Heimat, was sich als Indiz für finstere Spionagetätigkeiten hätte umdeuten lassen. Sie war zudem eine Art Priesterin jenes absurden Aberglaubens, dem die Langbeine anhingen. Kaum ein Zwerg hätte nicht davon überzeugt werden können, dass Arisascha von Wolfenfurt beim Versuch, dem Obersten Vorarbeiter das Leben zu nehmen, auf Geheiß ihrer Hirngespinste gehandelt hatte.

Bedauerlicherweise war diese Arisascha in der Anstalt beileibe nicht so sicher verwahrt gewesen, wie es den Anschein hatte. Bevor sie ihrer eigentlichen Verwendung zugeführt werden konnte, war ihr die Flucht aus der Zelle gelungen – mithilfe eines zwergischen Leiböffners, den sie auf unerklärliche Weise auf ihre Seite gezogen hatte.

Anini wusste, dass dem damaligen Anstaltsleiter eine scharfe Rüge übermittelt worden war. Er hatte sie schließlich höchstpersönlich gegengezeichnet, und er war fest davon ausgegangen, dass Fejod Kolbner bei der Wahl seiner Hilfskräfte in Zukunft äußerste Vorsicht walten lassen würde. Doch Anini wusste auch, dass das Kommissariat sich diese Rüge hätte sparen können, denn Kolbner war nur wenig später selbst einem heimtückischen Anschlag zum Opfer gefallen.

Laut der Rekonstruktion der Vorgänge waren die Mörder damals durch die Kanalisation in die Anstalt eingedrungen und hatten Kolbner gestellt, als er gerade mit der Behandlung einer seiner besonderen Patientinnen befasst gewesen war. Die Halblingsfrau, an der Kolbner seine Experimente durchführte, hatte die Begegnung mit den Eindringlingen ebenfalls nicht überlebt. Das war zwar bedauerlich, aber langfristig betrachtet ein verschmerzbarer Verlust, da Kolbner nicht der einzige derartige Forscher war.

Seit seiner Unterhaltung mit Bibet Darmwäscher bestand für Anini kein Zweifel mehr daran, wer die Schuld an diesem Rückschlag trug – ein ungleiches Paar, bestehend aus einem Menschen und einem Zwerg, das sich von dem Tunnelkriecher Rogag durch die Abwasserkanäle in die Anstalt hatte bringen lassen. Auch die Mörder Elukis hatten sich ihr von unten genähert.

»Warum müssen wir überhaupt noch in diese Anstalt?«, hatte ihn Ekela gefragt, deren begrenzter Erfahrungsschatz sich in solchen Augenblicken besonders deutlich bemerkbar machte. »Was nutzt es uns, an den Tatort eines früheren Mordes zurückzugehen?«

»Weil wir nie ausschließen können«, hatte Anini ihr geantwortet, »dass unsere geschätzten Kollegen etwas Wichtiges übersehen haben. Unser Wissen unterscheidet sich maßgeblich von dem, das sie hatten, als sie den Tatort untersuchten. Wir wären verfaulte Klapperköpfe, diesen Umstand nicht zu nutzen.«

Anini war stolz gewesen, als sie nach der Ankunft in der Anstalt ihre skeptische Miene schon bald aufgeben musste. Der neue Leiter – ein höflicher Zwerg mit der blassen Haut eines reinrassigen Angehörigen des Bergvolks – hielt eine Überraschung für sie bereit.

»Ich bin auf etwas gestoßen, das euch interessieren könnte«, hatte er ihnen eröffnet. »Ich habe mir bei meinem Amtsantritt erlaubt, mein Arbeitszimmer meinem persönlichen Geschmack anzupassen. Was Kolbner mir hinterlassen hatte, war mir zu düster, zu … schwer. Beim Entfernen der Regale stießen wir in einer der Ecken auf ein verstecktes Fach. Dort bewahrte er einige Unterlagen auf, die wohl nicht für die Allgemeinheit bestimmt waren. Ich könnte sie aus den Archiven holen, falls es euch recht ist.«

Es war ihnen recht. Anini hatte sich ein kurzes, triumphierendes Lächeln gegönnt, nachdem der Leiter losgegangen war, um die Fundstücke zu besorgen. Er hatte es sehr genossen, wie Ekela seinem Blick schuldbewusst ausgewichen war, und noch größere Freude hatte er an ihren hängenden Mundwinkeln gehabt, nachdem er ihr ihren nächsten Auftrag erteilt hatte: bei der nächsten Post eine Karte aufzugeben, die er ihr aushändigte und auf der nichts mehr als eine Adresse in der Hauptstadt geschrieben stand. Ekela wegzuschicken war nur zum Teil eine Strafe für ihre leise Kritik am Sinn und Zweck des Besuchs in der Anstalt. Zum einen hatte Anini ihr unmögliches Betragen bei der Auseinandersetzung mit Darmwäscher nicht vergessen – und er wollte sie spüren lassen, dass dem so war –, zum anderen wollte er zunächst allein einen Blick auf Kolbners vergessene Schriftstücke werfen. Nur für den Fall, dass sie brisantes Material enthielten, von dem das neugierige Kitz nichts zu wissen brauchte.

Nach ihrem Abmarsch und dem Erhalt des Büchleins hatte Anini den Mantel ausgezogen und es sich am vorbildlich aufgeräumten Schreibtisch des Anstaltsleiters bequem gemacht.

Inzwischen – nach dem Lesen der ersten zehn Seiten – war Anini überglücklich, dass er Ekela auf ihre erniedrigende Mission geschickt hatte. Ihm zitterten die Hände, und unter seinen Achseln floss ihm der Schweiß in Strömen. Nicht auszudenken, wenn seine Gehilfin ihn so angegriffen, so erschüttert gesehen hätte … Sie hätte ihn gefragt, was er las, und er wusste nicht, ob ihm eine passable Lüge eingefallen wäre. Er wünschte sich inständig, Kolbners Aufzeichnungen hätten einfach nur noch mehr von dem drögen wissenschaftlichen Einerlei enthalten, das man nach seinem Tod in einem halben Dutzend Kisten mit Hunderten Aktenkladden nach Zwerg geschickt hatte: endlose Zahlenkolonnen in Tabellen mit Überschriften wie »Patient«, »Zahl der eingepflanzten Kristalle«, »Verträglichkeitsniveau« oder »Stärke des Energiestroms«. Doch Aninis Wunsch reichte nicht aus, um die Wirklichkeit umzuformen. Er zwang sich, die Augen zu öffnen und weiterzulesen.

Beobachtung
Bei den Angehörigen des Brudervolks, bei denen ich eine Anlage zur Meisterung der freien Energieströme in ihrer unmittelbaren oder weiteren Umgebung vermute, ist ein verstärkter Hang zu normabweichenden Verhaltensmustern zu erkennen.
Patient 3 beschreibt selbst in wohltemperierten Räumen intensive Hitzeempfindungen, die ihn dazu antreiben, sich sämtlicher Kleidung zu entledigen, ohne dass diese Maßnahme bei ihm den Eindruck vermindert, »innerlich in Flammen zu stehen«. Dies korrespondiert mit seiner rudimentär vorhandenen Fähigkeit, spontane Entzündungen in leicht entflammbaren Substanzen hervorzurufen.
Patientin 5 und Patient 11 leiden beide unter der Wahnvorstellung, bereits tot zu sein und ausschließlich von anderen Verstorbenen wahrgenommen werden zu können. Auf eine Nachfrage hin, wie sie unter dieser Annahme ihre derzeitige Situation innerhalb der Anstalt und ihren fortwährenden Umgang mit Pflegern und Leiböffnern einordnen, bekundeten sie ihre feste Überzeugung, von anderen Toten, die nur nicht wüssten, dass sie bereits tot sind, behelligt zu werden. Sowohl Patientin 5 als auch Patient 11 haben bei ersten Experimenten in abgedunkelten Kammern die Begabung unter Beweis gestellt, die freien Energieströme dergestalt zu lenken, dass sie für kurze Zeitspannen vollständig aus dem Sichtfeld von Betrachtern verschwinden.

Patient 16 und Patientin 23 zeigen in all ihren körperlichen und seelischen Reaktionen erhebliche Einschränkungen bis an den Rand erblichkeitsbedingter Verblödung. Dies scheint halluzinatorischen Episoden geschuldet, in denen die Betroffenen von Aufenthalten in zwar sehr detailliert ausgestalteten Phantasiewelten berichten. (Bei Patientin 23 handelt es sich um eine Wildnisszenerie in Form eines urtümlichen Waldes, bei Patient 16 hingegen nimmt das Gespinst die Gestalt eines ausgedehnten Gebäudekomplexes mit unzähligen Räumlichkeiten und Bewohnern ein.) Besonders auffällig ist, dass beide den Vorgängen in ihrer jeweiligen Halluzination wesentlich größere Bedeutung beimessen als den tatsächlichen Ereignissen um sie herum und sogar behaupten, das Geschehen in der Phantasiewelt beeinflusse die Wirklichkeit und umgekehrt. Inwiefern hier ein Zusammenhang zu ihren jeweiligen Begabungen besteht, ist noch unklar.

These
Die Befähigung, bewusst oder unbewusst freie Energieströme zu bündeln und dadurch beobachtbare Effekte zu bewirken, ist im Allgemeinen mit schweren seelischen Erkrankungen verknüpft.

Beweis
Nach einer längeren Behandlung von Patient 5, bei der seinen regelmäßigen Behauptungen, bereits verstorben zu sein, mit der ebenso regelmäßigen Verabreichung von Brechgas begegnet wurde, stellte sich bei ihm nach und nach ein Bewusstsein dafür ein, dass die genannten Behauptungen nicht mit der Wirklichkeit vereinbar waren. Damit einhergehend erfolgte eine radikale Schwächung seiner Begabung. Ähnlich verhielt es sich mit Patient 16. Im Anschluss an einen korrigierenden Eingriff im vorderen Gehirndrittel einschließlich einer umfangreichen Entnahme von Gewebe endeten nicht nur seine Halluzinationen, sondern er büßte zugleich seine besondere Befähigung ein.

Anini rieb sich mit der einen Hand über das Gesicht, während er mit der anderen in der Innentasche seines Mantels seinen Zigaretten nachspürte. Sein Zittern kostete ihn drei Anläufe, bis eines der billigen Streichhölzer, die er sich als Ersatz für sein verloren gegangenes Feuerzeug beschafft hatte, brannte.

Was, wenn Kolbners These stimmte? Hieß das, dass er nicht mehr alle Blätter am Baum hatte? Aber er war doch nicht verrückt. Er war völlig normal. Die Bundessicherheit stellte keine Wahnsinnigen als Ordnungshüter an. Ein Wahnsinniger erfüllte auch nicht jeden Auftrag, den man ihm gab, mit unerbittlicher, tadelloser Zielstrebigkeit.

Er war nicht verrückt. Er wusste, dass es den Hain gab. Wie es dort roch. Wie sich der Boden dort anfühlte. Welche Laute die Tiere von sich gaben, die dort lebten. Der Hain war mehr als ein Trugbild. Mehr als eine Tagträumerei, die sich verselbstständigt hatte. Mehr als das Produkt eines kranken Geistes. Der Hain tauchte doch in vielen der Geschichten aus dem Grünenden Land auf. Und es war vollkommen undenkbar, dass über Generationen hinweg Halblinge an ein und derselben Geistesschwäche litten. Oder?

Was sprach dafür, dass Kolbner richtiggelegen hatte? Nichts. Nichts, außer seinen Beobachtungen, die er ausgerechnet an Patienten in einer Nervenheilanstalt gemacht hatte.

Es sprach vielmehr dafür, dass der Forscher selbst von einem seelischen Leiden befallen gewesen war. Vielleicht ein Altersstarrsinn, weswegen er genau das in seinen Versuchspersonen gesehen hatte, was er von Anfang an hatte sehen wollen. Zumindest in Aninis Fall hielt Kolbners These einer strengen Überprüfung nicht stand. Er war nicht verrückt. Er ging einem festen Beruf nach und hatte eine Gattin, die nicht unzufriedener mit ihm war als andere Lebensgefährten von anderen Kommissaren. Er war der Vater zweier Setzlinge, die prächtig wuchsen und gediehen und – Ilele! Das Bild der blutenden Bäume, das sein Sohn gemalt hatte, erstand vor Aninis innerem Auge. Malte ein normaler Setzling einen Wald blutender Bäume, der ihm in einem Traum erschienen war? Und war der Kleine nicht oft abwesend und zeigte kaum eine Regung, wenn man ihn ansprach?

Eine neue Furcht sprang Anini an. War es möglich, dass sein Blut doch verdorben war und er diesen Makel an seinen Nachkommen weitergegeben hatte? Erwachte am Ende auch in Ilele ein Übel, das Anini selbst nie als solches erkannt hatte? Er versuchte sich zu erinnern, wann er zum ersten Mal den Hain besucht hatte. War er älter oder jünger als Ilele gewesen? Ilele war jetzt …

Fahrig riss Anini seinen Taschenkalender hervor. Wann war Ileles Fest der zwei Hände? Hatte er es schon verpasst? Er blätterte zu weit nach vorn, dann zu weit nach hinten. Da! Er atmete auf. Ihm blieb noch Zeit. Zeit, die Mörder Elukis zu finden, und Zeit, die wirren Thesen Kolbners zu vergessen, ehe er nach Zwerg zurückkehren musste.

Er steckte den Taschenkalender weg, wischte sich den Schweiß von der Stirn und missbrauchte eine halb volle Teetasse als Aschenbecher. Nachdem er das Buch mit den voreiligen Schlüssen des ehemaligen Anstaltsleiters von sich geschoben hatte, wandte er sich einer Kladde zu, die ebenfalls aus Kolbners geheimem Nachlass stammte. Es war töricht, sich weiter den Kopf über Mutmaßungen zu zerbrechen, und Anini hielt sich an einen der sinnvollsten Ratschläge, die jedem Beamten zu Beginn seiner Laufbahn von seinen Vorgesetzten in den Schädel gehämmert wurde: »Nichts reinigt das Denken besser als Arbeit.«

In der Kladde fand Anini eine umfangreiche, tabellarische Aufstellung darüber, welcher Patient zu Lebzeiten Kolbners von welchen Leiböffnern der Anstalt betreut worden war. Hinter die Spalte mit der jeweiligen Nummer des Verwahrten schlossen sich Datumsspalten an, in die mal mehr, mal weniger Kürzel eingetragen waren. Bei allen Patienten stieß Anini auf die einzigen Initialen, die für ihn zu entschlüsseln waren: FK für Fejod Kolbner. Er stellte fest, dass sich sein Denken nicht so leicht austricksen ließ, wie er gehofft hatte. Sein Blick blieb an der Zeile für Patientin 23 hängen. Die Patientin, die Kolbner von geistigen Ausflügen in einen endlosen Wald berichtet hatte. Aninis Blick wanderte die Zeile entlang. Zwei Kürzel wiederholten sich über die meisten Eintragungen hinweg: FK und HS. Kurz bevor die Kästchen in der Zeile leer waren – also unmittelbar vor Kolbners Tod –, wurde das HS durch ein KM ersetzt. Anini ging die erste Spalte, in der das HS fehlte, nach oben und unten durch. HS hatte ab diesem Zeitpunkt keine weiteren Patienten mehr behandelt. Natürlich! Das musste das Kürzel des Leiböffners sein, der Arisascha von Wolfenfurt zur Flucht verholfen hatte.

Anini spürte einen sanften Druck auf den Ohren, wie er ihn manchmal überfiel, wenn er in einem der schnellen Aufzüge in die obersten Etagen des Hauptquartiers der Bundessicherheit fuhr. Er wollte den Mund öffnen, aber sein Kiefer gehorchte ihm nicht. Vor seinen Augen nahm das Tabellenformular in der Kladde eine neue Färbung an. Als hätte man es auf eine Unterlage gepresst, auf der man zuvor Tee verschüttet hatte, breiteten sich überall auf dem weißen Papier braune Flecken aus, deren Ränder zu gezackten Umrissen verliefen. Gleichzeitig hatte er den Eindruck, seine Arme würden dünner und länger, und ein stechender Schmerz zuckte ihm durch die Stirn. Dann zerfiel das Formular zu trockenem Laub, das dem Boden entgegenschwebte.

Der Tisch, an dem Anini gearbeitet hatte, hatte sich von einem Augenblick zum anderen in Luft aufgelöst, und er saß auch nicht länger auf einem Stuhl, sondern ihm war, als hockte er in einer merkwürdigen, kauernden Haltung auf weichem Untergrund.

Ein vielstimmiges Stöhnen, Wimmern und Ächzen wehte von allen Seiten an ihn heran, und eine furchtbare Gewissheit überwältigte ihn – eine Gewissheit, wie er sie schon einmal gehabt hatte. Etwas ohnmächtig ausgeliefert zu sein, das ihm in allen Belangen überlegen war. Etwas, für das er nicht mehr war als ein Insekt und das ihn nach Belieben zerquetschen konnte, falls er ihm zu lästig werden sollte.

Er war nicht verrückt. Er war im Ewigen Hain. An derselben Stelle, an die er bei seinem letzten Aufenthalt gezogen worden war. Da war die schlammige Grube mit den unheimlichen Schleifspuren einer gewaltigen Kreatur, die sich aus ihr herausgewälzt hatte. Da waren die Bäume, aus deren Rinden blutrotes Harz quoll. Alles war wie zuvor. Nein, nicht alles. Zwischen den Ästen waren Seile gespannt, an denen in schwindelnder Höhe Dutzende von Plattformen aus kruden Holzbalken in den Wipfeln der Bäume befestigt waren.

Anini richtete sich auf zwei seiner sechs Beine auf und sah an sich herab. Sein Körper war von einem schwarzen, schillernden Panzer überzogen, und aus seinem dicken Hinterleib wuchs ein kurzer Stachel. Er hielt sich das, was in der anderen Welt seine Hände waren, vor die Augen. Seine Arme, die drei Gelenke mehr zählten als gewöhnlich, endeten jeweils in zwei gebogenen Krallen. Dort, wo die Krallen aus seinem Arm sprossen, hing ein Organ aus weichem, faltigem Gewebe, das ihn an eine verwelkte Tulpenblüte erinnerte. Es sonderte einen Tropfen einer schleimigen Masse ab, die einen klebrigen Faden zog, als das Gallert sich aus den Falten löste.

Er war nicht verrückt. Er war eine Ameise.

Ein Vibrieren, das den gesamten Boden um ihn herum erfasste, ließ Anini aufgeregt mit den Fühlern zucken. Das Gras auf der Lichtung begann binnen weniger Momente zu verdorren, bis die Halme in trockenen Flocken wie brauner Schnee zerrieselten, und auch das Laub, das die Erde bedeckte, fiel diesem beschleunigten Zersetzungsvorgang zum Opfer. Wind kam auf und wirbelte den feinen Staub in langen Schleiern davon.

Als das Vibrieren an Stärke gewann und Anini spürte, wie unter seinen Beinen der Humus selbst in immer kleinere Bröckchen und Körnchen zerfiel, wuselte er los, so schnell er nur konnte. Er umrundete die Grube, in der der Schlamm nun eine rissige Kruste war, als wäre er von den Strahlen einer unerbittlichen Sonne ausgedörrt worden. Der Wald starb einen grausamen Tod, und der grauenhafte Chor aus Schmerzenslauten hob zu einem einzigen, gequälten Schrei an, der nicht enden wollte.

Beim Erreichen des Wurzelwerks der Baumriesen sah Anini, dass das Harz nicht länger träge und gemächlich aus schmalen Ritzen in der Rinde hervortrat, sondern in einem raschen, pulsierenden Strom aus den Stämmen floss.

Womöglich war es Wahnsinn, sich einen Weg durch die zähen Fluten zu suchen, doch Anini hatte keine andere Wahl. Er musste hinauf, dorthin, wo die Plattformen waren. Seine Krallen fanden mühelos Halt in der Borke, und die sonderbaren Haftorgane an seinen Beinen machten den Aufstieg noch leichter. Wieder und wieder wich er heranwälzenden Harzwogen aus, die Fühler stets dicht an der Rinde, um anhand des Zitterns in den Stämmen zu erahnen, wo sich die nächste Wunde auftun würde.

Schließlich erreichte er einen der Äste, um den ein erstes Seil geschlungen und geknotet war. Er huschte auf das Tau aus kunstvoll ineinander verflochtenen Ranken und klackte aufgeregt mit den Beißwerkzeugen, froh darüber, dem Harz entronnen zu sein. Am Rand der Plattform, zu der seine behelfsmäßige Brücke führte, hielt er inne. Ein Sinneseindruck, der nicht Schmecken und nicht Riechen war, sondern irgendwo dazwischenlag, verriet ihm, dass das Leben schon lange aus dem Halbling gewichen war, der auf der Plattform lag. Zumindest vermutete Anini, dass es sich bei dem Leichnam, dessen eingefallener Rumpf vor ihm aufragte, einmal um einen Halbling gehandelt hatte. Die Tiere des Waldes hatten sich an dem Aas, das man ihnen dargeboten hatte, eifrig gütlich getan. Blank gefressene Knochen stießen durch zerfetzte Haut.

Anini dämmerte, was er hier vor sich sah: Auf solchen Bahren hatten seine Vorfahren im Grünenden Land ihre Toten dem ewigen Kreislauf von Werden und Vergehen, Fressen und Gefressenwerden übereignet. Alles lebt, damit es sterben kann. Alles stirbt, damit es leben kann. Das waren die beiden Gesetze, denen sich alles in der Welt beugen musste.

Anini wagte sich näher an den Kadaver heran und stieß auf eine der Quellen des dröhnenden Schreis, der noch immer nicht verhallt war: Der Tote hatte den Mund weit aufgerissen, und aus seinem Schlund stieg der Widerhall sämtlicher Pein, die ihm zu Lebzeiten jemals widerfahren war.

Als Anini nah genug an den Kopf der Leiche herangekommen war, dass er die Maden sehen konnte, die sich durch die fauligen Lippen fraßen, legte er die Fühler an und schlug einen Kurs ein, der ihn zu einem weiteren Seil brachte.

Höher und höher kletterte er, passierte Plattform um Plattform, schreiende Leiche um schreiende Leiche. Er begann bereits zu befürchten, dass die Wesenheit, die ihn in den Hain geholt hatte, einzig und allein darauf abzielte, ihm für alle Ewigkeit die eigene Vergänglichkeit vor Augen zu führen und sie ihm so zugleich zu verweigern. Doch dann gelangte er an eine Wipfelbahre, auf der ihn ein unerwarteter Anblick überraschte: Die Halblingsfrau dort wirkte unversehrt. Sie war nackt wie all die anderen Toten auch, aber ihre Blöße war von ihrem langen, feuerroten Haar bedeckt, dessen Strähnen ihre schneeweiße Haut umschmeichelten wie erstarrte Flammen. Und wo die anderen wortlos schrien, wisperte sie seinen Namen.

Er folgte dem Ruf, erklomm über ihr Becken ihren Leib und durchquerte auf einer der Strähnen das flache Tal zwischen ihren Brüsten. Sie war schön. Schön und jung. Schön und jung und tot, und wenn Anini hätte weinen können, hätte er um sie geweint. Nicht nur, weil sie aus der Blüte ihres Lebens gerissen worden war, sondern auch, weil er ahnte, dass seine Entscheidungen in der anderen Welt ihren Tod mit verursacht hatten.

Über Hals und Kinn kletterte er voran zu ihren flüsternden Lippen. Ja, das war sein Name. Er lauschte, ob sie eine Botschaft für ihn hatte. Er bemerkte die Haarsträhne, die sich um ihn wand, erst, als er ihrem Griff nicht mehr entrinnen konnte. Er zappelte mit allen sechs Beinen, doch der Tentakel aus Haar hob ihn an, weiter und weiter. Er schnappte mit den Beißwerkzeugen um sich, und es gelang ihm, einige der Haare zu durchtrennen, aber immer neue dünne Strähnen wickelten sich um seinen Leib, als würde er mehr und mehr in das Netz einer Spinne verstrickt. Für jedes Haar, das er kappte, schlangen sich drei weitere um ihn.

Entsetzt stellte er fest, dass ihn die Strähnen bereits so weit angehoben hatten, dass er das gesamte Gesicht der Toten mit einem Blick erfassen konnte. Ihre Stirn zierte ein Reif aus weißen Federn, und um die Augen herum hatte man ihr zwei Kreise aus rotem Lehm auf die Haut gemalt.

Bis auf ein verhaltenes Mahlen mit den Beißwerkzeugen stellte Anini seine Gegenwehr ein. Wie konnte man gegen etwas bestehen, das betörend und schrecklich zugleich war? Er ließ es geschehen, dass die Fesseln aus Haar ihn mit sich trugen. Das Gesicht unter ihm schrumpfte und schrumpfte, ohne dass das Raunen seines Namens leiser wurde. Woher kannte ihn dieses Geschöpf nur? Wodurch hatte es überhaupt von seiner Existenz erfahren? Und weshalb mischte es sich in sein Leben ein?

Er war nicht verrückt. Getragen von den Strähnen, schwebte er hoch über den Wipfeln des Waldes, und er erkannte, dass der Hain nicht unendlich war. Er war von einer trostlosen Ebene aus grauem Fels gesäumt, über deren Weiten ihn das Haar hinwegzog. In der Ferne glaubte er Bauten auszumachen, deren Größe an die von Bergen heranreichen musste, wenn er bedachte, dass er sie selbst auf eine unvorstellbare Distanz hinweg erkennen konnte. Aber spielten die Dimensionen, die in der anderen Welt zählten, hier tatsächlich eine Rolle?

Nach einer Weile oder einem Jahrtausend wandelte sich die Ebene zu einem Ozean, über dem Stürme ihren Zorn entluden. Anini und das Haar wurden hin und her gepeitscht, doch der Strang, der ihn band, riss nicht. Irgendwann beruhigte sich der Wind, und Anini flog über eine Küste hinweg, hin zu einem der Bauwerke, das den Himmel selbst herauszufordern schien. Ein runder, geradezu lächerlich dünner Turm aus einem Material, das in Struktur und Farbe der Schale eines Eis glich. So hehr der Anblick war, wie die Spitze des Turms eine Schneise in ein düsteres Wolkenband schnitt, so grausam war der Anblick, der sich Anini an seinem Fuß bot: Die Leiber Abertausender Drachen häuften sich dort, eine schwarze Welle aus zersprungenen Panzern und im Todeskampf flehentlich gereckter, klauenbewehrter Gliedmaßen.

Das Haar sank herab, tiefer und tiefer, bis Anini zwischen den sterblichen Überresten der vor Urzeiten entthronten Herrscher der anderen Welt einen Menschen umherirren sah. Einen unglaublich fetten Menschen – fett genug, um zehn, womöglich sogar fünfzehn Halblinge aus ihm zu machen.

Irgendwo im weit, weit entfernten Wald wisperte die schöne, schreckliche Tote weiter Aninis Namen, um mit einem Mal doch noch eine Botschaft an ihn zu richten. »Das ist dein Werk«, flüsterte sie, als der Mensch zwischen den vertrockneten Hüllen der Drachen in die Knie ging, um sich mit bloßen Händen selbst den Bauch zu zerfetzen und das entstandene Loch mit etwas zu füllen, das aus dem zerschmetterten Leichnam eines gefallenen Königs auf ihn zugekrochen kam. Etwas, das nicht Raupe und nicht Schlange war und doch Ähnlichkeiten mit beiden aufwies.

»Das ist dein Werk«, wiederholte die Tote, während Anini plötzlich eine zweite Stimme hörte, die seinen Namen rief. Laut und voller Angst.

Unsichtbare Hände rissen die Strähnen entzwei, die ihn umklammert hielten.

»Das ist dein Werk.«

»Anini!«

Er glitt aus dem Haar und stürzte den Drachen und dem Menschen entgegen.

»Das ist dein Werk.«

»Anini!«

Sein Gesicht brannte wie Feuer, und er hatte einen süßlichen, schmierigen Brei im Mund. Er spie ihn aus. Eine Faust klopfte auf seinen Rücken, einmal, zweimal, dreimal.

»Anini!«

Er blinzelte und starrte verwirrt auf den Matsch aus zerkautem Papier, den er sich in den Schoß gespuckt hatte.

»Anini?« In die Stimme – er kannte diese Stimme doch! – schlich sich ein Funken Hoffnung. »Alles in Ordnung?«

Er hob schwach den Arm, um zu verhindern, dass ihm noch einmal mit der flachen Hand ins Gesicht geschlagen wurde, und drehte den Kopf dorthin, wo die Stimme herkam. Das Gesicht dazu kannte er auch. Ekela …

»Was hast du da gemacht?«, keuchte sie halb erleichtert, halb erschüttert. »Warum frisst du dieses Buch?«

Anini senkte den Blick zur Platte des Schreibtischs. Das Buch, das er von sich fortgeschoben hatte – wie lang war das her? –, weil das, was in ihm zu lesen stand, so furchtbar war, lag geöffnet vor ihm. Hatte er die ganzen Seiten aus ihm herausgerissen? Wann? Als er im Wald gewesen war? Er schluckte, und ein letzter Rest des süßlichen Breis rutschte ihm die Kehle hinunter.

Er war nicht verrückt. Oder etwa doch?

11

Garep Schmied hatte einen Großteil seines Lebens damit zugebracht, Verbrechen aufzuklären. Insofern wunderte es ihn nicht, dass ihn die Vorgänge der vergangenen Nacht derart nachdrücklich beschäftigten. Dieses reflexhafte Festhalten an alten Angewohnheiten, mit dem seine Gedanken beständig um den gescheiterten Mordanschlag auf Oji kreisten, verlieh ihm ein Gefühl der Vertrautheit in der Fremde, eine kleine Bestätigung, dass es überall, wohin ihn sein Weg in der rückständigen und verwirrenden Kultur der Menschen noch führen mochte, zumindest einige Elemente gab, auf die er seine erprobte Weltanschauung anwenden konnte. Gesetze blieben Gesetze, und ein Verbrechen blieb ein Verbrechen, ganz egal, wohin einen das Schicksal auch verschlug.

»Ich halte also eines fest«, sagte er und beugte sich in seinem Stuhl nach vorn, bis er unter seinen Füßen den festen Boden der Dachterrasse spürte, auf der er mit Sira und Siris unter einer als Sonnenschutz gespannten Plane saß. »Ihr geht davon aus, dass dieser alte Weise Denker, der bei der Zusammenkunft über Oji hergefallen ist, die Mörder geschickt hat.«

Siris, der ein Kleidungsstück aus luftiger Seide trug, das im Bund am ehesten als Morgenmantel bezeichnet worden wäre, nickte. »Natürlich war es Azzaras.« Er nippte an seinem Becher, verzog das Gesicht, streute eine weitere Prise getrockneter Kräuter aus einem Schälchen in seinen Wein und rührte die Mischung mit einem Finger um. »Zweifelst du daran?«

»Ein bisschen«, gestand Garep. Er klopfte behutsam die kalte Asche aus dem Kopf seiner Pfeife. Das Ding war lächerlich lang und wirkte so zerbrechlich, dass er es mit einem zu starken Klopfen leicht hätte zerstören können. »Ich meine, ihr stützt euren Verdacht doch allein auf Vermutungen. Beweise habt ihr keine, oder?«

»Unter Umständen hätten wir welche, wenn ein gewisser voreiliger Zwerg die Finger bei sich behalten hätte«, sagte Siris. »Ich will ja keine Namen nennen, aber –«

»Spar dir deinen Spott«, ging Sira dazwischen und schnippte gelangweilt einen Traubenkern in Richtung ihres Bruders. »Garep hat sich oft genug dafür entschuldigt. Und woher hätte er wissen sollen, dass die Mietklinge keine gewöhnliche Maske trug?« Sie schlug unter ihrer schwarzen Robe, die über und über mit weißen Herrenkreuzen bestickt war, die Beine übereinander. »Er ist neu hier. Denk daran, wie es für dich bei den Zwergen war. Oder willst du behaupten, du hättest dort nichts gesehen, was dich überrascht hätte?«

Siris murmelte etwas Unverständliches in seinen Becher.

Garep war dankbar für die Unterstützung seiner Gefährtin, und er wünschte sich, er hätte es ihr auf irgendeine andere Weise als durch fleißige Liebesarbeit vergelten können. Sira versuchte, es sich nicht anmerken zu lassen, aber Garep war nicht klapperköpfig genug, um zu übersehen, wie sehr sie darunter litt, dass ihre Mutter sich nach wie vor weigerte, auch nur ein einziges Wort mit ihr zu sprechen. Da es unvernünftig gewesen wäre, sich den Kopf über Angelegenheiten zu zerbrechen, an denen er nicht das Geringste ändern konnte, konzentrierte Garep sich rasch wieder auf das eigentliche Thema des Gesprächs. »Ich begreife nur nicht, warum Azzaras einen Mord in Auftrag geben sollte. Womöglich irre ich mich, aber wenn ich ihn bei der Zusammenkunft richtig verstanden habe, hat er doch das Gesetz auf seiner Seite. Das Vorrecht des ältesten Vertreters der örtlichen Arbeiter der Stirn, Gozzoldinis Besitz für sich zu beanspruchen, falls es keinen geeigneten Erben gibt. Und Oji …« Er zuckte mit den Schultern und stopfte Tabak in die Pfeife. »Seit seinem Sturz ist er wirklich nicht in der Lage, etwas mit dem anzufangen, was Gozzoldini ihm hinterlassen hat.«

»Auf welcher Seite stehst du eigentlich?«, knurrte Siris. »Ist das die viel besungene zwergische Tugend der Treue? Ich dachte, du magst den Krüppel.«

»Selbstverständlich.« Garep griff zum Päckchen Zündhölzer neben dem Aschenbecher. »Hier stehen aber nicht meine persönlichen Sympathien zur Debatte, sondern die Frage, warum eine einflussreiche Person wie Azzaras ein Gesetz bricht, um sein Ziel durchzusetzen, obwohl ihm ein anderes Gesetz in der gleichen Sache bereits Recht gibt. Wäre es nicht töricht von ihm, das zu tun?«

»Wer hätte denn sonst die Mietklingen anheuern sollen, Stummel?«, fragte Siris.

»Eines der anderen Handelshäuser zum Beispiel«, schlug Garep vor und zündete sich die Pfeife an. Er nahm zwei tiefe Züge und genoss das angenehme, taube Prickeln, das der vorzügliche Tabak hinter seiner Stirn auslöste. »Eines, das enttäuscht darüber ist, dass euer Haus den verlorenen Sohn zurückhat. Es gab bestimmt einige unter euren Konkurrenten, die geahnt haben, welches Spiel deine Mutter gespielt hat. Doch solange du fort warst, waren ihnen die Hände gebunden, weil sie sich ja nicht sicher sein konnten, ob du vielleicht doch in dieser anderen Stadt als Händler gearbeitet hast. Wenn sie vor deiner Heimkunft irgendetwas unternommen hätten – wie einen Versuch, Zoseos zu beseitigen –, dann hätten sie ja nichts dadurch gewonnen, falls sich ihre Ahnungen als falsch erwiesen hätten. Du wärst nach Hause gekommen – am Ende noch mit einer Gefährtin und einem eigenen Sohn –, hättest die Geschäfte übernommen, und der ganze Aufwand, das ganze Risiko wäre für sie umsonst gewesen. Jetzt jedoch wissen sie genau, dass sie nur dich aus dem Weg schaffen müssen, um dein gesamtes Haus in den Abgrund zu stürzen. Du bist der einzige Erbe.«

Siris warf Sira einen mürrischen Blick zu. »Erklär du es ihm bitte.«

Sira legte eine Hand auf Gareps Knie. »Du denkst zu sehr, als wärst du im Bund, mein Treuester. Die anderen Häuser warten noch ab, bevor sie uns Mietklingen schicken. Sie bauen auf eine andere Möglichkeit. Eine, bei der sie sich nicht einmal die Hände schmutzig machen müssen.«

Garep runzelte die Stirn. »Und die wäre?«

»Sie hoffen, dass Siris bei den Verhandlungen mit den Barmherzigen Gesandten versagt.« Sie schaute zu ihrem Bruder und schlug einen vorsichtigen Tonfall an. »Siris hat keinerlei Erfahrung im Umgang mit den Elfen, und es besteht eine gewisse Wahrscheinlichkeit, dass er sie unbeabsichtigterweise brüskiert und sie abreisen, ohne uns ihre Gaben zu überstellen. So etwas ist in der Geschichte Meerschaums bereits ein paarmal vorgekommen. Nicht sehr häufig, aber es kann eben passieren. Eine falsche Anrede, eine zu flüchtige Verbeugung …« Sie seufzte und nahm sich eine Traube. »Das letzte Mal, als es passiert ist, hat unser Haus davon profitiert. Man sagt, wir sind zu Unterhändlern geworden, weil unsere Vorgänger einen Mann mit zu vielen Schnallen an den Schuhen zu den Elfen geschickt haben. Sie sind schrecklich leicht zu beleidigen, und wenn sie sich beleidigt fühlen, schütten sie ihre ganze Fracht ins Meer und verlangen anschließend trotzdem, dass wir ihre Laderäume mit unseren Gütern füllen.«

Garep dachte an die gleißende Kugel im Saal der Zusammenkunft. An das Gesicht, das sich auf ihr gezeigt hatte. An die unheimlichen Laute, die von ihm ausgestoßen worden waren. Bislang hatte er sich lediglich gefragt, wie die Elfen es schafften, ihre Ankunft über weite Entfernungen hinweg anzukündigen, und ob die Methode, die sie einsetzten, mit der Fernschreiberei verwandt war, wie sie im Bund zum Einsatz kam. Eine besondere Art Fernschreiberei, die auch ein Bild übermitteln konnte. Über all der Faszination für die sonderbaren Maschinen und Gerätschaften der Elfen – denn er konnte und wollte nicht an das Geschwätz der Menschen über irgendwelche Wunder glauben – hatte er vergessen, darüber nachzudenken, wie ein Volk, das ein anderes so sehr einschüchterte, von seinem Grundcharakter her beschaffen sein musste. Doch dafür blieben noch ein paar Schichten Zeit, denn die Elfen würden wohl erst morgen eintreffen, wie Sira ihm versichert hatte. Also befasste er sich lieber weiter mit dem Hier und Jetzt. »Wenn die anderen Häuser abwarten wollen, ob du die Elfen beleidigst, warum war dann einer der Mörder bei dir im Zimmer? Warum hätte Azzaras nicht nur Oji umbringen lassen sollen?«, fragte er Siris.

»Du bist stur wie ein Bruckstädter«, maulte der Mensch. »Azzaras ist ein gewiefter alter Pflugwetzer. In seinem Plan hat er für den Fall vorgesorgt, dass selbst nach einem geglückten Anschlag irgendjemand aus der Zusammenkunft bei der nächsten Sitzung dumme Fragen stellen wird. Und du hast ja recht, wenn du meinst, die anderen Händler würden sich darüber freuen, wenn mir etwas zustößt. Die hätte Azzaras also im Sack gehabt und hätte nur noch die Prediger davon überzeugen müssen, dass selbst sie nicht ständig den Willen der Herren hinterfragen sollten. Vor allem nicht dann, wenn es ihnen gefallen hat, Irisanjo von Wolfenfurt zu sich zu holen, wo sein Tod doch anderen zugleich ein Zeichen unermesslicher Gnade ist.«

Da Garep sich nicht erneut der Sturheit bezichtigen lassen wollte, nur weil er eine Sache zu Ende dachte, wie es sich für einen vernünftigen Zwerg gehörte, brach er sein Nachbohren ab. Das bedeutete allerdings nicht, dass er sich entspannt zurücklehnte und seine Pfeife schmauchte. »Ihr wisst also, wer Oji bedroht. Schön. Dann würde mich nur noch interessieren, woher Azzaras gewusst hat, in welche Zimmer er seine Handlanger schicken musste.«

Siris ignorierte ihn und goss sich Wein nach.

»Das ist kein Rätsel«, sagte Sira, und wie so oft, wenn sie ihm die Gepflogenheiten der Menschen erläuterte, wählte sie eine Stimmlage, mit der man Schwachsinnigen, naiven Kieseln und starrsinnigen Graubärten die Welt erklärte. »Azzaras hat einfach Erkundigungen bei jemandem einholen lassen, der hier im Haus wohnt oder regelmäßigen Zugang dazu hat.« Sie zeigte auf einen glubschäugigen Diener, der auf der anderen Seite des Dachs Topfpflanzen wässerte. »Ihn vielleicht. Oder seinen Bruder. Oder die Köchin. Oder den Laufburschen, der Zoseos zweimal am Tag das Neueste aus dem Hafen berichtet. Oder, oder, oder.«

Garep verschluckte sich am Rauch, der ihm gerade aus der Pfeife in den Mund strömte, und hustete. »Das nehmt ihr hin? Mit Leuten zusammenzuwohnen, die euch verraten?«

»Jeder ist ein Verräter, denn jeder hat seinen Preis«, sagte Siris beiläufig. »Davor kann man sich nicht schützen. Was sollte Zoseos denn tun? Alle naselang sein Gesinde austauschen? Gewissensprüfungen vor Predigern verlangen? Die sind genauso bestechlich. Und es hat übrigens auch seine Vorteile, dass jeder auf irgendeine Weise käuflich ist. So könnten wir es Azzaras wenigstens mit gleicher Münze heimzahlen.«

Zum Glück hatte Garep nicht noch einmal an der Pfeife gezogen. »Beim Bart des Befreiers! Ihr würdet tun, was Azzaras getan hat? Ihr würdet Mörder in sein Haus senden?«

»Vielleicht.« Siris kratzte sich genüsslich den Bauch. »Aber im Moment hätte das keinen Sinn. Es würde sich nicht für uns lohnen. Er ist gewarnt.«

Garep brauchte eine Weile, um diese Eröffnung zu verdauen, und lauschte in gebanntem, leisem Schrecken den Geschwistern, die sich angeregt darüber unterhielten, wie weit die Preise für Mietklingen während ihrer langen Abwesenheit wohl gestiegen waren und ob diejenigen Söldner, die in ihrer Jugend den besten Ruf hatten, heute überhaupt noch im Geschäft waren. Als er sich wieder gefangen hatte, wartete er auf eine Pause im Gespräch und sagte: »Wo du gerade Warnungen erwähnt hast, Siris … Warum hast du letzte Nacht eigentlich in Ojis Zimmer geschlafen?«

»Eifersüchtig?« Der Mensch grinste dreckig. »Keine Angst, du kannst den Krüppel haben, sobald du meine Schwester nicht mehr sehen kannst.«

Garep räusperte sich pikiert.

»Das Erste, was mir Zoseos gesagt hat, nachdem ich ihn allein zu fassen bekommen habe, war, dass sich in Meerschaum nichts verändert hat.« Siris streckte sich und gähnte. »Und mit Bestien kenne ich mich aus. Mit denen, die auf zwei Beinen gehen, genauso gut wie mit allen anderen. Und Azzaras hat mich nicht enttäuscht. Ich hatte mit einem Anschlag auf den kleinen Krüppel gerechnet. Aber nicht damit, dass Azzaras ein paar Klingen einkauft, die wirklich etwas von ihrem Handwerk verstehen. Sonst hätte ich sie beide erwischt. Nun ja, niemand ist vollkommen. Nicht einmal ich.«

»Die Jahre in der Fremde haben dir gutgetan«, lobte ihn Sira gespielt. »Du bist zu tiefen Einsichten gelangt.«

»Wir unternehmen also einfach nichts?«, wollte Garep wissen. »Gibt es denn keine Sucher bei euch, an die wir uns wenden könnten?«

»Es gibt die Garde«, sagte Sira. »Doch die dient eher der Verteidigung nach außen und um unter den Armen für Ordnung zu sorgen.

In Meerschaum hat niemand, der etwas auf sich hält, Interesse daran, sich von seinesgleichen in die Karten schauen zu lassen.«

»Da steckt ihr!« Zoseos kam über das Dach geschlendert, eine kleine Schatulle unter dem Arm. Er stellte sie auf dem Tisch ab, setzte sich auf einen freien Stuhl, streckte sein Bein aus und massierte sein Knie. »Wie ich sehe, haben dich die beiden schon mit ihrer Trägheit angesteckt, Garep. Es ist ja beinahe alles wieder wie früher. Rauchen, saufen, Obst naschen und im Schatten liegen – die Lieblingsdisziplinen eines Meerschäumers mit Klasse.« Zoseos ließ die schwachen Proteste seiner Nichte und seines Neffen über sich ergehen, nahm sich selbst einen Apfel und nickte Garep freundlich zu. »Dich habe ich gesucht.«

»Wieso?« Garep wollte nicht zu misstrauisch klingen, weil Zoseos sich bisher als ein recht freundlicher Langschädel präsentiert hatte. Doch seit Siris' Geständnis, dass er zum Erreichen seiner Ziele nötigenfalls Mörder anheuern würde, wurde Garep das unbehagliche Gefühl nicht los, unversehens in einen Stollenrattenbau geraten zu sein.

»Wir müssen uns für dich etwas einfallen lassen, wenn die Elfen kommen«, sagte Zoseos.

»Oh«, machte Garep. Das hörte sich harmlos an. »Was denn?«

Zoseos biss in seinen Apfel. »Jeder, der beim Empfang der Barmherzigen Gesandten zugegen ist, muss etwas mit sich führen, was sie uns bei einem früheren Besuch geschenkt haben.«

»Wieso?«

»Wieso? Wieso?«, äffte Siris Garep nach, bevor er ächzte und sich aus seinem Stuhl hochquälte. »Mir reicht's. Ich sehe nach meinem Pferd.«

»Die Sitte will es so«, sagte Zoseos. »Du weißt doch bestimmt, was eine Tradition ist?«

Garep biss die Zähne zusammen. So tief war er also gesunken: Ein Mensch fragte ihn – einen Zwerg –, ob er Ahnung von Tradition hatte. Als ob eine Kuh einen Adler fragte, ob sie ihm eben noch mal rasch zeigen sollte, wie das mit dem Fliegen ging. Garep schluckte die bissige Antwort, die ihm auf der Zunge lag, herunter und nickte. »Ich sehe das Problem nur nicht.«

»Es liegt …« Zoseos zögerte und nahm erst noch einen Bissen von seinem Apfel, ehe er weitersprach. »Es liegt an deiner Statur. Meistens schenken die Elfen uns Unterhändlern Ringe oder Schuhe. Manchmal auch einen Mantel oder –«

»Meine Finger sind zu fett und meine Füße zu breit.« Garep schürzte die Lippen. »Das ist es doch, was du mir sagen willst.«

»Wenn du es so ausdrücken möchtest …« Zoseos zuckte mit den Schultern. Er schob Garep die Schatulle entgegen. »Damit können wir nichts falsch machen.«

Garep brummte und klappte den Deckel auf. Sira beugte sich zu ihm, um zu schauen, was in dem Kästchen aufbewahrt war.

»Uh!« Seine Gefährtin reagierte auf eine Weise, wie er sie noch nie an ihr beobachtet hatte: Sie schlug mit einem Kiekser die Hände vor der Brust zusammen. »Fließende Schrift!«

Alles, was Garep sah, war ein Stück Tuch aus silbrig schimmerndem Stoff. Das Teil war nicht einmal ordentlich gefaltet, sondern wirkte, als wäre es völlig unzeremoniell in die Schatulle gestopft worden. »Was ist das nun genau?«

»Das wirst du schon herausfinden, mein kleiner Freund.« Zoseos langte über den Tisch und klappte den Deckel des Kistchens zu. »Sira meinte, du wärst ein ausnehmend schlauer Kopf.«

Konnte es sein, dass Sira mit ihrer Einschätzung irrte? Garep fühlte sich alles andere als schlau, als er eine Weile später in seinem Zimmer auf dem Bett saß und das Tuch in der Schatulle betrachtete. Am meisten befremdete ihn der Rat, den ihm Zoseos noch mitgegeben hatte: »Gewöhn es langsam und vorsichtig an dich, sobald du dein Hemd ausgezogen hast.«

Noch hatte sich Garep nicht dazu überwinden können, seinen Oberkörper frei zu machen, obwohl er sich in seinem Hemd auch nicht unbedingt wohlfühlte. Es war aus gelb gefärbter Strauchwolle und stammte augenscheinlich von einem großen, dicken Menschen, aber es spannte trotzdem an den Schultern und reichte ihm beinahe bis zu den Knien. Er kam sich darin ein wenig wie ein Kiesel vor, der im Kleiderschrank seiner Mutter gewildert hatte.

Was hatte Garep bis jetzt für Erkenntnisse über das Tuch gewonnen, das ihn in den Augen der Elfen als Freund ihres Volkes ausweisen sollte? Zunächst hatte er sich das Gewebe näher angesehen. Wenn man sich ganz dicht darüberbeugte, konnte man zwar keine einzelnen Fäden ausmachen, doch immerhin so etwas wie ein Muster. Wie Schuppen oder winzig kleine Kettenglieder. War es am Ende gar kein Stoff, sondern Metall?

Ein zaghaftes Betasten mit der Fingerspitze hatte ergeben, dass sich die Fließende Schrift – wusste der Vorarbeiter, wie die Menschen nun wieder auf diese Bezeichnung gekommen waren – warm und glatt anfühlte.

Garep seufzte. Was gab er hier den Zauderer? Er knöpfte sein Hemd auf und streifte es ab. Danach nahm er das Tuch aus der Schatulle, indem er beide Hände wie eine Schaufel darunterschob und es behutsam anhob. Es war federleicht, und ja, es schien eine deutliche Wärme von ihm auszugehen. Hervorragend. Als ob ihm nicht so oder so bereits die ganze Zeit zu heiß war, seit er den Bund verlassen hatte.

Sein Herz setzte einen Schlag aus, und er war mit einem Mal ausgesprochen erleichtert, dass er vor seinem Rückzug hierher noch einmal pinkeln gewesen war, denn ansonsten wäre ihm das Wasser aus dem Zapfen geschossen, als sich das Tuch auf seinen Händen zu bewegen begann. Wie ein Band aus Quecksilber rann es ihm den Unterarm entlang. Er gab einen erstickten Laut von sich und wedelte mit dem ganzen Arm, um es abzuschütteln. Das Ergebnis seiner Bemühungen bestand darin, dass die Fließende Schrift – die erste Hälfte des Namens wurde ihm nun sehr bewusst – nur umso schneller seinen Arm hinaufwanderte. Sie erreichte seine Schulter und teilte sich in zwei Stränge. Der eine glitt ihm über die haarige Brust und den Bauchansatz, der andere erst hinten im Nacken entlang und dann nach vorn über sein Schlüsselbein. Letztlich vereinten sich die beiden Ausläufer des silbernen Rinnsals ungefähr über seiner Magengrube und bildeten so eine Art großen Reif, der ihm um den Hals hing.

Garep erstarrte und fragte sich, ob sich diese Schlinge auch zuziehen konnte. Die Fließende Schrift, die eben erst zur Ruhe gekommen war, trieb feine Adern aus, die auf seiner Brust aufeinander zustrebten, einander umwirbelten und sich ineinander verflochten, bis sie ein verschlungenes Symbol ergaben. Zumindest wirkte es wie ein Symbol. Was war das? Erneut gerieten die Äderchen in Bewegung, und Garep musste an das Wurzelwerk einer bizarren, silbernen Pflanze denken, das schneller wuchs, als es seiner Erfahrung nach für Wurzeln möglich war. Er atmete tief ein und aus, um seine rasenden Gedanken zu beruhigen, und wieder regte sich die Fließende Schrift, wenn auch weniger zielstrebig, als wüsste sie nicht, welche Form sie nun annehmen sollte. Garep beschloss, seiner Intuition zu vertrauen, die die erste Form als Symbol gedeutet hatte. Die Fließende Schrift dankte es ihm, indem sie erneut in genau diese Form zerfloss. Sieh an. Er war wohl auf der richtigen Spur, sich einen Reim auf dieses – was war es? Ein Kleidungsstück? Ein Kleinod? Etwas gänzlich anderes? – zu machen. Fließende Schrift. Das Symbol auf seiner Brust hatte zwar wenig mit den klaren erbaulichen Formen einer Rune gemein, aber dafür ähnelte es den weichen, geschwungenen Zeichen, mit denen die Menschen ihren Gedanken sichtbare Gestalt verliehen. Nur mit noch mehr Bögen, Häkchen und Ausbuchtungen.

»Aber warum nicht?«, schrie eine helle Stimme draußen auf dem Hof.

»Weil ich es dir sage!«, antwortete ihr ein gereizter Mensch kaum weniger laut.

Garep schreckte auf. Was hatte es mit diesem Gezeter auf sich? Ein neuerlicher Anschlag? Die Fließende Schrift zerlief zu einem neuen Zeichen, als er zur Tür schlich, um sie einen Spalt zu öffnen.

»Es ist meine Entscheidung, ob ich mit ihnen rede oder nicht.« Das Gesicht des Mädchens, das mit Siris und Himek in die Stadt gekommen war, war zu einer Maske aus zorniger Entrüstung verzerrt. »Meine Entscheidung, hörst du? Du machst jetzt sofort das Tor auf und holst sie zurück.«

»Solange du in diesem Haus wohnst, treffe ich für dich die Entscheidungen, Fianessa!« Siris hatte die Fäuste geballt, und sein Kopf glühte nicht nur von der Mittagshitze hochrot. »Gewöhn dich dran!«

»Wenn es nach mir ginge, wäre ich doch gar nicht hier!« Fianessa stampfte wütend auf. »Du hast mich hierher verschleppt!«

Garep entspannte sich. Kein neuer Anschlag. Nur ein Streit, wie er zwischen Vätern und Töchtern wahrscheinlich jeden Tag Tausende Male ausgetragen wurde und Tausende Male den gleichen Ausgang fand.

»Ich hasse dich!«, kreischte Siris' Mündel und rannte davon in Richtung des Durchgangs zu den Stallungen.

Siris hatte offenbar ausgezeichnete Instinkte, wenn es darum ging, zu bemerken, dass er unter Beobachtung stand, denn er drehte nun den Kopf zu Garep und knurrte: »Was glotzt du so blöd, Kurzbein?«

Garep zog die Tür ganz auf. »Ich habe mich nur über den Krach gewundert.« Ein sanftes Kitzeln auf der Brust verriet ihm, dass die Fließende Schrift sich veränderte. Er lächelte. »Mach dir um den Kiesel keine Sorgen. Sie wird sich bald wieder beruhigen.«

»Weil du dich mit Kindern ja so gut auskennst«, schnaubte Siris.

Der Stich, den Siris' dahergesagte Bemerkung Garep versetzte, trieb die Fließende Schrift zu einer weiteren Regung an. Er zwang sich, seine Enttäuschung über Himeks Ablehnung in eine finstere Ecke seines Denkens zu verbannen. Er konnte es seinem Sohn nicht vorwerfen, dass er keine Lust hatte, sich mit dem Vater auseinanderzusetzen, der ihn vor langer Zeit aufgegeben hatte, und zudem vermutete Garep, dass sein neu erwachtes Interesse an Himek weniger mit ihren Blutsbanden als vielmehr mit dem Umstand in Verbindung stand, dass sie beide Zwerge fern der Heimat waren. Nicht, dass das den leisen Schmerz der Zurückweisung irgendwie gelindert hätte. »Worüber habt ihr euch an den Bärten gezogen?«, fragte er Siris.

»Ich habe ein paar Sandfresser verscheucht.«

»Sandfresser?«

»Südländer.« Siris schüttelte den Kopf. »Die Irren glauben, Fianessa sei ihnen geweissagt worden, und jetzt wollen sie sie einladen, damit sie mit ihnen nach Feuerberg kommt und dort auf jedem Marktplatz ihre dumme Geschichte erzählt. Nicht mit mir. Sie bleibt schön hier, wo ich sie an der kurzen Leine halten kann. Das bin ich ihrer Mutter schuldig.«

Es kitzelte wieder auf Gareps Brust. Siris kniff die Augen zusammen. »Das hat Zoseos für dich rausgesucht?«

»Ja.«

»Er muss wissen, was er tut«, meinte Siris skeptisch und ging seinem Mündel hinterher.

»Weißt du, wo Sira ist?«, rief ihm Garep nach.

»Wo wohl? Im Schrein.«

Der Schrein lag im hinteren Bereich des Haupthauses, und Garep schätzte sich glücklich, dass er auf seinem Weg durch das Empfangszimmer und den Gang, der zur Andachtsstätte führte, keinem Menschen begegnete. Er befürchtete nämlich, dass er mit der Fließenden Schrift auf seiner haarigen Brust unfassbar albern aussah, und er wollte bei Sira nachfragen, ob sie ihren Onkel bitten würde, ein anderes Elfenartefakt für ihn auszuwählen. Er hatte auch ein gutes Argument parat: Wenn die Elfen derart peinlich genau auf Etikette achteten, stellte es dann nicht ein Risiko dar, sie bei ihrer Ankunft ohne Vorwarnung mit einem halb nackten Zwerg zu konfrontieren?

Er fand Sira unter der großen, vierarmigen Statue eines ihrer Götter, die in einer abgerundeten Nische in der Rückwand des Schreins aufgestellt war. Sira war nicht allein. Gajuwessus kniete neben ihr und salbte die klauenbewehrten Füße der Statue mit einem Öl, das nach Rosen und Honig duftete.

»Störe ich?«, fragte Garep leise. Er war dazu übergegangen, sämtliche Zurschaustellungen des Aberglaubens, dem seine Gefährtin anhing, so zu behandeln, wie er es mit ernsten, feierlichen Anlässen im Bund – Gruftlegungen oder Vereidigungen – hielt. Es schadete ja nicht und ersparte ihm so manche unnötige Auseinandersetzung.

»Wir beten für einen glücklichen Ausgang unserer Reise nach Westburg«, erklärte Sira. Ihre Augen strahlten, und als sie die Fließende Schrift sah, sprang das Strahlen auf ihr Lächeln über. »Respekt«, sagte sie.

»Wofür?«

»Nein, das steht da.«

»Wo?«

»Auf deiner Brust.«

Als Garep verwundert den Blick senkte, lief das Symbol auseinander und die Stränge verbanden sich zu einem neuen Zeichen.

Sira lachte, aber es war kein bisschen Spott darin. Nur Freude. Das wiederum erfüllte Garep mit Erleichterung, und die Fließende Schrift begann sich erneut zu verändern. »Sehe ich damit nicht aus wie ein Ochse beim Almabtrieb?«

»Ganz und gar nicht«, beruhigte ihn Gajuwessus, der sich mit einem Tuch das Öl von den Händen rieb. Der alte Mensch, auf dessen dunkler Haut sich das Licht der zahllosen Kerzen an den Wänden spiegelte, nickte wissend. »Es ist eine Ehre, die Fließende Schrift zu tragen.« Er legte das Tuch beiseite. »Sira hat mir erzählt, du hättest stets viele Fragen.«

»Hat sie das?«

»O ja. Und ich bin jemand, der gerne Antworten gibt.« Der Ruhige Redner deutete auf die vorderste der drei gepolsterten, lehnenlosen Bänke. »Setz dich doch, damit ich dir einige Antworten geben kann.«

Das Angebot kam für Garep unvermittelt, aber er nahm es an.

Sira hauchte ihm einen Kuss auf die Wange. »Ich weiß, was du fragen wirst, mein Treuester, und ich habe keine Antworten mehr für dich, die du nicht schon gehört hättest.« Sie kraulte ihm noch flüchtig das Rückenhaar, wünschte ihm viel Vergnügen und ließ ihn dann mit ihrem alten Lehrmeister allein.

»Nun«, sagte Gajuwessus. »Worüber kann ich dir Auskunft geben?«

Garep sah zur Herrenstatue auf. »Es steht nicht in meiner Absicht, dich zu beleidigen, aber ich verstehe nicht, wie ihr diese Geschöpfe anbeten könnt.«

»Leg dein Unverständnis genauer dar«, bat ihn der Greis höflich.

»Ihr haltet sie für Götter, doch sie ähneln den Kreaturen, die wir Zwerge Drachen nennen. Die Drachen haben mein Volk über lange Zeit unterjocht, bis wir aufbegehrt und sie alle getötet haben. Alle ihre Städte wurden geschleift und alles, was sie je hervorgebracht haben, vernichtet. Verbrannt, in die tiefsten Spalten geworfen, im Meer versenkt.«

»Und weil ihr eure Unterdrücker ausgelöscht habt, meinst du, dass unsere Herren keine Götter sein können, weil sie den Drachen ähneln?«

Garep nickte. »Ihr verehrt die Ruinen der Rasse, die vor euch in eurem Land gelebt hat. Ihr führt Kriege für tote Wesen, deren Leiber längst vergangen sind. Ihr behandelt die Hervorbringungen ihrer Kultur, die noch zu bestaunen sind, wie Wunder. Ihr nehmt ihre Gesetze und wendet sie auf euer Miteinander an.«

Gajuwessus beugte sich vor, stützte sein Kinn in beide Hände und schwieg lange. Dann sagte er voll in sich ruhender Gelassenheit: »Und was ist daran falsch, diese Gesetze zu achten? Sie haben die Herren schließlich befähigt, Unvorstellbares zu leisten, selbst wenn es nicht die Taten von Göttern gewesen sein sollten. Sind sie nicht etwas, dem es nachzueifern lohnt?«

»Aber dazu braucht es keinen Glauben«, entgegnete Garep. »Dazu braucht es Fleiß und Entschlossenheit, Neugier und Streben. Ihr könntet den Herren doch nacheifern, ohne euch der Verblendung hinzugeben, sie existierten noch irgendwo und würden euer Treiben beobachten, um es zu belohnen oder zu bestrafen. Ohne die Vorstellung, die Herren holten etwas von euch zu sich an einen Ort, an dem es keine Not und keinen Schmerz mehr gibt, sobald ihr tot seid.«

Gajuwessus seufzte. »Verrate mir, wohin die Zwerge gehen, wenn ihre Zeit gekommen ist.«

»In die Gruft«, antwortete Garep. »Und in das Angedenken ihrer Nachkommen.«

»Das ist alles, was dich erwartet?«, fragte der Mensch.

»Das ist alles.«

Der Alte richtete sich auf und schaute Garep traurig an. »Wie könnt ihr so leben? Mit der Überzeugung, dass euer gesamtes Selbst am Ende nichts als Staub ist?«

»Besser, als wenn wir uns belügen müssten.« Garep klatschte eine schwache Bekräftigungsgeste. »Besser, als wenn wir die Träume eines toten Volkes weiterträumten.«

»Woher rührt dein Groll auf die Herren?« Gajuwessus schüttelte den Kopf. »Was schert es dich, was wir glauben? Dass wir in ihren Schriften Wahrheiten finden, die uns Trost spenden?«

»Sind es nicht ihre Schriften, die die Zwietracht unter euch fördern?« Garep hob die Augenbrauen. »Sind sie nicht der Auslöser für eure Kriege?«

Gajuwessus legte einen Finger auf eines der Tonröllchen, die er an einer Kette um den Hals trug. »Wenn ein Knecht gefallen ist, soll der andere ihm aufhelfen.« Sein Finger wanderte zum nächsten Röllchen. »Liebt alles Gesinde wie euch selbst, und ihr werdet die Liebe der Herren erfahren.« Und weiter. »Der Knecht, der den Herren Freude bringen will, handelt stets gütig und gerecht.« Und weiter. »Mäßigt euren Zorn, denn er vergiftet die Seele.« Gajuwessus ließ seine Hand in den Schoß sinken. »Auch das und noch vieles mehr, was dem Gemeinwohl dient, lehren die Schriften.«

»Mitgefühl, Achtung und Mäßigung sind alles Eigenschaften, die auch unter uns Zwergen hohen Wert besitzen. Wenn sie alle in den Schriften gepriesen werden«, protestierte Garep, »weshalb töten dann so viele von euch Menschen trotzdem andere Menschen im Namen der Herren?«

»Wenn ihr Zwerge doch keine Herren habt, die euch anleiten, und wo ihr euch doch über unser Töten so verwundert zeigt«, gab Gajuwessus zurück, »weshalb tötet ihr Zwerge dann uns Menschen im Namen der Vernunft?«

Darauf hatte Garep keine Antwort, und er mutmaßte, dass das Zeichen, zu dem sich die Fließende Schrift nun formte, für ein unlösbares Rätsel stand.

Da sein Gespräch mit dem Ruhigen Redner nicht dazu beigetragen hatte, ihm die Menschen verständlicher zu machen, verbrachte Garep den restlichen Nachmittag damit, dumpf in dem Zimmer, das er sich mit Sira teilte, vor sich hin zu brüten. War es unter Umständen ein Fehler, gegenüber den Menschen die zwergische Vernunft zu verteidigen? Vor allem, wenn er berücksichtigte, wohin ihn seine vernunftgetragenen Entscheidungen geführt hatten? In ein Leben als

Ausgestoßener inmitten von Fremden, die ihm wahrscheinlich für immer fremd bleiben würden.

Immerhin gewöhnte er sich nach und nach an das Kitzeln und Gleiten der Fließenden Schrift, die seinen Gedanken folgend immer neue Symbole ausbildete. War es möglich, dass es sich bei dem Gegenstand um eine Art Lernhilfe handelte, mit der man sich das Lesen der elfischen Schriftsprache aneignen konnte? Oder war das schon wieder zu vernünftig gedacht und es war nicht mehr als ein Spielzeug? Oder gar ein Haustier? Schließlich wirkte die Schrift lebendig …

Irgendwann scheuchte ihn der Hunger aus seiner Antriebslosigkeit. Da im Empfangszimmer eigentlich immer mindestens eine Schale mit frischem Obst stand, beschloss Garep, das Grummeln in seinem Magen dort zu bekämpfen.

Schon beim Überqueren des Hofs bemerkte er die düsteren Mienen von Zoseos und Siris. Die beiden Menschen führten eine leise, aber heftige Diskussion, bei der sie wieder und wieder auf den Tisch zeigten. Als Garep nahe genug heran war, erkannte er, dass der Auslöser des Zwists ein Schriftstück war, auf dessen oberer linker Ecke ein verschnörkeltes Siegel prangte.

»Reiz ihn nicht unnötig«, empfahl Zoseos seinem Brudersohn gerade.

»Ich bin nur für klare Verhältnisse«, zischte Siris.

»Schlechte Neuigkeiten?«, fragte Garep und schälte eine der langen, gelben Früchte, deren Inneres so weich war, dass es sich nur unter Einsatz der Zunge zu einem süßen Matsch zerdrücken ließ.

Der Ärger in Siris' Augen loderte derart grell, dass Garep befürchtete, der Mensch könnte das Papier, an dem seine Blicke hafteten, in Brand setzen, wenn er es noch länger anstarrte. »Ein Brief von unserem Freund Azzaras.«

»Und was schreibt er?«

»Dass er zu einem Kompromiss bereit ist«, sagte Zoseos.

»Das nennst du einen Kompromiss?«, giftete Siris. »Gut zu wissen. Ich nenne es eine Unverschämtheit, für die der Kerl einen gehörigen Arschtritt verdient hat.«

»Worin besteht denn sein Angebot?«

»Aus einer echten Überraschung«, meinte Zoseos kühl. »Er schlägt vor, dass er Oji als einen seiner Schüler annehmen könnte.«

»Tatsächlich?« Garep hielt verblüfft mit dem Essen der Frucht inne. »Aber er hat doch gemeint, der Junge sei schwachsinnig.«

»Eben.« Siris schlug mit der flachen Hand auf den Tisch. »Er macht das nur, weil ein Schüler keinen eigenen Besitz haben darf, solange er beim Meister in der Lehre ist. Er will damit seinen Anspruch auf Gozzoldinis Erbe untermauern, verstehst du?«

»Nicht ganz«, gestand Garep.

Siris verdrehte nur die Augen, doch sein Onkel zeigte sich auskunftsfreudiger. »Wenn Oji der Schüler von Azzaras wird, fällt er als Erbe von Gozzoldini aus, und dann steht Azzaras nichts mehr im Wege, um Gebrauch von seinem Vorrecht als ältester Weiser Denker zu machen.«

»Und das ist noch längst nicht alles«, knurrte Siris, klaubte den Brief vom Tisch auf und las vor. »Des Weiteren verbinde ich mit dieser höchst gütlichen Einigung die Aufforderung, mir den angeblichen Herrenschatz, den das Mädchen aus Goldberg mit sich führt, unverzüglich zwecks eingehender Untersuchungen auszuhändigen.« Siris knüllte das Schreiben zusammen und warf es mit einem verächtlichen Grunzen über Gareps Kopf hinweg in das Zierbecken.

»Welchen Schatz meint er?«, hakte Garep nach.

»Fianessas Axt«, antwortete Zoseos.

»Aber die Axt ist alles, was das Kind noch hat«, sagte Garep. »Sie wird sie nie hergeben, oder?«

»Muss sie auch nicht.« Siris bleckte die Zähne. »Was würdest du Azzaras an meiner Stelle antworten, hm?«

Garep wählte seine nächsten Worte mit Bedacht, denn er hatte keine Ahnung, wie man unter den Meerschäumern eine höfliche, aber bestimmte Absage formulierte. »Ich würde ihm ausrichten, dass du nach reiflicher Überlegung zu folgenden Entscheidungen gelangt bist: Oji stellt in seinem augenblicklichen Zustand für Azzaras keinen geeigneten Schüler dar und sollte daher besser bis zu seiner Genesung in der Obhut deiner Schwester bleiben. Des Weiteren kannst du leider nicht über den Verbleib der Axt bestimmen, da sie dir bedauerlicherweise nicht gehört. Du hoffst allerdings, dass Azzaras aus diesen Entscheidungen keinen mangelnden Respekt für seine Wünsche oder sein Entgegenkommen herausliest.«

»Nicht schlecht.« Zoseos klatschte Garep leise Beifall. »Nicht schlecht.«

Garep deutete eine Verbeugung an.

»Nicht schlecht?«, höhnte Siris. »Wollt ihr Azzaras nicht gleich auch noch den runzligen Hintern küssen? Ich bin enttäuscht, Garep. Vorhin hast du noch gefordert, dass wir Azzaras vor ein Tribunal schleifen, und jetzt zwitscherst du schöne Melodien für ihn.«

»Was würdest du denn schreiben?«, sagte Garep mit trotzig vorgerecktem Kinn.

»Dass wir die Sache auch anders lösen können.«

»Bitte, Junge, das ist zu riskant.« Ein tiefer, flehender Ernst lag in Zoseos' Stimme. »Das ist es nicht wert.«

»Hast du Angst um mich?«

»Wovon redet ihr da?«, mischte sich Garep ein.

»Er will vor der Zusammenkunft um unser und Ojis Recht kämpfen«, sagte Zoseos.

»Aber das ist doch ein gangbarer Weg«, wunderte sich Garep. »Wir finden sicherlich noch Argumente, mit denen wir –«

»Es ist kein Kampf mit Worten, du Hohlklotz«, fuhr ihn Siris an. »Mit Worten kommen wir Azzaras nicht bei. Er und all die anderen alten Säcke sollen wissen, dass mit mir nicht zu spaßen ist. Wenn ich ihnen nicht von Anfang an zeige, dass ich nicht so weich wie mein Vater bin, werden sie alle zwei Tage neue, unverfrorene Forderungen an mich stellen.«

»Womit willst du dann kämpfen, wenn es keine Worte sind?«, fragte Garep.

»Dreimal darfst du raten!«, spie ihm Siris entgegen.

Garep begriff, dass selbst Menschen wie Siris, denen die Herren nichts bedeuteten, den Drang verspürten, sich ihren Willen mit Blut und Tod zu erkaufen.

12

Der gebratene Speck duftete, wie gebratener Speck duften sollte – würzig und kräftig –, aber Karu war der Appetit vergangen. Ihre Lustlosigkeit hing nicht damit zusammen, dass sie lange geschlafen hatte und die eigentliche Frühstückszeit schon ein ganzes Weilchen vorüber war. Im Gegenteil: Üblicherweise war ihr Hunger beim Aufstehen umso größer, je länger sie im Bett gelegen hatte.

Heute nicht. Heute schlug ihr etwas gewaltig auf den Magen. Es war die Art und Weise, wie Rinul die Ereignisse der vergangenen Nacht ignorierte. So, als ob nichts geschehen wäre. Anstatt sich bei ihr dafür zu entschuldigen, dass er sie angesichts ihrer bevorstehenden Scheinhinrichtung durch Bibet nicht im Mindesten vorgewarnt hatte, gab er lieber den heiteren, fürsorglichen Liebhaber. Gleich nach dem Aufwachen hatte er ihr eines seiner karierten Hemden und eine Hose aus grober Strauchwolle hingelegt. »Gut geschlafen, Funkelquarz?«, hatte er gefragt und ihr einen Kuss auf die Stirn gedrückt, um sich dann sofort in die Küche zu verziehen, wo er nun Speck brutzelte, Tee kochte und Hartbrot aufschnitt. Dabei hatte er ein unverschämt fröhliches Summen auf den Lippen, und er schien sich auch nicht an ihrer Schweigsamkeit zu stören.

Die einzigen Fragen, die er an sie gerichtet hatte, waren »Wie viele Streifen Speck?« und »Sauerapfel- oder Hopfentee?« gewesen, auf die sie ihm nicht einmal geantwortet hatte. Was dachte er sich? Dass sie einfach über die Angelegenheit hinwegging, wie man nicht weiter auf einen Chor von Komödianten achtete, der zwischen den Akten eines Bühnenstücks ein paar zotige Motetten zum Besten gab, weil man eigentlich auf die letzte Wendung in der Handlung gespannt war? Scherte es ihn denn gar nicht, wie es in ihr aussah?

»Magst du den Schmalz lieber dick oder dünn?« Er wedelte mit einer Scheibe Hartbrot.

Sie schüttelte den Kopf.

»Kein Schmalz also. Ganz wie die Dame es wünscht.« Er schloss den Deckel des Schmalztöpfchens und stellte es zurück auf das Regal neben dem Herd.

Warum? Warum hatte er sie nicht gewarnt? Eine winzige Andeutung, dass das Ritual nach der Sprengung des Krans im Hafen noch nicht vorbei war, hätte ihr genügt. Ein »Freu dich noch nicht zu früh« oder ein »Bleib noch ein bisschen wachsam«. Nichts. Nichts hatte er gesagt. Schlimmer noch: Er hatte sich mit ihr an die Liebesarbeit gemacht, als hätte es bereits einen echten Grund zum Feiern gegeben. Was sie dabei am meisten bedrückte, war der schlimme Verdacht, dass sein Verhalten womöglich nur einen Schluss zuließ: Wenn es hart auf hart kam und er sich zwischen ihr und den Regeln der Freibündler entscheiden musste, fiel seine Wahl nicht auf sie, sondern auf die Traditionen, die seinen Geist und seinen Verstand geformt hatten. Denn das war die nächstliegende Erklärung für sein Schweigen – dass es ihm die Gesetze der Freibündler verboten hatten, eine Warnung auszusprechen. Und er hatte sich an diese Gesetze gehalten, obwohl er doch immerzu behauptete, er wäre so anders als sein Vater, der ja aber auch bei nüchterner Betrachtung nichts anderes tat, als sich nur an die Sitten jenes Umfelds zu halten, in das er hineingeboren worden war. Mehr als alles andere – mehr als ihr Geliebter, mehr als ein Streiter für die Wahrheit – war Rinul ein Freibündler. Als ihr einfiel, dass sie nun ebenfalls zu dieser Gesellschaft zählte, stiegen Karu Tränen in die Augen. Sie konnte nicht sagen, ob aus Zorn oder aus Enttäuschung.

»Nimmst du Zucker in den Tee?«, fragte Rinul über das Pfeifen des Kessels auf dem Herd.

Sie blinzelte die Tränen weg, biss sich auf die Unterlippe und schüttelte wieder den Kopf.

Es klopfte am Rahmen der Küchentür.

»Störe ich?« Gageks Platzwunde am Jochbein war mit drei Stichen genäht, und da sein langes Gesicht mit dem Blumenkastenkinn auf dieser Seite nach wie vor böse angeschwollen war, hatte sein Lächeln ungefähr den Charme einer Grimasse, die ein verwachsener Possenreißer schnitt, um einer Horde Kiesel einen wohligen Grusel zu bescheren.

»Woher die plötzliche Höflichkeit?«, blaffte Karu, die nicht verstehen konnte, dass sich Gagek für dieses verdellte Ritual sogar das Gesicht hatte verschandeln lassen. »Gestern Nacht hast du doch auch auf sämtliche Höflichkeit verzichtet.«

»Woher die Scham?« Gagek setzte sich an einen der freien Plätze am Tisch und nahm sich einen Schnitzen Stachelbirne von einem der Teller, die Rinul aufgedeckt hatte. »Wir Steine leben eng mit den Rindern zusammen, die unsere Wagen ziehen. Ich hätte also nichts sehen können, worüber ich mich nicht schon als Kiesel vor Lachen bepisst habe.« Er schob sich den Schnitzen in den Mund und leckte sich die Finger ab. »Aber eines kann ich dir sagen, falls es dich beruhigt: Nackt bist du um einiges ansehnlicher als in diesem fürchterlichen Hemd.«

»Wenigstens trage ich ein Hemd«, erwiderte Karu spitz.

»Was hast du gegen meine Weste?«

»Abgesehen davon, dass sie notdürftiger geflickt ist als dein Gesicht?«

»Frag nicht weiter nach, Stark«, empfahl Rinul Gagek. »Erzähl uns doch lieber mehr darüber, wie nah du deinen Rindern früher so gekommen bist.«

Gagek setzte zu einem dreckigen Lachen an, das in einem gepeinigten Stöhnen endete. Er befühlte seine Wange mit der Vorsicht, mit der man etwas sehr Heißes berührte, von dem man nicht sicher war, ob man sich daran verbrannte.

Rinul goss ihnen allen Tee ein und platzierte anschließend die Pfanne mit dem Speck auf dem Tisch. Karu spießte zwei Speckstreifen auf und lud sie auf ihrem Teller ab.

»Ich würde gern mit euch reden«, eröffnete Gagek, nachdem er die Naht an seiner Backe Naht sein ließ.

»Nur zu«, ermunterte ihn Rinul. »Wir sind ja unter uns.« Er setzte sich und zwinkerte Karu gespielt verschwörerisch zu. Sie überlegte kurz, ob er sich eine Ohrfeige verdient hatte. Das war also sein erstes Eingeständnis, dass er anscheinend doch darüber nachdachte, was gestern mit ihr passiert war? Dieses doofe Zwinkern?

Gagek beugte sich über den Tisch und angelte sich mit bloßen Fingern geschickt ein wenig Speck aus der Pfanne. »Euch ist bestimmt nicht entgangen, dass ich es für einen Fehler halte, euch hier in diesem Haus aufgenommen zu haben.«

»So?« Rinuls freundliche Miene war wie weggewischt, und er fixierte Gagek mit düsterem Blick. »Heißt das, du willst uns noch immer davonjagen wie Hunde?«

Gagek kaute auf seinem Speck herum und hob beschwichtigend die Hände. »Lass die Axt stecken, Plattenstemmer«, brachte er schmatzend hervor. »Ich bin nicht wie du. Für mich sind die Traditionen kein Stück Ton, das ich mir so forme, dass mein Arsch nach dem Brennen auf die Schüssel passt.«

»Was meint er damit?«, wollte Karu von Rinul wissen, doch es war Gagek, der ihr antwortete.

»Ich meine damit, dass er dich niemals hierher hätte bringen dürfen, falls er einen echten Sinn für Ehre hätte. Fremde haben in unseren Häusern nichts verloren. Und schon gar keine Sucherinnen.«

»Ich war keine Sucherin mehr«, protestierte Karu.

»Aber eben trotzdem eine Fremde, eine Unfreie. Oder nicht?«

»Gib es auf, Karu.« Rinul seufzte. »Du könntest genauso gut mit einer Wand reden.«

»Was war, ist gewesen«, sagte Gagek schulterzuckend. »Daran kann ich nichts ändern. Doch jetzt liegen die Dinge ohnehin anders. Jetzt bist du frei.«

»Augenblick!« Karu war nicht bereit, dieses Thema einfach auf sich beruhen zu lassen – vor allem, weil sie einen Anflug von schlechtem Gewissen zu verdauen hatte. Sie hatte sich geirrt. Rinul war bereits vor ihrem Ritual einmal vor die Wahl zwischen ihr und den Gesetzen der Bündler gestellt worden – und offenkundig hatte er sich für sie entschieden. »Du sagst also, du warst dagegen, uns aufzunehmen, nur weil ich eine Fremde war?«

»Anfangs schon«, räumte Gagek ein und bediente sich erneut am Speck. »Später, nachdem ich verstanden habe, was ihr vorhabt – diese verrückte Idee von einem Umsturz oder einem Aufstand oder was immer ihr euch da herbeiträumt –, da sind es dann auch eure Pläne gewesen, weswegen ich euch gern vor die Tür gesetzt hätte. Leider ist Bibet ein sturer, alter Steinesel, der sich nicht sagen lässt, wann er mit dem Schweif zu wedeln hat, um die Bremsen loszuwerden. Und noch dazu will er nicht begreifen, dass Träumer wie ihr schlecht fürs Geschäft seid.«

Karu runzelte die Stirn. »Inwiefern sind unsere Pläne schlecht für eure Geschäfte?«

»*Unsere* Geschäfte.« Gagek schnitt erneut sein sonderbares Grimassenlächeln. »Vergiss nicht, dass du jetzt zu diesem Haus gehörst.« Er zeigte noch mehr Zähne. »Gestern noch ein ärgerliches Mitbringsel eines Vetters, der ungebeten zu Besuch kommt, und heute meine kleine Schwester in der Freiheit.«

»Und verrätst du deiner kleinen Schwester noch, was sie eigentlich gerade von dir wissen wollte?«

»Selbstverständlich.« Er lächelte inzwischen so breit, dass Karu ernsthaft befürchtete, seine Wunde könnte wieder aufreißen. »Wo sie doch so ein liebreizendes Geschöpf ist, dem man keinen Wunsch abschlagen kann.« Er atmete tief durch. »Dieses Haus betreibt seine Geschäfte aus den Schatten heraus – ungesehen, ungehört –, damit unsere Feinde lernen, sich vor dem Dunkel zu hüten. Sie sollen wissen, dass es uns gibt, aber sie sollen nie wissen, wann wir zuschlagen.«

»Schutt!« Karu schürzte skeptisch die Lippen. »Bevor ich deine kleine Schwester geworden bin, bin ich mal eine Sucherin gewesen, erinnerst du dich noch? Und ich vermute, dass die Sucherschaft zu Stahlstadt es ähnlich hält wie die Sucherschaft zu Amboss oder die Sucherschaft zu Zwerg. Fasel nichts von Schatten und Dunkel.« Es kostete sie einige Mühe, eine der ersten Lektionen, die sie an der Rechtschaffenheit der herrschenden Ordnung hatte zweifeln lassen, so wiederzugeben, als wäre das, was sie darzulegen versuchte, ein vernünftiger, akzeptabler Zustand. »Die Sucher dulden euch – ich meine *uns* –, weil der Rat der Auffassung ist, es würde zu viel Unruhe unter den einfachen Arbeitern auslösen, wenn man massiv gegen uns vorginge.«

»Oh, ist es das, womit man sich bei den Suchern tröstet? Ist das das Märchen, das die Alten den Jungen erzählen?« Gagek kratzte sich ausgiebig das Brusthaar. »Nun, ein Körnchen Wahrheit enthält jede Sage. Vielleicht versteht mich mein Vetter besser.« Während er begann, sich die Fingernägel mit einem Messer zu säubern, wandte er sich an Rinul. »Nehmen wir einmal an, wir Bündler entschließen uns, jemanden um die Ecke zu bringen, der uns am Bart zieht, und wir tun es ausnahmsweise so, dass die ehrbaren, braven Bürger um uns herum es bemerken. Was geschieht dann?« Er inspizierte interessiert die Messerspitze, säuberte sie an seiner Weste und ahmte Karus spöttischen Tonfall nach, als er weitersprach. »Ich vermute, die Sucher in Stahlstadt halten es nicht anders als die Sucher in Amboss oder die Sucher in Zwerg? Oder, Vetter Rinul?«

»Man macht uns ein bisschen Druck. Schickt uns einen Sucher vorbei, der leise bei uns anklopft.« Rinul schob mit dem Finger eine schmalzbeschmierte Scheibe Hartbrot hin und her. »Er spricht einen verschleierten Tadel aus. ›Lasst das ja nicht einreißen!‹ So etwas in der Art. Für den Fall, dass die Sucher sich hartnäckiger zeigen, liefern wir ihnen einen von uns aus, von dem wir wissen, dass es mit seiner Treue zu den Traditionen nicht sehr weit her ist. Der arme Wicht wandert in die Minen am Pol, wir halten eine Weile die Füße still, und das war's.«

»Eben.« Gagek nickte. »Nichts Ungewöhnliches. Aber was ihr macht …« Die Messerspitze zeigte erst auf Rinul, dann auf Karu. »Was ihr da macht, mit euren heimlichen Treffen und mit eurem Gerede von einer Verschwörung innerhalb des Beamtentums, das ist etwas völlig anderes.« Er zog das Messer einige Male rasch vor und zurück. »Ihr sägt an den Balken, die auch unser Dach stützen.«

»So?«, fragte Karu. »Wie das?«

»Stell dich nicht dumm, kleine Schwester.« Das Messer fiel klirrend auf Gageks Teller. »Mit dem, was ihr da treibt, fordert ihr nicht eine einzelne Sucherschaft heraus. Ihr stellt den gesamten Zusammenhalt des Volkes infrage, und damit legt ihr euch mit jedem einzelnen Ordnungshüter da draußen an. Vom Blockwart bis zu den Obleuten des Bundesgerichts. Ihr habt es sogar schon geschafft, dass Schutt vor unserer Tür abgeladen wird.« Er machte eine kleine Pause und zupfte an der Naht an seiner Wange. »Gestern Nacht musste Bibet sich nicht besonders anstrengen, um seinen Zorn auf euch überzeugend zu spielen.«

»Wieso das?«, fragte Rinul.

»Er hatte kurz vorher Besuch von einem Kommissar und einer Gehilfin bekommen, die ihm den Auftrag für einen Mord anhängen wollten. Einen Auftrag, den er nie gegeben hat«, erklärte Gagek ruhig.

Karu zuckte zusammen. »Die Grünmäntel waren bei ihm?« Ihr Mund wurde trocken, und sie hatte das Gefühl, als drücke ihr jemand langsam, aber unerbittlich die Kehle zu. Überall, wohin sie sich wandte, lauerte offenbar bereits die Bundessicherheit. »Warum? Hast du eben nicht noch gesagt, dass ein Mord keine ernsthaften Konsequenzen hat, wenn ihn ein Bündler begeht?«

Gageks Hand verschwand kurz unter dem Tisch und kam mit einem Tabakbeutel wieder zum Vorschein – einem kleinen, hässlichen Ding aus runzligem, braunem Leder. »Das Opfer war in diesem Fall wichtiger, als es der Mörder vielleicht selbst vermutet hat.« Er löste den Knoten am Beutel und holte ein Päckchen Zigarettenpapier hervor. »Er hat es angeblich mithilfe eines angeheuerten Tunnelkriechers von einer Feier entführt. Noch dazu hat er es auf eine Art umgebracht, die auf den ersten Blick keinen Zweifel daran lässt, dass diese Tat auf unsere Kappe geht.« Nachdem er ein Blättchen glatt gestrichen hatte, streute er mit routinierten Bewegungen eine breite Linie Tabak darauf. »Die Augen ausgestochen, die Hände abgehackt, die Zunge und das Herz herausgeschnitten. So wie man es bei uns mit Verrätern macht. Ganz, wie es sich gehört.« Das Papier schabte leise, als Gagek den Tabak darin zu einer Rolle formte. »Dass dann gleich die Grünmäntel auftauchen …« Er zuckte mit den Schultern und feuchtete den überstehenden Rand des Papiers mit der Zungenspitze an. »Wer weiß, ob der Mörder damit gerechnet hat? Eine Beamtin mehr oder weniger auf der Welt, was macht das denn für einen Unterschied?«

»Eine Beamtin aus Amboss?«, nahm Rinul Karu die Frage ab, die sie nicht zu stellen wagte.

Gagek schaute von der fertigen Zigarette auf. »Goldrichtig. Hast du sie zerschnetzelt, weil sie euch auf die Spur gekommen ist? War sie deshalb in der Stadt?« Er zog Luft durch die Zähne und richtete den Blick auf Karu. Er steckte sich die Zigarette in den Mund und stellte mit der flachen Hand einen von oben nach unten geführten Axthieb nach. »In dem Fall wäre Bibet gut beraten gewesen, ordentlich durchzuziehen. Erst bei dir, dann bei ihm.«

Karu wich Gageks Blick nicht aus. Sollte er denken, was er wollte. Sie hatte genug davon, immer nur davonzulaufen und sich dem Willen anderer zu beugen. Was hatte Bibet zu ihr gesagt? Sie brauchte keine Angst mehr zu haben, nicht einmal vor dem Tod, weil sie frei war. Sie reckte das Kinn vor und fragte: »Rauchst du die noch, oder willst du sie lutschen?«

»Wir dachten, der Kommissar wäre allein unseretwegen hier«, nutzte Rinul die Pause, die entstand, als Gagek sich seine Kippe anzündete. »Aber nicht wegen des Mordes, sondern wegen unserer Pläne.«

»Vielleicht ist er ja doch wegen euch hier.« Rauch strömte aus Gageks Nase und stieg in wabernden Wolken der Decke entgegen. »Wo wir gerade beim richtigen Umgang mit Verrätern waren: Ist es nicht so, dass ihr denkt, ihr hättet einen in eurer kleinen Gruppe? Was, wenn er die Klinge hat sprechen lassen?«

»Warum sollte er das tun?«, fragte Rinul. »Und warum sollte er versuchen, das uns Bündlern anzulasten?«

Gagek machte ein enttäuschtes Gesicht. »So viele Jahre an der Lehrstätte, und alles umsonst. Der Verräter tut das, weil der einfachste und schnellste Weg, eure Pläne zu vereiteln, darin besteht, das Misstrauen unter euch zu schüren. Stell dir vor, was eure anderen Freunde denken, wenn sie erfahren, dass ihr – die Bündler – diese Beamtin ausgeschaltet habt. Ohne Absprache. Ich nehme an, dass ihr doch ansonsten alles zerredet, bis euch die Lippen bluten, oder? Und jetzt schlagt ihr zu und verratet euren Verbündeten nichts davon. Warum? Weil ihr in Wahrheit etwas ganz anderes vorhabt als das, was ihr ihnen sagt. Am Ende seid ihr nur darauf aus, die Macht der Freibünde zu mehren. Ihr wollt gar keinen Aufstand, keinen Umsturz. Wie können sie sich darauf verlassen, dass ihr euch überhaupt an irgendwelche Vereinbarungen haltet? Was zählt euer Wort noch?

Wenn man will, dass die Enten schnattern, wirft man einen Stein in den Teich. So stutzen euch eure Feinde zurecht, und sie brauchen euch dafür nicht einmal selbst anzugreifen.«

»Und um das zu erreichen, bringen sie einfach wahllos eine Unschuldige um? Schutt!« Karu klatschte eine Bekräftigungsgeste. Es ging Gagek nichts an, dass eine Verbindung zwischen ihr und Eluki bestand. Und außerdem war es noch abwegiger, dass die Kommissare jemanden wie sie opferten – jemand, der ihnen nach allem, was Karu wusste, in der Vergangenheit gute Dienste geleistet hatte. Immerhin hatte sie sich von Eluki beinahe dazu überreden lassen, einen gewaltigen Fehler zu machen und Rinul zu verhaften, und das hätte den Fälschern einen gewaltigen Vorteil im Kampf um die Wahrheit verschafft. »Wenn unsere Feinde es fertigbringen, einen ihrer Handlanger bei uns einzuschleusen, wäre es leichter für sie, uns bei einem unserer Treffen alle auf einen Schlag festzunehmen.«

»Glaub, was du willst, Karu«, grollte Gagek und aschte auf seinem Teller ab. »Ich glaube an das, was mir meine Leute erzählen.«

»Spricht man bei den Steinen absichtlich in Rätseln, oder könnt ihr nicht anders?«, fragte Rinul barsch.

»Gut«, meinte Gagek. »Dann halten wir es simpel.« Sein Blick pendelte zwischen Karu und Rinul. »Würdet ihr für all eure Kumpane die Hand ins Feuer legen, dass sie euch gegenüber mit offenen Karten spielen?«

Karu schwieg, weil sie den Gedanken hasste, diesem selbstgerechten Kohlenkauer genau die Antwort geben zu müssen, die er von ihnen erwartete.

»Nein, ich kann ihnen nicht vorbehaltlos vertrauen.« Rinul hatte diese Bedenken wohl nicht.

»Das habe ich mir gedacht.« Gagek nickte zufrieden. »Und das ist ausnahmsweise auch mal ein vernünftiger Zug von dir, Plattenstemmer.« Er lehnte sich in seinem Stuhl zurück, zog an seiner Zigarette und schaute versonnen in die Rauchschwaden. »Gar nicht weit von hier betreiben wir ein Vergnügungshaus. Nichts Spektakuläres. Ein paar standfeste Zapfen, eine Handvoll feuchte Spalten, teuren Wein aus den Menschenlanden, saubere Betten, nette Bäder. Keine harten

Sachen wie Flechten oder Rotnüsse, keine Kiesel, keine Tiere. Der Laden läuft sehr gut, und wir haben eine erlesene Stammkundschaft. Es gibt da einen Gast, der kommt beinahe jeden Abend. Und beinahe jeden Abend redet er wie ein Wasserfall, sobald er seinen Saft verspritzt hat. Eine Berufskrankheit, wenn ihr mich fragt. Nicht das Saftverspritzen, sondern dass er sich gerne reden hört. Unsere Belegschaft ist zwar verschwiegen, aber manchmal hören sie etwas, das ihnen sonderbar vorkommt. Weil sich daraus Gewinn schlagen lässt oder weil es uns einen Hinweis darauf gibt, wie die Mehrheiten im Stadtrat sich verschieben werden. Gerade neulich hat unser redseliger Gast etwas besonders Verwunderliches erzählt.« Gagek räusperte sich gekünstelt. »Angeblich hätten die hiesigen Freibünde eine große Sache vor, von der sie sich viel versprechen. So weit, so schmeichelhaft. Aber die Bündler würden sich noch umsehen, weil jemand anderes noch eine viel, viel größere Sache vorhätte, nach der alle Absichten der freien Arbeiter hinfällig wären.« Mit einem Ächzen richtete er sich wieder auf, stützte die Ellenbogen auf den Tisch und rieb sich die Hände. »Und nun zur eigentlichen Überraschung. Ihr kennt diesen Kerl. Zieht sich an wie ein Hackenschwinger, hat aber Hände so zart und sanft wie Seide.«

Karu biss die Zähne zusammen, um nicht laut loszuschreien. Bestand die Welt nur noch aus Fassaden, Heuchelei und Lügen?

»Er ist Mentor in einer Lehrstätte«, fuhr Gagek genüsslich fort. »Sagt euch der Name Kenal Hauer etwas?«

Bewegung tat Karu immer gut, wenn sie eine schlimme Nachricht erhielt. Das war schon so gewesen, als sie als Kiesel vom Unfall ihres Vaters erfahren hatte. Sie hatte sich aus dem Haus gestohlen und war losgelaufen, und mit jedem Schritt hatten ihre Vorstellungen, wie ihr Vater jetzt aussehen würde – mit nur einem Auge und mit nur einer Hand –, ein klein wenig von ihrem Schrecken verloren. Bis ihr allerdings klar geworden war, dass ihr Vater ihr Vater bleiben würde und sie sich froh schätzen durfte, ihn noch zu haben, war sie bis über die Tausendspannbrücke in die Bergferne gewandert. Ein freundlicher Kutscher hatte sie nach Hause gebracht, und obwohl sie sich auf der

Fahrt allerlei Strafen ausgemalt hatte, die ihr ihre Mutter angedeihen lassen würde, hatte die das Fehlen ihrer Tochter nicht einmal bemerkt.

Nun war Karu kein Kiesel mehr, und ein Spaziergang durch Stahlstadt kam ihr selbst übertrieben vor. Also drehte sie drei Runden durch den Garten und zog sich danach in den Schuppen mit den Hasenställen zurück. Ja, es stank, aber das Rascheln der Tiere im Stroh und ihr Heranhoppeln an die Gitter ihrer Verschläge, von wo die flauschigen Dinger sie aus ihren schwarzen Knopfaugen neugierig musterten, übte eine ungemein beruhigende Wirkung auf sie aus. Sie versuchte, nicht auf den leeren Stall zu achten, der verwaist war, seitdem Bibet seinen Bewohner geschlachtet hatte. Zwei der Überlebenden hielt sie die Finger vor die Schnauze, und sie genoss den warmen Atem der Tiere und das sachte Kitzeln des zuckenden Fells auf ihrer Haut.

»Denkst du, sie wären so zutraulich, wenn sie wüssten, dass sie gefressen werden sollen?« Bibets Tonfall war scherzhaft.

Karu drehte sich zu ihm um. »Keine Ahnung.« Es fiel ihr nicht leicht, in dem Graubart, unter dessen altmodischem, graublauem Hemd sich ein gemütlicher Bauch wölbte, den zornigen alten Krieger zu sehen, der sie noch vor ein paar Schichten in Todesangst versetzt hatte. Für jemanden, der regelmäßig harte Entscheidungen traf, war Bibets Gesicht ohnehin weicher, als man hätte meinen können. »Ich weiß nicht, wie viele Gedanken Hasen sich machen.«

»Weniger als wir, so viel steht fest«, brummte Bibet, ehe er begann, den leeren Stall auszumisten. »Ich bin sehr stolz auf dich«, sagte er unvermittelt, als er zur Hälfte damit fertig war.

»Ehrlich?«

»Ehrlich.« Er strahlte sie amüsiert an. »Nima und Kejub haben gesagt, deine Arbeit im Hafen gestern hätte nur Lob verdient.« Er lachte und klopfte sich einige Halme Stroh von den Hosenbeinen. »Und tapfer wie ein Bergparder warst du auch. Du hast dich besser gehalten als ich damals. Und ich musste kein Fass Sprengpulver durch die Gegend tragen. Mich haben sie losgeschickt, um in ein Postamt einzubrechen und dort nach einem Paket mit eingelegten Wachteln zu suchen, das sich einer unserer Rivalen aus Zwerg hatte schicken lassen. Mir ging ganz schön die Muffe, als ich es bei ihm abgegeben habe.«

»Deine Prüfung war, ein Paket eingelegte Wachteln abzuliefern?«, wunderte sich Karu. Das klang wie die ungefährlichste Sache der Welt.

»Nein, ich sollte das Paket abliefern. Die Wachteln haben wir rausgenommen. Ziemlich lecker waren die. Auf jeden Fall leckerer als der Hundekopf, den wir stattdessen ins Paket gepackt haben.« Bibet lachte wieder, und seine Augen wurden von einem glasigen Glanz überzogen, als er in eine ferne Vergangenheit blickte. »Ich musste dabeibleiben, bis der Zipfelklatscher die Sendung aufmachte. Erst dann durfte ich die Beine in die Hand nehmen. Ich bin raus auf die Straße gewetzt, und er mir hinterher. Mit einer alten Flinte.« Er schlug sich auf den Hintern. »Ich weiß bis heute nicht, wie viel von dem Schrot ich noch mit mir rumschleppe. Ach, das waren noch Zeiten …« Mit einem tiefen Seufzer bückte er sich nach den Griffen der Schubkarre, in die er den Mist geladen hatte.

Karu hielt ihm die Schuppentür auf. Er war halb hindurch, da überraschte sie sich selbst und sagte leise: »Es tut mir leid.«

»Was?« Bibet verharrte und schaute sie verdutzt an.

»Dass die Kommissare dich behelligen. Das ist ein schlechter Dank für deine Großzügigkeit.«

»Die Grünmäntel?« Er schnaubte verächtlich. »Mach dir darüber mal keine Knoten ins Seil. Ich habe sie abgewimmelt. Wenn man nur heftig genug mit den Armen wedelt, wird man jede Scheißhausfliege los.« Er schob die Karre ein Stück weiter, um gleich noch einmal stehen zu bleiben. »Lust auf einen Spaziergang zum Misthaufen?«

»Gern.« Sie trat neben ihn an die Karre und beugte sich zu den Griffen hinunter, die in seinen mächtigen Pranken dünn wie Reisig wirkten. »Soll ich?«

»Sehe ich so gebrechlich aus?«

Er setzte sich in Bewegung, und sie ging einen Moment schweigend an seiner Seite quer über den Rasen. Es war absurd. Sie führte ein freundliches Gespräch mit einem Zwerg, den sie letzte Nacht erschossen hätte, wenn ihre Pistole geladen gewesen wäre. Einem Zwerg, der ihr den Schädel gespalten hätte, falls er bei seinem Axthieb nur einen Hauch zu ungeschickt gewesen wäre. Sie dachte noch einen Moment darüber nach, wie es möglich war, dass aus diesem Irrsinn ein Band der Treue und der Vertrautheit entstanden war. Dann fasste sie sich ein Herz. »Schaden wir deinen Geschäften wirklich so sehr?«

»Wer erzählt denn so einen Schutt?«

»Gagek.«

»Hör nicht auf ihn«, empfahl ihr Bibet. »Er sieht in allem und jedem eine Gefahr fürs Geschäft. Er kann nicht anders. Er ist und bleibt ein Rollender Stein. Du weißt, wie sie sind. Er hört in jedem Knacken eine Lawine und glaubt, hinter jedem Felsen lauere ein Rotkammbär. Das ist sogar eine vernünftige Einstellung, wenn man mit seiner Sippe ziellos durch die Wildnis wandert und nach jedem Gewitter den Ahnen ein Kalb opfert. Hier in der Stadt ist dieses verdellte Denken mehr Fluch als Segen. Aber das wird er nie lernen, und es kann gut sein, dass er in dem Wagen, in dem er seiner Mutter aus der Spalte gerollt ist, besser aufgehoben wäre.«

»Trotzdem wohnt er bei dir im Haus«, warf Karu ein.

»Dena liebt ihn«, sagte Bibet. »Und ich brauche einen Nachfolger.«

»Kann Dena nicht die Geschäfte übernehmen, sobald sie wieder gesund ist?«, fragte Karu und schämte sich sofort dafür, als Bibet mit bitterster Wehmut im Gesicht einen Blick über die Schulter warf. Hin zum Haus, hin zum obersten Geschoss, zu jenem Turm, in dem Bibets Tochter und ihr Gefährte ihr Schlafzimmer hatten.

»Es hat einen guten Grund, warum du Dena nur vom Namen her kennst.« Bibet ging langsamer, als wäre die Schubkarre mit einem Mal viel schwerer geworden. »Ihr Geist ist zerrüttet. Ein Unfall beim Baden. Sie ist wahrscheinlich ausgerutscht und mit der Stirn gegen die Kante der Wanne geschlagen. Gagek hat sie gefunden. Sie wollten zu einem Ball, und er ärgerte sich, weil er schon im Frack bei mir am Kamin herumsaß und sie immer noch nicht fertig war. Sein Ärger hat sie gerettet, aber sie lag zu lange mit dem Kopf im Wasser. Ab und an denke ich, dass … Was sie hat, ist kein Leben mehr.«

»Ich verstehe«, sagte Karu tonlos. »Und andere Kiesel waren dir nicht vergönnt?«

Der Misthaufen, halb versteckt hinter zwei Holunderbüschen, kam in Sicht. Bibet zog das Tempo wieder an, doch als er ihr nach längerem Schweigen eine Antwort gab, war seine ansonsten dumpfe Stimme zerbrechlich wie Glas. »Wenn das Schicksal dir nichts anderes als Dreck entgegenschleudert, kannst du entweder still stehen bleiben und am Schlamm ersticken, oder du lernst, dich zu ducken und aus reinem Trotz immer weiterzukriechen. Es gab Momente, da war ich kurz davor, stehen zu bleiben.« Er hielt am Misthaufen und kippte die Schubkarre. »Als die Leiböffner mir sagten, dass Dena der einzige Kiesel sein würde, der aus Bogids Spalte rollt. Nach Denas Unfall. In der Nacht, in der ich Bogid in ihre Gruft bettete.« Mit der Hand fegte er einen hartnäckigen Klumpen hasenpissegetränkten Strohs aus der gekippten Karre. »Aber ich bin weitergekrochen, weil es meine Pflicht ist. Ich kann meine Leute nicht sich selbst überlassen. Noch nicht.« Er wendete die Karre und sah Karu an. Seine Brauen zogen sich zusammen, und er ließ den Mund offen stehen. »Was guckst du so?«, bellte er, seine Worte ganz von der gewohnten schroffen Kraft erfüllt. »Ist dir ein Stein auf den Kopf gefallen?«

»Das war viel Dreck, vor dem du dich ducken musstest, Bibet.« Durfte eine Freie vor einem Freien weinen? Rasch musterte Karu ihre Fußspitzen. Sie glaubte nicht, dass Bibet die sich anbahnenden Beweise ihres Mitleids sehen wollte. »Viel zu viel für einen einzigen Zwerg.«

»Der Dreck hat auch was Gutes.« Er stapfte schwungvoll los. »Man wird auf seine alten Tage besonders ehrgeizig. Gerade wenn man weiß, dass man nicht mehr viel Zeit hat.«

Karu schloss zu ihm auf. »Du siehst mir gar nicht gebrechlich aus.« Sie versuchte, seine Maske der Heiterkeit zu achten. »Ein stämmiger, schöner Flaumbart wie du hat noch alle Zeit der Welt.«

»Ach, Karu!« Sein Lachen war unbeschwert, als strafte es seine nächste Aufforderung Lügen. »Erzähl das ruhig dem Geschwür in meinen Därmen!«

»Was?« Der Weg zum Schuppen erschien Karu auf einmal unvorstellbar weit, weil eine schwere Last sie schier unter sich zermalmte.

»Es wächst und wächst, und an manchen Tagen drücke ich nur noch Blut und Schleim aus mir heraus«, sagte er gleichmütig, wie wenn er darüber spräche, welcher seiner Hasen als nächstes im Bräter enden würde. »Deshalb treibe ich meine Geschäfte so forsch voran. Ich habe noch einige Fundamente zu errichten und Tunnel zu graben, bevor ich hier die Hacke rausmache. Genau das ist übrigens der Grund, aus dem Gagek reizbarer ist als eine tollwütige Stollenratte. Er hat Angst, dass ich mir mehr auf die Schultern packe, als ich tragen kann.«

»Es klang für mich eher, als ob er Angst vor den Minen hat«, widersprach Karu ihm zaghaft.

»Unterschätz ihn nicht«, brummte Bibet. »Er liebt mich wie seinen eigenen Vater. Nein, mehr als seinen eigenen Vater. Weil ich ihm einen Platz gegeben habe, nachdem der ihn aus seiner Sippe geworfen hat. Irgendein verdellter Schutt mit einem Bann, gegen den Gagek verstoßen hat.« Er spie verächtlich aus. »Die Steine sind noch schlimmer als die Menschen, wenn es um Aberglauben geht. Welcher vernünftige Zwerg schickt seinen Sohn fort, nur weil der seine Grenzen ausprobiert und einmal über die Stränge schlägt? Gagek sorgt sich mehr um mich als um sich. So ist das, wenn man jemanden liebt. Aber das kennst du doch, oder?«

»Ja?«

»Natürlich. Rinul. Der kleine Plattenstemmer war bereit, für dich die Traditionen zu brechen.« Er grinste versonnen. »Glaub mir, der Kiesel ist so in dich vernarrt, dass er auf einen Berg steigt und von dort versucht, bis zum Mond zu springen, wenn du es von ihm verlangst.«

»Ja?«, fragte sie noch einmal.

Bibet blieb stehen, setzte die Schubkarre ab und tadelte sie mit erhobenem Finger. »Wenn du das nicht weißt, sind die Sucher noch blinder, als ich dachte.« Nach einem flüchtigen Schürzen der Lippen fügte er hinzu: »Obwohl … mir soll es recht sein, falls es so ist.«

Trotz seines Gewichts wankte der Graubart einen Schritt nach hinten, als Karu ihm ihre Dankbarkeit zeigte, indem sie sich ihm förmlich in die Arme warf. Sie drückte ihn fest an sich, verfluchte stumm sein krankes Gedärm und vergaß, dass es ein Mörder, Erpresser, Dieb, Brandstifter, Hehler und wusste der Bundschmied was noch war, an dessen Brust sie Halt und Trost fand.

13

In der Schicht nach seinem Aussetzer tat Anini das, was jeder kluge Kommissar in seiner Position getan hätte: Er verließ sich auf die Belastbarkeit der altehrwürdigen Hierarchien im Beamtentum. Warum sollte er Ekela irgendwelche ausschweifenden Erklärungen für sein sonderbares Verhalten auftischen, die ihn in ihren Augen noch sonderbarer machten? Er war ihr keinerlei Rechenschaft schuldig. Sie war nur eine Gehilfin, und er hatte sich in einem blutigen Zweikampf seinen Ehrendolch erstritten – das unmissverständliche Zeichen dafür, dass sein Handeln stets dem Wohle des Bundes und des Obersten Vorarbeiters diente, ganz gleich, wie rätselhaft es auf Beobachter auch wirken mochte. Selbstverständlich bestand für sie die Möglichkeit, in ihrem Büro eine Beschwerde über ihn einzureichen, damit ein Dreierrat aus Aninis Gleichgestellten darüber befinden konnte, ob er seinen Auftrag gefährdet hatte. Doch erstens galt unter den Kommissaren üblicherweise das Motto »Keiner zieht dem anderen den Mantel aus«, und zweitens hätte Ekela sich der Lächerlichkeit preisgegeben, wenn sie mit der Behauptung aufgetreten wäre, Anini hätte in einem entrückten Zustand damit angefangen, Papier zu fressen. Wer hätte ihr das abgenommen?

Offenbar schätzte Ekela die Lage ähnlich ein. Nachdem er sich in eine der Toiletten der Anstalt zurückgezogen hatte, um sich den Mund auszuspülen und seinen Schritt von Papiermatschflecken zu säubern, hatten sich ihre Reaktionen auf den bizarren Zwischenfall auf verstohlene Blicke beschränkt. In ihnen lag eine Regung, die Anini nicht so recht zu deuten verstand – es hätte Besorgnis sein können, doch das biss sich mit der Festigkeit ihrer Stimme, als sie ihn fragte: »Wie gehen wir jetzt weiter vor?«

Anini hatte seinen Rückzug in die Toilette auch genutzt, um zu rekonstruieren, ob es einen Auslöser für sein jähes Hinübergleiten in den Hain gegeben hatte. Er war zu dem Schluss gekommen, dass das Lesen von Kolbners Ausführungen nur den Boden für den beunruhigenden Vorfall bereitet hatte. Die Frage, was es für ihn und seinen Sohn wohl zu bedeuten hatte, falls Kolbner auf der richtigen Fährte gewesen war, hatte Anini derart aufgewühlt, dass die mächtige Wesenheit, die ihn gegen seinen Willen in den Hain hineinziehen konnte, leichtes Spiel mit ihm gehabt hatte. Sie hatte nur auf den passenden Augenblick gewartet, in dem sein wacher Verstand ganz und gar auf einen einzigen Sachverhalt ausgerichtet war, um zuzuschlagen. Und dieser Sachverhalt war das Kürzel HS in der Tabelle, in der nachzulesen stand, welcher Patient von welchem Leiböffner behandelt worden war.

An ebendiesem Punkt machte Anini seine weiteren Nachforschungen fest. Er wies den bleichhäutigen neuen Anstaltsleiter an, die gesamte Belegschaft zu einem Treffen in einem Besprechungssaal zusammenzutrommeln. Der Saal lag glücklicherweise im vorderen Teil der Anstalt, der nicht tief in die Eingeweide des Berges hineingegraben war, und hier gab es große, hohe Fenster, durch die die Sonne schien. Anini genoss den Ausblick auf die Straße, weil er ihm als Rückversicherung diente, dass das Leben draußen weiter seinen mehr oder minder geregelten Gang ging.

Der Name hinter den Initialen war rasch aufgedeckt: HS stand für Himek Steinbrecher. Anini wandte sich zu den Fenstern um und seine Aufmerksamkeit den wirbelnden Rädern einer vorbeifahrenden Kutsche zu, um zu vermeiden, dass Ekela an dem Muskelzucken in seiner rechten Wange erkannte, wie sehr ihn diese Enthüllung beschäftigte. Himek Steinbrecher. Anini hatte sich nicht geirrt. HS war der Leiböffner, der diese faulige Arisascha von Wolfenfurt aus der Anstalt befreit hatte. Rätsel, für die er bereits vor einigen Monaten keine Lösung gefunden hatte, trieben seine Gedanken in alle möglichen Richtungen auseinander: Wie hatte die Menschenfrau den Zwerg dazu gebracht, sie zu unterstützen? Hatte sie ihm Geld versprochen? Der Lohn eines gewöhnlichen Leiböffners fiel doch eigentlich zufriedenstellend aus, und als folgsamer Gehilfe Kolbners hätte Steinbrecher einige saftige Boni einheimsen können. War es Arisascha von Wolfenfurt etwa gelungen, ihre fremdartigen Reize einzusetzen, um den jungen Zwerg mit der Verheißung sinnlicher Genüsse auf ihre Seite zu ziehen? Viele Zwerge fanden Menschen von Natur aus unansehnlich – zu dürr, zu schwache Arme, zu wenig Haare, kaum nennenswerte Bäuche –, aber Ausnahmen bestätigten die Regel. War Steinbrecher letztlich die schlimmstmögliche Spielart eines Volkszersetzers – ein Überzeugungstäter, der die eigenen fehlgeleiteten Werte und den eigenen Drang nach einer verschwommenen Freiheit über das Miteinander aller Bürger stellte? Dann war Himek Steinbrecher gefährlich und jede Minute, die er auf freiem Fuß blieb, ein kaum einzuschätzendes Risiko ...

Ekela übernahm die Aufgabe, von den versammelten Pflegern, Leiböffnern und sonstigem Personal eine Beschreibung von Steinbrechers Aussehen und Wesen zu erhalten. Was sich aber aufgrund seiner Unauffälligkeit als wenig nützlich erwies.

Nachdem Ekela die Versammlung aufgelöst hatte, beschloss Anini dennoch, ein Wagnis einzugehen: Er forderte über einen Boten zwei Sucher an, denen er auftrug, Bibet Darmwäscher im *Heißen Stein* aufzusuchen und ihm demütig gegenüberzutreten. Er übergab ihnen ein Schreiben an den Freibündler, in dem er Himek Steinbrechers auffällige Unauffälligkeit umriss.

Eine halbe Schicht später stand fest, dass es Steinbrecher gewesen war, der über Darmwäscher als Mittelszwerg den Tunnelkriecher Rogag angeheuert hatte, damit der ihm und einem Menschen durch die Kanalisation Zugang zur Heilanstalt verschaffte. Darmwäscher hatte den Suchern gegenüber erklärt, er hätte selten »einen Zapfenklatscher, der seine Zunge auf so hohen Stelzen durch den Mund laufen lässt« erlebt wie Steinbrecher. In einer Geste unerwarteter Freundlichkeit hatte Darmwäscher außerdem den Menschen beschrieben, der Steinbrecher begleitet hatte – natürlich groß; für einen Langschädel ziemlich kräftig; dunkles, zu einem Zopf gebundenes Haar; des Zwergischen halbwegs mächtig –, aber damit würde nicht viel anzufangen sein: Die meisten Zwerge waren nicht gerade begabt darin, einzelne Exemplare der Menschenrasse auseinanderzuhalten.

»Und?«, fragte ihn Ekela, die sich auf den Tisch im Besprechungssaal gesetzt hatte, in dem die Fensterkreuze immer längere Schatten warfen. »Was willst du jetzt machen? Fahndungsplakate aufhängen?«

»Möglicherweise.« Anini ging über die Skepsis in ihrer Stimme glatt hinweg. »Irgendwo müssen die beiden ja sein.«

»Vielleicht sind sie gar nicht mehr in der Stadt«, gab sie zu bedenken. »Es wäre dumm von ihnen gewesen, nach dem Anschlag auf Kolbner noch hierzubleiben. Und wenn Steinbrecher Leiböffner ist, kann er nicht ganz doof sein.«

»Wie hätten sie dann Eluki umbringen sollen?« Anini schaute sie erwartungsvoll an. »Erklär mir, wie man aus der Ferne eines sicheren Verstecks jemanden verstümmelt.«

»Du denkst immer noch, sie hätten sie auf dem Gewissen?«

»Wer sonst?«

»Warum gehen wir nicht der auffälligsten Spur nach?« Sie wählte eine hohe Stimmlage, von der sich weniger entschlossene Gemüter gewiss leicht beeinflussen ließen – die Vermengung von nachdrücklichem Bitten und ungeduldigem Quengeln, die auch Usana ausgezeichnet beherrschte. »Den Bündlern?«

Seltsam. Das, was ihm an Usana auf den Geist ging, wirkte bei Ekela wie eine vielversprechende Herausforderung. »Ich sehe das Motiv nicht«, schnarrte er knapp.

»Aha. Und wo ist das Motiv bei Himek Steinbrecher?«

Anini schwieg einen Augenblick, ehe er entschied, sich auf die Herausforderung einzulassen. »Gut, tun wir so, als wären sie aus der Stadt geflohen. Wie hättest du dich an ihrer Stelle verhalten?«

»Ich hätte mich so weit wie möglich vom Tatort entfernt«, antwortete sie wie aus der Pistole geschossen. »Irgendwohin, wo keiner zu aufdringliche Fragen stellt, wer ich bin und woher ich komme. Oder zumindest dorthin, wo ich leicht eine Lüge erzählen und davon ausgehen kann, dass man sie mir glaubt. Irgendwo, wo die Leute mit wichtigeren Dingen beschäftigt sind, als wegen ein paar Fremden gleich aufs laute Blech zu hauen.«

Das klang alles andere als unvernünftig. »Und wo wäre das?«

»Ganz ehrlich?«

»Ganz ehrlich.«

»Im Krieg«, sagte sie ernst.

Das Anwerbungsbüro lag strategisch hervorragend positioniert: unmittelbar gegenüber der Front einer Kaufhalle, die den strahlenden Farben ihrer Fassade nach vor nicht allzu langer Zeit eröffnet worden war. Die Oberste Behörde für Wirtschaftsentwicklung hatte in einem Beschluss noch zu Amtszeiten von Gorid Sehers Vorgänger gemäß der Devise »Alle Wünsche unter einem Dach erfüllt« Hilfszahlungen an jede größere Stadt im Bund geleistet, um Kaufhallen wie Pilze aus dem Boden schießen zu lassen. Und in jeder größeren Stadt im Bund, die Anini je besucht hatte, sahen diese »Dampfmaschinen des Verbrauchsgüterhandels« gleich aus: ein großzügig luftiger Innenraum mit imposanten Stützsäulen, dessen Mitte von einem Standbild des Befreiers oder einem auf wildromantisch getrimmten und einer Klamm in den Bergen nachempfundenen Wasserspiel dominiert wurde; breite Treppen, über die sich die auf drei Etagen in Galerien angeordneten Läden der Kaufhalle erstürmen ließen, als wären sie für Reisende erschlossene Gipfel; überall verstreut kleine Buden und Stände, an denen man seinen Hunger an Weichbrezeln, gebrannten Mandeln oder Trockenpilzen stillen konnte; ein die Sinne überreizendes Angebot an Waren: Nähgarn in fünfmal fünf Dutzend Stärken und Farben; modisch mit Halbedelsteinsplittern verzierte Feuerzeuge und Teeservice in traditionellen Axtklingen- und Hammerkopf-Dekors aus der Zeit der Zwietracht; sündhaft teure, handbestickte Stofftapeten und zwerghohe Kristallvasen, die in den besseren Häusern schnell Staub fingen, wenn die betuchten Herrschaften ihren Bediensteten nicht genau auf die Finger schauten.

An der Front der Halle führten auf einem Vordach mechanisch betriebene Gliederpuppen, die Arbeitern an einem Hochofen nachempfunden waren, einen immer gleichen Tanz auf, zu dessen Höhepunkt drei Ventile zischend Dampf ausstießen und eine Lampe von der Form einer Ablaufrinne im gleißenden Gelbrot flüssigen Stahls erstrahlte. Dem Treiben der Puppen schenkten die Passanten wahrscheinlich mehr Beachtung als den Plakaten, die die Wände zierten. Neben riesigen Aushängen, die diverse Güter zu einmaligen Sensationspreisen oder faszinierende Neuerungen für jeden Haushalt bewarben, waren die meisten Plakate dem Krieg gewidmet. Auf ihnen fand er vorrangig als dicke, schwarze Linie statt, die von blauen Keilen tiefer und tiefer in die endlos scheinenden Weiten der Menschenlande vorangetrieben wurde. Der Beleg für die Unaufhaltsamkeit eines Siegs der zwergischen Vernunft über den menschlichen Wahnsinn … Anini fragte sich, wie den langbeinigen Wein-, Tuch- und Schmuckhändlern, die in der Kaufhalle mit Sicherheit vertreten waren, zumute war, wenn sie jeden Tag vor Arbeitsbeginn mit der laufenden Eroberung ihrer alten Heimat konfrontiert wurden. Ob sie ähnlich leichtgläubig wie die echten Bundesbürger waren? Oder bereitete es ihnen Sorge, dass jeder Zwerg, der schon immer einen Groll gegen sie hegte, nur die Straße zu überqueren und das Anwerbungsbüro zu besuchen brauchte, um bald mit einem Gewehr in der Hand Jagd auf ihre Verwandten zu machen?

Die Anziehung des Anwerbungsbüros wurde noch dadurch gesteigert, dass die Kaufhalle nahe an den Außenbezirken eines der ärmsten Viertel Stahlstadts errichtet worden war. Die Schlacke machte ihrem Namen alle Ehre, und nicht nur deshalb, weil sie ständig unter einer dichten Rauchglocke gefangen war, die aus unzähligen Kohleöfen gespeist wurde, und der Regen dort schwarz wie Tinte niederging. In der Schlacke sammelte sich das Unverwertbare als Abfallprodukt der steten Veredelung des Bundes: all diejenigen, für die man dank der fleißigen Maschinen keine Verwendung mehr fand. Wenn sie aus der Kaufhalle kamen – beschämt und niedergeschlagen wegen all der Schätze, die darin für sie nur zu bestaunen, aber nie auf ehrliche Weise zu erstehen waren –, übte das Anwerbungsbüro gewiss einen großen Reiz auf sie aus. Verhieß der Dienst in der Armee nicht einen bescheidenen Sold, der sich durch Boni für besondere Leistungen auf dem Schlachtfeld leicht aufstocken ließ? Sagte man nicht, dass die Brust jedes Zwergs, der vom Feldzug aus den Zerrissenen Reichen zurückkehrte, vor Orden schimmerte, als trüge er einen Plattenpanzer wie die stolzen Krieger vergangener Tage? Wurde ihnen nicht versprochen, dass sie ihr Haupt nie wieder senken müssten, sobald sie zu jenen gezählt hatten, die bereit waren, für die Sicherheit ihrer Sippen und des Bundes einen Blutzoll zu entrichten?

Und war es nicht irgendwie traurig, dass diese Einflüsterungen ausreichten, damit sich auch an diesem Tag im Anwerbungsbüro eine Schlange gebildet hatte? Anini und Ekela zwängten sich an den hintersten der jungen Zwerge vorbei. Einige witzelten über die markigen Sprüche auf den Aushängen, andere blickten in nervösem Schweigen mal hierhin, mal dorthin und warteten darauf, bis zu dem Schalter am anderen Ende des Raums vorzurücken.

Anini hatte keine Lust, sich auf ein längeres Wortgefecht mit einem der beiden Soldaten einzulassen, die mit einer hübsch gerafften Bundesfahne im Rücken den Bewerbern eine Handvoll formelhafter Fragen an den Kopf warfen, ehe sie ihnen das Eintrittsgesuch unter die Nase hielten. Anini zweifelte daran, dass auch nur ein einziges jemals abgelehnt worden war.

Obwohl der Sturm auf die Zerrissenen Reiche die erste nennenswerte Heeresoperation seit Generationen war, glitzerte es prächtig auf der Uniformjacke des einen Anwerbers. Sein Bart – zu zwei Spiralen gezwirbelt, bei denen Anini an Korkenzieher denken musste – trug erste Spuren von Grau, und in sein kurzes Borstenhaar hatte er genug Starrpomade geschmiert, dass man seinen Kopf als Bürste zum Reinigen eines Klobeckens hätte verwenden können. Während der Kollege des Bürstenkopfs – ein schiefnasiger Flaumbart, dessen Wangen vom Schorf unlängst ausgedrückter Eiterpickel verunstaltet waren – große Augen machte, als Anini den Bewerber am Kopf der Schlange unsanft beiseiteschob, bewahrte sein älterer Kamerad Fassung und Haltung.

Er stand auf, nickte Anini grüßend zu und sagte zum verdutzten Pickelgesicht: »Du übernimmst hier.«

Nachdem er sie in einen Nebenraum gelotst hatte, in dem es aus dem Mülleimer neben dem Schreibtisch nach kalter Asche und verrottenden Teeblättern stank, stellten sie einander vor und Pfeifer Wetzer erkundigte sich, wie er der Bundessicherheit behilflich sein konnte.

»Wir suchen einen Zwerg und einen Menschen«, sagte Anini. »Der Zwerg ist –«

»Entschuldige, dass ich dich unterbrechen muss.« Für eine echte Entschuldigung trug Wetzers Stimme zu viel Gereiztheit in sich. »Wisst ihr, wie viele Leute ich hier jeden Tag sehe? Ich fertige die Frischlinge nur ab, und für mich haben sie alle die gleichen Schnauzen.«

Anini hörte Ekela schneidend Luft holen, doch da er weder Anlass noch Nutzen darin sah, sich in einen sinnlosen Zwist verwickeln zu lassen, fragte er rasch: »Gibt es hier Akten über die Angeworbenen?«

Die Spitzen von Wetzers Korkenzieherbart zitterten, als er zurückfragte: »Gibt es wegen der tadellosen Ordnungsliebe meines Brudervolks irgendwo im Bund noch einen Ort, an dem keine Akten geführt werden?« Er zeigte auf die fünf Schränke, die an der einen Wand des Zimmers aufgereiht standen, die vorderste Linie an der langen Front der Bürokratie. »Reicht euch das fürs Erste?«

Es reichte ihnen. Anini war froh, als Wetzer abzog. Er hasste es, sich mit Soldaten herumzuplagen.

»Hat das überhaupt einen Sinn?«, fragte Ekela.

»Was?«

»Die Akten zu sichten.« Sie setzte ihre Schirmmütze ab und schüttelte ihre roten Locken. »Steinbrecher und sein Komplize haben sich doch gewiss nicht unter ihren echten Namen für die Armee beworben.«

»Keine Ausflüchte«, meinte Anini. »Und wenn wir uns an jedem Finger Papierschnitte holen. Ich will mir nicht irgendwann vorwerfen müssen, dass ich bei ihrer Verfolgung zu nachlässig gewesen bin.«

Die folgende Schicht brachten er und Ekela damit zu, vollgestopfte Ordner zu durchforsten. Seine Privilegien als Vorgesetzter ausspielend, legte er regelmäßige Zigarettenpausen ein und vertrat sich vor dem Büro die Beine. Ekelas Einwand war nicht unberechtigt. Erst als er durch das Schaufenster beobachtete, dass die Bewerber anscheinend Ausweispapiere vorzulegen hatten, besserte sich seine Laune etwas, weil er hoffte, dass die Gesuchten nicht die Zeit gefunden hatten, sich nach ihrem Mord an Kolbner noch nach einem fachkundigen Fälscher umzuhören. Dann wurde ihm bewusst, was es bedeutete, falls ihre Namen tatsächlich in den Akten auftauchten – nämlich, dass Ekelas Theorie stimmte und die beiden längst über alle Berge oder eher über alle Meere waren.

Nach der sechsten oder siebten Zigarettenpause bewahrheiteten sich seine Befürchtungen. Als er die Tür zu dem Zimmer öffnete, in dem die Luft schlechter und schlechter wurde, empfing ihn Ekela mit einem aufgeklappten Ordner und mürrischer Miene.

»Entweder sie sind unfassbar dreist oder unfassbar dumm«, sagte sie. »Hier.«

Er beugte sich von hinten über sie, verscheuchte eine anregende Phantasie, die durch seinen Geist huschte, und schaute auf die Stelle, die sie mit ihrem Zeigefinger markierte.

»Himek Steinbrecher …«, murmelte er verdrossen und wollte sich schon wieder abwenden, als sein Blick sich in der Zeile darüber festbrannte. *Siris von Wolfenfurt* stand da in kantigen Runen. Er hatte keine Ahnung, wie viele Menschen ›von Wolfenfurt‹ im Namen führten, aber er zweifelte keinen Wimpernschlag daran, dass Arisascha von Wolfenfurt und dieser Siris von Wolfenfurt einander kannten. Und er verstand, warum Fejod Kolbner hatte sterben müssen. Da hatte er sein vermisstes Motiv. Rache. So einfach war das. Arisaschas Onkel, Bruder, Neffe, Vater, oder was auch immer für Verwandtschaftsgrade die Langbeine kannten, hatte Vergeltung dafür geübt, dass Fejod Kolbner sie in seiner Anstalt gefangen gehalten hatte.

»Fauliger Schutt!«, zischte Anini. Ein Gefühl, dessen er sich im Zuge seiner Arbeit weitgehend entledigt hatte, weil es selten hilfreich war, kochte in ihm hoch. Heißer Zorn. Er drehte sich um und schlug die Faust gegen die Wand. Einmal, zweimal, dreimal, bis der Schmerz in seinen Knöcheln ihm half, seine Wut ein Stück weit zu bändigen. »Schaff mir Wetzer hier rein!«, befahl er Ekela.

Der Pfeifer war noch nicht durch die Tür, als Anini mit dem Ordner auf ihn zustürmte, die Seite mit den Namen herausriss, den Rest des Ordners gegen einen der Schränke warf und schrie: »Wie erklärst du dir, dass in diesem Büro zwei gesuchten Volkszersetzern bei der Flucht vor der Gerechtigkeit geholfen wurde?«

Eines musste Anini Wetzer lassen: Selbst jetzt noch hatte sich der alte Soldat gut im Griff. Als hätte er keinen tobenden Kommissar vor sich, schloss er die Tür, ging zu den Schränken und räumte den Ordner weg, um Anini erst dann zu antworten. »Das ist leicht erklärt. Hast du dir die Kohlenkauer da draußen einmal näher angesehen?«

Nein, hatte Anini nicht. »Wozu?«

»Jeder Zweite von diesem Gesindel tanzt hier schon mit gepacktem Rucksack an, weil er irgendeine Scheiße am Stiefel kleben hat.« Wetzer warf die Arme in die Höhe. »Das war doch aber genau der Plan, oder etwa nicht? Eher stürzen alle Stollen ein, als dass ich mir von dir Vorhaltungen machen lasse, weil ich die Anweisungen von ganz oben umsetze. Keine blöden Fragen, keine langen Prüfungen – immer rein mit dem Dreck von der Straße. Nehmt alles, was ihr kriegen könnt. Vor diesem Krieg hätte ich mich dafür geschämt, was ich hier schon so alles durchgewunken habe. Wenn ich jedes Mal bei den Suchern nachhorchen wollte, wenn mir hier einer aussieht wie ein Verbrecher, könnte ich den Laden dichtmachen.« Er lachte verächtlich auf. »Eselsrotz! Erst alles rausfegen wollen und dann hinterher dicke Backen machen, weil einem der Besen zu gut war.«

Anini bebte vor Wut, und sein Blut rauschte ihm in den Ohren. Nicht wegen Wetzer, der lediglich nach Vorschrift gehandelt hatte. Natürlich war es angebracht, den Krieg dazu zu nutzen, möglichst viel Unrat aus den Städten hinauszuschwemmen. Es war die empörende Ungerechtigkeit, dass Steinbrecher und von Wolfenfurt ihm aufgrund eines Umstands entwischt waren, den er bislang für die Säuberung und Neugestaltung des Bundes für unabdingbar gehalten hatte. Nun war leider Unrat davongespült worden, der nie hätte davongespült werden dürfen. Ganz gleich, wem er dafür die Schuld zuwies, es änderte nichts an dem Ergebnis seiner Ermittlungen, was wiederum der wahre Brennstoff für seinen Zorn war: Es sah alles danach aus, als hätte er zum ersten Mal in seiner Laufbahn auf ganzer Linie versagt. Nicht nur waren ihm zwei Volkszersetzer durch die Lappen gegangen, sondern auch der Mord an Eluki – der eigentliche Grund für seine Reise in die tiefste Provinz – würde nun aller Voraussicht nach ungesühnt bleiben.

Nach seiner Niederlage im Anwerbungsbüro schickte Anini Ekela nach Hause und verkroch sich in sein Hotelzimmer. Er zog die Vorhänge zu, setzte sich aufs Bett und rauchte eine Zigarette nach der anderen. Während die gewaltige Dosis Tabak nach und nach ihre beruhigende Wirkung entfaltete, überlegte er, wie er sich verhalten konnte.

Die erste Möglichkeit war die, Stahlstadt den Rücken zu kehren und morgen früh den erstbesten Schnellzug nach Zwerg zu nehmen. Dann wäre er auf jeden Fall bei Ileles Fest der zwei Hände dabei, und Usana wäre womöglich bereit, sich ihm gegenüber zumindest ein Weilchen lang etwas freundlicher zu geben. Der Einzige, der wegen eines Abbruchs der Mission die Stacheln aufstellen würde, war Awoho, aber mit dem wurde er bestimmt auch fertig. Er konnte ihm einfach sagen, dass Elukis mutmaßliche Mörder zu den Kreisen der freien Arbeiterbünde zählten und von einer weiteren Verfolgung Abstand zu nehmen war, sofern man die Bündler nicht unnötig reizen wollte. Außerdem war es nicht einmal abwegig, dass Eluki letztlich den Preis für ein gebrochenes Versprechen gezahlt hatte, das von diesem fauligen Garep Schmied in Amboss gegeben worden war. Darmwäscher hatte diese Geschichte über einen angeblichen Verrat sicher nicht umsonst erzählt, und die Bündler tauschten untereinander neben Neuigkeiten auch Gefälligkeiten aus. Eluki war Gareps unmittelbare Vorgesetzte bei den Suchern aus Amboss gewesen, und unter Umständen hatten die Bündler von dort nur auf eine günstige Gelegenheit gewartet, es den Suchern heimzuzahlen – eine Gelegenheit, die sich leider außerhalb ihres Einflussbereichs geboten hatte, weswegen sie gezwungen gewesen waren, ihre Freunde aus Stahlstadt die Sache übernehmen zu lassen. Ja, so könnte es durchaus gewesen sein, und das konnte er Awoho sogar als Erfolg verkaufen, weil Eluki dann eben nicht wegen einer Verstrickung in ihre eigenen Pläne und als Warnung an sie aus dem Weg geschafft worden war. War es nicht schön, dass die Verschwörung zum Wohle des Bundes weiterhin ungestört handeln konnte?

Die zweite Möglichkeit war die, Himek Steinbrecher und seinen Menschenkumpanen in die Zerrissenen Reiche zu verfolgen. Das hatte zwar mit seinem ursprünglichen Auftrag nichts zu tun, aber der Gedanke, zwei der Gesellen in die Finger zu kriegen, die das Vorgehen im Zusammenhang mit dem fingierten Anschlag auf den Obersten Vorarbeiter behindert hatten, hatte etwas ungemein ... Befriedigendes. Dazu musste Anini nur herausfinden, welcher Einheit im Zwergenheer die beiden zugeteilt worden waren. Es gäbe natürlich Akten dazu, die ihm Pfeifer Wetzer besorgen konnte. Vielleicht ließ sich bei einer Fahrt in die Menschenlande sogar ein Wiedersehen mit seiner Base Osuki einrichten, die zurzeit dort stationiert war. Wenn er sich richtig erinnerte, hatte sie ausnehmend schöne Brüste, und sie schien schon früher, als sie noch in Zwerg in Ausbildung gewesen war, einer kleinen Liebelei mit ihm nicht unbedingt abgeneigt. Allerdings sprachen zwei Dinge gegen ein solch tollkühnes Abenteuer im Kriegsgebiet: Zum einen würde ihm Usana noch vor Zottelbock die Nüsse aus dem Sack schneiden lassen, falls er Iles Fleischwerdungsfeier verpasste; zum anderen konnte sich Anini beim besten Willen nicht vorstellen, dass Steinbrecher und von Wolfenfurt noch Teil des Heeres waren – trotz ihrer Dummheit oder Dreistigkeit, bei der Anwerbung ihre richtigen Namen anzugeben. Sie waren definitiv nicht in die Heimat von Wolfenfurts geflüchtet, um für den Bund zu streiten. Nein, sie waren lange desertiert und machten sich in irgendeiner Hütte in irgendeinem Kaff fernab der Front über das Unvermögen ihrer Widersacher lustig.

Die dritte Möglichkeit war die, die mit dem geringsten Aufwand verbunden war. Er konnte schlicht und ergreifend noch ein, zwei Tage allein hier hocken, Ekela kreuz und quer durch die Stadt schicken, um ein paar Leute zu vernehmen, und auf etwas hoffen, an das er selbst nicht glaubte: den Zufall. Dieser wankelmütige Verbündete lieferte womöglich doch noch einen Hinweis darauf, wer Eluki nun wirklich auf dem Gewissen hatte. Anini würde etwas einfallen, um sich die Zeit zu vertreiben. Sehr zu seinem Ärger hatte er bei seinem eiligen Aufbruch aus Zwerg vergessen, *Die Wurzeln der Vergeltung* einzupacken – wahrscheinlich wegen Usanas ständigem Quengeln, als er den Koffer vom Schlafzimmerschrank geholt hatte. Nun ja, es würde sich ein Buchladen finden, in dem er es noch einmal kaufen konnte, um zu erfahren, welche der Geiseln das große, blutige Finale überstanden und welche nicht. Gut möglich, dass sie alle ins Gras bissen, denn Geschichten über Fehden aus der Zeit vor dem Hammerschlag, der das Grünende Land zerschmettert hatte, gingen selten glücklich aus.

Anini zündete sich die nächste Kippe an und nickte. Ja, so würde er es machen. Noch zwei Tage warten, und sofern sich bis dahin keine heiße Spur aufgetan hatte – und woher sollte die auch kommen? –, dann würde er abreisen und Awoho mitteilen, dass die Situation bei nüchterner Betrachtung völlig unter Kontrolle war.

Die Aussicht, so viele Schichten allein zuzubringen, schreckte ihn nicht. Das Alleinsein hatte einige Vorteile. Abgesehen von der Ruhe bei seiner Lektüre lief er so nicht Gefahr, sich noch einmal vor Zeugen erschreckend irrsinnig zu verhalten, falls die Wesenheit, die ihn nun bereits zweimal gegen seinen Willen in den Wald in der anderen Welt gezerrt hatte, ihn ein drittes Mal als Spielzeug missbrauchte. Die Erinnerung an die Ohnmacht, mit der er diesem Geschöpf ausgeliefert gewesen war – an das schrecklich-schöne Gesicht des toten und doch nicht toten Mädchens, das es für sich bei ihrer letzten Begegnung gewählt hatte – warf eine beklemmende Frage in ihm auf: Was, wenn dieses Ding ihn in den Hain holte und ihm die Rückkehr verweigerte? Was würde dann mit seinem Körper geschehen, während sein Geist an einem Ort weilte, der für Anstaltsleiter Kolbner nicht mehr als ein Hirngespinst, die Ausgeburt einer kranken Phantasie war? Würde er wieder Papier fressen? Wozu konnte sein Leib noch verleitet werden? Sich aus dem geöffneten Fenster zu stürzen? Seinen Ehrendolch zu zücken und ihn sich ins Auge zu rammen? Oder anderen Leid anzutun? Morde zu begehen?

Es klopfte. Dankbar für die Ablenkung stapfte Anini durch den Nebel aus Zigarettenrauch zur Tür.

Draußen stand Ekela, doch sie hatte sich verändert. Ihre Uniform hatte sie gegen ein schulterfreies Kleid aus Samt getauscht, das ihr bis knapp über die Knie reichte. Die Perlen darauf schimmerten wie Hagelkörner auf schwarzem Basalt. In ihr Haar hatte sie sich Seidenbänder in Gold und Silber geflochten, und von ihren Ohrläppchen baumelten zu Tränen geschliffene Smaragde.

»Hast du Zeit?«, erkundigte sie sich und suchte seinen Blick mit ihrem, und er musste sich zusammenreißen, um nicht stumpf auf ihren einladenden Ausschnitt zu stieren. »Ich möchte dir etwas zeigen.«

Er wankte zwei Schritte zurück und sah sich nach dem Stuhl um, über dessen Lehne er seinen Mantel gehängt hatte. Sie ahnte offenbar, was er dachte, denn sie sagte: »Du brauchst deinen Mantel nicht. Es ist nichts Dienstliches, und wir gehen auch nicht vor die Tür.«

Aus dieser Bemerkung leitete er ab, dass das Kitzlein zum Bock wollte und sie jeden Augenblick eintreten würde, um sich geschmeidig aus dem Samt zu schälen, aber sie überraschte ihn wieder. »Komm mit«, forderte sie ihn auf und ging den Flur hinunter.

Er folgte ihr, vorbei an den benachbarten Zimmern, hin zum offenen Fahrstuhl. Sie wartete, bis er eingestiegen war, schob die Gittertür zu und drückte den obersten Knopf in der Bedienleiste.

Während sich der Fahrstuhl mit einem Ruck in Bewegung setzte, fiel Anini auf, dass sich nicht allein ihr Aussehen verändert hatte. Sie roch auch anders. Wenn er bisher an sie gedacht hatte, hatte er den herben Geruch vom Leder ihres Mantels in der Nase gehabt, doch nun duftete sie nach exotischen Blüten und wildem Honig.

»Als mir angekündigt wurde, dass du kommst«, erklärte sie mit einem sanften Lächeln, »war es Teil meiner Aufgabe, ein passendes Hotel für dich zu suchen. Es hätte teurere Häuser gegeben, aber ich wollte dieses. Gleich wirst du sehen, warum.«

In der obersten Etage angekommen, wandte sie sich nach links. Das Wiegen ihrer Hüften kümmerte ihn mehr als der abgewetzte Teppich, die staubigen Lampenschirme und die schlichten Türen mit ihren Nummern aus billigem Blech. Ganz am Ende des Gangs trat sie durch eine Tür, und ein kühler Wind fuhr ihm entgegen.

Sie überquerte die Dachterrasse, auf der vor einer blau gestrichenen Bretterbude eine Handvoll hölzerner Tische und Bänke vor sich hin witterten, und steuerte auf einen schmalen Turm zu, dessen kahles Mauerwerk aus rotem Backstein im Licht der Dämmerung trist und öd wirkte. Er blieb einen Moment ratlos in der Tür stehen. Was hatte sie vor? Wenn das eine Verführung sein sollte, hatte er noch nie eine erlebt, die verwirrender gewesen wäre.

Sie schaute sich nach ihm um, als sie an einem Torbogen am Turm ankam, hinter dem nur Schatten und Schwärze lagen. »Was ist?«, rief sie ihm zu.

Er antwortete erst, als er neben ihr vor dem Durchlass stand. »Was wird das?«

»Eine Überraschung.« Sie klappte ihre Handtasche – ein lächerlich winziges Ding aus Wildleder – auf. »Nach all der Aufregung heute dachte ich mir, du könntest etwas Entspannung gebrauchen.«

Ja, das war eine Verführung. »Entspannung?«

Sie wühlte länger in der Handtasche, als Anini es aufgrund ihrer Größe für möglich erachtet hätte, und präsentierte ihm schließlich einen Schlüssel, der alt genug aussah, um einer der fünfmal fünfhundert Schlüssel zu sein, mit denen die Leere Gruft des Ersten Vorarbeiters verschlossen worden war. »Ja, Entspannung.«

»Wofür ist der?«

»Für eines von denen.« Sie legte den Kopf in den Nacken und zeigte nach oben.

Rings um die Spitze des Turms, die sich den Wolken in die regenschweren Bäuche bohrte, hingen halbrunde Auswüchse wie gigantische Schwalbennester an einer Felsnadel. Aussichtsplattformen? Er ging ein Stückchen rückwärts, um sich ein besseres Bild von ihnen machen zu können. Plattformen waren es keine, denn es gab weder Geländer noch Zinnen an ihnen. Nur geschlossene spiegelnde Flächen, die den gesamten vorderen Rand begrenzten. »Sind das Erker?«

Seine Frage verwehte im Wind, denn Ekela war bereits im Turm. Na gut, dann wollte er ihr die Überraschung mal nicht verderben. Er wagte sich in die Dunkelheit, die Arme vor sich ausgestreckt wie ein Schlafwandler. Er hörte Schritte von irgendwo über seinem Kopf und stieß mit dem Fuß gegen etwas Hartes. Vorsichtig tippte er noch einmal dagegen.

»Halt dich dicht an der Wand. Da sind die Stufen noch nicht ausgetreten«, hallte ihre Stimme heran.

Eine Wendeltreppe. Das hatte er also vor sich. Er beachtete ihren Ratschlag, legte die linke Hand flach gegen die Mauer und begann mit dem Aufstieg. Nachdem er das Gefühl hatte, drei oder vier Windungen hinter sich gebracht zu haben, tastete er aus reiner Neugier nach links in die Finsternis. Er bekam ein raues Seil zu fassen, und durch weiteres Tasten stellte sich heraus, dass es schlaff zwischen zwei Metallpfosten hing – eine Sicherheitsvorkehrung von höchst zweifelhaftem Nutzen. Von da an ging er seitwärts, die Brust zur Wand gedreht, und nahm jede einzelne Stufe mit größtmöglichem Bedacht. Er hatte sich in Ekela getäuscht: Sie war kein Kitzlein, eher eine erfahrene Gams.

Hoch droben ertönte ein leises Knacken, dann ein lautes Quietschen, und einige Augenblicke später schälten sich die Stufen als graue Schemen aus der Dunkelheit, weil von oben Licht in den Schacht der Wendeltreppe fiel. Warmes, weiches Licht. Zwei Windungen später vermeinte Anini einen gedämpften Knall zu vernehmen, und nach noch einmal fünf Windungen konnte er das Rechteck einer geöffneten Tür sehen, hinter der die Quelle des warmen Lichts flackerte.

Der Raum, den er betrat, war spärlich eingerichtet – ein breiter Diwan mit grünen Polstern, ein niedriger Tisch, dessen gläserne Platte auf geschwungenen Drachenbeinen ruhte, mehr nicht. Doch jedes zusätzliche Möbelstück hätte nur die wahre Pracht dieses Zimmers beleidigt: die halbrunde Fensterfront, die vom Boden bis zur Decke die gesamte gegenüberliegende Seite einnahm.

Anini trat heran. Der Ausblick zeigte eine eigentümliche Wirkung auf ihn. Angesichts der wie aus einer Kiste mit Bauklötzen ausgeschütteten Häuser Stahlstadts, über denen er nun zu schweben schien, kam er sich groß, mächtig und stark vor. Doch da zugleich die letzten Strahlen der untergehenden Sonne die Gipfel der Berge, die Stahlstadt umringten wie ein Heer düsterer Riesen, in gleißendes Feuer badeten, spürte er schmerzhaft-süß die eigene Bedeutungslosigkeit im ewigen Spiel der Kräfte, die die Welt formten und für die Kreaturen wie er nur Staub waren und nie mehr als Staub sein konnten.

»Hübsch, was?«, fragte Ekela. »Die Scheibe ist neu. Früher, als sie den Turm gebaut haben, gab es die nicht. Manchmal denke ich, es war ein Fehler, sie einzubauen.«

Anini drehte sich zu ihr um, und sein Geist hatte Mühe, all die Einzelheiten einzuordnen, die seine Sinne auf ihn einprasseln ließen. Die brennenden Kerzen in den wachsverkrusteten Haltern an der Wand. Der säuerliche, leicht vergorene Geruch des sprudelnden Perlweins in den glitzernden Gläsern in Ekelas Händen. Die Wärme ihrer Haut, als sie neben ihn trat. Ihr schweres, erwartungsvolles Atmen.

»Das ist wirklich nichts Dienstliches!«, entfuhr es ihm – ein peinlicher Satz, der ihm nie über die Lippen gekommen wäre, wenn er nicht noch unter dem Eindruck des Lohns seines Aufstiegs gestanden hätte –, und er wich vor ihr zurück. Ihre ausgefeilte Strategie war bewundernswert, aber es gab einige Regeln zu klären, bevor er sie aufgehen lassen konnte. »Ekela …«, murmelte er und bemerkte, wie die Finger seiner Rechten sich schützend vor den Ehrendolch unter seinem Hemd legten. »Nicht, dass ich mich nicht geschmeichelt fühlen würde, aber … Wenn wir das tun, dann solltest du wissen, dass … Ich kann dir keine Vorteile bei deiner weiteren Laufbahn im Kommissariat verschaffen. Du wirst dir deinen Dolch allein verdienen müssen.«

»Tatsächlich?« Ihre Augen blitzten, als sie ihm unsanft eines der Gläser Perlwein in die Hand drückte. »Ich weiß alles über diese Dolche und wie man sie bekommt. Ich wollte dir nur einen Gefallen tun, du aufgeblasener Frosch.« Sie schlüpfte aus ihren Schuhen und ließ sich auf den Diwan plumpsen. »Aber wenn du so auf das Dienstliche versessen bist, dann lass uns über das Dienstliche reden.« Nach einem Nippen am Perlwein stützte sie sich mit einem Ellenbogen auf der gepolsterten Lehne ab, zog die Beine an und setzte sich auf ihre nackten Füße. »Unsere Freunde von den Bünden sind nicht faul. Gestern Nacht haben sie einen Kran im Hafen in die Luft gesprengt. Sie werden aufmüpfig. Ich hoffe, du bist mir nicht böse, wenn ich ein kleines Geständnis ablege.«

»Kommt darauf an, was es ist«, antwortete er wahrheitsgemäß.

»Ich habe veranlasst, dass die Sucher uns über alle weiteren verdächtigen Vorgänge, an denen die Bündler beteiligt sind, sofort in Kenntnis setzen.« Sie grinste. »Die haben ganz schön Angst vor dir.«

»Wer? Die Bündler?«

»Die Sucher.« Sie lachte, leerte ihr Glas in einem Zug und schenkte sich nach, wobei sie sich über den Tisch beugte und ihm beinahe all das zeigte, was ihr ohnehin waghalsig geschnittenes Kleid verborgen hatte.

Ihre Belustigung verleitete ihn zu einer Frage, die er ihr schon zu Beginn ihrer Ermittlungen hatte stellen wollen, aber immer wieder vergessen hatte. »Warum bist du eigentlich bei der Sicherheit, Ekela?«

»Wegen der schicken Mäntel«, sagte sie ernst. Dann musste sie lachen – über ihren eigenen Scherz oder über sein verdutztes Gesicht oder über beides. »Ich erzähle es dir gern. Aber nicht so.« Sie klopfte neben sich auf den Diwan. »Setz dich zu mir.«

Anini zögerte, wenn auch nur ein, zwei Herzschläge lang. Sie war kein Setzling mehr. Sie würde wissen, wie diese Aufforderung bei ihm ankam. Dennoch wählte er einen Abstand zu ihr, der auf der schmalen Grenze zwischen zu unverfänglich und zu aufdringlich angesiedelt war.

Als sie zu erzählen begann, richtete Anini den Blick auf ihre geisterhaften Spiegelbilder in der Scheibe, und das Verschwommene verwischte zu seiner Zufriedenheit ihre Jugend genauso wie sein Alter. »In der Schule hatte ich einen Freund. Lebed. Er war der beste Torwächterspieler des gesamten Jahrgangs. Seine Schläge waren hart und genau. Ich habe ihn kaum einen Ball verschlagen sehen. Auswahlmaterial, nannte ihn unser Hauptmentor immer. Der zukünftige Stolz von ganz Stahlstadt. Unserer Schule stand für jeden Jahrgang ein Platz an der Bundesleistungsstätte in Zwerg zu, und wir wussten alle, dass Lebed ihn kriegen würde.« Sie schaute in ihr Glas. »Aber er bekam ihn nicht. Lebed war todunglücklich. Ich war dabei, als er seinen Schläger zerbrach. Er wollte nie wieder spielen. Er hat nie wieder gespielt. Ich bin zu unserem Hauptmentor gegangen, weil ich unbedingt wissen wollte, wieso er sich gegen Lebed entschieden hatte. Wieso er den Platz ausgerechnet Dalog zugesprochen hatte. Dalog zeigte Eifer, ja, aber sein Talent hinkte ihm weit hinterher. Kein Vergleich zu Lebed. Weißt du, was der Mentor mir gestanden hat?«

»Nein.«

»Dass er bei seinem Urteil nicht so frei war, wie er es gerne gewesen wäre.« Die Empörung, die Ekela damals empfunden hatte, war noch aus ihren Worten herauszuhören, obwohl sie durch das Verstreichen vieler Jahre gemildert worden war, sodass sie nun eher nach bitterer Trauer klang. »Dass ihm von jemandem aus Dalogs Sippe nahegelegt worden war, sich für den Eifer und gegen das Talent auszusprechen, und dass man sich besser nicht verweigerte, wenn einem ein solcher Rat gegeben wurde. Ich habe das nicht verstanden. Mein Vater hat es mir erklärt. ›Füchschen‹, hat er gesagt, ›Dalogs Sippe hat Freunde, die einen zwingen können, die eigene Ehre hinter ihre Wünsche zu stellen. Sie bezeichnen sich als frei, aber ihre Freiheit besteht nur darin, die Freiheit anderer zu beschneiden, wie sie es wollen – ohne Regeln, ohne Moral. Sag Lebed, er soll sich nicht darüber grämen. Er soll geduldig sein, denn das Glück ist mit denen, die warten können.‹« Sie atmete tief durch und rieb sich die Oberschenkel, als wäre ihr mit einem Mal kalt. »Als ich Lebed das sagte, stellte sich heraus, dass er nicht warten konnte. Er ging zu Dalog und schlug ihm zwei Zähne aus dem Gesicht. Ich habe ihn gut verstanden. Er war zornig. Dalog hatte ihm seinen Traum gestohlen. Zwei Wochen nach der Prügelei sind ein paar Zwerge bei ihm zu Hause aufgetaucht und haben seiner Mutter und seiner Schwester sämtliche Finger gebrochen. Sie wollten, dass Lebed sich vor allen bei Dalog entschuldigt.« Ihre Stimme wurde leiser und leiser. »Lebed ist den einzigen Weg gegangen, der ihm noch offen war. Er hat mir gegenüber Andeutungen gemacht, aber ich war zu jung, um zu begreifen, was er vorhatte. Sie haben ihn aus einer Schleuse gefischt, nachdem er vier Tage im Fluss getrieben war. Er wusste besser, was Ehre war, als so mancher, der einen Dolch um den Hals trägt.« Sie schürzte die Lippen. »Und deshalb bin ich bei der Sicherheit, Anini. Damit die, die glauben, sie stünden über allen Regeln, aller Ordnung und aller Moral, irgendwann ihre gerechte Strafe erhalten. Ist das für dich ein falscher Grund?«

Um Zeit zu gewinnen, probierte Anini endlich von seinem Perlwein. Nicht schlecht, aber für seinen Geschmack einen Tick zu süß. »Nein«, sagte er schließlich. »Aber hast du einmal darüber nachgedacht, dass dein berechtigter Groll auf die Bündler nicht immer zielführend ist? Bei unserem Gespräch mit Darmwäscher warst du nahe daran, unsere Ermittlungen zu gefährden.«

»Das kann schon sein. Doch die Zeit unserer frühen Tage ist der Hammer, der uns alle schmiedet, und seine Schläge treiben uns noch zu unseren Entscheidungen an, wenn unsere Bärte lang und grau sind«, zitierte sie den Ersten Vorarbeiter.

»Das gilt nur für die, die einen Bart haben«, entgegnete Anini lächelnd. »Und glaub mir, mit einer kratzwangigen Zwergin würde ich nicht hier sitzen.«

Ihr Gesicht hellte sich auf, als sie ihm einen Klaps auf das Knie gab. Anschließend legte sie ihre Hand gefährlich nah neben seiner Hüfte auf das Polster, während sie die andere mit dem Glas an die Schläfe führte, um eines der Bänder, die sie sich ins Haar geflochten hatte, um ihren Zeigefinger zu wickeln. »Darf ich dich jetzt etwas fragen? Es ist wahrscheinlich keine gute Idee, aber ich kann nicht anders. Was war vorhin los? In der Anstalt, meine ich. Muss ich mir Sorgen um meinen neuen Lieblingsfrosch machen?«

Das traf Anini unvorbereitet. Er nahm noch einen Schluck Perlwein. Am vernünftigsten wäre es, zu schweigen, aufzustehen, sich für den netten Einfall mit dem Aussichtszimmer zu bedanken, den Rückzug anzutreten und morgen entweder doch nach Zwerg zurückzureisen oder wenigstens bei Ekelas Vorgesetzten eine neue Gehilfin für die paar Tage anzufordern, die er noch in Stahlstadt zubrachte. Aber andererseits … was hatte er zu verlieren, wenn er ihr die Wahrheit sagte? Einen schnellen, unverbindlichen Stoß – auf den er auch verzichten musste, falls er auf die Vernunft hörte –, und vielleicht die Achtung einer Untergebenen, die er ohne ernsthafte Folgen ersetzen konnte, falls sie sich von seinen Offenbarungen zu bestürzt zeigte. Er wurde das Gefühl nicht los, dass sich ihm gerade die Chance eröffnete, gegenüber einer wohlmeinenden, fremden Person etwas zu äußern, das er viel zu lange mit sich herumtrug. Und dieses Gefühl war unfassbar verlockend ... »Manchmal gehe ich in meinem Kopf an einen Ort, von dem ich mir nicht sicher bin, wo und was er ist«, setzte er an, und als er in ihren Augen nur brennende Neugierde und kein verwirrtes oder abweisendes Erstaunen sah, sprach er weiter. Er erzählte ihr alles. Was der Hain für ihn bedeutete – ein Platz, an den er sich flüchten konnte, um Ruhe und Ausgeglichenheit zu finden. Wie er dort ab und an auf die Lösung eines Rätsels stieß, vor das er sich hier, in dieser festen, starren Welt gestellt sah. Dass sie die Erste und Einzige war, der er einen Einblick in sein Innerstes gewährte, seit sein zaghafter Versuch, sich vor vielen Jahren seiner Gattin anzuvertrauen, kläglich gescheitert war, weil Usana damals gedacht hatte, er wollte ihr nur einen sonderbaren Streich spielen. Von seinem Verdacht, dass seine Gabe oder seine Krankheit, oder was immer es war, durch die unzertrennbaren Bande des Blutes auf einen seiner Setzlinge übergegangen war. Welche Wunder der Hain bereithielt – die Tiere, die Bäume, der Wind –, und wie er bei manchen seiner Aufenthalte dort zu spüren glaubte, dass der Hain und die Vorgänge in ihm wahrhaftiger und wesentlicher waren als die Vorgänge außerhalb. Dass sie einen Sinn und einen Zweck bargen, den sein Verstand nur in Bruchstücken erfassen konnte. Von dieser Wesenheit, dieser Kraft, dieser Gewalt, die nun drohte, den Hain in einen Ort zu verwandeln, den er nicht länger liebte, sondern fürchtete ...

Als ihm die Worte ausgingen, um zu beschreiben, wie fürchterlich die Ohnmacht war, die von ihm Besitz ergriff, wenn die Wesenheit zuschlug, und wie groß seine Angst, dass sie seinen Leib zu etwas antreiben konnte, das eine Gefahr für ihn und andere darstellte, rückte Ekela enger an ihn heran. Sie stellte ihr Glas ab, fasste ihm unter das Kinn und drehte sein Gesicht zu ihrem, so nah, dass er meinte, in ihren Augen zu versinken.

»Mein Vater hat mir früher viele Legenden aus dem Grünenden Land erzählt«, sagte sie leise. »Damit ich weiß, wer unser Volk war und wer wir heute sind. Was wir verloren haben, um Neues zu gewinnen. Du hast etwas von dem Verlorenen in dir bewahrt, Anini. Du bist ein Wandler in der Zweiten Welt, wie Ogune und Iwino, die nur im Ewigen Hain zusammen sein konnten, weil ihre Sippen in Fehde lagen. Und das ist nichts, wofür du dich schämen müsstest. Sei stolz darauf.«

Ihr Mund war feucht und heiß. Er schlang die Arme um sie und zog sie an sich. Seine Finger fanden die Haken und Ösen, die ihr Kleid am Rücken geschlossen hielten. Mit jedem Stück Haut, das er freilegte, wuchs sein Wunsch, sich in ihr zu verlieren und nie wieder aus ihr herauszufinden. War sie das, wonach er sein ganzes Leben gesucht hatte, ohne zu ahnen, dass er es je vermisst hatte? Der nährende Boden, in den er seine Wurzeln treiben konnte, um dem Sturm zu trotzen? Das Geschöpf, das ohne Abscheu jede seiner Wunden lecken würde, ganz gleich, wie lange sie schon schwärten? Er stellte sein Schicksal auf die Probe und ließ sich fallen.

14

Die bevorstehende Ankunft der Barmherzigen Gesandten hatte ganz Meerschaum aufs Wasser gelockt. Die Menschen waren in alles gestiegen, was schwamm, um die Elfen willkommen zu heißen: die Händler und Prediger in ihre prunkvollen Fregatten, von denen jede einzelne einen kleinen Wald aus Masten besaß; die Denker in ihre teils bizarren Konstruktionen mit drei Rümpfen, runden Segeln oder stumpfen Bügen; das einfache Volk in verwitterte Fischerboote und flache Kähne; und die Ärmsten der Armen auf mit halb verrotteten Tauen zusammengehaltene Flöße aus zersplitterten Balken und ausgehängten Türen.

Dieses Sammelsurium aus Wasserfahrzeugen bildete auf der Mündung des Braunen Stroms eine zum offenen Meer hin ausgerichtete Gasse. Ihre Breite war dadurch bestimmt worden, dass ein Gardist von der Spitze des Piers, an dem die Elfen anlegen würden, zwei Schüsse aus seiner Armbrust abgegeben hatte – einen Bolzen nach links, den anderen nach rechts. Schnelle, wendige Kutter der Hafenwacht sorgten dafür, dass dieser Mindestabstand, der dem Schutz der ehrwürdigen Besucher diente, mehr oder minder genau eingehalten wurde.

Seit ein Ausguck auf einer der größten Fregatten gemeldet hatte, dass das sehnlichst erwartete Elfenschiff in Sicht war, herrschte ein ohrenbetäubender Lärm. Vielstimmige Jubelgesänge, das Spiel von Musikantenzügen auf den besseren Booten, jauchzendes Geschrei, das Scheppern der Klangbecken auf den Predigerschiffen, aus vollem Hals gebrüllte Rufe und das Knarren von Ratschen von den jämmerlichen Kähnen vermengten sich zu einem tosenden Dröhnen.

Als er die Mastspitzen am Horizont schließlich selbst erspähte, prüfte Siris noch einmal den Sitz seiner Kleidung. Gegen das Flattern der Hosenbeine im Wind konnte er zwar nichts unternehmen, aber er wollte unbedingt, dass wenigstens das schlichte, schwarze Hemd nicht zu aufgeplustert wirkte. Schlimm genug, dass ihm ständig die Haare ins Gesicht wehten.

»Nervös?«, fragte ihn Zoseos.

Siris nickte. Was für eine Frage! Natürlich war er nervös. Es konnte so viel schiefgehen, dass ihm vor lauter möglichen Patzern und Unglücken der Kopf schwirrte. Stand er zu nah am Rand des Piers und erweckte dadurch den Anschein von zu großer Aufdringlichkeit? Oder zu weit weg und signalisierte damit ein verhängnisvolles Desinteresse? Was, wenn er sich bei der Begrüßungsformel verhaspelte oder stockte? Würden die Elfen dann umgehend wieder abreisen, oder würden sie ihm einen kleinen Fehler verzeihen? Hatte Zoseos mit dem Handschuh, dessen Perlenverzierungen die Farbe von einem blassen Blau zu einem schillernden Rot wechselten, wenn man sanft den Atem über sie streichen ließ, das passende Artefakt für ihn ausgewählt, oder war es zu prahlerisch, zu bescheiden oder sonstwie unzureichend?

Siris wandte sich zum Rest des Empfangskomitees um, das vor den kristallenen Mauern des Palasts der Demütigen Bitten aufgereiht stand. Alle trugen schwarz, weil das erfahrungsgemäß die Farbe war, an denen die Elfen den geringsten Anstoß nahmen. Eines der Vorrechte seiner Familie als Unterhändler war, dass die von Wolfenfurts über die Zusammensetzung der Gruppe von Meerschäumern bestimmten, die die Barmherzigen Gesandten begrüßten, und Siris hatte reichlich von diesem Vorrecht Gebrauch gemacht. In Absprache mit Zoseos hatte er die Zahl der Beteiligten klein gehalten: nur jeweils ein Vertreter aller Handelshäuser von ernst zu nehmender Größe, eine Handvoll Prediger und keinen einzigen Weisen Denker, um Azzaras auch in die richtige Stimmung dafür zu bringen, sich zu einem Zweikampf wegen Gozzoldinis Erbfolge hinreißen zu lassen. Stattdessen hatte er Sira und ihrem Gefährten den Vorzug gegeben, doch wenn er Garep jetzt betrachtete, bedauerte er seine Entscheidung. Warum war er nicht früher darauf gekommen, dass eine haarige Zwergenbrust, auf der eine Fließende Schrift das elfische Symbol für Scham bildete, unter Umständen eine Provokation darstellte, die ein rasches Ende der Verhandlungen heraufbeschwor? Er musste darauf bauen, dass der Stummel den einzigen Satz Elfisch, den er ihm unter größten Mühen eingetrichtert hatte, nicht zu irgendeiner haarsträubend unpassenden Gelegenheit loswerden wollte.

Er schaute zurück aufs Wasser. Mittlerweile waren die Segel des Elfenschiffs zu erkennen. Vier gewaltige Halbkreise, deren abgerundete Seite nach oben zeigte. Aus der Entfernung sahen sie aus wie vier übereinandergehängte, aufgeschlagene Fächer – ein Eindruck, der durch die Streben, die die Halbkreise in ein halbes Dutzend Bogenabschnitte unterteilten, noch verstärkt wurde. Siris wusste jedoch, dass sie an vier Masten hingen, wo sie von Bug zu Heck in immer schwindelerregenderen Höhen angebracht waren, um aus jeder noch so leichten Brise den größten Schub zu gewinnen. Jedenfalls waren die Segel der Schiffe, auf die er als Junge mit seinem Vater hier, auf genau diesem Pier, gewartet hatte, so angeordnet gewesen.

Als das Elfenschiff in die Gasse einfuhr, die die Menschen mit ihren Booten geschaffen hatten, brach noch hektischeres Treiben aus. Die Prediger schütteten kübelweise Blüten über Bord, die vom Wind getragen über die Wellen segelten. Tiere wurden geschlachtet – an Bord der Handelsfregatten Bullen und Hengste, auf den Bettlerflößen Tauben und Hühner. Siris fluchte innerlich. Er wünschte, die Leute hätten wenigstens von diesen Bezeugungen vorauseilender Dankbarkeit Abstand genommen. Das Blitzen der zahllosen Messer und Beile, unter denen das Vieh sein Leben aushauchte, nährte seine Nervosität, denn dieses Blitzen erinnerte ihn auf unangenehme Weise daran, wie die Sonne die Linse eines Zielfernrohrs auf einem Zwergengewehr zum Blinken brachte.

Eltern hoben ihre Kinder auf die Reling, um sie den Barmherzigen Gesandten zur Schau zu stellen und darauf zu hoffen, dass es einer jener Besuche war, bei dem die Elfen eine Auswahl der schönsten Knaben und Mädchen mit in ihre geheimnisvolle, den Sagen nach paradiesische Zuflucht jenseits der See nahmen. Ob die Elfen die Kinder tatsächlich erblickten, war für den Betrachter nicht einzuschätzen, denn die Spitzohren blieben im Rumpf ihres Schiffes unsichtbar.

Siris hatte keine Ahnung, aus welchem Material die Elfen ihre Schiffe bauten, doch sie waren weder aus Holz wie die der Menschen noch aus Metall wie die der Zwerge. Am ehesten glich das Material in seiner ledrigen Glätte der Haut eines Wals oder einer Seekuh, und auch die Form der Rümpfe erinnerte an die von Meeressäugern: Ein stumpfer, breiter Bug verjüngte sich zu einem schmalen Heck. In unregelmäßigen Abständen wies die Bordwand beulige Ausstülpungen auf, als wäre sie von einer obskuren, riesenhaften Art von Seepocken befallen. Aufbauten gab es ebenso wenig, wie man von einem echten Deck sprechen konnte. Aus der durchgehenden Wölbung des Rumpfs sprossen lediglich die Masten, wie spitze Spieße, die man in einen Laib Brot gesteckt hatte.

Gebannt beobachtete Siris, wie sich die Segel drehten, ganz ohne das Straffen und Lockern einer Takelage. Es waren die Masten selbst, die sich in ihrer Verankerung bewegten, um es dem Schiff zu ermöglichen, mit der Längsseite voran auf die Anlegestelle zuzugleiten. Als das Schiff noch einen guten Steinwurf entfernt war und das von ihm verdrängte Wasser als rasche Folge gischtspritzender Wogen gegen den Pier brandete, falteten sich die Fächersegel zusammen und die Masten sanken einer nach dem anderen um, dem Heck entgegen. Der Vorgang gemahnte Siris an den Pfau im Innenhof des Hauses seines Onkels und wie der Vogel sein Rad abschlug, wenn er es müde war, seine prächtigen Schwanzfedern zu präsentieren.

Mit einem dumpfen Klatschen traf die Bordwand den Pier. Siris sah zu der Ausbuchtung, die von einer wulstigen Falte in der Schiffshaut in zwei Hälften geteilt wurde. Gleich würde es so weit sein.

Er atmete zweimal tief durch die Nase ein und durch den Mund wieder aus, schmeckte Salz und Tang und wurde mit einem Mal gewahr, dass der Wunsch seines Vaters, er möge in seine Fußstapfen treten, auf schier unerklärliche Weise doch noch in Erfüllung gegangen war.

»Jetzt?«, rief er Zoseos unsicher zu.

»Jetzt!«, antwortete sein Onkel über das Tosen der feiernden Meerschäumer hinweg.

Siris ging auf die Knie. Er holte tief Luft und ließ das Sprüchlein, das er auf Elfisch aufzusagen hatte, vor seinem inneren Auge vorbeiziehen, ehe er die Stimme hob. »Tausendfachen Dank entrichten die

Bittsteller an ihre Wohltäter, die sie erhört haben in ihrer unermesslichen Not! Der Staub zu ihren Füßen schreit nach ihnen, und es erklänge keine Klage, entschieden sich die, deren Sein nur strahlender Glanz ist, über den Staub hinwegzuschreiten.«

Stille breitete sich zögerlich unter den Meerschäumern aus, als die Menschen in den vordersten Bootsreihen nach und nach begriffen, dass der Unterhändler die Begrüßungsformel sprach.

»Tausendfache Vergebung erflehen die Bittsteller von ihren Wohltätern für den Missklang unseres Klagens! Das Krächzen aus unseren Kehlen ist unsere Schande allein, und es erklänge keine Klage, entschieden sich die, deren Zungen singen, uns die Mäuler mit kochendem Blei zu stopfen.«

Inzwischen waren auch die letzten Zuschauer verstummt.

»Tausendfache Großmut ersuchen die Bittsteller ihre Wohltäter zu zeigen, die den Weg an unsere Gestade fanden! Eure Entbehrungen auf der Reise sind unsere Last, und es erklänge keine Klage, entschieden sich die, deren Weisheit die der Herren ist, uns unserem Schicksal zu überlassen.«

Siris presste in einer tiefen Verbeugung seine Stirn dreimal auf den Boden. »Tausendfacher Dank! Tausendfache Vergebung! Tausendfache Großmut!«

Einen Moment, der sich in die Ewigkeit zu dehnen schien, geschah nichts. Siris spürte seine Hände zittern. Seine verfluchte Mutter und ihr wahnsinniger Plan, ihn die Geschäfte des Hauses übernehmen zu lassen! Er hatte es versaut. Er war niemand, der gern lange bat und bettelte, und wenn die Spitzohren nur halb so klug waren, wie man immer sagte, hatten sie das aus seinem ungelenken Vortrag, bei dem er gewiss die Hälfte der Laute nicht richtig getroffen hatte, auch herausgehört.

Dann glitt die Falte in der Ausbuchtung am Schiff auf wie das Augenlid eines Mannes, der langsam aus einem festen Schlaf erwachte. Hinter der merkwürdigen Luke war ein Gang mit runden, rötlichen Wänden zu erkennen, der in den Bauch des Schiffes führte.

Das Geschöpf, das aus diesem Gang auf den Pier trat, war grundlegend von einer menschenähnlichen Gestalt, doch alles an ihm wirkte geradezu grotesk in die Länge gezogen, und es überragte Siris um mehr als zwei Köpfe. Über die dürren Glieder des Elfen spannte sich eine Haut, die in kräftigen bunten Flecken gemustert war. Grüne, rote, blaue und gelbe Töne, als hätte das Spitzohr einen Regenbogen vom Himmel geholt, um sich darin zu hüllen. Sein langes, bis weit über die schmalen Hüften fallendes Haar bot dieselbe Farbenpracht, und jede der Strähnen zeigte eine andere Schattierung. Auch sein eng anliegendes Gewand war bis hinunter zu den nackten Füßen gesprenkelt, und es war schwer zu beurteilen, wo der Stoff endete und die Haut anfing.

Ein kühler Blick aus schräg in einem zierlichen Schädel sitzenden Augen fiel auf Siris, und auch das Lächeln, das der Barmherzige Gesandte ihm schenkte, war alles andere als warm. Die Zähne, die er dabei entblößte, funkelten wie Diamanten, und an den Ohren baumelten zwei Rubine groß wie Hühnereier.

Der Elf breitete die Arme aus und begann zu sprechen, wobei seine helle Stimme laut und klar erklang, obwohl er den Mund lediglich zu einem schmalen Spalt öffnete. »Ich bin das Wehen des Sommerwinds, wenn er von fernen Blütenmeeren kündet. Der Gesang der Gefiederten, wenn sie Hochzeit halten. Das wohlige Seufzen, das dem gestillten Durst entspringt. Das Raunen der Wipfel, das ihre Rätsel birgt. Das Herzen gewinnende Lied. Die Bittsteller werden mich den Buntpfeifer nennen.«

Siris und Zoseos verneigten sich.

»Frohlocket, denn es kommt der zärtliche Biss, der einen glücklichen Tod gewährt«, fuhr der Herold der Gesandten fort. »Die wohlmeinende Klaue, die das Übel reißt. Der in Fleisch gegossene Einklang von Kraft und Anmut. Die Bittsteller werden es den Greif nennen.«

Siris hatte in seiner Zeit als Bestienjäger einige Greifen gesehen, doch keinen wie jenes Tier, das nun aus der Luke sprang. Sein erster Gedanke war, dass die Elfen einen Steppenpanther in den Balg eines Nashorns eingenäht hatten, um ihre menschlichen Bewunderer zu foppen. Doch dafür spielten die Muskelstränge dieser Kreatur zu dicht unter der grauen Haut und dafür bewegte sie sich zu elegant. Fingerlange, goldene Klauen klickten auf den steinernen Platten des

Piers, als das Ungetüm sich Siris näherte. Würde es nun jeden Augenblick den keilförmigen Kopf senken und zu einem Sturmangriff übergehen, mit dem es ihm das Horn, das aus seiner Stirn wuchs, in den Bauch rammte? Nein, es pirschte sich nur an ihn heran. Seine gespaltene Zunge zuckte aus seinem Maul, um über die Perlen auf Siris' Handschuh zu lecken. Das Tier gab ein zufriedenes Schnurren von sich, trottete an den Rand des Piers und ließ sich dort nieder, wobei es in herrschaftlicher Würde die Vorderpranken übereinanderschlug. Siris konnte nicht anders, als sich den Schweiß abzuwischen.

»Frohlocket.« Der Buntpfeifer kündigte den nächsten Gesandten an. »Denn es kommt das aufrechte Schweigen, dessen Quell unerschütterliche Ehre ist. Der weite Wurf, der Staunen abverlangt. Der feine Stich des letzten Kusses. Die liebreizendste Spiegelung in brechenden Augen. Die Bittsteller werden ihn den Hahn nennen.«

Siris dämmerte, warum sich Himek ständig darüber beschwert hatte, dass die Namen der Menschen keinen Sinn ergaben. Hähne zählten nun nicht gerade zu den Tieren, vor denen man besser auf der Hut war. Der Elf, der sich zeigte, nachdem der Buntpfeifer geendet hatte, war hingegen auf den ersten Blick als eine Person zu erkennen, der Gewalt alles andere als fremd war. Im Gegensatz zum schmächtigen Herold waren die Schultern des Hahns breit und seine Arme massig genug, um es mit den kompaktesten Zwergen aufzunehmen, die Siris im Dampfland gesehen hatte. Nur dass der Hahn mehr als doppelt so groß war wie ein mickriges Kurzbein. Über seine zinnoberrote Haut verlief von seinem rasierten Schädel bis hinunter zu den Waden ein Geflecht aus fingerdicken, pochenden Adern. Der Mittelpunkt dieses Netzes lag unter einer stählernen, runden Panzerung auf seiner Brust, die sich rhythmisch hob und senkte, als schlüge unmittelbar darunter sein Herz. Die untere Gesichtshälfte war von einer Maske verborgen, die einem gelben Schnabel nachempfunden war. Das Ungewöhnlichste an ihm waren allerdings ohne jeden Zweifel die langen Klingen, die ihm an beiden Armen vom Ellenbogen bis zum Handgelenk lose ins Fleisch gepflanzt waren wie Fransen, die die Naht einer Jacke zierten. Die Klingen klirrten leise, als der Hahn die Arme zur Begrüßung gönnerhaft ausbreitete, und dabei hatte er dann wahrhaftig viel von einem Vogel, der die Schwingen spreizte. Siris schämte sich nicht dafür, dass seine Verbeugung vor diesem Gesandten besonders lange dauerte.

»Frohlocket und öffnet eure Herzen!« Der Buntpfeifer veränderte den ersten Satz der Vorstellungsformel etwas. »Denn ihr erfahrt eine Gnade. Die vollkommene Reinheit gefrorener Seen, wenn der Winter sie in seine Arme schließt. Die schmerzliche Sehnsucht nach der Weichheit frisch gefallenen Schnees. Der Anbruch eines Tages, der kein Ende kennt. Der fruchtbare Schoß, der Freuden gebiert. Die Melodie des erbaulichsten Vergessens. Das geliebte Kind des Adlers, der den Himmel zähmt. Die Bittsteller werden sie die Schwänin nennen.«

Dieses Mal war es ein Leichtes für Siris' überreizten Geist, eine Verknüpfung zwischen Namen und Anblick zu schaffen. Haut und Haar der Schwänin waren weiß wie Porzellan, und ihre um Hüften und Brust geraffte Robe aus weißen Federn rauschte bei jedem ihrer Schritte, als stiege ein Schwarm großer Vögel um sie herum auf. Die Länge ihres Halses, die gut und gern Siris' Unterarm entsprach, wurde durch die darumgeschlungenen beinernen Reife noch weiter betont. Das Einzige an ihr, das nicht weiß war, waren ihre schrecklichen und zugleich anziehenden Augen: Völlig schwarz saßen sie in ihren Höhlen, wie wenn die Schwänin ihre echten, ihre ursprünglichen Augen durch zwei Murmeln aus Vulkanglas ersetzt hatte, damit niemand mehr zu sagen vermochte, wohin ihr Blick fiel.

Die Luke schloss sich hinter ihr so geräuschlos, wie sie sich zuvor geöffnet hatte. Siris verharrte in seiner knienden Haltung. Auch wenn es nur eine kleine Gesandtschaft war, die die Elfen geschickt hatten, wollte er sie auf keinen Fall verprellen. Er wartete auf ein Zeichen der Schwänin, sich erheben zu dürfen. Es kam als ein Wink, der diese Bezeichnung kaum verdient hatte. Nur ihre Fingerspitzen, an denen keine Nägel zu sehen waren, zuckten.

Siris stand auf. Grenzenloser Jubel von den Schiffen der versammelten Meerschäumer zerfetzte die drückende Stille. Siris teilte die Begeisterung nicht. Es konnte noch so viel danebengehen, aber zum Glück hatten die Leute vom Schlachten genug. Die peinigende Vorahnung vom Peitschen eines Schusses, die Siris gequält hatte, verlor an Kraft. Das war gut. Er brauchte seine gesamte Konzentration, um all die Regeln elfischer Etikette, die ihn sein Vater einst gelehrt und sein Onkel in den letzten Stunden hastig aufgefrischt hatte, in seinem Gedächtnis auf Abruf zu halten.

Was nun auf dem Protokoll stand, war eigentlich die Überreichung erster Geschenke an ihn durch die Gesandten, mit denen sie ihn wissen ließen, dass sie sich in ausreichend unterwürfigem Maße willkommen geheißen fühlten. Die Schwänin sah das offenbar anders, denn sie neigte jäh den Kopf zur Seite, um ihn gleich wieder aufzurichten, und stolzierte dann an Siris und Zoseos vorbei.

»Bleib nicht stehen, Junge«, drängte Zoseos in einem waschechten Bühnenflüstern. »Geh ihr nach! Bleib an ihr dran.«

Siris hastete der Elfe hinterher und schloss zu ihr auf, doch das kümmerte die Gesandte kein Stück. Siris kam sich vor wie ein Schoßhündchen, das seiner Herrin um die Beine hüpfte, um einen schmackhaften Leckerbissen zu erbetteln.

Auf dem letzten Drittel des Piers riss Siris der Geduldsfaden. »Schwänin, die Geschenke!«, platzte es aus ihm heraus.

»Es wird keinen Tausch geben«, entgegnete sie, ohne innezuhalten, in einer Stimme so klar und kalt wie ein eisiger Gebirgsbach. »Ich bin zur Zerstreuung hier.«

»Was?«, fragte Siris und hielt sich sofort den Mund zu, weil er darin die einzige Möglichkeit sah, nicht in lautes Geschrei – oder vielleicht auch irres Kichern – auszubrechen. Kein Tausch? Zerstreuung?

Die Schwänin streckte ihren langen Arm aus und zeigte nach vorn zum Palast und zu den restlichen Mitgliedern des Empfangskomitees. »Es sieht spannend aus.«

Zunächst hatte Siris keine Ahnung, was das Spitzohr meinte, doch seine Verwunderung wich nacktem Entsetzen, als die Schwänin schnurstracks auf den halb nackten Zwerg zusteuerte. Alle anderen Wartenden warfen sich förmlich auf die Knie, aber Garep blieb wie versteinert mit offenem Mund stehen, obwohl Sira beharrlich an seinem Hosenbein zerrte, um ihn aus seiner Starre zu wecken.

Ein Schwindel erfasste Siris. Es mochte daran liegen, dass er den von vornherein zum Scheitern verurteilten Versuch unternahm, alles um sich herum auf einmal im Auge zu behalten. Zoseos und die anderen Gesandten auf dem Pier. Die Bootsgasse. Sämtliche Meerschäumer, denen er es erlaubt hatte, vor dem Palast Aufstellung zu nehmen. Die Schwänin. Garep.

»Es trägt eine Fließende Schrift«, stellte die Schwänin fest. »Niedlich. Es ist überrascht.«

Sie blieb vor Garep stehen. Zusätzlich zu seinem ständigen Hin- und Herblicken kämpfte Siris nun mit der Frage, wo er sich nun am besten positionierte. Zwischen der Elfe und dem Zwerg? Vielleicht hinter Garep? Neben der Schwänin? Nein, hinter ihr. So konnte er sie zumindest nicht mit dem Schweiß auf seiner Stirn beleidigen. Aber wie nah durfte er an sie heran? Er entschied sich für einen Abstand von einer Armeslänge. Das sollte unverfänglich sein. Regten sich das Ding, das der Herold Greif genannt hatte, oder der Hahn? Nein. Ausgezeichnet.

Die Schwänin beugte sich tief zu Garep hinunter. »Es hat viel Haar.«

»Ich bin Staub«, quoll es in einer groben Schändung des Elfischen aus dem Mund des Zwergs.

»Es spricht!«, rief die Schwänin halb entzückt, halb erschrocken, machte einen Schritt nach hinten und prallte gegen Siris. Sie geriet ins Taumeln, und er wusste sich nicht anders zu helfen, als sie mit beiden Händen an den Hüften zu packen, um sie vor einem Sturz zu bewahren.

Der Jubel vom Wasser her erstarb. Siris drehte den Kopf und formte ein »Hilf mir!« mit den Lippen, obwohl es auf diese Entfernung völlig unmöglich war, dass Zoseos den stummen Ruf wahrnahm.

Ein Blinken von einem der Bettlerflöße, das sich durch eine Lücke zwischen zwei Fregatten ganz in die vorderste Reihe gemogelt hatte, war der letzte Reiz, den Siris' Instinkte benötigten, um ihm die Entscheidungsgewalt über sein Handeln zu rauben. Er warf sich zur Seite und riss die Schwänin mit sich zu Boden.

Ein Sirren zog über ihn hinweg, das in einem Klirren endete, als die Kugel von der kristallenen Palastwand abprallte. Er schützte die Schwänin mit seinem Körper und wappnete sich für den Augenblick, in dem er einen stechenden Schmerz im Rücken spürte. Er atmete den Duft der Elfe ein. Sie roch gar nicht streng wie ein Vogel, sondern nach Mandeln und schwerem Wein. »Nicht bewegen.«

Der Schmerz blieb aus. Siris sah seine Schwester auf sich zu stürzen, die Augen weit aufgerissen, die Lippen blass.

Die Händler aus dem Empfangskomitee rührten sich nicht von der Stelle, doch die Prediger waren aufgesprungen, rauften sich die Haare und schrien wie ein Mann: »Frevel! Frevel!«.

Siris wagte einen Blick zurück. Der Hahn kam zum Palast gerannt, die Klingen an seinen Armen mit einem Mal starr aufgerichtet. Zoseos gestikulierte wild auf den Buntpfeifer ein und brüllte: »Das Floß! Er ist auf dem Floß!« Der Greif war nirgends zu sehen.

Die Menge lärmte wieder, wenngleich der Jubel sich nun in entsetztes Gekreisch verwandelt hatte.

Die Hand der Schwänin legte sich knapp unter Siris' Hals flach auf seine Brust, eine verschämte Berührung, als kostete es sie große Überwindung, ihn anzufassen. Sie drehte den Kopf, und er war sich sicher, dass sie ihn ansah. »Lass mich!«, sagte sie bestimmt.

Er hielt sie weiter umklammert. »Noch nicht!«

Lächelte sie, oder fletschte sie die Zähne? »Es ist trotzig.«

»Vorsicht!«, rief Sira.

Siris wälzte sich zur Seite, ohne die Elfe loszulassen. Drohend ragte der Hahn über ihm auf, die Arme mit den Klingen erhoben wie zwei Fallbeile.

»Es ist gut«, sagte die Schwänin.

Der Hahn antwortete ihr mit einem röchelnden Knurren.

»Es ist gut«, wiederholte sie.

Der Elf lockerte die zu Fäusten geballten Hände, und die Klingen sanken langsam herab.

Da ihnen der breite Oberkörper des Hahns genügend Schutz bot, entließ Siris die elfische Gesandte aus seinem Griff. Sie blieb einen Augenblick liegen und schien Sira zu mustern, die mehrfach die Arme vor und zurück nahm, als suchte sie nach einer Möglichkeit, der Schwänin aufzuhelfen, ohne sie dabei zu berühren.

Siris rappelte sich auf und streckte der Elfe die Hand entgegen. »Verzeihung!«, bat er. »Darf ich dir aufhelfen?«

»Es ist ungezogen«, entgegnete sie ihm, doch diesmal redete er sich zur Beruhigung ein, dass ihr Zähneblecken ein Lächeln war.

Ihr Federgewand rauschte, als die Schwänin sich erstaunlich geschmeidig erhob. Sie reckte den langen Hals, spähte in die Flussmündung hinaus und flüsterte: »Braver Greif …«

Ein Kutter der Hafenwacht hatte Kurs auf das Bettlerfloß genommen, von dem der Schuss gekommen war. Die Gardisten würden den Schützen nicht mehr stellen können. Diese Aufgabe hatte der Greif bereits für sie erledigt, und dem war Gnade wohl fremd. Er hielt seine Beute mit den Hinterläufen auf den Bohlen und nahm keine Rücksicht darauf, dass die Prankenhiebe, mit denen er den Menschen in Stücke riss, auch dem Floß übel zusetzten. Schließlich brach es auseinander. Der Greif schnappte nach einem Stück des Treibguts, stürzte sich in die Fluten und kam zur Insel zurückgeschwommen. Sein Kopf hüpfte auf den Wellen auf und ab, und er wirkte beinahe wie ein Jagdhund, der für seinen Herrn Wild apportierte.

»Bist du getroffen? Bist du getroffen?« Nackte Panik sprach aus Sira.

»Kümmere dich um den Stummel, bevor er noch mehr Unheil stiftet«, trug Siris ihr auf. Garep saß auf dem Hosenboden, das Zeichen für Chaos auf der Brust, und jammerte auf Zwergisch etwas davon, dass er lieber in die Minen am Pol geworfen worden wäre, als unter Menschen zu geraten.

Siris hatte unglaubliche Lust auf eine Zigarette, doch das Rauchen musste noch warten – vorausgesetzt, er kam überhaupt noch jemals dazu. Er schloss nicht vollständig aus, dass die Schwänin dem Hahn doch noch befahl, ihn einen Kopf kürzer zu machen, aber er tröstete sich mit dem Gedanken, dass man dann noch in tausend Jahren in Meerschaum von seinem unrühmlichen Schicksal erzählen würde.

»Liegt hier nicht unnütz herum, ihr Gesindel!«, fuhr er die Händler an und scheuchte sie gemeinsam mit den Predigern in die Eingangshalle des Palasts. Auf dieses Publikum legte er bei seiner Hinrichtung nun wirklich keinen Wert.

Die Schwänin beobachtete sein Treiben, wenngleich, ihrer Körperhaltung nach zu urteilen, ihr Interesse an diesem unwürdigen Schauspiel nicht allzu groß war. »Es ist laut«, sagte sie zwischendurch einmal und hielt sich die spitzen Ohren zu.

Der Greif traf noch vor Zoseos und dem Buntpfeifer bei ihnen ein. Das Tier hetzte in weiten Sprüngen über den Pier, legte das, was es aus den Trümmern des Floßes gerettet hatte, der Schwänin vor die Füße und begann, sich die blutverschmierte Schnauze sauber zu lecken. Das Gewehr trug deutliche Bissspuren, als wären die robusten Materialien, aus denen es gefertigt war, für die Zähne des Greifen weich wie warme Butter.

»Was ist das?«, fragte die Schwänin.

»Ein Gewehr«, antwortete ihr Siris.

»Was ist ein Gewehr?«

»Eine Waffe.« Ihm fehlten die nötigen Worte, um der Elfe in ihrer Sprache zu erklären, wie ein Gewehr funktionierte. Sprengpulver. Lauf. Kugel. »Eine gefährliche Waffe. Zwerge haben sie gebaut.«

Die Schwänin nickte. »Jetzt erinnere ich mich. Es muss mir entfallen sein, als es mich umgeworfen hat.«

Siris glaubte ihr zwar kein Wort, ließ es jedoch dabei bewenden. Ihm waren schon ganz andere Verfehlungen vorgeworfen worden, ohne dass er sich daran gestört hätte. Wenn das Spitzohr ihm die Schuld dafür zuschieben wollte, dass sie nicht wusste, was ein Gewehr war – wahrscheinlich um vor ihrem Gefolge nicht dumm dazustehen –, sollte sie doch. Bitteschön. Vielleicht dankte sie es ihm damit, dass sie sein Leben verschonte.

Zoseos redete nach wie vor auf den Herold ein und erfand eine blumige Entschuldigung nach der anderen, aber der Buntpfeifer ignorierte ihn geflissentlich. »Erstrahlt dein Glanz hell?«, erkundigte er sich stattdessen kriecherisch bei der Schwänin. »Welche Strafe für die Bittsteller schwebt dir vor, Melodie des erbaulichsten Vergessens?«

»Sieh nach, ob du in der Hütte ein Bad für mich einlassen kannst«, erwiderte die Schwänin und deutete mit einer ihrer Fingerspitzengesten zum Palast aus Kristall. Erneut hätte Siris darauf gewettet, dass sie sein Gesicht studierte, als sie sagte: »Ich fühle mich … schmutzig.«

Der Buntpfeifer machte sich schleunigst von dannen, und die Schwänin folgte ihm gemessenεren Schritts. Sie drehte sich noch einmal zu Siris um und senkte kaum merklich ihr Haupt. »Ich empfinde Neugier«, rief sie heiter. »Wir reden bald.« Dann verschwand sie im Palast, und Siris rätselte, ob er ihre letzte Äußerung als Lob oder Drohung auffassen sollte.

Die Sonne war bereits untergegangen, als Arisascha in das Haus ihres Onkels zurückkehrte. Sie war müde und hatte sich von Zoseos eine Sänfte mieten lassen.

Nach dem ausgiebigen Bad, das so viel Zeit verschlungen hatte, dass selbst in den geduldigsten Meerschäumern wieder der Wunsch nach festem Boden unter den Füßen erwacht war, hatte die weißhaarige Gesandte nach einem Gespräch mit Siris verlangt. Sie war nicht davon abzubringen, dass Garep, den sie aus unerfindlichen Gründen nur den Gewehrbauer nannte, bei dieser Unterredung zugegen war. Arisascha hatte das gar nicht gefallen, und sie hatte Garep geraten, die Schwänin vertrösten zu lassen, doch der sture Klotz war mit einer Mischung aus Besorgnis und Vorfreude trotzdem mit Siris gegangen, um dem Willen der Gesandten gerecht zu werden.

Arisaschas kleine Rache an ihrem uneinsichtigen Gefährten hatte darin bestanden, nicht auf ihn zu warten, bis er genug mit der Elfe geplaudert hatte. Gleich nach dem Einsteigen in die Sänfte hatte sie die albernen, durchsichtigen Schuhe ausgezogen, die sie auf Anraten Zoseos' getragen hatte. Die hohen Absätze, wegen denen sie den ganzen Tag auf Zehenspitzen balanciert war, waren nicht das Schlimmste. Das Schlimmste war, dass sie nicht nur aussahen wie Glas, sondern auch so hart waren und noch dazu so kühl blieben, ganz gleich, wie lange man sie an den Füßen trug. Womit hatte Arisascha sich versündigt, um diese Strafe der Herren zu verdienen?

Ihr war schlichtweg zum Heulen zumute, aber die kalten, harten Schuhe trugen nur ein winziges Scherflein zu ihrer Niedergeschlagenheit bei. Sie gab sich die Schuld daran, was auf der Insel der Gesandten vorgefallen war. Ohne sie gäbe es keine zwergischen Gewehre in Meerschaum, und wenn sie die Waffen nicht aus dem Bund in ihre Heimatstadt geschmuggelt hätte, wäre ein derart feiger Angriff auf die Elfen vollkommen unmöglich gewesen. Sie hatte immer geglaubt, die anderen Erzwinger des Gerechten Weges, an die sie die Waffen weiterleitete, würden höchste Vorsicht walten lassen, damit sie nicht in die falschen Hände gerieten. Das war dumm von ihr gewesen. Es waren schlicht und ergreifend zu viele Gewehre, die sie besorgt hatte, als dass irgendjemand dies hätte gewährleisten können. Spätestens als einige Einheiten der Garde ihre geheime Ausbildung an den Schusswaffen begonnen hatten, war es unausweichlich, dass manche der Waffen auf mysteriöse Weise verschwanden. Hatten sie und Siris Garep nicht gerade erklärt, wie es um die Lauterkeit der Meerschäumer bestellt war? Dass jeder zum Verräter werden konnte, wenn man ihm nur den richtigen Preis zahlte?

Sie hatte genug im Halbdunkel gesessen. Arisascha entschloss sich, ihre neuen Sorgen durch die Beschäftigung mit einer alten aus ihren Gedanken zu verbannen. Sie entzündete die Öllampe neben ihrem Bett und machte sich mit ihr auf den Weg in das Nachbarzimmer, in dem Oji untergebracht war. Kaum hatte sie die Tür geöffnet, wünschte sie sich, doch lieber noch ein wenig länger über die Schüsse am Hafen gebrütet zu haben.

Der Anblick brach ihr schier das Herz. Oji lag auf dem Bett, die Decke bis unters Kinn hochgezogen. Auf der Decke waren abgenagte Hühnerknochen, Obstkerne und leere Schüsseln verstreut, und am Mund des Jungen klebten Reste von Marmelade. Es stank erbärmlich nach Schweiß und kohligen Fürzen. Atmete der Kleine überhaupt noch?

Arisascha befeuchtete einen Finger und hielt ihn Oji unter die Nase. Sie betete zu den Herren, dass die Kühle, die sie spürte, nicht nur eine Täuschung war, die ihr ihre Nerven vorgaukelten, um sie vor einem namenlosen Grauen zu bewahren.

»Ach, Oji«, wisperte sie und strich ihm übers Haar. Eine furchtbare Gewissheit packte sie: Er würde sterben. Er würde fressen und fressen und fressen, wie er es seit seinem Sturz schon tat, wann immer sich ihm die Gelegenheit dazu bot, ohne an Gewicht zuzulegen. Und irgendwann würde sein schwacher Leib das nicht mehr ertragen. Sie schluchzte und küsste ihn auf die Stirn. Seine Haut war heiß wie Glut und rau wie Sandstein. Sie schlug die Hände vors Gesicht und weinte. Um Oji. Um all die Menschen, die die Herren ihr gegeben und genommen hatten, seit sie zum Werkzeug ihres Willens geworden war. Um Dschedschin, in dessen Haus sie im Bund gelebt und mit dem sie das Bett geteilt hatte. Um Tschoradschun, der ihr wichtigster Helfer bei der Flucht aus Amboss gewesen war. Um Arian, dessen Schiff sie zum Paradies der Herren getragen hatte. Um Kalejuschin, der dort von einem Alten Diener getötet worden war, als er sie vor dessen Scheren hatte retten wollen. Um Gozzoldini, der nun bei den Zwergen in Gefangenschaft war, wenn er nicht schon längst sein Leben bei einem Verhör gelassen hatte. Und sogar um Jarun, den Nichtsnutz in Diensten Tschoradschuns, an dem sie eine Zeit lang Gefallen gefunden hatte, ohne zu wissen, warum.

»Ich hoffe, du weinst um deinen Vater, du Hure.«

Arisascha schreckte auf. Ihre Mutter stand in der Tür. Sie hatte bereits ihr Nachtgewand angelegt und die Witwenhaube abgenommen. Ihr Haar war beinahe so weiß wie das der Schwänin.

»Bist du gekommen, um mich zu beleidigen?«, fragte Arisascha tränenerstickt. Es hatte an ihr gezehrt, dass ihre Mutter sie mied, seit sie in Zoseos' Haus gekommen war. Sie glaubte – nein, sie wusste –, dass ihr die Herren für die Rolle, die sie beim Tod ihres Vaters gespielt hatte, vergeben hatten. Und ein Teil von ihr hatte inständig gehofft, ein winziges Maß jener unerschöpflichen Gnade fände sich auch im Herzen von Kallassendra von Wolfenfurt. Vergebens. »Willst du mich weiterquälen?«

»Ich wollte für den Jungen singen«, sagte Kallassendra und wandte sich zum Gehen.

»Warte!«, rief Arisascha. Wie so oft, wenn sie in all den Jahren in der Fremde an ihre Mutter gedacht hatte, schlug ihre traurige Ohnmacht in Wut um. »Du singst für ihn? Du leidest mit ihm? Mit einem Fremden? Mit einem Krüppel? Und für mich empfindest du nichts als Hass?«

Kallassendra seufzte, machte kehrt und setzte sich auf einen Schemel auf der anderen Seite des Betts. »Es ist ganz wie früher. Du nimmst dich zu wichtig.« Sie schlug die Decke zurück und griff nach der gesunden Hand des Jungen, den selbst der Streit, der um ihn ausgefochten wurde, nicht aus seinem tiefen Schlaf riss. »Er mag ein Krüppel sein, aber ein Fremder? Du bist blind. Du bist der wahre Krüppel. Ich hätte dich gleich ersticken sollen, nachdem du aus meinem Acker gekrochen kamst.«

»Was willst du mir damit sagen, Mutter?« Arisascha schüttelte den Kopf. »Natürlich ist Oji ein Fremder. Ein Waisenjunge. Ich habe ihn nur hierher gebracht, weil Meerschaum zufällig auch seine Heimat ist.«

»Gajuwessus und Siris sagen, du wärst nun eine Predigerin«, meinte Kallassendra spöttisch. »Wenn dem so ist, dann kennst du die Schriften schlecht. Die Wege der Herren sind verschlungen. Das steht nicht nur einmal darin zu lesen. Und auch, dass Sünde in die Düsternis des Fühlens und Denkens führt.« Sie zeigte auf Ojis besudeltes Gesicht. »Was siehst du, wenn du ihn anblickst? Einen Fremden?«

Arisascha wischte sich die Tränen aus den Augen. Wovon redete ihre Mutter da? Ojis Züge waren fein und ebenmäßig. Er würde gewiss nicht zu einem hässlichen Mann reifen, falls er sich doch von seinem rätselhaften Leiden erholte. Umso bedauernswerter war es, dass die Herren ihn mit einem Makel geschlagen hatten, der jede Frau davon abhalten würde, sich ihm zu nähern. Ihre Mutter irrte. Arisascha kannte die Schriften nur zu gut. *Lieg nicht bei denen, die mit versehrten Leibern in die Welt gelangen, denn den Herren missfällt, wenn denen, die das Mal ihrer Strafe offen tragen, Liebe und Freude zuteilwird.* Ein hartes, grausames Gebot.

»Betrachte den Schwung seiner Nase«, forderte ihre Mutter sie auf. »Wie die Augen in ihren Höhlen liegen. Wo der Ansatz seines Haars verläuft. Siehst du es denn wirklich nicht?«

Doch. Arisascha sah es, und noch im gleichen Wimpernschlag

vermutete sie, dass die Zuneigung, die sie für Oji vom ersten Moment an empfunden hatte, weit mehr war als der Auswuchs eines natürlichen Mitgefühls für einen Knaben mit einem verkümmerten Arm. Das Blut, das in ihren Adern floss, floss auch in seinen. »Wie ist das möglich?«, hauchte sie ergriffen.

»Die Treue deines Vaters zu mir ist über jeden Zweifel erhaben«, sagte Kallassendra stolz. »Und Oji ist zudem zu jung, um das Ergebnis einer Liebschaft zu sein, die dein Vater mir verheimlicht hätte. Zoseos' Pflug gräbt keinen Acker um. Du wirst deinen Bruder fragen müssen, wie weit er seinen Samen gestreut hat, um herauszufinden, woher dieser Junge tatsächlich kommt.« Sie stand auf, streichelte Oji die Wange und meinte traurig: »Aber er ist und bleibt leider ein Bastard. Als Erbe für unser Haus nicht zu gebrauchen. Siris wird andere Söhne zeugen müssen. Doch wir können uns dieses Knaben trotzdem annehmen. Er soll nicht in Armut sterben.«

Die gönnerhafte Heuchelei brach eine alte Wunde in Arisascha auf, die sie längst für vernarbt gehalten hatte. »Ich trug auch einmal einen Bastard im Schoß, Mutter.«

»Deshalb bist du ja auch eine Hure.« Sie trat zur Tür.

Arisascha achtete nicht auf die neuerliche Beleidigung. »Willst du nicht wissen, was aus dem Kind geworden ist, das ich in diesem Haus geboren habe?«

»Was wird daraus geworden sein?« Kallassendra zuckte mit den Achseln. »Du wirst es vor einem Schrein ausgesetzt haben, wie es ehrlose Metzen tun.«

»Nein.«

»Nicht?«

Arisascha rang um die Worte, die sie aussprechen musste, um zu sehen, ob da nur noch ein Funke wahrer Menschlichkeit in ihrer Mutter war. »Es hat den Herren gefallen, meinen Sohn noch in der gleichen Nacht zu sich zu holen, in der sie ihn mir geschenkt haben.«

»Gut«, entgegnete Kallassendra kühl. »Es gibt mehr als genug Hurensöhne auf der Welt.« Dann trat die Alte auf den dunklen Hof hinaus und zog die Tür hinter sich zu.

15

»Gibt es Dinge zwischen uns, die ausgeräumt gehören?«, fragte Rinul unvermittelt.

Karu fiel beinahe der Fleischkloß vom Löffel. »Das willst du jetzt von mir wissen? Hier?« *Hier* war an einem Tisch vor einer Suppenküche im Innenhof der Kaufhalle, in der sie sich mit neuer Kleidung eingedeckt hatte.

»Warum nicht?« Rinul nahm seine Serviette vom Schoß, stopfte sie umständlich in seine leere Schale und ließ seinen Blick über die benachbarten Tische schweifen. »Ich denke nicht, dass uns jemand belauscht.« Er zuckte mit den Achseln. »Oder ist das eine deiner schlechten Angewohnheiten, von denen ich noch nichts weiß? In der Öffentlichkeit die Ohren zu spitzen, um mitzubekommen, worüber sich die fremden Leute um dich herum so unterhalten? Ein Erbe aus deiner Zeit als Sucherin?«

»Nein.« Ihr Löffel klatschte in die Suppe, und sie schaute reflexartig auf ihre Brust, um zu überprüfen, ob sie sich die Bluse bekleckert hatte. Zum Glück nicht. Es wäre schade um das gute Stück gewesen, das sie nach der Anprobe vorhin gleich anbehalten hatte.

»Offenheit ist die beste Tarnung«, sagte Rinul mit einer Überzeugung, wie sie nur ein Zwerg an den Tag legen konnte, der an ein Leben als Freibündler gewöhnt war.

»Warum hast du mich nicht gewarnt?« Karu wollte wissen, ob Rinul tatsächlich Lust auf bedingungslose Offenheit hatte. Bibets Rat hatte ihr zwar die Augen dafür geöffnet, dass Rinul sie offenbar tatsächlich liebte, doch das minderte nur in Teilen den Schmerz und ihre Enttäuschung darüber, wie er sie sehenden Auges in eine haarsträubende Situation hatte laufen lassen.

»Ich sah keinen Anlass dazu«, sagte Rinul ernst.

»Ja?« So viel Offenheit hatte Karu sich dann doch nicht gewünscht. »Vielen Dank«, zischte sie. »Höchstes Lob für standhafte Pflicht.«

»Du verstehst mich falsch«, beteuerte Rinul. Er wollte nach ihrer Hand greifen, aber sie zog sie schnell zurück, als klebte etwas Widerliches an ihr. »Für mich bestand nie der geringste Zweifel, dass du das Ritual durchstehst. Dass du abdrückst. Und Bibet versteht es erstklassig, mit einer Axt umzugehen.«

Wunderbar. Er machte aus ihrer Kritik an ihm ein Kompliment an sie. Wahrscheinlich lernte man genau so etwas in den Debatten, die man mit anderen Schülern an einer Lehrstätte zu führen hatte. Sie schwieg eine Weile und betrachtete neidisch die Besucher der Kaufhalle. Sie hätte einiges dafür gegeben, wenn ihr größtes Problem gewesen wäre, ein gutes Duftwasser zu finden, oder einen kleidsamen Hut oder einen handlichen Taschenspiegel oder wonach auch immer diese Zwerge, die in und zwischen den Dutzenden Läden umherwuselten, gerade suchten. Stattdessen hatte sie sich mit einer Verschwörung angelegt, die die zwergische Geschichte umgeschrieben hatte, musste einen niederträchtigen Verräter finden, den die Verschwörer irgendwo ganz in ihrer Nähe platziert hatten, und wie nebenbei sah sie sich gezwungen, sich mit ihrer neuen Rolle als Teil einer Organisation zu arrangieren, deren Mitglieder sich als Streiter für die Freiheit fühlten und dennoch in erster Linie kaltblütige Verbrecher waren. Ja, einfach nur einkaufen gehen zu können, ohne bei der Auswahl der Kleidung auf strapazierfähiges, robustes Material und unauffällige Schnitte und Farben zu achten, das wäre großartig gewesen. Waren diese Leute um sie herum am Ende nicht besser dran als sie, obwohl sie das Opfer einer gigantischen Lüge waren und ihr Verhalten an den weisen Sprüchlein eines Bundschmieds und Befreiers ihres Volkes ausrichteten, den es so, wie sie an ihn glaubten, nie gegeben hatte? Waren falsche Gewissheiten echtem Wissen vorzuziehen? »Was wäre passiert, wenn ich nicht abgedrückt hätte?«

»Ist das jetzt überhaupt noch wichtig?« Rinul hob die Augenbrauen. »Ich meine, du hast doch abgedrückt. Wenn man bereit ist, den Kopf des Bundes zu töten, ist man frei. Du solltest nicht mehr über das Ritual nachdenken. Es lohnt sich nicht.«

»Das sagt sich leicht.«

»Leicht?« Rinuls Lippen zuckten unter seinem Bart, und er kniff die Augen zu engen Schlitzen zusammen. Dann entspannten sich seine Züge und er starrte auf die zusammengeknüllte Serviette in seiner Schale. »Du hast keine Ahnung, wovon du da redest … Leicht … von wegen. Ich wünschte, es wäre leicht gewesen.«

Karus Wangen begannen zu brennen, als ihr der Auslöser für Rinuls Stimmungswandel dämmerte. Schutt, sie war ein kaltes Steinherz! Rinul war ein Bündler, und weil er eben ein Bündler war, hieß das, dass auch er dieses verdellte Ritual durchgemacht hatte. Um zu beweisen, dass er frei war, hatte er seine Bereitschaft zeigen müssen, den Kopf seines Bundes zu töten, falls dieser dem Wohl seiner Getreuen zuwiderhandelte. Und der Kopf des freien Arbeiterbunds, dem Rinul angehörte, war … »Dein Vater«, flüsterte sie. Die Fleischkloßsuppe in ihrem Magen drohte, sich in ihre Kehle hinaufzudrücken. »Du hättest deinen Vater umgebracht, wenn es ernst gewesen wäre.«

»Für mich war es in diesem Augenblick ernst«, sagte Rinul, ohne sie dabei anzuschauen. »So ernst, wie es für dich bei Bibet war.«

»Wie … willst du mir erzählen, wie …« Sie hatte ihn noch nie so traurig gesehen, und der Anblick raubte ihr die Worte.

»Wie er mich dazu gebracht hat?« Rinul nickte, die Arme vor der Brust verschränkt. »Warum nicht? Es war am Anfang meiner Zeit an der Lehrstätte. Ich war jünger als die meisten dort, als ich meine Einstandsprüfung ablegte. Kann sein, dass mein Vater das eingefädelt hat, aber ich bilde mir lieber ein, dass ich immer eine rasche Auffassungsgabe hatte. Na ja, der Hammel hält sein Blöken stets für ein schönes Lied und so weiter. Das ist nicht der Punkt. Der Punkt ist, dass ich damals zwar wusste, womit mein Vater wirklich reich geworden war und dass es nur am Rande mit seinen Wäschereien zu tun hatte. Ich wusste auch, dass man irgendein Ritual über sich ergehen lassen musste, bevor man dazugehörte. Was das genau war, nun, davor haben die Traditionen ein Gebot des Schweigens gesetzt, und alle, die ich nach dem Ritual fragte, haben dieses Gebot nicht gebrochen.«

»Wie du bei mir«, sagte Karu.

»Du hast mich nie gefragt, oder?«

Nein, hatte sie nicht. Nachdem sie Bibets Herausforderung angenommen hatte, hatte sie sich zwar lang und breit mit Rinul über Sinn und Unsinn ihres Eintritts in den Freibund gestritten und er hatte sie darauf hingewiesen, dass das Ritual nicht ungefährlich war, aber bevor sie sich nach Einzelheiten hätte erkundigen können, war er erbost aus dem Zimmer gestürmt. »Hättest du das Gebot gebrochen?«

»Was denkst du?«

»Ist das jetzt überhaupt noch wichtig?«

Ein Lächeln huschte über sein Gesicht, als er seine Worte nun aus ihrem Mund hörte. »Ich sollte nicht mehr darüber nachdenken«, gab er zurück. »Es lohnt sich nicht.«

»Du warst also gerade an die Lehrstätte gekommen …«, forderte sie ihn auf, mit seiner Geschichte fortzufahren.

»Ich war also gerade an die Lehrstätte gekommen und ein paar Jahre jünger als die meisten anderen dort. Da habe ich sie getroffen. Mani. Sie kam aus Granit, aber sie sah trotzdem warm aus, warm und weich. Es war verrückt, um sie zu werben. Sie war so viel älter als ich, und so viel klüger, und so viel schöner. Ich hatte wochenlang den großen Helm auf, als sie sich mit mir eingelassen hat. Wir waren im Teehaus, sind auf dem See im Völkerpark mit den Gondeln gefahren, schauten uns zusammen Lichtspiele an – alles, was man eben so macht, wenn man frisch verliebt ist.« Er legte den Kopf schief. »Es ziemt sich nicht, das zu erwähnen, aber sie war die Erste, mit der ich gemeinsam die Liebesarbeit verrichtete, und ich habe mir oft ausgemalt, wie wir für immer zusammen sind, bis unsere Leiber eines Tages nebeneinander in der Gruft ruhen. Welche fernen Orte wir für unsere Forschungen gemeinsam bereisen. All so ein albernes Zeug …«

Karu hörte zum ersten Mal von dieser Mani aus Granit, die in Rinuls Herz so tiefe Spuren hinterlassen hatte. Sie wehrte sich gegen einen unvernünftigen Anflug von Eifersucht auf einen Geist aus der Vergangenheit, indem sie fragte: »Was ist passiert?«

»In meinem dritten Halbjahr merkte ich, dass etwas nicht in Ordnung war. Sie lachte nicht mehr, und sie wollte sich kaum noch mit mir treffen. Suchte nach Ausflüchten, um mir aus dem Weg zu gehen – Bewährungsschriften, die sie einzureichen hatte. Besuche von Freunden aus Granit, die sie mir nicht vorstellen wollte, weil sie sich angeblich für die ungeschälten Landknollen schämte. Irgendwann sagte sie, es wäre ihr lieber, wenn ich nicht mehr bei ihr im Wohnheim vorbeikäme. Sie wich meinen Fragen aus, als ich nachhaken wollte, ob ich etwas falsch gemacht hätte. Es wollte mir nicht in den Kopf, dass vorher alles so glattgelaufen war und sie jetzt keine Lust mehr hatte, mich zu sehen. Da habe ich angefangen, darüber nachzudenken, seit wann sie sich verändert hatte.«

»Und?«

»Seit dem letzten Fleischwerdungsfest meines Vaters.« Er flocht die Finger ineinander und ließ die Knöchel knacken. »Da hatte ich sie ihm vorgestellt.«

»Hast du deinen Vater darauf angesprochen?«

»Nein. Wozu?« Ein grimmiges Lachen brachte seinen Bauch zum Hüpfen. »Ich dachte doch, sie hätte sich vor mir zurückgezogen, weil mein Vater ist, was er ist und was niemand ändern kann. Der Kopf eines Freibunds. Ich war überzeugt, sie hätte sich umgehört, wer dieser Balok Plattenstemmer denn ist, und sie wäre enttäuscht darüber gewesen, dass ich immer gesagt habe, er sei eigentlich ein ganz passabler Kerl, den man nur zu nehmen wissen müsse. Dass er erfolgreich eine Kette von Wäschereien betreibt und mir deshalb meinen Aufenthalt an der Lehrstätte gern finanziert. Dass er streng ist und genau darauf achtet, was sein Sohn so treibt. Ich glaubte, sie wäre entsetzt darüber, dass sie jemandes Werben erhört hatte, der mit den Freibünden verbandelt war.«

»Aber das war nicht der Grund, aus dem sie dich nicht mehr sehen wollte«, vermutete Karu. »Hat sie dir gesagt, was es wirklich war?«

»Als mir das mit dem Fleischwerdungsfest eingefallen ist, bin ich losgerannt, quer durch die Stadt, zu ihrem Wohnheim. Um sie um Verzeihung anzuflehen. Ich war zu spät. Sie war fort, ihr Zimmer leer, die Schränke ausgeräumt. Aber da lag ein Brief an mich auf ihrem Bett. Ich habe ihn gelesen, und danach bestand für mich kein Zweifel mehr, warum sie mir gegenüber so anders war. Mein Vater trug die Schuld, wenn auch nicht so, wie ich es befürchtet hatte. Es war noch viel, viel schlimmer.« Rinul redete schneller, als wollte er damit verhindern, dass ihn die Regungen einholten, die er beim Lesen des Briefs empfunden haben musste. »Mein Vater hat sie an dem Tag nach dem Fest noch einmal zu sich nach Hause eingeladen und sie gebeten, mir nichts von dieser Verabredung zu sagen. Er wollte sie angeblich ein bisschen besser kennenlernen, ohne mich, damit er auch über Dinge reden konnte, die mir vielleicht peinlich waren. Sie hat geschrieben, sie hätte ihm geglaubt. Warum auch nicht? Mein Vater hat eine Art, mit der er die Leute rasch für sich gewinnt, und man verbringt gern Zeit mit ihm. Mani schrieb weiter, sie hätten gemeinsam zu Abend gegessen und viel getrunken. Stachelbirnenschnaps, Wein, Bier – alles durcheinander.«

»Sie hat dich mit ihm betrogen«, stellte Karu mit gesenkter Stimme fest.

»Er hat sie mit Gewalt zur Liebesarbeit gezwungen«, berichtigte Rinul. »Und danach hat er ihr damit gedroht, ihre gesamte Familie – einen nach dem anderen und sie ganz zum Schluss – umzubringen, wenn sie mit mir oder sonst irgendjemandem darüber redet.« Er nahm seinen Löffel vom Tisch, drehte ihn hin und her und betrachtete sein Spiegelbild in dem gewölbten Metall. »Sie war nach Granit geflohen, weg von ihm. Mich liebte sie natürlich noch. Zumindest stand das da. Aber da stand auch, dass sie aufhören musste, mich zu lieben. Weil sie sich wünschte, sie wäre tot, nach dem, was mein Vater ihr angetan hatte. Und …«

Karu wartete einen Moment, ob er von allein weitersprach, aber als das nicht der Fall war und er einfach nur sein Gesicht im Löffel musterte, half sie zaghaft nach. »Und?«

»Und dass sie den Kiesel hasst, den er ihr in die Spalte gedrückt hat.« Rinul seufzte gequält. »Er hat ihr ganzes Leben zerstört. Grundlos, nur weil er sich nicht im Zaum halten konnte. Und mein Leben gleich mit.« Er schloss die Finger um den Griff des Löffels wie um einen Dolch. »Ich bin nach Hause. Nicht in mein Wohnheim. Richtig nach Hause. An seinen Waffenschrank. Den Rest kannst du dir denken.«

»Das war alles abgesprochen. Nur ein Spiel«, sagte Karu. »Er hat sie nie angefasst, oder? Er hat sie nur dazu gebracht, diesen Brief zu schreiben und aus der Stadt zu verschwinden, damit du zornig genug auf ihn wirst, um Rache zu üben. Wegen des Rituals.«

»So ähnlich«, brummte Rinul.

»So ähnlich?«

»Mani war nicht zufällig an der Lehrstätte. Er hat sie von Anfang an dafür bezahlt. Dafür, dass sie meine Aufmerksamkeit auf sich zieht. Dafür, dass sie mein Werben erhört.« Er legte den Löffel weg. »Mein Vater wollte gleich drei Karren mit einem Ochsen ziehen. Er fand, dass es an der Zeit war, dass ich meinen Zapfen nicht nur zum Pissen benutze, dass ich lerne, frei zu sein, und dass ich begreife, dass man sich nicht auf sein Herz, sondern auf seinen Verstand verlassen muss, wenn man ein kluger Kopf werden will. Das waren genau seine Worte.« Er schaute sie an und meinte nach einer langen Pause, in der Karu der Trubel in der Kaufhalle merkwürdig leise vorkam: »Sag also bitte nicht, dass es leicht für mich gewesen wäre, dich nicht zu warnen.«

Karu stand auf, stieg über die prall gefüllten Einkaufstaschen und beugte sich zu ihm hinunter, um ihn zu umarmen. »Ich bin mit dir zusammen, weil ich mit dir zusammen sein will«, flüsterte sie ihm ins Ohr. Dann löste sie sich halb von ihm und presste die rechte Faust dort an ihre Brust, wo ihr Herz schlug. »Ich würde dir niemals wehtun, Rinul. Niemals.«

Er schob sie ein Stück von sich weg, wobei die stoppeligen roten Borsten auf seinem Schädel ihr unsanft übers Kinn kratzten. »Leg keine vorschnellen Eide ab.«

Sie spürte, wie ihr vor Enttäuschung der Kiefer herunterklappte, und sie bot wohl ein komisches Bild, denn plötzlich lachte er heiter und kniff sie in den Hüftspeck. »Vergiss nicht«, feixte er. »Wir gehen heute Abend in ein Vergnügungshaus, und wer weiß schon, ob du mir da die Treue halten kannst.«

»Hier entlang, meine Treuesten«, gurrte Nanan, als sie – oder er? – Rinul und Karu durch die Zwischengänge in den Wänden des *Brodelnden Vulkans* führte. Karu wollte sich nicht festlegen, welchen

Geschlechts Nanan war oder welchem sich das Höchste Begehren selbst zurechnete. Die Gänge waren schmal und dunkel, und da ihr Gefährte wie so viele Angehörige des Seevolks die nützliche Gabe des Zweiten Blicks verlernt hatte, ging Rinul hinter ihr – oder ihm? –, beide Hände auf ihren oder seinen Schultern, und ließ sich wie ein Blinder um die Ecken lotsen.

Sie hatten Nanan in einer Kammer getroffen, in der die großzügigen Vorräte an berauschenden Getränken gelagert wurden, die man den Gästen des Vergnügungshauses servierte. Das glatt rasierte, leuchtend rot und gelb geschminkte Gesicht des Höchsten Begehrens war zu einem von goldbehangenem Ohr zu goldbehangenem Ohr reichenden Grinsen explodiert, als Nanan sie empfangen hatte. Nach einem überschwänglichen Lob für Karus Haar und Rinuls prächtige Nase hatte Nanan ihnen einen Begrüßungstrunk angeboten, den sie dankend, aber bestimmt abgelehnt hatten. Obwohl Nanan sehr wohl wusste, weshalb sie bei ihr aufgetaucht waren, hatte sie gefragt: »Könnte es sein, dass ihr euch verlaufen habt? Oder in der Tür geirrt?«

Nein, das konnte beim besten Willen nicht sein. Nur ein Klapperkopf wäre zufällig in den *Brodelnden Vulkan* gestolpert, denn zwischen dem zweiten und dritten Geschoss seiner Fassade prangte ein bunter Fries, auf dem eine Schar Zwerge einander in unterschiedlichen Formen und Stadien der Liebesarbeit zugetan waren. Selbst wer nach diesem Indiz noch im dunklen Stollen unterwegs gewesen wäre, hätte nur bei den beiden bulligen Gesellen am Eingang nachzuhorchen brauchen, welche Angebote ihn jenseits der Schwelle erwarteten, und sie hätten ihm gewiss Auskunft gegeben.

Auf Karus Erkundigung hin, ob es möglich war, sich Kenal Hauer nach seinem abendlichen Erscheinen ungesehen zu nähern, um ihn zu überraschen und zur Rede zu stellen, hatte Nanan Rinul zugezwinkert. »Sieht ganz danach aus, als wäre deine kleine Freundin der Schaulust verfallen. Dem Zapfen des Befreiers sei Dank sind wir auf so etwas hervorragend vorbereitet.«

So waren sie in diesen Gängen gelandet, wo ein dicker Teppich ihre Schritte dämpfte und von allen Seiten durch die hölzernen Wände mehr oder minder spannende Geräusche auf sie eindrangen – gelöstes Lachen, verhaltenes Kichern, wohliges Stöhnen in diversen Tonlagen und Lautstärken, das Quietschen von Bettfedern, Plätschern von Wasser, ruhige Musik mit dem charakteristischen Knacken und Knistern zu oft abgespielter Klangscheiben, das mal mehr, mal weniger gleichmäßige Klatschen von nacktem Fleisch auf nacktem Fleisch. Als sie eine weitere Nische passierten, in der in Augenhöhe ein winziger Schieber angebracht war, konnte Karu nicht mehr an sich halten und flüsterte: »Wissen die Leute in den Zimmern, dass man ihnen zuschauen kann?«

Nanan vollführte trotz der hohen Korkabsätze ihrer Schuhe und der Enge des Gangs eine kunstvolle Pirouette. »Nicht alle, nein. Doch es entsteht ja niemandem ein Schaden, und seien wir doch ehrlich zueinander … Es kann sehr erregend sein, sich unsichtbar zu fühlen und herauszufinden, was die anderen so unter ihrem Frack und ihrer Hose verhüllen. Genau so, wie es einen manchmal in Wallung bringt, wenn man weiß, dass man nicht unbeobachtet ist. Einige der Gäste zahlen sogar eigens dafür, dass sich jemand an ihrem Treiben erfreut, und wer wäre ich, ihnen diesen Wunsch zu verwehren? Im *Brodelnden Vulkan* kommen alle auf ihre Kosten, Funkelquarz.«

»Können wir bitte weitergehen?«, beschwerte sich Rinul. »Ich will Hauer nicht verpassen.«

Nanan gab einen bühnenreifen Seufzer von sich. »Das Ungestüm der Jugend!« Sie warf den Kopf in den Nacken, glich das Wanken ihrer Turmfrisur mit einem raschen Griff an ihr Haar aus und tänzelte weiter den Gang entlang. »Ich hoffe sehr, dass es nicht bei allem so schnell gehen muss. Schnelle Spritzer machen traurige Spalten …«

Rinul hatte für die Weisheit des Höchsten Begehrens nur ein Schnauben übrig. Karu tätschelte ihm die Hand und wisperte: »Wo sie recht hat, hat sie recht.«

Der harmlose Scherz, den Rinul schon verdauen würde, war nötig, um nicht vor Anspannung zu platzen. Karu brannte darauf, zu hören, von welcher großen Sache Hauer wusste und was er zu seiner Verteidigung vorzubringen hatte, dass sie und Rinul davon ausgerechnet aus Gageks Mund hatten erfahren müssen. Ihr war der dürre Mentor eigentlich immer wie ein Schwätzer vorgekommen, der zwar bei jeder Gelegenheit kluge Reden schwang, aber letztlich doch zu zaudernd war, um seinen Worten Taten folgen zu lassen.

»Da wären wir«, raunte Nanan und präsentierte mit einer grazilen Geste eine Nische, die sich in nichts von den anderen unterschied, an denen sie vorübergegangen waren.

»Woher wissen wir, dass Hauer genau in diesem Zimmer landet?«, fragte Rinul, während Karu seine linke Hand von ihrer Schulter zum Nischenrand schob.

»Weil ich Fena aufgetragen habe, ihn hierher zu bringen«, antwortete Nanan.

»Fena?«

»Das Schulmeisterlein hat einen sehr besonderen Geschmack.« Nanans Gesicht, das mit dem Zweiten Blick betrachtet ohnehin bereits von innen heraus glühte, strahlte noch eine Nuance heller. »Fena ist ausgesprochen verständnisvoll und gibt ihm immer das, wonach es ihn verlangt.«

»Verstehe …«

»Hier ist der Schieber«, erklärte Nanan. »Und da ist der Hebel, den ihr drückt, wenn ihr genug gesehen habt.« Sie quetschte sich an Karu vorbei und versetzte ihr dabei einen flüchtigen Klaps auf den Hintern. »Ihr wollt sicher ungestört sein. Viel Vergnügen.« In einer Wolke aus schwerem Duftwasser entschwebte sie und verschwand hinter der nächsten Ecke.

Karu zwängte sich neben Rinul in die Nische. »Wir machen es wie abgesprochen?«

»Ja. Oder möchtest du zuschauen?«

»Ich verzichte.«

»Na gut.« Er machte den Schieber auf und spähte mit einem Auge durch das Guckloch, die Wange fest an die Wand gedrückt. Sie griff nach seiner Hand, legte ihre Linke an den Hebel und wartete ab.

Hauer ließ lange genug auf sich warten, dass Karus Gedanken Gelegenheit erhielten, ein wenig abzuschweifen, und sie sie immer wieder zurückpfeifen musste wie eine Rotte ungezogener Jagdhunde.

Wie oft der Teppich in den Gängen wohl gereinigt wurde? Und womit? Ob die Angestellten des Vergnügungshauses glücklich mit ihrer Arbeit waren? Wie viel hätte man ihr zahlen müssen, um an einem Fremden die Liebesarbeit zu verrichten? Hatte man Anrecht auf die Auszahlung von Boni, wenn man besonders fleißig war? Gab es so etwas wie Arbeiterbelobigungsfeiern, die Nanan ausrichtete? Karu hielt Nanan inzwischen für einen Er. Das sah man an den Handgelenken. Andererseits hatte auch ihre Mutter breite, kräftige Handgelenke, und die war nun bestimmt-

Das Geräusch, das sie aufhorchen ließ, war ein leises, metallisches Klirren. Sie überlegte kurz, ein Ohr gegen die Holzwand zu pressen, entschied sich jedoch dagegen.

»Los! Da rüber!« Der Befehl – geblafft in der heiseren Stimme einer Zwergin – war von einem neuerlichen Klirren untermalt.

Rasche Schritte zeigten, dass jemand dieser Aufforderung bereitwillig nachkam. Hauer. Hoffentlich …

»Runter mit dem Zeug!«

Rinul gluckste.

»Scht!«, zischte sie.

»Du bist eine schlechte Beute!«, spie die Zwergin – wie hieß sie noch? Fena? – nach einer kurzen Phase der Stille verächtlich aus. »Dürr wie ein Rechen. Ich sollte dir am besten gleich die Rübe runterhauen und dich an meine Schweine verfüttern.«

»Ich kann dir zu Willen sein!« Hauers Schüler hätten wahrscheinlich freimütig den unverschämtesten Wucherpreis entrichtet, um ihn derart betteln und flehen zu hören.

»Damit?«, höhnte Fena. »Denkst du etwa, ich hätte die Spalte einer Maus?«

»Nein. Nein. Deine Spalte ist wunderbar. Ich brauche meinen Zapfen nicht, um an ihr zu arbeiten.«

»So?«

»Darf ich es dir zeigen?«

Das unmittelbar darauf folgende Klirren war lauter, dauerte auch länger an und wurde recht bald von einem Patschen untermalt. Wollte Karu tatsächlich sehen, was hinter dieser Wand vor sich ging?

Rinul drückte dreimal ihre Hand. Das war ihr Zeichen!

Sie legte den Hebel um, und die vordere Wand der Nische schwang mit einem gedehnten Knarzen nach innen auf.

Nanan behielt recht. Da steckte ein Fünkchen Schaulust in Karu, denn es fiel ihr schwer, den Blick von dem Schauspiel loszureißen, das sich ihr gerade bot.

Eine stattliche Zwergin mit Hörnerhelm und einem Kettenhemd, durch das aus zwei passenden Löchern im metallenen Gewebe ihre beachtlichen Brüste gequetscht waren, stand breitbeinig über einem dünnen, nackten Zwerg, der auf allen vieren vor ihr kauerte, den haarigen Hintern hoch in die Luft gereckt. Ihre eine Hand hatte den Saum des Kettenhemds so gelupft, dass der Hinternrecker Zugang zu ihrer Spalte hatte, um sein Gesicht hineinzuwühlen, während ihre andere ihm mit der flachen Seite eines Doppelaxtblatts Hiebe aufs Gesäß versetzte.

Als Rinul aus der Nische in das Zimmer trat, stellte Fena ihre Schläge ein.

»Mache ich etwas falsch?«, tönte es zwischen ihren Schenkeln hervor. Hauer kroch ein Stück rückwärts, um nach oben zu schielen. Karu konnte nicht anders: Sie lachte ein hohes, schnelles Lachen, als hätte sie einen Witz zu hören bekommen, den man als anständige Zwergin eigentlich gar nicht lustig finden sollte.

Hauers Kopf zuckte herum. Sein dichter, schwarzer Vollbart glänzte feucht, und seine Augen schienen nur aus Weiß zu bestehen, so weit hatte er sie aufgerissen. Karu hätte damit gerechnet, dass er vor Scham, Überraschung und Angst erstarrte, doch der Mentor gehörte zu jener Sorte Zwerg, bei denen diese Gemengelage die gegenteilige Wirkung auslöste: Angetrieben von seinen Regungen brach er in hektische Aktivität aus. Er krabbelte wie ein aufgescheuchter Käfer zum Rand des riesigen, mit roter Seide bezogenen Betts. Er erklomm die Matratze mit ungelenken Bewegungen seiner steckenartigen Gliedmaßen, wobei Karu – ob sie nun wollte oder nicht – erkennen musste, wie tief sein ausgeleierter, alter Beutel hing. Dann setzte er zu einem nicht minder kläglichen Hechtsprung quer über das Bett an, der seine ausgestreckten Arme in Reichweite einer Öllampe auf dem Nachttisch brachte, auf deren Docht ein kräftiges Flämmchen tanzte.

»Das würde ich nicht tun«, warnte ihn Rinul.

Hauer wandte den Kopf zu ihm um.

Rinul machte eine rasche, kreisende Geste, die sämtliche Wände des Raums einschloss. »Das sind Stofftapeten. Die brennen wie Zunder.«

Hauers Hände zuckten mehrere Male vor und zurück – hin zur Lampe, weg von der Lampe –, während sein Blick suchend umherhuschte. Doch das verschlungene Blumenmuster auf den Tapeten – die Blüten unübersehbar Spalten und die Stempel Zapfen nachempfunden, um die Sinne angenehm zu reizen – hielt natürlich keinen Ausweg aus seiner misslichen Lage bereit.

»Die Wände brennen sicher auch gut«, fügte Karu hinzu. »Altes, trockenes Holz. Willst du das ganze Haus abfackeln?«

»Braucht ihr mich noch?«, fragte Fena dazwischen, die schon einige Schritte in Richtung Tür zurückgewichen war. Sie klemmte sich die Axt zwischen die Knie und drückte an ihren Brüsten herum. »Dieses verdellte Ding kneift übel an den Schläuchen.«

»Tu dir unseretwegen keinen Zwang an«, sagte Karu. »Ich denke, Mentor Hauer wird sich folgsam zeigen.«

»Wie immer.« Fena grinste und warf Hauer eine Kusshand zu. »Sehen wir uns morgen, Kenal?«

»Verpiss dich«, knurrte der Mentor in einer verständlichen Abkehr von der Rolle des Unterworfenen, die er Fena noch vor wenigen Augenblicken gegenüber bereitwillig eingenommen hatte. Immerhin ließ er zugleich von der Lampe ab und begann stattdessen, sich herumzuwälzen und seinen Unterleib mit einer der Decken auf dem Bett zu verhüllen. »Was wollt ihr hier?«, keifte er, nachdem sich die Tür hinter Fena geschlossen hatte.

»Reden«, sagte Rinul nüchtern.

»Und dafür steigt ihr mir hier nach?«, empörte sich Hauer.

Auch diese Angriffslust, die der Mentor nun zeigte, war für Karu nichts Ungewöhnliches. Als Anwärterin bei der Sucherschaft hatte sie häufiger erlebt, dass manche Zwerge selbst dann noch, wenn man sie auf frischer Tat ertappte, statt Betroffenheit lieber die Zähne zeigten. Noch dazu hatte Hauer inzwischen anscheinend begriffen, dass sie und Rinul es nicht darauf abgesehen hatten, ihm mit gezückten Dolchen ans Leder zu wollen oder ihm eine Kugel in den Hinterkopf zu verpassen. »Wir waren leider gezwungen, dich hier zu belästigen. Auch wenn ich dabei Dinge sehen musste, die ich nie sehen wollte. Aber um ganz ehrlich zu sein, fehlt uns derzeit das nötige Vertrauen in dich, um auf andere Weise auf dich zuzukommen.«

»Vertrauen?«, höhnte Hauer. »Für eine Bündlerin sind deine Worte recht steil.«

»Für jemanden, der sich einer Gruppe angeschlossen hat, die aus gutem Grund Stillschweigen über ihre Vorhaben bewahrt, reißt du ganz schön die Klappe auf«, erwiderte Rinul mit einem hämischen Grinsen. »Besonders dann, wenn du gerade deinen Saft verspritzt hast.«

Hauer versuchte, eine unbeteiligte Miene aufzusetzen, und sah dabei doch nur aus wie ein Brauerlehrling, den sein Meister an einem offenen Fass erwischte. »Wenn ich einen Schimmer hätte, worauf du abzielst, könnte ich mich auch gegen deine unverfrorenen Vorwürfe verteidigen.«

»Wir meinen die große Sache, von der wir Bündler nichts wissen.« Karu bemühte sich um einen möglichst gleichgültigen Tonfall, während sie die aufgeschwungene Geheimtür schloss. »Uns würde interessieren, was diese große Sache ist. Was hast du vor?«

»Ich?« Hauer zupfte und zerrte an der Decke, in die er sich gewickelt hatte, bis auch seine schmale Brust unter dem Stoff verborgen war. »Ich habe gar nichts vor.« In seinen Schutzmantel gehüllt, robbte er wie eine bizarre Raupe auf den Bettrand zu, um in dem Haufen seiner abgeworfenen Kleidung nach seiner Unterhose zu fischen. »Und jetzt lasst mir meine Ruhe.« Er wurde fündig, und während er sich in seine Unterhose mühte – ein Unterfangen, das dadurch erheblich an Würde verlor, dass er die Decke nicht abstreifen wollte –, murmelte er: »Dieses schuttige Haus hat mich heute zum letzten Mal gesehen …«

»Daraus drehe ich dir keinen Strick.« Rinul bückte sich nach

Hauers Unterhemd und warf es zu ihm aufs Bett. »Aber ich weiß leider nicht, wie die anderen Mentoren an deiner Lehrstätte es finden, dass du dich hier auf ganz besondere Reisen in die Vergangenheit begibst.«

Hauer, der sich gerade das Unterhemd über den Kopf zog, hielt kurz inne, sodass es einen Moment aussah, als hätte man ihm die Rübe von den Schultern gehauen und aus dem entstandenen Stumpf wäre verstrubbeltes, schwarzes Haar gewachsen. Dann brachte er das Angefangene zu Ende. »Es ist, wie ich es sagte. Ich habe gar nichts vor. Schreiber hingegen …«

Karu produzierte eine kleine Serie abfälliger Zungenschnalzer, um dem feigen Wurm zu zeigen, was sie von dieser durchschaubaren Nummer hielt. »Ach komm, Kenal, versuch bitte nicht, von dir abzulenken!«

»Ablenken?« Nun wickelte sich Hauer doch noch aus der Decke aus. »Es ist die Wahrheit.« Er klatschte eine Bekräftigungsgeste. »Schreiber kam zu mir, nachdem Koch diesen Halbling vom Fernschreibedienst angeschleift hatte. Sie wollte wissen, ob ich gute Kontakte in die Hauptstadt habe, die sie für sich nutzen könnte. Als Ausgleich für das, was ich ihr schulde.«

»Hm.« Karu runzelte die Stirn. Womöglich war all die Entrüstung Hauers ehrlich, und sie hatte sich es leider schon zur Angewohnheit gemacht, hinter jedem Satz ein Täuschungsmanöver zu vermuten, weil sie sich so lange unter Zwergen bewegte, die allerlei Dinge zu verbergen hatten. »Stimmt das? Dass du ihr etwas schuldest?«

»Ja.« Hauer klaubte sein Hemd – selbstverständlich ein billiges, blau kariertes Teil, wie es ein einfacher Arbeiter trug – vom Boden auf. »Als ihr noch nicht in der Stadt wart, hat sie einmal Flugblätter für mich gedruckt. Fünfzigtausend Stück, für eine Freundin in Zwerg.«

»Die waren gewiss nicht dazu da, um Werbung für einen öffentlichen Tanzabend zu machen«, sagte Rinul.

»Ich tanze nicht«, giftete Hauer ihn an. »Die Flugblätter dienten agitatorischen Zwecken. Mein Freundin hat sie bei sich an der Lehrstätte verteilt.« Er knöpfte sein Hemd bis ganz oben zu, wofür er den

Kopf in den Nacken legen musste, und als er ihn wieder senkte, bekam Karu eine Ahnung davon, welche Miene der dürre Griesgram aufsetzte, wenn er vor seinen Schülern dozierte. »Das ist der einzig richtige Weg, um eine tief greifende Veränderung herbeizuführen. Wir müssen die jüngsten und die klügsten Geister für unser Ansinnen gewinnen. Sie sind der fruchtbarste Boden für die Saat, die wir ausstreuen.« Er bückte sich nach seiner Hose, und als er in das eine Bein hineingestiegen war, richtete er sich unvermittelt kerzengerade auf, um einen anklagenden Finger auf Rinul zu richten. »Schau dich doch an, Plattenstemmer. Du bist den Fälschern an der Lehrstätte auf die Spur gekommen, weil sich dort das Wissen von unzähligen Generationen sammelt und weil es dort an Flaumbärte wie dich weitergegeben wird. Im klaren Licht der unverdorbenen Vernunft, wie es nur in den Köpfen der Jugend erstrahlt, wird jede Lüge enttarnt. Du bist beileibe nicht der einzige Schüler, der auf die Widersprüche in unserer glorreichen Geschichte gestoßen ist. Du und diese anderen und alle, die noch zweifeln können, weil die Bahnen ihres Denkens noch nicht in Stein gehauen sind, ihr seid der Dampf für den Motor des Wandels. Ihr müsst auf die Straßen gehen und den Kampf aufnehmen. Ihr müsst ein Ende des Krieges und Neuwahlen fordern. Anders als mit euch Jungen wird es nicht gehen, weil wir Alten es doch sind, die Gorid Seher und damit den Fälschern überhaupt erst zu ihrer Macht verholfen haben.«

Die Miene, die Rinul nun wiederum aufsetzte, war Karu bestens vertraut – wenn seine Brauen sich so zusammenzogen und seine Nasenflügel zu zucken begannen, erwachte die Streitlust in ihm. Um einer sinnlosen Debatte mit Hauer vorzubeugen, fragte sie hastig: »Hat Schreiber dir gesagt, wozu sie deine Kontakte nutzen möchte?«

»O ja, das hat sie.« Widerwillig schnaubend zurrte Hauer seinen Gürtel fest. »Sie wollte wissen, ob ich jemanden aus dem unmittelbaren Umfeld des Obersten Vorarbeiters kenne. Oder wenigstens jemanden, der so einen kennt. Auf alle Fälle irgendeinen Zwerg, der in Sehers Residenz arbeitet und der ähnlich um den Bund besorgt ist wie wir.«

»Und?« Rinuls Brauen wanderten wieder auseinander. »Gibt es diesen Jemand?«

»Der derzeitige Chronist, der den Obersten Vorarbeiter betreut und seine Auftritte in der Öffentlichkeit für die Nachwelt festhält, war an meiner alten Lehrstätte im gleichen Jahrgang wie ich«, murrte Hauer.

»Du kennst Pegug Metz?«, fragte Rinul. Karu konnte sich nicht daran erinnern, in der Stimme ihres Gefährten jemals zuvor so etwas wie Achtung vor Hauer gehört zu haben.

»Respekt.« Der Mentor schürzte die Lippen. »Ich dachte, du hättest dich nur mit der grauen Vorzeit beschäftigt.«

»Und ich dachte, es lohnt sich, von vornherein zu wissen, wen ich mir mit meinen Thesen zum Feind mache«, entgegnete Rinul.

Hauer setzte sich auf die Bettkante, um seine klobigen Stiefel zu schnüren. »Du magst ein hervorragender Geschichtskundler sein, Plattenstemmer, aber du solltest dringend an deiner Menschenkenntnis arbeiten. Pegug ist alles Mögliche – zum Beispiel ein überschätzter Chronist mit einem viel zu altbackenen Stil –, aber er ist bestimmt nicht unser Feind. Im Gegenteil. Er hegt einen tiefen Groll gegen Gorid Seher. Er teilt meine und deine Ansicht: Gorid Seher ist ein unfähiger Schutthaufen und ein Spielball seiner Berater, die ihn ins Amt geschippt haben.«

»Es freut mich ungemein, dass wir ausnahmsweise einmal alle einer Meinung sind.« Fast bedauerte es Karu, Hauer nicht doch auf andere Weise angesprochen zu haben, aber dann dachte sie an die Szene zurück, die sich unmittelbar nach dem Öffnen der Geheimtür in diesem Zimmer abgespielt hatte, und sie musste grinsen. Die Aktion hatte sich zweifelsohne gelohnt. Darüber konnte sie sich allerdings später noch genug amüsieren. Im Augenblick brannte ihr noch eine Frage auf der Zunge. »Du hast mir immer noch nicht gesagt, was Schreiber vorhat.«

»Beim Bart des Bundschmieds!«, rief Hauer. »Bist du so eine Flachdenkerin? Sie war auf der Suche nach einer Person, die etwas in nächster Nähe des Obersten Vorarbeiters platzieren kann, ohne dabei Aufsehen zu erregen.«

Karu fühlte sich jäh in die eisigen Fluten des Felsfraßes zurückversetzt. »Eine Bombe?«

»Zum Beispiel.« Hauer zuckte mit den Schultern. »Aber sie hat es mir nicht verraten. Sie hat mich nur zur Fernschreibestelle gezerrt, damit ich Pegug darüber benachrichtige, dass sie ihm in den nächsten Tagen etwas zukommen lassen wird. Er würde schon verstehen, was er damit anzustellen hätte.«

Karu wurde flau im Magen, als sie sich an den sonderbaren Besuch erinnerte, den ihr die Fabrikleiterin an jenem Abend abgestattet hatte, an dem sie zur Bündlerin geworden war. An ihr wirres Gerede von einem Symbol, das sie alle überleben würde. Karu schluckte. Schreiber konnte keine Verräterin sein – zumindest nicht absichtlich. Womöglich hatte sie in der Vorbereitung dessen, was sie da eigenhändig plante, einen Fehler begangen, und falls sie tatsächlich Eluki umgebracht hatte, war ihr Motiv nach wie vor ein Rätsel. Aber sie war keine Verräterin, außer wenn man es aus dem Blickwinkel der herrschenden Ordnung betrachtete. »Weißt du, was das heißt?«, wandte sich Karu tonlos an Rinul.

Rinul war sämtliches Blut aus den Wangen gewichen, und der kräftige Braunton seiner Haut hatte einen deutlichen Stich ins Graue. »Ja.«

»Was ist?« Hauer lachte meckernd. »Was tut ihr so erschrocken, nur weil Schreiber den Mut hat, das zu tun, wovon ihr Bündler nur redet? Es war doch eure Idee, den Obersten Vorarbeiter auszuschalten, oder nicht?«

16

Beim Anblick der Leiche in der Kiste verflog Aninis Unbeschwertheit, die ihn den ganzen Tag begleitet hatte. Bis zu diesem Moment hatte er noch geglaubt, man würde kurz diesen Tatort inspizieren, schulterzuckend feststellen, dass es keine Verbindung zwischen diesem Verbrechen und seinen laufenden Ermittlungen gab, und anschließend mit dem weitermachen, womit er sich heute die Zeit vertrieben hatte.

Es war lange her, dass ihm so viele Dinge schlicht und ergreifend gleichgültig waren: die Risiken des hinter den Kulissen stattfindenden Umbaus des Bundes; die Machenschaften irgendwelcher Volkszersetzer; Ileles anstehendes Fest der zwei Hände; sogar dieses scheinbar allmächtige Ding, das ihn gegen seinen Willen in den Hain hineinzerren konnte, und die Möglichkeit, dass sowohl der Hain als auch das Ding selbst vielleicht gar nicht existierten, oder falls doch, dann eben nur in seinem Kopf. All das zählte nichts, verglichen mit der stillen Gelöstheit, die er nach der Nacht mit Ekela in sich spürte. Als er wach geworden war – von der aufgehenden Sonne geweckt, auf dem Diwan im Aussichtszimmer, in das sie ihn gelockt hatte –, hatte er etwas empfunden, das er schon so lange nicht mehr gefühlt hatte, dass sein schlaftrunkener Verstand eine Weile brauchte, um es einzuordnen: Zufriedenheit. Und die feste, unerschütterliche Überzeugung, dass sein Leben eine Veränderung zum Guten erfahren hatte. Diese Überzeugung wurde bald dadurch bestätigt, dass Ekela sich nicht davon abbringen ließ, erneut die Liebesarbeit an ihm zu verrichten, bevor sie den Turm hinabstiegen.

Sie hatten die ihnen zugestandene Kutsche genutzt, um den ganzen Morgen kreuz und quer durch Stahlstadt zu gondeln. Es war seine Idee gewesen, sich von ihr die Stadt zeigen zu lassen, in der sie aufgewachsen war. Sie fuhren an ihrer alten Schule vorbei und an dem Park, in dem sie als Setzling immer ihre Hunde ausgeführt hatte.

Am Haus ihrer Eltern – etwas klein, aber gut in Schuss. Durch die neu angelegte Allee am Stadtrand, wo sie in einem Mietsblock eine Wohnung im obersten Stockwerk hatte – der Dachterrasse wegen.

Zwischen diesen Stationen hatten sie zwanglos vor sich hin geplaudert, wobei das Gespräch wie von einem unsichtbaren Vermittler gelenkt immer wieder auf ein Thema zurückkam: was die Legenden aus dem Grünenden Land für sie beide bedeuteten. Anders als Usana, für die die Geschichten über strahlende Krieger, tragische Helden und unerfüllbare Liebe höchstens angestaubte Unterhaltung boten, waren sie für Ekela etwas anderes, etwas viel Wahrhaftigeres. »Das wortgewordene Gedächtnis unseres Volkes«, nannte sie es, und verschämt gestand sie Anini auf der Strecke zwischen ihrer Wohnung und dem Hafen, dass diese Legenden ihr moralischer Kompass waren. In ihnen waren Gut und Böse, Richtig und Falsch klar unterschieden, und jede Handlung jeder einzelnen Figur zog klar verständliche Konsequenzen nach sich. Treue wurde belohnt, Verrat bestraft; wer die eigenen Wünsche, Sehnsüchte und Bedürfnisse über die seiner Familie und seines Stammes stellte, zahlte dafür zu Recht einen hohen Preis.

Als sie schließlich im Kommissariatsbüro angekommen waren, hatten sie von einem Mord in einer Pilztrockenanlage erfahren.

Und nun stand Anini in der Ecke einer Trockenhalle, die mit einer Trennwand vom Rest des Raumes abgeteilt war, und starrte in eine Kiste, in die jemand einen toten, fetten Zwerg gestopft hatte. Laut der Eilnachricht hieß der Haufen aus verrenkten Gliedmaßen Dejid Schauer. Schauers Hinterkopf wies fünf oder sechs feuchte Dellen auf, wo sein ohnehin dunkles Haar noch dunkler und zu starren Strähnen verkrustet war. Anini rieb sich die Nase. Unter dem muffigen Aroma der trocknenden Pilze – wie von Betttüchern, die zu lange unbenutzt in irgendeinem Schrank vor sich hingegammelt hatten – nahm er einen anderen, nicht weniger unangenehmen Geruch wahr. Das aufschäumende Pulver, mit dem Usana bei ihm zu Hause hartnäckige Flecken auf den Teppichen behandelte, löste ein ähnlich widerliches Prickeln in seinen Stirnhöhlen aus. Er hasste den Geruch von getrocknetem Blut, und nicht umsonst bemühte er sich bei seinen Verhören stets darum, zu einem brauchbaren Ergebnis zu gelangen, bevor ihn der Befragte mit diesem Gestank ärgerte.

Was ihn jedoch noch weitaus mehr ärgerte, war die rechte Hand Schauers. Genauer gesagt, deren Abwesenheit. Der feiste Arm, an dem der Ärmel des grauen Werkskittels bis zur Ellenbeuge hochgekrempelt war, endete in einem hässlichen Stumpf.

»Die Lage ist klar«, sagte Ekela, die Hände in die Hüften gestemmt.

»So?«

»Natürlich.« Sie nickte eifrig. »Das kennen wir doch. Ganz schön dreist von den Bündlern. Lügen uns knallhart ins Gesicht und machen einfach weiter mit dem Morden.«

»Ja, ganz schön dreist …«, murmelte Anini, obwohl er sich nicht so schnell festlegen wollte wie sie. Er lugte um die Trennwand herum. Zehn Platten entfernt war ein Trupp Sucher damit beschäftigt, den Arbeitern der Anlage, die eine Mauer aus bleichen, fragenden Gesichtern bildeten, zum wiederholten Mal zu erklären, dass es nichts nutzte, hier sinnlos herumzustehen und die Ermittlungen zu behindern, und dass sie sich zu gegebener Zeit an ihre Vorgesetzten wenden konnten, um zu erfahren, was vorgefallen war. Klassisches Suchergeschwafel. Anini bezweifelte, dass auch nur einer der Zwerge, die die Sucher gerade für dumm verkaufen wollten, nicht schon längst erfahren hatte, dass dies hier die letzte Schicht des fetten Kollegen Schauer gewesen war. Schließlich war die Kiste mit ihrem ungewöhnlichen Inhalt von zwei Vertretern ihrer Zunft entdeckt worden, und Anini wusste, dass schlechte Neuigkeiten sich prinzipiell rasch verbreiteten. Und zwar meistens noch wesentlich rascher als gute.

Er nahm erfolgreich Blickkontakt mit dem Hallenwart auf – einer Tonne auf zwei Beinen mit der prächtigsten Säufernase, die man sich vorstellen konnte –, und gab ihm mit einer Serie flinker Gesten zu verstehen, er solle den Leichenbeschauer Weber für ihn antippen. Weber steckte sein Notizbüchlein weg, in das er offensichtlich gerade seine ersten Beobachtungen kritzelte, blinzelte verwirrt aus seinen Maulwurfsaugen hinüber zu Anini, und setzte sich endlich in Bewegung.

»Ja?«, quiekte er, als er hinter der Trennwand angekommen war.

»Hast du dir den Stumpf schon genau angesehen?«, fragte Anini.

»Nein.« Weber zog den Kopf ein und wrang die Hände. »Ihr wart zu schnell hier, und ihr wolltet allein –«

»Dann mach es jetzt«, fiel ihm Anini ins Wort.

Während Weber eilfertig zur Kiste trottete, um sich tief über die Leiche zu beugen, wandte sich Anini mit gesenkter Stimme an Ekela. »Wenn das die Bündler waren, warum fehlt dann nur eine Hand?«

»Der Mörder ist unter Umständen gestört worden, bevor er den armen Gesellen so zurichten konnte wie diese Eluki.« Sie deutete mit dem Daumen hinter sich. »Soweit ich es verstanden habe, wird in diesem Betrieb rund um die Uhr gearbeitet. Der Mörder hatte einfach nicht viel Zeit. Diese faulige Trennwand hat ihm einen gewissen Schutz geboten, klar, und in diesen Winkel der Halle verirrt man sich nicht so leicht, aber hier jemandem auf die Schnelle das Herz herausschneiden …« Sie schüttelte den Kopf. »Wozu auch? Die Botschaft ist doch so oder so übermittelt.«

»Ein Bündler, der aus Zeitmangel und aus Furcht vor einer Entdeckung nur eine Hand abschlägt, aber sein Opfer trotzdem ausplündert?«, gab Anini zu bedenken. Sein Blick wanderte zu der Geldbörse, die aufgeklappt neben Schauers Arbeitstisch am Boden lag, das leere Münzfach anklagend geöffnet. »Er leert seinen Geldbeutel und krempelt ihm sogar die Hosentaschen um, wo es doch deiner Meinung nach eigentlich besonders schnell gehen musste?« Er sog Luft durch die Zähne. »Ich würde dir gern recht geben, aber da gibt es mir zu viele Widersprüche.«

»Ja?« Sie klang enttäuscht. »Dann ist das ein völlig gewöhnlicher Raubmord gewesen, oder was?«

Anini legte den Kopf in den Nacken und schaute zu den Lüftungsschlitzen hoch oben an den Wänden der Trockenhalle. »Die sehen mir von hier aus breit genug aus, dass man sich gerade so hindurchquetschen könnte. Der Mörder könnte von dort gekommen sein. Dann springt er zu einem der Trockengestelle und klettert daran herunter. Die Bleche geben doch eine wunderbare Leiter ab.«

»Wenn jemand einen Raubmord begeht, ist er in der Regel auf

Geld aus. Er braucht Bares. Schnell.« Sie schürzte die Lippen. »Das kann er sich draußen schneller besorgen, ganz ohne Kletterei. Was sollte ihn dazu bewegen, ausgerechnet hier einzusteigen?«

»Was weiß ich, was im Kopf eines Flechtenrauchers vor sich geht?«, fragte er zurück, auch wenn ihm seine eigene Theorie reichlich an den Haaren herbeigezogen erschien. Warum wehrte er sich so sehr dagegen, das Nächstliegende zu berücksichtigen und wie Ekela anzunehmen, dass ihnen tatsächlich der Zufall in Form übereifriger, unverschämter Bündler in die Hände gespielt hatte? Womöglich deshalb, weil er in seiner langen Karriere selbst viel zu viele Zufälle eingefädelt hatte …

»Für einen Bündler wären die Schlitze natürlich ein denkbarer Weg in die Halle. Und das Ausplündern lässt sich doch auch erklären«, sagte Ekela mit Nachdruck. »Das war eben mehr als eine reine Strafaktion. Der Mörder hat nach etwas gesucht, von dem er ausgegangen ist, dass das Opfer es bei sich hatte. Und dieses Etwas war wichtiger, als sich noch weiter an der Leiche mit der Axt zu verlustieren.«

Das klang einigermaßen plausibel. Ja, so konnte es gewesen sein: Der Bündler nutzte die Lüftungsschlitze, um ungesehen in die Halle zu gelangen, schlug Schauer erst den Schädel ein und dann die Hand ab – nur eine hohle Nuss hätte die umgekehrte Reihenfolge gewählt –, und durchsuchte die Leiche anschließend, um etwas in seinen Besitz zu bringen, das mindestens genauso wichtig war, wie den Mord als eine Tat der Freibünde zu markieren. So konnte es gewesen sein, aber es gefiel Anini einfach nicht. »Was macht der Stumpf, Weber?«, fragte er barsch.

Weber schaute von seinem Untersuchungsgegenstand auf, dem er sich dicht genug genähert hatte, dass es für Anini beinahe so aussah, als wollte der Leichenbeschauer ein Stück Fleisch aus dem Arm des Opfers herausbeißen. »Es ist eine sehr interessante Wunde«, stellte er fest. »Ich möchte ungern ein vorschnelles Urteil abgeben, aber ich denke, der Mörder hat zunächst mit einer scharfen Klinge gearbeitet. Etwa bis zur Mitte des Handgelenks. Danach hat er wohl an der Hand gerissen, dabei die Haut gedehnt und … nun, er hat daran herumgesäbelt wie ein blinder Schlachterlehrling.«

»Würdest du sagen, es ist der gleiche Täter gewesen wie bei dem Opfer, das wir uns im Eiskeller angesehen haben?«

»Auf keinen Fall. Der hier war viel ungeschickter. Was nicht heißen soll, dass er nicht schlau war.« Er klopfte gegen die Kiste. »Bevor er sich darangemacht hat, die Hand abzutrennen, hat er das Opfer in die Kiste gesteckt. Daher gibt es hier auch so wenig Blut. Die kleine Lache da drüben ist von den Schlägen auf den Kopf, aber das Opfer kann nicht lange dort gelegen haben.«

»Nicht schlecht«, lobte ihn Anini.

Weber räusperte sich und streckte sich dabei zu seiner vollen Größe. »Faulheit konnte man mir noch nie vorwerfen«, sagte er stolz. »Ich habe wegen der Verstümmelungen des anderen Mordopfers inzwischen ein paar Bücher über berühmte und ungewöhnliche Verbrechen gewälzt, und ich weiß jetzt, weshalb man es –«

»Ja, ja, die Freibünde bestrafen auf diese Weise Verräter.« Anini winkte gelangweilt ab.

Weber zog eine beleidigte Miene, die sich binnen eines Wimpernschlags in einen Ausdruck nackten Entsetzens verwandelte, als Dutzende Alarmglocken ohrenbetäubend zu schrillen begannen.

Aninis Hand zuckte zum Holster unter seinem Mantel, und seine Finger schlossen sich bereits um den Griff der Natter, da erstarb das Schrillen auch schon wieder. Stiller wurde es dadurch in der Halle jedoch nicht: Die beisammenstehenden Arbeiter fingen an, lauthals zu zetern, und einige von ihnen drohten den Suchern mit den Fäusten, darunter der Hallenwart, dessen restliches Gesicht nun die knallrote Farbe seiner Nase angenommen hatte.

In dem harten Ton, in dem er es ab und an sogar schaffte, Zottelbock zu mehr Gehorsam zu zwingen, rief Anini: »Was ist hier los?«

Der Hallenwart versetzte einem der Sucher einen kräftigen Schubs, um ihn aus dem Weg zu räumen, und kam auf Anini zugelaufen. »Du musst etwas unternehmen!«, schrie er dabei. »Sofort!«

Der kurze Sprint zur Trennwand ließ den dicken Hallenwart schwer und keuchend atmen, als er sich vor Anini aufbaute. »Die Pilze … sie … ziehen Adern … wenn wir … sie nicht … wenden …«

Anini musste grinsen, weil er sich fragte, ob es so viele Adern sein würden wie die auf der Nase der keuchenden Tonne. »Ganz ruhig, mein Freund. Erklär mir das Problem, und wir finden eine Lösung.«

»Die Pilze …« Der Hallenwart fasste sich an die Brust, und auf wundersame Weise führte diese Geste dazu, dass die Schübe, in denen ihm die Worte über die Lippen quollen, etwas länger wurden. »Sie ziehen Adern … wenn wir sie nicht … rechtzeitig wenden. Und wenn sie Adern … ziehen, dann werden … sie giftig, und wenn … sie giftig werden, dann … können wir die ganze Fuhre … in den Felsfraß kippen.«

Anini rief sich ins Gedächtnis, was er über Drachenpilze wusste. Richtig, sie waren berühmt-berüchtigt für die Sorgfalt, die man im Umgang mit ihnen an den Tag legen musste. Man konnte sie nur in einer ganz bestimmten Phase ihres Wachstums an einigen wenigen Orten im gesamten Bund sammeln. In Hochmooren, wenn er sich nicht irrte, und nur dann, wenn sie ungefähr kieselkopfgroß waren und ihre harte, schwarz glänzende Außenschale, der sie zum Teil ihren Namen verdankten, erste Risse aufwies. Auch dass sie giftig wurden, falls man sie falsch behandelte, hatte Anini schon gehört, aber dass man sie beim Trocknen noch regelmäßig wenden musste, nachdem man sie in Scheiben geschnitten hatte, das war ihm neu. Doch warum hätte der Hallenwart ihn belügen sollen?

»Gibt es noch mehr über den Stumpf zu sagen?«, fragte er Weber über die Schulter.

»Alles Weitere kann ich auch noch im Eiskeller herausfinden«, sagte der Leichenbeschauer.

»Dann will ich anderer Leute Arbeit nicht im Weg stehen«, erklärte Anini.

In den Gesichtern der Sucher las er große Dankbarkeit, als er ihnen befahl, das Wenden der Pilzscheiben zu gestatten, das er mit einigem Interesse verfolgte. An jedem der Gestelle in der Halle, auf die die Arbeiter nun zurannten, waren zwei Stapel von Metallblechen befestigt, die bis beinahe unter die Decke reichten. Die Arbeiter zogen an Ketten an den Standbeinen der Gestelle, wodurch sie die Blechstapel in eine Bewegung versetzten, die Anini an die Umlaufaufzüge im Hauptbüro der Bundessicherheit erinnerten – das Kettenziehen beförderte die Bleche des einen Stapels nach oben, während die des anderen nach unten weiterrutschten. So war es möglich, jedes Blech am Fuß des Gestells einzeln kurz aus seiner Verankerung zu lösen, es entlang von Führungsschienen herauszuziehen und die Pilzscheiben darauf mithilfe von Zangen, wie man sie auch bei einem Grillmeister erwartet hätte, zügig zu wenden. Waren alle Bleche eines Gestells durchgelaufen, eilte ein Vorarbeiter heran und steckte einen Schlüssel in eine Aufziehuhr, die mit einer gewaltigen Alarmglocke ausgestattet war.

»Hast du schon mal Drachenpilz gegessen?« Verwegen unterstrich Ekela ihre Frage, indem sie mit ihren Fingern sanft die seinen streifte, und wenn es nicht furchtbar unbotmäßig gewesen wäre, hätte Anini sie für diesen Zuneigungsbeweis auf der Stelle in die Arme genommen.

»Ja, hab ich«, sagte er. »Einmal.«

»Und? Schmeckt er so gut, wie man es immer hört?«

»Kommt ganz darauf an, was man unter gut versteht.« Seine Kostprobe war zwar lange her, aber den Geschmack von Drachenpilz konnte man nicht vergessen. »Am Anfang ist es einfach nur scharf. Scharf wie das Feuer aus dem Maul eines Drachen. Da hast du nur zwei Wünsche: ein Meer auszusaufen und hoffentlich nie wieder kacken zu müssen, weil du ahnst, dass dieses Zeug zweimal brennt. Danach, wenn du eine Weile darauf herumgekaut hast und der Pilz wieder weicher wird, dann werden deine Lippen und deine Zunge ein bisschen taub. Verstörenderweise so, als ob du an einem Eiszapfen gelutscht hättest. Und wenn diese Wirkung einsetzt, bekommt alles, was du dir in den Mund steckst – und ich meine wirklich alles, Hartbrot, Wachtelfleisch, Steinrübe –, für eine halbe Schicht oder so einen sehr eigenen Beigeschmack. Wie …« Er suchte einen Augenblick nach einem passenden Vergleich. »Wie … in Essig eingelegte Minze, würde ich sagen. Man muss es selbst probiert haben, denke ich.«

»Und warum im Namen des Sehenden Blinden sollte man sich das antun?« Ekela klang und sah so aus, als hätte er ihr vorgeschlagen, doch mal einen Eber am Hintern zu lecken.

»Warum nicht, wenn du einen Zwergenmagen hast?« Er warf einen kurzen Seitenblick zu Weber und flüsterte ihr dann ins Ohr, nicht aus Rücksichtnahme, sondern um an ihrer Haut riechen zu können: »Unser Brudervolk frisst doch auch Molchlaich …«

Das Herannahen eines dieser Molchlaichfresser bewahrte Anini vor einer Dummheit. Der Hallenwart bedankte sich überschwänglich für Aninis Verständnis, und nachdem er seine letzte Bekräftigungsgeste geklatscht hatte, nahm Anini die Gelegenheit wahr, ihm noch einige Fragen zu stellen. Dankbarkeit war eine Regung, die sich hervorragend ausbeuten ließ. »Was hatte Schauer für eine Aufgabe in diesem Betrieb?«

»Er ist für die Ein- und Ausgangskontrolle der Pilze zuständig. Eine äußerst anspruchsvolle und herausfordernde Tätigkeit.« Das Fass, das noch nicht verinnerlicht hatte, dass Schauer in seinem jetzigen Zustand für rein gar nichts mehr zuständig war, rollte zu dem Tisch, an dem Schauer seine Arbeit verrichtet hatte. Es war ein auffälliges Stück. Die gläserne Arbeitsfläche war von innen heraus mit grellen Gaslampen beleuchtet, und über ihr hing an einem Schwenkarm eine Lupe, deren Linse die Größe einer Bratpfanne hatte. Der Hallenwart wackelte mit dem Ringfinger seiner rechten Hand. »Jedes einzelne Kästchen mit fünf Scheiben wird eigens mit einem Siegelring gekennzeichnet, um die Güte der Pilze zu garantieren. Fehler bei der Zubereitung und beim Verzehr ausgenommen. Es muss ja schließlich ein kleines Abenteuer bleiben, wenn man seine Tapferkeit unter Beweis stellt, indem man vom Drachenpilz kostet. Doch eben nur ein kleines. Schauer garantiert, dass es nicht tödlich endet.«

Damit war für Anini das Motiv des Mordes eingehend erläutert. Ob der Mörder nun ein Bündler war oder nicht, er hatte es wirklich nicht nur darauf abgesehen gehabt, zu töten, sondern auch zu stehlen. »Hier wird rund um die Uhr gearbeitet, nicht wahr?«, griff er einen Teil von Ekelas Theorie auf.

»Selbstverständlich.« Der Hallenwart zückte ein Taschentuch aus der Brusttasche seines Kittels und wischte sich den Schweiß von der Halbglatze. »Das ginge gar nicht anders. Die Pilze müssen regelmäßig und rechtzeitig gewendet werden. Wenn wir das nicht rechtzeitig tun –«

»Dann ziehen sie Adern und werden giftig. Wie du schon sagtest.« Lastete ein Fluch auf Anini, der ihn dazu verdammte, immer nur die gleichen Dinge zu hören? »Warum ist es dann erst heute Morgen aufgefallen, dass Schauer tot ist?«

»Er wird …«, setzte die Tonne an, und Anini hätte vor jedem Gericht der Welt geschworen, dass er laut und deutlich vernahm, wie die eingerosteten Räder im Geist des Hallenwarts quietschten und endlich einen Zahn weitersprangen. »Er *wurde* unglaublich schnell bockig, wenn man ihn bei der Arbeit störte. Er arbeitete auch lieber die Nachtschichten. Die Trennwand wurde auf seinen ausdrücklichen Wunsch eingezogen. Unser Gewusel würde ihn zu sehr ablenken, hat er gesagt. Und dass er keine Lust darauf hatte, wegen uns eine Ader zu übersehen. Also haben wir ihn in seiner Ecke in Ruhe gelassen. Einmal morgens und einmal abends haben wir uns in die Höhle des Bären gewagt. Weil wir ja die fertig geprüften Kisten abzuholen hatten und weil er doch Nachschub an Pilzen brauchte. Das war's für ihn.« Wieder quietschten die Räder, als dem Hallenwart die Endgültigkeit seines letzten, unbedarft vorgetragenen Satzes bewusst wurde. Er verbarg seine Augen hinter dem Taschentuch und sagte noch einmal mit tränenerstickter Stimme: »Das war's für ihn. All das Streben dahin und noch so viel zu tun.«

Anini beeilte sich, noch etwas Sinnvolles aus dem Zwerg herauszuholen, ehe ihn seine weiche Natur vollends unbrauchbar machte. »Die Lüftungsschlitze sehen sehr breit aus. Könnte sich ein Fremder durch sie Zugang hier hineinverschafft haben?«

»Vielleicht«, greinte der Hallenwart.

»Warum haben sie dann keine Gitter?«

»Wozu?« Der heulende Zwerg wedelte mit dem Taschentuch zu den Trockengestellen hinüber. »Was gibt es hier zu holen? Außer ein paar verdellten Pilzen? Was?« Dann stieß er ein nasses Seufzen aus, das in ein nicht minder jämmerliches Wimmern mündete.

Anini sah ein, dass er den aussichtslosen Kampf gegen den Schock und die Trauer verloren hatte. »Wir sind hier fertig.« Er gestattete sich, Ekela flüchtig einen Arm um die Schultern zu legen und sie auf diese Weise zum Ausgang der Halle zu führen. Der Hallenwart, dessen Schluchzen sie noch ein Stück des Weges begleitete, wies ein bedauerliches Gebrechen des Geistes auf: ein Mangel an Vorstellungskraft, wie viele Wege es gab, jemanden vom Leben zum Tod zu befördern, und wie viele seiner Volksgeschwister bereit waren, diese Wege zu beschreiten.

Die Trockenhalle gehörte zu einer ganzen Ansammlung mittlerer Betriebe. Sie waren von den Stadtplanern rings um einen weitläufigen Platz herum angesiedelt worden, von dem breite, gut gepflasterte Straßen sternförmig abgingen, die zugleich die Grenzlinien zwischen den Geländen der einzelnen Fabriken und Manufakturen darstellten. Diese Form, neu erschlossene Areale zur wirtschaftlichen Nutzung zu bebauen, war vor ungefähr anderthalb Generationen in Mode gekommen, und man hatte sie nie wieder ganz aufgegeben. Sie bot ja auch einige Vorteile: So fand man beispielsweise in jedem dieser Gewerbeparks – und so auch hier – eine Druckerei, da die anderen Unternehmungen deren Erzeugnisse auf die eine oder andere Weise immer benötigten – Rechnungs- oder Auftragsformulare, Etiketten, Blankoschichtsabrechnungslisten, Werbematerial … Die Liste war lang, und Anini erkannte durchaus den Nutzen dieser Druckereien.

Bedauerlicherweise hatten sie auch Nachteile. Einer von ihnen war, dass man in ihrer Nähe Gefahr lief, einem Rufer zu begegnen. Inzwischen konnte Anini Rufer tausend Platten gegen den Wind riechen, und auch dem, der ihm und Ekela vor den Toren der Trockenhalle auflauerte, sah man seinen Beruf sofort an. Es war die besondere Art, wie diese Gesellen sich einem Kommissar der Bundessicherheit näherten – sie brachten das Kunststück fertig, unverschämt fordernd und unterwürfig zurückhaltend zugleich zu wirken. Sie machten den Rücken rund, aber streckten dabei den Hals wie eine Schildkröte, die den Kopf aus ihrem Panzer steckte. Sie machten kleine Schritte, aber sie setzten sie so trippelig schnell wie ein Straßenköter, der ein schmackhaftes Stück Müll in der Gosse gewittert hatte.

Anini erstarrte innerlich, weil dieses Exemplar von geradezu herausragender Abscheulichkeit war: Seine Wangen waren von kleinen, runden Narben entstellt, als hätte ihm jemand eine Ladung Schrot ins Gesicht gefeuert. Instinktiv wich Anini einen Schritt zurück, obwohl er sehen konnte, dass dieser Zwerg die Schafspocken schon vor langer Zeit besiegt hatte und man sich unmöglich an ihm anstecken konnte.

»Neunundzwanzig Generationen ungebrochene Pflicht«, grüßte der weißhaarige Rufer höflich nach einem kurzen Blick auf das Revers von Aninis Mantel, wo die Runen für die Sippen- und die Generationenzahl seines Trägers in das Leder gebrannt waren. Seine Worte klangen für Aninis Geschmack viel zu geölt, viel zu einstudiert. »Lugan Koch von der *Stahlstädter Stimme.*«

»Rufer Koch«, sagte Anini und versuchte mit voller Absicht, diese simple Bezeichnung wie eine schwere Beleidigung wirken zu lassen. »Was kann ich für dich tun?«

»Darf über den Mord in der Trockenhalle berichtet werden?«

Aus den Augenwinkeln bemerkte Anini, wie Ekela überrascht den Mund aufklappte. Aha, Koch kam also gar nicht zwingend aus der Druckerei. Da griff sie erneut, die alte Regel: Schlechte Neuigkeiten verbreiteten sich rasch. Wahrscheinlich hatte diese Schmeißfliege von Rufer einen Informanten im Sucherhaus, der ihm Bescheid gab, sobald es Aas gab, um das es sich zu kreisen lohnte. »Wieso nicht?«, sagte Anini. »Vorausgesetzt, du hast etwas zu berichten, das sich auf mehr als Hörensagen stützt, um deinem Eid zur Tatsachentreue gerecht zu werden. Eine schöne Schicht noch.«

Er hob die Hand an den Schirm seiner Mütze und marschierte entschlossen auf die wartende Kutsche zu, auf deren Bock die Fahrerin hastig die letzten Bissen eines belegten Hartbrots in sich hineinschlang. Er freute sich sehr, dass Ekela ihm auf dem Fuße folgte. Dass ihm auch Koch weiter hinterherhastete, freute ihn weitaus weniger.

»Ich frage nur wegen der Anweisungen zur Berichterstattung beim letzten Mord.«

Anini verringerte sein Tempo. »Der letzte Mord?«

Koch ergriff seine Chance und schloss zu ihm auf, Stift und Block gezückt. »Die ertrunkene Beamtin aus Amboss … Der unglückliche Sturz ins Hafenbecken und die anschließende, noch unglücklichere Begegnung mit dem Rad eines Schaufeldampfers. Wo wir von der *Stimme* uns zwischen unserer Tatsachentreue und unserer Freundschaft zu euch Kommissaren entscheiden mussten. Wie lange gelten diese Anweisungen noch?«

»Solange es das Kommissariat für angebracht hält«, entgegnete Anini. Er sehnte den Tag herbei, an dem der Umbau des Bundes abgeschlossen und Rufer wie Koch nicht mehr vor solche Entscheidungen gestellt sein würden, die sie allem Anschein nach überforderten.

Sie kamen an der Kutsche an. Inzwischen war die Fahrerin vom Bock gestiegen, um den Ponys, die empört schnaubten und mit den Hufen scharrten, die Futtersäcke von den Schnauzen zu nehmen. Ekela öffnete die Tür zum Kutschkasten und hielt sie Anini auf.

»Habt ihr denn schon eine Spur?« Koch ließ nicht locker.

Anini, einen Stiefel auf den eisernen Tritt gesetzt, wandte sich halb zu ihm um. Er konnte unmöglich losfahren, ohne eine letzte Spitze zu setzen. »Von welchem Mord redest du? Vom ersten oder vom zweiten? Du solltest dringend lernen, wie man seine Fragen richtig stellt, Rufer Koch.« Dann stieg er schwungvoll ein und machte es sich auf der hervorragend gepolsterten Sitzbank bequem.

»Und jetzt schwing die Hacken«, fuhr Ekela den Quälgeist an. »Oder hast du nichts Besseres zu tun?«

»Nein, eigentlich nicht«, antwortete Koch kühl.

Anini horchte auf. Ein mutiger Rufer – das sah man ungefähr so oft wie ein Kalb mit zwei Köpfen. Interessant. Anini beugte sich vor und streckte den Kopf durch die offene Tür. »Ich warte auf dich, Ekela.«

Sie warf ihm einen giftigen Blick zu, erwies sich jedoch ausnahmsweise als erfrischend folgsam. Schön. Was eine einzige gemeinsame Nacht auf einem weichen Diwan nicht für einen Unterschied machte. Während Ekela zu ihm in die Kutsche stieg, meldete sich die auf den Bock zurückgekehrte Fahrerin zu Wort. »Wo soll's denn hingehen, Kommissar?«

»Zunächst einfach nur von diesem Platz herunter.« Er griff nach der Türkante. »Hier ist es mir irgendwie zu voll und zu laut.« Das war selbstredend eine Lüge. Da nicht gerade Schichtwechsel war, herrschte gähnende Leere. Er schaute noch einmal nach Koch, der sich nicht von der Stelle gerührt hatte. Als er ihn musterte, geschah erneut etwas Beachtliches: Koch wich seinem Blick nicht aus, sondern hielt ihm ungerührt stand. So viel Mut musste belohnt werden. »Schreib, es war ein Bündlermord!«

Eine Augenbraue Kochs – so schlohweiß wie sein Haar – zuckte. »Welcher? Der erste oder der zweite?«

»Das liegt ganz bei dir.«

Anini zog die Tür zu, die Fahrerin schnalzte mit der Zunge, und die Ponys trabten zügig an.

»Teilst du etwa doch meine Meinung?«

Anini war überrascht über das Maß an Erleichterung, das ihn durchflutete, weil Ekela anscheinend nicht zornig darüber war, wie er sie in die Kutsche befohlen hatte. Sein gütiges Kitzlein streichelte ihm sogar das Knie. Er nahm ihre andere Hand und küsste sie. »Ich will mir nur hinterher nicht von dir vorwerfen lassen, ich hätte irgendetwas unversucht gelassen, um einen Mörder zu stellen.«

17

Nach den Verhandlungen mit den Barmherzigen Gesandten, die sich bis tief in die Nacht hingezogen hatten, verfolgten die schwarzen Augen der Schwänin Siris bis in seine Träume. Sie waren größer und größer geworden und sein eigenes Spiegelbild darin immer kleiner, bis es schließlich von der Finsternis erdrückt worden war.

Er hatte schon besser geschlafen. Als er erwachte, knurrte ihm der Magen. Am Abend zuvor war er zu müde zum Essen gewesen, nachdem ihn das weißhaarige Spitzohr – vor dem man dem Protokoll zufolge keine Nahrung zu sich nehmen durfte, weil die Elfen menschliche Kaugeräusche als ausgesprochen abstoßend empfanden – mit Hunderten größtenteils absurder und verwirrender Fragen gelöchert hatte.

Wie viele Brücken gab es in Bruckstadt?

Hat es schon einmal einer Kuh beim Kalben zugesehen?

Warum hatte das Herrenkreuz zwei Querbalken?

Fand er es unterhaltsam, andere Menschen beim Sterben zu beobachten?

Wann wurde aus einem Hügel ein Berg?

Konnte es ein Lied singen, das es in Galabrien gelernt hatte?

Was Siris' Stolz am meisten kränkte, war, dass er für die Schwänin nur ein Es war. Wie ein Tier. Oder ein Stück Scheiße.

Obwohl er hungrig war, konnte er sich nicht von dem festen Tagesablauf lösen, den er sich bei seiner Reise von Goldberg aus quer durch die Zerrissenen Reiche angewöhnt hatte. Ganz oben auf der Liste stand neben dem Leeren von Darm und Blase die Überprüfung, ob Himek einen seiner guten Tage hatte, in denen man eine einigermaßen zufriedenstellende Unterhaltung mit ihm führen konnte, oder ob der Stummel hauptsächlich dummes Zeug von sich gab.

Siris machte sich auf in das Zimmer des Kurzbeins und fand ein leeres Bett vor, in dem allem Anschein nach niemand geschlafen hatte, denn keine einzige Falte war im Kissen und die Decke war sauber gestrafft. Er sah sich im Innenhof um und stöberte den Zwerg in der Laube auf, die den beiden Streifenböckchen aus Onkel Zoseos' Tierschau nachts als Unterstand diente. Die Viecher lagen links und rechts von Himek im Stroh, und eines von ihnen hatte sein zierliches Köpfchen mit dem stumpfen Gehörn in den Schoß des Stummels gelegt, um sich von ihm zwischen den Ohren kraulen zu lassen.

»Willst du etwas essen?«, fragte Siris.

»Nein«, antwortete Himek lächelnd. »Ich habe schon gegessen. Meine Freunde hier haben mir gezeigt, welche Sträucher die süßesten Blätter haben. Man kann viel von ihnen lernen. Sie sind wunderbar.« Der Zwerg beugte sich vor und rieb seine Wange am Rücken des zweiten Böckchens. »Weich und warm. Möchtest du sie streicheln?«

»Später vielleicht«, sagte Siris. Alles klar. Es war einer der weniger guten Tage. Er war inzwischen so hervorragend darauf geeicht, sie anhand ihrer großen und kleinen Signale zu erkennen, dass er nicht einmal etwas zu Himek hätte zu sagen brauchen, um zu sehen, wie es heute um ihn bestellt war. Es reichte, wenn der Zwerg ihn nur ansah. An diesen Tagen lag nämlich etwas in seinen Augen, das mehr war als bloße Freundschaft. Etwas Lauerndes und zugleich Schüchternes. Etwas, das in Siris ein gewisses Unbehagen auslöste, wie wenn er sich den Zudringlichkeiten einer hässlichen, alten Vettel hätte erwehren müssen. Doch es gab auch weitaus greifbarere, leichter zu erfassende Veränderungen an Himek, wenn er einen seiner schlechten Tage hatte: Seine Stimme klang heller, und er hielt beim Sitzen die Beine geschlossen, fast wie eine Frau.

»Ja, ich mag dich«, sagte Himek plötzlich verträumt. »Ich mag dich sehr.«

»Äh, das ist … gut zu wissen.« Das war noch so eine Sache. Am Anfang hatte Siris die Behauptung Himeks, er könnte die Gedanken anderer Leute um sich herum hören, für ausgemachten Vogeldreck gehalten, aber mittlerweile hatte er oft genug erlebt, wie der Zwerg mit unheimlicher Sicherheit auf die stummen Überlegungen reagierte, die er anstellte. »Ich gehe dann mal, ja?«

»Zweifelst du je an dem, was du tust?«, verhinderte Himek Siris' Rückzug aus der Laube.

»Wie meinst du das?«

»Du bist jemand, der viel handelt«, erläuterte Himek. »Und oft handelst du schnell. Beinahe ohne zu denken. Bereust du das?«

Siris fiel ein, wie er gestern die Schwänin zu Boden gerissen hatte, als der Attentäter auf die Gesandte gefeuert hatte. »Ohne zu denken …«, murmelte er. Er zuckte mit den Schultern und sagte: »Manchmal fragt sich doch jeder, ob er in dieser oder jener Lage das Richtige getan hat. Ich bin da nicht anders.«

»Wie bei deiner Schwester? Wegen der Reise, die sie plant und auf die wir mitkommen sollen?«

Siris kratzte sich am Kopf. Verflucht, wie scharf waren die Ohren des Kurzbeins eigentlich, wenn es darum ging, anderen in den Schädel hineinzuhorchen? »Ja. In dieser Hinsicht bin ich mir nicht sicher, ob ich mich auf etwas eingelassen habe, das mir noch leidtun wird.«

»Hm.« Himek klaubte eine Handvoll Heu vom Boden auf und hielt es dem Böckchen, das er kraulte, vor die Nüstern. Das Tier schnupperte daran und zupfte das Futter schließlich Halm für Halm zwischen den Fingern des Zwergs hervor. »Sira meint es gut. Sie will nur helfen.«

»Hast du mit ihr geredet?«, fragte Siris, denn womöglich gab es zumindest in diesem Fall eine Erklärung dafür, woher Himek das nun wieder hatte, die ohne Gedankenhören auskam.

»Nein«, zerschlug der Stummel diese leise Hoffnung.

»Verstehe.« Siris nickte. »Viel Vergnügen noch mit deinen neuen Freunden.«

»Danke«, sagte Himek freundlich. »Bevor du etwas isst, solltest du dich erst um Fianessa kümmern.«

»So?«

»Unbedingt.« Himek zeigte an Siris vorbei auf den Durchgang am Haupthaus, der zu den Stallungen führte. »Sie ist da drüben und weint.«

Siris ächzte gequält. Fianessa heulte. Schön. Noch ein Problem mehr, neben dem Herumplagen mit den Elfen und dem anstehenden Zweikampf, sofern Azzaras seine Herausforderung annahm. Er passierte den Durchlass und erreichte den ungepflasterten Nebenhof, wo das Mädchen, das bis zum Eintreffen der Schwänin sein ärgster Quälgeist gewesen war, auf dem staubigen, gestampften Lehm hockte. Ihr lief Rotz aus der Nase, und ihre Hände steckten bis zu den Ellenbogen in einem Tontopf, in dem eine dunkle Flüssigkeit schwappte. Die Ärmel ihrer Jacke, die ihr lose am Leib schlackerte, hatte sie hochgekrempelt. Eine unnütze Geste der Ohnmacht, denn ihre Ordenstracht hätte selbst mit ein paar schwarzen Spritzern darauf kaum zerlumpter wirken können. Treuhuf hatte den Kopf aus der Stalltür gestreckt und schnaubte traurig, als nähme der Rappe Anteil an den Tränen, die die Kleine vergoss.

»Geh weg!«, schluchzte Fianessa, ohne dabei zu Siris aufzublicken. Sie walkte weiter in dem Topf herum.

»Was ist los?«, erkundigte er sich mit dem Höchstmaß an Mitgefühl, das er aufzubringen vermochte.

»Als ob du das wirklich wissen willst«, greinte die Novizin ohne Orden.

»Sonst würde ich nicht fragen«, erwiderte Siris. »Also?«

Fianessa zog ein triefendes, graues Stoffband aus der schwarzen Suppe im Topf. »Die Schärpe«, wisperte sie erstickt. »Sie lässt sich einfach nicht richtig färben.«

Siris winkte ab. »Vergiss die blöde Schärpe doch.«

»Wie kann ich das tun?«, protestierte Fianessa schwach. »Ich bin die letzte Bewahrerin. Ich wandle auf dem Pfad der Ehrenvollen Schande. Ich erfülle eine heilige Mission für meine Brüder und Schwestern im Glauben, die für uns alle gestorben sind. Wenn ich die Schärpe vergesse, wäre es so, als würde ich sie vergessen. Als würde ich meine Mutter vergessen.«

Siris entschied sich, etwas loszuwerden, was er schon längst hätte loswerden sollen. Er zog den Knoten an seiner Morgenrobe fest und ließ sich neben Fianessa im Schneidersitz im Staub nieder. »Weißt du, Kätzchen, ich kannte deine Mutter gut. Ich war früher schon einmal in Goldberg. Lange vor der Belagerung. Lange vor der Schlacht gegen die Zwerge.«

Die Schärpe glitt zurück in den Topf, und Fianessa machte große Augen. »Ehrlich?«

»Ehrlich.« Er lächelte und reichte ihr ein fleckiges Tuch, an dem sie sich die Hände abtrocknete. »Eins kann ich dir sagen: Den dicken Kopf und den Hang, die Welt so zu sehen, wie man sie gerne haben möchte, und nicht so, wie sie nun einmal ist, hast du eindeutig von ihr.« Er stockte kurz. »Wisch dir das Gesicht ab. Du hast da was an der Nase hängen.«

Hastig folgte das Mädchen seinem Hinweis.

»Hast du dich je gefragt, warum deine Mutter ausgerechnet dich auf den Pfad der Ehrenvollen Schande geschickt hat?«, fragte er leise.

Fianessa nickte, die Finger in das Tuch gekrallt. »Weil ich nur eine Novizin war. Sie konnte keinen anderen schicken.«

»Auch keinen anderen Novizen?«, bohrte Siris nach. »Warst du die Einzige in ganz Goldberg, die auf ihre Weihe wartete? Das kann ich mir nicht vorstellen. Wahrscheinlich hat sie dir nichts davon erzählt, aber ich bin in der Festung gewesen, kurz bevor die Frist, die euch die Zwerge gesetzt haben, abgelaufen ist. Da hat sie eine Menge Novizen erwähnt.«

Betretenes Schweigen war Fianessas Antwort.

»Deine Mutter hat mir gesagt, sie könnte die Zwerge besiegen«, fuhr Siris fort. »Das war gelogen. Das wusste ich, das wusste sie. Sie hat ihren ganzen Orden in den Tod geführt. Bis auf dich. Sie hat dich ausgewählt, damit etwas von ihr überlebt.«

»Du meinst, sie wollte mich beschützen, indem sie mich fortgeschickt hat?«, flüsterte Fianessa, und höchstens ein Stein hätte überhört, dass die nächsten Tränen nicht mehr lange auf sich warten lassen würden. »Es ging ihr gar nicht um die Mission? Es ging ihr um mich?«

»Schlaues Mädchen«, lobte Siris, klopfte ihr auf die Schultern und stand auf. »Vergiss das nicht, bevor du das nächste Mal auf die Idee kommst, dich von irgendwelchen Sandfressern in den Tiefen Süden entführen zu lassen.«

Siris fasste bald darauf den Vorsatz, dem Schicksal auch für die kleinsten Nachsichtsbekundungen dankbar zu sein. Denn schließlich hatte es ihm tatsächlich genügend Zeit für ein Frühstück und eine flüchtige Waschung eingeräumt, ehe es ihn in Form eines Laufburschen, den Zoseos schickte, umgehend wieder an die Kandare nahm. Die Schwänin wollte ihn sehen, und wenn die Barmherzigen Gesandten riefen, hatten die Unterhändler zu springen.

Immerhin war es Siris gelungen, eine eher unangenehme Pflicht auf seinen Onkel abzuwälzen. Er hätte das Gejammer der anderen Handelshäuser nicht ertragen, wenn er ihnen hätte eröffnen müssen, dass die Schwänin nicht nach Meerschaum gekommen war, um Waren zu tauschen. Gut möglich, dass er sogar ausfallend geworden wäre. Zoseos hatte einen wesentlich längeren Geduldsfaden als er und war somit auch wesentlich besser dafür geeignet, die Gemüter zu beruhigen.

Der Laufbursche bestätigte Siris außerdem, dass bereits jetzt die wildesten Gerüchte über ihn, die Barmherzigen Gesandten und das gestrige Attentat kursierten. Meerschäumer zerrissen sich ohnehin gern die Mäuler übereinander, und Siris hatte ihnen ausreichend Stoff für die wahnwitzigsten Geschichten geliefert. Die Bandbreite reichte vom eher Wohlmeinenden – dass das Attentat gar kein Attentat gewesen war, sondern ein von den Elfen inszeniertes Schauspiel als Tauglichkeitsprüfung für den neuen Unterhändler – über das Unentschiedene – dass die Schwänin nur angereist war, um die schönsten Knaben und Mädchen der Stadt in die Zuflucht zu holen, und sich dabei von den von Wolfenfurts beraten ließ – bis hin zum offen Feindseligen – dass die Spitzohren sehr wohl zum Handeln gekommen waren, aber das Haus der Unterhändler den größtmöglichen Reibach machen wollte, indem es die elfischen Güter selbst entgegennahm, um sie anschließend an den Höchstbietenden zu versteigern.

Siris' Spannung, womit ihn die Schwänin nun wieder zu belästigen beabsichtigte, wuchs, als er sich mit einer Barke zur Insel im Hafen übersetzen ließ. Der Palast der Demütigen Bitten funkelte im Sonnenlicht wie ein riesiger Diamant. In der Empfangshalle, die so breit und deren Decke so hoch war, dass jedes geflüsterte Wort zehntausendfach von den kristallenen Wänden zurückgeworfen wurde, sah Siris sich zunächst mit dem Herold der Elfen konfrontiert.

Der Buntpfeifer verwickelte ihn in ein regelrechtes Verhör, ohne dass Siris bewusst gewesen wäre, was ihm vorgeworfen wurde.

»Was hat es gegessen?«, trällerte das Spitzohr misstrauisch.

»Weißbrot, ein paar Datteln, eine Scheibe Käse, zwei Kochwürste«, gab Siris wahrheitsgemäß Auskunft.

»Mit Pfeffer darin?«, hakte der Buntpfeifer nach.

»Ja.«

Der Elf verzog das schmale Gesicht und zeigte seine Edelsteinzähne. »Hat es sich gewaschen?«

»Ja, hat es«, brummte Siris mürrisch. Der Gesandte mit seiner merkwürdigen Flickenteppichhaut ging ihm gehörig auf die Nerven. Der Hahn und der Greif schienen nicht in der Nähe zu sein. Wenn er es schnell machte, konnte er dem Buntpfeifer vielleicht das Genick brechen und danach behaupten, der Herold wäre unglücklich über eine der Kisten mit Geschenken gestürzt. Zoseos' Bedienstete schafften seit letzter Nacht die Zuwendungen der anderen Handelshäuser heran, deren Oberhäupter sich offenbar nicht damit abfinden wollten, dass es für sie bei diesen Gesandten nichts zu holen gab.

»Hat es sich gewaschen, bevor oder nachdem es den Pfeffer gegessen hat?«

»Nach dem Essen.«

»Es soll seine Hände ausstrecken und mir seine Fingernägel zeigen.«

Siris tat dem Elfen widerwillig den Gefallen. Der Buntpfeifer inspizierte ausgiebig jeden einzelnen Nagel, ehe er nickte und verkündete: »Es darf die Schwänin sehen.«

Der Herold führte Siris über eine Rampe in eine höhere Etage des Palasts. Es war ein faszinierendes Gebäude, und nicht nur wegen seines ungewöhnlichen Baumaterials. In einigen der gewundenen Gänge, die sie entlangschritten, war das Zwitschern von Vögeln zu vernehmen, obwohl Siris angesichts des Sauberkeitswahns der Spitzohren ausschloss, dass sie einen echten, verirrten Vogel hier geduldet hätten. Das war nicht das einzige Wunder. Manche der Wände veränderten ihre Farbe, wenn man sich ihnen näherte, von einem durchscheinenden Weiß zu angenehm gedämpften roten und blauen Tönen. Zwischen den Pfeilern eines Portals auf ihrem Weg waberte ein feiner Vorhang aus Dunst, der nach Nelken duftete und sich wie von Geisterhand hinter ihnen schloss, nachdem sie ihn beim Durchschreiten zerstoben hatten.

Als Siris das Plätschern von Wasser hörte und er wenige Augenblicke später begriff, dass die Schwänin ihn empfing, während sie gerade ein Bad nahm, hätte er am liebsten auf dem Absatz kehrtgemacht. Allerdings hätte er sich ohne den Buntpfeifer wahrscheinlich hoffnungslos im Palast verlaufen, also blieb er, wo er war.

Das Becken, in dem sich die Schwänin vergnügte, hätte auch einem ganzen Schwarm Tümmler Platz geboten. Sein hinterer Teil war einem Bergsee in einer schroffen Schlucht nachempfunden, wobei alles daran – selbst die Felsen, von denen sich Wasserfälle ergossen, und die Bäume, die ihre Wurzeln in Risse und Spalten gegraben hatten – aus Kristall bestand.

Die Schwänin befand sich am vorderen Rand des Beckens, die Arme auf der Kante verschränkt, und freute sich offenbar sehr, Siris zu sehen, denn sie reckte den langen Hals und rief fröhlich: »Ah, es ist endlich hier!«

Siris verbeugte sich. Warum tat sie ihm das an? War er in ihren Augen am Ende eine derart widerliche Erscheinung, dass sie es von nun an vorziehen würde, ihm nur dann zu begegnen, wenn sie sich im Wasser aufhielt und ihren Ekel von sich waschen konnte?

»Du kannst gehen, Raunen der Wipfel«, befahl sie dem Buntpfeifer.

Der Herold schnitt eine verblüffte Grimasse. »Bist du dir sicher, Melodie des erbaulichsten Vergessens?«

»Geh!«, schnarrte sie kühl, und der Buntpfeifer huschte mit raschelnden Gewändern davon.

Siris hatte das Gefühl, als würde die Schwänin ihn eindringlich mustern – obwohl er nicht ausschließen konnte, dass sie womöglich auch nur versonnen an die Decke starrte. »Es kommt herein!«, sagte sie unvermittelt und unterstrich ihre Aufforderung mit einer ihrer knappen Gesten, für die sie nur die Fingerspitzen einsetzte.

Siris wankte einen Schritt nach hinten. »Ins Wasser?«

»Es kommt jetzt sofort herein!«, bedrängte sie ihn in einem geradezu quengelnden Tonfall.

»Bist du dir sicher?«, wiederholte Siris die Frage, die der Herold eben erst gestellt hatte.

»Ja.« Sie stieß sich vom Beckenrand ab und schwamm auf dem Rücken zur Mitte. Außer den Strähnen ihres langen Haars, das ihre nasse Haut umspielte wie weißer Tang, trug sie nichts am Leib. Sie war eine marmorne Statue, die federleicht auf dem Wasser trieb. Ihre Brüste stachen klein und spitz durch die Oberfläche, und Siris stellte fest, dass sogar ihre Nippel weiß waren.

Er schluckte, schlüpfte aus seinen Stiefeln und streifte sein Hemd ab. Dann wandte er sich um und öffnete seinen Gürtel.

»Es ist schamhaft«, gluckste die Elfe.

Siris zählte bis drei und zog seine Hose herunter.

»Es dreht sich zu mir und tritt näher.«

Na gut, wenn sie es sich wünschte. Siris folgte dem Befehl. Es gab vieles, wogegen er sich hätte wehren können, doch dagegen nicht. Und ebenso wenig dagegen, dass ihm bei ihrem Anblick der Pflug zu schwellen begann.

Die Schwänin spitzte interessiert die Lippen. »Es findet mich schön.«

»Sieht wohl ganz so aus«, sagte Siris und spürte, wie ihm der Mund dabei trocken wurde.

»Es kommt ins Wasser!«

»Das könnte durchaus passieren«, murmelte Siris, setzte sich auf den Beckenrand und ließ sich in das warme Nass gleiten. Das Becken war zu tief, als dass er darin hätte stehen können, und so schwamm er zaghaft auf die Schwänin zu. Sie lachte und flüchtete mit einigen schnellen Zügen vor ihm in den hinteren Teil des Beckens zu einem der Kristallfelsen. Dort ließ sie sich auf einem seiner Ausläufer unter der Oberfläche nieder, zog die Beine an und schlang die Arme um die Knie.

Als Siris eintraf, rutschte sie ein Stück zur Seite, um ihm Platz zu machen. Er ahmte ihre Sitzhaltung nach, weil sich sein harter Pflug auf diese Weise gut verbergen ließ, und achtete peinlich genau darauf, sie nicht versehentlich zu berühren. Er leckte sich die Lippen und schmeckte Salz. »Warum hast du mich rufen lassen?«

»Wegen der Zwerge.« Diese Ankündigung hätte seine peinliche Lage gleich etwas weniger peinlich gemacht, wenn sie nicht gleichzeitig unter Wasser die Hand ausgestreckt hätte, um ihm mit den Fingerkuppen über jene Falte zu streicheln, wo die Unterseite seines rechten Schenkels in die Hinterbacke überging. »Es hat gesagt, die Zwerge kämen in das Land der Bittsteller und brächten mächtige Waffen mit.«

»Das stimmt«, bestätigte Siris und versuchte, sich Gareps haarige Brust vorzustellen. »Die Zwerge sind auf dem Vormarsch.«

»Wie mächtig sind ihre Waffen?«

Warum ließ sie um der Herren willen nicht endlich das Streicheln sein? »Sehr mächtig.«

»Mächtiger als die Waffen der Bittsteller?«

Siris nickte.

»Wie wollen die Bittsteller dann die Zwerge aufhalten? Wird Meerschaum fallen, wenn die Zwerge mit ihren Gewehren schießen?«

Er zuckte mit den Schultern und überlegte, ob es eine Möglichkeit gab, von dem Felsen wegzukommen, ohne dabei unhöflich zu wirken. »Wir haben eigene Gewehre.«

»So?« Ihre Hand verharrte kurz reglos. »Es hat gesagt, nur die Zwerge hätten Gewehre.«

Das hatte er zwar nie in dieser Weise behauptet, aber ihr zu widersprechen wäre ein unberechenbares Wagnis gewesen. »Wir konnten einige davon stehlen.«

»Es hat gestohlen?« Das klang nicht nach einer Rüge, sondern eher verwundert, als ob er ihr gesagt hätte, Menschen hätten in Wahrheit bei der Geburt einen Schwanz, der ihnen nach ein paar Sommern einfach abfiel.

»Ich habe auch schon gestohlen, aber keine Gewehre.« Jetzt streichelte sie ihn wieder, und wenn das warme Wasser ihn nicht täuschte, tastete sie sich dabei Stückchen für Stückchen an seinen Beutel heran.

»Werden eure Gewehre reichen? Oder haben die Zwerge mehr Gewehre?«

»Ja, haben sie.« Und Geschütze und Blitzwerfer und gepanzerte Maschinen, die auf zwei Beinen gehen, fügte er in Gedanken hinzu.

»Wie wollen die Bittsteller dann gegen die Zwerge gewinnen?«, fragte die Schwänin.

»Eine ausgezeichnete Frage.«

»Wir wollen die Bittsteller behalten. Sie gehören uns«, empörte sich die Elfe. »Es muss Waffen geben, die mächtiger sind als die der Zwerge.« Sie legte den Kopf schief, und ihr Atem strich kühl über Siris' Ohr. »Gibt es noch Waffen, die die Herren den Bittstellern überlassen haben?«

»Ich habe bislang nichts Brauchbares gesehen.« Bei einem Duell zwischen Fianessa mit ihrer Axt aus Goldberg und einem Zwergensoldaten mit einem Gewehr hätte Siris seinen Beutel, dem sich die Finger der Schwänin weiter und weiter näherten, auf den Stummel gesetzt.

»Und außerdem? Vielleicht Dinge, die es erst noch sehen wird?«

Siris benötigte einen kleinen Augenblick, um sich einen Reim auf diese letzte Frage zu machen. Die Elfen waren ohnehin manchmal schwierig zu verstehen, und es wurde noch schwerer, wenn einem der eigene Pflug in den Bauch stach, während man nackt neben einer Gesandten saß, die ihre Finger nicht bei sich behielt. »Es gibt Legenden über Herrenwaffen von unvorstellbarer Macht, gegen die selbst die Maschinen der Zwerge nicht bestehen können.«

»Sucht ihr nach diesen Waffen?«

Siris unterdrückte ein Stöhnen, das halb wohlig, halb erschrocken ausgefallen wäre. Hatte er es hier etwa mit noch jemandem zu tun, der in seinen Kopf hineinhören konnte? »Meine Schwester sucht nach einer.«

»Hilfst du ihr?«

»Ja.«

»Gut.«

»Warum kümmert es dich so sehr, was aus uns Bittstellern wird?«

»Weil wir euch lieben«, gurrte die Schwänin.

»So sehr, dass ihr euch mit den Zwergen um uns streiten würdet?«

Blitzschnell zuckte ihre Hand zu seinem Beutel, und sie umschloss ihn mit sanftem Druck, sodass seine Eier aneinander rieben. Jetzt war sich Siris sicher: Sie hatte wirklich keine Fingernägel.

»Ich schulde ihm mein Leben«, flüsterte sie. »Ich will die Schuld begleichen. Sofort.«

Dann zeigte die Schwänin ihm, welche Absichten eine Barmherzige Gesandte so hegte, wenn sie sich zur Zerstreuung unter die Bittsteller begab.

Zoseos fütterte die Enten im Innenhofbecken mit trockenem Brot, als Siris von seiner Audienz im Palast der Demütigen Bitten zurückkehrte.

»Was hat sie von dir gewollt?«, fragte er streng, während er dabei zusah, wie sich die Vögel schnatternd und flügelschlagend um jeden einzelnen Krümel balgten.

»Zerstreuung«, sagte Siris. Er hatte keine Lust, mit den jüngsten Ereignissen zu prahlen. Zum einen stellte das, was er mit der Schwänin getrieben hatte, sicherlich einen Bruch der Etikette im Umgang mit den Barmherzigen Gesandten dar. Zum anderen wurde er das Gefühl nicht los, dass der Reiz, den er auf die Elfe ausgeübt hatte, ungefähr mit dem zu vergleichen war, der einen Potentaten aus dem Tiefen Süden dazu antrieb, sich auf dem Sklavenmarkt eine Barbarin aus der Großen Salzbrache zu kaufen. Es war der Reiz des Verbotenen, sich mit etwas zu paaren, das in jeder Hinsicht so weit unter einem selbst angesiedelt war, dass man sich beinahe ebenso gut einen gezähmten Affen hätte ins Bett holen können.

»Es könnten deine letzten schönen Stunden gewesen sein«, sagte Zoseos. »Azzaras nimmt deine Herausforderung an.«

Siris winkte müde ab. Obwohl er gerade aus dem Wasser kam, stand ihm der Sinn nach einer gründlichen Wäsche von Kopf bis Fuß. »Wen wird er schon aufstellen? Mit jemandem, den er nicht mit

Elfenartefakten bezahlt hat und der sich nachts anschleicht, wische ich doch den Boden auf.«

»Gut gebrüllt.« Zoseos zog die Augenbrauen zusammen und schüttelte den Kopf. »Gilt das auch für einen Duellanten aus dem Tiefen Süden? Machst du aus dem auch einen Putzlappen?«

»Was?« Siris hatte sich auf einen Zweikampf mit einer Mietklinge eingestellt, die ihr plumpes Handwerk in irgendwelchen Kaschemmen und dunklen Gassen erlernt hatte. Ein Duellant war ein völlig anderer Gegner – ein Mann, der schon als Knabe bei anderen erfahrenen Männern seiner Zunft in die Lehre gegeben worden war, um Schritt für Schritt in die Künste eingeweiht zu werden, deren Ausübung ihm mit den teuersten Sklaven und dem atemberaubendsten Geschmeide vergolten wurde.

»Sieht so aus, als hättest du es dir mit der Delegation aus Feuerberg gründlich verscherzt«, merkte Zoseos bitter an.

»Ich habe ihnen das Tor nicht geöffnet, als sie Fianessa davon überzeugen wollten, mit ihnen zu gehen«, ereiferte sich Siris. Er hatte doch ohne jeden Zweifel das Richtige getan, den Sandfressern zu erklären, wohin sie sich ihre Prophezeiungen samt ihrer Eingeweideleserin stecken konnten.

Zoseos seufzte. »Das, mein Junge, könnte einer der größten Fehler gewesen sein, die du je begangen hast. Ich hoffe und bete, dass deine Fertigkeiten mit dem Singenden Säbel mit deinem großen Mundwerk mithalten können.«

Siris schaute hinauf in den Himmel. Ihm blieb nichts anderes übrig, als seinerseits zu hoffen, dass die Gebete seines Onkels erhört wurden, auch wenn er selbst nicht daran glaubte, dass es sich lohnte, Gebete an Götter zu richten, die nicht existierten.

18

Als die Kutsche jäh zum Stillstand kam, schreckte Karu aus einem sanften Dämmern hoch, weil sie im ersten Augenblick dachte, sie hätten das Ziel ihrer schichtenlangen Irrfahrt endlich erreicht. Dann wurde ihr jedoch bewusst, dass Rinul dort wahrscheinlich nicht derart eilig auf die Straße gehüpft und auf den Kiesel an der nächsten Ecke zugelaufen wäre, der einen Stapel Ruferblätter unter den Arm geklemmt hatte und mit lauter, heller Stimme krakeelte: »Sonderausgabe! Sonderausgabe! Lest alles über die Gräuel der Bündler«. Wo waren sie?

Sie schaute aus dem Fenster. Hatte der Graubart, den Rinul vorhin bestochen hatte, nicht gesagt, Schreibers Zweitdomizil läge in den Hangterrassen? Doch, hatte er. Zwar wies die Straße auch hier bereits einen deutlichen Anstieg auf, aber die ins Licht der untergehenden Sonne gebadeten Berge schienen Karu noch ein gutes Stück weg. Es gab ringsherum nur wenige Mietsblöcke mit tadellos verputzten Fassaden, die auf schmalen Parzellen zwischen stattlichen, mauerumsäumten Anwesen errichtet worden waren. Karu tippte darauf, dass sie in einem der gehobeneren Außenbezirke angehalten hatten, wo die Schalter und Walter Stahlstadts residierten.

Sie rieb sich den Halbschlaf aus den Augen und beobachtete gähnend, wie Rinul dem Kiesel ein Ruferblatt abkaufte. Grimmig studierte er auf dem Rückweg zur Kutsche die Titelseite, und mit jedem Schritt verdüsterte sich seine Miene mehr und mehr, als wären seine Züge ein sich in Windeseile zusammenbrauendes Sommergewitter. Offensichtlich schmeckte es ihm nicht, was die Rufer über die Bündler zu berichten wussten, und ein, zwei Herzschläge später wurde ihr bewusst, dass die schlechten Nachrichten nun auch sie unmittelbar betrafen.

»Lies das!«, knurrte Rinul und bedeutete dem Fahrer durch ein

Hämmern gegen die Decke des Kutschkastens, dass er die Peitsche wieder knallen lassen konnte.

Die Zeitung landete in ihrem Schoß, und sie erkannte, dass die *Stahlstädter Stimme* nicht zu jenen Publikationen zählte, die auf leise, ausgewogene Töne setzten.

Die Bündler schlagen zu!
Schauderhafte Mordserie erschüttert die Stadt!
Grausige Verstümmelungen an beiden Opfern

Stahlstadt – Zwei Arbeiter der Pilztrockenanlage im Gewerbepark *Schweiß und Fleiß* machten heute zu Beginn ihrer Frühschicht eine furchtbare Entdeckung: die in einer Lagerkiste versteckte Leiche ihres Kollegen Dejid Schauer.

Schauer, ein langjähriger und mehrfach ausgezeichneter Mitarbeiter des Betriebs, wurde in der Nacht erschlagen und ausgeraubt. Die Niedertracht des Mörders reichte jedoch noch erheblich weiter: Er trennte seinem Opfer nach begangener Tat die rechte Hand ab.

Wie erst jetzt aus Sucherkreisen bekannt wurde, ist Schauer allerdings offenbar nicht das einzige Opfer, das es zu beklagen gilt: Der erschütternde Tod einer Halblingsbeamtin vor wenigen Tagen – wir berichteten – ist allem Anschein nach kein Unglücksfall gewesen, wie bisher angenommen, sondern geht nach jüngsten Ermittlungsergebnissen auf das Konto eines der hiesigen sogenannten »Freibünde«. Als Indiz hierfür werten die Sucher den Umstand, dass auch die Leiche der Beamtin bei ihrem Auffinden im Hafenbecken aufs Entsetzlichste verstümmelt war. Im Widerspruch zu früheren Meldungen und nach der Bluttat an Schauer nimmt man im Sucherhaus inzwischen Abstand von der Vorstellung, die Wunden der Beamtin könnten auf das Rad eines Schaufeldampfers zurückzuführen sein.

Unserem eifrigen Rufer Lugan Koch gegenüber bestätigte ein eigens aus der Hauptstadt angeforderter Kommissar der Bundessicherheit, dass Ermittlungen gegen die Freibünde bereits nach dem Mord an der Besucherin aus Amboss eingeleitet wurden, die nunmehr mit erheblich verstärkter Kraft fortgesetzt werden sollen.

Unterstützen wir mit Stirn und Hand die Wahrer der Ordnung bei ihrem Bestreben, den skandalösen und skrupellosen Umtrieben der Freibünde rasch ein Ende zu setzen! Sachdienliche Hinweise aus der gesetzestreuen Bevölkerung nimmt das Sucherhaus Stahlstadt jederzeit dankbar entgegen.

Karu schürzte die Lippen und faltete das Ruferblatt zusammen. »Das hat Koch geschrieben, oder?«

»Zumindest wird er im Text erwähnt.« Rinul legte den Kopf in den Nacken und seufzte. »Fahren wir etwa zur falschen Adresse?«

»Er hat uns nie leiden können, geschweige denn zu seinen Freunden gezählt«, sagte Karu. »Ist er deshalb der Verräter? Ich denke nicht. Ich weiß, ich verlange viel, aber versuch mal, einen Moment in seine pockige Haut zu schlüpfen. Wer saß mit ihm am Tisch, als er die Eröffnung wegen des Verräters gemacht hat? Eine Fabrikleiterin, ein Mentor und wir: ein Bündler – noch dazu der Sohn eines einflussreichen Zwergs von zweifelhaftem Ruf – und eine Sucherin, die ihren Diensteid gebrochen hat. Wen würdest du an seiner Stelle zuerst verdächtigen?«

»Ja, ja, schon gut«, murmelte Rinul. »Er ist trotzdem ein Stinkzapfen.«

Da konnte Karu nicht widersprechen. Sie verrannte sich in zwei Gedankengänge, während Rinul ihr gegenüber auf der anderen Sitzbank Stück für Stück zu wachsen schien, je steiler draußen das Gelände wurde und je schräger der Kutschkasten deshalb stand. Aus dem ersten fand sie schneller heraus: Sich auszumalen, wie Bibet und vor allem Gagek auf die Meldung in der *Stimme* reagieren würden, war müßig. Gedruckt war gedruckt. Die beiden würden bestimmt nicht in Begeisterungsstürme ausbrechen, doch sie sprach insbesondere dem alten Darmwäscher ausreichend Weisheit und Erfahrung zu, um von einem Schnellschuss – Koch die Beine zu brechen oder die Räumlichkeiten seines Blatts zu verwüsten oder sich gar in einen offen und blutig ausgetragenen Streit mit Sicherheit und Sucherschaft verwickeln zu lassen – Abstand zu nehmen.

Durch den zweiten Gedankengang taumelte sie länger. Was erwartete sie in diesem Haus an den Hangterrassen? Was würde Schreiber tun, wenn sie sie sah? Karu wehrte sich beharrlich dagegen, die Schwierigkeiten beim Auffinden Schreibers als eine Art Beweis für deren Schuld zu betrachten, auch wenn es ohne Zweifel ein Rückzugsgefecht war.

Ganz zu Beginn ihrer Suche – nach einem sehr späten Frühstück, bei dem sie ausgiebig über Hauers absonderliche Vorlieben gescherzt hatten – hatten Rinul und sie sich darauf geeinigt, völlig offen auf Schreiber zuzugehen. Dementsprechend hatten sie die von ihr geleitete Druckerei aufgesucht, wo sich ein sichtlich überforderter Vorarbeiter bei ihnen darüber beklagt hatte, dass Schreiber heute Morgen nicht zum Dienst erschienen war. Und nein, er hatte auch keinen blassen Schimmer, wo sie wohnte, aber sie konnten im Vorzimmer zu Schreibers Büro auf die Ankunft eines anderen Druckers warten, der schon einmal bei ihr zu Hause auf einen Umtrunk eingeladen gewesen war. Also warteten sie und schauten wechselseitig ihren Bärten beim Wachsen zu, bis dieser andere Drucker irgendwann auftauchte und ihnen weiterhalf.

Schreiber wohnte in einem kleinen, aber feinen Häuschen mit verwildertem Vorgarten, das in einer Sackgasse an der Bahnstrecke lag. Da ihnen dort niemand öffnete, zeigte sich Rinul bereit, nach einer Hintertür zu suchen, die er eintreten wollte. Eine neugierige alte Zwergin aus einem Haus gegenüber, die es sich wohl zur Aufgabe gemacht hatte, den Blockwart zu spielen, und ihn durchs Gestrüpp stapfen sah, verhinderte mit einem Zuruf ein solch rabiates Eindringen. Glücklicherweise war sie – wie so viele Graubärte – nicht nur mit einem regen Interesse an dem Treiben der Zwerge in ihrer Umgebung, sondern überdies mit einem losen Mundwerk ausgestattet.

Dies führte dazu, dass Karu und Rinul von ihr hereingebeten wurden. Sie tranken zwei Tassen eines durch und durch abscheulichen Tees, der laut der Graubärtin jedoch unheimlich förderlich für die Verdauung war, und hörten sich nicht enden wollende Klagen über die anderen Bewohner der Sackgasse an. Der eine grüßte nicht ordentlich, die nächste trug Kleider wie eine Vergnügungshäuslerin, und die andere hielt sich zwar für die schlaueste und frechste Maus, die jemals an einem Stück Käse geknabbert hatte, und war trotzdem – oder eher gerade deshalb – von ihrer Gefährtin gleichsam über Nacht verlassen worden. Und eine – Schreiber – hatte es wohl nicht mehr nötig, den Garten zu pflegen, wie es sich gehörte, obwohl es dann gleich in der gesamten Gasse so liederlich wie mitten in der Schlacke aussah.

Diese Folter für die Ohren zahlte sich letztlich aus: Nachdem sie mit ihrem Gezeter über die verlotterten Schreiberschen Beete fertig war, rieb sich die Alte die Hände und keckerte: »Hoffentlich bleibt sie dieses Mal für immer an den Hängen!«

So erfuhren sie von Schreibers zweitem Häuschen auf den Hangterrassen, und dorthin hatte sich die Gesuchte nach Meinung der Graubärtin auch aufgemacht. »Sie ist mit ihrer großen, alten Tasche los. Die packt sie nur, wenn sie in die Hänge fährt. Woanders kann man sich mit dem hässlichen Ding auch auf keinen Fall blicken lassen.«

Sogar die genaue Anschrift erhielten sie, da Schreiber ihre Nachbarin vor Jahren vor einem längeren Aufenthalt dort gebeten hatte, ihre Post nachzusenden. An den Dunkelklammspfad 108.

Karu streckte sich und schüttelte den Kopf. Das Schaukeln der Federung drohte sie einzulullen.

»Ist es noch weit?«, fragte sie Rinul.

»Sieht nicht danach aus.«

Karu schaute aus dem Fenster. Die Hangterrassen erwiesen sich als perfektes Beispiel, wie ihr Volk seit einigen Generationen versuchte, Tradition und Fortschritt gleichermaßen gerecht zu werden. Die Erbauer der Terrassen hatten die natürliche Beschaffenheit des Berghangs genutzt. Karu erinnerten sie an eine mehrstöckige Torte, auf die der Zuckerbäcker zu viel Glasur aufgetragen hatte, sodass die zähe, klebrige Masse beim Herunterlaufen über die Kanten der einzelnen Schichten zu unansehnlichen Nasen erstarrt war. Auf den Schichten selbst war das überschüssige Gestein abgetragen worden, um möglichst ebene Flächen zu schaffen. Anschließend hatte man Höhlen in die Felswand hinter die eingeebneten Vorsprünge gegraben. Um diese Höhlen wohnlicher zu machen, waren sie mit Blendfassaden versehen worden, die in stark verkleinerter Ausführung die Front von Häusern, wie man sie in den Auen des Felsfraßes fand, nachahmten – komplett mit geschwungenem Walmdach, angedeuteten Gauben und Blumenkästen. Ganz so, als ob man darin halb im Berg lebte wie früher und halb im freien Feld, wohin man aufgrund der stetig wachsenden Bevölkerung nach und nach ausgewichen war.

Der Fahrer zügelte die Ponys in einem Wendehammer. Karu und Rinul hörten ihn ächzend vom Kutschbock klettern. Seine Mütze hatte er abgenommen und drehte sie betreten in den Händen, als er an die Tür trat und sagte: »Die Straße endet hier. Ihr müsst zu Fuß weiter.«

Sie stiegen aus, und während Rinul sich grobe Richtungsanweisungen für den bevorstehenden Marsch abholte und den Fahrer bat, im Wendehammer auf sie zu warten, ließ sich Karu von der Aussicht auf die unter ihr liegende Stadt verzaubern. Es war kein Wunder, dass Fabrikleiterin Schreiber gerne Zeit an den Hangterrassen verbrachte. Als glitzerndes Band schnitt der Felsfraß einen weiten Bogen, an dessen Scheitelpunkt der Hafen mit seinen Kränen, Piers und Lagerhallen beide Ufer in Beschlag nahm. Jenseits des Flusses waberte aus den dicht gedrängten Schloten der ältesten Fabriken und Manufakturen weißer Rauch, als würden dort die Wolken hergestellt, die über den weiten Himmel zogen. In den meisten Bezirken brannten schon die Gaslaternen, nur die Schlacke war ein düsterer Fleck.

»Kommst du?«, rief Rinul.

»Ja, sofort.« Karu warf noch einen Blick hinauf zum aufgehenden Mond. Der Bewahrer der Geheimnisse, der als riesige, blassrote Scheibe über der Stadt schwebte, war noch nicht zu seiner vollen Größe angeschwollen, aber Karu musste trotzdem daran denken, was ihr Onkel Hobuk als Kiesel über die Bedeutung von Vollmondnächten aus der Zeit der Zwietracht erzählt hatte: »Es ist der Zorn über all unsere feigen und heimtückischen Taten, der dem Bewahrer der Geheimnisse das Antlitz rot färbt, und wenn er uns sein volles Gesicht zeigt, bricht sein Zorn sich in uns und durch uns Bahn, falls wir nicht um Vergebung für unsere Schwächen flehen.« Karu hoffte, dass es Hobuk gut ging, und eilte rasch an Rinuls Seite, ehe sie Tränen darüber vergießen konnte, dass sie ihren Onkel vielleicht nie mehr wiedersehen würde. Vielleicht war er sogar schon tot – abgeholt von den Grünmänteln, weil sie herausgefunden hatten, dass er es gewesen war, der sie auf die Spur der Fälscher gebracht hatte. Oder gestorben vor Sorge um seinen einzigen Sohn, der im Streit von ihm gegangen war, um in einem sinnlosen Krieg sein Leben zu riskieren.

Um die Nummer 108 auf der dritten von fünf Ebenen der Terrassen zu erreichen, quälten sich Karu und Rinul eine Reihe steiler Treppen hinauf. In Schreibers Wohnhöhle brannte Licht, und im Gegensatz zum Garten an ihrer Hauptadresse war der ihres Rückzugsortes ein Vorbild für jeden Pflanzenliebhaber. Die Hecken waren sauber gestutzt, die Ränder der Beete mit Schmuckdisteln wie mit dem Lineal gezogen und sämtliche Werkzeuge – Hacken, Rechen, Gießkannen, Spaten – an Haken an der rechten Seite der Blendfassade aufgehängt. Die linke Seite neben der mit Gipfelrosen bemalten Eingangstür wurde von einem großen Fenster eingenommen, aus dem das gelbrote, flackernde Licht eines Kaminfeuers in das Blau des Abends hinausschien.

Das Idyll wurde durch eine von einem Sims aufflatternde Nebelkrähe gestört, ein ärgerlich krächzender, grauschwarzer Schemen, und zum zweiten Mal an diesem Abend wurde Karu das Wissen der Alten ins Gedächtnis gerufen, an dem sie ihr Onkel hatte teilhaben lassen: »Die Nebelkrähen sind die Augen der Ahnen, die den Vorangegangenen von unserem Tun berichten. Die weißen Stellen in ihrem Gefieder sind Fetzen des Nebels, der die Welt der Lebenden von der Welt der Toten trennt und durch den die Krähen fliegen, wenn sie den Ahnengeistern Meldung machen.« Zum Glück war Karu kein abergläubischer Rollender Stein. Sie war sicher, dass Gagek beispielsweise – so mutig und gelassen er sich auch gab – nach einem solch schlechten Omen keinen Fuß in Schreibers Höhle gesetzt hätte.

Sie folgten einem Kiesweg durch den kleinen Garten bis zur Tür.

»Klopfen wir an?«, fragte Rinul.

»Selbstverständlich«, antwortete Karu. »Das könnte doch auch ein Liebesnest sein.«

»Verstehe.« Rinuls schiefe Zähne blitzten auf. »Keine Lust auf Überraschungen?«

Sie klopfte.

Nichts.

Sie klopfte noch einmal. »Gesi?«

Wieder nichts.

Ein drittes Klopfen. »Ich bin's, Gesi. Karu.«

Das gleiche Ergebnis. Den Geboten der Höflichkeit war damit Genüge getan. Sie öffnete die Tür.

Das Erste, was Karu auffiel, war der aufdringliche Geruch. Der, den sie bereits bei Schreibers Überraschungsbesuch in Bibets Haus wahrgenommen hatte. Wie von verfaultem Obst. Nur dass er hier viel, viel stärker war. Sie hielt sich die Hand vor Mund und Nase, durchquerte den winzigen Flur, stolperte dabei halb über ein Paar Schuhe und stand schließlich in dem Raum, in dem das Kaminfeuer brannte.

Es war so heiß, dass Karu sofort ihren Mantel aufzuknöpfen begann, denn von der Treppensteigerei stand ihr ohnehin der Schweiß auf der Stirn. Außerdem half es ihr dabei, nicht schreiend davonzulaufen, da sie zwei, drei Augenblicke lang fest davon ausging, dass Gesi Schreiber tot war. Schreiber saß leichenblass mit geöffnetem Mund und geschlossenen Augen in einem Ohrensessel, in sich zusammengesunken, als wären ihr wegen der Hitze sämtliche Knochen im Leib geschmolzen. In den schlaffen Fingern ihrer rechten Hand hielt sie eine Pfeife, deren Kopf kaum die Größe eines Fingerhuts hatte. Karu hatte solche Pfeifen in ihrer Zeit als Anwärterin bei der Sucherschaft häufiger gesehen – wenn auch nicht bei einer Zwergin von Schreibers Stand –, und sie wusste nun auch wieder, warum ihr der süßliche Geruch so vertraut war. Schreiber rauchte Blauflechten, und es hatte ganz den Anschein, als hätte sie es dieses Mal mit der Dosis des Rauschmittels übertrieben.

Aus Sorge um die Klarheit ihres eigenen Verstands stieg Karu über mehrere der im gesamten Raum verteilten Bücherstapel, um ans Fenster zu kommen. Sie brauchte dringend Luft. Noch ehe sie den Griff in der Hand hatte, zog sie angewidert ihren ausgestreckten Arm zurück. Waren das frische Tierhäute – von Mullen oder Ratten –, die Schreiber zum Trocknen auf die Fensterbank gelegt hatte? Nein, dafür wirkte das Material irgendwie zu schwammig … Und wozu hätte Schreiber direkt neben die Häute eine Lupe gelegt? Das passte nicht. Oder machte Karu einen Fehler und unterschätzte, zu welch verrückten Dingen einen der Rauch von Blauflechten trieb?

»Ist sie-?« Weiter kam Rinul nicht.

Schreiber wurde von einem Husten geschüttelt. Die Pfeife fiel zu Boden, und ihre Augenlider flatterten mindestens ebenso heftig wie die Schwingen der Nebelkrähe, die Karu und Rinul vor dem Haus aufgescheucht hatten.

»Eselsrotz und Ziegenscheiße! Die lebt ja noch!«, nahm Rinul Karu die Worte aus dem Mund.

Die vermeintlich von den Toten Zurückgekehrte holte röchelnd Luft und scharrte mit den Füßen. Ihr Kopf kippte in Karus Richtung. Ein Speichelfaden rann der Fabrikleiterin aus dem Mundwinkel übers stoppelige Kinn und tropfte in den Ausschnitt ihrer zerknitterten Bluse. Dann riss sie die Augen auf und starrte Karu wortlos an, während sie wahrscheinlich eine Entscheidung darüber traf, ob sie ein Rauschbild vor sich hatte oder nicht.

»Gesi?«, fragte Karu vorsichtig.

»Oh, die Sucher sind hier. Sie haben ihn also schon gefunden«, brabbelte Schreiber und wischte sich den Speichel vom Kinn. »Wissen sie, dass ich es war?« Sie hustete noch einmal und stemmte danach die Hände gegen die Seitenlehnen des Sessels, um sich in eine aufrechtere Position zu bringen. »Dabei habe ich ihn doch in die Kiste getan. Er hätte mir seinen Siegelring geben sollen. Ich wollte ihn mir nur kurz leihen. Aber er hat mich angeglotzt, als wäre ich verrückt. Macht nichts. Ich habe den Ring ja trotzdem gekriegt.«

»Welchen Ring?«

»Den hier.« Sie bückte sich, und der Sessel kippte mit nach vorn, sodass er nur noch auf seinen vorderen Füßen stand. Schreiber bekam etwas unter dem Sessel zu fassen, zog daran und ließ sich gleichzeitig wieder nach hinten gegen die Rückenlehne fallen. Für einen Wimpernschlag waren es nun die hinteren Füße, auf denen das gesamte Gewicht des Möbelstücks und der Zwergin lastete. Einer der beiden Füße hatte genug und knickte ein. Rinul machte einen schnellen Schritt nach vorn, der zwar einen der Bücherstapel zum Einsturz brachte, es ihm aber erlaubte, den Sessel vor dem Umkippen und Schreiber vor einem Sturz zu bewahren. Sie dankte es ihm mit einem keckernden Lachen, das sich erst in einen weiteren Hustenanfall verwandelte und dann seine alte Form zurückgewann, ehe es langsam verebbte.

Karus Aufmerksamkeit galt weniger Schreiber als vielmehr der aufgeschlagenen Seite eines Ruferblatts, die Schreiber unter dem Sessel hervorgeholt hatte. Zwischen den roten Spritzern und Klumpen von getrocknetem Wachs rollte etwas hin und her, das Karu zunächst für ein dickes, kurzes Würstchen hielt. Aber Würstchen, wie man sie an Grillbuden kaufen konnte, hatten weder schwarze Haare, noch streifte man ihnen Siegelringe über.

»Rinul«, flüsterte Karu.

Er drückte Schreiber mit beiden Händen tiefer in den Sessel hinein, spähte über die Schulter und schaute schließlich nach unten. »Das ist ein Finger«, stellte er fest.

»Er wollte ihn mir nicht geben.« Schreiber klang brüskiert. »Doch dafür hatte ich vorgesorgt. Was hättet ihr an meiner Stelle getan?« Sie wollte Rinuls Arme beiseitewischen, doch er war zu kräftig für sie. »Lass mich los! Ich kann allein sitzen!«, keifte sie, um schlagartig zu verstummen. »Ich … kann … allein … sitzen …«, wiederholte sie nachdenklich. Dem folgte ein amüsiertes Grinsen, als hätte sie soeben eine unglaublich wichtige Erkenntnis über ihre eigenen Fähigkeiten gewonnen. »Ich kann allein sitzen.«

Rinul ließ sie aufstehen, und sie schwankte zu einem der halben Dutzend Regale an der Wand, in denen sich ledergebundene Schwarte an ledergebundene Schwarte reihte. Sie blieb davor stehen, schüttelte den Kopf und wankte zum nächsten. »Ah, da!« Als sie sich umdrehte, hatte sie einen Knüppel in der Hand, wie man ihn verwendete, um Kleinvieh vor dem Schlachten zu betäuben. »Ich hatte dafür vorgesorgt.« Sie hielt sich den Knüppel unter die Nase und musterte die dunklen Flecken auf dem braunen Holz, an denen

Haare und winzige, hellere Splitter klebten. »Aber er war ein Dickkopf.«

Karu tastete in ihrer Manteltasche nach dem kleinen Revolver, mit dem sie sich vor der Fahrt in Bibets Waffenkammer ausgerüstet hatte. Sie traute Schreiber jederzeit zu, dass die Flechtenraucherin – getrieben von den Visionen ihres abklingenden Rauschs – über sie herfiel. Doch Schreiber warf den Knüppel einfach nur achtlos weg und kehrte zu ihrem Sessel zurück.

»Setzt euch doch bitte«, forderte sie ihre Gäste auf. »Wichtige Dinge bespricht man nicht im Stehen.«

Karu und Rinul wechselten einen langen Blick. Sie zuckte mit den Schultern, schob mit dem Fuß zwei Stapel Bücher nebeneinander und ließ sich auf ihrem behelfsmäßigen Hocker nieder. Die Hand nahm sie dabei nicht aus der Hosentasche. Flechtenraucher waren unberechenbar. »Wem gehört dieser Finger?« Sie glaubte es zu wissen, aber sie wollte es von Schreiber selbst hören.

Die jedoch winkte ab und zeigte auf ein dünnes Büchlein, das auf dem Kaminsims lag. »Wärst du so freundlich, mir das einmal zu reichen?«

Er schaute unschlüssig zu Karu. Sie nickte, und er kam Schreibers Bitte nach.

Schreiber öffnete das Buch an einer mit einem Lesebändchen markierten Stelle, befeuchtete ihre tabakgelben Fingerspitzen und blätterte einige Seiten weiter. Ihr Blick raste über die Zeilen, blieb an einer hängen, und sie holte Luft für ein längeres Zitat. »Es gibt –« Sie brach ab und sah vorwurfsvoll zu Rinul hoch. »Warum sitzt du nicht?«

»Genug von dem Schutt!«, knurrte Rinul. »Ich will keine Märchen hören, ich will wissen, was –«

»Setz dich, Rinul«, sagte Karu in bestimmendem Tonfall.

Er murmelte zwar etwas, das gewiss nicht schmeichelhaft war und auch nicht aus Liebe zu ihr geboren, aber er hockte sich auf die Kante eines Beistelltischs neben eine leere Flasche Stachelbirnenschnaps.

»Besser«, raunte Schreiber. »Viel besser.« Sie strich die Buchseite mit dem Handrücken glatt und las vor, wobei ihre Stimme überraschend fest und eindrücklich war: »Die drei Arten der Gewalt, die es zu unterscheiden gilt, sind die Gewalt in niederer Absicht, die Gewalt in hehrer Absicht und die reine Gewalt um der Gewalt willen. Unsere bestehende Ordnung zielt darauf ab, in uns den Gedanken zu verankern, ausschließlich Gewalt in hehrer Absicht anzuwenden, also solche, die einem höheren, von persönlichen Interessen Einzelner unabhängigen Zweck dient wie etwa dem Schutz des Bundes vor äußeren Angriffen. Dabei hat ebendiese Ordnung aus sich selbst heraus Bewahrer ihres Aufbaus hervorgebracht, die unter dem Vorwand, Gewalt in hehrer Absicht einzusetzen, in Wahrheit tagtäglich Gewalt in niederster Absicht verüben oder verüben lassen – zur Aufrechterhaltung und Ausweitung ihrer Macht, die die Ordnung letztlich in einen Zustand überführen wird, in dem Gewalt aus niederen Absichten und Gewalt um der Gewalt willen zusammenfallen werden. Wenn dem so wäre, werden die Zweifler und Zauderer jetzt einwenden, wo sind dann die Einschusslöcher in den Wänden unserer Häuser, an denen die zahllosen Opfer zur Hinrichtung geführt wurden? Wo werden die Abertausende Äxte geschmiedet, mit denen man Abertausenden Graubärten und Kieseln die Köpfe von den Schultern schlägt? Wo sind die Leichenfelder, auf denen die Dahingeschlachteten verrotten?« Schreiber blickte von ihrem Buch auf. Karu sah Schmerz in ihren Augen – Schmerz und Verbitterung, aber auch Zorn, der heißer loderte als die Flammen im Kamin. »Diesen Zweiflern und Zauderern schleudere ich entgegen: Es gibt viele Arten, einen Zwerg umzubringen. Man kann ihm eine Kugel durch die Stirn schießen, wenn er aufbegehrt; ihm Brot verwehren, wenn er hungert, weil er nicht dafür bezahlen kann; ihm die Behandlung verweigern, wenn er krank ist, weil er den Leiböffner nicht entlohnen kann; ihn in eine schlechte Wohnung stecken, deren karge Tristesse ihm das Leben und die Kraft aus dem Leib saugt; ihn durch Arbeit zerschinden, weil er einen Bonus braucht, um seine Familie zu ernähren; ihn in den Freitod treiben, weil er erkennt, dass seine Familie niemals aus der Schlacke steigen wird; ihn in einen Krieg führen, der nur dazu dient, dass er dort stirbt, wo sein Tod kein Aufsehen erregt. Und kaum etwas von diesen Arten, einen Zwerg umzubringen, ist in der herrschenden Ordnung verboten. Daher muss sie sterben, damit wir leben können. Ich erahne auch den nächsten Einwand der Zweifler und Zauderer: Was maßt du dir an, über eine Ordnung zu urteilen und ihren Untergang zu fordern, aus der du doch Gewinn geschöpft und für deren Fortbestand du durch deiner Hände Arbeit gesorgt hast? Dem werde ich entgegnen: Weil all mein Gewinn aus dem zermahlenen Gebein meiner Brüder und Schwestern im Volke gefertigt ist und weil ich meine Hände von ihrem Blut reinwaschen muss.« Sie klappte das Buch zu und klatschte eine Bekräftigungsgeste. »So ist es für mich gewesen.«

»Du verrückte Stollenratte«, flüsterte Rinul. »Was hast du nur getan?«

»Ich habe mich gerächt«, erwiderte Schreiber. »Dafür, dass man mich mein ganzes Leben lang in den falschen Stollen gelockt hat.« Ihre Lippen bebten, und ihre eben noch so feste Stimme wurde brüchig. »Es war nicht leicht. Ich habe viel zu verlieren. Nein, es war alles andere als leicht. Ich konnte den Anblick seiner Hand nicht ertragen.« Ihr Blick hing einen Moment wie gefesselt am Kaminfeuer. »Es ist schwer, Knochen zu verbrennen, wusstet ihr das? Ich kriege die verdellte Glut einfach nicht heiß genug. Am Anfang … am Anfang roch es, als wollte ich mir ein Ferkel braten.«

Karu hätte aufstehen und mit dem Schürhaken in der Glut stochern können. Wozu? Sie wusste, was sie dann finden würde. Die Knochen der abgeschnittenen Hand, an der lediglich ein Finger fehlte …

»Ich brauchte den Ring.« Schreiber schluchzte nun fast. »Aber ihr seht es doch selbst. Er hat den Ring so lange getragen, dass er so gut wie mit seiner Haut verwachsen war. Und ich hatte doch nichts dabei außer dem Knüppel. Keine Seife, keine Zange. Also nahm ich die ganze Hand mit.«

»Wofür brauchst du den Ring?«, fragte Karu.

Schreiber vergrub ihr Gesicht in den Händen und weinte eine Weile stumm in sich hinein.

»Das da auf der Fensterbank«, versuchte es Rinul, und Karu war ihm dankbar, dass er einen sanften Ton wählte. »Das sind Drachenpilze, oder?«

Als Schreiber keine Regung zeigte, meinte Karu: »Hast du schon mal welche gegessen?«

»Bin ich irre?« Er schüttelte sich. »Ich weiß aus zuverlässiger Quelle, dass diese schuttigen Dinger einen Geschmack im Mund machen, als hätte einem jemand hineingeschissen. Und außerdem ...« Seine Gesichtszüge fuhren auf Gleisen ins Nirgendwo auseinander. »Oh ...«

»Was?«

»Außerdem werden sie giftig, wenn man sie falsch trocknet.«

»Er hatte recht«, schniefte Schreiber, deren Interesse an dem Gespräch unvermittelt wiedererwacht war.

»Von wem redest du?«, fragte Karu.

»Sie redet von diesem Pilztrockner«, sagte Rinul dumpf. Er stand auf, ging zur Fensterbank, nahm sich die Lupe und inspizierte die Pilze.

»Man muss sehr genau hinsehen, wenn man die Adern finden will.« Schreiber holte ein Taschentuch aus ihrer Hose und schnäuzte sich die Nase. »Sehr genau. Aber ich habe sie gefunden.« Sie beugte sich nach vorn und griff nach Karus Hand. Ihre Finger waren nass und eiskalt. »Du weißt, warum ich es getan habe. Ich schaffe das Zeichen, das Symbol, das wir brauchen, damit das Volk hinter uns steht. Ich schaffe das Zeichen und nehme Rache.«

Karu befürchtete, dass der abgestandene Flechtenrauch auch bei ihr selbst Wirkung zeigte. Sie kam sich vor wie nach einer Runde Knotenziehen. Oder weigerte sie sich nur zu begreifen, was hier vor sich ging, weil sie Angst davor hatte? »Rache? Wofür Rache?«

»Gehörst du zu den Zweiflern, Karu?«, fragte Schreiber gehetzt. »Gut, ich will es dir erklären. Ich nehme Rache, weil sie mich weich und zaudernd gemacht haben. Weil sie mich zwingen, Dinge zu tun, die ich nie tun wollte. Hauer mag ein verstockter, selbstgerechter Flachdenker von einem Mentor sein, aber er erzählt nicht nur Schutt. Manchmal fällt ihm auch ein Körnchen Gold aus dem Mund.« Schreiber hielt Karus Hand fest umklammert, doch es hatte nichts Bedrohliches, sondern war eher Ausdruck eines verzweifelten Flehens um Verständnis. »Sie lassen mich die Bücher drucken, die andere töten.«

»Karu …«, meldete sich Rinul von der Fensterbank.

»Gleich«, sagte sie abweisend. Sie war kurz davor, zu verstehen, was Schreiber dazu getrieben hatte, den Pilztrockner zu töten. »Die Handbücher für die Kriegsmaschinen, richtig?«

Schreiber nickte. »Und sie haben mir verboten, andere Bücher zu drucken. Bücher, die wahr sind. Bücher, die beim Leben helfen und nicht beim Töten. Sie haben sie verboten. Mahlers *Entzauberte Zeilen*, weil es den Glauben an die Lauterkeit des Ruferstands untergräbt. Grimms *Tagebuch der Pocken zu Zwerg*. Zu viel Kritik an den Entscheidungen des Rates, um der Seuche Einhalt zu gebieten. *Der Mietmörder* von Zöllner. Wegen seiner Hinwendung zu denen ganz unten, die von denen ganz oben vergessen wurden. Dafür räche ich mich. Für die, die keine Stimme mehr haben.«

»Wie? Indem du einen unschuldigen Pilzprüfer tötest?«

»Das ist doch nur ein Schritt auf dem Weg gewesen«, wehrte Schreiber ab. »Nein, *er* muss sterben.«

»Wer?«

»Gorid Seher«, antwortete Rinul an Schreibers Stelle.

Karu hatte das Gefühl, als wären Schreibers Finger noch kälter als zuvor. Natürlich. Deshalb waren sie ja hierher gekommen. Aber das war unvorstellbar. Schreiber war ein Wrack, mehr tot als lebendig, dem Wahnsinn nah und der Vernunft fern. Konnte eine solch bemitleidenswerte Kreatur eine Leistung vollbringen, die den Bund in seinen Fundamenten erschütterte?

Schreiber riss die Hand, mit der sie eben noch Halt bei Karu gesucht hatte, zurück an ihre Brust. »Ihr sagt, er wäre nur ein Werkzeug, aber das stimmt nicht. Ein Hammer oder eine Säge haben keinen Geist, keinen Verstand. Er schon. Er hat immer eine Wahl.«

Nun lösten sich bei Karu auch die letzten Knoten. »Du willst den Obersten Vorarbeiter vergiften?«

»Ja.« Schreiber zeigte zur Fensterbank. »Ich schicke ihm welche davon.«

»Das ist doch Wahnsinn!«, entfuhr es Karu. »Er erhält bestimmt jeden Tag Hunderte von Sendungen. Wie willst du sichergehen, dass er ausgerechnet dein Päckchen öffnet und von diesen schuttigen Pilzen isst? Was, wenn er sie weiterverschenkt?« In Karus Kopf tauchten halb verblasste Erinnerungen an die vielen Lichtbilder aus Ruferblättern auf, die sie in ihrem alten Leben gesehen und auf denen der Oberste Vorarbeiter seine Großzügigkeit und Mildtätigkeit unter Beweis gestellt hatte. »Das kommt vor. An Ammengruppen, an Siechenhäuser. Willst du noch mehr Zwerge opfern, um dein Zeichen zu schaffen?«

Erneut war es Rinul, der ihre Frage beantwortete. »Nein, will sie nicht. Deshalb hat sie Hauer gefragt, ob er jemanden in Zwerg kennt, der in der Nähe des Obersten Vorarbeiters kein Aufsehen erregt. Und da kommt Pegug Metz ins Spiel. Der Chronist. Sie hat alles, was sie braucht, Karu. Die Pilze, den Ring, mit dem sie die Unbedenklichkeit der Ware ausweist, und einen Zwerg aus dem Umfeld Sehers, der ihm das Gift unterschmuggelt.«

Schreiber klatschte Rinul schwach Beifall. »Du bist so klug. Und doch so feige. Du konntest es nicht tun. Ich schon.«

Karu sprang auf. Die Bücherstapel, auf denen sie gesessen hatte, stürzten um. »Wo?«, fuhr sie Schreiber an. »Wo sind die Pilze?«

»Hau nicht so aufs laute Blech!«, beschwerte sich Schreiber und wedelte mit der Hand, als wollte sie Karu wie eine lästige Fliege verscheuchen. »Sie sind schon seit heute Mittag unterwegs zu Metz.«

Karu spürte jeden Schlag ihres pochenden Herzens bis in die Zehenspitzen hinunter. Ein wilder Teil ihres Geistes, der sich in diesem Augenblick ein Stück näher an jene Gefilde des Chaos und des Irrsinns heranwagte, in denen sich Schreibers Denken und Fühlen bewegte, forderte laut einen radikalen Schritt: Warum nicht einfach den Revolver ziehen und Schreiber in den Kopf schießen? Es wäre geradezu wie von einem Reimschmied erdacht, denn hatte Schreiber nicht eben so etwas vorgelesen? War das nicht eine der Arten, einen Zwerg umzubringen?

»Das könnte klappen.«

Es war die Kühle in Rinuls Stimme, die Karu zurück auf die Seite der Vernunft holte. »Wie bitte?«

»Das könnte klappen.«

»Es wird klappen«, raunte Schreiber über das Klatschen einer Bekräftigungsgeste.

Karu wirbelte zu ihrem Gefährten herum. »Du willst das zulassen? Einen heimtückischen Giftmord?« Karu sah zwar ein, dass man den Obersten Vorarbeiter zur Rechenschaft ziehen musste – und notfalls sogar mit Gewalt. Aber nicht so.

»Ich kann es kaum verhindern, also muss ich es wohl zulassen«, erklärte Rinul nüchtern.

»Wir könnten ihn warnen«, schlug Karu vor. War das der Zwerg, den sie liebte? Dieser Klotz? Schreiber hatte ihn der Feigheit bezichtigt. Und war es nicht feige, seinen erklärten Gegner von einem anderen aus dem Weg räumen zu lassen?

»Wie willst du das machen?« Er wollte eine Hand auf ihre Schulter legen, aber sie drehte sich rechtzeitig weg. »Willst du ihm einen Brief schreiben? Der käme nicht mehr bei ihm an. Die Pilze treffen zuerst in Zwerg ein.«

»Wir schicken ihm ein Fernschreiben. Gelobt sei der Fortschritt!«

Er legte den Kopf auf eine Weise schief, die Karu an ihm hasste. Es war seine eigene verräterische Geste für ein unausgesprochenes »Sei doch kein Klapperkopf, Karu!«.

»Wie stellst du dir das vor?«, fragte er. »Wir spazieren an den Schalter und sagen: ›Schick Folgendes an den Obersten Vorarbeiter: Ehrenwerter Gorid Seher, du sollst keine Pilze essen. Deine treuen Diener Rinul Plattenstemmer und Karu Schneider‹?«

»Ojono«, sagte sie triumphierend. »Wir fragen Ojono. Er hilft uns bestimmt. Wozu arbeitet er sonst dort, wenn er nicht etwas für uns deichseln könnte?«

»Schön.« Rinul hob die Hände, als hätte sie ihren Revolver auf ihn gerichtet. »Nehmen wir einmal an, wir bringen einen Fernschreibebeamten, der uns nichts schuldet, aber den wir mit der Waffe in der Hand im Park abgefangen haben, dazu, eine Nachricht für uns zu übermitteln. Noch einmal: Willst du unsere Namen daruntersetzen?«

»Nein, das habe ich nie gesagt.«

»Dann können wir es bleiben lassen. Ich vermute nämlich, dass

Gorid Seher jeden Tag eine Menge Drohungen und Warnungen ohne Absender erhält.« Rinuls Hände sanken herab. »Ein Amtsrisiko, wenn man so will. Ohne Namen ist unsere Warnung nichts wert.«

Karu gab ein Schnauben von sich, das zugleich ein halbes Seufzen war. Das hatte keinen Sinn. Schlimmer noch: Wahrscheinlich lag Rinul mit seiner Einschätzung auch noch richtig. Als sie bemerkte, wie ihr Groll ihm gegenüber die ersten Risse bekam, nutzte eine zweite Regung in ihr diese günstige Gelegenheit, um in den Vordergrund zu treten: Angst. »Weißt du, was das Kommissariat hier in Stahlstadt anstellen wird, wenn Seher bei dieser Sache wirklich draufgeht? Sie würden sogar die Schlacke abfackeln und den Hafen trockenlegen, wenn es sein muss. Und sie werden uns kriegen. Bestenfalls schicken sie uns alle in die Minen am Pol, und schlimmstenfalls ...« Sie schwieg, weil ihr auffiel, dass das Schuften in den Minen und nie wieder das Licht der Sonne auf der Haut zu spüren, unter Umständen ein grausameres Schicksal war, als in den Verhörzimmern der Sicherheit zu enden.

»Es gibt immer einen Ausweg«, mischte sich Schreiber ein. Sie klang dabei fast wie der verdellte Hauer, den sie bei allen Treffen, bei denen Karu dabei gewesen war, mit so viel Widerwillen und kaum verhohlener Abscheu überschüttet hatte. Nur heiterer, weniger verbissen, als verkaufte sie nicht Wissen als Gewissheit, so wie der Mentor, sondern als bräuchte sie sich selbst nicht länger von einer Wahrheit zu überzeugen, die sie sich zuvor nicht hatte eingestehen wollen. »Rinul, dürfte ich dich noch einmal um etwas bitten?«

»Was?«

»Das Kästchen. Neben der Flasche, wo du gesessen hast.«

Er erfüllte Schreiber auch diesen Wunsch. Sie klappte das schwarze, flache Behältnis auf. Es enthielt eine Spritze und eine kleine Ampulle, beides auf blauem Samt gebettet. »Seid unbesorgt«, sagte Schreiber glücklich. »Eure Namen werden nicht fallen. Sie werden wissen, dass ich es war, aber sie werden mich nicht kriegen. Trotzdem werde ich weiterleben. In meinem Zeichen.« Sie strahlte Karu an.

Das war zu viel. Karu stürzte aus dem Raum, der von Wimpernschlag zu Wimpernschlag noch enger und stickiger geworden war, hinaus auf den Flur und durch die Tür der Wohnhöhle. Vielleicht wäre sie die Treppen hinunter bis zur wartenden Kutsche gerannt und wäre einfach davongefahren – fort, irgendwohin, nur weg von all diesem Wahnsinn –, hätte nicht einer der an der Blendfassade aufgehängten Spaten im Mondlicht geblinkt. So riss sie das Werkzeug von seinem Haken und begann mit wuchtigen, ungezielten Hieben auf die Zierdisteln in den Beeten einzuschlagen. Für eine Weile bestand ihre Welt nur aus Angst, Zorn, spritzendem Pflanzensaft und umherfliegenden, stacheligen Blüten. Ihre Schultern brannten, aber sie hörte nicht auf. Erst als die letzte Distel geköpft war und sie sich dabei sehnlichst wünschte, sie könnte in der Zeit zu ihrem ersten Treffen mit Schreiber zurückreisen, um das Gleiche mit ihr zu tun, schleuderte sie den Spaten von sich, der wirbelnd über den Rand der Terrasse verschwand und von der Dunkelheit verschluckt wurde.

Karu drehte sich um. Rinul stand an die Fassade gelehnt und rauchte eine Zigarette.

»Ist sie tot?«, wollte Karu wissen.

»Nein.« Die Spitze der Zigarette glühte auf, als Rinul einen langen Zug nahm. »Aber bald.«

»Wie konntest du dabeibleiben?«, fragte sie, die Hände auf die Knie gestützt, schwindelig vor Anstrengung.

»Ich musste sie noch etwas fragen.«

»Was?«

»Ob sie auch Eluki getötet hat.«

Richtig. Eluki. Der eigentliche Grund, weshalb dieser verdellte Kommissar aus Zwerg in der Stadt war. »Und?«

»Nein, hat sie nicht. Sie hat nie von ihr gehört.« Rinul schnippte seine Kippe in eines der verwüsteten Beete und kam auf sie zu. »Alles in Ordnung?«

Diesmal ließ sie zu, dass er eine Hand auf ihre Schulter legte. »Alles in Ordnung?«, keuchte sie. Was für eine schuttige Frage! »Wie soll es jetzt weitergehen?«

»Damit, dass du und ich unserer Pflicht gegenüber Bibet nachkommen.«

Sie richtete sich auf. Pflicht? »Welche Pflicht?«

»Ich stehe bei ihm in der Schuld, weil er mich mit dir bei sich aufgenommen hat. Und du …« Er strich ihr zärtlich über die Wange. »Du musst ihm dabei helfen, das vom Freibund zu retten, was noch zu retten ist. Am Anschlag auf Seher ist nichts mehr zu drehen. Den kriegen wir nicht mehr verhindert. Dafür haben die Grünmäntel ja sowieso eine Schuldige.« Seine Stimme wurde schneidender. »Das wirklich Schlimme, was diese kranke Spalte da drin angerichtet hat, ist, ihnen auch noch einen Anlass zu liefern, die Freibünde zumindest hier völlig zu zerschlagen. Wir müssen dringend Schadensbegrenzung betreiben, bevor es zu spät ist.«

Karu war dankbar dafür, aus seinem Mund etwas zu hören, das sie nachvollziehen konnte, das Sinn ergab. »Gut. Aber wie?«

»Bibet muss seine Geschäfte hier abwickeln und sich und seine Leute aus der Stadt schaffen. Dafür braucht er Zeit. Zeit, die er vielleicht schon nicht mehr hat, und er muss dafür aus dem Visier der Sicherheit raus. Solange er diesen Kommissar aus Zwerg an den Hacken hat, wird das nicht passieren. Also wäre Bibet am besten geholfen, wenn wir –«

»Elukis Mörder finden«, brachte sie seinen Satz zu Ende. Sie sprach sich selbst Mut zu. »Bevor der Anschlag stattfindet. Das können höchstens …« Sie rechnete nach, wie lange es dauern würde, bis das Päckchen mit den giftigen Pilzen bei diesem Chronisten in der Hauptstadt eintraf, und um sich zu beruhigen und die Aufgabe, vor der sie stand, durchführbarer scheinen zu lassen, schlug sie noch ein wenig Zeit auf die Frist auf. Das war auch nicht unvernünftig, denn wahrscheinlich würde der Chronist eine Weile abwarten, um eine passende Gelegenheit zu finden, dem Obersten Vorarbeiter sein letztes Mahl unterzujubeln. »Das können höchstens zwei, drei Tage sein. Zwei, drei Tage, um den Mörder aufzuspüren und diesem Kommissar auszuliefern.«

»Und«, fügte Rinul hinzu, »es ganz nebenbei irgendwie noch fertigzubringen, dem Grünmantel vorübergehend weiszumachen, dieser Mörder wäre auch der Mörder des Pilzprüfers mit der fehlenden Hand.« Er schüttelte resigniert den Kopf. »Ein toller Plan. Höchstes

Lob an mich. Unser Problem ist nur, dass wir rein gar nichts von Elukis Mörder wissen.«

Sein bitterer Hinweis nährte ihren Zorn, der durch das Distelköpfen ein wenig an Kraft verloren hatte und nun drohte, zu alter Stärke zurückzukehren. Sie schaute zu den Gartenwerkzeugen am Haus. Ob da noch ein Spaten hing? Die Disteln waren erledigt, doch es gab noch die Hecken, und wenn sie dann noch nicht erschöpft genug war, um einfach umzufallen, konnte sie ja noch auf blutigen Knien kriechend den ganzen Garten umgraben. Oder einen Tunnel zur anderen Seite der Welt buddeln, durch den sie flüchten konnten. Karu stutzte. Vielleicht war es die frische Bergluft, die die letzten Schwaden Blauflechtenrauch aus ihrem Denken wehte. Oder es war die mit ihrem vorherigen Wüten verbundene Anstrengung – schwielige Hände, freie Stirn, wie ihre Mutter zu sagen pflegte –, die ihr Gedächtnis auf Trab brachte. Letzten Endes war es ihr gleichgültig. Wichtig war nur, dass Elukis Mörder eine Spur hinterlassen hatte, der sie noch nicht nachgegangen waren. »Du liegst falsch, Geschichtskundler.« Sie versetzte Rinul einen spielerischen Knuff in die Seite. »Eine Sache wissen wir. Wir wissen, wie er an sein Opfer gekommen ist. Und bei wem er sich dafür Hilfe geholt hat. Genau da müssen wir ansetzen.«

19

In der Ferne rauschte das Meer, und hoch droben in den Ästen zwitscherten Vögel süße Lieder, wie sie nur in diesem einen Wald zu hören waren. Wipfelspringer hüpften kreischend von einem lianenumrankten Stamm zum nächsten. An einigen der wenigen Stellen, wo die Sonne sich einen Weg durch das dichte Blätterdach bahnte, dösten Kletterechsen. Die Blüten im Unterholz – rote Sterne, blaue Fächer, gelbe Kelche – lockten mit ihrem verführerischen Duft brummende Federbienen an, die mit ihren gebogenen Schnäbeln behutsam am Grund der Blüten stocherten.

Das war der Hain, den Anini kannte. So zeigte er sich ihm, wenn er daheim die Grenze zwischen den Welten passierte. Aber er war gar nicht zu Hause in Zwerg. Oder? Er war in Stahlstadt. In seinem Hotel. Bei Ekela. Oder?

Er wusste nicht, wie lange er schon zwischen den Bäumen stand. Zeit war an diesem Ort allerdings schwer zu fassen. Noch schwerer als in der harten Welt. Vielleicht gab es sie nicht, vielleicht stand sie still, vielleicht folgte sie Regeln, für die sein Geist zu klein war.

Er schaute an sich herunter und spürte, wie ihm sein langes Haar über die Haut auf den Schultern streifte. Er sah den drahtigen Leib eines starken Kriegers und klugen Jägers. Nackte Füße, deren Sohlen schwielig waren und durch die nur die längsten und spitzesten Dornen bis ins Fleisch dringen konnten. Einen Schurz aus geflochtenen Farnblättern, der seinen Schritt verhüllte, und seine Brust, die mit verschlungenen Symbolen und den Handabdrücken seiner Setzlinge in grünem und gelbem Lehm verziert war.

Blätterrascheln hinter ihm riss ihn aus seiner Selbstbetrachtung. Er drehte sich um. Sie hatte ihn gefunden. Wie zuvor war ihr Haar feuerrot, ihre Haut schneeweiß. Makelloser Marmor, in schillernde Flammen gehüllt. Sie war kleiner als auf der Bahre – viel kleiner, reichte ihm gerade einmal bis zur Nase –, doch das minderte die Aura einer unterschwelligen Bedrohlichkeit, die sie umgab, nicht im Mindesten. »Wer bist du?«, fragte Anini und fügte umgehend an: »Was bist du?«

»Ich bin wie du.« Als sie sprach – mit einer ruhigen, weichen Stimme –, zeigte sie zu viel von ihren kleinen, spitzen Zähnen. »Ich verstehe nur den Hain und seine Gesetze besser.«

»Der Hain?« Anini stellte fest, dass es ihn nicht beunruhigte, mit welcher Selbstverständlichkeit sie vom Hain redete. Im Gegenteil. »Ich bin also wirklich nicht verrückt. Das alles hier« – er breitete die Arme aus – »existiert nicht nur in meinem Kopf.«

»Wäre dir das lieber?«, fragte sie.

»Nein. Ganz und gar nicht.« Obwohl er nicht wusste, ob sie einander berühren konnten, streckte er ihr die Hand entgegen. »Ich bin Anini.«

»Ich weiß«, sagte sie nur, ohne auf seine Hand zu achten.

»Hast du einen Namen?«

Sie nickte, mehr nicht. Er ließ seine Hand sinken. »Warum spielst du mit mir?«

»Spielen?«

Was hatte er zu verlieren? Er hatte miterlebt, wozu sie fähig war. Wenn sie ihm schaden wollte, war er ihr ausgeliefert. Aber falls die Form der Annäherung, die sie für dieses Treffen gewählt hatte, eine einmalige Ausnahme bleiben sollte, wollte er das Bestmögliche daraus machen. »Dass du mich an Orte holst, an die ich nicht will. Dass du mich Papier fressen lässt. Dass du mich in ein Insekt verwandelst.«

»Das ist kein Spiel«, erklärte sie und musterte ihn aus ihren großen, grünen Augen. »So wie du jetzt bist, siehst du dich. Ich sehe dich anders. Wir sehen uns nie so, wie wir wirklich sind.« Sie stellte sich auf die Zehenspitzen und lugte über seine Schulter. »Und anfangs bin ich gar nicht wegen dir gekommen.«

»Weswegen sonst?« Sonderbar. Fühlte er sich durch diese Eröffnung etwa gekränkt?

»Ich habe jemanden rufen gehört.«

»Wen?«

»Ihn.« Sie zeigte mit dem Finger hinter Anini.

Er wandte sich um, und so, wie die Pappkulissen auf einer billigen Schaubühne an versteckten Seilen und Fäden beiseite gezogen wurden, wenn man sie nicht mehr brauchte, rückten die Büsche und das Gestrüpp des Unterholzes auseinander und zogen ihre Äste und Blätter ein, um den Blick auf eine Lichtung freizugeben. Ein Setzling mit weißblondem Haar kauerte dort auf dem Boden und malte mit dem Finger Kreise und Spiralen in die feuchte Erde.

»Ilele!« Als er seinen Sohn erkannte, rannte Anini auf ihn zu. Seine Füße wirbelten Laub auf, und er setzte geschickt über die Wurzeln hinweg, die sich wie riesige braune Würmer aus dem Dreck wühlten, als wollte der Hain selbst ihn in seinem Lauf aufhalten. Gleich, gleich würde er Ilele in die Arme nehmen. Er hob den Kopf und blieb stehen. Da saß Ilele, doch der Abstand zwischen ihm und dem Setzling hatte sich nicht verringert.

»Du bist nicht hier«, sagte das Mädchen mit dem roten Haar. Er fuhr herum. Sie stand noch genauso da, wie er sie zurückgelassen hatte – dicht vor ihm auf den Zehenspitzen, den Arm ausgestreckt, um auf Ilele zu zeigen. »Du bist nicht hier«, wiederholte sie, und zum ersten Mal zeichnete sich eine Regung auf ihrem Gesicht ab. Sie wirkte … belustigt. Es war das Gesicht, mit dem Usana Setzlinge – eigene wie fremde – beim Krabbeln betrachtete.

»Das ist mein Sohn«, sagte Anini.

»Ich weiß.« Sie strich sich mit beiden Händen durchs Haar. »Du solltest stolz auf ihn sein. Wir sind selten.«

»Wir?«

»Wie du, ich und er. Wir.« Wo ihre Finger durchs Haar gefahren waren, hatte sich die Farbe der Strähnen zu einem stumpfen Braun gewandelt. »Obwohl ich nicht mehr ganz ich bin.«

Da er daran zweifelte, je zu verstehen, was sie ihm damit sagen wollte, fragte Anini: »Du hast ihn rufen gehört?«

»Ja. Er hatte Angst.«

»Wovor?« Verfault! Vor dem, vor dem er sich auch gefürchtet hatte, als es ihn zum ersten Mal dorthin verschlug. »Vor dem Hain?«

»Vor den Dingen, die du tust.« Ihre Stimme klang nun zu dunkel für ihre zarte Erscheinung, und auch ihre Züge wurden herber, kantiger, wie wenn sich ihr Äußeres ihrer Gefühlslage angleichen würde. »Vor den Dingen, die du getan hast.«

»Er liebt mich«, beteuerte Anini.

»Willst du wissen, wie er dich sieht?« Es war nicht das Einholen einer Meinung, es war eine Ankündigung.

Anini brach stöhnend in die Knie. Ein heißer, drückender Schmerz breitete sich in seinem Kopf aus, begleitet von einem Krachen und Bersten. Er riss den Mund auf und schrie. Ihm war, als würde seine Stirn aufplatzen und sein Unterkiefer nach vorn gerissen. Seine Zunge schwoll an, schob sich ihm über die Lippen und teilte sich zu zwei zuckenden Spitzen. Aus den Augenwinkeln sah er, wie sich die Haut über seinen Wangenknochen spannte und spannte – wie das Leder eines Gürtels, in das man mit einer Ahle ein Loch bohrte –, bis sie schließlich nachgab und schartige Sporen darunter zum Vorschein kamen.

Der Schmerz spülte in einer heißen Woge in seine Brust hinab, auf der sich Dutzende von Mäulern auftaten, Schlünde, von denen manche nur aus Zähnen zu bestehen schienen, während andere Ströme von Blut und Eiter erbrachen. Anini wollte mit den Fäusten auf seinen eigenen Leib einhämmern, doch seine Finger ließen sich nicht mehr zu Fäusten ballen, weil dort, wo sonst seine Nägel waren, die gebogenen Fänge eines Raubvogels wuchsen.

»Er tut gut daran, dich zu fürchten«, sagte die Namenlose, und der Schmerz endete von einem Wimpernschlag zum anderen. »Du bist ein Ungeheuer. Du bringst anderen nur Leid, und du dienst Herren, die anderen nur Leid bringen.«

Die Mäuler, die Klauen, die Sporen und die gespaltene Zunge waren gemeinsam mit dem Schmerz verschwunden. Anini zitterte trotzdem am ganzen Leib. War das die Wahrheit? Flößte er seinem Setzling so viel Angst ein? »Ich spreche mit ihm nicht über meine Arbeit. Mit niemandem aus meiner Familie.«

»Das musst du nicht«, schalt sie ihn. »Er kann dich auch dann sprechen hören, wenn du nicht sprichst. In dieser Hinsicht ist er mehr wie ich und weniger wie du. Du bist taub geworden, weil du zu viele Schreie gehört hast. Warum?«

Anini kämpfte sich auf die Beine. »Warum was?«

»Warum tut ihr, was ihr tut?«

Sie hatte ihn nicht belogen. Das war kein Spiel. Es war ein Verhör. »Was meinst du?«

»Die Drachen«, grollte sie beinahe wie ein zorniger Zwerg. »Der Sturm. Ihr weckt die Drachen, und ihr weckt den Sturm. Warum?«

»Der Sturm ist der Krieg gegen die Menschen?« Verblüfft erkannte Anini, dass er ihr gefallen und die richtigen Antworten geben wollte, und sei es nur deshalb, weil sie ihn dann vielleicht wieder gehen ließ.

»Auch.«

»Wir tun das, was wir tun müssen.« Warum quälte sie nicht Awoho? Der hatte doch die flinkere Zunge und die überzeugenderen Argumente. Zumindest überzeugend genug, dass Anini sie geglaubt hatte. »Um den Bund zu schützen. Die Zwerge sind zu dumm dafür. Sie sehen nicht, dass die Herde zu groß geworden ist.« Die Worte sprudelten nur so aus ihm heraus, und mit jeder Silbe fühlte er sich freier und stärker. »Sie schleifen alle mit – die Kranken, die Schwachen, die Armen und die Faulen. Der Krieg dünnt die Herde aus, damit das Blut in ihr stärker wird. Sobald es stark genug ist, können wir ein Reich errichten, das niemals fällt und niemals mehr von innen heraus zerfressen wird. Und das ist richtig und gerecht.«

»Ist das richtig?« Sie wandte sich von ihm ab und schaute zu der Lichtung, wo Ilele – zum Greifen nah und doch in unendlicher Ferne – weiter versonnen seine Kreise und Spiralen malte. »Ist das gerecht?«

Ileles Kopf zuckte zur Seite, und der Setzling sah sich suchend um. Er sprang auf, doch es war zu spät. Die Ungetüme, die von allen Seiten aus dem Unterholz hervorbrachen, gingen auf zwei Beinen, doch sie hatten nichts von Zwergen oder Halblingen an sich. Anstelle von Füßen hatten sie schmale, gespaltene Hufe, sodass es wirkte, als staksten sie auf Stelzen, und auch ihre Köpfe ähnelten denen von Hirschen oder Rehen – nur dass Hirsche oder Rehe keine Reißzähne hatten, die sie drohend blecken konnten. Ihre Arme waren die von Bären und endeten in krallenbewehrten Tatzen.

»Ilele!«, schrie Anini. Er musste zu ihm! Obwohl er wusste, dass er ihn nie erreichen würde, lief Anini los.

Ilele wimmerte, als ihm eines der Monstren die Zähne in die Schulter schlug und ihn schüttelte wie eine Lumpenpuppe, bevor es ihn tiefer in den Wald schleppte, gefolgt vom Rest der wild heulenden Meute.

»Ilele!«

Der letzte Eindruck, der sich in Aninis Geist festbrannte, ehe er zurück in die harte Welt geschleudert wurde, war das Blut, das an den Stämmen der Bäume hinunterrann.

Anini wälzte sich auf die Seite und tastete stöhnend nach Ekelas warmen, weichen Hüften. Er wollte sich an etwas festklammern, das ihm versicherte, dass die Welt außerhalb des Hains noch die war, aus der er gekommen war. Seine Hand griff ins Leere. Er hob den Kopf und schlug die Augen auf. Sie war fort.

Dem Pochen seines Herzens lauschend, wartete er darauf, dass sich seine Augen an das Halbdunkel im Zimmer gewöhnten. Er bewegte die Beine und stellte fest, dass er die Decke vom Bett gestrampelt hatte. Es war ein schwacher Trost, dass sein Leib von der Wesenheit nicht dazu angetrieben worden war, nackt durch die Korridore des Hotels zu laufen. Was wollte sie bloß von ihm? Dass er den Dienst quittierte und den Bund dem Untergang preisgab? Drohte sie ihm damit, Ilele zu holen, falls er ihrem Willen nicht Folge leistete? Sollte er nach Hause zurückkehren und Ilele zeigen, dass er keine Angst vor ihm zu haben brauchte?

Anini stand auf, ging ins winzige Bad, beugte sich über das Waschbecken und trank Wasser aus dem Hahn, bis ihm der Bauch wehtat. Angst. Ilele hatte also angeblich Angst vor ihm. Wirkte Anini trotz all der Bemühungen, seine Arbeit nicht in die eigenen vier Wände zu tragen, auf seinen Setzling so unheimlich? Haftete ihm etwas von den brutalen, aber notwendigen Taten an, die er im Zuge seiner Pflichterfüllung zu begehen hatte? Etwas Unsichtbares, das für Ilele dennoch zu erhaschen war? Und wurde dieses Etwas auch von anderen wahrgenommen? Von Usana? Von Ekela?

Er zog die Vorhänge auf. Der untergehende Mond über der erwachenden Stadt war ein verwaschenes Rund von der Farbe von Milch, in die man einen Tropfen Blut gerührt hatte.

Ein Schlüssel drehte sich im Türschloss. Anini drehte sich um und hatte einen Augenblick das höchst beunruhigende Gefühl, das Mädchen aus dem Hain könnte seinen Körper – oder zumindest seinen Geist – in die Vergangenheit zurückgeschickt haben. Ekela, in Mantel und Uniform, sah genauso aus wie vor einigen Tagen, als sie ihn aus dem Hotel abgeholt hatte, weil er nicht rechtzeitig zum Dienst erschienen war. Auch damals hatte sie einen Umschlag in der Hand gehalten. Das Prickeln in Aninis Hinterkopf ließ nach. Der Umschlag war nicht groß und braun, sondern klein und weiß, und außerdem hatte Ekela dieses Mal nicht zu klopfen brauchen. Sie hatte seinen Zimmerschlüssel, den sie nun auf dem Nachttisch ablegte. Ihr sanftes Lächeln gefror, als Anini nicht auf ihr »Deine Haare sehen aus wie ein Vogelnest« reagierte.

»Wo warst du?«, fragte er, vielleicht ein wenig zu nah an dem Tonfall, mit dem er seine Verhöre führte.

»Bei der Fernschreibestelle«, sagte sie verwundert. »Ich wollte dich nicht wecken. Du hast so fest geschlafen.«

»Bei der Fernschreibestelle.«

»Ja.«

»So früh?«

Sie wich seinem Blick aus, setzte sich aufs Bett und zupfte mit ihrer freien Hand an einer Falte im Leintuch. »Das verfaulte Büro. Eine dringende Nachricht wegen irgendeinem Schutt in den Minen. Manchmal denke ich, mein Büroleiter will mich loswerden. Er hätte eine von den anderen Nasen aus der Morgenschicht nehmen können, aber nein, er hat lieber einen Eilboten hierher geschickt.« Sie schaute rasch auf. »Er weiß nichts von … von uns. Ich habe ihm nur gestern noch Bescheid gegeben, dass wir die Nacht durcharbeiten, um die Personalakten aus der Trockenhalle zu sichten. Der Eilbote hat geklopft, aber du hast geschlafen wie ein Murmeltier.« Sie stellte das Zupfen an der Falte ein. »Du hast doch geschlafen, oder?«

Anini wusste, worauf sie abzielte. Er hätte ihr von seiner jüngsten Reise in den Hain erzählen können, doch wozu? Sie konnte ihm ohnehin nicht helfen. Der Hain war für sie verschlossen, und Anini bezweifelte, dass dem Mädchen mit dem roten Haar aus der harten Welt beizukommen war. Außerdem reichte es, dass er ihr gegenüber einmal Schwäche gezeigt und sein Herz ausgeschüttet hatte. Er wollte nicht klingen wie ein Jammerlappen, und er machte sich nichts vor: Kitze wie Ekela ließen sich von alten Böcken wie ihm bespringen, weil sie ihre Weisheit und Erfahrung schätzten und in ihnen starke Beschützer sahen. Er rang sich ein Lächeln ab und unternahm eine bewusste Anstrengung, jegliche Schärfe aus seiner Stimme zu nehmen. »Ich habe sogar ganz ausgezeichnet geschlafen. Und selbst?«

»Zu kurz«, antwortete sie spitz. »Leider können wir ja nicht alle faul sein.« Sie hielt ihm den Umschlag hin.

»Was ist das?«

»Nimm schon«, brummte sie ungeduldig. »Leichenbeschauer Weber hat das für dich an der Rezeption abgegeben.«

Während er den Umschlag aufriss, auf den Weber in einer liederlichen Krakelschrift Aninis Namen gekritzelt hatte, begann Ekela die Teile seiner Uniform zusammenzusuchen, die im gesamten Zimmer verstreut waren.

Treuer Kommissar,
um Dich nur in einem solchen Maße zu behelligen, wie es Deine laufenden Ermittlungen gerade noch gestatten, habe ich von einem persönlichen Erscheinen Abstand genommen und wende mich stattdessen nun in der vorliegenden Form an Dich. (Ich hoffe indes, dass meine Mitteilung zu einem schnellen Ermittlungserfolg beiträgt und Du für diesen Fall freundlicherweise meinen Beitrag dergestalt berücksichtigen könntest, bei meinen Vorgesetzten im Sucherhaus ein Lob über mich auszusprechen.)
Die eingehendere Untersuchung der Leiche Dejid Schauers ergab zwar keine neuen Erkenntnisse – abgesehen von der Tatsache,

dass Schauer aufgrund der beachtlichen Verfettung seines Herzens vermutlich die nächste Jahresschicht nicht erlebt hätte –, aber seine Arbeit als Pilzprüfer weckte einen Verdacht in mir. Wie ich bereits angedeutet habe, habe ich im Lauf meiner Tätigkeit eine umfangreiche Sammlung an Schriften zu aufsehenerregenden oder ungewöhnlichen Verbrechen angehäuft. Mir fiel bei der Beschäftigung mit Schauers Leiche eines der Werke aus meiner Sammlung ein. Ein schmales Bändchen, das vor über achtzig Jahren erschien und das heute sehr zu meinem Bedauern nicht mehr aufgelegt wird: *Gift – Die scharfe Axt des Feiglings* von Keru Glockengießer. In einem Kapitel dieses bemerkenswerten Werks widmet sich die Autorin einem Vorfall, der zum Zeitpunkt der Veröffentlichung im gesamten Bund große Trauer auslöste: dem plötzlichen Tod der damaligen Obersten Vorarbeiterin Gejig Klopfer. Auf Grundlage von Augenzeugenberichten beschreibt Glockengießer die Momente, als die Vorarbeiterin aus dem Leben schied. Ich darf zitieren: »Ihre Hände, die dem Bund so viel Ausgeglichenheit und Eintracht brachten, dass der Rat der Räte erwog, ihrer Vorgabe zu folgen, die Kopfstärken von Armee und Bundessicherheit drastisch zu beschneiden, zitterten wie unter dem Einfluss strömender Energien, ehe sich ihre Finger verkrampften, als wollte sie im Angesicht des Todes trotzig die Fäuste ballen. Ihr Atem, der Kultur und Sittsamkeit so viel Leben eingehaucht hatte, ging schnell, und sie erbrach unvermittelt einen unansehnlichen gelben Schleim, der fürchterlich nach Galle stank.« Entgegen der herrschenden Meinung, Klopfer sei einem ihrem fortgeschrittenen Alter geschuldeten Versagen von Leber und Nieren zum Opfer gefallen, deutet Glockengießer im genannten Werk die Symptome als Anzeichen einer Vergiftung – und zwar einer Vergiftung durch den Genuss von falsch behandeltem Drachenpilz. (In ihrem abschließenden Urteil lässt Glockengießer jedoch offen, ob es sich um ein Unglück – im Sinne eines unachtsamen Pilzprüfers – oder eine absichtlich herbeigeführte Vergiftung handelt, schreibt Letzterem aber eine höhere Wahrscheinlichkeit zu.)

Ich verfasse dieses Schreiben also in höchster Sorge um das Leben eines weiteren Zwergs, auf den die mordlüsternen Vertreter der Freibünde es abgesehen haben könnten. Denn dass sie einen Anschlag im Schilde führen, legt die besondere Verstümmelung von Dejid Schauer nahe, die die Bündler in den Besitz seines Siegelrings gebracht hat, womit Schauer seine getane Arbeit sichtbar zu kennzeichnen pflegte. Die einzige, schwache Hoffnung, die ich mir erlaube, ist die, dass dieses nächste Opfer aus den Reihen der Bündler selbst stammt, da sie in eine ihrer aus der Geschichte hinlänglich bekannten inneren Fehden verwickelt sind. Nicht auszudenken, falls sie Schauers Ring benutzen, um ein Mitglied der angesehenen Gesellschaft wie etwa den Sprecher des hiesigen Stadtrats oder einen hochrangigen Beamten der Verwaltung in tödliche Gefahr zu bringen.
Nun habe ich Dir genug von Deiner kostbaren Zeit gestohlen und verbleibe mit den besten Grüßen und dem festen Vertrauen auf die Tadellosigkeit Deiner weiteren Arbeit.

Auf den Fleiß,
Patal Weber

Aninis vorherrschendes Gefühl zu Beginn der Lektüre und das zu ihrem Ende deckten sich: Belustigung. Zu Beginn wegen Webers kriecherischer Unterwürfigkeit, zum Ende wegen seiner Sorge um irgendwelche Provinzgrößen. Ungeachtet dessen war Anini dem Leichenbeschauer eine gewisse Dankbarkeit schuldig. Nicht, weil Weber auf die Möglichkeit verwies, Drachenpilze für Giftanschläge einzusetzen – Anini hatte Erfahrungen aus erster Hand, wie hervorragend dieser Pilz für einen solchen Verwendungszweck geeignet war. Seine Dankbarkeit fußte vielmehr auf zwei weniger unmittelbaren Dingen. Zum einen darauf, dass Weber ihm vor Augen geführt hatte, dass er – trotz aller Widrigkeiten, mit denen er derzeit kämpfte – einen Eid geschworen hatte, den es unbedingt einzuhalten galt. Er hatte das Leben des Obersten Vorarbeiters zu schützen. Auch wenn Gorid Seher letztlich nur eine Marionette war, an deren Fäden ein anderer zog. Es war wichtig, dass der Puppenspieler fürs Publikum verborgen blieb und die Zuschauer den Eindruck gewannen, einer reibungslos ablaufenden Vorstellung beizuwohnen. Dies wiederum würde schwierig, wenn die Puppe statt possierlich zu tanzen einfach in sich zusammenfiel und sich nicht mehr rührte.

Der zweite Auslöser für Aninis Dankbarkeit war der Umstand, dass Webers Brief es ihm erlaubte, endlich einen Sinn hinter all den Vorgängen zu sehen, die er um ein Haar bereits als reine Verkörperungen des Zufallsprinzips bewertete. Und alles nur wegen des Schlenkers über die »aus der Geschichte hinlänglich bekannten inneren Fehden«. Wollte man die derzeitigen Beziehungen der Freibünde untereinander zutreffend umreißen, war das genaue Gegenteil richtig. Sicher, die Freibünde beharkten sich ab und an wegen diverser Nichtigkeiten, aber was die große Linie anging, hatte in den letzten Jahren ein Wandel stattgefunden. Die Bündler hatten ihre Reihen geschlossen und zogen alle an einem Strang.

Dieser Wandel hatte sogar einen Namen: Balok Plattenstemmer. Der Kopf des größten Freibunds der Hauptstadt hatte von Zwerg aus Allianzen mit nahezu jedem anderen bedeutenden Freibundführer in sämtlichen Provinzen geschlossen. Plattenstemmer plante, sich in den Mantel der Rechtschaffenheit zu hüllen, um den Einfluss, den er auf die untersten Schichten der Gesellschaft ausübte, nun auch auf die obersten Schichten zu übertragen. Vor Kurzem hatten seine Pläne einen empfindlichen Rückschlag erlitten: Balok hatte einen Sohn, der an der Lehrstätte für Geschichtskunde durch umstürzlerische Reden aufgefallen war, und es war dem Kommissariat gelungen – nicht zuletzt durch Aninis eigene tatkräftige Mithilfe – diese Schwäche des alten Plattenstemmers auszunutzen. Sie hatten seinem missratenen Nachwuchs eine Reihe von Brandstiftungen in Archiven im gesamten Bund in die Schuhe geschoben, die man der Öffentlichkeit als wahnsinnige Aktionen eines verblendeten Menschenfreunds verkauft hatte. Und da den Zwergen bei aller angeblichen Vernunft der Hang zur Sippenhaft eigen war, fielen die Taten des Sohns auf den Vater zurück.

Anini hatte eigentlich erwartet, dass Balok Plattenstemmer nach dieser Warnung die Füße stillhalten würde. Anscheinend hatte er ihn unterschätzt. Ein angestochener Keiler war eben doch am gefährlichsten, und der Keiler war offenbar entschlossen, seine Hauer zu zeigen.

Anini schaute Ekela über den Rand von Webers Brief an und murmelte: »Du hattest von Anfang an recht. Es sind die Bündler gewesen.«

»Was?«, fragte Ekela überrumpelt, die damit beschäftigt war, mit Spucke und Daumenrubbeln einen Fleck am Kragen seines Uniformhemds zu entfernen.

»Die Morde. Es waren die Bündler.«

»Woher die jähe Einsicht?« Sie hängte das Hemd über eine Stuhllehne.

»Sagt dir der Name Balok Plattenstemmer etwas?«

»Dunkel ...«

»Der mächtigste Freibündler in Zwerg«, half ihr Anini auf die Sprünge.

»Der mit den Wäschereien?«

»Genau der.«

»Was ist mit ihm?«

»Die ganze Zeit über hat mich eine Sache an dem Mord an Eluki gestört«, holte Anini aus. »Warum ausgerechnet sie? Jetzt bin ich schlauer.«

»Das wäre ich auch gerne.«

»Sie wusste etwas, das nicht jeder kennt und das auch nicht leicht in Erfahrung zu bringen ist.« Anini begann, vor dem Fenster auf und ab zu gehen. »Sie bekleidete eine leitende Position in einem Sucherhaus in einer der größten Städte des Bundes. Was passiert, wenn der Oberste Vorarbeiter einer solchen Stadt einen Besuch abstattet? Was erhalten die Leiter der Sucherhäuser dann von uns?«

»Ist das eine Prüfung?« Ekela nahm eine übertrieben steife Haltung an, doch sie grinste dabei frech.

»Im Ernst«, beharrte Anini. »Was passiert dann?«

»Wir schicken den Leitern der Sucherhäuser ein Sicherheitsprotokoll.« Ekelas Grinsen schrumpfte nach und nach in sich zusammen.

»Mit allen Daten, die für den Schutz des Obersten Vorarbeiters nötig sind.«

»Das wären?«

»Wo er untergebracht ist. Durch welche Straßen seine Karosse fährt«, zählte Ekela auf. »Zu welchen Zeiten er sich wo aufhält.«

»Und?«

»Wie viele Sucher für jede Station seines Aufenthalts abzustellen sind.«

»Und?«

»Welche Personen zu seinem engeren und weiteren Gefolge gehören.«

Anini klatschte in die Hände. »Du hast es.«

Ekela machte ein Gesicht, auf dem deutlich zu lesen stand, dass sie sich fragte, welches Rätsel sie da wohl gerade gelöst hatte.

»Denk nach«, forderte Anini sie auf. »Denk an den zweiten Mord. Denk daran, dass Schauers Hand fehlte, und daran, was er gearbeitet hat.« Sein Kitzlein zeigte sich zu seiner Enttäuschung weiter etwas begriffsstutzig, und er beschloss, sie aus diesem beklagenswerten Zustand zu erlösen. »Eluki wurde entführt und gefoltert, weil sie wusste, wer aus dem inneren Zirkel des Vorarbeiters sich ihm so weit nähern darf, dass sie einer dieser Personen etwas unterschmuggeln können. Nachdem die Bündler das in Erfahrung gebracht hatten, haben sie Schauer kaltgemacht, weil sie seinen Ring brauchten. Wozu? Das liegt auf der Hand. Um giftigen Drachenpilzen ein Siegel zu verpassen, das sie für unbedenklich erklärt.«

Das Blut wich aus Ekelas Wangen, und sie wirkte noch blasser als der Mond. »Die Bündler wollen den Obersten Vorarbeiter vergiften.«

»Prüfung bestanden.«

»Ich hatte recht«, raunte Ekela, als könnte sie noch nicht so recht glauben, dass all ihre Vermutungen bestätigt waren. »Bibet Darmwäscher hat uns angelogen.«

»Hat er.« Anini nickte. »Und er hat uns absichtlich auf eine falsche Fährte gelockt, als wir uns nach den Tunnelkriechern erkundigt haben.«

»Die Geschichte von dem Leiböffner aus der Anstalt und dem Menschen ...« Sie schüttelte den Kopf. »Aber wieso bist du ausgerechnet jetzt darauf gekommen, dass er uns belogen hat?«

»Deswegen.« Er winkte mit Webers Brief. »Bibet Darmwäscher ist nicht klug genug, um sich so einen Plan auszudenken. Balok Plattenstemmer hingegen ... und Plattenstemmer hat eine offene Rechnung mit uns zu begleichen.«

»Kennen die beiden sich?«

»Es gibt keinen Kopf eines Freibunds, den Plattenstemmer nicht kennt«, sagte Anini und spürte einen sehr gesunden Zorn in sich aufsteigen. »Und kaum einen, den er nicht irgendwie dazu bewegen könnte, das zu tun, was er von ihm will. Zum Beispiel eine Beamtin und einen Pilzprüfer zu ermorden und ein Päckchen mit vergifteten Pilzen in Richtung Hauptstadt zu schicken.«

»Anini!« Ekela lief um das Bett herum auf ihn zu. »Diese Pilze könnten schon auf dem Weg sein.«

Anini nahm ihre Hände. Sie waren kalt und feucht. Interessiert stellte er fest, dass sein Kitzlein zu den Leuten zählte, die einen sauren Geruch verströmten, wenn ihnen der Angstschweiß aus den Poren trat. »Mach dir keine Sorgen wegen des Anschlags. Der ist so gut wie verhindert. Das erledigen wir gleich. Aber ich will mehr. Viel mehr. Ich will Plattenstemmer und Darmwäscher in den Minen sehen.« Er küsste sie auf die Stirn. »Und dazu musst du ein paar Besorgungen für mich machen und eine Botschaft ans Sucherhaus weitergeben, während ich mich wasche. Kannst du das?«

Sein Herz machte einen kleinen Hüpfer, als er sah, wie seine Stärke und Entschlossenheit ausreichten, um das Blut in ihre Wangen zurückzutreiben und ihr keckes Wesen wieder zum Vorschein zu bringen. »Ich bin es ja gewohnt, dass meine Vorgesetzten mich für Laufdienste missbrauchen. Was möchtest du?«

Er küsste sie noch einmal. Auf den Mund, lang und fordernd, wobei er sofort spürte, wie sein Zapfen anschwoll, als sie ihre Zungenspitze für einen Wimpernschlag zwischen seinen Lippen hindurchschlüpfen ließ. »Sag den Suchern, sie sollen jeden verfaulten Tunnelkriecher einsammeln, den sie kriegen können. Und geh in die

Kaufhalle und besorg mir ein Sturmfeuerzeug, eine Schneckengabel und eine Zackenschere.«

»Ein Sturmfeuerzeug, eine Schneckengabel und eine Zackenschere«, wiederholte sie die kurze Liste. »Wozu das denn?«

»Zum hehrsten aller Zwecke«, sagte Anini. »Zur Wahrheitsfindung.«

Sein schlechtes Gewissen holte Anini ein, als sie durch die Eingangstür der Fernschreibestelle traten: Er hatte Usana gestern keine Karte geschickt, ein Versäumnis, das sich heute nicht wiederholen durfte. Oder vielleicht doch? Vielleicht wollte er nicht wieder zurück zu ihr, zurück nach Zwerg. Denn das hätte wahrscheinlich bedeutet, den Schatz, den er gerade eben erst gefunden hatte, wieder aufzugeben. Ein junges Glück, das gegen alle Regeln der Vernunft verstieß, zugunsten von etwas Altem in den Wind zu schreiben, das selten mehr für ihn gewesen war als eine Kapitulation vor den Erwartungen anderer. Warum hatte er Usana zur Gattin genommen? Aus Liebe sicherlich nicht. Sie waren einander begegnet, wie man sich in ihren Kreisen begegnete. Als Setzlinge auf irgendeiner Familienfeier. Ihre Eltern und seine Eltern hatten beschlossen, dass sie gut zueinanderpassten und das Blut beider Familien in ihrem Nachwuchs eine günstige, kräftige Verbindung eingehen würde. Und damit war ihr Schicksal besiegelt. Nachdem sie Gatte und Gattin geworden waren, hatte es durchaus Zeiten gegeben, in denen er kurze Momente einer tiefen Zufriedenheit erfahren hatte. Doch das, was er für und dank Ekela empfand, war etwas völlig anderes. Womöglich keine Liebe, aber wenigstens die Hoffnung darauf, dass sein weiterer Weg nicht so deutlich vorgezeichnet war, wie er es immer geglaubt hatte.

In der Fernschreibestelle selbst übernahm Ekela die Führung, vorbei am öffentlichen Schalterraum, der in diesen Tagen stets gut besucht war, weil selbst viele der ärmeren Zwerge ihr bisschen Erspartes opferten, um einen Gruß an ihre Lieben an der Front zu schicken. Wie viele dieser Botschaften wohl nicht mehr zugestellt werden konnten, weil ihr Empfänger irgendwo in der blutgetränkten Erde der Menschenlande verscharrt war?

Sie passierten auf den Fluren einige Beamte, die ihnen mit der gewohnten Mischung aus Ehrfurcht und Befangenheit zunickten, wie man sie als anständiger Bundesdiener Vertretern des Kommissariats entgegenbrachte. Anini achte nicht weiter auf sie. Er suchte nach Möglichkeiten, wie er sich sanft von Usana lösen konnte, ohne sie damit allzu sehr zu beschämen. Am Anfang des Plans, der langsam in ihm reifte, stand eine rasche Versetzung nach Stahlstadt. Nur auf Zeit. Ein halbes Jahr, sodass sich ein Umzug Usanas und der Setzlinge nicht rechnete. Mochte sein, dass das Awoho nicht gefiel, aber der konnte verfaulen. Er würde schnell einen anderen finden, der die Drecksarbeit für ihn erledigte. Notfalls war Anini bereit, ihm ein paar Vorschläge für seine Nachfolgerschaft zu unterbreiten. Wenn er erst einmal dauerhaft in Stahlstadt war, würde die Entfernung von ganz allein dafür sorgen, dass ihn Usana irgendwann nicht mehr vermisste. Sie waren zusammen, weil sie sich aneinander gewöhnt hatten. Mehr nicht. Jetzt musste sie sich nur von ihm entwöhnen. So einfach war das. Würden ihm wiederum die Setzlinge fehlen? Der Glanz der Hauptstadt? Brachte er es übers Herz, Ilele mit seiner erwachenden Gabe und dem mysteriösen Geschöpf im Hain alleinzulassen?

Er seufzte, und als sich Ekela mit besorgter Miene zu ihm umdrehte, murmelte er lächelnd etwas von einem Stein im Stiefel. Warum knospten die schönsten Blüten nur an den fernsten Sträuchern? Nüchtern betrachtet existierten weitaus üblere Provinznester als Stahlstadt, das wenigstens mit Zwerg verkabelt war.

Anini stand nun vor einer weißen Tür, die aussah wie jede andere in diesem Korridor, und wartete darauf, dass hinter ihr jemand auf Ekelas Klopfen reagierte.

Nach einem hellen »Herein!« betraten sie das schmale Büro. Ein Halbling mit besorgniserregenden Ringen unter den großen, dunklen Augen saß hinter einem kahl wirkenden Schreibtisch, auf dem es nur ein einziges Arbeitswerkzeug gab: einen schlichten Apparat von der Größe einer Zigarrenkiste, aus dessen Rückseite ein dickes Kabel spross, dessen anderes Ende in der Wand verschwand.

Im Gesicht des jungen Beamten blitzten in einem freudigen Lächeln perfekte Zähne auf. »Pflicht, Ekela.«

»Pflicht, Ojono.«

»Schon wieder du? Ich sollte eine Drehtür für dich einbauen.«

Sie zuckte mit den Schultern. »Was soll ich machen?«

Anini rümpfte die Nase. Er hatte allen Grund dazu, denn es war offensichtlich, dass Ekela diesen Kerl – diesen jungen und hübschen Kerl – einigermaßen gut kannte. War das Brennen in seiner Brust etwa Eifersucht?

»Mein Vorgesetzter hat eine Nachricht zu übermitteln«, sagte Ekela.

»Wird sie lang?«, fragte Ojono.

»Was tut das zur Sache?«, schnarrte Anini gereizt. Er hatte mit einem Mal Lust, dafür zu sorgen, dass Ojonos Zähne nicht so perfekt blieben, wie sie waren.

Ojono und Ekela schenkten ihm Blicke, die halb verwirrt, halb betreten waren. »Ich wollte nur freundlich sein und ein bisschen Konversation treiben«, sagte der Tipper leise.

»Dazu sind wir nicht hier«, erklärte Anini. »Ich diktiere.«

Ojono presste die Lippen zusammen und legte die Finger auf die fünf Tasten an seinem Apparat.

»Für das Hauptstadtbüro des Kommissariats für Bundessicherheit zur weiteren Überstellung an den Privatsekretär des OV. Punkt.«

Die Tasten klackerten leise, während Ojono Aninis Worte als winzige Portionen strömender Energien auf eine lange Reise schickte.

»Höchste Dringlichkeit. Ausrufezeichen«, fuhr Anini fort. »OV bis auf Weiteres von Drachenpilzen fernhalten. Punkt. Der Westwind weht. Punkt.«

Ojono schaute von dem Fernschreiber auf. »Ist das alles?«

»Reicht das nicht? Fremde in der Heimat.« Anini wandte sich zum Gehen.

»Sehen wir uns morgen?«

Er wollte schon herumfahren und den frechen Kümmerling ordentlich zusammenstauchen, als er verstand, dass die Frage an Ekela gerichtet war.

»Bestimmt. Fremde«, verabschiedete sie sich.

»Heimat.«

Als sie draußen den Flur hinuntergingen, studierte Anini misstrauisch Ekelas Gesicht. Hatte er es übertrieben? Einen guten Freund von ihr beleidigt? Verfault, er wusste noch immer so wenig von ihr! »Du bist wohl ziemlich oft hier.«

»Ich bin die Jüngste im ganzen Büro«, gab sie geknickt zurück. »Sie schicken jedes Mal mich, wenn ein Fernschreiben aufgegeben werden muss. Gehilfenjahre sind keine Kommissarsjahre und so …«

Das Brennen in seiner Brust wich einem kühlen Stich, und er sah sich gezwungen, etwas zu sagen, was sie aufheitern würde. Er ertrug es nicht, wie sie die Schultern hängen ließ. »Sie missbrauchen dich also als Laufbotin.« Er holte tief Luft. »Das wird sich bald ändern.«

In diesem Moment tat Anini etwas, was ihm bisher stets widerstrebt hatte: Er fällte eine Entscheidung, deren Folgen nicht verlässlich einzuschätzen waren. Er wusste nur, dass seine Gattin alles andere als glücklich darüber sein würde, und er ahnte, dass es vielleicht bedeutete, seinen Sohn einer Kreatur auszuliefern, der er selbst nichts entgegenzusetzen hatte. Ihm blieb nur die Hoffnung, dass das Glück, das bei Ekela auf ihn wartete, die Schuld aufwog, die er sich willentlich aufbürdete. Doch darüber konnte er sich später noch Gedanken machen. Später, wenn er mit den Tunnelkriechern fertig war.

20

Himek schürzte betrübt die Lippen. Die primitive Waffe, die Siris in wuchtigen Hieben durch die Luft fahren ließ, hieß zwar Singender Säbel, doch er entlockte ihr selten mehr als ein schrilles Pfeifen. Himek hatte arge Bedenken, ob es seinem großen Freund bis Sonnenuntergang gelingen würde, dem Säbel das Singen ordentlich beizubringen. Der Südländer, gegen den er dann anzutreten hatte, würde sich weitaus heftiger zur Wehr setzen als die Staubwolken, die Siris' gelegentliche Ausfallschritte aufwirbelten.

Himek schüttelte den Kopf und trommelte mit den Fingerknöcheln gegen den umgedrehten Eimer, auf dem er neben der Stalltür hockte, um Siris moralischen Beistand zu leisten. Er hatte ihn noch nie derart angespannt gesehen, nicht einmal in jener Nacht, als der Mensch das Munitionszelt im zwergischen Feldlager am Fuße der Festung Goldberg in einen lodernden Feuerball verwandelt hatte. Siris' Brauen waren ständig zusammengezogen, und wenn Himek das zuckende Spiel der Haut über seinem Kinn richtig auslegte, kaute er ebenso beständig auf der Innenseite seiner Unterlippe herum. Seit Himek ihm zuschaute, hatte er gerade einmal zwei Sätze gesprochen: »Dolche wären mir lieber!« und »So eine verfluchte Kackklinge!«

Auch wenn er kein Experte in Sachen Menschenklingen war, empfand Himek diesen letzten Vorwurf insofern als ungerecht, als der Singende Säbel eine hübsch anzusehende Waffe war. Die breite, gekrümmte Klinge mit den schmalen ovalen Aussparungen im Rücken, die ihr das Singen ermöglichten, zeugte von einem gewissen Geschmack des Schmieds. In den Enden der schlichten Parierstange über dem Griff funkelten zwei kleine Rubine, und vom runden Knauf tanzte an einer kurzen Kette ein Schweif aus schwarzem Rosshaar. Was für eine Verschwendung …

Dieser Zweikampf war ohnehin haarsträubend unvernünftig.

Dass die Menschen eine Angelegenheit, die bei den Zwergen von sachverständigen und neutralen Obleuten entschieden worden wäre, lieber dadurch lösten, dass die beiden Streitparteien einander die Köpfe einschlugen, konnte Himek gerade eben so noch nachvollziehen. Dieser ungezügelte Blutdurst entsprach nun einmal dem gewalttätigen Grundnaturell der Langbeine. Was ihm völlig schleierhaft blieb, war indes Siris' Bereitschaft, aus irgendeinem verqueren Ehrverständnis heraus das eigene Leben aufs Spiel zu setzen, und das Eintreten für das Recht eines Menschenkiesels, der einem baldigen Tod entgegensiechte.

Da Oji sich in jüngster Zeit nicht einmal mehr aus seinem Zimmer hinausbewegt hatte – genau genommen lag er nur noch auf dem Bett –, war Himek in der vergangenen Nacht Siras flehentlicher Bitte nachgekommen und hatte sich den Jungen angesehen. Nach allem, was seine Erfahrung als Leiböffner ihm einflüsterte, stand es nicht gut um Oji. Sein schmächtiger Leib glühte förmlich in einem hohen Fieber. Es trocknete ihm die Haut aus, deren oberste Schichten sich in langen Streifen so mühelos abziehen ließen, wie wenn man eine Seite Pergament in einem alten Buch umblätterte. Am verkümmerten rechten Arm seines Patienten hatte Himek großflächige Geschwulste ausgemacht, die sich weich anfühlten und beim Abtasten unter seinen Fingern ihren Eiter offenbar nach innen ins Gewebe hinein abgesondert hatten. Oji war weder ansprechbar, noch nahm er Nahrung oder Flüssigkeit zu sich, was angesichts des unstillbaren Heißhungers, unter dem er zuvor gelitten hatte, weiteren Anlass zur Besorgnis gab. Oji würde sterben, und zwar bald.

Ulaha, die unmittelbar nach der Untersuchung von einem ihrer langen Ausflüge in ihre gemeinsame feste Hülle zurückgekehrt war, beurteilte die Lage anders. *Das, was du fürchtest, ist nicht sein Schicksal*, hatte sie behauptet und sich seither nicht wieder zu Wort gemeldet. Wahrscheinlich kosteten sie ihre Reisen eine Menge Kraft, die sie nur zurückgewann, indem sie sich teilnahmslos verhielt und Himek seine Ruhe ließ.

Himek hatte es aufgrund Ulahas kryptischer Äußerung sogar gewagt, in Ojis Kopf hineinzuhorchen, und das, worauf er gestoßen war – absolute, drückende Stille –, bewegte ihn nicht unbedingt dazu, ihrer Aussage Glauben zu schenken. Im Gegenteil. Überhaupt sah er nicht ein, warum er auf einem Feld wie der Heilkunde, auf dem er sich eine beachtliche Menge an Fachwissen angeeignet hatte, etwas auf Schicksal und Bestimmung geben sollte. Eben diese Prinzipien waren doch nicht die Lösung, sondern Teil der Misere, in die sie alle hineingeraten waren.

Himek hielt es auf seinem Eimer nicht mehr aus. Er stand auf und gesellte sich zu Fianessa, die auf einer Bank im Schatten saß.

»Denkst du, das ist es wert?«, fragte er das Mädchen leise, um Siris nicht abzulenken. »Dass er sich für dich und Oji die Arme abhacken lässt? Oder gar den Kopf?«

Fianessa wich seinem bohrenden Blick aus und nestelte an ihrer grauen Schärpe. »Ich habe ihn nicht darum gebeten, für mich zu kämpfen.«

»Mag sein«, räumte Himek zähneknirschend ein. »Doch du hörst auf den Flüsterer im Dunkeln, wenn du glaubst, es könnte dir gleichgültig sein. Denn wenn heute Abend der Südländer über Siris triumphiert, wird das auch ein schmerzlicher Verlust für dich werden. Du wirst dich von deiner Axt verabschieden müssen. Sie zählt zum Einsatz bei diesem irrsinnigen Spiel, und Azzaras wird sie dir wegnehmen, falls Siris versagt.«

»Das kann dieser herrenlose alte Mann gern versuchen.« Fianessas Miene verdüsterte sich, und ihre Stimme war rau und ernst. »Eher sterbe ich, als ihm die Axt zu überlassen. Er muss sie mir schon aus den starren, kalten Fingern winden, wenn er sie haben will.«

»Enttäuscht es dich eigentlich nicht, dass einer der Südländer für Azzaras kämpft?«, fragte Himek.

»Wieso? Sollte es das?«

»Ich dachte nur, sie wollten dich mitnehmen«, antwortete Himek. »Weil deine Ankunft von ihrer Prophetin geweissagt wurde. Und jetzt haben sie sich mit Azzaras verbündet, der es auf deine Axt abgesehen hat. Das kommt mir widersprüchlich vor.«

»Vielleicht glauben sie, ich ginge eher mit, wenn ich die Axt nicht mehr habe.« Fianessa zuckte mit den Schultern. »Womöglich bin ich für sie auch wichtiger als die Axt. Vielleicht wissen sie mehr über meine wahre Bestimmung als ich.«

Da war es schon wieder. Eines der beiden Worte, die Himek am liebsten nie wieder gehört hätte. Nicht aus Fianessas Mund. Nicht als Ausdruck von Ulahas Denken in seinem Kopf. Von niemandem mehr. »Du meinst doch nicht wirklich, dass an ihrer verdellten Prophezeiung etwas dran sein könnte? Dass es dein Schicksal ist, nach Feuerberg zu gehen?«

»Warum nicht?« Sie prüfte den Knoten ihrer Schärpe. »Was soll ich in Meerschaum? Warten, bis Siris endlich damit aufhört, mir einreden zu wollen, meine Mission wäre ohne Sinn? Außerdem steht es ihm nicht zu, über meinen Weg zu bestimmen. Ihm nicht und den Südländern nicht. Nur den Herren.«

Die Menschen und ihre schuttigen Götter! Was hinderte die Langbeine nur daran, Verantwortung für ihr eigenes Handeln zu übernehmen? Gut, in Fianessas Fall gab es tatsächlich jemanden, der ein Hindernis darstellte. »Was haben die Herren damit zu tun? Wenn Siris nicht wäre, wäre es einzig und allein deine freie Entscheidung, wohin du deine Schritte lenkst.«

Fianessa sah ihn an. »Du irrst dich. Es gibt keine freien Entscheidungen.«

Diese Überzeugung war so fest in ihrem Wesen verankert und sie trug sie mit so viel Nachdruck vor, dass Himek ihre Worte zweimal vernahm: einmal aus ihrem Mund und einmal aus ihrem Kopf, Gedanken und Rede in vollkommenem Einklang.

»Doch«, hielt er dagegen, obwohl er verblüfft war, wie leicht Fianessa seinen geistigen Schutzwall überrannt hatte.

»Dann war es also deine freie Entscheidung, dass du jetzt hier bist?« Ihre Frage triefte vor einem verächtlichen Spott, den Himek diesem jungen Geschöpf nicht zugetraut hätte. »Als Ausgestoßener fernab deines eigenen Volkes? Es war deine freie Entscheidung, dass du damals mit den anderen Zwergen nach Goldberg gezogen kamst? Siris hat es mir anders geschildert.«

Diesen Vorwurf konnte Himek schlecht auf sich sitzen lassen. Es stimmte zwar, dass ihm seit einiger Zeit viele seiner Entscheidungen durch widrige Umstände abgenommen worden waren, doch wenn er diese Entscheidungen zurückverfolgte, wie wenn er vom Ast eines Baumes zu den Wurzeln vordrang, stieß er sehr wohl auf einen Augenblick, in dem er eine freie Wahl getroffen hatte. »Am Anfang meiner Reise hierher stand nur die Entscheidung, ob ich Arisascha helfe oder nicht. Ob ich tatenlos dabei zusehe, wie sie ermordet wird, oder ob ich diesem Verbrechen Einhalt gebiete. Niemand übte Druck auf mich aus. Ich bin lediglich meinem Gewissen gefolgt.«

Das Lächeln, das nun über Fianessas Gesicht huschte, verwunderte Himek nicht weniger als die Unbeugsamkeit ihres Glaubens. »Das Gewissen des Gesindes ist die Laute der Herren«, sagte sie stolz. »Schlagen sie die Saiten daran an, spielt jeder Knecht das Lied, das ihnen gefällt.«

Himek brannte eine garstige Erwiderung auf der Zunge, an der er sich jedoch verschluckte, als mit einem Mal Sira durch den Durchgang zum Innenhof stürzte und panisch »Schnell! Schnell!« schrie. Ihr langes, helles Haar war zerzaust, und ihre Robe sah aus, als habe jemand versucht, die Herrenkreuze darauf aus dem Stoff zu reißen.

Siris senkte den Säbel, den er zum Schlag erhoben hatte, und bremste den Lauf seiner Schwester. »Was schreist du so?«

Sira packte ihn an den verschwitzten Schultern und schob ihn auf den Durchlass zu. »Es ist Oji!«

Siris spurtete los, Sira dicht auf den Fersen, und auch Fianessa sprang auf und eilte ihnen nach.

Als Himek den drei Menschen hinterherrannte, die ihn dank ihrer langen Beine auf der kurzen Strecke zum Hof rasch abhängten, wappnete er sich innerlich dagegen, den Menschenjungen nur noch tot vorzufinden.

Er prallte fast gegen Siris, der wie Fianessa und Sira vor dem offenen Empfangszimmer stehen geblieben war und zum Dach hinaufschaute. »Was macht der Krüppel da?«

»Er steht schon eine Weile da«, erklärte Garep, der auf dem Rand des Zierbeckens auf den Zehenspitzen stand, leichenblass und mit schreckgeweiteten Augen.

»Wir haben Angst, dass er springt, wenn wir ihn holen wollen«, fügte Sira hinzu.

Der Junge auf dem Dach erweckte den Eindruck einer durch und durch lebensgetreuen Statue, wie er da mit versteinerten Zügen in die Sonne starrte. Er trug den taschenbesetzten schwarzen Anzug eines Weisen Denkers und abgewetzte Stulpenstiefel. Sein linker Arm war ausgestreckt, die Hand angewinkelt und die Finger gespreizt, als würde er damit etwas Großes, Unsichtbares aufhalten, das ihn bedrängte. Trotz der Hitze lief Himek ein kalter Schauer über den Rücken. Hatte es in dem Buch voller Legenden aus der Zeit der Zwietracht, das er als Flaumbart verschlungen hatte, nicht geheißen, dass sich in den Tagen unmittelbar vor dem Einsturz aller Stollen die Toten aus ihren Grüften erhoben, um Jagd auf die Lebenden zu machen und die Treuen von den Zuchtlosen zu scheiden?

»Komm da runter!«, rief Fianessa.

»Lass ihn«, knurrte Siris. »Wenn er springen will, soll er springen. Mit etwas Glück fällt er auf den Kopf und wir sind den Krüppel los!«

»Sag so was nicht!«, schrie Sira und krallte beide Hände in ihre Robe.

Ein rasender, schriller Satz hallte durch Himeks Schädel. Ungläubig riss er den Kopf zu Siris' Schwester herum. War das der wahre Grund, warum sie sich bislang so rührend um den Menschenkiesel gekümmert hatte?

Seine Bestürzung schlug Breschen in die Barriere, mit der er sich vor dem Ansturm fremder Gedanken schützte. Dutzende von ihnen fielen mit einer Stimme, die er noch nie zuvor gehört hatte, in ihn ein.

Es hat gewirkt!

Wie lange hat es wohl gedauert

Warum machen sie sich solche Sorgen um mich?

Ein Pfeil gewinnt an Durchschlagskraft, wenn man seiner Flugbahn die Form eines Kegelschnitts verleiht.

Es hat gewirkt!

Ich wünschte, der Meister könnte mich so sehen!

Es sind einhundertsiebenundsechzig Schritte vom Bett bis hierher!

Wenn ich die Hände der Herren wasche, reinige ich die Klauen der Größe nach.

Es hat gewirkt!

Die Sonne hat dunkle Flecken …

Warum schreien sie so? Ich bin nicht taub!

Der beste Eröffnungszug beim Schwarmtanz ist der, die Königin aus dem Stock auf die Kirschblüten zu rücken.

Es hat gewirkt!

»Du wirst blind, wenn du in die Sonne schaust!«, übertönte Sira die fremde Stimme. Himek keuchte und zwang sie unter Aufbietung seiner letzten Reserven hinter den Schutzwall zurück.

Oji nahm die Hand herunter und richtete den Blick auf Sira. Er blinzelte, und plötzlich strahlte er von einem Ohr zum anderen. »Sie blendet mich nicht«, verkündete er fröhlich.

Sira fiel auf die Knie, und Fianessa tat es ihr gleich. »Lobpreis sei den ewigen Herren!«, rief das Mädchen ehrfürchtig. »Sie haben ihren Knecht errettet!«

Nannten die Menschen das, dessen Zeuge Himek hier wurde, gemeinhin ein Wunder?

»Das Herrenblut hat mich geheilt.« Oji schien diese Annahme wild nickend zu untermauern.

»Red keinen Unsinn!«, blaffte Siris. »Schaff deinen Hintern hier runter! Du Rotzlöffel hast dir ein paar Schläge abzuholen!«

»Von fremden Männern lasse ich mich nicht schlagen!« Oji griff nach dem rechten Ärmel seines Anzugs. Mit einem Ruck zog er ihn fast bis hinauf zur Schulter. »Und ist das Unsinn?«

Himek raubte es den Atem. Die Geschwüre am verkümmerten Arm des Jungen, die er in der Nacht noch betastet hatte, waren verschwunden. Doch der Arm war auch nicht in seinem vorherigen Zustand. Stattdessen spannten sich dort, wo ihm die blasse Haut zuvor schlaff wie nasse Lappen um die Knochen gelegen hatte, sehnige Muskeln unter der Haut, und Himek war zum ersten Mal ernsthaft in Versuchung geführt, zu begreifen, weshalb die Menschen zu ihren Göttern beteten.

»Er scheint kerngesund zu sein«, sagte Himek und bedeutete Oji mit einem Schulterklopfen, dass die Untersuchung vorüber war. Der Junge hüpfte vom Bett und schlüpfte wieder in seinen Anzug.

Sira schloss den Kiesel lächelnd in die Arme. Dann schob sie ihn zärtlich ein Stück von sich und betrachtete ihn vom verwuschelten Haarschopf bis hinunter zu seinen nackten Zehen, als könnte sie immer noch nicht glauben, dass er wieder genesen war.

Damit war sie nicht allein. Himek hatte ebenfalls noch keine Erklärung für Ojis jähe Heilung gefunden, und die Skepsis darüber, die ihn nicht losließ, war offenbar eines der wenigen Dinge, die er mit seinem Vater gemein hatte.

Garep stupste Oji an der Hüfte an und fragte: »Was hast du vorhin gemeint? Das Herrenblut hat dich geheilt?«

»Er hat damit gemeint, dass er nicht alle Glocken im Turm hat«, merkte Siris bissig an.

Der Junge setzte sich zurück aufs Bett. »Ich war so traurig, als wir meinen Meister an der *Windwecker* zurückgelassen haben«, fing er leise zu erzählen an. »Ich wollte es ihm doch nur recht machen. Seine Forschungen mussten weitergehen. Ich dachte, wenn ich beweise, dass er recht gehabt hat, wäre ich nicht mehr so traurig. Deshalb bin ich fortgelaufen.« Er schaute erst zu Sira, dann zu Garep. »Ich wollte nicht, dass ihr seht, was mit mir geschieht, falls er sich am Ende vielleicht geirrt hatte. Also bin ich weggerannt und habe mir das Herrenblut allein gespritzt. Mit dem Apparat mit der Nadel. Es war wirklich eine Spritze. Aus jedem Behälter ein bisschen. Bis mir schwindelig wurde und ich umgefallen bin.«

»Das war sehr ungezogen von dir«, rügte ihn Sira sanft.

»Und sehr gefährlich«, fügte Garep hinzu.

»Und vor allem unfassbar dumm«, grollte Siris.

»Was ist dieses Herrenblut genau?«, fragte Himek.

Garep fasste sich in den Nacken an das verschlungene Mal, das ihm dort unter die Haut gestochen war. »Eine silberne Flüssigkeit. Ich habe ihre Wirkung am eigenen Leib erfahren. Ohne sie würde ich die Sprache der Menschen nicht verstehen. Und auf der Insel, auf der wir gestrandet sind – dort, wo wir Oji und seinen Meister getroffen haben –, da gab es in einem der alten Gebäude eine Nische, in der Dutzende von Behältern mit Herrenblut aufbewahrt waren.« Seine Stimme begann der eines Zwergs zu ähneln, der voll Bewunderung von der Tatkraft seiner Ahnen sprach. »Über jedem Behälter war eine Zeichnung. Von Tänzern und von Bogenschützen. Ruderer, Sänger, Reiter und noch viele, viele mehr. Bei manchen konnte ich nur darüber rätseln, was sie darstellten …« Er strich Oji übers Haar. »Das Herrenblut verleiht einem in Windeseile Fähigkeiten, die man vorher nicht hatte. Es … es verwandelt einen.« Er runzelte die Stirn. »Hattest du nicht gesagt, Oji wäre wie eine Raupe und würde bald zum Schmetterling werden, als du ihn zum ersten Mal gesehen hast? Höchstes Lob für dieses Bild!«

»Kann sein.« Himek räusperte sich hinter vorgehaltener Hand. »Ich rede vieles daher.« Auch wenn es unter Umständen eine günstige Gelegenheit gewesen wäre, es anzusprechen, wagte er nicht, den anderen von Ulaha zu berichten, aus Angst davor, sie könnten an seinem Verstand zweifeln.

»Alles ist so, wie mein Meister es vermutet hat«, sagte Oji glücklich.

»So? So? Wie schön!«, herrschte ihn Siris an und holte dabei mit der flachen Hand aus. »Hättest du verfluchter Krüppel nicht ein paar Tage früher aus deinem Kokon schlüpfen können?«

Sira fiel ihrem Bruder in den Arm. »Gib nicht ihm die Schuld für dein großes Maul!«

Siris funkelte sie zornig an. »Wem denn dann?« Er trat einen Schritt zurück. »Oh, ich hab's! Ich gebe sie besser dir und deinem Stummel da!«

»Mir?«, empörte sich Garep mit geschwellter Brust.

»Wenn ihr richtig auf den Krüppel aufgepasst hättet, hätte er sich nicht irgendwelchen Dreck spritzen können!« Siris hob drohend die Faust.

»Warum bist du so zornig?«, fragte Oji. »Was habe ich dir getan?«

»Deinetwegen werde ich heute wahrscheinlich noch einen Kopf kürzer gemacht!« Siris deutete einen Säbelhieb gegen seinen Hals an.

»Aber warum?«, wollte Oji wissen. »Erklär es mir doch bitte.«

»Weil einer der Rivalen deines Meisters Anspruch auf seinen Besitz erhoben hat, du Fliegenschiss! Azzaras! Den Namen kennst du doch bestimmt, wo du doch einem Weisen Denker den Arsch nachgetragen hast, oder?«

Oji nickte.

»Siehst du wohl!« Dicke Adern pochten auf Siris' Schläfen, als er sich immer weiter in Rage redete. »Und dieser dreckige Pflugscherer will sich alles unter den Nagel reißen, was deinem Meister gehört, um meinem Haus eins auszuwischen. Alles. Sein Haus mit der Werkstatt. Die fertigen Erfindungen. Die Baupläne für die unvollendeten. Alles, verstehst du?«

Oji zog verschüchtert den Hals ein. »Aber Azzaras kann die Werkstatt haben. Ich brauche sie nicht.«

Siris schloss einen Augenblick den Mund, und seine gesamten Gesichtszüge wurden völlig ausdruckslos. Dann fuhr er wütend Sira und Garep an: »Da habt ihr es! Sein Arm ist gesund, aber er ist trotzdem ein Krüppel! Er ist und bleibt schwachsinnig!«

Himek fletschte die Zähne. Siris war sein Freund, doch was zu weit ging, ging zu weit. Diese Beleidigungen hatte der Junge nicht verdient. Als er sich dieses seltsame Herrenblut verabreicht hatte, hatte Oji ja wohl schlecht wissen können, welche Entscheidungen Siris in seinem Namen treffen würde. Für so etwas war höchstens die Eingeweideleserin zuständig, an deren Lippen die Südländer hingen. »Schwachsinnig, ja? Das muss er dann von seinem Vater haben«, knurrte Himek.

»Woher kennst du seinen Vater?«, fragte Siris lauernd, ehe er sich ebenso lauernd an Sira wandte. »Du hast doch gesagt, der Krüppel wäre ein Findelkind.«

Sira schenkte ihm keine Beachtung, sondern taxierte mit schier grenzenloser Fassungslosigkeit im Blick Himek.

»Lass sie in Ruhe, du Klapperkopf!«, fauchte Himek. Was biss Siris nur so um sich wie eine in die Enge gedrängte Stollenratte? »Du kennst seinen Vater auch. Du siehst ihn jedes Mal, wenn du in einen Spiegel schaust.«

Siras Kehle entfuhr ein Ächzen. Sie geriet ins Wanken und stützte sich auf Gareps Schultern.

Siris hingegen musterte einen Moment lang Oji, als wäre der Junge soeben erst vor ihm erschienen wie ein Geist. Dann verhielt er sich wie die meisten Leute – Menschen und Zwerge –, wenn ihnen das Leben unvermittelt eine Wahrheit ins Gesicht schleuderte, die ihre ganze Welt in Trümmer schlug. »Du bist verrückt!«, schrie er und rannte zur Tür hinaus. »Ihr seid alle verrückt!«

21

»Kejub?«

Fast hätte Karu den dicken Sprengmeister nicht wiedererkannt, was vornehmlich an seinem schrill-bunten Äußeren lag. Es hatte mit der engen, schwarzen Kleidung, die er in der Nacht ihres Aufnahmerituals im Hafen getragen hatte, ungefähr so viel gemein wie eine Schwarzamsel mit einem Plappervogel aus den Zerrissenen Reichen: Seinen Kopf zierte ein breitkrempiger Rundhut aus gelbem Filz, sein Jackett glitzerte vom Kragen bis zum Saum vor spiegelnden Pailletten, und seine Füße steckten in hohen, engen Schnürstiefeln aus blauem Echsenleder.

Ihm erging es mit ihr nicht anders, denn er kniff zunächst misstrauisch die Äuglein zusammen, bevor sich seine feisten Züge entspannten und er seine rotnussstichigen Zähne zeigte. »Ah, du bist das«, piepte er in seiner hohen Stimme. »Einen Moment Geduld, ja?« Er deutete auf einen Zwerg, der hinter einem Klapptisch auf einer umgedrehten Obstkiste saß und zerknitterte Scheine und abgegriffene Münzen zu immer höheren Stapeln aufschichtete, wann immer ihm einer der Umstehenden neues Geld auf den Tisch warf und dabei Worte wie »Stummelschwanz«, »Fetzenohr« oder »Weißpfote« rief. »Ich habe ein Vermögen auf einen der Köter gesetzt«, erklärte Kejub hektisch. »Wir reden, wenn der Hase hier ist, ja?«

In einem der angeseheneren Stadtteile hätte diese Veranstaltung sicher einiges an Aufsehen erregt. Da sie jedoch in einem heruntergekommenen Park mitten in der Schlacke stattfand, gab es niemanden, der sich daran hätte stören können. Karu schätzte, dass es mindestens hundert Zwerge waren, die sich für das bevorstehende Spektakel auf einem Areal eingefunden hatten, das vor vielen, vielen Jahren einmal mit Sicherheit eine gepflegte Rasenfläche gewesen war. Heute dominierte hier das Braungrau von verdorrtem Unkraut, kahler Erde und Hundehaufen in allen Formen, Größen und Festigkeiten. Die Zuschauer – größtenteils charakteristische Bewohner der Schlacke in abgewetzter Kleidung, in der sich kein anständiger Bürger je vors Haus getraut hätte – hielten sich mehr oder minder an die Grenzen der Arena für die Hasenhatz, die durch in den Boden gerammte Stecken mit weißen Stofffetzen daran markiert waren. Obwohl die Beute noch unsichtbar war – verstaut in einem Holzkasten zu Füßen eines der Veranstalter am anderen Ende der Freifläche –, hatte das gute Dutzend Hunde, das sich gleich auf den Hasen stürzen würde, bereits Witterung aufgenommen. So unterschiedlich sie hinsichtlich ihrer fragwürdigen Abstammung auch waren – Karu konnte keinen einzigen von ihnen klar einer Rasse zuordnen –, so geeint waren sie in ihrer Aufregung. Ob nun groß oder klein, mit langem oder kurzem Fell, mit hängenden oder stehenden Ohren, von robustem oder zierlichem Wuchs, mit gerader oder krummer Rute – sie alle kläfften ihr nervöses Jagdgebell, tänzelten auf unruhigen Pfoten hin und her und zerrten an ihren Leinen.

Der Zwerg mit der Kiste schaute auf seine Taschenuhr und winkte danach dem Wettbuchhalter zu, wobei er beide Arme hoch über dem Kopf hin und her schwang.

»Der Tisch ist dicht! Der Tisch ist dicht!«, verkündete der Wettbuchhalter aus vollem Hals, woraufhin die versammelte Menge in ein von Anfeuerungsrufen durchsetztes Gemurmel verfiel. Das Gebell der Hunde wurde noch lauter, und einige der Tiere gaben dazwischen in kurzen Schüben ein flehendes Jaulen und Winseln von sich.

Der Hase wurde aus seiner Kiste geholt und auf den Boden gesetzt. Die Meute stürmte los. Ihre Beute hatte hinter sich einen Wald aus stampfenden Füßen, der sie daran hinderte, aus der Arena zu fliehen, und vor sich nur einen schnell heraneilenden Tod. Doch seine Instinkte verboten es dem Hasen, sich zu ducken, die Ohren anzulegen und auf ein rasches Ende zu hoffen. Sie trieben ihn zu einem schnellen Lauf entlang der Zuschauerreihe, erst auf Karu und Rinul zu, dann wieder von ihnen weg, als das winzige Hirn des Tiers verarbeitet hatte, dass aus dieser Richtung die Hunde kamen.

Ein schlanker, langbeiniger Jäger hatte sich an die Spitze der Rotte gesetzt und hetzte den Hasen mit flachen, weiten Sprüngen, den Hals lang gestreckt und die Schnauze dicht über dem Boden.

»Ja! Ja!«, schrie Kejub.

Ein, zwei jähe Haken vergrößerten den Abstand zwischen dem Hasen und seinem ärgsten Verfolger, aber der Preis, den das Langohr dafür zahlte, war hoch: Es geriet einem bulligen Mischling mit einem gerüttelt Maß an Grubenhundblut in den Adern, der aus dem Verband ausgeschert war, unmittelbar vor die Fänge. Der Hase quiekte erbärmlich, als sich die Zähne in seinen Hals gruben, und der Häscher sofort begann, den Kopf wild von einer Seite zur anderen zu werfen, um seiner Beute das Genick zu brechen. Der Erfolg stellte sich bald ein.

»Eselsrotz!«, fiepte Kejub und hieb die Fäuste auf die Oberschenkel.

»Da geht das Vermögen dahin«, sagte Karu mitfühlend.

»Ach was!«, wehrte Kejub ab. »Jetzt kommt doch erst der spannende Teil, ja? Jeder räudige Köter kann einen Hasen fangen! Hier wird etwas anderes geprüft. Durchsetzungsvermögen und Folgsamkeit!«

Die anderen Hunde hatten inzwischen einen losen Kreis um den Grubenhundmischling gebildet. Abwechselnd wagte sich einer von ihnen nach vorn und versuchte, dem Muskelprotz, der die Vorderpfoten auf den schlaffen Leib des Hasen gestellt hatte, die Beute streitig zu machen – und alle wurden sie mit Knurren und Schnappen zurückgeschlagen. Für Karu sah die Sache eindeutig gelaufen aus.

Es waren die Besitzer der Hunde, die sie über ihren Irrtum aufklärten und ihr eröffneten, dass die Hatz wohl nur zur Hälfte abgeschlossen war: Jeder von ihnen wählte nun seine bevorzugte Methode, seinen vierbeinigen Vorkämpfer vom Schlachtfeld zu beordern – manche pfiffen, andere riefen den Namen des Recken, einige klatschten in die Hände, und wieder andere wendeten eine Kombination dieser Mittel an.

Ein paar der Hunde folgten sofort. Sie rannten schwanzwedelnd und mit tief aus dem Maul baumelnden Zungen zu ihren Gebietern. Der Muskelprotz zählte ebenso wenig dazu wie der schmächtigere Favorit Kejubs.

»Gut! Gut!«, flüsterte der Sprengmeister.

Es zeigte sich, dass der dürre Kläffer ein gerissener Bastard war, denn just in jenem Augenblick, als der Muskelprotz den Kopf drehte, um zu seinem rufenden Herrchen zu schauen, sprang er aus dem Kreis der verbleibenden Rivalen nach vorne und stibitzte den Hasen.

Kejub lachte begeistert, und Karu stimmte ein, weil sie bis zu diesem Moment nicht geahnt hatte, dass Hunde dazu in der Lage waren, eine verdutzte Grimasse zu ziehen, aber das war die einzig passende Art, um zu beschreiben, wie der Muskelprotz die Lefzen sinken ließ.

Es sah nun alles danach aus, als könnte Kejub sein eingesetztes Vermögen weiter vermehren, aber er hatte die Rechnung ohne eine Fellwurst auf vier stummeligen Beinen gemacht, die bereits auf dem Rückweg zu einem auf den Fingern pfeifenden Zwerg war. Als Hungerharke sie überholte – den schlackernden, toten Hasen im Maul –, entwickelte die Fellwurst eine irrsinnige Energie und warf sich Kejubs Vermögensvermehrer zwischen die dünnen Beine. Gemeinsam rollten sie als wirres Knäuel, aus dem sich in hohem Bogen der Hasenleichnam verabschiedete, ein Stück weiter. Die Beute wurde von einem struppigen Nachzügler aufgelesen, der sie unbeschadet bei seiner vor Freude auf und nieder hüpfenden Besitzerin ablieferte.

Unter dem kleinen Grüppchen von Zuschauern, die auf den Sieger gesetzt hatten, brach Jubel aus, während die anderen ihren Verlust mit Flüchen, Stöhnen und wegwerfenden Gesten zum Ausdruck brachten.

Kejub riss sich den Rundhut vom Kopf, hielt ihn kurz in beiden Händen, als wollte er ihn vor Zorn zerfetzen, besann sich eines Besseren und setzte ihn wieder auf. Dann stopfte er die Hände in die Hosentaschen und wandte sich an Karu. »Was kann ich für dich tun, Schwester in der Freiheit?«

»Ich brauche deine Hilfe«, gestand ihm Karu.

»Ja?« Von unter der Krempe seines albernen Huts schenkte der Sprengmeister Rinul einen langen, misstrauischen Blick.

»Er ist in Ordnung.« Ein merkwürdig erhebendes Gefühl regte sich in Karu. Zum ersten Mal war sie es, die einem Bündler gegenüber für Rinuls Verschwiegenheit bürgte, und nicht umgekehrt. »Rinul Plattenstemmer, Kejub Schächter«, stellte sie die beiden einander vor.

»Ah, du bist der kleine Plattenstemmer, der sich an Bibets Rockzipfel gehängt hat«, sagte Kejub grinsend.

»Kann schon sein«, brummte Rinul. »Vielleicht bin ich auch der kleine Plattenstemmer, der dir die Zähne in den –«

Um einem sinnlosen Wortgefecht vorzubeugen, ging Karu mit einem beherzten »Wir suchen einen Tunnelkriecher!« dazwischen.

Sie hatten zunächst lange darüber beratschlagt, inwieweit sie Bibet reinen Wein einschenken konnten und ob es besser wäre, ihn um eine Kontaktaufnahme mit den Tunnelkriechern zu bitten. Letztlich hatte sich Rinul durchgesetzt, der Bibets Zorn fürchtete. Daraufhin hatten sie einen Weg eingeschlagen, der zwar mit weniger Risiken verbunden, aber dafür zeitraubender war.

Sie konnten sich glücklich schätzen, dass Karu an jemanden verwiesen worden war, den sie bereits kannte: Kejub Schächter – kein Zufall, weil der Sprengmeister angeblich voll des Lobes über Karus Kaltblütigkeit bei der Sache im Hafen war und keine Gelegenheit ausließ, bei allen Freunden und Bekannten damit zu prahlen, dass er dabei gewesen war, als »das Wildkätzchen seine Krallen gezeigt hatte«. Karu hätte von allein auf Kejub kommen können. In vielen Städten arbeiteten Tunnelkriecher und Sprengmeister eng zusammen, zumindest diejenigen, die vom örtlichen Rat angestellt und bezahlt wurden. Warum hätte es bei den Bündlern anders sein sollen?

»Ihr sucht einen Tunnelkriecher, ja?« Kejub wandte Rinul demonstrativ den Rücken zu. »Wer tut das nicht?«

»Wer tut es denn noch?«, fragte Karu.

»Die verdellten Sucher!« Der Sprengmeister zog geräuschvoll die Nase hoch und spie einen dicken Bollen Schleim aus. »Wundert mich nur, dass es so lange gedauert hat. Nach der Nummer in dieser Fischzucht, ja.«

»Davon wissen wir nichts«, sagte Rinul.

Kejub zuckte nur mit den Schultern, ohne sich umzudrehen. »Das hingegen wundert mich kaum, dass ein Plattenstemmer nicht weiß, dass –«

»Schluss jetzt!«, zischte Karu. Sie hatte genug von diesen Kieselspielchen. Außerdem schlug ihr Herz auf eine höchst unangenehme Weise schneller, wenn sie darüber nachdachte, was es womöglich bedeutete, dass die Sucher sich mit einem Mal für die Tunnelkriecher interessierten. »Du hast was von einer Nummer in einer Fischzucht gesagt.«

»Habe ich, ja.« Kejub senkte die Stimme und klang dabei wie ein wispernder Mull. »Ein Tunnelkriecher hat vor ein paar Tagen versucht, einen Grünmantel in einem Brutbecken zu ersäufen. Hat nicht geklappt, ja. Was für den schiefgebohrten Zapfenklatscher aber sehr wohl geklappt hat, ist, sich einen Bolzen einzufangen.« Mit Daumen, Zeigefinger und Mittelfinger seiner rechten Hand ahmte er eine zum Schuss gespannte Natter nach, deren Mündung er gegen seinen Nacken drückte. Als er den Daumen einknickte, verdrehte er die Augen und röchelte theatralisch. »Dass das nicht ohne Folgen bleiben würde, konnte doch nur ein Flachdenker glauben, ja. Und jetzt ist es eben so weit. Die Sucher holen seit heute Morgen jeden Tunnelkriecher ab, den sie kriegen können.«

Karu schluckte. Vielleicht war schon alles zu spät. »Du weißt nicht zufällig, wo der eine oder andere Tunnelkriecher wohnt?«

»Doch, ja.«

»Bring uns hin!« Sie ließ es absichtlich nicht wie eine Bitte, sondern wie einen Befehl klingen. Als Kejub die Stirn runzelte, fügte sie sanfter hinzu: »Tu es für Bibet!«

Kejub warf einen sehnsüchtigen Blick erst zur Arena, wo eine neue Kiste mit einem neuen Hasen bereitstand, dann zum Tisch des Buchhalters, wo sich bereits wieder die Einsätze häuften. »Drauf geschissen«, piepste er schließlich. »Für heute habe ich genug Geld zum Fenster rausgeworfen.«

Ihre ersten beiden Anläufe, einen Tunnelkriecher aufzutreiben, scheiterten kläglich. Sowohl vor dem kruden Bretterverschlag hinter einer Schankstube als auch vor der Tür eines einigermaßen gut in Schuss gehaltenen Tagelöhnerhäuschens am Rand der Schlacke tröstete Karu sich mit der Vorstellung, die Bewohner der Behausungen könnten schlicht und ergreifend irgendwo unter Stadt an der Arbeit sein.

Der dritte Versuch fand im vierten Stock eines Mietsblocks statt, dessen Treppenhaus verdächtig nach Pisse stank und wo Karu nicht mit Gewissheit einzuschätzen vermochte, ob das, was neben einem Kieselwagen ohne Räder verweste, eine tote Ratte oder eine tote Katze war. Sie hatte allerdings keine Zweifel, wie es um die Verfassung der Zwergin bestellt war, die ihnen die Tür öffnete: Sie war völlig verzweifelt. Ihre Augen waren rot geweint, und an den Fingern, die sie um das Holz der Türkante gekrallt hatte, erkannte Karu an den Nagelbetten winzige, frische Wunden, wo die Haut aufgebissen worden war. Sie waren zu spät.

»Boda, meine Goldmünze«, flötete Kejub und lupfte den Hut. »Wir würden uns gern mit Nidal unterhalten.«

Karu hörte das Trippeln vieler kleiner Füße in der Wohnung und das zischelnde Nuscheln heller Stimmen.

»Er …« Boda stockte und verscheuchte einen Kiesel, der den Kopf zwischen ihren Beinen hindurchstecken wollte. »Er ist nicht da.«

»Die Sucher?«, fragte Karu.

Boda gab einen erstickten Laut von sich, als hätte Karu ihr ein Messer in die Brust gerammt, und wischte sich über die Augen. »Ich kann nicht …«, flüsterte sie, und ihr Kinn zuckte nach unten. »Die Kiesel …«

Kejub kramte in seiner Hosentasche und hob dann die Faust. Als er sie schüttelte, rief er über das klimpernde Rasseln hinweg: »Was höre ich denn da? Den Klang, der Wünsche wahr macht, ja? Honigtröpfchen, Schillerechse, eine Flasche Zuckerwasser? Na, wonach steht euch der Sinn, ihr gieriger Haufen?«

Das zischelnde Nuscheln wurde lauter, und nun schaffte es Boda nicht mehr, ihren Nachwuchs von der Tür fernzuhalten. Erst einer, dann zwei, dann drei, dann vier pausbäckige Gesichter tauchten übereinander im Türspalt auf.

»Doch Geschenke mache ich euch keine, ja?« Kejub wackelte tadelnd mit dem Finger. »Ihr wisst doch: Fleiß ist eine Tugend, und Eile ist die Freundin des Fleißes.« Er ging rückwärts ein paar Schritte auf die Treppe zu. »Also beeilt euch besser, bevor ein anderer euch alles wegschnappt.« Er hielt die Faust über den Treppenschacht, und die Kiesel waren bereits durch die Tür geschlüpft, noch ehe er die Münzen der Schwerkraft aussetzte. Das Prasseln der Geldstücke ging im Johlen der ausschwärmenden Schar unter, die die Stufen hinuntersauste.

Bodas Widerstand war gebrochen, und sie bat ihre Besucher herein. An einem Haken im Flur hing eine Atemschutzmaske, die Karu an die gedrungene Schnauze des Grubenhundmischlings bei der Hasenhatz erinnerte. In einem Zimmer, das von der Diele abging, standen zwei Stockbetten, und beim Anblick der Puppen auf einem von ihnen schnürte es Karu den Hals zu. Es war die Nachbildung eines Tunnelkriechers, und Nidals Tochter hatte sie mit derart viel Liebe bedacht, dass aus allen Nähten die Füllung quoll.

Bald saßen sie zu viert um einen Tisch in der Küche. Eine Duftlampe verbreitete ein schwaches Aroma von Kräutern, wofür Karu nach dem beißenden Gestank im Treppenhaus ausgesprochen dankbar war. Überhaupt zählte Boda anscheinend zu jenen zähen Vertreterinnen ihres Volkes, die sämtlichen Widrigkeiten mit dem ungebrochenen Hang begegneten, das Beste aus ihrer Lage zu machen. Ja, kein Sitzkissen passte farblich zum anderen, aber sie waren sauber, und obwohl der Kitt des Fensters rissig war, glänzte die Scheibe frisch geputzt. Trotzdem hatte all das etwas zutiefst Betrübliches – als wenn ein Blinder glaubte, er könnte wieder sehen, wenn er sich nur genügend Spiegel zulegte.

»Wir haben noch geschlafen«, begann Boda auf Kejubs Aufforderung hin ihren Bericht. »Sie haben gedroht, die Tür einzutreten. Sie haben ihm befohlen, sich anzuziehen, und ihn mitgenommen, ohne zu sagen, was man ihm vorwirft. Er durfte nicht einmal mehr zu den Kieseln.« Sie kratzte den Schorf von einer ihrer Wunden an den Fingerspitzen. »Inzwischen bin ich froh darüber. Ich habe sie angelogen. Nidal würde den Suchern helfen, einen Verbrecher zu fangen, und …« Einen Moment drohte ihr die Stimme zu versagen, doch sie fing sich, nachdem sie eine weitere Wunde aufgekratzt und sich das Blut an ihrer Schürze abgewischt hatte. »Und dass er bald wieder daheim wäre.«

Es war Karu, die das anschließende Schweigen brach. Bei allem Mitgefühl durfte sie nicht vergessen, weshalb sie hier waren. »Kannte Nidal diesen anderen Tunnelkriecher, der die Verhaftungen ausgelöst hat?«

Boda schaute Hilfe suchend zu Kejub.

»Sie meint Rogag«, erklärte der Sprengmeister sanft.

»Dieser Nichtsnutz?« Boda war noch in einer anderen Hinsicht eine echte Zwergin: Trauer und Zorn lagen in ihrem Herzen eng beieinander. »Ist er an allem schuld? Ich hoffe, sie schicken ihn in die Minen!«

Karu ersparte sich, Boda darauf hinzuweisen, dass in den Minen kein dringender Bedarf an Leichen bestand. »Kannte Nidal ihn?«, bohrte sie stattdessen weiter.

»Sie haben zusammen gearbeitet, und sie waren ab und zu gemeinsam saufen.« Boda fletschte die Zähne. »Ich habe ihm immer gesagt, dass Rogag ihn noch in irgendeinen Schutt hineinzieht, und dass er dann …« Sie schlug die Hände vors Gesicht. »Ach, Nidal …«

Das Pochen an der Tür war forsch und bestimmt. Karu wusste, wer sich so ankündigte, weil sie als Anwärterin selbst oft genug dabei gewesen war. Sie hätte das »Sucherschaft! Aufmachen!« nicht gebraucht.

»Schutt!«, fluchten Rinul und Kejub gleichzeitig.

»Geh hin«, raunte Karu Boda zu, die wie erstarrt wirkte. Karu schüttelte sie an der Schulter. »Geh hin, verdellt!«

»Sucherschaft! Aufmachen!«

Karu zwang sich, langsam aufzustehen, obwohl alles in ihr danach schrie, schleunigst die Flucht zu ergreifen. Gehetzt sah sie sich um. Wohin?

Endlich setzte sich Boda in Bewegung. »Ich komme«, rief sie schwach.

Karu zog ihren Revolver. Dieses Mal war er geladen, und wenn sie abdrückte, würde jemand sterben.

Kejub bückte sich und zog einen langen, schmalen Dolch aus einer Scheide im Schaft seiner Geckenstiefel. »Was ist mit dir, Plattenstemmer?«, flüsterte er.

Rinul legte bloß einen Finger an die Lippen.

Sie hörten die Wohnungstür aufgehen, und was immer der Sucher zu Boda sagte, wurde von einem gequälten Schrei übertönt, bei dem sich Karu die Nackenhaare aufstellten. So vertraut, wie ihr das Pochen an der Tür gewesen war, so widerwillig erkannte sie auch das besondere Wesen dieses Schreis wieder. An ihrem zweiten Tag als Anwärterin in Amboss hatte sie Sucher Schleifer begleitet, wie er einer Zwergin die Botschaft zu überbringen hatte, dass ihr Sohn beim Einsturz eines Gerüsts vor der Ratsresidenz unter einem umgekippten Stützpfeiler begraben worden war und die Notfallleiböffner nichts mehr für ihn hatten tun können. Nun war es, als hätte der Schrei, den diese Zwergin damals ausgestoßen hatte, nur darauf gelauert, auch durch Bodas Kehle zu fahren.

Irgendwann verließ Boda die Kraft, und aus der Diele drangen nur noch Schluchzer in die Küche. Schluchzer und ein tonloses Murmeln. »Boda, Boda, Boda …«

Rinul stand auf und ging langsam zur Tür. Karu konnte ihn unmöglich allein gehen lassen. Was, wenn die Sucher noch da waren? Hatte sie überhört, wie die Wohnungstür wieder ins Schloss gefallen war? Sie huschte an Rinuls Seite und spähte um die Ecke.

Boda hielt den Vater ihrer Kiesel umschlungen und überschüttete seine zerschundenen Wangen mit Küssen. Erst dachte Karu, er würde Fäustlinge und Mütze tragen, aber dann begriff sie, dass es dicke Verbände waren, die man ihm um Kopf und Hände gewickelt hatte. Boda zupfte am unteren Rand des Verbands um seinen Kopf, der ihm bis über die Nase reichte und die Augen bedeckte, und Nidal stieß sie mit einem rauen »Nicht!« von sich.

»Diese Rattensöhne«, ächzte Rinul. »Diese schuttigen Rattensöhne!«

»Was haben sie mit deinen Augen gemacht? Was haben sie mit deinen Augen gemacht?«, kreischte Boda.

Nidal gab keine Antwort, sondern wich zurück, bis er mit dem Rücken gegen die Wohnungstür stieß. »Ist da noch wer? Boda, ist da noch wer?« Es klang wie das Blöken eines Schafs, das sich aus Angst vor dem Zwerg mit dem Messer in die hinterste Ecke des Schlachthofs geflüchtet hatte.

Boda fuhr zu Rinul und Karu herum. »Was haben sie mit seinen Augen gemacht?«

»Kejub, schaff deinen Arsch hierher«, rief Rinul und griff in die Innentasche seines Mantels.

Kejub wälzte sich aus der Küche heran, und Rinul drückte ihm ein paar Scheine aus seiner Geldbörse in die Hand. »Geh Wundsalbe kaufen!«, raunte er dem Sprengmeister ins Ohr. »Und ein neues Hemd für ihn! Nimm Boda mit! Sieh zu, dass sie sich beruhigt! Sag ihr, sie soll an ihre Kiesel denken. Sie brauchen sie jetzt umso mehr.«

»Weise Worte aus dem Mund eines Plattenstemmers, ja«, entgegnete Kejub. »Dass ich das noch erleben darf.«

»Kejub? Kejub, bist du das?« Nidal drehte suchend den Kopf hin und her. »Kejub?«

»Ja.« Kejub tapste in die Diele und wählte einen unbekümmerten Tonfall, der Karu völlig unangebracht erschien. »Nidal, hör zu! Wir kümmern uns schon um dich! Du bist doch unser Freund. Ich lasse dich jetzt mit zweien von uns allein und besorge dir ein neues Hemd und etwas gegen die Schmerzen, ja? Boda und ich sind gleich wieder da, ja?« Behutsam nahm er Nidal an den Schultern und bugsierte ihn von der Wohnungstür weg. »Kommst du, Boda?«

»Ich gehe nicht!«, schrie Boda. »Ich gehe nicht!«

Am Ende ging sie doch – weinend und zeternd, aber sie ging, weil Kejub ein Argument vorbrachte, dem sie ohnmächtig gegenüberstand: »Wir müssen deine Kiesel suchen und ihnen sagen, dass ihr Vater einen Unfall hatte, ja. Oder möchtest du, dass sie sich zu Tode erschrecken, wenn sie nach Hause kommen?«

Karu und Rinul nahmen Nidal in die Mitte und führten ihn in die Küche. Karus anfängliche Bedenken, der Verhörte könnte sich ihnen womöglich nicht öffnen, schmolzen rasch dahin. Ihre Freude darüber hielt sich jedoch in Grenzen, als ihr klar wurde, dass Nidal ihnen wahrscheinlich jede noch so abwegige Frage beantworten würde. Sein Verstand war durch die Methoden der Grünmäntel in Bahnen gezwungen worden, in denen das Antworten untrennbar mit dem

Vermeiden von Schmerzen verknüpft war. Welche Antworten das waren, spielten dabei eine untergeordnete Rolle – solange er nur redete, denn irgendwann würde er schon genau die geben, die sein Peiniger von ihm hören wollte.

Er saß am Tisch, die verbundenen Hände vor sich, das Kinn auf der Brust, wo sein Hemd auf der gesamten linken Seite blutgetränkt war. Und er redete – leise, aber schnell und mit einem bettelnden Unterton, der Karu unter anderen Umständen bis zur Weißglut gereizt hätte, ihr nun aber eine Gänsehaut einbrachte. »Sie wollten wissen, ob ich Rogag kenne. Klar kenne ich Rogag. Jeder kennt Rogag. Wir sind doch oft im gleichen Trupp. Aber Rogag ist tot. Hat jeder gehört. Auch warum. So ein Klapperkopf. Einen Grünmantel umbringen wollen. Ich hätte an so was nie gedacht. Nicht mal im Traum. Rogag war dumm.«

»Das war nicht alles, oder?«, fragte Rinul.

Ein Zucken ging durch Nidals Hände, als wollte er sie zurückziehen und würde durch unsichtbare Fesseln daran gehindert. »Nein. Ob ich gewusst hätte, dass er an den Leitungen an diesem Haus gearbeitet hat. An dem des Festen Stamms vom Aufsichtsamt. Ja, habe ich. Da habe ich ja auch mitgearbeitet. Ich war auch dabei, als einer von euch kam, um uns ein Angebot zu machen. Aber ich war nicht der Einzige, der es gehört hat. Ich hätte es auch nie angenommen, weil –«

»Einer von uns?«, unterbrach ihn Karu und bereute es sofort.

Nidal krümmte sich, als hätte sie ihm mit voller Wucht in den Sack getreten. »Ja, ja, einer von euch«, keuchte er. »Ich schwöre jeden Eid. So war es. Einer von euch. Ein Freier. Ein Bündler. Er brauchte jemanden, der ihn ins Haus bringt. Oder in den Garten. Unter der Erde. Durch die Tunnel.«

»Kanntest du ihn?«

Die Dringlichkeit in Rinuls Stimme ließ Nidal aufheulen. »Nein. Nein. Ich weiß nicht, wie er heißt. Ehrlich. Ich weiß es nicht. Ich weiß es nicht. Aber ihr findet ihn. Sein Arm.«

»Ganz ruhig, Nidal«, sagte Karu und strengte sich an, so viel Zärtlichkeit in ihre Worte zu legen, als wäre sie Nidals Mutter. »Was ist mit seinem Arm?«

»Er hat Narben. Narben wie Schuppen. Auf dem ganzen Arm«, wimmerte Nidal.

»Gagek!«, grollte Rinul.

»Ich weiß es nicht. Ich weiß es wirklich nicht«, jammerte Nidal.

Karu sprang auf und zog Rinul in die Diele. »Gagek?«, flüsterte sie in der Hoffnung, leise genug zu sprechen, um Nidal nicht noch mehr Angst zu machen – und um ihren eigenen Schrecken zu dämpfen, der sich wie ein feiner, kühler Nebel über ihr Denken ausbreitete. »Gagek hat Eluki umgebracht? Wieso?«

Rinul ballte die Fäuste. »Das kriege ich schon aus ihm heraus.«

»Nein. Nein. Bitte. Ich weiß es wirklich nicht«, schrie Nidal und bäumte sich auf. Der Stuhl, auf dem er saß, kippte um, und Nidal brüllte, als er versuchte, seinen Sturz mit den Händen abzufedern.

Karu eilte zurück in die Küche, um ihm aufzuhelfen, doch Nidal machte sich steif wie ein Brett, als sie ihre Hände unter seine Achseln zwang. »Gagek! Ja! Gagek! So heißt er! Ja!«

»Ziegenscheiße!«, fluchte Karu. Allein würde sie den armen Gesellen nie in die Höhe kriegen. »Rinul!«, rief sie barsch.

»Rinul!«, kam ein grausiges Echo über Nidals aufgesprungene Lippen. »Rinul! Ja! Rinul! Er heißt Rinul!«

Als sie das Opfer der Wahrheitsfindung des Kommissariats mit vereinten Kräften aufgerichtet hatten, traf Karu eine bittere Erkenntnis, die ihr die Tränen in die Augen trieb. Die gleiche Ordnung, im Namen derer die Grünmäntel im ganzen Bund Zwerge wie Nidal brachen, wie es ihnen gerade in den Sinn kam, war die, die sie selbst noch vor Kurzem verteidigt hatte. Nun hoffte sie auf einmal, dass das Päckchen, das auf dem Weg zum Obersten Vorarbeiter war, seinen Adressaten unbedingt erreichen mochte.

Auf der Kutschfahrt zurück zu Bibets Haus zermarterte sie sich das Hirn mit der Frage, welches Motiv den Rollenden Stein dazu bewogen haben könnte, Eluki zu töten.

Rache? Wenn ja, wofür? Und wodurch hätte eine Beamtin aus Amboss den blutrünstigen Zorn eines Freibündlers aus Stahlstadt auf sich ziehen können?

Verrat an Bibet? Dem Zwerg, der ihm eine neue Heimat geboten und ihn stets behandelt hatte wie einen eigenen Sohn? Hatte der Graubart sich so in Gagek geirrt, dass er den Beförderer seines eigenen Untergangs an seiner Brust genährt hatte? Dafür war Bibet doch viel zu schlau, und Gagek viel zu heißblütig, um über eine so lange Zeit Gefühle vorzutäuschen, die er für seinen Gönner in Wahrheit nicht hegte …

Wahnsinn? Falls dem so sein sollte, war es eine stille, tückische Form des Irrsinns, die von Gagek Besitz ergriffen hatte, denn es war ihm gelungen, seinen kranken Geist selbst vor Bibet über Jahre hinweg zu verbergen. Doch andererseits bewegte er sich auch bereits seit Jahren in einem Umfeld, in dem Gewalt an der Tagesordnung war, und womöglich war es nicht weiter aufgefallen, dass Gagek an der Verübung von Gräueltaten mehr Gefallen fand als seine Geschwister in der Freiheit …

Blieb noch die nicht weniger unbefriedigende Möglichkeit eines Plans, dessen Sinn und Zweck Karu völlig unklar bleiben musste, weil sie schlicht und ergreifend nicht in ihn eingeweiht war. Welches Ziel Gagek jedoch dadurch zu erreichen hoffte, Eluki nicht nur auszuschalten, sondern ihre Leiche in einer Weise zu verstümmeln, die einen Bündler als Täter auswies, blieb Karu schleierhaft.

Was sie jedoch auf den ersten Blick erkannte, als sie am Haus ankamen, war, dass dort etwas ganz und gar nicht stimmte. Die Wächter vor der Eingangstür waren verschwunden, und die steinerne Tür selbst stand sperrangelweit offen.

Auf den Stufen zum Eingang entdeckte Karu dunkle Flecken. Blut. Zu wenig, als dass hier jemand sein Leben gelassen hatte, aber zu viel, um nicht darauf zu schließen, dass sich Eindringlinge gewaltsam Zugang ins Haus verschafft hatten. Sie dachte kurz an die Wächter und ob sie inzwischen das über sich ergehen lassen mussten, was Nidal widerfahren war.

Hand in Hand traten Rinul und Karu in die Empfangshalle. Die zuckenden Flammen der Fackeln waren das einzige Leben darin, auch wenn die Büsten der langbärtigen Zwerge an den Wänden noch düsterer dreinzublicken schienen als zuvor. Karu kam sich vor wie in einer Gruft.

»Bibet?«, rief Rinul. »Gagek?«

Nichts. Wie auch? Tote achteten nicht auf die Rufe der Lebenden.

»Sie haben sie geholt«, flüsterte Karu.

»Sieh nach, ob du sie nicht doch irgendwo findest«, trug ihr Rinul auf. »Die Mauern sind dick, und es gibt viele Zimmer.«

Er ließ ihre Hand los und hastete zur Treppe.

»Und was machst du?«

»Ich packe ein paar unserer Sachen.« Er drehte sich zu ihr um, eine Hand auf dem Geländer, einen Fuß schon auf der ersten Stufe. Sein Gesicht war eine fleischgewordene Entschuldigung. »Wir kommen hier nicht wieder her.«

Karu suchte die Zimmer im Erdgeschoss ab. Das Schrecklichste an ihrem Gang durch die Räume waren die kleinen Anzeichen dafür, wie gewöhnlich der Tag verlaufen war, bis die Sicherheit zugeschlagen hatte. Der Aschenbecher im Rauchsalon, in dem sich die Glut ganz durch eine weggelegte Zigarre gefressen hatte. Das aufgeschlagene Ruferblatt auf dem Küchentisch, das die neuesten Verschiebungen an der Frontlinie im fernen Krieg gegen die Menschen meldete. Der Herd, der noch einen Rest Wärme in sich barg und auf dem ein kleiner Topf mit einem zerkochten Brei aus Grieß und Rüben stand. Die benutzte Schöpfkelle daneben.

Sie suchte weiter, wobei sie das Stockwerk ausließ, in dem sie Rinul in ihrer gemeinsamen Kammer rumoren hörte. Wenn Bibet oder Gagek auf dieser Etage gewesen wären, wäre ihnen wohl kaum entgangen, dass sie von ihrem Ausflug zurück waren.

»Bibet?«, rief sie auf der Treppe. War alles umsonst gewesen?

Die Räume in diesem Stockwerk waren ebenfalls verwaist. Bibets Schlafzimmer mit dem breiten Doppelbett, dessen Hälften nicht unterschiedlicher hätten sein können: auf der einen waren Decke und Kissen von einem unruhigen Schläfer zerwühlt, auf der anderen glatt und makellos, weil auf ihnen nur noch eine Erinnerung ruhte. Ein Bad, auf dessen grünen Fliesen ein kompletter Satz Kleidung – Hose, Hemd, lange Unterhosen, Unterhemd, Socken – auf eine unheimliche Weise den Eindruck erweckte, der Zwerg, der einmal in ihnen gesteckt hatte, hätte sich in Luft aufgelöst. Ein Zimmer, das einmal das Reich einer Flaumbärtin mit viel Freude an Kunsthandwerk gewesen sein musste, wie die bestickten Wandteppiche, die bemalten Schranktüren und die umfangreiche Sammlung von Drachenschnitzereien bewiesen.

Dieses letzte Zimmer war es, das Karu den entscheidenden Anstoß gab, ihre Suche nach Bibet in eine bestimmte Richtung fortzusetzen. Weiter nach oben. In jenen Turm hinauf, in dem Bibets verunglückte Tochter untergebracht war.

Bibet saß auf der Kante von Denas Bett, ein Küchentuch und einen Suppenteller auf dem Schoß, aus dem er das bleiche Geschöpf mit den leeren Augen fütterte, das nur dadurch seine Anwesenheit wahrzunehmen schien, dass es seinen Mund einen schmalen Spalt öffnete, sobald Bibet mit dem Löffel sachte gegen die Lippen stieß.

»Dem Bundschmied sei Dank! Du lebst!« Karu stürmte auf den Graubart zu und schlang ihm von hinten die Arme um den Bauch. Die Finger seiner freien Hand strichen kurz über ihre, doch die zärtliche Geste fühlte sich steif an, als käme sie von einem der Wachspuppenautomaten, die in den modernen Schauhallen Szenen aus der Vergangenheit vorspielten.

»Sie waren hier«, sagte Bibet, nachdem Karu sich von ihm gelöst hatte.

»Ich weiß.«

Er fuhr mit dem Löffel in den Brei, blies vorsichtig seinen Atem auf die zähe Masse, obwohl sie nicht mehr dampfte, und aß die winzige Portion, ehe er die nächste wieder Dena verabreichte und zufrieden nickte, als seine Tochter bereitwillig schluckte.

»Wo ist Gagek?«, fragte Karu.

»Fort«, antwortete Bibet.

»Wohin?«, drängte Karu, auch wenn sie befürchtete, die Antwort schon zu kennen. Abgeholt von den Grünmänteln. In einem Verhörzimmer, wo die Kommissare über ihn herfielen. War das eine angemessene Strafe für sein Vergehen? Darüber ließ sich streiten, doch worüber sich nicht streiten ließ, war die Gefahr, dass all das, was die

Sicherheit aus ihm herauspresste, noch viel mehr Unheil anrichten würde als sein Mord an Eluki. »Wohin?«

Bibet schaute lächelnd zu ihr hoch, doch seine Augen waren beinahe so ausdruckslos wie die von Dena. »Du stellst genau dieselben Fragen wie dieser verdellte Kommissar. Einmal bei den Suchern, immer bei den Suchern, hm?«

»Bitte, Bibet«, bettelte Karu.

Der todkranke Bündler seufzte. »Wenn ich es diesem Stück Schutt verraten habe, kann ich es auch dir verraten.« Er stockte, verfütterte einen Löffel Brei an Dena und sagte: »Ich wusste ja, dass sie kommen würden. Nach dem, was in den Ruferblättern stand, mussten sie kommen. Und Gagek wusste es auch. Es tat ihm furchtbar leid. Er hat geweint.«

Karu ging in die Hocke, legte eine Hand auf Bibets Knie und suchte seinen Blick mit ihrem, während ihr der intensive Duft nach teurer Seife in die Nase stieg, den Denas dunkles Haar und ihre bleiche Haut verströmten. »Wo ist er?«

Wieder lächelte Bibet ein Lächeln, bei dem seine Augen starr wie zwei Murmeln aus Glas blieben. »Losgegangen, um Buße zu tun und die Ahnen um Rat zu fragen. Am Lodernden Krater. Die Zeit wäre günstig, hat er gesagt. Der Mond, weißt du? Er ist voll. Diese verdellten Rollenden Steine und ihr verdellter Aberglaube ... Er war kaum aus der Tür heraus, da kamen die Grünmäntel.« Er aß einen Löffel Brei. »Ich weiß, was er getan hat. Und ich weiß auch, für wen. Für mich.« Er nahm das Küchentuch und wischte Dena behutsam das Kinn sauber, wohin sich ein Batzen Brei verirrt hatte. »Und für sie. Er liebt uns, verstehst du? Er will die Ahnen fragen, was jetzt zu tun ist. Wie er uns retten kann. Scheiß auf seine Ahnen. Ich brauche keine Geister, um meine Entscheidungen zu treffen. Das habe ich auch den Grünmänteln gesagt. Dass sie sich nicht die Mühe machen müssen, mich zu verhaften.«

»Wegen der Geschwüre in deinem Bauch?« Karu bezweifelte, dass die Grünmäntel Rücksicht auf Bibets angeschlagene Gesundheit nehmen würden.

»Nein, deswegen.« Er zeigte mit dem Löffel zum Nachttisch. Auf ein leeres Fläschchen mit einem Korken als Verschluss. Ein Fläschchen, wie man es im Laden eines Pillendrehers kaufen konnte. Am unteren Rand des gläsernen Behältnisses haftete an der Kante ein grobkörniges weißes Pulver, und Reste davon sah Karu auch in den Rillen der Maserung auf dem Holz des Nachttischs.

»Bibet ...«

»Sie waren eigentlich für mich, aber ich kann Dena nicht allein lassen«, erklärte der Graubart freimütig. »Sie machen müde. Und ich will nur noch schlafen, Karu. Weißt du noch, als ich dir erzählt habe, dass man sich entweder ducken und weiterkriechen oder stehen bleiben und ersticken kann, wenn das Schicksal einem nur Dreck entgegenschleudert? Ich habe keine Kraft mehr zum Kriechen. Aber es gibt noch einen anderen Ausweg. Man besorgt sich ein Paar Flügel und fliegt davon.« Er aß einen Löffel Brei.

»Karu?«, hörte sie wie aus weiter Ferne Rinul nach ihr rufen. »Karu?«

Es fiel ihr schwer, sich aus der Hocke zu erheben, weil sie das Gefühl hatte, als trüge sie urplötzlich einen schweren Sack Steine auf den Schultern, und wenn Bibet ihr nicht den Arm als Stütze gereicht hätte, wäre es ihr womöglich auch nicht gelungen. »Ich muss gehen«, sagte sie leise. Sie küsste seine kalte Hand. »Ich muss gehen.«

»Sei frei«, riet ihr Bibet.

Sie war bereits an der Tür, als sie noch einmal zu ihm ging. Sie nahm sein Gesicht in beide Hände und streichelte ihm mit den Daumen über den Bart. »Dein Freibund wird überleben. Sie werden Gagek nicht kriegen. Eher stürzen alle Stollen ein. Das schwöre ich dir.«

Das alte Feuer kehrte für einen winzigen Moment in Bibets Augen zurück. »Das tust du nur für mich?«

»Ja«, log sie mit fester Stimme und eilte hinaus, um den zu retten, der zwei Zwerge, die er zu lieben vorgab, in den Tod getrieben hatte.

22

Der fischgesichtige Lakai, der Garep ausrichtete, dass Siris ihn sehen wollte, war ein besonders kleingeistiger Vertreter des Menschenvolks. Siris' Name klang aus seinem breiten Mund wie eine üble Beleidigung, und er rümpfte dabei doch tatsächlich die nach wie vor zu einem blaugrünen Klumpen angeschwollene Nase. Wie niederträchtig musste dieser Geselle sein, dem Neffen seines Arbeitgebers selbst dann nicht zu verzeihen, wenn er womöglich noch heute den Tod fand?

Siris saß in seinem Zimmer auf einem Hocker und polierte mit einem roten Seidentuch die Klinge seines Krummsäbels. Er trug ein weißes, ärmelloses Wams, weiße Hosen und flache, weiße Schuhe. Der Elfe, die die Gesandtschaft ihres Volkes anführte, hätte Siris in dieser Kleidung wahrscheinlich ausgesprochen gut gefallen. Oder hätte sie es als unverzeihlichen Affront empfunden, dass er die gleiche Farbe am Leib hatte wie sie? Garep hätte es kaum für möglich gehalten, doch die Elfen stellten ihn mit ihrem Gebaren vor noch größere Rätsel als die Menschen.

Siris schien vollkommen darin versunken zu sein, den weichen Stoff über den harten Stahl gleiten zu lassen, denn er zeigte bei Gareps Eintreten keine Regung.

Garep räusperte sich. »Siris?«

»Ich habe dich durchaus gesehen«, meinte der Mensch ruhig. »Hast du mir nichts zu sagen?« Auf und ab, auf und ab fuhr die Seide.

»Du musst mir verzeihen«, meinte Garep vorsichtig, »aber ich stehe gerade im dunklen Stollen.«

»Dann zünde ich wohl besser ein Lichtlein für dich an.« Siris' Stimme gewann an Schärfe. »Wie lange führen mich meine Schwester und du schon an der Nase herum?«

Garep stutzte. »Inwiefern?«

»Stell dich nicht dümmer, als du bist.« Siris hob die Klinge und betrachtete sein Spiegelbild darin, als würde er sich darüber wundern, dass es sich nicht wegwischen ließ. »Wegen des Jungen.«

Garep legte die geballte Faust aufs Herz. »Ich schwöre dir jeden Eid, dass –«

»Ich scheiße auf deine Eide«, würgte ihn Siris ab, und dass er dabei für seine Verhältnisse ruhig blieb, beunruhigte Garep mehr, als wenn sein Zorn sich ungezügelt Bahn gebrochen hätte. »Wie lange schon?«

Garep wählte jenen ernsten Tonfall, den er früher als Sucher für Verhandlungen mit Freibündlern oft mit großem Erfolg eingesetzt hatte. »Ich habe es genauso erfahren wie du. Vorhin erst.«

»Im Ernst?« Der flüchtige Geist eines Grinsens spukte auf Siris' Zügen. »Sie lässt sich von dir den Acker umpflügen und verheimlicht dir trotzdem eine so bedeutende Sache?« Er sog Luft durch seine langen, breiten Zähne. »Sei auf der Hut! Ihre Unaufrichtigkeit ist einigen ihrer früheren Gespielen schlecht bekommen. Einen davon habe ich in einer Taverne in Gottespfand erschossen.«

Garep hatte bereits mehrfach mit eigenen Augen gesehen, wozu dieser Mensch fähig war, aber er vermutete, dass man mit ihm am besten so umging wie mit einem schlecht erzogenen Grubenhund – wenn man sich anmerken ließ, dass man eingeschüchtert war, verlor das Vieh die Beißhemmung. »Noch einmal: Ich wusste es nicht früher als du.«

»Gut.« Siris nickte. »Woher kommt der Junge?«

Das war endlich eine verständliche Frage. Garep atmete auf. »Gozzoldini, sein Meister, hat uns erzählt, Oji wäre in einem uralten Gebäude geboren, das die Herren errichtet haben. Ähnlich wie diese Anlage auf der Insel, wo wir den beiden begegnet sind.«

Garep interpretierte den Ausdruck, der sich nun auf Siris' Gesicht legte – die zusammengekniffenen Lippen, die Falten auf der Stirn – als Zweifel. »Ich denke nicht, dass das gelogen war«, sagte er rasch. »Es gab dort eine Art Vorrichtung, die geprüft hat, wer in das größte der Gebäude hineindarf, und diese Maschine hat Oji den Zutritt gestattet.«

Auf und ab, auf und ab glitt das Tuch. »Wie sah diese Maschine aus?«

Garep kramte in seinen Erinnerungen und versuchte sich an einer Beschreibung des in mancherlei Hinsicht Unbeschreiblichen. »Ein bisschen wie ein Rubin, so groß wie eine Faust, der wie ein Auge geschliffen war. Er hat ein rotes Licht abgestrahlt, das Oji übers Gesicht gefahren ist. Danach hat sich die Tür zu dem Gebäude geöffnet.«

Siris knüllte das Tuch in seiner Hand zusammen. Dann verharrte er einen langen Moment, ehe er zischte: »Diese wund gestoßene Schlampe!«

»Wer?«, fragte Garep.

Das Tuch flatterte davon wie ein Vogel aus Blut und landete vor Gareps Füßen. »Ojis Mutter. Sie hat mir gesagt, er wäre tot.«

Garep schwieg. Siris hatte also gewusst, dass er einmal einen Sohn gezeugt hatte, aber offenbar war das Band der Zuneigung zwischen ihm und der Frau, von der er sprach, bereits vor langer Zeit zerrissen. »Wäre dir das etwa lieber?«

»Was?«

»Wenn der Kiesel wirklich tot gewesen wäre.«

Siris ließ den Säbel sinken, bis seine Spitze nur noch einen Fingerbreit über dem Boden schwebte. »Ich weiß nicht. Vielleicht. Dann wäre jetzt alles viel einfacher.«

Garep erschauerte, als er Worte aus Siris' Mund hörte, die er selbst vor vielen Jahren wieder und wieder stumm vor sich hingesagt hatte wie eines der Gebete, das die Menschen an ihre toten Götter richteten. »Mach nicht den gleichen Fehler wie ich«, beschwor er Siris. »Gib deinen Sohn nicht auf.«

»Das liegt nicht nur an mir«, erwiderte das Langbein nachdenklich.

»Wieso?«

Siris hob die Säbelklinge wieder vor sein Gesicht, um sich im spiegelnden, fühllosen Metall zu mustern. »Weil es durchaus sein kann, dass ich mich bald nicht mehr um ihn kümmern kann. Selbst wenn ich es wollte.«

Der Ort, an dem sich Siris' Schicksal entscheiden sollte, war derselbe, an dem sämtliche Geschicke Meerschaums entschieden wurden. In Vorbereitung auf den Zweikampf waren jedoch einige Änderungen im Sitzungssaal der Zusammenkunft vorgenommen worden. Die gestapelten Quader aus Holz, die die Hügel der Stadt repräsentierten, ragten nach wie vor an ihren angestammten Plätzen in die Höhe, doch die Bestuhlung war von ihren Stufen entfernt worden. Die Zuschauer, die sich in beachtlicher Zahl eingefunden hatten, hatten sich hinter Absperrungen aus Holzböcken entlang der Wände rings um den Saal aufgereiht. Nur die ältesten Vertreter der drei Fraktionen saßen in ihrer Kanzel, von wo aus sie auch bei anderen Anlässen auf die weniger Verdienten herabschauen konnten. Azzaras gab sich widerlich siegessicher und stieß mehrfach ein keckerndes Lachen aus, sobald ihm einer der anderen Greise etwas zuflüsterte.

Angesichts der großen Bronzeschalen, die an dicken Ketten von der Decke hingen, vermutete Garep, dass solche Zweikämpfe im warmen Schein glühender Kohlen ausgetragen wurden. Diesmal spendete jedoch das riesige, gleißende Elfenantlitz der blütenförmigen Apparatur in der Saalmitte ausreichend Licht.

Garep schüttelte den Kopf, um das völlig unpassende Bild einer Reitschule loszuwerden, denn eben daran musste er beim Geruch der auf dem Boden verstreuten Sägespäne denken. Er würde gleich etwas gänzlich anderes zu sehen bekommen als fröhlich glucksende Kiesel, die auf dem Rücken gutmütiger Ponys in ihren Sätteln auf und ab hüpften.

Der Vorsprecher der Zusammenkunft machte ein langatmiges und völlig unnötiges Aufhebens um die Verlesung der Bedingungen, die für das anstehende Gefecht galten. Als ob es nicht einleuchtend wäre, dass es keine Möglichkeit für beide Streitparteien gab, von ihren Forderungen Abstand zu nehmen, nachdem der erste Streich mit dem Säbel geführt war. Es war demzufolge keine Überraschung, dass das Publikum beständig tuschelte, gelangweilt Fächer auf und zu klappte und ungeduldig mit den Füßen scharrte.

Die Kontrahenten erduldeten das ausschweifende Prozedere mit weitaus größerer Ruhe. Siris' Gegner – ein hochgewachsener Südländer mit tiefbrauner Haut und großen, abstehenden Ohren – balancierte seinen Säbel auf beiden Händen und hob die Waffe immer wieder ein Stückchen an. Seine Augen waren geschlossen, doch seine Lippen bewegten sich, als murmelte er leise vor sich hin. Siris hingegen taxierte ihn schon jetzt finster, als sei der Kampf bereits in vollem Gange.

Gerade als Garep den Eindruck gewann, die Litanei des Vorsprechers gelänge endlich zu ihrem ersehnten Ende, geschah etwas, das die Menge in gewisperte Ahs und Ohs versetzte: Die Elfen hielten Einzug in den Sitzungssaal. Anscheinend wollte sich keiner der Gesandten das blutige Spektakel entgehen lassen. Sie waren alle gekommen: die Elfe in Weiß, deren Kleid rauschte wie schlagende Flügel; der geckenhaft bunt gewandete Herold; der rothaarige Muskelberg mit der Schnabelmaske und den an Gefieder gemahnenden Klingen in den Unterarmen; sogar das monströse Haustier, bei dessen Anblick Garep an einen Bergparder denken musste, der seinen prächtigen Pelz gegen graue, ledrige Haut und ein Horn auf seiner Stirn eingetauscht hatte.

Die Ankunft der Elfen brachte eine tiefe Verunsicherung bei allen Menschen im Saal mit sich, die sich teils in reglosem Schweigen, teils in hektischem Handeln wie dem Verhüllen von Gesichtern, Kniefällen oder einem Zurückweichen in den letzten Winkel des Raums äußerte.

»Warum haben die Leute Angst?«, erkundigte sich Garep bei Sira, deren schweißnasse Hand er hielt.

»Die Barmherzigen Gesandten betreten die Stadt für gewöhnlich nicht«, flüsterte Sira ergriffen. »Sie bleiben in ihrem Palast.«

»Dann ist es noch nie vorgekommen, dass sie ins Haus der Zusammenkunft gezogen sind?«

»Doch.« Sira nickte. »Einmal. Um einen Unterhändler zu töten, der sie angeblich bestehlen wollte.«

Zoseos, der auf die Elfen zugeeilt war, führte ein kurzes, aber von umso wilderen Gesten begleitetes und lautstarkes Gespräch mit dem Herold.

»Was sagt er ihnen?«, fragte Garep.

»Dass er hier nicht für ihre Sicherheit garantieren kann«, übersetzte Sira für ihn.

Die Schwänin mischte sich in barschem Ton in die Debatte ein, die auch schon wieder abgeschlossen schien, nachdem die Elfe zur Kanzel gezeigt hatte.

»Sie hat Zoseos und unser Haus jeder Schuld für Schäden an ihr und den anderen Gesandten enthoben«, erläuterte Sira. »Sie will Siris kämpfen sehen. Von da oben.«

Die Greise hatten keine andere Wahl, als den Wunsch der Elfen zu achten. Bald darauf stand die Schwänin neben dem Buntpfeifer und dem Hahn auf dem Ehrenrang, den sie eingefordert hatte. Der Greif war geschmeidig in drei Sätzen auf die Spitze eines der Hügel aus hölzernen Quadern gesprungen. Es entsprach bestimmt nicht den Statuten, dass ein elfisches Haustier es sich in der Arena bequem machte, doch es wunderte Garep nicht, dass die Meerschäumer das Ungeheuer gewähren ließen.

»Es gefällt Siris gar nicht, dass die Elfen hier sind«, sagte Himek besorgt, der zwei Plätze weiter den Arm um Fianessas Hüfte gelegt hatte. Das Mädchen hatte darauf bestanden, dabei zu sein, wenn Siris ihre Axt, die sie mit dem Blatt nach unten vor sich hielt, verteidigte. Oji hatte sich dem Befreier sei Dank einsichtiger gezeigt als das Mädchen und war in seinem neuen Zuhause bei seiner Großmutter geblieben.

Schwere Eichenbohlen, für die es je zwei livrierte Diener brauchte, um sie durch die Griffe in den Flügeltüren zu schieben, verschlossen den Saal. Der Zweikampf begann.

Man musste noch nie Zeuge eines Säbelduells gewesen sein, um rasch zu erkennen, wie dieses Kräftemessen ausgehen würde. Nur jemand, der auch glaubte, ein brennendes Haus mit dem Inhalt seiner Blase löschen zu können, hätte auf Siris gesetzt. Er kam nicht dazu, eigene Angriffe zu führen, so schnell wirbelte der Säbel des Südländers, und wo Siris' Paraden seiner Waffe lediglich ab und an ein schwaches Pfeifen abrangen, sang die seines Widersachers tatsächlich ein Lied. Eine treibende Melodie, die den anderen Feuerbergern der Handelsdelegation vertraut genug war, um sie mit rhythmischem Klatschen und schrillen Zungenschnalzern zu unterlegen. Einige der dunkelhäutigen Langschädel zeigten aufgeregt grinsend zu Fianessa. Azzaras hatte sich unter sie gemischt und kam aus dem begeisterten Schulterklopfen gar nicht mehr heraus.

Die Duellanten verschwanden aus Gareps Sichtfeld, als der Südländer Siris mit einer Folge kreisender Finten und flink gesetzter Ausfallschritte bis hinter einen der Holzhügel scheuchte. Gareps Herz schlug ihm bis zum Hals, als ein unheimlicher, vielstimmiger Laut durch die Zuschauer auf der anderen Seite des Saals ging. Ein Raunen, das halb entsetzt und halb euphorisch klang. War es das? Hatte der Südländer einen tödlichen Treffer gelandet?

Nein! Da kam Siris wieder zum Vorschein. Blut aus einem Schnitt am rechten Oberarm rann ihm bis zur Hand hinunter, mit der er den Säbel führte. Garep machte sich Hoffnungen, dass die Wunde nicht sehr tief war. Er hatte in seiner Anfangszeit als Sucher in Amboss genügend Massenkeilereien in finsteren Kaschemmen aufgelöst, um zu wissen, dass selbst kleine Schnitte oft heftig bluteten und dadurch bedrohlicher wirkten, als sie eigentlich waren. Nicht, dass dieser schwache Trost das Ergebnis der Auseinandersetzung für ihn infrage stellte.

Siris gelang es, etwas mehr Abstand zwischen sich und den Südländer zu bringen. Die recht ungelenken Hopser, die er dazu vollführte, weckten den Scherzbold in einem besonders grausamen Feuerberger. »He, Tanzweib? Hast du deine Schleier vergessen?«, höhnte er, und seine Freunde fielen in sein dreckiges Gelächter ein, das jäh abbrach, als sie bemerkten, dass die roten Augen des Hahns sie fest in den Blick genommen hatten.

Bei Siris' nächster Verzweiflungstat fühlte sich Garep erneut an die Grundregel einer jeden hemmungslos entfesselten Kneipenschlägerei erinnert: Nichts ist verboten und alles erlaubt. Siris knickte in der Hüfte ein, um eine Handvoll feiner Sägespäne aufzusammeln, die er dem Südländer ins Gesicht schleuderte. Der Meisterfechter lief tatsächlich in die kleine, braune Wolke hinein und presste die Augenlider fest zusammen.

Zu Gareps Entsetzen war der Mann Siris sogar blind überlegen.

Wusste der Tropfsteinbeißer, wie er es fertigbrachte – womöglich verschafften ihm seine großen Ohren einen Vorteil, weil er die gegen ihn gerichteten Schläge hörte –, aber der Kerl wehrte nach wie vor jeden Treffer ab, den Siris zu landen versuchte. Zwar schlich sich nun der eine oder andere Misston in das Lied seines Säbels, doch das hinderte ihn nicht daran, sogleich wieder zum Angriff überzugehen, nachdem Tränen die winzigen Spreißel aus seinen Augen gewaschen hatten. Davon war Siris derart überrumpelt, dass sein linkes Bein einen Wimpernschlag zu lang ungeschützt war, und bald tränkte Blut den Stoff seiner Hose.

Es war zum Bartzerren! Und es kam noch schlimmer: Ob durch den Blutverlust oder die lähmende Kraft seiner eigenen Zweifel – Siris wurde in seinen Bewegungen immer langsamer.

Komm! Komm! Komm!, feuerte ihn Garep stumm an.

Vergebens.

Der Südländer deutete mit weitem Ausholen einen schräg von oben nach unten verlaufenden Kreishieb an, der auf die rechte Schulter seines Gegenübers zielte. Als Siris' Waffe der seines Gegners entgegenzuckte, brach dieser den Schlag mitten in der Bewegung ab, um seinen Säbel durch einen kurzen Ruck des Arms von der einen Hand in die andere springen zu lassen. Die Demütigung setzte sich darin fort, dass er Siris die breite Seite der Klinge gegen die linke Schläfe donnerte.

Siris ging zu Boden wie eine Marionette, der man die Fäden durchgeschnitten hatte, und die Anspannung der Meerschäumer entlud sich in einem Aufschrei, der einer einzigen Kehle zu entstammen schien.

»Nein!«, hörte Garep Sira verzweifelt rufen.

Er wollte nicht hinsehen, doch er brachte nicht mehr zustande, als seinen Blick nur für winzige Momente von der drohenden Hinrichtung abzuwenden, als der Südländer den Säbel hob wie ein Scharfrichter.

Zu Himek, der den Kopf vorgestreckt und das Gesicht zu einer Maske der Anstrengung verzerrt hatte, als könnte er allein mit einem Gedanken verhindern, was nicht mehr zu verhindern war.

Zu Fianessa, die zornig die Zähne bleckte.

Zu Azzaras, der triumphierend »Das Recht ist auf meiner Seite!« brüllte.

Zu den Feuerbergern, die dem Sieger johlend Beifall zollten.

Zur Schwänin, deren Hand zu ihrer blassen Kehle wanderte.

Zum Hahn, der – Eselsrotz und Ziegenscheiße! Der Arm des Elfen schnellte vor, als wollte er jemandem eine schallende Ohrfeige mit dem Handrücken verpassen. Ein Stück scharfes Metall flirrte von der Kanzel in den Saal hinunter und bohrte sich in den Hals des Südländers. Der Säbel entglitt seinen Fingern, und er tastete nach der Spitze der Federklinge, die ihm in der Gurgel steckte. Er brach in die Knie, hustete einen Schwall Blut auf den Rivalen, den er bezwungen hatte, kippte um und begrub Siris unter sich.

Das Chaos, das nun unter den Anwesenden ausbrach, hätte nicht schlimmer ausfallen können. Azzaras starrte entgeistert zur Kanzel hinauf, während sich die Feuerberger »Betrug! Betrug!« schreiend die Wickeltücher vom Kopf rissen. Der Greif sprang von seinem Holzhügel herunter, trottete auf den toten Südländer zu, zerrte ihn mit der Pranke spielerisch von Siris herunter und schloss dann die gewaltigen Kiefer knirschend um den Schädel seiner Beute. Mehrere der hohen Herrschaften Meerschaums übergaben sich geräuschvoll. Zoseos wedelte mit den Armen und stieß panische Laute in der Elfensprache aus. Der Hahn verneigte sich vor der Schwänin, und der Buntpfeifer hielt sich den Bauch vor Lachen. Sira kletterte unter der Absperrung hindurch und eilte – die Predigerinnenkutte gerafft, als überquerte sie damenhaft eine große Pfütze – an die Seite ihres wie tot daliegenden Bruders. Der Vorsprecher der Zusammenkunft schwenkte einen langen Stab, an dem Dutzende kleiner Schellen bimmelten, um die Versammelten zur Ordnung zu rufen.

Was ihm nicht gelang, bewirkte schließlich zumindest in Teilen ein donnerndes Pochen an den verschlossenen Türen. Zwei der livrierten Diener schauten einander einen Moment unschlüssig an, ehe sie hastig die durch die Türgriffe geschobenen Eichenbohlen entfernten. Es stellte sich heraus, dass es ein junger Gardist war, der da so dringend um Einlass bat. Nachdem er mit wehendem Umhang bis zur Absperrung vorgedrungen war, zeigte er sich bei einem Blick hoch zur Kanzel verwirrt, bis ihm offenbar wieder einfiel, was ihn hergetrieben hatte. »Schiffe!«, brüllte er und schlug mit seinem Panzerhandschuh auf seine Brustplatte ein, um sich in dem Tumult durchzusetzen. »Die Türme im Hafen melden Schiffe!«

»Und deswegen wagst du es, uns zu unterbrechen?«, keifte Azzaras, dessen faltiger Kopf die Farbe eines Gockelkamms angenommen hatte.

»Es sind keine gewöhnlichen Schiffe!«, hielt der Gardist tapfer dagegen, und Garep fühlte eine eisige Hand, die sich um seinen Nacken schloss. »Es sind Schiffe, die aus großen Rohren Rauch in den Himmel spucken.«

Garep, Himek und Zoseos trafen als Letzte auf der Aussichtsplattform auf der Spitze des schlanken Turms ein, der das Haus der Zusammenkunft krönte – die Zwerge wegen ihrer kurzen Beine, der Mensch wegen seines lädierten Knies.

Garep hielt sich an Zoseos, der zielstrebig auf die Gesandtschaft der Elfen zusteuerte. Sie hatten ganz vorne am für Garep brusthohen, steinernen Geländer Aufstellung bezogen, und die Meerschäumer, von denen keiner auch nur ein Wort flüsterte, wahrten ehrfürchtig einige Schritte Abstand.

Die Mündung des Braunen Stroms war ein dunkler Spiegel, auf dem die Sterne des nicht minder düsteren Nachthimmels funkelten. Garep richtete seinen Zweiten Blick auf den Horizont. Der Rauch aus den Schloten der kleinen Flotte, die Kurs auf den Hafen von Meerschaum genommen hatte, stieg in grünen, schrägen Säulen zum Firmament hinauf. Es stimmte. Er presste die Stirn gegen den Fels der Balustrade, der noch die Wärme der im Meer versunkenen Sonne in sich trug. Es stimmte. Der kriegerische Arm des Bundes reichte unvorstellbar weit, und es gab kein Entrinnen vor ihm.

»Was glaubst du, warum sie uns nicht mehr mit hineinlassen wollten, während sie sich beratschlagen?« Himek rutschte nervös auf der Bank in den Arkaden vor dem Haus der Zusammenkunft hin und her.

Garep ließ seinen Blick über den leeren Marktplatz schweifen und lauschte kurz dem Glockengeläut und den Hörnerstößen aus den zahllosen großen und kleinen Herrenschreinen der Stadt, die ihre Bewohner vor der drohenden Gefahr warnten. »Was denkst du wohl?« Er deutete mit dem Kinn auf einen Gardisten, der sich zehn Platten entfernt an einen Pfeiler lehnte und eine Zigarette rauchte. Er hätte darauf verzichten sollen, alle zwei, drei Züge zu ihnen herüberzusehen und nachzuprüfen, ob seine Armbrust auch gespannt war, und Garep hätte sich vielleicht der Illusion hingegeben, er wüsste nicht, was es mit ihm auf sich hatte. »Wir sind jetzt der Feind.«

»Das ergibt keinen Sinn«, maulte Himek.

»Wenn du dir ihren Helm aufsetzt, schon«, erwiderte Garep.

»Ich meine, sie behandeln da drin doch auch Siris«, ging das Gequengel weiter. »Dabei könnte ich ihnen gute Dienste leisten.« Er stöhnte auf. »Wer weiß, ob sich diese Quacksalber überhaupt die Hände waschen, bevor sie eine Wunde nähen.«

»Wir reden über Menschen, mein –« Garep drehte schnell den Kopf zur Seite, damit sein Sohn nicht sah, wie ihm unvermittelt die Tränen kamen. Himeks Mutter wäre womöglich nicht in die Gruft gebettet worden, wenn der Leiböffner, der sie nach der Entbindung behandelt hatte, den Wert von Seife zu schätzen gewusst hätte. Dann wäre nichts so, wie es jetzt war. Dann wären sie auch dem Empfinden nach Vater und Sohn, und nicht nur aufgrund ihres gemeinsamen Blutes, das für Himek keine Bedeutung mehr hatte. »Sira ist bei ihm.« Garep fing sich wieder. »Sie wird schon gut auf ihn aufpassen. Sie hat lange genug bei uns gelebt.«

Die Tür zum Sitzungssaal öffnete sich, und Zoseos kam herausgehinkt.

»Und?«, fragten Garep und Himek wie aus einem Mund.

»Siris lebt«, sagte der alte Mensch mit Erleichterung in der Stimme. »Er hat viel Blut verloren, aber er ist zäh. Ein echter von Wolfenfurt eben.« Er ließ sich neben Garep auf der Bank nieder und streckte sein Bein aus. »Was den ungewöhnlichen Ausgang des Zweikampfs angeht«, er massierte sein Knie, »haben wir uns mit Azzaras auf einen Kompromiss geeinigt.«

»Ist er so gut wie der letzte, den er vorgeschlagen hat?«, wollte Garep wissen.

»Wie man es nimmt«, antwortete Zoseos. »Wir behalten die Axt, Oji verzichtet auf die Werkstätten seines Meisters.«

»Das wird Fianessa freuen.« Himek klatschte eine schwache Bekräftigungsgeste.

»So viel zu den guten Nachrichten.« Zoseos zog eine bittere Grimasse, die wohl nur halb den Schmerzen in seinem Knie geschuldet war.

»Den guten Nachrichten?« Garep gefiel der Unterton in Zoseos' Worten gar nicht. »Und was sind die schlechten?«

»Ich soll mit den Zwergen verhandeln, weil ich aufgrund meiner Erfahrungen mit den Barmherzigen Gesandten angeblich am besten dafür geeignet bin.«

Garep atmete auf. »Das ist doch eine vernünftige Entscheidung. Und du bist ein vernünftiger Mann.«

»Das ist noch nicht alles.« Zoseos packte Gareps Hand und schüttelte sie. »Meine besten Glückwünsche!«

»Wozu?«

Bei der Antwort begann sich alles um Garep herum zu drehen. »Du wirst mich als offizieller Vertreter der Stadt begleiten und mein Übersetzer sein. Es sei denn, du willst, dass sie dich und Himek als Spione der feindlichen Armee aufs Rad flechten und in den Braunen Strom werfen. Nun? Kann ich auf dich zählen?«

23

Der Lodernde Krater sandte sein Leuchten hinauf zu den geschwollenen Bäuchen der dunklen Wolken, die sich über den Nachthimmel wälzten. Anini gemahnte der Anblick an die brodelnden Kessel von Versuchsrechnern, die in ihren Werkstätten komplizierte Stoffkundeexperimente durchführten, um neue Materialien zu entwickeln. Und so, wie am Ende dieser Experimente ein verwertbares Ergebnis stand, so stand für ihn am Ende des Anstiegs auf dem kurvenreichen Pfad, der sich das Geröllfeld des Berghangs hinaufschlängelte, endlich ein Ergebnis in Aussicht: Bald würden er und Ekela den Mörder stellen, der geglaubt hatte, dem langen Arm der Gerechtigkeit entwischen zu können. Jeder gemessen gesetzte Schritt brachte Anini einem erfolgreichen Abschluss seiner Mission näher, und das Knirschen von Steinchen unter seinen Stiefelsohlen und der schwere Atem Ekelas waren Musik in seinen Ohren.

Sie brauchten sich nicht zu beeilen und nahmen sich sogar die Zeit, im Licht der Laterne, die sie abwechselnd trugen, die lehrreichen Tafeln am Wegesrand zu studieren. Kurze, kompakte Texte und Schaubilder von nüchterner Sachlichkeit, die irgendein Mitarbeiter der örtlichen Behörde für Kulturpflege erstellt hatte, klärten sie darüber auf, wie die Zwerge in jener Zeit, als sie noch zu ihren Ahnen gebetet hatten, zum Lodernden Krater gepilgert waren und welche Rituale sie dort abgehalten hatten. Der Mörder war ein Rollender Stein, und für ihn war das, was für einen aufgeklärten Bundesbürger nur noch Anekdoten aus einer fernen Vergangenheit waren, fester Bestandteil seiner Weltanschauung. Anini fühlte fast so etwas wie Verbundenheit zu diesem Gagek Stark, doch es gab einen entscheidenden Unterschied zwischen ihnen – abgesehen davon, dass sie auf verschiedenen Seiten des Gesetzes standen. Obwohl Anini dank seiner Ausflüge in den Hain wusste, dass aus den Legenden seines Volkes eine halb vergessene, tiefere Wahrheit sprach, wäre es ihm nie in den Sinn gekommen, sein Handeln nach diesen Mythen und Sagen auszurichten. Die Zeit ließ sich nicht zurückdrehen. Er lebte nun einmal in einer Welt, die von den Mächten des Verstands und des rationalen Denkens regiert wurde, und das war auch gut so, denn die Alternative wäre ihm wie eine Kapitulation vor dem Wahnsinn erschienen, der nach wie vor in so vielen Geistern schlummerte – einem Wahnsinn, dem Gagek Stark ganz offenkundig nachgegeben hatte.

Und war es nicht so, dass es Aninis Vernunft gewesen war, die ihn zu den äußerst ertragreichen Verhören der Tunnelkriecher angeleitet hatte? Er nickte sich selbst ein kleines Lob zu und nahm Ekela die Laterne ab.

Sie rieb die Hände aneinander, formte dann eine kleine Höhle mit ihren Fingern, blies hinein und steckte die Hände schließlich in die Manteltaschen. »Ganz schön frisch.«

»Das ändert sich, sobald wir oben sind«, tröstete Anini sie. Er warf einen Blick zum Kraterrand. Noch sechs oder sieben lang gezogene Windungen, schätzte er, und sie waren da.

»Das waren sehr gute Verhöre«, sagte Ekela.

»O ja.« Nicht seine besten, aber auch nicht seine schlechtesten. An einigen Stellen zu … verspielt. Wahrscheinlich, weil sein Kitzlein ihm zugesehen hatte und er dem unbewussten Drang gefolgt war, sie mit seinem Einfallsreichtum zu beeindrucken.

»Warum hast du manche der Tunnelkriecher gehen lassen, die gewusst haben, dass ein Bündler einen von ihnen angeheuert hat?«

Anini lächelte. Sein Kitzlein hatte tatsächlich noch viel zu lernen. »Weil wir uns mehr Respekt bei den Leuten verschaffen, wenn wir ihnen zeigen, was mit einem passiert, wenn er sich mit den Bündlern einlässt. Ein Verschwundener ist einfach nur ein Verschwundener. Sicher, die Gerüchte über die Minen sorgen für ein gewisses Maß an Gehorsam. Aber die wenigsten haben sie je gesehen. Man muss den Leuten etwas geben, das sie sehen können und das ihre Furcht vor uns nährt. Etwas, das sie nicht vergessen.«

»Wie einen Zwerg ohne Augenlider?«

»Wie einen Zwerg ohne Augenlider«, bestätigte er. Es war ein alter

Kniff, den er nur gelegentlich einsetzte. So wie dieses Mal. »Die Herausforderung für uns besteht darin, immer wieder etwas Neues zu finden, das den gewünschten Effekt erzielt. Sonst tritt eine Gewöhnung ein, und Gewöhnung ist der Feind der Abschreckung. Wir müssen unberechenbar bleiben.«

»Unberechenbarkeit, verstehe«, murmelte Ekela. »Und deshalb hast du wohl auch Darmwäscher nicht verhaftet, was?«

Die leise Kritik in ihren Worten entging ihm nicht, und er glaubte, ihren eigentlichen Ursprung zu kennen. Er hatte zwar durchaus vor, Ekela in Kürze die Chance zu eröffnen, ihren verständlichen Hass auf die Bündler abzuarbeiten, aber er war nicht sicher, ob sie seinen wahren Beweggrund für den Verzicht auf eine Verhaftung Darmwäschers hätte nachvollziehen können. Sie hatte keine Setzlinge. Das, was Anini gespürt hatte, als Darmwäscher ihm mit seinem ungewöhnlichen Angebot begegnet war, musste ihr fremd erscheinen. Für Anini hingegen hatte Darmwäschers Sorge um seine schwachsinnige Tochter eine neue Möglichkeit eröffnet, wie das Problem mit Ilele zu lösen war. Er konnte seinen Setzling nicht im Stich lassen – nicht, nachdem er erfahren hatte, dass das Mädchen mit dem roten Haar aus dem Ewigen Hain Ilele begegnet war. »Was ist grausamer für Darmwäscher?«, begann er seine aus der Not geborene Lüge. »Ihn in die Minen zu schicken, wo der zähe Kerl weiß der Sehende Blinde wie lange noch durchhält, oder ihn gleich mit der schrecklichen Gewissheit sterben zu lassen, dass sein Freibund ausgelöscht wird und alles, was er aufgebaut hat, von uns zu Staub zermalmt wird? Dass er nicht einmal das Leben seiner eigenen Tochter schützen konnte?«

Ekela sagte nichts, und eine Weile gingen sie schweigend weiter. Dann stellte sie unvermittelt erneut unter Beweis, dass es ihr nur an Erfahrung und keineswegs an Schärfe des Verstands mangelte. Sie blieb am Scheitelpunkt einer Kehre stehen und fragte: »Warum machen wir das hier eigentlich allein? Das vorhin war nicht die Wahrheit, oder? Den Suchern zu sagen, sie hätten schon genug damit zu tun, die Freibündler in der Stadt zu jagen, und wir könnten Stark auch ohne ihre Unterstützung dingfest machen.«

Er drehte sich zu ihr um, schaute sie an, und einen Moment schlug sie ihn völlig in seinen Bann, wie sie am äußersten Rand des Lichtkreises der Laterne dastand, die Hände in die Hüften gestemmt, den Kopf leicht zur Seite geneigt, sodass sie unter dem Kragen ihres Mantels ein Stück der makellosen Haut an ihrem Hals preisgab. Sie war ein Geschenk des Schicksals an ihn, und sie hatte es nicht verdient, dass er sie im Dunkeln ließ. »Du trägst etwas in deinem Herzen, das dich auffressen wird, wenn du es nicht von dir werfen kannst«, sagte er. »Diese Sache mit deinem Freund aus der Schule. Dem Torwächterspieler, der sich umgebracht hat, weil die Bündler ihn dazu getrieben haben.«

»Lebed ...«

»Rachsucht ist keine gute Triebfeder für einen Kommissar. Deshalb sind wir allein hier«, erklärte er. »Damit du Rache üben kannst.«

Sie machte einen Schritt auf ihn zu. In ihren Augen blitzte ein alter Zorn. »Wir sind nicht hier, um Stark zu verhaften«, stellte sie fest.

»Wir sind hier, damit du Frieden mit deiner Vergangenheit schließt.« Er schwenkte die Laterne in Richtung des Kraterrands. »Für meine Mission ist es unerheblich, ob Stark lebt oder stirbt. Ich weiß alles, was ich wissen muss. Für dich allerdings ...«

»Blut ruft nach Blut«, sagte sie ruhig.

Auch wenn diese Regel sich eher darauf bezog, dass ein Kommissar den anderen rächte, verzichtete Anini darauf, Ekela entsprechend zurechtzuweisen. »Töte Stark, und töte damit deinen Hass. Einverstanden?«

Sie nickte.

»Dafür können wir auf Zeugen gern verzichten, meinst du nicht auch?«

Ein sonderbares Lächeln, wie von jemandem, der gerade in ein großes Geheimnis eingeweiht worden war, umspielte ihre Lippen. »Es ist mir sowieso am liebsten, wenn wir zwei unter uns sind.« Sie schloss nun ganz zu ihm auf und hakte sich bei ihm unter. »Warum tust du das alles für mich? Wenn wir hier miteinander fertig sind, fährst du zurück nach Zwerg zu den anderen aufgeblasenen Fröschen und wir sehen uns niemals wieder.«

Er biss sich auf die Zunge, um dann doch nur draufloszureden. Er wollte unbedingt sehen, wie sie sich über die nächste Eröffnung freute. »Was würdest du sagen, wenn ich dir gestehe, dass ich mit dem Gedanken spiele, mich nach Stahlstadt versetzen zu lassen? Ich trenne mich von meiner Gattin, sie bekommt den einen Setzling und ich den anderen, und wir suchen uns zu dritt – du, ich und Ilele – ein schönes Haus. So eins wie das, aus dem Eluki verschleppt wurde.«

Sie lachte auf und gab ihm eine andere Antwort als die, die er sich erhofft hatte. »Ich würde sagen, du bist verrückt.«

Karus Lungen brannten, und ihre Beine waren schwer wie Blei. Ganz gleich, in welche Ecke des Bundes sie und Rinul auch flüchten würden, sobald das hier alles vorbei war – das Erste, was sie sich dort beibringen würde, war das Lenken einer Kutsche, denn offensichtlich hatte das Schicksal Freude daran, sie ständig von einem Ort zum nächsten zu hetzen. Nicht, dass eine Kutsche sie diesen verdellten Berghang hinaufgebracht hätte, aber der Gedanke war trotzdem tröstlich.

Und noch tröstlicher war, dass sie sich mit einem Zwerg an der Seite das lose Geröll hinaufkämpfte, der sie liebte. Da war sie sich inzwischen sicher. Als sie vorhin aus Bibets Haus geeilt waren, hatte er etwas gesagt, das keinen Zweifel mehr daran zuließ. »Du entscheidest, wie es jetzt weitergeht. Ich habe dich einmal gezwungen, alles aufzugeben, und das kann ich nicht noch einmal von dir verlangen. Wenn du Gagek retten willst, dann versuchen wir es.«

Sie hatte ihm nicht erklären müssen, warum Gagek den Kommissaren nicht in die Hände fallen durfte. Es ging ihr nicht um den Freibund, dem sie nun angehörte – zumindest nicht nur. Es ging ihr darum, dass Gagek zu viel über die Leute wusste, mit denen sich Rinul und sie getroffen hatten. Ojono, Koch, Hauer: Sie alle würden sterben, sobald die Grünmäntel es geschafft hatten, Gageks Willen beim Verhör zu brechen. Auch wenn Karu eigentlich nur den jungen Halbling mochte, gab es einen trotzigen Teil ihres Denkens und Fühlens, der darauf beharrte, dass es dennoch das Richtige war, alle ihre Mitverschwörer zu schützen. Natürlich konnte sie nicht vorhersehen, wie Ojono und die anderen darauf reagierten, sobald sie davon erfuhren, was Schreiber mit ihrer Sendung in die Hauptstadt angerichtet hatte. Vielleicht entschloss sich der eine oder andere von ihnen, es der Fabrikleiterin und Bibet gleichzutun und aus freien Stücken aus dem Leben zu scheiden. Sie wäre eine Lügnerin gewesen, hätte sie behauptet, der Gedanke, all ihrer Angst und all ihrer Ungewissheit selbst ein Ende zu bereiten, wäre nicht schon seit Längerem auf leisen Sohlen immer wieder durch die Ränder ihres Geistes gepirscht. Doch so, wie es ihre Entscheidung war, diesen Gedanken – diese Aussicht auf ewige Ruhe, diesen flüchtigen Traum einer Auslöschung des eigenen Ichs – wieder und wieder zu vertreiben wie einen lästigen Spuk, so stand es ihr nicht zu, andere durch ihre Untätigkeit in eine Lage zu drängen, in der sie vor diese Wahl gestellt wurden. Sie musste Gagek retten.

Ohne Rinuls Hilfe wäre dieses Unterfangen jedoch umgehend gescheitert. Sie hatte keine Ahnung gehabt, was der Lodernde Krater genau war und wo er lag. Als sie ihm berichtet hatte, wohin Gagek unterwegs war, hatten sich Rinuls Jahre an der Lehrstätte für Geschichtskunde ausgezahlt. Er konnte nicht nur sofort sagen, wo der Lodernde Krater zu finden war – gute drei Kutschstunden von Stahlstadt entfernt mitten in den Bergen –, sondern er hatte sich auch einiges Wissen über den Kultplatz angeeignet. »Unsere Ahnen sind dorthin gegangen, weil der Nebel zwischen den Welten so dünn ist, dass die Toten sich den Lebenden offenbaren können. Es gibt Aberdutzende von Geschichten über Feldherren, die dort von einem toten Helden den entscheidenden Hinweis erhalten haben, wie sie eine anstehende Schlacht gewinnen. Oder von Schmieden, die dort von den ersten Vertretern ihrer Kunst gelernt haben, wie man zaubermächtige Waffen schafft. Aus heutiger Sicht sind für diese Leistungen allerdings nicht irgendwelche Verblichenen verantwortlich. Der Krater ist voller giftiger Dämpfe, und manche von ihnen lösen heftige Halluzinationen aus. Wenn die Zwerge aus den Geschichten mit jemandem geredet haben, dann im Grunde nur mit sich selbst. Man muss schon ein rückständiger Flachdenker wie Gagek sein, um etwas anderes zu glauben.«

Eine Mietkutsche hatte sie zum Fuß des Lodernden Kraters gebracht, wo bereits ein anderer Wagen wartete, dessen Kutscher damit beschäftigt gewesen war, das Öl an den Laternen seines Gefährts nachzufüllen. Die zweite Kutsche war kein gutes Zeichen, und als Karu den Hang hinaufgeschaut hatte, war ihr ein kalter Schauer über den Rücken gelaufen. Ein einsames Licht – wie ein winziger Stern, der zu tief vom Himmel herabgesunken war – war langsam ungefähr auf halber Höhe zwischen Fuß und Spitze des Kraters nach rechts gewandert, bis es plötzlich die Richtung wechselte. Es war dieses Licht, dem Rinul und sie nun nacheilten. Da sie es auf dem gewundenen Pfad nie rechtzeitig eingeholt hätten, blieb ihnen nur eine einzige Möglichkeit: der direkte Anstieg nach oben über das Geröllfeld.

Karu blieb einen Moment stehen, um Luft zu holen. »Eselsrotz«, keuchte sie. »Das sah von unten nicht so anstrengend aus.«

»Beschwer dich nicht!« Rinul stützte sich auf ihrer Schulter ab. »Immerhin siehst du ungefähr, wo du hintrittst. Ihr verdellten Bergzwerge und euer schuttiger Zweiter Blick.«

»Genug gejammert!« Sie klopfte ihm aufmunternd auf den Rücken und hob den Kopf, um nachzusehen, ob sie den Abstand zu dem gefallenen Stern merklich verringert hatten. Hatten sie, aber nicht schnell genug. Vor ihren Augen verschmolz der Lichtpunkt mit dem grellen Leuchten, das über den zerklüfteten Kraterrand schien. Die Grünmäntel – denn wer sonst sollte sich noch zu so später Schicht zu dem Kultplatz aufmachen? – hatten den Wettlauf so gut wie gewonnen.

»Weiter!«, knurrte Karu. »Weiter!«

Der Ort, den Stark gewählt hatte, um zu seinen Ahnen zu sprechen, war ein Reich des Feuers und der Hitze. Am Grund der weiten Senke schien das kochende, flüssige Innere der Welt nur auf den günstigsten Augenblick zu warten, um durch den letzten festen Boden zu brechen, unter dem es notdürftig verborgen war. In großen Kuhlen blubberte Schlamm, der in unregelmäßigen Abständen in riesigen Fontänen emporgeschleudert wurde und als klatschender Regen auf die verstreut liegenden großen Brocken aus porösem Gestein niederging. Aus unzähligen Spalten und Rissen – manche schmaler als ein Finger, andere breiter als so manche Prachtstraße in Stahlstadt – zischte und ächzte es beständig, als wären die Gase und Dämpfe, die der unruhig schlummernde Vulkan ausstieß, zornig darüber, von ihm weichen zu müssen. Bei einigen war dieser Zorn derart heftig, dass sie sich entzündeten und als gleißende, baumhohe Fackeln vergingen. Die Farben der Feuersäulen reichten von gewöhnlichem Rot über kühles Blau bis hin zu einem unheimlichen Grün. Der intensive, stechende Gestank von Schwefel lag in der Luft, als hätten sämtliche Bürger des Bundes zur gleichen Zeit ein Streichholz entzündet.

Anini hatte am Rand des Kraters die Laterne gelöscht, denn sie brauchten ihr Licht nicht mehr. Sie brennen zu lassen, wäre so gewesen, wie einen Eimer Wasser ins Meer zu schütten.

Auf ihrem Weg hin zur Mitte der Senke hatte Ekela den Bündler erspäht, und jetzt beobachteten sie ihn bereits eine ganze Weile aus dem Schutz eines Felsbrockens heraus, der mit einer dicken Kruste aus silbrig glänzenden Ablagerungen überzogen war.

Stark saß im Schneidersitz auf einer Art Landzunge, die in einen kleinen See aus kochendem Wasser hineinragte. Er war nackt und wiegte den haarigen Oberkörper vor und zurück. Ab und zu warf er den Kopf in den Nacken. Wegen des Brodelns und Zischens war nicht zu hören, ob er nur wortlos heulte oder ob er vorsichtig formulierte Bitten aussprach, um den Rat seiner Ahnen einzuholen. Jedes Mal, wenn er den Kopf wieder senkte, fügte er sich mit einem langen Messer, dessen schwarze Klinge aus Vulkanglas geschliffen sein musste, einen Schnitt in die Brust oder in die Schenkel zu.

»Du solltest dich beeilen«, sagte Anini. »Bevor er dir ausblutet.«

»Das klingt, als würdest du dich darüber freuen, was gleich kommt.« Ekela zog ihre Natter und warf einen nachdenklichen Blick auf das Magazin über dem Lauf der Waffe. »Wieso?«

Anini zuckte mit den Schultern. »Ich freue mich für dich. Ist das falsch?«

Sie kniff die Lippen zusammen und schüttelte den Kopf.

»Soll ich mit dir gehen?«

»Und mir die Hand halten, oder wie?« Sie lud ihre Waffe durch. »Das schaffe ich schon allein.«

Sie ging an ihm vorbei und trat aus dem Schatten des Felsens. Er sah ihr nach und fragte sich, ob ein auf die Wange gehauchter Kuss oder ein anderer kleiner Beweis ihrer Zuneigung zu viel verlangt gewesen wäre. Immerhin wäre ein anderer Kommissar bestimmt nicht dazu bereit gewesen, einen Verdächtigen den inneren Zwisten seiner Gehilfin zu opfern. Anini seufzte. Wurde er auf seine alten Tage etwa zu weich für seinen Beruf?

Die Hitze im Lodernden Krater blendete Karu, denn mit dem Zweiten Blick betrachtet war die Senke nicht mehr als ein Durcheinander aus wirbelnden, gleißenden Wolken. Als ihr Hirn begriff, dass die Wahrnehmung mit den Augen vollends zu versagen drohte, schälten sich nach und nach feste Formen aus dem Gewirr, und Karu steuerte auf die erstbeste zu. Wenn der Hang auf dieser Seite des Kraterrands genauso steil gewesen wäre wie auf der, die sie gerade erklommen hatte, hätte sie sich auf die Nase gelegt. Statt zu stürzen, strauchelte sie nur und taumelte mit ausgestreckten Händen nach vorn, bis sie warmen Fels ertastete.

»Karu!« Rinul fasste sie an den Schultern und drehte sie zu sich um. »Bist du in Ordnung?«

Sie nickte. Da der Erste Blick den Zweiten noch nicht ganz abgelöst hatte, leuchteten Rinuls Mund und Augen für sie wie glimmende Kohlen, und sein gesamtes besorgtes Gesicht war von einem feinen, wabernden Schleier aus Lichtpunkten umflort. »Mir geht es gut. Es ist hier nur zu heiß für den Zweiten Blick. Siehst du sie?«

Rinul lugte um den Felsbrocken herum. »Nein. Warte … Doch! Da ist Gagek! Er …«

»Was?«

»Er schneidet sich in die Brust«, sagte Rinul mit einem deutlichen Ekel vor dem Aberglauben des Rollenden Steins in der Stimme.

»Wo sind die Grünmäntel?«

»Keine Ahnung, wo die stecken.« Er hustete gequält. »Beim Arsch des Befreiers! Muss es denn so stinken? Wie hält Gagek das aus?«

Der Lichtschleier um Rinuls Kopf war mittlerweile verblasst, und Karu wagte es, selbst nach den Kommissaren Ausschau zu halten. Es war schwer, nicht einfach nur dumpf zu Gagek hinunterzustarren, denn die blutige Zurschaustellung seiner Überzeugungen hatte einen unangenehmen Reiz. Sie war Ausdruck von Kraft und Schwäche in einem. Wie stark musste sein Wille sein, um sich diese Schnitte beizubringen, und wie groß zugleich seine Ohnmacht, um bei seiner Suche nach Auswegen aus den Widrigkeiten, in denen er gefangen war, Schmerz als Mittel zur Erleuchtung zu verwenden?

Fast hätte Karu die kleine Gestalt übersehen, die hinter einem Felsen keine dreißig Platten den Hang hinunter auftauchte. Der Saum ihres Mantels schwang mit jedem ihrer entschlossenen Schritte, und in ihrer rechten Hand trug sie etwas, das nicht zu der lässigen Art passen wollte, wie sie den Arm baumeln ließ.

»Halt!«, brüllte Karu aus vollem Hals, um das im Krater herrschende Getöse zu übertönen, und kämpfte umgehend gegen einen üblen Würgereiz an.

Die Gestalt fuhr herum, die Natter im Anschlag.

»Bist du wahnsinnig?« Rinul duckte sich hinter den Felsen und zerrte an Karus Hosenbeinen. »Runter!«

»Ich habe einen Plan«, sagte sie, entfernte sich mit zwei schnellen Schritten aus Rinuls Reichweite und winkte der Gestalt mit beiden Armen zu. Ihr Herz setzte einen Schlag aus, als ein zweiter Kommissar aus dem Erdboden zu wachsen schien. Warum hatte er seinen Kollegen allein geschickt? Sie hob die Hände, trottete den Hang hinunter und rief: »Nicht schießen!«

Als sie nahe genug an die beiden Halblinge heran war, stellte sie fest, dass es sich bei der ersten Gestalt mit der Natter nicht um einen Kommissar, sondern um eine Kommissarin handelte. »Stehen bleiben!«, befahl sie.

Karu gehorchte.

»Was soll das?«, raunzte sie der zweite Grünmantel an.

Karu ließ die Hände ein Stück sinken und zeigte vage zu der Stelle, an der Gagek saß, nach wie vor in seinem Ritual versunken. Gut. Solange er sich seinen von den Gasen ausgelösten Halluzinationen hingab und an sich herumschnippelte, konnte er ihr ihren Plan nicht versauen. »Ihr seid seinetwegen hier, oder?«

Die Kommissare zeigten keine Regung.

»Ich will euch einen Handel vorschlagen«, schrie Karu. »Einen kleinen Tausch.«

Eine gefühlte Ewigkeit geschah nichts, außer dass die Köpfe der beiden Beamten sich hin und wieder bewegten. Sie diskutierten leise miteinander. Wenn Karu die Haltungen der beiden richtig deutete, wollte die eine den anderen davon überzeugen, Karu einen Bolzen zwischen die Augen zu verpassen, während der andere die Schießwütige zu beschwichtigen versuchte. Seine Bemühungen mündeten in einen Handkantenschlag in die Luft vor seiner Brust, woraufhin die Halblingsfrau mit der Natter zwar enttäuscht den Kopf schüttelte, aber endlich damit aufhörte, ihre Waffe immer wieder von neuem auf Karu zu richten.

»Wie soll dieser Tausch aussehen?«, wollte der Kommissar, der den Streit für sich entschieden hatte, wissen.

Karu ließ die Hände, in deren Fingerspitzen es bereits zu kribbeln begonnen hatte, weiter sinken, zeigte noch einmal in Gageks Richtung und rief: »Das Leben dieses Zwergs gegen das des Obersten Vorarbeiters!«

Aninis heiteres Lachen fiel mit dem Aufsteigen einer der Schlammfontänen hinter ihm zusammen, was nur dafür sorgte, dass er umso länger brauchte, um sich zu beruhigen. Die Zwerge mit ihrem Festhalten an den Prinzipien der Vernunft hockten anscheinend auf einem morschen Ast, und er hatte sich viel zu lange zu ihnen gesellt. Verfault, er hatte sogar in seiner Überheblichkeit selbst geglaubt, jene simple Macht zu beherrschen, die jede Vernunft, jeden sorgsam gefassten Plan, jede auf Rationalität fußende Absicht in die Knie zwang, wann und wie es ihr gefiel: den Zufall. Denn es gab keine vernünftige Erklärung dafür, wie es möglich war, dass ihm das Schicksal nur wenige Tage nach Ekela das nächste Geschenk überreichte: Karu Schneider.

Er vergaß nur selten ein Gesicht, und noch seltener vergaß er eine

Stimme. Wahrscheinlich weil ihn die Wandelbarkeit von Stimmen faszinierte, die ihm bei fast jedem neuen Verhör vorgeführt wurde. Wie leicht sich dunkles Raunen in kreischendes Gejammer steigerte, ängstliches Wispern zu irrem Geplapper anschwoll und schrille Schreie zu ersticktem Schluchzen zerronnen.

Er winkte Schneider heran – Schneider, die ihnen gemeinsam mit Rinul Plattenstemmer in Hammer entwischt war, nachdem sie dort einen Kommissar getötet hatten. Einen echten Stümper, der seinen Ehrendolch umsonst getragen hatte. Wie dumm konnte man sein, wenn man es nicht einmal fertigbrachte, zwei Zwerge in einem Hotelzimmer zu erledigen? Der Tod dieses Versagers war kein großer Verlust gewesen, die Flucht Schneiders und Plattenstemmers hingegen schon, ungeachtet dessen, dass es Anini gelungen war, Awoho die Mission insgesamt noch als Erfolg zu verkaufen. »Das wird gut, Ekela«, sagte er, weil er einige der Spitzen, die er eben gegen sie gesetzt hatte, ein wenig bedauerte. Natürlich war sie aufgebracht, aber darauf konnte er weder Rücksicht nehmen, noch hatte er Zeit für ausschweifende Erklärungen. »Du wirst sehen. Das wird richtig gut.«

Er lächelte Schneider an und wartete auf den Moment, in dem sie ihn wiedererkannte. Sollte er die Mütze abnehmen? Sie hatte ihn ja noch nie in Uniform gesehen. Da! Herrlich. Kuhaugen und ein offener Mund. Was wollte er mehr?

»So sieht man sich wieder, Karu.« Er breitete die Arme aus. »Du hättest mir vorher Bescheid geben sollen, dann hätte ich etwas Perlwein und – was war es? Perlhuhn? Ente? – besorgt. Wie damals in Zwerg.«

»Pute«, sagte Schneider. »Es war Pute.«

»Ach ja, richtig. Schwellbrustpute, oder?« Er beugte sich zu Ekela, um sie mit dem Ellenbogen anzustupsen. »Wir sind alte Bekannte.«

»Was du nicht sagst«, murmelte Ekela.

»Du siehst etwas mitgenommen aus, Karu«, merkte Anini lustvoll an. »Das Leben bei den Bündlern ist eben nicht jedermanns Sache.«

»Lass uns über den Tausch reden.« Schneider gab ganz die Kaltblütige – eine Rolle, die Anini ihr nur bedingt abnahm, weil er die Protokolle ihrer Vernehmungen nach dem Tod ihres unnützen Jägerfreunds gelesen hatte.

»Woher stammt überhaupt deine Gewissheit, dass ich mich auf einen Handel mit dir einlasse?«, fragte er. »Die Sicherheit ist kein Krämerladen, weißt du.«

»Du kennst mein Angebot noch nicht«, antwortete Schneider.

»Nichts, was du anbieten könntest, besitzt irgendeinen Wert für mich.« Er verschränkte die Arme vor der Brust. »Lass mich raten. Du willst mir alles über einen bevorstehenden Anschlag auf den Obersten Vorarbeiter erzählen. Leider weiß ich bereits, wie der aussehen soll. Dein nackter Freund dort unten will giftige Pilze in die Hauptstadt schicken, die einer eurer Helfershelfer Gorid Seher unterschmuggeln soll. Irgendein Klapperkopf, der einen Bruder hat, dessen Onkel dem Vorarbeiter den Nachttopf ausleert. So jemand in der Art? Jemand, der in die Nähe des Vorarbeiters kommen kann, ohne weiter Aufsehen zu erregen, weil er einer aus der armen, geknechteten Armee von Unsichtbaren ist, für die die Freibünde angeblich eintreten?«

Anini hätte mit vielem gerechnet, was Schneiders Reaktion auf seine Enthüllung anging. Mit Tränen. Mit einer Enttäuschung, die ihr die Zunge lähmte. Mit einem Fluchtversuch. Sogar mit einem Verzweiflungsangriff auf ihn oder Ekela. Womit er nicht gerechnet hätte, war ein breites Grinsen. Irritiert atmete er tief ein, um festzustellen, ob er unter dem Schwefelgestank vielleicht ausmachen konnte, wonach Schneider roch, wenn sie Angst hatte. Konnte er nicht. »Weih mich bitte ein! Was ist so unterhaltsam für dich?«

»Du«, sagte Schneider. »Weil du bist wie alle Grünmäntel. Ihr habt euch daran gewöhnt, dass ihr alles zu wissen glaubt, was ihr wissen müsst. Selbst wenn euch die wichtigsten Einzelheiten fehlen. Denn dann reimt ihr euch eben etwas zusammen und haltet eure kruden Verse anschließend für ein gelungenes Heldenlied.« Sie zuckte mit den Schultern. »Ich habe nichts von dir gehört, was das Leben von Gorid Seher retten wird.«

»Sie lügt«, fauchte Ekela. »Hör nicht auf sie, Anini!«

»Ja, hör nicht auf mich, Anini!« Schneiders Grinsen wurde erstaunlicherweise noch unverschämter. »Lass zu, dass sie mich umnietet. Das wäre sehr schlau. Vor allem, weil du dann nie erfährst, wer Seher die Pilze servieren wird. Ich gebe dir einen Hinweis: Es ist niemand, dem man vorwerfen könnte, er wäre unsichtbar. Im Gegenteil.«

Aninis Magen ballte sich zu einem zuckenden Klumpen zusammen. Diese verfaulte Drecksspalte! Was, wenn sie die Wahrheit sagte? Er ging im Kopf die Gesichter der Personen durch, die den häufigsten Kontakt zum Obersten Vorarbeiter hatten. Wer von ihnen war verdorben genug, um mit Verrätern gemeinsame Sache zu machen? Um Zeit zu gewinnen, fragte er: »Wie kann ich ausschließen, dass du mir nicht ein Märchen auftischen willst, um deinen Freund zu retten?«

»Nun, du wirst mir vertrauen müssen.«

Anini geriet ans Ende seiner Liste, und er stellte sich der traurigen Erkenntnis, dass sich in Gorid Sehers näherer Umgebung einige potenzielle Kandidaten für eine Beteiligung an diesem Anschlag herumtrieben – Kandidaten, die sich nicht mühelos beseitigen ließen. Gerol Binder, der Vorsprecher der Bundesvereinigung der Manufakturbetreiber, der sich von einem neuen Vorarbeiter womöglich noch größere Zugeständnisse erhoffte. Kida Wappner, die im Rat der Räte unlängst aus dem breiten Block der Traditionalisten in den kleinen Kreis der erklärten Kriegsgegner gewechselt war. Und stammte der Leibkoch des Vorarbeiters, Falil Löffler, nicht aus Stahlstadt?

»Denk an deinen Eid, Anini«, drängte ihn Schneider, und sie konnte froh sein, dass sie dabei ihr freches Grinsen durch eine neutralere Miene ersetzte, denn es juckte ihn mittlerweile mächtig in den Fingern, ihr den Hals umzudrehen. »Denk daran, was du zu mir in Zwerg gesagt hast. Dass du das Leben des Obersten Vorarbeiters beschützen wirst, selbst wenn du dafür deine gesamte Sippe umbringen müsstest. Davon sind wir weit entfernt. Alles, was ich von dir verlange, ist, dass du mich und Gagek gehen lässt.«

»Das ist also alles?«, knurrte Anini mit zusammengebissenen Zähnen. Sie hatte recht. Diese fette, kleine Schlange hatte recht. »Ich könnte den Namen auch anders bekommen. Warst du schon einmal in einem Verhörzimmer?«

»Und wie lange würde es dort dauern, bis du meinen oder Gageks Willen gebrochen hast?«, entgegnete Schneider kühl. »Die Pilze sind schon auf dem Weg.«

»Lass dich nicht auf sie ein!« Ekela hob die Natter. »Du kannst Stark nicht gehen lassen. Was ist mit Eluki? Soll ihr Tod ungesühnt bleiben?«

Anini spürte seine Augenbrauen zucken. Interessant. Noch eine Überraschung. Anstatt auf ihre Vergeltung zu pochen, erinnerte Ekela ihn an den Grund, aus dem er überhaupt nach Stahlstadt gekommen war. Was für ein tadelloses Pflichtbewusstsein. Sein Kitzlein enttäuschte ihn nicht. Sie lieferte ihm das Argument für eine Entscheidung, bei der ihm speiübel wurde. Eluki war nur ein winziges Rädchen im Getriebe gewesen, ein vernachlässigbares Bauteil, dessen Ausfall die große Maschine, die der Bund darstellte, nicht einmal ansatzweise ins Stocken brachte; Gorid Seher hingegen war eines ihrer bedeutendsten Elemente – das riesige Schwungrad, mit dessen Bruch alles zum Stillstand kommen würde. »Wie regeln wir den Tausch?«

»Ein Freund von mir schafft Gagek fort«, sagte Schneider, wobei durch ihre Worte ein feines Zittern lief. Es war ein schaler Triumph, den Anini nicht so recht auszukosten vermochte. »Danach sage ich dir, wer die Pilze bekommen soll.«

Ekela packte Anini an der Schulter und wollte ihn zu sich herumreißen, doch er schlug ihre Hand mit einem barschen »Reiß dich zusammen!« beiseite. Dann wandte er sich an Schneider. »Gut. Wir haben eine Abmachung. Aber wo du schon Eide ins Spiel bringen musstest, solltest du etwas wissen: Wenn das hier vorbei ist, kannst du dich nirgendwo mehr verkriechen. Und wenn ich dafür jeden verfaulten Stein im ganzen Bund einzeln umdrehen muss, ich werde dich finden und dann wirst du mir kein Angebot mehr machen können, das deine Haut rettet. Es wird kein schneller Tod für dich werden.«

Schneider reckte das Kinn und sah ihm in die Augen. »Ich kenne den Tod, den nur der Gerechte, der Tapfere und der Treue stirbt, und ich weiß, dass es ein guter Tod ist. Ich bin frei.«

Es dauerte eine Weile und bedurfte etlicher Rufe und Winken, bis Rinul sich davon überzeugen ließ, sich aus seinem Versteck zu wagen und Gagek aus seinem Rausch aus Schmerz und giftigen Dämpfen zu wecken. Karu blieb derweil bei den Kommissaren, um sich notfalls Aninis Kollegin in den Arm zu werfen, der Karu durchaus zutraute, im letzten Moment doch noch Gebrauch von der Natter zu machen.

»Rinul Plattenstemmer«, sagte Anini, während Rinul Gagek beim Anziehen half. »Er wird auch sterben.«

Karu schwieg. In dem Augenblick, als ihr gewahr geworden war, dass sie dem Kommissar gegenüberstand, auf den sie einen gehörigen Teil der Schuld an Bugegs Tod abgewälzt hatte, war ihr Entschluss, ihren riskanten Plan durchzuziehen, nur umso fester geworden. Er hatte nicht nur Bugeg auf dem Gewissen. Er hatte einen Graubart in den Tod getrieben, der sie gelehrt hatte, was es bedeutete, frei zu sein. Und wie hätte sie Bibets Gedenken besser ehren können, als Anini seine sicher geglaubte Beute zu entreißen, ihn mit leeren Händen zurück zu seinen Vorgesetzten zu schicken und ihn vor seiner Kollegin vorzuführen? Ihre Hände waren schweißnass, und ihr Herz wummerte wie verrückt, doch sie nahm ihre eigenen Gefühle mit einer ungewohnten, aber keineswegs beunruhigenden Distanz zur Kenntnis.

Rinul führte Gagek zum Kraterrand hinauf. Der Rollende Stein bekam kaum die Füße vom Boden. Rinul ging in die Knie, nahm Gagek huckepack und schleppte ihn weiter. Vielleicht hatten die Ahnen hier am Lodernden Krater wirklich einen Ort gefunden, an dem die Regeln und Gesetze, wie sie sonst in und für die Welt galten, außer Kraft gesetzt waren.

»Hast du je darüber nachgedacht, dass du auf der falschen Seite stehst?«, fragte sie Anini aus einer Laune heraus.

Seine Kollegin lachte bitter auf, aber er schenkte Karu einen langen, sonderbaren Blick, als wäre sie nicht die Erste, die das von ihm wissen wollte. »Du begehst einen Fehler«, sagte er schließlich. »Du glaubst, ich hätte Zweifel an der Notwendigkeit meiner Pflicht. Die habe ich nicht. Manchmal bedauere ich, wozu meine Pflichten mich anleiten, aber ich ordne mich und mein Bedauern immer dem unter, was für den Bund und alle, die in ihm leben, am besten ist. Und genau das ist es, was uns voneinander unterscheidet. Genau das ist es, weshalb wir gewinnen werden.«

»Du redest, als wäre das alles nur ein Spiel.«

»Ist es auch.« Er nickte. »Ist es auch. Was sollte es sonst sein?«

Die Kommissarin, die die Natter noch immer nicht weggesteckt hatte, drehte sich zu ihnen um. »Ich hoffe, du weißt, was du tust, Anini.«

»Such dir eine andere Nadel«, merkte Karu an. »Deine sticht nicht mehr.«

»Ich hätte jetzt gern den Namen«, sagte Anini.

Karu schaute zum Kraterrand. Rinul und Gagek hatten ihn fast erreicht. »Noch einen kurzen Moment Geduld.«

Die Kommissarin suchte Aninis Blick. »Tu das nicht.«

Anini streichelte ihr die Wange, und Karu verstand plötzlich, warum er seiner Kollegin gegenüber nicht längst einen schärferen Ton angeschlagen hatte. »Wir haben keine Wahl, Kitzlein. Wir haben keine Wahl.«

Das Kitzlein wich vor ihm zurück und wog die Natter in ihrer Hand. »Doch. Haben wir.«

Rinul und Gagek verschwanden hinter dem Kraterrand.

»Pegug Metz«, sagte Karu rasch. »Der Chronist.«

Dann glaubte sie, gemessenen Schritts loszugehen, und erkannte erst nach einem Moment, dass sie rannte, so schnell sie nur konnte.

»Du lässt sie wirklich gehen.« Eine schmerzhafte Endgültigkeit schwang in Ekelas Stimme mit.

»Siehst du nicht, dass wir gewonnen haben?«, fragte Anini, und er meinte es sogar ernst, obwohl es selten einen Sieg gegeben hatte, der ihn mit so wenig Freude erfüllte. »Wir haben den Obersten Vorarbeiter gerettet.«

Dafür schien sich Ekela nicht zu interessieren. Sie wirbelte herum, legte auf die flüchtende Schneider an, drückte ab und lud nach. Bevor sie einen weiteren Schuss abgeben konnte, packte Anini sie am Mantelkragen. »Hör auf!«

Ihr Ellenbogen zuckte nach hinten und bohrte sich in seine Magengrube, aber er ließ den Kragen nicht los. »Hör auf!«, keuchte er. »Es ist vorbei! Du wirst deine Rache kriegen! Nur nicht heute!«

Sie stellte ihre Gegenwehr ein. Er versuchte, sie von hinten in die Arme zu schließen, doch sie schlüpfte aus seinem Griff, entfernte sich ein paar Schritte von ihm und drehte sich um. »Sie ist weg.«

»Wir finden sie«, sagte er in dem Ton, in dem er seine Setzlinge tröstete, wenn sie nach einem bösen Traum zu ihm und Usana ins Bett gekrochen kamen. Alles, was er wollte, war, sie an sich zu ziehen und ihr zuzuflüstern, dass es nichts gab, wovor sie sich fürchten musste, solange sie bei ihm war.

»O Anini ...« Es war keine Wärme darin, wie sie seinen Namen aussprach, kein Funken Liebe, nicht einmal Zorn. Nur kalte Überzeugung. »Ich hatte wirklich gehofft, dass es nicht so enden muss.«

Der wache Teil seines Geistes, auf den er bewussten Zugriff hatte, verfiel in nacktes, verständnisloses Entsetzen, als der Lauf ihrer Natter sich auf ihn richtete. Der andere Teil trieb seinen Körper zum Handeln an. Sein linker Arm schützte Brust und Hals, als er ihr entgegensprang. Er spürte einen stechenden Schmerz knapp unterhalb seines Handgelenks – sie hatte auf sein Herz gezielt! – und verlor sämtliches Gefühl in den Fingern.

Er prallte gegen sie, nutzte den Schwung des Sprungs, um sie zu Fall zu bringen, und sie rollten ineinander verkrallt wie zwei balgende Katzen den Hang hinunter. Er konnte nicht mehr sagen, wo oben und unten war, und dass sein Hinterkopf mehrere Male gegen den felsigen Untergrund schlug, trug nicht gerade dazu bei, dass er die Orientierung wiederfand. Sein Nacken fühlte sich heiß und feucht an. Ihr saurer Atem strich ihm übers Gesicht. Sie hatte ihre Mütze verloren, und ihre Locken kitzelten ihm über die Nase. Eine Hand tastete nach seinem Sack und quetschte ihm die Steine zusammen. Er brüllte, und plötzlich war sein Mund von einer heißen, zähen Masse gefüllt. Drehten sie sich noch? Er riss den Kopf nach oben und prallte mit der Stirn gegen ein Hindernis, das mit einem satten Knirschen nachgab. Der Druck von seinen Steinen wich. Der Schmerz blieb. Er wälzte Ekela von sich herunter und spuckte das

Zeug aus seinem Mund, das ihm zwischen den Zähnen knirschte. Sand. Schlamm. Neue Schmerzen gesellten sich zu denen in seinem Handgelenk, seinem Sack und seinem Hinterkopf. Sein Mund brannte, als hätte er kochendes Wasser geschluckt, und die Haut auf seinen Wangen schien in hellen Flammen zu stehen. Er wischte sich Schlamm aus den Augen und erkannte durch einen Tränenschleier Ekela, die neben ihm in der brodelnden Grube kniete und sich die Nase hielt. Sie öffnete den Mund zu einem Schrei. An ihrer Unterlippe klebten Zähne.

Ein Zittern und Beben ging durch die Grube, und als der Schlamm zerplatzende Blasen zu werfen begann, holte Aninis überreiztes Hirn eine nutzlose Erinnerung hervor: Usana, wie sie daheim am Herd stand und einen Eintopf umrührte. Er bemerkte ein wildes Fauchen. Zottelbock? Dann trug ihn eine glühend heiße Hand in den Himmel.

Ich fliege, dachte er und wähnte sich für einen Moment zurück im Ewigen Hain, als hilfloser Gefangener des Mädchens mit dem roten Haar, das ihn an einer Strähne über einen Wald aus Flammensäulen zog, bis die Hand unter ihm zerstob und er inmitten eines Regens aus Schlamm der Erde entgegenstürzte. Sein letzter Gedanke, ehe ihn Finsternis verschlang, war: »Wird es wehtun?«, doch darauf gab ihm die Schwärze keine Erwiderung.

24

Die weiße Fahne am Mast des Kutters flatterte im Fahrtwind. Arisascha saß im Heck auf der Reling, schaute zurück zu der Stadt, die sie retten wollte, und fragte sich, mit wie vielen Gebeten von dort ihre kleine Gesandtschaft wohl gerade bedacht wurde. Es mussten Abertausende sein, denn Arisascha vermutete, dass selbst die weniger frommen Meerschäumer an diesem Morgen in die Herrenschreine geströmt waren, um einen glücklichen Ausgang der Verhandlungen zu erflehen.

Einen eigenen kleinen Sieg hatte Arisascha bereits feiern können: Zoseos hatte noch am gestrigen Abend ihr Angebot angenommen, ihn und Garep zu den Zwergen zu begleiten. »Du kennst sie, und du sprichst ihre Sprache«, hatte ihr Onkel gesagt. »Ich wäre ein schlechter Unterhändler, wenn ich auf diesen Vorteil verzichten würde.«

Arisascha steckte eine gelöste Strähne zurück in den Dutt, zu dem sie ihr langes Haar geknotet hatte. Selbstverständlich ging sie ein Wagnis ein. Garep und sie waren im Bund gesuchte Verbrecher, doch sie baute darauf, dass der befehlshabende Zwergenoffizier andere Sorgen hatte, als unbedingt die Arbeit der Sucher und der Kommissare der Sicherheit im fernen Dampfland erledigen zu wollen. Mit etwas Glück hatte er wegen der Vorbereitungen auf den Krieg kaum Interesse an den Vorgängen im Bund gezeigt. Selbst, wenn dem nicht so sein sollte, war Arisascha bereit, ihr eigenes Leben zu opfern, um Schaden von Meerschaum abzuwenden. Wie es sich für eine folgsame Magd gehörte, legte sie ihr Schicksal in die Hände der Herren. Ihre Sekte konnte die Mission, die sie erst zu den Zwergen und nun zurück in die Heimat geführt hatte, auch jemand anderem übertragen. Gajuwessus wusste inzwischen, wo Arisascha den Auslöscher vermutete, der den Zerrissenen Reichen Einheit zu schenken vermochte. Der Ruhige Redner hatte im Fall ihres Todes lediglich dafür zu sorgen, dass Oji der Expedition nach Westburg angehören würde, denn der Junge – ihr Neffe, was sie immer noch nicht ganz glauben konnte – war der Schlüssel zu dieser halb in Trümmern liegenden Feste der Herren, in die seit vielen Generationen kein Mensch mehr einen Fuß gesetzt hatte. Und Oji hatte nun wiederum einen fähigen Beschützer, denn Arisascha zweifelte nicht daran, dass Siris sich der Aufgabe, Oji seiner Bestimmung zuzuführen, nicht verweigern würde. Seine Wunden aus dem Zweikampf würden rasch verheilen. Er war hart im Nehmen. Er hatte sogar schon darüber jammern können, dass ihn seine durch den Blutverlust bedingte Schwäche daran hinderte, mit zu den Zwergen zu gehen.

Arisascha musterte die anderen Passagiere auf dem Boot. Die beiden jungen Gardisten der Hafenwacht, die die eigentliche Besatzung darstellten, verrichteten schweigend ihre Arbeit an Ruder und Segel, um den Kutter auf die kleine Zwergenflotte zuzusteuern. Garep, der auf einer Rolle Tau hockte, brütete dumpf vor sich hin, die buschigen Brauen so dicht zusammengezogen, als wollte er sie zu einem einzigen haarigen Balken verschmelzen lassen. Ihr Onkel wiederum hielt den Kopf gesenkt und schien etwas immens Interessantes an seinen Stiefelspitzen entdeckt zu haben.

Er tat Arisascha leid. Er setzte alles daran, es sich nicht anmerken zu lassen, aber Zoseos fühlte sich gewiss hoffnungslos überfordert. Gestern, als sie noch bis spät in die Nacht im Empfangszimmer in überschaubarer Runde beieinandergesessen hatten, hatte er irgendwann gefragt, ob nicht die Möglichkeit bestand, dass die Zwerge nicht ihrerseits eine Delegation in die Stadt entsenden würden.

»Nicht nach dem, was in Bruckstadt geschehen ist«, hatte ihm Himek mit einem traurigen Kopfschütteln entgegnet und ihm erklärt, wie die dortigen Söldner mit den Unterhändlern der Kurzbeine verfahren waren: Sie hatten sie halb zu Tode gefoltert, indem sie ihnen bei lebendigem Leib die Haut abzogen, und sie anschließend mit Katapulten aufs Meer hinausgeschossen.

Nein, sie hatten keine andere Wahl. Sie mussten den ersten Schritt wagen. Der Höflichkeit halber hatte Zoseos sich noch beim Buntpfeifer erkundigt, ob die Barmherzigen Gesandten an den Verhandlungen mit den Anführern der Invasionsflotte teilnehmen mochten.

»Es besteht kein Anlass für Verhandlungen«, war die Antwort des Elfenherolds gewesen. War dies ein Zeichen dafür, dass die ehrenwerten Besucher den Ernst der Lage unterschätzten, oder eher Ausdruck eines Gefühls der grundsätzlichen Überlegenheit gegenüber allen anderen Geschöpfen?

Sie warf einen langen Blick zurück auf das Elfenschiff, das am Pier an der Insel der Barmherzigen Gesandten lag. Auf die Ausstülpungen an seinem ledrigen Rumpf. Auf die eingeklappten Stachelmasten. Trotz seiner Größe und seiner Masse wirkte es verglichen mit den Dampfschiffen der Zwerge, denen sie sich mittlerweile so weit genähert hatten, dass sie die kantigen Runen an den Bugwänden lesen konnten, geradezu harmlos. Eine alte, fette Seekuh, die unter ausgehungerte Haie geraten war.

Vier Boote, deren Bewaffnung aus jeweils nur einem Geschütz bestand und die kaum größer als der Kutter waren, flankierten ein schwimmendes Ungetüm, auf dessen Deck mehr als ein halbes Dutzend Rohre dick wie Baumstämme drohend auf Meerschaum gerichtet waren. Aus dem stählernen Bauch des Monstrums, das über die gesamte Länge eine hässliche Schramme zierte, drang ein dunkles Grollen und Klopfen, und immer wieder gab es ein Zischen und Schnauben von sich wie ein ungeduldiges Schlachtross, das darauf wartete, dass sein Reiter ihm die Sporen gab, damit es die Feinde endlich unter sich zermalmen konnte.

Schwalbenhafen, las Arisascha stumm die riesigen Lettern, als sie mit dem Kutter längsseits gingen. Was für ein schöner Name für ein derart grässliches Zeugnis der zwergischen Schaffenskraft …

Ein Ruck ging durch den Kutter, als er gegen das Dampfschiff stieß. Arisascha hörte das Schrillen einer Pfeife, und einen Augenblick später warf ein Zwergensoldat eine Strickleiter über die Reling. Sie zu erklimmen war eine Herausforderung, und Arisascha ließ Garep und Zoseos den Vortritt. Zweimal verhedderte sich einer ihrer Füße im Saum ihrer Robe, und sie wäre gestürzt, wenn sie nicht die Hände fest um die Sprossen geklammert hätte. Zoseos' Mühen standen ihren in nichts nach, und sie spürte einen nutzlosen Zorn auf die Zwerge in sich aufwallen, als ihr Onkel jedes Mal vor Schmerzen aufstöhnte, wenn er sein angeschlagenes Knie über Gebühr zu belasten hatte.

Oben erwartete sie zu allem Überfluss ein Halbkreis aus Gewehrmündungen. Die für diesen wenig herzlichen Empfang abgestellten Soldaten senkten die Läufe mit den in der Sonne funkelnden, blitzblank polierten Bajonetten daran erst, nachdem einige ihrer Kameraden die feindliche Gesandtschaft nach versteckten Waffen durchsucht hatten. Hierfür musste Arisascha ihre Robe fast bis zur Scham hinauf lupfen, doch sie tröstete sich mit zweierlei Dingen. Zum einen mit einem ihrer Lieblingsverse aus den Heiligen Schriften: Die Herren verlangen ihrem treuesten Gesinde nichts ab, was sie ihnen nicht in Überfülle vergelten. Zum anderen bewies ihr diese Maßnahme, dass sich die Menschen an anderen Orten entlang der Ostküste den Invasoren tapfer zur Wehr setzten und die Zwerge bereits die eine oder andere schlechte Erfahrung mit dem unbeugsamen Willen wahrer Herrengläubiger gemacht haben mussten.

Schließlich öffnete sich der Halbkreis und eine Zwergin trat auf sie zu. In Arisascha kam der Verdacht auf, dass das Kurzbein sich den Schnauzbart färbte, um ihm genau das gleiche Schwarz wie sein Helm zu verleihen. Die Uniformjacke der Offizierin erstrahlte in reinstem Weiß, und auf ihren Schultern prangte eine in Goldfäden gestickte Axt. Links an ihrer breiten Hüfte baumelte eine Revolvertasche mit offener Verschlussklappe, rechts ein Handbeil, auf dessen Blatt ihr Rangabzeichen und eine lange Nummer eingeätzt waren.

»Schärferin Lemu Gießer«, sagte sie ohne Salut. »Im Namen von Lenker Töpfer und des gesamten Bundes erhebe ich Anspruch auf die Stadt Meerschaum und fordere ihre Bürger auf, keinerlei Maßnahmen zu ergreifen, die unsere Besitznahme der Stadt verzögern.« Dann hob sie eine Augenbraue und wandte sich an Garep. »Was treibt ein anständiger Zwerg unter den Langschädeln?«

»Lob und Anerkennung für deine Wissbegierde!« Garep lächelte verhalten. »Mein Name ist Garep Schmied, und ich will dir deine berechtigte Frage gern beantworten. Ich betreibe ausgedehnte Forschungen über die Möglichkeit, die Neigung zu Zwietracht und Unvernunft unter den Menschen durch strenge Zucht und die Anwendung erprobter Regeln für ein friedliches Miteinander in erträglichere Bahnen zu zwingen.« Es war eine Lüge, doch Garep hatte das passende Alter und die erforderliche Schwatzhaftigkeit, um in die Rolle eines absonderlichen Mentors irgendeiner obskuren Lehrstätte mit skurrilen Ansichten zu schlüpfen. »Seit Kriegsausbruch sitze ich hier fest, weil keine Schiffe mehr nach Norden fahren, die mich heim in den Bund bringen könnten. Zumindest keine, die einen Zwerg an Bord nehmen würden.«

Gießer war von dieser Fabel offenbar noch nicht restlos überzeugt. »Und weshalb bist du dann Teil dieser Delegation? Wenn du meinst, ich würde einen Flachdenker, der sich freiwillig unter diese Wilden begeben hat, auf meinem Schiff nach Hause schippern, dann hast du dich in einen ganz, ganz dunklen Stollen verirrt, mein Treuester.«

»Nein, nein.« Garep winkte hektisch ab. »Ich will doch einer Streiterin des Bundes nicht zur Last fallen. Diese Menschen haben mich gebeten, sie bei den Verhandlungen zu unterstützen, damit ich ihren Anliegen die größte Klarheit verschaffe.« Er ging nahtlos zu einer Vorstellung über. »Die Stadt Meerschaum entsendet ihren Dank für die Gelegenheit zum Gespräch, ihren Respekt vor eurem – nun ja, also unserem, du weißt sicher, was ich meine – unserem Bund und diese beiden verdienten Bürger. Zoseos und Arisascha von Wolfenfurt.«

Die Schärferin horchte auf. »Von Wolfenfurt? Wie der Zapfenklatscher, der uns verraten und das Munitionszelt in Goldberg in die Luft gejagt hat?«

Arisascha verfluchte innerlich Siris für diese sicherlich unüberlegte Tat, die ihn unter den Stummeln berüchtigt gemacht hatte, ehe sie rasch ein Stoßgebet an die Herren schickte. Sie erhörten es, indem sie Garep seine nächste Ausrede mit einiger Überzeugung vortragen ließen. »Es kann sein, dass dieser elendige Wurm so heißt. Aber von Wolfenfurt ist meiner nicht unbeträchtlichen Erfahrung nach in Meerschaum ein sehr geläufiger Name.« Wieder zeigte er ein verhaltenes Lächeln. »Wie unter uns Zwergen Schmied. Oder Gießer.«

Der kühle Blick der Zwergin wanderte von Garep zu Zoseos und Arisascha. »Sprechen sie unsere Sprache?«

»Sie ganz ausgezeichnet, er kein bisschen«, sagte Garep.

Gießer nickte knapp und sagte zu Arisascha: »Ihr scheint mir vernünftiger als die Bruckstädter zu sein.«

»Du warst in Bruckstadt dabei?«, fragte Arisascha.

Gießer kniff kurz die Lippen zusammen und wedelte mit der Hand in Richtung der Reling. »Ja. Diese Irren haben mir mein Schiff verschandelt.«

»Das wird hier nicht geschehen«, beschwichtigte Garep.

»Ganz recht. Das wird es nicht«, erwiderte die Offizierin kalt. »Kommt! Ich möchte nicht in der Sonne herumstehen. Wir besprechen alles Notwendige auf der Brücke.«

Im Schatten der Geschütze passierten sie das Deck. Arisascha berichtete Zoseos leise, wie sie den bisherigen Verlauf der Ereignisse beurteilte. »Sie weiß nicht, wer Garep und ich sind. Das ist gut. Aber wir müssen trotzdem vorsichtig sein. Mein Bruder ist unter den Zwergensoldaten nicht sonderlich beliebt.«

»Erinnere mich daran, diesem Nichtsnutz die Ohren lang zu ziehen, wenn wir wieder zu Hause sind«, murmelte Zoseos verdrossen.

»Liebend gern.«

Die uniformierten Kurzbeine, an denen sie vorübergingen, zeigten größtenteils die gleichen angespannten Mienen wie die Gardisten auf dem Kutter. Völlig zu unrecht, wie Arisascha fand. Hätten sie von Land aus die Stadt angegriffen, hätten sie mehr Grund zur Beunruhigung gehabt, denn dann wären sie – wahrscheinlich sehr zu ihrer Überraschung – von der Garde mit den eingeschmuggelten Gewehren unter Beschuss genommen worden. So jedoch – von ihren Schiffen aus – konnten sie die Stadt dank ihrer verfluchten Kanonen in Schutt und Asche legen, ohne dabei auch nur die geringsten Verluste zu beklagen. Oder bedauerten es die jungen Zwerge und Zwerginnen am Ende nun doch, in den Krieg gezogen zu sein? Das konnte Arisascha sich beim besten Willen nicht vorstellen.

Auf der Metalltreppe, die zur Brücke hinaufführte, hielt Gießer unvermittelt auf einer der ersten Stufen inne und drehte sich um, um Garep zu taxieren. »Garep Schmied, sagst du?« Sie zupfte sich den Bart, und es glitzerte golden an einem ihrer Finger. »Warum bloß lässt auch dein Name eine Glocke in mir klingen?«

Arisascha erstarrte, und alles in ihr wurde zu Eis. Nicht nur wegen der verhängnisvollen Frage der Schärferin, sondern auch wegen des Glitzerns. Sie hatte so einen Ring schon einmal gesehen. Die spitzen Strahlen einer aufgehenden Sonne. Es war ein Ring, wie ihn auch der Leiter der Nervenheilanstalt in Stahlstadt getragen hatte, aus der sie von Himek befreit worden war, ehe sein Vorgesetzter sie mit seinen bizarren Experimenten hatte umbringen können. Gießer gehörte offenbar zur selben Verdientenschaft wie jener skrupellose Mörder, und wenn alle ihre Mitglieder die gleiche Skrupellosigkeit besaßen, würde Meerschaum heute noch brennen.

»Ich bin kein Unbekannter.« Garep atmete tief ein und ließ seine Brust zu voller Breite anschwellen. »Vielleicht hast du eines meiner Bücher gelesen? *Die Gefahr der Verblendung: Vom sonderbaren Reiz des Menschenglaubens*? Oder *Sie kennen keine Sippe: Zehn Gründe für die Zerrüttung der Menschenlande*?«

Gießer schüttelte den Kopf. »Bestimmt nicht.«

»*Sie kennen keine Sippe* lag aber in jeder großen Kaufhalle aus und wurde sogar mit Plakaten beworben«, behauptete Garep dreist.

Die Zwergin nahm den Helm ab, wischte sich den Schweiß von der Stirn und stapfte weiter die Stufen hinauf.

Auf der Brücke stieß Arisascha auf neuerliche Anblicke, die ihr schier das Blut in den Adern gefrieren ließen. Ein Kartentisch, auf dem winzige Schiffe, Türme und Figürchen veranschaulichten, wie weit die Zwerge im Norden schon vorgedrungen waren. Eine Herrenstatuette mit abgebrochenem Kopf, die als Glücksbringer oder Siegestrophäe an die Nabe des Steuerrads genagelt war. Eine Hebelapparatur, auf der auf einer Anzeigescheibe kurze Befehle wie *Volle Kraft voraus*, *langsame Fahrt* oder *Halt* zu lesen standen. Mochten die Herren geben, dass der Hebel bald auf die Position für *Volle Fahrt zurück* umgelegt werden würde!

Nachdem Gießer einen dicklichen Pfeifer angewiesen hatte, Protokoll zu führen, und ein Klemmbrett aus einer Kiste zutage gefördert worden war, lauschte die Zwergin recht geduldig, wie Garep ihr das Angebot Meerschaums darlegte. »Sie streben letztlich eine friedliche Lösung an, wie sie meines Wissens auch mit der Stadt Gottespfand getroffen wurde. Meerschaum beugt sich dem Bund und würde eine kleine militärische Präsenz innerhalb seiner Grenzen akzeptieren, wenngleich es die Körperschaft, deren Aufgabe hier in etwa der eines Rates gleichkommt, verständlicherweise vorziehen würde, wenn der Bund von der dauerhaften Stationierung von Truppen absieht. Botschafter sind allerdings herzlich willkommen. Mit ihrer angemessenen Behandlung und Unterbringung hat die Stadt große Erfahrung. Meerschaum ist des Weiteren gewillt, Tribute in noch abzustimmender, aber in jedem Fall zufriedenstellender Höhe an den Bund zu entrichten.« Garep machte eine kleine Pause und beugte sich in einer verschwörerischen Pose halb über den Kartentisch, hinter dem Gießer Aufstellung bezogen hatte. »Ich kann dir versichern, dass es sich hier um eine zivilisierte Stadt handelt.«

»Für die Begriffe der Langschädel«, merkte die Offizierin ernst an.

»Selbstverständlich.«

Die Zwergin seufzte und begann sich erneut mit einer Hand den Bart zu zupfen. »Du bist ehrlich zu mir, ich bin ehrlich zu dir.« Mit der anderen schnippte sie die winzige Nachbildung der *Schwalbenhafen* auf der Karte an, und das Miniaturschiff rutschte über das Papier, bis es gegen den Turm stieß, der für Meerschaum stand, und diesen zum Umkippen brachte. »Ich will keinen Ärger. Ich will eine rasche Abwicklung dieser Angelegenheit. Lenker Töpfer braucht Erfolge. Viele der Menschen in den eroberten Regionen werden aufmüpfiger und hinterlistiger. Einer ihrer … Stämme … ist besonders wild und taucht immer wieder wie aus dem Nichts auf, um uns zu ärgern. Das will ich hier nicht erleben müssen, und noch weniger spitz bin auf ein solches Debakel wie in Goldberg.«

Arisascha, die eine ungeahnte Ruhe dabei in sich aufsteigen spürte, während sie für ihren Onkel übersetzte – womöglich weil sie sich dadurch eher wie eine Zuschauerin als wie ein Teil des hier aufgeführten Stücks fühlen konnte –, merkte auf. »Warst du in Goldberg dabei?«

Gießer sah sie überrascht an. »Warum fragst du?«

Arisascha neigte ihr Haupt, um Demut vorzugaukeln. »Es ist eine Glaubenssache.«

»Goldberg war ein bitterer Triumph«, schnaubte die Zwergin. »Wir haben viel kostbare Munition verloren, mit der wir so manche Mauer weggeblasen hätten. Und als ob das noch nicht genug wäre, scheitern unsere besten Versuchsrechner daran, in die unteren Bereiche der Festung vorzudringen. Die Tore dort bleiben für uns verschlossen. Ich nehme an, da hilft uns auch euer Aberglaube nicht weiter, oder?«

»Nein«, log Arisascha, und es gelang ihr nur mit Mühe, ihre Freude darüber zu verbergen, dass die in Goldberg gehorteten Herrenschätze noch nicht in die gierigen Hände der Stummel gefallen waren.

»Genug davon«, brummte Gießer. »Euer Angebot ist vielversprechend.«

Arisascha atmete auf. Würde Meerschaum doch verschont bleiben?

»Ich sehe da nur ein Hindernis«, fügte die Zwergin hinzu.

»Das wäre?«, fragte Garep.

Gießer griff nach einem Fernglas, das an einem Haken neben dem Steuerrad hing, und nahm den Hafen in den Blick. »Das da.« Ihr Finger zeigte zur Insel der Barmherzigen Gesandten. »Was ist das? Das vor dem großen Gebäude aus Glas? Ein toter Wal?«

»Mitnichten«, sagte Garep. »Es handelt sich um das Schiff elfischer Diplomaten und Händler.«

»Elfen, ja?« Gießer nahm das Fernglas herunter und rümpfte die Nase. »Ich wurde von der Admiralität darauf hingewiesen, dass wir auf sie stoßen könnten. Was machen sie hier?«

»Sie betrachten Meerschaum als eine Art Kolonie oder Protektorat«, erklärte Garep.

»Dann können wir ihre Anwesenheit nicht außer Acht lassen«, sagte Gießer, und ihr war deutlich anzuhören, dass sie über diese Komplikation alles andere als erfreut war. »Sie müssen in die Verhandlungen einbezogen werden.«

»Sie verhandeln nicht«, sagte Arisascha warnend.

»Das werden wir sehen«, hielt Gießer dagegen. »Pfeifer Wächter! Gib Anweisung, dass die *Bundesstolz* Kurs auf dieses Elfenschiff nimmt!«

Der Protokollant legte sein Klemmbrett ab, salutierte und verließ die Brücke im Eilschritt.

Arisascha und Garep tauschten bestürzte Blicke aus, während draußen schon eine misstönende Abfolge von Pfeifensignalen erklang.

»Stimmt etwas nicht?« Zoseos packte Arisascha am Arm. »Sag doch! Was hat sie vor?«

Sämtliches Blut wich aus seinem Gesicht, als Arisascha ihm in knappen, gehetzten Worten schilderte, was Gießer vorhatte. »Das kann sie nicht machen!«, rief er empört und wollte auf die Zwergin zugehen. Er blieb wie angewurzelt stehen, als sie ihren Revolver zog, auf ihn anlegte und den Hahn spannte.

»Keine Gewalt! Keine Gewalt!« Garep klatschte ein gutes Dutzend Bekräftigungsgesten.

»Dann haltet ihn im Zaum!«, forderte Gießer knurrend.

»Wir können nichts dagegen tun, Onkel«, flüsterte Arisascha, nahm Zoseos bei der Hand und führte ihn einige Schritte von der Zwergin weg.

»Das ist Wahnsinn.« Zoseos' Schultern sackten ein. »Am Ende wird sie uns alle umbringen.«

Wie um ihre eigenen Worte Lügen zu strafen, redete Arisascha beschwörend auf die Offizierin ein, als sie eines der kleinen Zwergenboote mit qualmendem Schlot auf das Schiff der Barmherzigen Gesandten zuhalten sah. »Ruf deine Leute zurück. Bitte. Das ist nur ein unbewaffnetes Handelsschiff. Willst du einen weiteren Krieg vom Zaun brechen?«

Gießer, die mittlerweile den Revolver weggesteckt hatte und wieder durch das Fernrohr schaute, zuckte mit den Achseln. »Wer redet hier von einem Krieg? Ich will nur mit ihnen reden.«

»Du kennst sie nicht«, sagte Arisascha. Warum stellte sich diese Sumpfralle gegen alle Warnungen taub? Und wo war Gareps flinke Zunge jetzt, wo sie am meisten genutzt hätte? »Sie sind sehr leicht zu beleidigen. Man weckt bereits ihren Zorn, wenn man sie nur berührt.«

»Auf derlei törichte Empfindlichkeiten kann ich keine Rücksicht nehmen«, verkündete Gießer.

Es war hoffnungslos. Schweigend beobachtete Arisascha, wie das Zwergenboot unaufhaltsam durch die Wellen pflügte.

»Bei allen Herren!«, hauchte Zoseos.

In einer Weise, die Arisascha auf unbestimmte Weise als vulgär empfand, tat sich in einer der Ausstülpungen am Rumpf des Elfenschiffs eine große, runde Öffnung auf. Es hatte viel davon, wie sich die Haut der Scham dehnte, wenn eine Frau niederkam, und tatsächlich drängte etwas aus dem Loch hervor, das dem vor Blut und Schleim glänzenden Kopf eines Neugeborenen ähnelte. Anstelle eines Halses folgte dem Kopf jedoch ein Strang ineinander verworrener Tentakel wie die einer Qualle. Mehr konnte Arisascha nicht erkennen, ehe das, was das Elfenschiff absonderte, ins Wasser fiel und in einer aufspritzenden Fontäne verschwand.

»Beim Bart meiner Mutter!«, fluchte Gießer. »Der Wal hat gekalbt!«

Einen Augenblick herrschte Stille auf der Brücke. Dann schrien alle – Menschen wie Zwerge – entsetzt auf, als die Bugspitze der *Bundesstolz* jäh steil in den Himmel zeigte, angehoben von dem widerwärtigen Ableger des Elfenschiffs. Der kugelförmige Kopf platzte auf, und im nächsten Moment ergoss sich ein Schwall flüssigen Feuers über das Zwergenboot, der auf dem Stahl haftete, anstatt von ihm herabzurinnen. Mehr noch: Die freigesetzte Hitze schmolz das Metall, als bestünde die *Bundesstolz* aus Wachs. Der verstörende Anblick fand ein Ende, als das klebrige, brennende Sekret den Dampfkessel des Boots zur Explosion brachte. In einem ohrenbetäubenden Donnern, das die Scheiben auf der Brücke klirren ließ, wurde die *Bundesstolz* in der Mitte auseinandergerissen und versank binnen weniger Wimpernschläge in den Fluten.

»Was … was … was war das?«, stammelte Gießer und konnte sich scheinbar nicht entscheiden, ob sie das Fernglas sinken lassen wollte oder nicht.

»Wir haben dir gesagt, dass sie nicht mit dir reden werden«, sagte Garep tonlos.

Es mochte sein, dass ihr Gefährte um die Angehörigen seines Volkes trauerte, die eben einen grausigen Tod gefunden hatten, doch in Arisaschas Herz überwog die Freude, wieder einmal Zeugin eines der zahlreichen Wunder der Herren geworden zu sein. Nun wusste sie, warum sie die Elfen derart überraschend entsandt hatten: Wie die Menschen waren sie Gesinde, und es hatte den Herren gefallen, die Elfen zum Werkzeug ihres Willens zu machen, um Meerschaum zu erretten. »Lobpreiset die Herren!«, jauchzte sie. »Denn es gibt keine Not, aus der ihre Gnade uns nicht befreit!«

Von den Türmen der Herrenschreine würden noch die ganze Nacht hindurch die Glocken läuten und die Fanfaren stoßen, doch aus Klängen der Sorge waren Klänge der Freude geworden, die von der Abwendung eines großen Unheils kündeten. Die Zwergenflotte war in die Flucht geschlagen.

Die Lampions, die überall im Hof verteilt hingen – am Tor, an den Zweigen der Sträucher und Büsche, an der Laube der Streifenböckchen –, erinnerten Arisascha an einen Schwarm riesenhafter Glühwürmchen, die sich nach ihrem Liebestanz erschöpft ausruhten. Einige von ihnen hatten die Feier, zu der die von Wolfenfurts eine wohldurchdachte Auswahl an Gästen geladen hatten, bedauerlicherweise nicht überlebt. Eines war von einem angesehenen Mitglied der Zusammenkunft als leuchtender Hut missbraucht worden, und der Schelm würde auch in Zukunft noch ein Weilchen nicht ohne Kopfbedeckung in der Öffentlichkeit auftreten, da sein Haar irgendwann in Flammen aufgegangen war. Er hatte es im Zierbecken gelöscht, sehr zur Belustigung der anderen Granden, von denen die meisten dieses Spektakel als Höhepunkt des Abends beurteilt und den Heimweg angetreten hatten. Nur hier und da stand noch ein Grüppchen für einen Schwatz beisammen oder schnarchte ein lang gestreckter Trunkenbold, den der Wein überwältigt hatte, auf einer der Bänke.

Arisascha ging fest davon aus, dass auch die Angehörigen jener Runde, die sich um den Tisch im Empfangszimmer auf den Sitzkissen fläzten, einer nach dem anderen vom Schlaf übermannt werden würden. Himek war es bereits so ergangen. Er war vornübergekippt, und sein Kopf lag in Siris' Schoß, doch ihr Bruder hatte wohl zu viele Krüge geleert, um sich noch daran zu stören.

»Ich zeig euch, wie's war«, rief Garep lallend, schnappte sich von einer Platte auf dem Tisch eine abgenagte Schweinerippe und nahm sie zwischen die Finger wie einen Stift. »So … so … so hat sie das Verhandlungspro-prokotoll unterschrieben.« Er schüttelte die ganze Hand, um in einer gelinden Übertreibung nachzuahmen, wie Schärferin Gießer ihren Namen unter das Dokument gesetzt hatte, das Meerschaum den Status einer Nation einräumte, der der Bund freundschaftlich zugeneigt war. »Ungelogen. So … so war's.«

»Ihr wart noch viel zu weich«, grölte Siris, der entgegen der von allen Seiten an ihn herangetragenen Empfehlungen, sich doch angesichts seiner Wunden etwas zu schonen, gefeiert hatte, als gäbe es kein Morgen mehr. Auf dem Grund irgendeines Bechers hatte er auch sein großes Mundwerk wiedergefunden. »Ich hätt die Stummel gezwungen… ich hätt sie gezwungen … sich nackt auszuziehen … und nach Hause zu schwimmen. Jawohl!«

Arisascha, die auf der untersten Stufe zum Empfangszimmer saß, beschloss, die Ohren vor den weiteren Ausführungen ihres Bruders zu verschließen. Er hatte gut reden. Es entsprach der Wahrheit, dass Gießer sich nach dem, was mit der *Bundesstolz* geschehen war, deutlich eingeschüchtert gezeigt hatte, aber auf mehr als das lose Friedensabkommen, das Garep und sie ausgehandelt hatten, hätte sich die Zwergin trotzdem nicht eingelassen. Sie konnten mit dem Erreichten mehr als zufrieden sein, denn es war auch so schon beispiellos. Arisascha nippte an ihrem Becher, stellte fest, dass er leer war, und warf ihn aus einer Laune heraus ins Zierbecken.

Das Platschen erweckte die Aufmerksamkeit eines ungleichen Pärchens am Beckenrand, das ein, zwei Spritzer abbekam. Gajuwessus schenkte ihr einen kurzen Blick, lächelte und sprach dann weiter leise auf Fianessa ein. Arisascha ahnte, was der Alte vorhatte. Er wollte die Kleine für die Erzwinger gewinnen. Viel Glück. Das Mädchen war stur wie ein Bruckstädter.

»Wisst ihr, was die Schwänin zu mir gesagt hat?« Zoseos klatschte vergnügt in die Hände. »Warum sie das Zwergenboot versenkt haben?« Er wählte einen hohen, gezierten Tonfall, als hätte er keinen Beutel mehr zwischen den Beinen. »Das harte Spielzeug der Zwerge war hässlich anzusehen.« Er prustete und hieb sich auf die Schenkel.

»Ich wette, das hat Sira auch schon öfter zu dir gesagt, was, Garep?«

Arisascha verdrehte die Augen. Siris war und blieb ein Schwein, wenn es um das ging, was Garep Liebesarbeit nannte. Ihr Bruder würde es zweifellos schaffen, das Gespräch zielsicher in eine Aneinanderreihung von Zoten zu verwandeln. Sie streckte ihm die Zunge heraus, um sie sofort wieder zurückzuziehen, als sie die Gestalt bemerkte, die aus dem Inneren des Hauses ins Empfangszimmer trat. Würdevoll schritt Kallassendra von Wolfenfurt an den Saufkumpanen vorbei und die Stufen zum Hof hinunter.

Arisascha stand auf. »Mutter?«

Kallassendra drehte sich zu ihr um. Die bunten Lichter der Lampions spiegelten sich in den Fäden ihrer Witwenhaube.

»Du … bist hier«, sagte Arisascha. Konnte es wahr sein? Hatte ihre Mutter ihr so weit verziehen, dass sie sich wenigstens vor Gästen mit ihr zeigte, wenn sie sie schon ansonsten mied?

»Es ist auch mein Haus.« Kallassendra ging zum Zierbecken, bückte sich und fischte den treibenden Becher aus dem Wasser, den Arisascha gerade hineingeworfen hatte. »Und solange ich hier bin, trage ich meinen Teil dazu bei, es in Ordnung zu halten.«

»Hast du –«, setzte Arisascha an.

»Sira! Sira!« Oji hüpfte aus dem Durchlass zu den Stallungen fröhlich auf sie zu. »Ich muss dir etwas zeigen.« Er schloss die Arme um ihre Hüften und presste dabei auf jene unbekümmerte Art, wie nur Knaben es konnten, die noch nicht begriffen hatten, wozu sie einen Pflug hatten, den Kopf an ihre Brüste.

Sie strich ihm übers Haar. »Kann das nicht bis morgen warten?«

Oji löste sich von ihr und grinste. »Ich will es jetzt machen, wo alle feiern.«

»Weil es etwas Schönes ist, das zum Fest passt?«, fragte sie.

»Auch.« Er nickte heftig und senkte die Stimme zu einem Flüstern. »Und weil dann keiner auf uns achtet. Komm!«

»Gleich«, wehrte sie sein Zupfen an ihrem Robenärmel ab.

»Gut. Ich warte am Tor.«

»Am Tor?«

Zu spät. Er war schon davongerannt, mit beiden Armen rudernd und Haken um die verbliebenen Gäste schlagend. War es eine Sünde von ihr gewesen, angesichts des neuen Wunders, das ihr heute zuteilgeworden war, völlig zu vergessen, was das Blut der Herren in und an Oji bewirkt hatte?

»Er ist ein guter Junge«, sagte Kallassendra.

Auch auf die Gefahr hin, die Unterhaltung damit zu beenden, gab Arisascha ihrer Verwunderung nach. »Ich dachte, er wäre ein Bastard.«

»Was redest du da?«, zischte ihre Mutter und schaute sich um, als wollte sie nachsehen, ob jemand die Beleidigung gehört hatte.

»Das Gleiche könnte ich dich fragen«, bohrte Arisascha weiter.

»Bastard … so ein ausgemachter Unfug!« Kallassendra fasste sich an die Brust. »Seine Mutter war die Tochter eines der angesehensten Kaufleute von ganz Gottespfand. Sie … starb im Kindbett. Siris hat seinen Sohn, nachdem er keine Amme mehr brauchte, bei einem der größten Weisen Denker in die Lehre gegeben, der Meerschaum je vergönnt war.«

»Oh.« Darauf wäre Arisascha nie gekommen, dass ihre Mutter gleichsam über Nacht Oji mit einer ihrer Lügengeschichten aus dem üblen Stand eines Bastards in den eines präsentablen Erben ihres Hauses erhoben hatte. Doch die Geschichte wies Lücken auf. »Und Siris hat nie jemandem etwas davon erzählt, dass er einen Sohn hat?«

»Natürlich nicht. Um ihn zu schützen.« Kallassendra hob warnend den Finger. »Denk daran, erst unlängst wurden uns Mörder ins Haus geschickt, um den Jungen zu töten.«

Arisascha nickte anerkennend. »Ich habe eine kluge Mutter.«

»Ich wünschte, ich hätte mehr von dieser Klugheit an dich weitergegeben«, entgegnete Kallassendra nüchtern und wandte sich zum Gehen.

»Mutter?«, hielt Arisascha sie auf.

»Ja?«

»Glaubst du …« Arisascha nahm all ihren Mut zusammen. »Glaubst du, du kannst mir jemals verzeihen?«

»Wie es scheint, haben die Herren dir bereits verziehen«, sagte Kallassendra nach einer kurzen Bedenkzeit. »Weil sie anderes mit dir vorhatten als das, was mir und meinem Vater für dich vorschwebte. Das muss ich respektieren. Aber verzeihen?« Sie schüttelte den Kopf. »Dafür ist nicht mehr genug Zeit, mein Kind.«

»Zeit?«

»Oji winkt schon nach dir«, wich sie aus.

»Wir reden später, ja?«

Kallassendra entließ sie ohne Antwort, was zugleich die schmerzlichste Antwort war, die sie ihr hätte geben können, weil sie Arisascha zur Ungewissheit darüber verdammte, ob dies womöglich die letzten Worte gewesen waren, die sie auf absehbare Zeit mit ihrer Mutter gewechselt hatte.

In jeder anderen Nacht wäre es für eine Frau und ein Kind womöglich gefährlich gewesen, sich nach Anbruch der Dunkelheit noch in den Vierteln um den Hafen herumzutreiben, doch in dieser Nacht waren sie hier so sicher wie im Schoß ihrer Familie. Die Leute feierten überall in der Stadt, und es zeigte sich, dass die ärmeren Meerschäumer mehr Durchhaltevermögen besaßen als ihre wohlhabenderen Nachbarn. An jeder Ecke tanzten die Leute, tranken, flochten Blumenkränze, die sie einander aufsetzten, stießen mit überschäumenden Bierkrügen an oder teilten das Fleisch, das sie an Spießen brieten. Einige Male beobachtete Arisascha auch Paare, die in oder hinter notdürftigen Verstecken wie Fässern oder umgestürzten Tischen dem uralten Reiz von Acker und Pflug erlagen.

»Wo gehen wir hin?«, fragte sie Oji bei einer dieser Gelegenheiten, um seine Unschuld zu wahren.

»Das ist eine Überraschung«, rief er fröhlich und folgte der Strategie, die er gewählt hatte, um sie viel weiter von Zoseos' Haus wegzulocken, als sie unter gewöhnlichen Umständen bereit gewesen wäre:

Er rannte davon ins Getümmel und zwang sie, mit ihm Schritt zu halten, blieb einen Augenblick stehen und ließ sie herankommen – allerdings nie so nahe, dass sie ihn zu fassen bekommen hätte, um diesem Treiben ein Ende zu setzen.

Eine Weile später schlüpfte er durch eine Lücke in einem Bretterzaun. Sie folgte ihm und fand sich auf einem weiten, menschenleeren Areal wieder. In einiger Entfernung ragten zwischen hohen Hallen Kräne in den Nachthimmel auf wie die gewaltigen, gekrümmten Klauen einer riesigen Bestie, die sich aus der Erde grub. Oji spurtete davon. Sie hastete ihm nach und roch Tang und Salz. Das Brackwasser des Braunen Stroms konnte nicht mehr weit sein.

»Mir tun die Füße weh«, rief sie. »Wir hätten eine Sänfte nehmen sollen.«

Oji kam ein Stück in ihre Richtung zurückgelaufen und schaute sich verstohlen um. »Nein. Niemand darf wissen, wo es ist.«

Sie passierten einen Gang zwischen zwei Hallen, die nach modrigem Holz stanken und kurz vor dem Einsturz standen, und gelangten an ein Hafenbecken, in das eine Reihe verdächtig kurzer Piers vorstießen. Nein, das waren keine Piers. Es waren vollgelaufene Trockendocks. Sie befanden sich anscheinend auf einer stillgelegten Werft.

»Wir sind gleich da«, kündigte Oji an. Er schlich zum Tor einer besonders heruntergekommenen Halle. Im Licht des Vollmonds erkannte Arisascha, dass das Tor mit einem jener teuren Schlösser gesichert war, die sich nur öffnen ließen, wenn man die Rädchen mit den verschieden geformten Zapfen in die richtige Anordnung drehte.

»Löwenkopf, Spargel, Nadel, Morgenstern«, murmelte Oji. Das Schloss schnappte auf. Er zog am Tor, und Arisaschas Spannung verwandelte sich zunächst in Enttäuschung, da dahinter nur ein weiteres Tor lag. Dann schlug ihr Herz wieder schneller, als sie sah, dass es gleich drei Schlösser an ihm gab.

Oji öffnete sie alle – beim letzten musste sie ihn unter den Achseln packen und anheben, damit er es erreichen konnte, so hoch war es am Tor angebracht.

Ihre Augen gewöhnten sich nur langsam an die Dunkelheit, doch nach und nach begannen sich Schemen aus ihr herauszuschälen. Sie machte Kistenstapel aus, die bis unter die Decke reichten, und sonderbare Konstruktionen mit zahlreichen Querstreben. Große runde Kessel. Gläserne Kolben. War das da drüben der gigantische Nachbau eines Fledermausflügels?

»Wo sind wir, Oji?«

»An dem Ort, wegen dem ich Siris gesagt habe, dass wir die Werkstatt meines Meisters ruhig Azzaras geben können«, erklärte der Junge stolz. »Dort ist nichts, an dem sein Herz hing. Alles, was meinem Meister wichtig war, ist hier.«

Arisascha ging in die Knie, tastete nach Ojis rechter Hand, ergriff sie und küsste jeden der Finger, die vor so kurzer Zeit noch schwache, nutzlose Anhängsel an seinem verkümmerten Arm gewesen waren. Der Junge hatte sich die Ehrenbezeugung, wie sie eine einfache Magd einem wahren Günstling der Herren erweisen konnte, redlich verdient.

25

Zwei kaum miteinander vereinbare Empfindungen bestimmten Karus Denken: einerseits die hartnäckige Belustigung darüber, nach den Ereignissen im Lodernden Krater im Keller eines Hauses Zuflucht gefunden zu haben, das ausgerechnet auf den Namen *Der Brodelnde Vulkan* hörte. Andererseits der dumpfe Schrecken über das Loch im Absatz ihres Stiefels, wo sie einen Natternbolzen aus dem gehärteten Leder gezogen hatte.

Sie nippte an ihrer Tasse. Ganz gleich, ob das Höchste Begehren nun Zwerg oder Zwergin war – es verstand jedenfalls eine Menge davon, wie man einen guten Kräutertee kochte. »Hast du uns irgendetwas dazu zu sagen?«

Gagek, der mit einem fleckigen Laken auf einem behelfsmäßigen Lager aus Kissen und Decken saß, hatte ihren Ausführungen stumm gelauscht. Sie hatte Anschuldigungen vorgebracht, an Gageks Gewissen appelliert, ihre Enttäuschung über seine Taten in Worte gefasst, von Bibet und Dena berichtet – ohne dass all dies mehr in ihm ausgelöst hätte als ein gelegentliches Zucken der Mundwinkel. Selbst Rinuls ständig eingeworfene Sticheleien und spöttischen Vorhaltungen hatte er auf diese abwesende Weise erduldet. Karu befürchtete bereits, er könnte bei seinem Ritual weitaus mehr verloren haben als nur eine Menge Blut.

»Irgendetwas«, drängte Karu. »Irgendetwas, das uns hilft, dich zu verstehen.«

»Gib es auf, meine Treueste«, sagte Rinul. Er zeigte mit dem Stummel der heruntergebrannten Kerze, die er gerade gegen eine neue ausgetauscht hatte, auf Gagek. »Er ist nicht mehr bei uns.«

Als wollte er Rinul Lügen strafen, seufzte Gagek und sagte: »Ja, so ist das also alles.«

»Oh, du redest doch.« Karu stellte ihre Tasse vor sich ab. »Schön.

Wenn man bedenkt, dass du mit einem einzigen Mord deinen eigenen Freibund in den Untergang geführt hast, wirkst du sehr … ruhig. Gefasst.«

Ächzend griff Gagek nach der Teekanne auf dem Stövchen, die zwischen ihm und Karu stand. Das Laken um seine Schultern verrutschte und entblößte einige seiner verschorften Wunden. Er nahm sich eine Tasse und goss sich Tee ein. »Was getan ist, ist getan.«

»Ob Bibet und Dena das genauso gelassen sehen würden?«, fragte Rinul.

Gagek umschloss die Tasse mit beiden Händen und neigte den Oberkörper in einer langsamen Verbeugung. »Sie sind bei den Ahnen.«

Rinul entfleuchte ein langer Lippenfurz, und er schüttelte den Kopf.

»Was haben die Ahnen dir geraten?«, erkundigte sich Karu vorsichtig. Es hatte fast die ganze Nacht gedauert, bis Gagek endgültig aus seinen durch Blutverlust und giftige Gase ausgelösten Wahnträumen erwacht war, und es bestand nach wie vor die Möglichkeit, dass sein Verstand nicht dauerhaft beschädigt, sondern nur benebelt war.

»Sie haben mir eine Gruft gezeigt.« Gagek senkte die Stimme zu einem rauen Flüstern. »Versiegelt mit sechs Schlössern. Ich habe sie alle geöffnet, denn ich hatte die Schlüssel. Zwei Augen, zwei Hände, eine Zunge und ein Herz. Das Tor schwang auf, und ich ging hinein. Da waren drei Särge aus schwarzem Basalt. Auf einem war ein Abbild von Bibet in den Stein geschlagen, auf dem anderen eines von Dena, und auf dem dritten … eines von mir. Ich habe den Deckel aufgeschoben, um in das Grab zu sehen. Es war leer, also habe ich mich hineingelegt. Ich habe geschlafen. Geschlafen und geträumt. Von meiner alten Sippe.«

Die Erwähnung der Schlüssel ließ Karu keine Ruhe. Sie musste keine Leiböffnerin sein, die sich mit Nervenleiden befasste, um Gageks Vision zu deuten. Doch es gab noch ein Rätsel, für das sie eine Lösung brauchte. Nicht weil sie allzu großes Mitleid für Gageks Mordopfer empfand – dafür hatte Eluki zu viel Unheil gestiftet –, sondern weil sie sich nicht mit einem Mord ohne Motiv abfinden wollte. »Warum? Warum hast du Eluki überhaupt umgebracht?«

»Eluki?« Gagek sah sie verständnislos an. »War das ihr Name?«

Karu nickte.

»Ich wusste nicht, wer sie war«, erklärte Gagek. »Ich wollte nur irgendjemanden aus diesem Haus. Mir wäre auch jeder andere von dort recht gewesen. Jeder halbwegs wichtige Halbling.«

»Höchstes Lob, Stark!« Rinul kam aus dem Kopfschütteln nicht mehr heraus. »Du hast eindeutig zu wenig Hopfen im Bier!«

»Ich wollte jemanden, der den Suchern wichtig ist«, führte Gagek ruhig aus. »Damit sie Ermittlungen aufnehmen. Damit sie zu Bibet kommen. Er sollte erkennen, dass er zu krank ist, um sich mit ihnen herumzuplagen. Ich wollte die Geschäfte für ihn übernehmen. Er hatte sich seine Ruhe verdient, aber er war zu bockig, um das einzusehen. Wie hätte ich wissen können, dass gleich die Grünmäntel anrücken? Und wie hätte ich wissen können, dass einer eurer Freunde den Obersten Vorarbeiter umnieten will? Alles, was ich wollte, war Bibet ein bisschen einzuschüchtern, damit er mit allem Schluss macht und sich in der Zeit, die ihm bleibt, nur um sich kümmert.«

»Und noch einmal höchstes Lob!«, giftete Rinul. »Das hat ja alles ganz ausgezeichnet geklappt.«

Gagek sah zu ihm hoch, doch da war kein Zorn auf seinem Gesicht. »Hast du noch nie einen Fehler gemacht, Plattenstemmer?«

»Schon«, räumte Rinul ein. »Aber so einen noch nicht. Ich meine, einen, bei dem –«

Rinul brach ab, als Gagek sich wieder an Karu wandte. »Es kann sein, dass ich Bibet und Dena bald folge. Aber jetzt noch nicht. Wegen dir. Ich stehe in deiner Blutschuld, Schwester in der Freiheit.«

»Oh …« Ihre Finger wanderten zu dem Loch in ihrem Stiefelabsatz. »Und wie trägt man so eine Schuld ab?«

Gagek trank von seinem Tee und musterte sie über den Rand der Tasse. »Als dich die Flechtenraucherin besucht hat, vor deinem Ritual, habe ich euch belauscht«, gestand Gagek. »Sie hat viel Schutt geredet, aber nicht nur. In einem hatte sie recht: Eure Sache braucht ein Zeichen.«

»Sie hat schon versucht, ihr Zeichen zu setzen«, sagte Karu düster.

Gagek schob nachdenklich sein gewaltiges Kinn vor. »Verstehe. Sie ist die, die den Vorarbeiter umbringen wollte.«

Karu nickte und dachte an Schreiber. Sie bedauerte, dass die Fabrikleiterin umsonst gestorben war, aber wenn sie den Namen des Chronisten diesem verdellten Kommissar gegenüber nicht preisgegeben hätte, wären noch viel mehr Leute umsonst gestorben.

»Das wäre das falsche Zeichen gewesen«, sagte Gagek. »Ich kann dir helfen, das richtige zu finden.«

»Du willst unserer Sache helfen?« Sie bemühte sich, nicht allzu skeptisch zu klingen. »Mit dem richtigen Zeichen? Was soll das sein?«

»Der Schädel des Ersten Vorarbeiters«, entgegnete Gagek ernst.

»Hallo?« Rinul wedelte mit dem Kerzenstummel. »Ich dachte, du hättest meine Thesen gelesen. Es gab keinen Ersten Vorarbeiter. Es gibt nur eine Reihe von Zwergen aus der Vorzeit, die von den Geschichtsfälschern zu einer Figur verschmolzen wurden, um eine Art Überahnen zu schaffen, den wir alle anbeten können. Ein Gott für ein Volk, das angeblich keine Götter kennt. Ein Gott, dessen angebliche Gebote missbraucht werden, um uns alle zu einer großen, gehorsamen Herde zu machen.«

»Der Schädel des Ersten Vorarbeiters ist das richtige Zeichen«, beharrte Gagek.

»Bist du taub? Der Erste Vorarbeiter ist eine Legende, mehr nicht.« Rinul klatschte eine Bekräftigungsgeste. »Warum denkst du denn, dass seine Ehrengruft leer ist? Ach ja, entschuldige. Weil er zum Sterben heim in die Berge am Pol ging, aus denen er kam«, zitierte er die herrschende Lehrmeinung. »Wie überaus praktisch.«

»Du denkst zu flach, Plattenstemmer.« Gagek wählte einen halb gelangweilten, halb besserwisserischen Ton, wie ihn auch der Mentor Hauer nicht besser getroffen hätte. »Es ist nicht wichtig, ob die Dinge so gewesen sind, wie die Leute fest glauben. Es ist nur wichtig, dass sie fest zu glauben wissen, wie die Dinge gewesen sind. Außerdem habe ich den Schädel mit eigenen Augen gesehen und weiß, wo er ist.«

»Nehmen wir einmal an, dieser Schädel, den du für den des Ersten Vorarbeiters hältst, existiert«, setzte Karu an.

»Er existiert. Ich habe ihn mit eigenen Augen gesehen«, wiederholte Gagek.

»Was nutzt er uns und unserer Sache?«

»Er ist das Zeichen, das ihr braucht, damit die Leute euch zuhören. Wenn ihr wollt, dass sie über die Vergangenheit nachdenken, um zu begreifen, was hier und jetzt mit ihnen geschieht, wird es ihnen leichterfallen, wenn ihr sie mit einem mächtigen Zeichen aus der Vergangenheit konfrontiert.« Er runzelte die Stirn. »Versteht ihr denn nicht? Gerade weil die Ehrengruft leer ist, weckt ihr im Volk Zweifel an der Geschichte, sobald ihr mit dem Schädel zu ihm sprecht. Er ist etwas, das es nicht geben darf. Und selbst wenn dieser Schädel nicht der Schädel des Vorarbeiters ist …« Er zuckte mit den Achseln. »Ist es falsch, sich die Lüge als Werkzeug der Wahrheit anzueignen?«

Karu schwirrte der Kopf. War es möglich, dass ein Gedanke vernünftig und unvernünftig zugleich sein konnte? »Wo ist dieser Schädel?«

»An einem Ort, den nur meine Leute kennen«, sagte Gagek.

»Deine Sippe?«, hakte Karu nach.

»Natürlich.« Rinul verdrehte die Augen. »Die alten Geheimnisse der Rollenden Steine. Wie man dem Bullen auf die Kuh hilft. Wie man einen Wagen festlich schmückt. Und wo man die Knochen einer Legende findet.«

»Ich dachte, deine Sippe hätte dich ausgestoßen«, sagte Karu.

»Sie nehmen mich zurück«, erwiderte Gagek.

Er sagte es auf eine Weise, wie ein anderer Zwerg gesagt hätte, dass der Tag fünf Schichten hatte. »Woher nimmst du diese Überzeugung?«

Gagek löste eine Hand von seiner Tasse und fuhr sich über einen der Schnitte auf seiner dicht behaarten Brust. »Weil die Ahnen es mir gezeigt haben. In meinem Traum in meinem Grab.«

Karu kaute auf ihrer Unterlippe.

»Halt, halt, halt!« Rinul ließ den Kerzenstummel fallen und hastete so eilig an Karus Seite, dass er fast über das Stövchen gestolpert wäre. »Mach nicht dieses Gesicht! Ich kenne dieses Gesicht! Sei kein Klapperkopf, Karu!«

Sie nahm seine Hände in ihre und drückte sie. »Du hast gesagt, es wäre meine Entscheidung, wie es jetzt weitergeht. Gilt das noch?«

Rinul lachte auf wie ein Kiesel, der in ein Honigtröpfchen beißen wollte und festgestellt hatte, dass es mit Salz gefüllt war. »Gut. Ich fasse zusammen. Du möchtest, dass wir nach etwas suchen, das es womöglich nicht gibt, weil ein Rollender Stein, dessen Pläne mehr Haken als ein Anglerladen haben, von seinen Ahnen, die eigentlich nicht mehr als Gasgespinste sind, gehört hat, dass ihn seine Sippe von rückständigen Vagabunden, die ihn als Brecher eines Stummen Gebots verstoßen hat, wieder bei sich aufnehmen wird.« Er zeigte seine schiefen Zähne in einem noch schieferen Grinsen. »Du kannst wirklich froh sein, dass mir so viel an dir liegt, Funkelquarz. Wann geht es los?«

Sie zog ihn an sich und küsste ihn. Bibet hatte nicht gelogen. Rinul würde auf einen Berg steigen und zum Mond springen, wenn sie es von ihm verlangte. Sie gab sich dem warmen Gefühl in ihrer Brust bereitwillig hin, weil ihr das Schicksal wieder einmal fast alles andere genommen hatte. Außer ihrem Leben und ihrer Freiheit – und der Gewissheit, dass sie neben Rinul in die Gruft gebettet werden wollte, falls der Weg, den sie für sie beide gewählt hatte, in den Tod führen sollte.

26

Anini blieb schwankend stehen und stützte sich auf den Gartenzaun. Er hatte es geschafft. Er war daheim. In Zwerg.

Die letzten Tage waren in seinem Gedächtnis eine diffuse Mischung aus mehr oder weniger verschwommenen Eindrücken, die sein Gehirn in der immer gleichen Reihenfolge abrief.

Ekelas rotes Haar.

Das Gesicht des Suchers, der ihn im Lodernden Krater durch panisches Brüllen und klatschende Ohrfeigen aus seiner Bewusstlosigkeit geholt hatte. Eine breite, dümmliche Provinzfresse mit schlecht geschorenem Bart.

Ekelas weiche Hüften.

Der wabbelige Fetzen, den er innen von seiner Wange abgezogen hatte, wo ihm vom heißen Schlamm die Haut verbrüht worden war. Die gelben Blasen auf seinen Wangen, prall gefüllt mit Gewebeflüssigkeit. Das Stechen seiner angeknacksten Rippen, fast so, als wäre er fünfmal zehn Runden im großen Sportrund des Kommissariats gerannt.

Ekelas abgebrochene Zähne auf ihrer Unterlippe.

Die verschlüsselte Meldung in die Hauptstadt, die er sofort bei einem der Sucher aufgegeben hatte, nachdem ihm endgültig bewusst geworden war, dass er noch unter den Lebenden weilte. *Pegug Metz wirft mit der linken Hand.* Sport als Verschlüsselungsmuster. Eine der besten Ideen, die er je gehabt hatte.

Ekelas verbrannte Beine.

Das Fauchen der Flammensäule, die aus der Spalte schoss, auf die Ekela durch den Ausbruch der Schlammgrube geschleudert worden war. Der Geruch von Fleisch, das zu Asche verbrannt war. Wie eine Schillerechse, die zu lang am Spieß über dem Feuer hing.

Ekelas zierliche Füße.

Das Brummen des alten Leiböffners, als er ihm den Bolzen aus dem Handgelenk entfernt hatte. Ohne Betäubung, weil er keine gewollt hatte. Das feuchte Schmatzen, mit dem sich das von den kräftigen Fingern des Leiböffners angeschobene Geschoss durch sein Fleisch zwängte.

Ekelas helles Lachen.

Das glatt gestrichene Laken auf seinem Hotelbett. Makellos, rein, ohne Spuren der Liebesarbeit, die er dort verrichtet hatte. Das Pochen seiner geschwollenen Steine beim Schlüpfen in eine saubere Hose. Der getrocknete Schlamm auf seinem Mantel.

Ekelas sprudelndes Blut.

Das Leeren seiner Manteltaschen. Der Blick in den aufgeweichten Taschenkalender. Die Furcht, die sich in sein Herz krallte, als er dachte, er könnte Ileles Fest der zwei Hände verpasst haben. Die Erleichterung, mit der er feststellte, dass er es noch rechtzeitig nach Hause schaffte, wenn er sich beeilte.

Ekelas kalte Stimme, als sie auf ihn schoss.

Das Rattern des Eilzugs auf den Schienen. Die harte Matratze auf der Liege in seiner Kabine. Sein schweißgetränktes Hemd, als er aus einem Traum hochfuhr, in dem Ekela wieder und wieder die Natter auf ihn richtete. *O Anini …*

Und nun war er daheim. Es war nicht so, wie er es sich vorgestellt hatte. An den Büschen im Vorgarten hingen keine kleinen hölzernen Hände. Die Dachtraufe war nicht mit Blumengirlanden geschmückt. Alles war still. Zu still für Ileles großen Tag.

Die Tür war nur angelehnt. Er stieß sie auf und rief: »Ich bin wieder da!«

Keine Antwort. Keine Ewowa, die glucksend mit wippenden Zöpfen angelaufen kam. Kein Ilele im besten Anzug, der ihr hinterherschlurfte. Keine Usana, die ihm mit strenger Miene entgegentrat, weil er die letzten paar Tage vergessen hatte, ihr Karten zu schicken. Keine Gäste.

Vielleicht waren sie im Garten? Das Wetter war gut genug, um das Fest draußen zu feiern. Er durchquerte den Flur und die Wohnstube und öffnete die Schiebetür zum Garten. Nichts.

»Ich bin wieder da!«, rief er noch einmal. Eine schreckliche Ahnung kroch in ihm hoch. Usana hatte es getan. Er hatte sich nicht gemeldet, und sie hatte ihre oft ausgesprochene Drohung nun doch in die Tat umgesetzt. Sie hatte ihn verlassen und die Setzlinge mitgenommen.

Er ging die Treppe hinauf wie ein Greis, beide Hände am Geländer, weil er sein rechtes Bein nicht voll belasten konnte, ohne dass ihm ein schneidender Schmerz von der Kniescheibe bis in die Leiste hinaufjagte.

Im Schlafzimmer standen sämtliche Schranktüren offen, und alle Schubladen waren aufgezogen. Er starrte einen Moment reglos auf die Kleidung darin. Seine Kleidung. Seine Hemden. Seine Jacken. Seine Hosen. Seine Socken. Usanas Sachen waren fort. Sie hatte es wirklich getan. *Die Wurzeln der Vergeltung* lag auf seiner Seite des Bettes auf dem Nachttisch. Es kümmerte ihn nicht mehr, wie die Geschichte ausging.

Er wankte in Ileles Zimmer. Auch hier sprach alles für einen überhasteten Aufbruch. Nicht einmal Ileles Zinnkrieger, mit denen er seine Lieblingslegenden aus dem Grünenden Land nachspielte, hatte seine Mutter ihn mitnehmen lassen. Dutzende der verstörenden Bilder, die er in letzter Zeit so gern malte, waren auf dem Boden verstreut. Anini schaute nach unten. Er stand auf einem Bild. Er zog den Fuß zurück. Rechts schwammen Kriegsschiffe mit qualmenden Schloten und dicken Kanonenrohren auf einem Meer aus kritzeligen Wellenlinien, links bizarre Segler mit dünnen Masten und elegant geschwungenen Rümpfen, die etwas von Robben oder Walfischen hatten. Über den beiden Flotten schwebte eine riesige Gestalt, die die Arme ausgebreitet hatte – ein nacktes Mädchen mit rotem Haar.

Etwas Weiches drückte sich Anini von hinten gegen die Waden und er schrie erschrocken auf. Zottelbock maunzte protestierend und huschte ihm zwischen den Beinen hindurch, sprang auf Ileles Bett und sah ihn aus großen Augen an. Anini erbarmte sich und strich dem Kater über den Kopf. Zottelbock schnurrte verhalten und rieb sich an Aninis Hand. War das alles, was von seiner Familie übrig war?

»Pflicht, Anini«, sagte eine vertraute Stimme hinter ihm.

Awoho war ein verfault leiser Bastard. Anini hatte ihn nicht einmal die Treppe heraufkommen gehört. Die Begrüßung war wie ein Weckruf, der Anini daran erinnerte, wie wichtig seine Mission in Stahlstadt gewesen war. »Ist Metz verhaftet?«, fragte er.

»Nein.« Awoho trug entweder die gleiche graue Hose und die gleiche graue Jacke wie bei ihrem Treffen im Völkerpark, oder er besaß ein und dieselbe Garnitur mehrfach. »Nein, wir haben ihn nicht verhaftet.«

»Was?« Das plötzliche Zucken seiner Hand verscheuchte Zottelbock, der sich mit gehetzten Sprüngen aus dem Zimmer flüchtete. »Wieso nicht?« Er nickte beruhigt, weil ihm eine passende Erklärung einfiel. »Du hast ihn lieber sofort vollkommen ausgeschaltet.«

»Metz geht es gut«, widersprach ihm Awoho. »Noch.«

Anini befühlte mit der Zungenspitze eine der wunden Stellen an der Innenseite seiner Wangen. »Das ist riskant«, murmelte er dann.

»Zweifelsohne«, stimmte ihm Awoho zu. »Aber ich will warten, bis er zuschlägt.«

»Warum?« Aninis Beine gaben unter ihm nach, und er plumpste auf das Setzlingsbett. »Das ist doch Wahnsinn.«

»Ganz und gar nicht.« Awoho lächelte verstohlen. »Das ist Politik.« Er straffte seine Jacke. »Saubere Arbeit bei deinem letzten Verhör hier übrigens. Wie hieß der Volkszersetzer noch eben? Bumid? Bomid?«

»Bimod Tauer«, sagte Anini.

»Es stellte sich heraus, dass einer von denen, deren Namen er dank deiner tadellosen Leistung ausgespuckt hat, um die mangelnde Treue unseres Bundeschronisten wusste«, erklärte Awoho. »Seitdem halten wir Metz unter Beobachtung. Diskret, versteht sich.«

Anini wusste nicht, ob er lachen oder schreien sollte. Er beließ es bei einem Stöhnen. Karu Schneider hatte ihm bei ihrem verfaulten Handel alte, völlig verdorbene Ware angedreht. Er versuchte nicht daran zu denken, ob Ekela die Kontrolle über sich und ihre Rachegelüste behalten hätte, wenn er sie hätte Schneider erschießen lassen. Er massierte sich die Schläfen und sagte: »Soll ich Metz nicht lieber doch verhaften?«

»Wir warten, bis er zuschlägt.« Awoho lehnte sich gegen den Türrahmen. »Die Saat ist gepflanzt, und bald sprießt der Keim.«

»Was unternehmen wir, um Seher zu schützen? Wer ist dafür abgestellt?«, fragte Anini.

»Nichts und niemand«, antwortete Awoho gut gelaunt.

Anini zog einen Schluss aus dieser Aussage, verwarf ihn wieder, weil er zu abwegig war, suchte nach einem anderen Sinn und kehrte doch nur schwerfällig zum alten zurück. Sein Mund wurde trocken, und es kratzte unangenehm in seiner Kehle, als er sagte: »Du willst, dass Metz Erfolg hat. Du willst, dass er Seher vergiftet.«

»Es muss sein. Seher wird zu unberechenbar.« Awoho zuckte mit den Schultern. »Soll ich ehrlich sein? Ich gebe mir dafür die Schuld. Ich hätte ihm seine Kammerdienerin nicht wegnehmen dürfen. Das war für ihn das letzte Blatt am Ast.«

Anini ballte die rechte Faust. »Das geht zu weit! Denk an meinen Eid! Ich kann nicht zulassen, dass …« Er stockte und hielt sich die Seite, wo seine Rippen angeknackst waren. »Sind wir denn alle verrückt geworden?«, keuchte er, nachdem er wieder Luft bekam.

Awoho schürzte die Lippen. »Ekelas letzte Meldung erwähnte bereits, dass du etwas angegriffen bist. Muss ich mir darüber wirklich Gedanken machen?«

»Ekela …« Mehr brachte Anini nicht über die Lippen.

»Tu nicht so überrascht.« Awoho winkte ab. »Ich konnte dich unmöglich unbeaufsichtigt in Stahlstadt herumfuhrwerken lassen. Nicht nach dem, wie du bei den letzten Missionen in die Dornen gegriffen hast. Wie bereits erwähnt, das letzte Verhör war lehrbuchmäßig. Aber davor? Die verbockte Hatz auf Schmied? Der kleine Plattenstemmer, der dir durch die Lappen gegangen ist? Du brauchtest eine Absicherung. Ekela wurde mir von ihrem Büroleiter als absolut zuverlässig empfohlen. Und er hat nicht übertrieben.«

Anini schlug die Hände vors Gesicht. Er horchte in sich hinein, aber er konnte noch nicht einschätzen, welches Gefühl sich in der tauben Ödnis dort regte. »Es war alles eine Lüge …«

»Sie ist sehr gründlich«, lobte Awoho eine Tote. »In der Meldung, in der sie mir mitgeteilt hat, dass der Giftanschlag unmittelbar bevorsteht, hat sie eigens angefragt, wie sie verfahren soll, falls du im Zuge deiner weiteren Ermittlungen irgendetwas unternimmst, was den für uns günstigsten Verlauf der Ereignisse verändern könnte. Ich habe ihr empfohlen, nach bestem Wissen und Gewissen zu handeln.«

Stück für Stück fügte sich alles in Aninis Kopf zusammen, und es schmerzte ihn mehr als das Loch in seinem Handgelenk, seine Rippen oder seine Steine. Ekela hatte auf ihn geschossen, weil sie ihn aus dem Weg hatte räumen müssen, um die fliehenden Bündler noch aufzuhalten – die wahrscheinlich einzigen drei Zwerge, die außer ihnen noch wussten, an wen die giftigen Pilze genau adressiert waren. Sie hatte das Risiko nicht eingehen wollen, dass Schneider, Plattenstemmer oder Stark den Anschlag, mit dem Awoho den Vorarbeiter loswerden wollte, im letzten Moment doch noch verhinderten. »Ich war immer nur Teil ihrer Mission.«

»Mit welcher rührseligen Geschichte hat sie dich weichgekocht?«, fragte Awoho in einem schmutzigen Tonfall, mit dem er vermutlich auch Anekdoten über seine größten Erfolge bei der Liebesarbeit zum Besten gab. »War es die mit der Schwester, die von einem Bündler geschändet wurde? Oder die mit dem Torwächterspieler, der ins Wasser gegangen ist? Der abgebrannte Laden ihres Vaters, weil er kein Schutzgeld zahlen wollte?«

Anini gab keine Antwort. Inzwischen vermutete er, dass das Gefühl, das in ihm um sich griff, am ehesten Zorn war.

»Lass mich raten«, sagte Awoho. »Die mit dem Torwächterspieler, hm? Die ist sehr überzeugend. Kein Wunder. Ich habe sie ja mit erdacht.«

Anini knöpfte den obersten Knopf an seinem Hemd auf. Noch war es nicht zu spät. Um einen Windbeutel wie Awoho mit dem Ehrendolch abzustechen, brauchte er nur einen gesunden Arm, und noch konnte er den Obersten Vorarbeiter warnen.

»Das würde ich nicht tun«, riet ihm Awoho scharf.

Anini öffnete den zweiten Knopf.

»Sieh dich um.« Awoho warf kurze Blicke über beide Schultern. »Ist das Haus nicht etwas leer? Feiert dein Setzling heute denn nicht sein Fest der zwei Hände?«

Aninis Finger verharrten über dem dritten Knopf. Eine gierige Angst begann damit, seinen Zorn zu verschlingen. »Wo ist meine Familie?«

»An einem sicheren Ort.« Awoho verschränkte locker die Arme vor der Brust. »Du ermittelst auf nicht absehbare Zeit gegen eine einflussreiche Bande von Umstürzlern. Das stellt ein Wagnis dar, weil diese skrupellosen Rattensöhne zu allem fähig sind – sogar dazu, Unschuldige abzuschlachten. Und wir wollen doch nicht, dass deinen Lieben etwas zustößt.« Awoho schaute ihn an wie etwas Widerliches, das nach einem heiteren Spaziergang an seiner Schuhsohle klebte. »Haben wir uns verstanden?«

Anini wog das Leben von Usana, Ilele und Ewowa gegen die Aussicht ab, ein Dasein als Eidbrecher zu fristen. Ihr Unglück gegen seines. Seine Familie gegen tote Worte. Er nickte.

»Gut, dann erwarte ich deinen Bericht …« Awoho zückte seine Taschenuhr. »Sagen wir übermorgen zur Mittagsschicht, ja? Ruh dich aus, Anini. Du siehst aus, als wärst du unter eine Straßenbahn geraten.« Ein Hauch von einer Empfindung, die er bei anderen als Mitgefühl gedeutet hätte, wagte sich zaghaft in Awohos Stimme vor. »Und falls es dich tröstet … Usana ist furchtbar besorgt um dich. Du hast eine vorzügliche Gattin.« Dann wandte er sich zum Gehen.

»Awoho?«

»Ja?«

»Warum lässt du mich leben?«

Awoho legte eine Hand an den Türrahmen, holte tief Luft und seufzte. »Ekela erwähnte in einer ihrer Meldungen etwas von einer besonderen Begabung, die dir tiefe Einblicke in verborgene Zusammenhänge gewährt. Das ist selten. Und sehr, sehr nützlich.« Nach einem Klaps auf das Holz ging er los. »Wie gesagt, ruh dich aus.«

Anini wartete, bis die Schritte auf der Treppe verklungen waren, bevor er sich bückte, um eine von Ileles sonderbaren Zeichnungen aufzuheben. Er presste sie an seine Brust, schloss die Augen, lehnte sich zurück und flüchtete sich in den Ewigen Hain, den Namen seines armen, verlorenen Setzlings auf den Lippen.

27

Trotz der vielen Kerzen war es im Schrein angenehm kühl, und Arisascha fröstelte sogar ein wenig. Sie war müde, denn nach der Enthüllung von Ojis Geheimnis in der vergangenen Nacht hatte sie kaum Schlaf gefunden. Welche Wunder mochte Gozzoldinis geheime Werkstatt in der verlassenen Werft für sie bereithalten? Erfindungen, die ihr bei ihrer Mission unschätzbare Dienste leisten würden? Baupläne für Luftschiffe wie das, in dem sie übers Kochende Meer geflogen war? Am Ende gar all seine Unterlagen über die Herrenbauten, die er im Zuge seiner Forschungen besucht hatte? Sie murmelte ein Dankgebet und entzündete eine weitere Kerze.

»Hat dein Meister je davon gesprochen, dass er plant, auch nach Westburg zu reisen?« In Gajuwessus' Stimme lag unverhohlene Ehrfurcht vor dem lebendigen Zeugnis der Kraft der Herren.

»Ja, das hat er.« Oji nickte und betrachtete die Hände des alten Mannes, mit denen er den rechten Arm des Knaben mit Salbe bestrich. »Aber er wollte zunächst seine Annahmen über die Paradiese prüfen. Er hat immer geglaubt, dass es sie gibt. Und er hatte ja recht damit. Du warst dabei, Sira.«

»Ja, Gozzoldini hatte recht«, sagte sie leise.

»Und wir sind zuerst in das Paradies geflogen«, fuhr der Junge fort, »weil –« Er kicherte. »Das kitzelt.«

»Entschuldigung«, bat Gajuwessus.

»Macht nichts. Es ist schön, dass es kitzelt. Wir sind zuerst in das Paradies geflogen«, nahm Oji seinen Gedanken wieder auf, »weil mein Meister wissen wollte, ob noch eine seiner Annahmen stimmt.«

»Welche?«, fragte Arisascha.

»Dass alle Herrenbauten miteinander in Verbindung stehen. Und das tun sie. Ich bin in einem Herrenbau geboren, hat mir mein Meister erzählt, wo die Herren mich als ihren Knecht angenommen haben. Und weil ich ihr Knecht bin, finde ich auch Einlass in jeden anderen ihrer Bauten. So wie in den Palast im Paradies.« Oji schmunzelte. »Mein Meister wollte das dort überprüfen, weil er sich in Westburg lächerlich gemacht hätte, wenn er auf dem Holzweg gewesen wäre. War er aber nicht.« Sein Schmunzeln verschwand, und er ließ traurig den Kopf hängen.

»Was ist denn, mein Junge?«, fragte Gajuwessus.

»Nichts. Mir ist nur wieder eingefallen, dass mein Meister jetzt den ganzen Forschern in Westburg nicht beweisen kann, wie schlau er wirklich ist.«

»Das werden wir für ihn übernehmen«, sagte Arisascha lächelnd.

»Wir?« Oji schaute auf.

»Ja, wir. Findest du nicht, wir sollten zusammen nach Westburg gehen, damit der Name Gozzoldini von Meerschaum unsterblich wird?«

»Unbedingt!«, rief Oji begeistert. »Würdest du das für mich tun?«

»Ich würde alles für dich tun, Ojirisan«, sagte Arisascha und pries stumm die Herren dafür, ihr diesen Jungen geschenkt zu haben – der Schlüssel zu einer Waffe, die die Zerrissenen Reiche für immer einen würde.

»Es ist kein Salzwasser mehr«, stellte Siris zum wiederholten Mal fest und fragte sich, wie die Elfen es bewerkstelligt hatten, das Wasser im Bad der Schwänin auszutauschen, ohne dafür die Hilfe von menschlichen Bediensteten in Anspruch zu nehmen.

»Salzwasser hätte in seinen Wunden gebrannt«, sagte die Elfe. »Es hätte kein Vergnügen daran gehabt.«

»Nein, bestimmt nicht«, gab Siris zu und schaute an sich herunter. Ein Schwarm winziger Fische von der Form von Nadeln huschte um seinen Schenkel durchs Wasser und knabberte ihm mit seinen zahlreichen Mäulern den Schorf von der Wunde, die ihm der Sandfresser zugefügt hatte. Es war nicht unangenehm. Ganz im Gegenteil. Es war ein beständiges Prickeln, das ihn daran gemahnte, dass die Schwänin bestimmt erneut Zerstreuung von ihm verlangen würde. Eine Vorstellung, die ihn zugleich erregte und besorgte.

Was, wenn sie in ihm nur einen Affen sah? »Warum magst du mich so?«

»Ich bin gern in seiner Nähe«, gurrte die weißhäutige Gesandte.

»Ja, aber warum?«

»Es hat mich angefasst. Das war schön.« Sie streckte die Hand aus, legte sie ihm auf die Brust und schloss die schwarzen Augen. »Es hat ein lautes Herz. Das ist auch schön. Es muss immer bei mir bleiben. Wie der Greif.«

Da hörte er es. Er war ihr Schoßhündchen. »Wie der Greif? Wie ein Haustier?«

Sie lachte glockenhell und spritzte ihm Wasser ins Gesicht. »Es macht Späße.«

»Nein, mache ich nicht.«

»Nicht?«

»Nein.« Er seufzte. »Ich bin dein Haustier.«

»Haustiere haben keinen echten Namen«, sagte sie verwundert. »Der Greif ist mein Vetter.«

»Was?« Siris zuckte heftig zusammen, und der Fischschwarm stob auseinander. Er musste sie missverstanden haben. Vor ihrer Ankunft hatte er Ewigkeiten kein Elfisch mehr gesprochen.

»Der Greif ist mein Vetter«, antwortete sie.

»Weshalb ... weshalb sieht er dann aus wie ... wie ...« Siris rang nach Worten. »Wie ein Tier?«

»Er suchte Zerstreuung«, entgegnete sie in einem sonderbaren Ton, der bedeutete, dass sie seine Frage entweder als albern oder überflüssig beurteilte. »Wie ich.« Sie schmiegte sich jäh an ihn wie eine Katze, und sein Pflug regte sich sofort, als sie die Haut an seiner Spitze spielerisch auf und ab schob. »Es muss für immer bei mir bleiben.«

»Ich muss auf eine Reise gehen«, sagte er zaghaft.

Ihr Griff wurde härter, doch das störte ihn nicht. »Wieso?«

»Weil ich es jemandem versprochen habe.«

»Wem?« Gut, jetzt wurde es ein bisschen unbehaglich.

»Meiner Schwester«, beeilte er sich zu sagen.

Ihre Finger verloren an Spannung, und er schwoll weiter in ihrer Hand. »Sie geht auf die Suche nach der mächtigen Waffe.«

Siris seufzte. Sie verstand sich nicht nur aufs Pflugwetzen, sondern war auch noch schlau. »Ja.«

»Dann kann es für immer bei mir bleiben«, stellte die Schwänin zufrieden fest und steigerte die Geschwindigkeit ihres köstlichen Treibens. »Ich schließe mich der Suche an. Die Bittsteller finden die Waffe, und ich finde Zerstreuung.«

Garep atmete tief durch, weil er hoffte, damit irgendwie den sauren Klumpen in seinem Magen aufzulösen. Vielleicht war es falsch, dass er hier war. Vielleicht hätte er bei Arisascha bleiben sollen. Eselsrotz! Sie hatte ihn nicht um sich haben wollen. Das hatte sie ihm sehr deutlich zu verstehen gegeben, und er verstand es auch bis zu einem gewissen Grad. Sie wollte jetzt allein sein. »Wann kommt er endlich?«, fragte er Zoseos, der neben ihm auf der Bank im Hof saß und den Blick fest auf das Tor gerichtet hielt.

»Sobald sie ihn gehen lässt.« Zoseos zuckte mit den Schultern. »Das kann jetzt sein oder morgen früh oder in drei Tagen oder gar nicht.«

»Gar nicht?«

»Mehr als ein Unterhändler ist mit den Füßen zuerst aus dem Palast der Demütigen Bitten ausgezogen«, sagte der Mensch düster.

Sie schwiegen eine Weile. Der Pfau stolzierte heran und begann, sein imposantes Rad zu schlagen. Zoseos verscheuchte den Vogel mit einem Tritt, der das eitle Vieh nur knapp verfehlte.

»Wie geht es dir damit überhaupt?«, fragte Garep, nachdem der Pfau beleidigt das Weite gesucht hatte.

»Ich bin Kummer gewöhnt«, sagte Zoseos.

Sie schwiegen wieder.

Endlich, endlich öffnete sich das Tor. Siris bemerkte ihre grimmigen Mienen sofort. »Was ist? Ihr seht aus, als wäre jemand gestorben.«

Zoseos sprang von der Bank hoch und humpelte ins Haus. Er war nicht schnell genug, als dass er sein Schluchzen hätte für sich behalten können.

Siris rührte sich nicht von der Stelle.

Garep strich sich mit beiden Händen von der Nasenspitze hinunter über den Bart und stand auf. »Siris …«

»Wer?«

»Deine Mutter.«

Siris blinzelte. Einmal, zweimal, dreimal. »Wie?«

»Sie hat sich vergiftet. Oben bei den Tauben.«

»Hat sie …« Siris schüttelte den Kopf, wie wenn ihm ein lästiges Insekt vor den Augen herumschwirrte. »Hat sie eine Nachricht hinterlassen?«

»Drei Sätze.« Garep schaffte es nicht, den Bruder seiner Gefährtin anzusehen. *»Das Haus hat einen Erben. Irisanjo wird es führen. Ich sehne mich an Moschansis' Seite.«*

»Wo ist meine Schwester?«, fragte Siris, und seine Worte waren bitter wie Asche.

»Bei ihr. Sie wäscht sie.« Garep scharrte mit den Füßen. »Siris, ich …«

»Du hast sie nicht gekannt«, sagte Siris kühl.

Garep nickte.

»Dann lohnt sich Trauer für dich noch weniger als für mich.« Er ging und ließ Garep mit der Gewissheit zurück, dass es Kränkungen gab, die selbst im Tod nicht wiedergutzumachen waren.

Himek schaute Ulaha dabei zu, wie sie eine ihrer roten Strähnen um einen der Zweige des Buschs flocht, vor dem sie gemeinsam saßen. Sie hatte viel Übung darin gewonnen. Noch vor Kurzem hatte sie beide Hände dafür gebraucht, doch inzwischen war sie derart geschickt, dass eine Hand reichte.

»Du gehst?«

»Ja.«

»Zu dem Kind, das nach dir gerufen hat?«

»Nein. Zu seinem Vater.«

»Wieso?« Himek runzelte die Stirn. »Ich dachte, es ist der Junge, dem du helfen willst.«

»Ich kann dem Jungen nur helfen, wenn ich dem Vater helfe«, sagte sie.

»Wobei?«

»Auch er muss verstehen, was er ist. Was es heißt, ein Wandler in der Zweiten Welt zu sein. Worin unser Schicksal liegt.«

Himek schürzte die Lippen, winkte ab und pflückte eine der gelben Beeren, die an dem Strauch wuchsen. »Schon wieder dieses Wort.«

»Gefällt es dir nicht?«, fragte sie lächelnd.

Die Beere schmeckte saurer als eines ihrer Gegenstücke in der anderen Wirklichkeit. Himek spuckte sie aus. »Nicht besonders.«

»Nur weil man etwas nicht mag, kann es trotzdem wahr sein.« Ulaha zeigte zu einer Hecke, die einen Steinwurf entfernt lag. »So wie für sie.«

Sie meinte ein Schimmelfohlen mit einem grauen Aalstrich in der Mitte des Rückens, das auf dürren Beinen vor der Hecke hin und her stakste. Es sah aus, als wäre es unschlüssig, ob es über das Hindernis, das ihm bis zur Brust reichte, hinwegsetzen konnte oder nicht.

»Sollen wir es über die Hecke heben?«, schlug sie vor.

»Nein«, wehrte er ab. »Es muss selbst wissen, ob es springen will.«

In diesem Moment wich das Fohlen einige Schritte von der Hecke zurück, ehe es in vollem Lauf darauf zugaloppierte.

»Siris wird sie vermissen«, sagte er noch, und da war das kleine Ding schon auf der anderen Seite.

»Viel mehr, als er denkt«, pflichtete sie ihm bei. »Viel mehr, als er denkt.«

Epilog

Awoho 29-2 hatte die Miene aufgesetzt, die er immer wählte, wenn er dem mächtigsten Zwerg des Bundes das Gefühl geben wollte, er verfolge aufmerksam jede seiner Regungen und lausche ergriffen jedem Wort. Was hätte Gorid Seher wohl dazu gesagt, hätte er bemerkt, dass Awohos Blick nicht seinen fahrigen Gesten galt und er auch nicht dem Bericht über seinen jüngsten Besuch bei dem Menschen lauschte, der ihm den Bau einer Flotte fliegender Schiffe versprochen hatte? Wäre die Hohlnuss verwundert darüber gewesen, wenn Awoho ihm unvermittelt gestanden hätte, dass das leere Kästchen aus Stahlstadt auf seinem Schreibtisch und das regelmäßige Ticken der Standuhr in der Ecke seine Aufmerksamkeit wesentlich mehr fesselten? Tick. Tick. Tick.

»Ich sage es dir, Awoho, Luftschiffe sind die Zukunft.« Der Oberste Vorarbeiter klatschte eine Bekräftigungsgeste. »Dieser Mensch hat die grandiosesten Ideen. Er will die Luftschiffe umfangreich bewaffnen. Am liebsten wären ihm große Geschütze. Aber wir könnten auch nur Bomben aus ihnen abwerfen, meint er. Stell es dir vor, Awoho! Ein Flammenmeer, über das unsere stolze Streitmacht der Lüfte einfach hinwegschwebt! Und es kommt noch besser. Er will Schiffe konstruieren – echte Schiffe fürs Wasser –, auf denen unsere Luftschiffe Nachschub laden können und mit denen wir sie mühelos an jeden Ort der Welt bringen werden. Gut, es gibt noch einige Probleme zu klären, was das sichere Landen anbelangt, aber …« Er rutschte in seinem Stuhl nach vorn und reckte Awoho die Arme entgegen. »Sieh nur, wie mir allein bei dem Gedanken daran die Hände zittern.«

Awoho verkniff sich unter größten Mühen ein Lächeln. Er hatte in der ganzen Zeit, in all den Jahren, die er für diesen Klapperkopf arbeitete, nur höchst selten in seiner Anwesenheit gelächelt, und er würde es auch jetzt nicht tun. Es würde später noch genügend Zeit und Grund für ihn geben, sogar von einem zum anderen Ohr zu grinsen. Tick. Tick. Tick.

Seher nahm die Arme zurück und sang weiter seine Lobeshymne. »Dieser Mensch sagt, bei uns ginge der Bau von Luftschiffen noch viel leichter und schneller vonstatten, weil es bei uns weitaus mehr Gas gibt als bei den Langschädeln. Weißt du, wie die Menschen den Bund nennen?«

Awoho schüttelte den Kopf, obwohl er die Antwort kannte. Seher schätzte es, sich in jeder Lage als der Klügste, Vernünftigste und Weiseste im Raum zu gebärden, und es konnte nicht schaden, ihm dieses Vergnügen ein letztes Mal zu gönnen. Tick. Tick. Tick.

»Das Dampfland!«, jubilierte Seher. »Dampfland! Dampfland!«

Die zweite Wiederholung ging in einen rumpelnden Rülpser über, und Awohos feine Nase nahm den bitteren Gestank von Galle wahr. Tick. Tick. Tick.

»Verzeihung«, entschuldigte sich Seher und rieb sich den Bauch. »Weißt du, was ich diesen Menschen noch gefragt habe? Eine besonders wichtige Frage, die mich ehrlich umgetrieben hat. Ich wollte von ihm hören, ob er sich nicht wie ein Verräter vorkommt.«

Interessant. Tick. Tick. Tick. »Und? Was hat er dir entgegnet?«

»Man ist kein Verräter, wenn man alle Mittel, die sich einem bieten, dafür nutzt, seine Visionen zu verwirklichen.«

»Tatsächlich?« Tick. Tick. Tick. »Das hat er gesagt?« Diesen Satz hätte Awoho sofort unterschrieben.

Seher stutzte und schaute auf seine Hände. »Was …« Seine Finger zuckten in blitzschnell aufeinanderfolgenden Krämpfen, um schließlich zu erstarren wie die Grabklauen eines Mulls.

Endlich.

»Awoho, ich …«, sagte Seher würgend, und seine Augen nahmen einen Ausdruck an, in dem nackte Angst und flehentliches Betteln zugleich lag. Dann hustete er. Zäher, gelber Schleim rann ihm in dicken Fäden übers Kinn und auf die Brust. Er warf den Kopf in den Nacken, strampelte einen Moment mit den Beinen und rührte sich nicht mehr.

Tick. Tick. Tick.

Awoho wartete eine Weile, um ganz sicherzugehen, dass auch alles Leben aus dem Obersten Vorarbeiter gewichen war. Er trat um den Schreibtisch herum. Auf dem Stoff von Sehers feiner Hose prangte ein großer dunkler Fleck. Er klaubte mit den Fingerspitzen ein paar Pilzkrümel aus dem Kästchen und verstreute sie auf Sehers Hemd. Nicht, weil er befürchtete, es könnten irgendwelche Zweifel an der Todesursache aufkommen, doch so erschien es ihm stimmiger.

Als er der Überzeugung war, er hätte nun lange genug gewartet, brach Awoho in Tränen aus. Der Leiböffner, zu dem er gleich schreiend laufen würde, würde gewiss nicht erkennen können, dass es Freudentränen waren. Und ebendiese Art von Tränen würde er bald darauf wieder vergießen, wenn er vor dem Rat der Räte verkündete, dass er bis auf weiteres sämtliche Amtsgeschäfte des Obersten Vorarbeiters übernehmen würde, wie es das uralte Gesetz vorschrieb. Auch wenn Träumer wie sein Vetter Anini es vielleicht anders sahen und sich in die Zeit zurückwünschten, in der die Halblinge noch wilde Krieger gewesen waren, eröffnete einem das Dasein in einer zivilisierten Gesellschaft letztlich weitaus angenehmere Wege zu Ruhm und Ehre.

Die Reise unserer Helden durch die Zerrissenen Reiche geht im nächsten Band weiter:

Die Expedition nach Westburg erweist sich als riskantes Unterfangen – nicht nur, weil Siris noch mehrfach den schlanken Hals der Schwänin retten muss, die sich ob ihrer schier unstillbaren Neugier auf alles Menschliche zu einigen waghalsigen Aktionen hinreißen lässt. Die anderen Forscher, die die Zeltstadt rings um die gewaltige Herrenanlage bevölkern, sind alles andere als erfreut, noch mehr Konkurrenz auftauchen zu sehen. Doch aus Neid und Missgunst geborene Intrigen sind verglichen mit dem, was in den stillen Gängen lauert, durch die einst die Herren wandelten, noch das kleinste Übel, dem es sich zu stellen gilt. Eine halbe Welt entfernt wird Karu auf ihrer Suche nach dem Schädel des Bundschmieds zu der Erkenntnis gelangen, dass längst nicht alles Totgeglaubte auch tatsächlich tot ist …

Schlusswort

So, liebe Leser, damit hätten wir auch den dritten Ausflug in die *Zerrissenen Reiche* wohlbehalten überstanden. Wieder einmal war es mir eine große Freude, Sie in die von meinem Co-Autor und mir erdachte »realistische Fantasy-Welt« zu entführen, und hoffentlich hat es Ihnen genauso viel Freude bereitet, uns dorthin zu folgen.

An dieser Stelle möchte ich kurz ein paar Worte zum Text verlieren: So manchem wird nicht entgangen sein, dass die Zerrissenen Reiche sprachlich durchaus zu einigen Manierismen und Ausschweifungen neigt – was wohl nicht zuletzt daran liegt, dass bei der Entstehung dieser Welt das viktorianische England und die Industrielle Revolution unsere Leitsterne waren und wir das bisweilen ausufernde Fabulieren im vorherrschenden Erzählstil dieser Epoche auf die Reiche übertragen haben. Bleibt nur zu hoffen, dass ich mit dieser Extravaganz nicht zu viele meiner geschätzten Leser vor den Kopf gestoßen habe.

Auch zu den politischen Inhalten der *Zerrissenen Reiche* stehe ich immer noch und ausgesprochen gerne. Ich bin begeisterter Demokrat, und alle Diktatoren, Faschisten und Potentaten sind mir suspekt: Wer also darauf hofft, dass Awoho irgendwann sein Fett wegbekommt, hofft nicht ganz vergebens ... Zugleich war es mir aber auch wichtig, Themen wie Faschismus, Führerkult und Rassismus einmal im Rahmen der Fantasy ernsthaft zu thematisieren, denn viel zu oft werden solche Elemente meiner bescheidenen Meinung nach ins Lächerliche gezogen oder gar – ob nun absichtlich oder unabsichtlich – verherrlicht.

Genug gepredigt. Ein kurzer Dank ist an dieser Stelle wohl mehr als angebracht. Wieder einmal muss ich meinen Lektoren für ihre Unterstützung und Hilfe danken – ohne sie könnte ich ein solches Mammutprojekt nicht bewältigen. Besonders möchte ich aber meinen Lesern und Fans danken, die sich mit mir in die *Zerrissenen Rei-*

che getraut haben und für den nächsten Ausflug in den Startlöchern stehen.

Mit diesem Band endet aber die erste »Staffel« (um mal einen Begriff aus dem Bereich des Fernsehens zu entlehnen): So gut wie alle wichtigen Charaktere sind eingeführt, und nun kann es ans Eingemachte gehen. Bis es jedoch mit den *Zerrissenen Reichen* weitergeht, wird es wohl noch ein Weilchen dauern. Ich muss das Geschriebene jetzt erst mal verdauen, um mich dann in Krieg, Revolution und die düstere Vergangenheit der Reiche stürzen zu können. Apropos verdauen: Aktuell tummle ich mich mit *Die Zombies* in der Welt der hungrigen Toten; wer also mal ganz etwas anderes »vom Plischke« lesen möchte, der ist herzlich eingeladen, mir nach London, Frankfurt und in die schottische Provinz zu folgen.

Es wird also noch etwas dauern, bis ich unter den letzten Band der Zerrissenen Reiche mein Schlusswort setzen kann, und daher sei an dieser Stelle auch auf mein Blog (plischke.blogspot.com) verwiesen, wo man sich darüber informieren kann, was mir so im Kopf herumspukt. Auch auf www.piper-fantasy.de trifft man mich gelegentlich an. Also schauen Sie doch ruhig mal vorbei – ich beiße garantiert nicht, *Die Zombies* hin oder her.

Hamburg im Februar 2010
Thomas Plischke (mit Ole Christiansen im Sinn)

Die Akteure

Die Zwerge

Garep Schmied: ein ehemaliger Sucher; Beute einer Bundeshatz und Flüchtling in den Zerrissenen Reichen

Himek Steinbrecher: ein Leiböffner und Deserteur der Zwergenarmee; Gareps Sohn; Flüchtling in den Zerrissenen Reichen

Karu Schneider: eine ehemalige Sucheranwärterin

Rinul Plattenstemmer: ein Geschichtskundler; Karus Geliebter und Sohn eines berüchtigten Freibündlers

Balok Plattenstemmer: Rinuls Vater

Bibet Darmwäscher: der Kopf eines Stahlstädter Freibunds

Gagek Stark: ein Rollender Stein und Freibündler; Bibets Schwiegersohn

Dena Darmwäscher: Bibets Tochter und Gageks Gattin

Kenal Hauer: ein Stahlstädter Mentor für Gesellschaftskunde und Revolutionär

Gesi Schreiber: eine Stahlstädter Fabrikbetreiberin und Revolutionärin

Lugan Koch: ein Stahlstädter Rufer und Revolutionär

Kidad: ein Stahlstädter Freibündler und Koch im *Heißen Stein*

Kejub: ein Stahlstädter Freibündler und Sprengmeister

Nima: eine Stahlstädter Freibündlerin und Meisterkletterin

Nanan: das Höchste Begehren im *Brodelnden Vulkan*

Fena: eine Angestellte im *Brodelnden Vulkan*

Bimod Tauer: ein Schüler an der Bundeslehrstätte für Gesellschaftskunde und Revolutionär

Nudil Dreher: ein Zuchtmeister für Schleierkarpfen in einer Stahlstädter Fischzucht

Rogag Stollengräber: ein Stahlstädter Tunnelkriecher mit Kontakten zu den örtlichen Freibünden

Patal Weber: ein Leichenbeschauer der Sucherschaft zu Stahlstadt
Pfeifer Wetzer: Leiter eines Stahlstädter Anwerbungsbüros
Dejid Schauer: ein Pilzprüfer in einer Stahlstädter Pilzzucht
Schärferin Lemu Gießer: Kommandantin der *Bundesstolz*
Gorid Seher: der amtierende Oberste Vorarbeiter des Bundes
Pegug Metz: ein Bundeschronist
Demi: die Kammerdienerin des Obersten Vorarbeiters

Die Menschen

Irisanjo »Siris« von Wolfenfurt: ein Bestienjäger und Erbe eines ehrwürdigen Handelshauses
Arisascha »Sira« von Wolfenfurt: Siris' Schwester und Garep Schmieds Geliebte; eine Predigerin; Beute einer Bundeshatz
Kallassendra von Wolfenfurt: Siris' und Siras Mutter
Zoseos von Wolfenfurt: Siris' und Siras Onkel; Unterhändler für Geschäfte mit den Barmherzigen Gesandten
Gozzoldini von Meerschaum: ein Weiser Denker
Ojirisan von Irgendwo: Gozzoldinis Schüler
Azzaras von Meerschaum: ein Weiser Denker; Gozzoldinis heißblütigster Rivale
Fianessa von Goldberg: eine Bewahrerin auf dem Pfad der Ehrenvollen Schande
Gajuwessus: ein Ruhiger Redner
Bullenröhrer: ein südländischer Händler
Schneller Dolch: ein südländischer Duellant

Die Halblinge

Anini 29-3: ein Kommissar der Bundessicherheit zu Zwerg
Usana 29-3: Aninis Gattin
Ewowa 30-3: Aninis Tochter
Ilele 30-3: Aninis Sohn

Awoho 29-2: Privatsekretär des Obersten Vorarbeiters
Ulaha: ein Mädchen mit besonderen Kräften
Ekela 30-9: Kommissarsgehilfin der Bundessicherheit zu Stahlstadt
Ojono 30-7: ein Beamter des Fernschreibedienststs zu Stahlstadt
Eluki 29-12: eine Verwaltungsbeamtin der Sucherschaft zu Amboss
Inako 29-6: eine angesehene Stahlstädter Bürgerin
Uwane 29-6: Inakos Schwägerin

Die Elfen

Die Schwänin: Anführerin einer Delegation von Barmherzigen Gesandten
Der Buntpfeifer: ein Herold der Barmherzigen Gesandten
Der Hahn: der Leibwächter der Schwänin
Der Greif: ein Mitglied der Delegation der Barmherzigen Gesandten

SEI UNSER
HELD!
PIPER FANTASY
Gleich mitmachen und die magische
Welt der Piper Fantasy erleben! Neugierig?
Dann auf zu www.piper-fantasy.de!
Piper-Fantasy.de
PIPER

Thomas Plischke

Die Zombies

Roman. 480 Seiten.
Piper Taschenbuch

Endlich das große Epos um die geheimnisvollsten Geschöpfe der Nacht – die Zombies! Die lebenden Toten gelten als unheimlich, feindselig und dumm. Doch die junge Lily ist davon überzeugt, dass dies nicht die ganze Wahrheit ist. Seit jeher fasziniert sie der Zombie-Mythos, und sie ist geradezu besessen davon, mehr über die Geschöpfe zu erfahren. Als Lily den attraktiven Victor kennenlernt, kommt sie einem erschreckenden Geheimnis auf die Spur: Zombies existieren wirklich, die unheimlichen Geschöpfe sind mitten unter uns – und Lily erfährt am eigenen Leib, was es bedeutet, lebendig und tot zugleich zu sein …

05/2453/01/L

Thomas Plischke

Kalte Krieger

Thriller. 464 Seiten.
Piper Taschenbuch

In Portland verschwindet eine junge Frau spurlos, Menschen erfrieren im Hochsommer – als die Psychologiestudentin Amy Marsden dort ihr Pflichtpraktikum absolvieren will, gerät sie in eine Verschwörung von unüberschaubarem Ausmaß. Gemeinsam mit dem Psychologen Michael Beaumont findet sie heraus, dass sie über besondere Fähigkeiten verfügt. Denn es gibt sie wirklich: Menschen mit Superkräften! Und sie leben mitten unter uns. Amy muss sich entscheiden, ob sie auf der Seite der Guten oder der Bösen stehen will. – Der fesselnde neue Thriller von Thomas Plischke.

05/2466/01/R

A. Lee Martinez

Der automatische Detektiv

Gerostet wird später! Aus dem Amerikanischen von Karen Gerwig. 400 Seiten. Piper Taschenbuch

Empire City ist die Stadt der Mutanten und des Giftmülls, die Metropole des stetigen Verfalls, in der keine technische Errungenschaft hält, was sie verspricht. Hier lebt der Roboter Mack Megaton. Ursprünglich als Killermaschine konzipiert, verdingt er sich seit seiner Umprogrammierung als Taxifahrer. Da entführt ein finsterer Gangster seine Nachbarn, und Mack wird gegen seinen Willen in das Verbrechen verstrickt. Zusammen mit der charmanten Ingenieurin Lucia beginnt er zu ermitteln. Dabei kommt der automatische Detektiv einer ebenso aberwitzigen wie welterschütternden Verschwörung auf die Spur.

»Martinez strapaziert unsere Lachmuskeln erneut aufs Äußerste.«
Publishers Weekly

05/2396/01/L

A. Lee Martinez

Monsterkontrolle

Die Schonzeit für Mutanten ist vorbei. Aus dem Amerikanischen von Karen Gerwig. 384 Seiten. Piper Taschenbuch

Vom Autor des Kultbuchs »Diner des Grauens« kommt dieses humorvolle Actionspektakel für alle Fans von Douglas Adams und Max Brooks! Bei ihrer Nachtschicht im Supermarkt entdeckt Judy einen Yeti im Gefrierschrank. Nur ein blauhäutiger Tierfänger namens Monster kann jetzt noch helfen. Doch der zieht Judy mitten hinein ins Chaos. Gemeinsam müssen sie gegen japanische Oger, Feuer speiende Katzen, Walrosshunde und eine verrückte äonenalte Zauberin antreten. Es geht, nun ja, um einiges – um die Zukunft des Universums …

»Erschreckende Monster und erschreckend komische Verwicklungen – A. Lee Martinez ist einzigartig!«
Publishers Weekly

05/2460/01/R